JAMES ALISTAIR HENRY

PAGANS – Ein Killer. Zwei Cops. Hunderte Götter

KARTE DER LANDE

DIE STADT LONDON

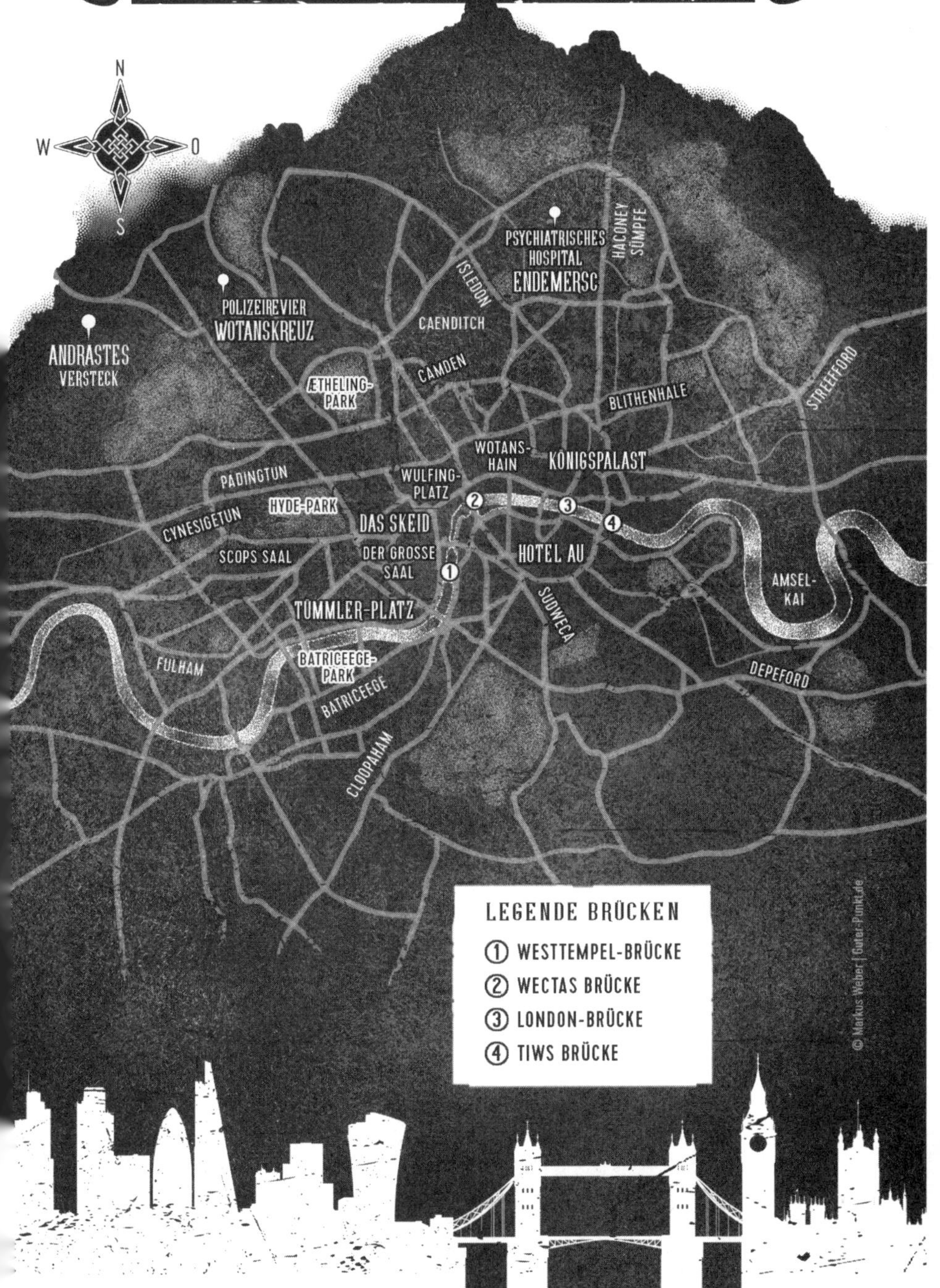

JAMES ALISTAIR HENRY

PAGANS

EIN KILLER.
ZWEI COPS.
HUNDERTE GÖTTER

THRILLER

Übersetzung aus dem Englischen
von Dietmar Schmidt

Lübbe

NACHHALTIG PRODUZIERT

Die Bastei Lübbe AG verfolgt eine nachhaltige Buchproduktion. Wir verwenden Papiere aus nachhaltiger Forstwirtschaft und verzichten darauf, Bücher einzeln in Folie zu verpacken. Wir stellen unsere Bücher in Deutschland und Europa (EU) her und arbeiten mit den Druckereien kontinuierlich an einer positiven Ökobilanz.

FSC www.fsc.org MIX Papier | Fördert gute Waldnutzung FSC® C014496

Titel der englischen Originalausgabe:
»Pagans« – published by Moonflower Publishing Ltd.

Bei Fragen zur Produktsicherheit wenden Sie sich bitte an:
Produktsicherheit@bastei-luebbe.de

Textredaktion: Dr. Frank Weinreich, Bochum
Umschlaggestaltung: Guter Punkt, München | www.guter-punkt.de
Kartenillustrationen: Markus Weber, Guter Punkt, München | www.guter-punkt.de
Umschlagmotiv: © Adobe Stock: jes2uphoto |Fouadbz & © Getty Images plus: Maxger
Satz: two-up, Düsseldorf
Gesetzt aus der Aldine
Druck und Verarbeitung: GGP Media GmbH, Pößneck

Printed in Germany
ISBN 978-3-7577-0132-1

1 3 5 4 2

Sie finden uns im Internet unter luebbe.de
Bitte beachten Sie auch: lesejury.de

Für Richard und Julia.
Und für meine Familie, weil sie geduldig ist.

Auszug aus

Länderprofile der Kollektiven panafrikanischen Nachrichtendienste, Informationsblatt Britannien

Dieses Entwicklungsland gleich vor der Küste des Islamischen Kalifats von Südeuropa bevölkert eine widerwillige Allianz dreier Nationalstaaten, die von Religion, Kultur und Sprache getrennt werden: die Kelten der Stammesgebiete der Westlande und Cymru, die englischen Angelsachsen des Ostens und die Norsen der Demokratischen Republik Schottland im Norden hinter einer in hohem Maß militarisierten Grenze, die als der Wall bekannt ist. Von den drei Nationen sind die Norsen am wohlhabendsten, mit Eidenhaugr als Finanzzentrum der Nordischen Wirtschaftsunion, während das angelsächsische England sich müht, Schritt zu halten und die Stammesgebiete im Westen unter jahrelanger Unterdrückung und Ausbeutung ihrer nationalen Bodenschätze durch ihre Nachbarn leiden.

Auszug aus

Ökonom von Lagos: Globaler Jahresindex, aktuelle Ausgabe

Wie in den zurückliegenden beiden Jahrhunderten bleiben die Vereinigten Staaten von Panafrika die dominante Weltmacht, dichtauf gefolgt vom Mogulreich von Indien und dem Islamischen Kalifat von Südeuropa.
Unterdessen zieht es die Nordische Wirtschaftsunion (bestehend aus der Demokratischen Republik Schottland, Islenska, den Danelanden, dem Sápmi-Nynorsk-Suomi-Protektorat und dem Königreich von Sverland) vor, sich auf Finanzangelegenheiten zu konzentrieren, während sie als Bollwerk fungiert, sollten die verschiedenen zerstrittenen Nationen, die das Zaristische Konglomerat bilden, sich jemals zusammenraufen und versuchen, nach Westen zu expandieren.
Weiter östlich behalten die Han die Oberhand über die mit ihnen rivalisierenden Dynastien, schmieden aber still und leise Verbindungen mit einer Anzahl schwacher nordeuropäischer Länder, um außerhalb ihrer traditionellen Grenzen Fuß zu fassen. Ihr Wunsch nach Kontrolle über eine Anzahl von Häfen in kalten Gewässern ist Panafrika nicht entgangen.
Diverse Weltmächte haben wirtschaftliches Interesse an den gewaltigen Naturschätzen der Prärien und den Erzvorkommen von Nordamerika, aber eine Reihe von Verträgen mit den indigenen Völkern der dortigen Ersten Nation hält ein zerbrechliches Gleichgewicht aufrecht, das es keiner Partei ermöglicht, die alleinige Kontrolle an sich zu bringen.

EINS

Oladele hatte lange davon geträumt, die großen englischen Wälder im Herbst zu sehen. Tayo, ihr Verlobter – nein, Ehemann, daran musste sie sich noch gewöhnen –, war von der Idee allerdings weniger angetan gewesen. In den Tagen, bevor sie ihre Flitterwochen buchten, hatte er ihr immer wieder Fotos sonnenverwöhnter Strände und Palmen, sogar von Segelurlauben gezeigt. Ihr Entschluss war jedoch unerschütterlich geblieben, und nun wanderten sie eine halbe Welt von zu Hause entfernt unter grauem Himmel durch den urtümlichen Wald. Der Sommer hatte in diesem Jahr länger angehalten, als er willkommen gewesen war, und obwohl der Herbst begonnen hatte, fielen kaum Blätter, und schon gar nicht zeigten sich die strahlenden Rot- und Orangetöne, die man ihnen versprochen hatte.

Tayo hatte Oladele angefleht, wenigstens einen ortskundigen Führer zu engagieren. Zwei seiner Kollegen waren vor ein paar Jahren mit einem Billigflug auf eine Bumstour nach Britannien gegangen. Der Einheimische, an den sie geraten waren, hatte sie offenbar mit der lokalen Braukunst bekannt gemacht, zu einer druidischen Visionssuche mitgenommen und ihnen sogar einen Ersatzleihwagen beschafft, nachdem ihr Allradfahrzeug mit Achsbruch auf einem Feldweg liegen geblieben war. Aber Oladele hatte seinen Vorschlag abgelehnt.

»Wir erkunden das Land allein«, erklärte sie. »Ich will keinen Einheimischen in einem schicken Kostüm, der uns tagsüber die Touristenfallen zeigt und am Abend in seinem Wohnwagen drahtlos ins Netz geht. Lass uns einfach losgehen und ein Abenteuer erleben. Wir fahren nicht nach Lagos. Wir reisen in die *Wildnis!*«

Also hatten sie sich eine Hütte tief im Wald gemietet, mit einem Bediensteten, der abends für sie kochte und den Kühlschrank mit einheimischem Essen gefüllt hielt. Jede Speise wurde abends ersetzt, ob sie sie nun aßen oder nicht – aber zum Glück hatte es die gedünsteten Lauchstangen vom ersten Tag kein zweites Mal gegeben.

»Ich kann nicht fassen, dass London nur zehn Meilen weit weg ist«, staunte Oladele, während sie eine weitere Waldlichtung durchquerten. Tayo murmelte eine Antwort, schien aber mehr damit beschäftigt zu sein, nervöse Blicke auf die Bäume zu werfen. Oladele seufzte. Er hatte Angst vor Wölfen. Sie hatte ihm versichert, dass es in Britannien keine Wölfe mehr gebe, doch Tayo hatte erwidert, es sei schließlich geplant, welche auszuwildern. Aber war es dabei nicht um Bären gegangen?

»Ich hätte eine dickere Jacke anziehen sollen«, klagte er. Oladele rollte mit den Augen. Ihr war unangenehm bewusst, dass sie während ihrer Flitterwochen schon oft mit den Augen gerollt hatte, stieß aber frauhaft durchs Dorngestrüpp (zu genau diesem Zweck trug sie dicke Handschuhe) auf die nächste Lichtung vor: eine weite, untertassenförmige Mulde im Wald mit einer einzelnen mächtigen Eiche in der Mitte. Oder nannte man so etwas eine Niederung?

Jemand war vor ihnen hierher gelangt. Ein Mann mit herunterhängendem Schnauzbart, ein Weißer – und er war richtig weiß, eindeutig blutarm – lehnte am breiten Stamm des Baumes. Er trug nur eine zerlumpte Hose. Seine Brust bedeckten Tätowierungen, meist schwarz, aber mit einem eingeflochtenen Motiv in

Weinrot. Die Arme hatte er in Schulterhöhe ausgestreckt, der Kopf war zur Seite geneigt, die Füße waren aneinandergesetzt. Eine merkwürdige Haltung war das. Wie zahlreiche Einheimische trug der Mann einen Reif aus Metall um den Hals, der aus kunstvoll verdrilltem Draht bestand. Viel hatten die Leute hier nicht zustande gebracht, aber sie waren großartige Handwerker.

»Ich glaube, das ist etwas Religiöses.« Tayo beschirmte vorsichtig die Augen mit der Hand. »Wir sollten ihn nicht stören.«

Aber Oladele schritt bereits auf den Mann zu, das Mobiltelefon vorgestreckt. Sie wollte ihn natürlich um Erlaubnis bitten, bevor sie ein Foto aufnahm; Respekt gegenüber fremden Kulturen war wichtig. Falls er Nein sagte, würde sie das Mobifon sofort wieder einstecken, aber vielleicht war es ja möglich, ein wenig miteinander zu reden. Im Moment konnte sie etwas alte Weisheit gut brauchen, und der Einheimische sah danach aus, als wüsste er das eine oder andere.

»Hallo?«, sprach sie ihn an, aber der Mann hob nicht den Kopf. Als sie näher trat, bemerkte sie, dass das silbrige Funkeln an seinen Handgelenken und Fußknöcheln nicht von Schmuck kam, wie sie geglaubt hatte, sondern von Nägeln, die durch Fleisch und Knochen in den Baum getrieben worden waren. Und ihm war die Kehle durchgeschnitten worden. Was Oladele für weinrote Tätowierungen gehalten hatte, waren in Wirklichkeit Rinnsale geronnenen Blutes.

Oladele senkte ihr Telefon, als Tayo sie einholte. »Oh«, sagte er, nachdem er lange geschwiegen hatte. »Meinst du, sie erstatten uns dafür einen Teil des Reisepreises zurück?«

Oladele machte sich auf die Suche nach einer Stelle, von der aus sie eine Verbindung bekam und die Polizei anrufen konnte. Dabei versuchte sie, den wachsenden Verdacht zu ignorieren, dass ihre Ehe nicht lange halten würde.

ZWEI

Die schwarze Limousine musste scharf bremsen, weil ein Krankenwagen mit heulenden Sirenen vorbeiraste. Eine Sekunde später war er verschwunden, ein grün-weißer Schemen. Das vertraute Zeichen des Apfels verlor sich im Londoner Straßenverkehr und gestattete die Weiterfahrt. Der Elektromotor lief mit minimalem Jaulen wieder an.

Aedith hasste die Limousine, aber ihr Vater hatte darauf bestanden, dass sie die benutzte. Aus kleinlichem Trotz hatte sie dem Chauffeur den Abend freigegeben und saß nun selbst am Steuer. Coram hätte die Fingerrunen für »nicht beeindruckt« gezeigt, hätte er davon gewusst, aber sie hatte ihn unter Hildes Aufsicht zu Hause gelassen, damit er seine Mathearbeit korrigierte. Im Augenblick beneidete sie ihn ein bisschen.

Auf den Straßen war viel los, und die Schwelle, die Gehsteig und Fahrbahn trennte und selbst im besten Fall kaum wahrnehmbar war, bestand nur noch theoretisch. Normalerweise hätte Aedith Blaulicht und Sirene eingeschaltet und wäre dem längst verschwundenen Krankenwagen auf den Fersen gefolgt, als gäbe sie ihm Begleitschutz, aber die Limousine verfügte unverständlicherweise nicht über eine Sirene. Dafür waren die Fensterscheiben kugelsicher, was es jedoch mit sich brachte, dass man sie nicht hinunterkurbeln konnte, um die Fußgänger anzubrüllen. Oder um auf sie zu schießen.

Sie hielt an einer Ampel. Wie aufs Stichwort knallte ein Mann seine Hand auf die Seitenscheibe. Die Hand war schmutzig, die zusammengewürfelte Kleidung ihres Eigentümers ebenso. Eine tätowierte Fratze blickte Aedith in trunkener Erbostheit an. Über das Gesicht des Mannes lief ein abstraktes Wieland-Muster aus verketteten Leiterplatten bis zum Haaransatz hoch. Wieland der Schmied war vor einem guten Jahrzehnt der angesagte Schutzgeist der meisten IT-Abteilungen gewesen, aber längst aus der Mode gekommen. Vermutlich hatte der Mann vor ein paar Jahren seinen Job verloren, als die einheimische Telekommunikationsindustrie zum allergrößten Teil vom Mogulreich aufgekauft worden war.

Seinerseits musste der Mann verblüfft sein, dass er nicht wie erwartet einen ausländischen Würdenträger oder einen Promi aus den Graswurzelmedien erblickte. Vielmehr hatte er eine Angelsächsin Mitte dreißig vor sich, die ihre blonden Haare zu zwei Zöpfen geflochten hatte, Silberreife an beiden Armen trug und in einer teuren zeitgenössischen Variante des klassischen Hemdkleids steckte. Er fasste sich rasch und schrie Obszönitäten, bis Aedith ins Handschuhfach griff, Lungenlocher herausholte und mit dem Lauf gegen die Scheibe klopfte. Beim Anblick der großen Pistole wich der Mann rasch in die Menge seiner Altersgenossen zurück.

Die Ampel wurde grün. Aedith lenkte die Limousine um einen keltischen Ältesten mit Schnauzbart in traditionellem Gewand, der seinen Ochsen über die Straße führte, schlug den Weg nach Westend ein und trat das Gaspedal durch. Je früher sie dort war, desto eher konnte sie wieder gehen. Aedith hasste Feste.

Das Au galt weithin als bestes Hotel der Hauptstadt und lag nur einen Steinwurf von der Londoner Brücke entfernt. Ein kurzer Fußmarsch, und man war am Königspalast. Seit Aediths Kindertagen hatten so gut wie alle Familienfeiern im Au stattgefunden. Und genau deswegen verabscheute sie das Haus. Auf jeden Fall missachtete sie jeglichen Instinkt, als sie Lungenlocher ins Handschuhfach zurücklegte, bevor sie die Limousine einem Diener übergab. Mit dem Gedanken, dass sie gleich in den Kampf ziehen würde, beruhigte sie ihren knurrenden Tiergeist. Ihr Therapeut hatte in Betracht gezogen, er sei ein Falke, aber Aedith war ziemlich sicher gewesen, dass er ihr schmeichelte, um auf diesem Weg ihren Vater als Klienten zu gewinnen, und hatte ihn kurz darauf gefeuert. Der bevorstehende Kampf würde sich freilich mehr im gesellschaftlichen als im physischen Reich abspielen und erforderte ganz andere Werkzeuge als eine Selbstladepistole. Ihr Tiergeist grollte noch missmutig vor sich hin, als sie sich am Eingang auswies, tief durchatmete und den Festsaal betrat.

»Wer hat dir denn die Frisur ruiniert?«, fragte Deedra Kesair. »Den solltest du ermorden lassen.«

Deedra trug ein elegantes schwarzes Kleid, möglicherweise lombardischer Herkunft – die Merkmale teurer Mode zu kennen, stand auf Aediths Prioritätenliste nicht gerade weit oben. Das kastanienbraune Haar trug sie hochgesteckt, der Torques um ihren Hals war so fein gesponnen, dass es sich mehr um eine geisterhafte Andeutung von Identität handelte als ein Objekt aus eigenem Recht. Die gesamte linke Hälfte ihres Gesichts war von geschwungenen schwarzen Tätowierungen geprägt, die sich den

Hals hinunterzogen und eine ihre Brüste umliefen, soweit man sehen konnte, was recht weit war – elegant bedeutete nicht praktisch.

»Du hast zugenommen!« Aedith umarmte sie mit allen Zeichen des Entzückens. »Das steht dir gut. Mir gefällst du etwas dicker.«

Deedra schob sie lächelnd von sich. Die gekrümmten Eckzähne, an die sich Aedith aus Schulzeiten erinnerte, waren längst durch maurische Zahnarztkunst begradigt worden, aber irgendwie sah sie dadurch nicht zahmer aus, sondern noch wilder.

»Sei mal ganz ehrlich.« Ihre Augen funkelten. »Wenn du in diesem Saal drei Leute verhaften müsstest, wen würdest du nehmen?«

»Da fällt mir ein«, sagte Aedith, »lächle, als würde ich dich fotografieren. Was ich natürlich nicht tun werde, weil deine irren Indij-Tätos mir bestimmt Schadprogramme aufs Mobifon spielen würden, aber ich brauche den Vorwand.«

Aedith zog das Mobiltelefon aus der versteckten Tasche ihres Kleids und richtete es auf, wenn auch nicht ganz genau *auf* Deedra, die hämisch eine Vielzahl an Promigesichtern zog, während Aedith so unauffällig, wie es ihr möglich war, die Anwesenden abtastete.

»Dein Vater steht mit etwas Schottischem in der Ecke.« Deedra zog ein Ich-habe-gerade-jemanden-entdeckt-den-ich-kenne-Gesicht, und vermutlich stimmte das sogar. »Getränk *und* Delegierte.«

Aediths Telefon legte sich ins Zeug, erntete Gesichter und ließ Namen und Beschäftigungen schneller aufblitzen, als sie es verarbeiten konnte. Aber egal, es war einfach vernünftig, so viele Identitäten einem bestimmten Ort zu einer bestimmten Zeit zuzuordnen wie möglich, wann immer man Gelegenheit dazu hatte. Klar, nur die, die keine Absicht hegten, ein Verbrechen zu begehen, oder so mächtig waren, dass sie ungestraft damit davonkamen, ließen überhaupt zu, dass ihre Mobifone ihre Identität jedermann verkündeten. Man wusste aber nie, wann solche Daten einmal wertvoll werden mochten.

Das Au war dafür bekannt, norsischen Chic mit einer bodenständigen englischen Deutung des Jenseits zu verschmelzen: Fußböden aus hellem Stein unter Holzpfeilern mit kunstvollen Schnitzereien, dazu so viel von Feenlampen durchsetztes Grün, wie man unter einer Decke nur anbringen konnte, und ununterbrochen Harfenmusik. Die Zimmer des Hotels waren ähnlich dekoriert, außerdem mit echten Graburnen ausgestattet, die wagemutig in jedem Nordostalkoven platziert wurden. Als Aedith jung gewesen war, hatte sie fest daran geglaubt, dass die Urnen mit der Asche toter Menschen gefüllt seien. Edric hatte einmal eine davon ausgekippt, ohne auf die Entsetzensschreie seiner jüngeren Schwester zu achten, weil er sehen wollte, was wirklich drin war. Gefunden hatte er ein leeres Zigarettenpäckchen, eine zerknüllte Quittung des Zimmerservice (Jollof-Reis mit Hühnchen) und eine tote Motte.

Aedith hatte es Edric nie gestanden, aber sie schrieb seinem Tun an diesem Abend zwei wesentliche Änderungen ihres Glaubenssystems zu: dass Religion fast mit Sicherheit Blödsinn war und dass sie nichts anderes tun wollte, als aus den Überbleibseln, die die Menschen hinter sich zurückließen, zu schlussfolgern, was für ein Leben sie führten. Der Polizei war sie erst zwölf Jahre später beigetreten, aber geistig war sie damals auf der Stelle zu den Anwerbern gelaufen.

Kur-Earl Lod (Mercia) schrieb Aediths Telefon über den bärtigen Kopf eines Mannes mit breiter Brust Mitte fünfzig, der sich in einen schwarzen Anzug gezwängt hatte. Er übergab sein leeres

Glas an einen vorbeigehenden Kellner und wandte sich Aedith zu, bevor sie so tun konnte, als hätte sie nicht soeben die Gäste einer gesellschaftlichen Zusammenkunft katalogisiert, die vor allem seinetwegen stattfand.

»Das war passabel, Liebste.« Deedra hauchte ihr einen Kuss zu und entfernte sich geradezu mit Hüpfschritten ans andere Ende des Saals.

»Du kannst nicht nur mit deinen Schulfreundinnen reden«, brummte Lod und küsste Aedith mit seiner stets überraschenden Behutsamkeit auf die Wange. »Als Bad in der Menge zählt das noch nicht. Du musst neue Leute kennenlernen.«

Vom Anzug abgesehen hätte Lod jedweder Patriarch der Familie Mercia aus den letzten beiden Jahrtausenden sein können. Aedith hatte all die Schnitzarbeiten gesehen: finster blickende Augen unter einer breiten Stirn, wirrer Bart, wallendes Haar, Tätowierungen, die den Hals hinaufkletterten, die Finger mit Silberringen besetzt. Die Frauen wurden traditionell in Gobelins gestickt, doch Aedith hatte bereits äußerst deutlich gemacht, wie wenig sie davon hielt. Wenn Lods Zeit kam, würde sie dafür sorgen, dass der Kunstschnitzer, der mit dem Auftrag geehrt wurde, ein Mobiltelefon und eine Datentafel voller Kalkulationstabellen einfügte: zwei Waffen, die Lod benutzte, um die Mercier in der angelsächsischen Hackordnung ganz oder zumindest weit oben zu halten, lange nachdem Speere und Streitäxte aus der Mode geraten waren.

»Ich lerne ständig neue Leute kennen, Vater. Normalerweise stehen sie neben einer Leiche und streiten alles ab, aber es zählt trotzdem.«

Lod grinste. Die Hälfte seiner Zähne bestand aus Silber, das ebenso aus dem Familienschatz stammte wie seine Ringe. Wenn er starb, *falls* er je starb, müsste man sie ihm ziehen, einschmelzen und wieder mit dem übrigen Hort vereinen. »Wie geht es dem Jungen?«

»Falls er je sein Zimmer verlassen sollte, werde ich dich sofort verständigen.«

»Pffff.« Lod sah sie verschlagen an. »Halbwüchsige.«

Aedith öffnete den Mund und schloss ihn wieder. »Gut. Führ mich herum und zeig den Leuten, dass deine Tochter einer echten Arbeit nachgeht. Ich weiß, wie viel dir das bedeutet.«

»Unsinn, ich möchte dich nur ein paar Leuten vorstellen. Versuch, niemanden mit mehr als drei Leibwächtern zu verhaften. Es könnte blutig werden.«

»Ich werde nicht …«, setzte Aedith an, aber Lod führte sie bereits einer Panafrikanerin Mitte fünfzig zu, die in eine Robe gekleidet war und an einem Trank nippte; der ebenso distinguierte Mann neben ihr hatte einen Arm um ihre Taille gelegt.

»Senatorin Legat von der kongolesischen Delegation«, stellte Lod vor. Legat nickte und empfing Aedith mit einem Lächeln, das aufrichtig und herzlich wirken musste. »Und ihr Ehemann Fabrice. Meine Tochter Aedith.«

»Ich glaube, wir kennen uns bereits«, sagte Aedith. »Ihr Mann und ich.« Sie lächelte strahlend. Fabrice zeigte keine Regung.

»Mein Mann besucht Ihr schönes Land jedes Jahr mehrmals«, sagte Legat. »Um an diversen Wohltätigkeitsveranstaltungen teilzunehmen.«

Fabrices Gesicht blieb ausdruckslos.

»Gewiss«, sagte Aedith.

»Und was macht Ihre Tochter?«, fragte Legat.

»Sie arbeitet im öffentlichen Dienst«, antwortete Lod rasch, neigte den Kopf vor ihr und führte Aedith weiter.

»Hab ihn vergangenes Jahr aus dem Bordell am Tümmlerplatz gezerrt«, sagte Aedith leise, als sie sich einem Tisch näherten, der geistreiche Anklänge an die kulinarischen Traditionen des Gastgeberlandes präsentierte: gewürzte Gerstenkuchen, gebratene Apfelscheiben und mit wer weiß was bestreute Honigwaben. Das meiste war unberührt. »Im Nachbarzimmer war irgendein armes Kind totgeprügelt worden. Ich glaube nicht, dass Herr Legat etwas davon wusste, aber die Staatspolizei hat ihn weggezaubert, bevor ich Gelegenheit erhielt, ihm auch nur eine heikle Frage zu stellen.«

»Interessant«, stellte Lod fest. »Stand er auf Jungen oder Mädchen?«

Aedith nahm sich einen Gerstenkuchen. »Soweit ich mich erinnere, war er nicht wählerisch. Wolltest du deshalb, dass ich komme? Du wirst doch bestimmt die schmutzige Wäsche der allermeisten Gäste genauestens kennen.«

»Die Panafrikaner schätzen die offene Zurschaustellung familiärer Verbindungen«, antwortete Lod. »Ich konnte ja schlecht Edric mitbringen, nicht wahr?«

»Natürlich nicht. Dazu müsstest du ihn auf freien Fuß setzen lassen.«

Lod zuckte mit den Schultern. »Er muss büßen, das ist dir klar. Zu gegebener Zeit wird er freikommen. Aber ja, gut, ich hatte ein anderes Motiv. Du musst eine Lesung für mich vornehmen.«

Seine Handbewegung schloss die ganze Menschenmenge ein. Im Saal mussten wenigstens hundertfünfzig Personen sein, Kellner und Harfner eingeschlossen.

»Eine *Lesung?*«, fragte Aedith. »Mit einer Drohne wärst du besser dran.«

»Über Technik verfüge ich selbst. Ich weiß deine Intuition zu schätzen.«

»Würg. *Schmeichelei.*« Trotzdem betrachtete Aedith die Versammelten.

Lod biss in einen Gerstenkuchen. »Die sind wirklich sehr gut«, sagte er zu einer Kellnerin, die errötete und rückwärts wich, den Blick zu Boden gesenkt. Er grinste. »Ich hab's noch drauf.«

»Halt den Mund, Vater.«

Gehorsam schluckte Lod den Rest des Kuchens herunter und wartete.

»Also«, sagte sie. »Zwei vom Servicepersonal arbeiten für die Moguln. Der Kerl da drüben sieht wie ein Angelsachse aus, hat aber ein Mikro am Handgelenk und ist tatsächlich ein sehr, sehr, sehr hellhäutiger Mischling. Daher ziehe ich eine rassistische Schlussfolgerung und nehme an, dass er für die Panafrikaner tätig ist. Der Rest arbeitet vermutlich für dich. Die Norsen haben es nicht so mit der Aufklärung durch menschliche Quellen, weshalb ich vermute, dass an den Pfeilern Mikrofone versteckt sind. Vielleicht haben sie im Gebäude gegenüber sogar jemanden mit einem von diesen schicken Fernabhörgeräten postiert, mit denen man die Schwingungen der Fensterscheiben aufzeichnen und in Gesprochenes übersetzen kann. Die Kelten, würde ich sagen, führen weder Aufklärung durch menschliche Quellen noch mithilfe von Technik durch und sind wegen irgendetwas befremdet. Sie halten sich jedoch von Deedra fern, was ansatzweise interessant ist. Worum geht es bei diesem Empfang eigentlich?«

Lod zupfte sich am Bart, ein Zeichen dafür, wie Aedith vor Jahren begriffen hatte, dass er zumindest milde amüsiert war. »Eine Theorie besagt, dass wir endlich etwas aus uns machen könnten, falls England, die verschiedenen Stammesgebiete des Westens und unser norsischer Nachbar jenseits des Walls sich zusammentäten und zu einer Nation würden. Vermutlich hast du mich schon das eine oder andere Mal davon sprechen gehört. Wie dem auch sei, der neue Einigungsgipfel beginnt in drei Tagen.«

»Oh«, sagte Aedith. »Das! Ich wusste doch, es muss einen Grund geben, wenn mein Dezernat von den Mordfällen abgezogen wird, damit wir Barackensiedlungen räumen können, während gleichzeitig die Nutten ihre Preise anheben.«

Ungefähr alle fünf Jahre fand ein neuer Einigungsgipfel statt, oder vielleicht war es auch immer das gleiche Gipfeltreffen, das mehr oder weniger permanent inoffiziell weitertagte und nur ab und zu den Kopf aus dem Wasser streckte. Einigungsbestrebungen hatte es schon gegeben, bevor Aedith geboren wurde, und sie erwartete, dass die Gipfeltreffen noch weitergingen, wenn sie längst tot war. Sie hatten sich zu einer eigenen Industrie entwickelt, deren Geschäfte, wie Aedith bezeugen könnte, nicht ausnahmslos legaler Natur waren.

»Du fühlst dich der Zukunft deines Landes nicht verpflichtet?«, fragte Lod.

Aedith rollte mit den Augen und war sich nur zu deutlich bewusst, dass jede Begegnung mit ihrem Vater sie wieder zu einer Heranwachsenden machte. Diese Phase ihres Lebens fasste sie gern unter der Überschrift *Damals, als ich noch keine Schusswaffe besaß* zusammen.

»Vater, wir sind drei Königreiche, die zufällig auf derselben Insel liegen. Das ist wie einer von diesen Witzen, die anfangen mit: ›Kommen ein Kelte, ein Angelsachse und ein Norse in die Kneipe …‹ Sobald eine Seite entscheidet, dass sich durch die Vereinigung mit einer zweiten etwas gewinnen lässt, schießt die dritte aus Prinzip quer. Die Stämme haben Land, aber kein Geld. Die Norsen haben Geld, aber nicht so viel Land, wie sie gern hätten. Wir haben von beidem gerade so viel, dass wir nicht riskieren, auch nur ein bisschen davon zu verlieren. Ganz zu schweigen von der Insel hinter dem Meer.«

Die irischen Stämme waren auf das erste Gipfeltreffen vor etwa dreißig Jahren eingeladen gewesen. Es war übel gelaufen, und seitdem schienen sie sich mit einer der größeren chinesischen Dynastien zusammengetan zu haben, was bedeutete, dass sie viele neue Straßen und Flughäfen bekamen, solange sie sich nur von ihren zerstrittenen Nachbarn im Osten fernhielten; was ihnen auch gut zu passen schien.

Aediths Mobifon trällerte.

»Die Arbeit ruft. Es war schön, dich wiederzusehen. Ich sage Coram, dass du nach ihm gefragt hast. Richte Mutter liebe Grüße aus.«

Lod grunzte, hob zum Abschiedsgruß einen zweiten Gerstenkuchen, aber Aedith war bereits stehen geblieben, das Telefon am Ohr.

»Augenblick. Vater, weißt du, was die Stammesleute da drüben so sehr beschäftigt?«

Mit einer Bewegung ihres Kopfes zeigte sie auf eine kleine Schar von Delegierten, die mit den Rücken zum Saal in der Ecke offensichtlich besorgt die Köpfe zusammengesteckt hatten. Sie waren größtenteils gut gekleidet, und ihre Torques glänzten stumpf in dem Licht der Mobifonbildschirme, auf die alle starrten. Die älteren Männer hatten lange Schnauzbärte, was bei den Jüngeren aus der Mode war; sie zogen den panafrikanischen Stil des glatt rasierten Gesichts vor und hörten wahrscheinlich Stakkatobass in unratsam hoher Lautstärke. Die Frauen hatten sich bei ihrer Garderobe von Deedra inspirieren lassen und trugen die Haare hochgesteckt, damit besser zu erkennen war, welche Hälfte ihrer Gesichter tätowiert war. Hatte die Wahl der Seite irgendeine Bedeutung? Vermutlich verriet es die Mondphase, in der man geboren worden war oder so etwas. Sie sollte es vielleicht irgendwann einmal nachschlagen.

»Wenn ich Geheimdienstinformationen über unsere geschätzten Nachbarn und Verbündeten aus den keltischen Nationen *hätte*« – Lod enthielt sich erstaunlicherweise jeder dick aufgetragenen Ironie –, »würde ich annehmen, dass sie sich sorgen, weil ihr ranghöchster Unterhändler noch nicht eingetroffen ist und sie durch seine Abwesenheit mit erheblich weniger Würfeln spielen müssen, als angebracht wäre.«

»Und weißt du etwas über diesen vermissten Unterhändler?«

»Nichts weiß ich.« Lod zupfte sich nicht mehr am Bart. »Warum fragst du?«

»Weil er gerade aufgefunden wurde. Tot. Im Wald von Epping an einen Baum genagelt.«

DREI

Drustan hatte schon geglaubt, er wäre den angelsächsischen Kontrollen ausgewichen, indem er London von Osten her betrat. Der große blonde Vogt mit der Maschinenpistole und dem Langmesser an der Hüfte hatte den Bus gleich durchgewinkt. Am Kontrollpunkt wurden bereits drei andere Fahrzeuge durchsucht. Reihenweise standen Stammesbrüder und -schwestern in Sportanzügen am Straßenrand, während Spürhunde ihre mageren Habseligkeiten beschnüffelten. Drustan starrte vor sich hin, als das uralte Fahrzeug die Schlange umfuhr, hochschaltete und sich wieder in den Autoverkehr auf der Schnellstraße einfädelte. Der Bus stieß schwarze Abgaswolken aus, während die in Panafrika gebauten Elektrowagen ihn mit unbekümmerter Mühelosigkeit überholten.

Problemlos hatten sie die Busstation erreicht, doch nun standen sie schon über eine halbe Stunde am Bussteig, ohne dass die Türen geöffnet worden wären. Wenn Drustan von den Stammesgebieten oberhalb des Bristolkanals aufgebrochen wäre und versucht hätte, sich als einer aus dem Hügelvolk auszugeben, wäre es auch nicht anders abgelaufen. Unter dem neuesten Hochkönig war die Grenze durchlässiger als früher, aber die Angelsachsen hatten emotional und konzernmäßig zu viel in das Sicherheitstheater investiert, als dass sie es einfach aufgeben konnten. Vorerst jedenfalls.

Die alte Angelsächsin, die neben Drustan saß, hielt ein Huhn auf dem Schoß. Er tauschte einen gleichmütigen Blick mit dem Tier; beide wussten, dass ihr Schicksal in fremden Händen lag. Die anderen Achselsachsen im Bus schwatzten fröhlich miteinander. Nun, da sie über die Grenze waren, hatten sie natürlich auch wenig zu befürchten.

»Swa þonne se ealda cyning cwilþ.«

»Gehyrest ðu þæt unwyrþan sweg hie forþiað on þæm drylican soncræfte-boxe?«

»Heo suþe gesoden bleat leac agen.«

Drustan schloss die Augen und berührte seinen Torques mit einer Fingerspitze. Das half ihm, zu denken und seinen Verstand auf neuen Kurs zu bringen, indem er auf Angelsächsisch dachte oder der Variante jener Sprache, die ihn in der Stadt am Leben halten würde:

»Der alte König stirbt also.«

»Du hörst dir den Müll an, den sie heutzutage im Radio spielen?«

»Sie hat wieder nur scheiß gedünstete Lauchstangen gekocht.«

»Wollen Sie mein Huhn kaufen?«

Die Angelsächsin hielt ihm den Vogel hin. Das Tier gackerte ohne jede Hoffnung.

»Nein, danke«, sagte Drustan.

»Beschissener keltischer Geizhals.« Die Frau sah ihn finster an, doch nun stiegen zwei Polizisten in den Bus, einer breitschultrig, der andere groß und schlaksig. Sie waren in Zivil – billige graue Anzüge –, streckten aber Dienstmarken an Silberketten vor.

»Wir möchten die Gelegenheit nutzen, Sie in London willkommen zu heißen, der Hauptstadt des Ostens und dem Sitz des Hochkönigs«, sagte der Lange.

»Aber wir lassen nicht einfach jeden rein«, fügte der Vierschrötige hinzu. »Also halten Sie Ihre Papiere bereit.«

Die Frau neben Drustan kramte in ihrer Handtasche. »Sie nicht, meine Liebe«, sagte der Schlaks. »Ihnen glauben wir.«

Die Frau nickte und trug ihr Huhn aus dem Bus, gefolgt von einem Angelsachsen nach dem anderen. Keiner der Kelten rührte sich.

Der Stämmige musterte die verbliebenen Fahrgäste mit einem Unheil verkündenden Blick. »Was für ein erbärmlicher Haufen.«

Am Ende waren jedermanns Papiere geprüft und bespöttelt, flüchtige Leibesvisitationen vorgenommen und eine Reihe völlig unnötiger Funksprüche an die Zentrale übermittelt worden, und die anderen Kelten durften den Bus ebenfalls verlassen. Drustan wusste genau, was los war. Die Polizei hatte ihre Tagesquote erfüllt, und es war unwahrscheinlich, dass ein Einreisesystem, das aus allen Nähten platzte, mit noch mehr unerwünschten Besuchern zurechtkam. Der bürokratische Filter war ein Schauspiel, eine Demonstration der Macht, damit die Gäste aus dem Westen nur nicht vergaßen, auf wessen Territorium sie sich befanden. Drustan hatte es schon oft über sich ergehen lassen und wusste, wie man am besten damit umging; deshalb hielt er sich zurück und ließ die anderen zuerst aussteigen. Sollte es einen Zwischenfall geben, wäre es gut, wenn er sich nicht vor Zeugen ereignete.

»Endlich, der Bodensatz.« Der hoch aufgeschossene Polizist nahm Drustans Existenz zum ersten Mal zur Kenntnis. »Deine Papiere, wenn du so freundlich wärst.«

Drustan nahm seinen Mantel und den abgewetzten Seesack

von der Gepäckablage und begab sich zur Tür. Die Polizisten warteten auf ihn. Drustan hielt seine Reisepapiere in der Hand, aber der spillerige Beamte ignorierte sie und musterte lieber Drustans Anzug.

»Gut gekleidet für einen Indij, meinst du nicht auch, Flad?«

Flad, der Vierschrötige, beugte sich vor und bürstete Drustan eine imaginäre Staubflocke von der Schulter.

»Sehr hübsch, Eadwulf.«

Gewiss, es war ein guter Anzug, der einzige, den Drustan besaß. Er bestand aus schwarzem, dicht gewebtem Tuch und war ein bisschen zerdrückt, aber strapazierfähig und leicht sauber zu halten. Ein Schneider im Westen hatte ihn einmal damit belohnt. Die Tochter des Mannes war verschwunden, und Drustan hatte sie zurückgebracht – nachdem er sich vergewissert hatte, dass sie nach Hause zurückkehren *wollte.* Geld durfte Drustan von dem Mann nicht annehmen, aber im Laufe der Ereignisse war sein Anzug zerrissen worden, und als der Schneider anbot, ihn durch etwas Gleichwertiges zu ersetzen, war Drustan kein Grund eingefallen, aus dem er das Angebot hätte ablehnen müssen. Er trug den Anzug über einem weißen Hemd mit offenem Kragen, in dem der Torques gerade zu erkennen war. Kein Kelte trug jemals eine Krawatte.

Drustan sah geradeaus, während Eadwulf seine Papiere durchging. »Du verlässt das Reservat zum ersten Mal?«

Drustan konnte sich nicht erinnern, was in seiner Reisehistorie stand. Es war vermutlich sowieso unzutreffend und er war müde von der Fahrt.

»Schauen Sie einfach in die götterverdammten Papiere«, sagte er.

Die Polizisten tauschten einen Blick, der damit endete, dass Eadwulf die Spitze seines Sax' Drustan an die Kehle drückte.

Drustan war beeindruckt. Er hatte nicht einmal bemerkt, wie der schlaksige Polizist nach dem Langmesser griff. Vielleicht eine Schnellzugscheide auf dem Rücken. Angelsachsen liebten ihr Technikspielzeug.

»Ein bisschen mehr Respekt, mein Freund.« Eadwulf sprach leise und gelassen. Er hätte genauso gut eine Wegbeschreibung erteilen können. Flad gähnte ausgiebig.

»Ich glaube, ich brauche weitere Identifikation«, sagte Eadwulf. »Ich bin mir nicht sicher, ob diese Papiere ganz in Ordnung sind.«

»Aber natürlich.« Demonstrativ langsam griff Drustan in die Innentasche, zog ein Plastikmäppchen hervor, hielt es dem Polizisten aufgeklappt hin und lächelte höflich. Eadwulf sah es nicht an, sondern behielt seine Augen auf Drustans Gesicht.

»Ich hoffe, du machst dich jetzt nicht über mich lustig.«

»Eadwulf«, warnte ihn der andere Polizist, kam aber nicht damit durch.

»Weil«, fuhr Eadwulf fort, »wir im Osten zwar zu Recht für unseren Sinn für Humor bekannt sind, er uns hin und wieder aber auch verlassen kann.«

»*Kollege*«, hustete Flad.

Drustan hielt das Mäppchen für den größeren Mann schräg, damit es keine Missverständnisse gab. Über einem glänzenden Siegel aus Silber stand das Wort *Kriminal-*, darunter *inspektor.*

»Oh, Scheiße.« Eadwulf steckte das Messer eilig weg. »Bitte entschuldigen Sie, Inspektor. Im Moment sind viele Unruhestifter unterwegs. Kelten *und* Angelsachsen.«

Drustan stieg an ihm vorbei aus dem Bus und wuchtete sich den Seesack auf die Schulter. Er drehte sich zu ihnen um und betrachtete sie, worauf sie sich wieder anspannten.

»Wie komme ich zum Wald von Epping?«

VIER

Mitternacht war vorüber, als Sergeant Agapos sie bis ans Ende des Trampelpfads in den Wald gefahren hatte. Er parkte neben den anderen Einsatzfahrzeugen. Ein gelangweilter angelsächsischer Sanitäter saß im grellen Schein der Bogenlampen auf einem Baumstumpf und paffte eine elektronische Zigarette. Kirscharoma dampfte in den Wald und wurde eins mit dem in der kalten Nachtluft kondensierenden Nebel.

Leuchtbänke rings um die einzelne Eiche der Lichtung waren auf den Leichnam gerichtet, der dadurch weiß zu glühen schien; als würde er das Licht spenden, statt davon bestrahlt zu werden. Der Spurensicherungstrupp in weißen Überzügen steckte nummerierte Stäbchen in den Boden, konferierte mit leiser Stimme und nahm mit grellem Blitzlicht Fotos auf: Geisterwesen, aus dem Wald gerufen, die ihre seltsamen Riten vollführten.

Aedith zog sich die Gummistiefel über. Agapos reichte ihr einen schweren Übermantel, den er zusammengerollt im Kofferraum aufbewahrte.

»Mir gefällt Ihr Kleid«, sagte er. Vermutlich meinte er es aufrichtig. Wie ein volles Viertel der Hauptstadtpolizei war Agapos dunkelhäutig und hatte ein breites Gesicht. Er war einer von vielen Nachfahren afrikanischer Seeleute, die vor ein paar Hundert Jahren an den Ufern der Themse gestrandet waren. Ein lokaler Kriegsherr hatte Agapos' Ahnen willkommen geheißen und zuerst als Söldner beschäftigt, dann, als die Idee ziviler

Friedenshüter aus dem Ausland über den Ärmelkanal gelangte, als Schutzleute. Heute waren sie angelsächsischer als die Angelsachsen. Aedith hatte die gesegnete Münze erspäht, die Agapos an einer Kette unter seiner Stichschutzweste trug. Sie war das Verlobungsgeschenk seines Ehemanns, eines Zollbeamten, der genauso groß und so kräftig gebaut war wie Agapos, aber am anderen Ende der Hautfarbenskala stand, weil er ein Norse war, den die Aussicht auf wärmere Winter nach Süden gelockt hatte. Das Gesicht auf der einen Seite der Münze hatte nur ein Auge, und die Nase war breiter als in den üblichen Darstellungen, aber auf der anderen Seite war der Name *Wotan* eingraviert.

»Gorsedd Angwin«, sagte Agapos. »Kelte, ledig, Ende dreißig, nach allen Aussagen beliebt oder zumindest respektiert. Zuletzt gesehen gestern Abend, als er mit anderen Delegierten einen trinken war, aber nicht exzessiv. Gegen zehn erhielt er einen Anruf und verließ das Lokal. Das war das letzte Mal, dass ihn jemand gesehen hat, bis ihn das Touristenpärchen heute Nachmittag entdeckte. In ihren Flitterwochen. Ich habe ihre Aussagen aufgenommen. Die Frau war sehr hilfsbereit. Der Mann kam mir wie ein Schlappschwanz vor.«

»Sind sie noch hier?«

Agapos schüttelte den Kopf. »Haben ihre Reise abgebrochen und sind schon auf dem Heimweg. Ich hätte sie ja hierbehalten, aber ... Panafrikaner.«

Aedith sagte nichts dazu. Das englische Gesetz benannte beinahe keine Umstände, unter denen ausländische Besucher gezwungen wären, bei einer Ermittlung mitzuwirken. Und selbst wenn dem so gewesen wäre, hätte ein angemessenes Bestechungsgeld an höherer Stelle dafür gesorgt, dass sie bei Beginn der nächsten Schicht trotzdem wieder unterwegs wären.

»Wir sollten das Dezernat bis zum Wochenende weitgehend wiederhaben«, sagte Agapos, »aber diese Obdachlosenlager räumen sich nicht von allein.«

Aedith beschwerte sich nicht. Man musste mit dem arbeiten, was man hatte. Und was sie hier hatte, war ein Opfer, das seit mindestens vier Stunden tot war, vermutlich sogar länger. Fast mit Sicherheit war Angwin vor Ort getötet worden: Die Baumrinde war schwarz vom Blut, die Erde unter seinen übereinandergelegten Füßen damit befleckt. Einen Monat lang hatte es nicht geregnet; der Boden war rissig und dürstete. Fußspuren gab es vermutlich keine. Aedith ging in die Hocke und musterte die Metallstifte in den Fußgelenken des Toten.

»Zimmermannsnägel«, sagte Agapos. »In den Handgelenken auch. Bekommt man in jedem Baumarkt. Vermutlich mit einer Nagelpistole eingeschossen. So was kann man sich übers Wochenende ausleihen. Vergangenen Sommer habe ich damit die Terrasse gebaut.«

Aedith nickte und wischte bespritzte Blätter zu Füßen des Mannes beiseite. Man wusste nie, ob man nicht eine verlorene Bahnfahrkarte entdeckte, eine zerknüllte Quittung oder sogar einen Ausweis. Gefunden hatte sie dergleichen noch nie, aber sie suchte immer danach. Natürlich fand sie nichts. Sie stand auf und trat zurück.

»Sie sind ein kräftiger Mann, ertüchtigen Ihren Körper regelmäßig. Bekämen Sie so etwas allein hin?«

Agapos kratzte sich nachdenklich am Kinn. »Vielleicht? Wenn ich ihn vorher betäube.« Er sah in den Wald und überlegte. »Ihn in den Wald tragen, an den Baum lehnen, erst ein Handgelenk festnageln, dann das andere, danach die Fußgelenke, zum Schluss die Kehle durchschneiden. Ja, wäre machbar.«

»Oho.« Aedith war beeindruckt. »Erinnern Sie mich daran,

dass ich bloß nicht Ihre Pensionsunterlagen verbummle. Was die Betäubungsmittel angeht, warten wir die Toxikologie ab. Warum so öffentlich?«

»Hat man ihn zur Strafe zusammengeschlagen, und jemand verlor die Beherrschung? Vielleicht Schulden?« Agapos musterte die Tätowierungen des Toten. »Ich kenne ein paar Stammeszeichen und sehe nichts von den Tätos großer Banden. Sie sagten, er sei Diplomat?«

»Ein hochgestellter sogar, wie es scheint. Die Schnauzbärte in den höheren Etagen haben nicht viele große Talente, aber vermutlich käme man nicht durchs Vorstellungsgespräch, wenn man als Schnauz mit Tätos der Söhne Lughs bedeckt ist oder so was. Mir ist aufgefallen, dass Sie religiöse Gründe ausgeschlossen haben.«

»Religion?« Agapos klang verwirrt. »So etwas wie ein Verbrechen aus Hass?«

Aedith nickte. »Erinnern Sie sich an diese Irren vor ein paar Jahren, die sich Wotans Erben nannten? Sie hängten ihre Opfer mit Stacheldraht an Mobilfunkmasten auf, filmten alles und hofften, dass die Weisheit der Götter sich zeigt.«

Die Aufnahmen waren als Belastungsmaterial sehr gelegen gekommen. Die Klatschblätter hatten die Mordserie geliebt und, weil die meisten Opfer rauschgiftsüchtig oder kriminell gewesen waren, einen Hauch von »göttlicher Gerechtigkeit« anklingen lassen und die Taten nicht rundheraus verdammt.

Agapos runzelte die Stirn. »Die waren aber an den Fersen aufgehängt.«

Aedith konnte nie mit Sicherheit sagen, wie gläubig ihr Sergeant war. Er gehörte nicht zu denjenigen, die nur darauf warteten, dass man an einem Tiefpunkt anlangte, damit sie einen in ihren Tempel einladen konnten, oder sich aufregten, wenn jemand das Julfest beging, ohne dass ein echter Bärenkopf über dem Kamin hing. Aber man wusste ja nie.

»Wenigstens kannten Wotans Erben die Grundbegriffe. Technisch gesehen hängt dieser Kerl falsch herum.«

Aedith nickte geistesabwesend. Aus irgendeinem Grund irritierten sie die ausgebreiteten Arme.

»Sollte er in T-Form gebracht sein? Hängt es irgendwie mit den Schnauzen zusammen?« Aedith konnte sich keinen Stammesmann vorstellen, der groß genug war, um einen anderen Mann ohne Hilfe in den Wald zu schleppen und an einen Baum zu nageln. Kelten waren in der Regel eher mager, selbst ohne dass Armut oder Mangelernährung ihr Werk getan hatte, aber andererseits musste es auch große Kelten geben.

»Ähm«, machte Agapos. Er klang unschlüssig, was für ihn ungewöhnlich war. »Vielleicht fragen Sie den da?«

Ein schlanker bärtiger Kelte in dunklem Anzug und Übermantel trat zwischen den Bäumen hindurch auf sie zu.

Zwei Uniformierte rannten auf ihn zu, und er hob einen Dienstausweis. Sie wichen zurück. Die Tatortermittler tauschten einen verwirrten Blick, als er näher trat, aber der Kelte wusste augenscheinlich, worauf es ankam, denn er bog vor dem Absperrband ab, das zwischen den Bäumen gespannt war, und umging es Richtung Aedith und Agapos.

Dabei hielt er eine Hand in die Höhe, um das Licht abzuschirmen, das ihm genau ins Gesicht strahlte. Sein Bart war kurz gestutzt, das Haar lang, zum Teil geflochten und über den Kragen des Mantels drapiert. Sein Torques war von einem dunklen Stahlgrau.

»Kriminalinspektor Drustan«, sagte er. »Mir wurde gesagt, Kriminalhauptmann Mercia untersucht diesen Fall?«

Agapos starrte ihn offenen Mundes an. »Wo, bei den Höllen, kommen Sie denn her?«

»Sind Sie Hauptmann Mercia?«

Aedith wackelte mit den erhobenen Fingern.

»Aha«, sagte der Mann. »Verzeihen Sie.«

Sie schüttelten einander kurz die Hand. Agapos glotzte noch immer.

»Mein Sergeant glaubt, Sie hätten vielleicht die Runen geworfen oder wären auf den Leylinien gewandelt, so etwas«, sagte Aedith.

»Ich habe die GPS-Koordinaten erhalten.« Inspektor Drustan hielt sein Mobifon hoch. »Mit dem Taxi bin ich dem Feldweg gefolgt, so weit es möglich war, und zu Fuß weitergegangen, bis ich das Licht durch die Bäume scheinen sah. Könnten wir uns unterhalten?«

»Wollen Sie den Fall?«, fragte Aedith zehn Minuten später und reichte Drustan einen Kaffee. »Greifen Sie zu. Ich hätte nichts gegen Entlastung einzuwenden.«

Drustan grinste sie an. »Ich möchte mich dafür entschuldigen, Ihnen Hoffnungen gemacht zu haben. Ich bin nur in beratender Funktion hier.« Er nahm einen Schluck aus dem Pappbecher und zog eine Augenbraue hoch. »Der ist gut. Maurisch?«

»Für die Tatortermittler ist das Brennstoff. Meine Familie hat Verbindungen nach Iberien, also habe ich eine der besseren Maschinen importiert, um sie bei Laune zu halten.«

»Wo ich herkomme, nehmen wir noch zermahlene Eicheln.

Ihre Familie, das wäre Earl Lod?« Drustan sah sie nicht einmal an.

»Und Sie tun so, als wüssten Sie nicht, wer von uns Kriminalhauptmann Mercia ist«, schalt Aedith ihn sanft. »Nein, die iberischen Verbindungen kommen von der Seite meiner Mutter.«

Drustans Blick zuckte wieder zu Aedith. Ein schiefes angedeutetes Lächeln, teils Zerknirschung, teils etwas anderes. Seine Augen waren sehr dunkel. Vielleicht hatte er wie so viele männliche Kelten ein wenig Kajal aufgelegt. »Die Stammesältesten sorgen sich, dass sein Tod politisch motiviert sein könnte.«

»Sein *Tod?* Ein höfliches Wort dafür. Wir gehen von einem Mord aus. Ich weiß nicht viel über die Kultur der Stämme, aber dies sieht mir nicht nach einem sexuellen Abenteuer aus, das aus dem Ruder gelaufen ist. Es sei denn, es lief schon *richtig* lange schief, bevor es in den Wald ging.«

»Ich stimme Ihnen zu«, sagte Drustan milde.

Aedith trank ihren Kaffee aus. »Ihre Ältesten glauben, dass der Tod dieses Diplomaten meinem Vater in irgendeiner unerfindlichen Weise nutzt und ich mit dem Fall betraut wurde, um es zu vertuschen. Sie haben ein paar Strippen gezogen, um Sie so schnell wie möglich nach London zu holen, sodass Sie mir auf die Finger sehen und dafür sorgen, dass ich damit nicht durchkomme.«

»Die berühmte unverblümte Art der Angelsachsen.« Drustan nahm glücklich einen Schluck aus seinem Becher. »Sie müssen mich entschuldigen. Mein Volk liebt die Mehrdeutigkeit, die Grautöne. Ich brauche immer ein wenig Zeit, um mich anzupassen. Tatsächlich deutet nichts darauf hin, dass Ihr Vater in den Fall verwickelt wäre. Ich bin jedoch gebeten worden, die Sache von Anfang an mit zu untersuchen und die Ermittlungen durch mein Wissen und meine Kontakte innerhalb der keltischen Gemeinde zu unterstützen. Und ja, vielleicht auch, damit niemand den Eindruck erhält, das Vorgehen könnte in irgendeiner Weise kompromittiert sein. Ihr Revierkommandant war überraschend hilfsbereit. Bis zum Abschluss des Falles hat er mir eine Unterkunft und die Unterstützung der angelsächsischen Polizei angeboten.«

»Großartig«, sagte Aedith. »Möchten Sie sich die Leiche ansehen, bevor wir sie vom Baum nehmen?«

»Dafür wäre ich sehr dankbar«, sagte Drustan, und er klang so, als meinte er es ernst.

❈

»Kennen Sie den Mann?«, fragte Aedith.

Drustan hatte die Leiche eine lange Weile betrachtet. Er schüttelte den Kopf.

»Was ist mit den Tätowierungen? Wir kennen die Sigillen der großen Schnauze-Verbrecherclans …« Aedith hatte das Schimpfwort ausgesprochen, bevor sie es begriff, und verzog gequält das Gesicht. »Tut mir leid. Aber wir erkennen keine einzige davon.«

Drustan ging wortlos darüber hinweg. »Meist religiöser und akademischer Natur, ein paar sportlich. Der Mann muss das *Iomáint* geliebt haben. Das Spiel ist besonders beliebt bei Arbeiterklasse bis Mittelstand. Allerdings kann ich nicht erkennen, was …«

Er deutete auf eine Tätowierung an der linken Brustseite, die über dem Herzen begann und unter geronnenem Blut verschwand. Aedith sah genauer hin. Waren das Finger? Die Tatortermittler packten schon zusammen, nahmen die Atemmasken ab, stiegen aus den Überanzügen, wurden wieder zu Erdenmenschen. Irgendwie empfand sie den Anblick jedes Mal als enttäuschend.

»Könnten wir etwas bekommen, um hier sauber zu machen?«

Einer von ihnen reichte Aedith ein Tuch und eine Flasche mit einer blassvioletten Flüssigkeit. Sie tränkte das Tuch, führte es zur Brust des Mannes und hielt inne, als sie hörte, wie Drustan Luft holte.

»Gibt es etwas Religiöses zu berücksichtigen?«

Er verzog das Gesicht. »Am besten wäre, wenn die erste Person, die den Leichnam berührt, demselben Stamm angehört. Oder diesem nahesteht.«

Aedith zuckte mit den Schultern, reichte ihm das Tuch und sah zu, wie Drustan mit langsamen, bedachten Bewegungen das geronnene Blut von der Brustmitte des Toten wischte. Er murmelte dabei etwas, aber sie bekam die Worte nicht mit. Verstanden hätte Aedith sie ohnehin nicht.

Die Tätowierung, die Drustan freigelegt hatte, besaß die Form einer Hand. Sie war schlicht ausgeführt, fast so, als hätte jemand versucht, das Opfer wegzustoßen, und einen schwarzen Abdruck hinterlassen.

»Das habe ich schon mal gesehen«, sagte Aedith.

Der Kelte zog das Tuch weg, als wäre es kontaminiert worden. Aedith hatte schon einmal solch einen Ausdruck im Gesicht eines Mannes gesehen. Bei einem ihrer ersten Einsätze war sie an den Schauplatz eines religiös motivierten Hassverbrechens gekommen: eine heilige Eibe in Ceapan. Sie hatte den örtlichen Priester auf dem Pflaster inmitten der Asche vorgefunden; mit leeren Augen hatte er sich vor und zurück gewiegt und eine Halskette aus Kaurimuschelschalen befingert, während das Mobifon in seiner Tasche immerfort klingelte, ohne dass er ranging. Er hatte den Ausdruck eines Mannes gezeigt, der einer Blasphemie von Angesicht zu Angesicht gegenüberstand.

»Er war bei den Fomóir«, erklärte Drustan leise.

»Na, Scheiße«, sagte Aedith.

FÜNF

Agapos fuhr Aedith nach Hause. Am Morgen könne sie die Limousine dann am Revier abholen. Spät am Morgen. Kaum denkbar, dass jemand damit wegfahren würde; jeder wusste, was diplomatische Nummernschilder bedeuteten.

»Also Terrorismus, Frau Hauptmann?«, fragte Agapos. So förmlich sprach er sie nur an, wenn er besorgt war. »Bedeutet das Politik?«

»Die Fomóir sind seit zwanzig Jahren nicht mehr aktiv gewesen.« Ungebeten kam Aedith eine Erinnerung an die Anführer von Stammesgruppen in den Nachrichten in den Sinn, deren Stimmen durch die von Schauspielern ersetzt worden waren, und an die Leibwächter ihres Vaters, die jeden Morgen die Unterseite des Wagens untersuchten, bevor die Kinder zur Schule gefahren wurden. Und dann, eines Tages, hatten die Stammesleute ihre Stimmen zurückbekommen, und die Überprüfungen hatten aufgehört. »Trotzdem, auch wenn der Fall bisher nicht politisch war, jetzt ist er es. Was mich ärgert. Was halten Sie von Inspektor Drustan?«

Ein Uniformierter hatte ihn zu der Polizeiakademie gebracht, an der ihm von Revierkommandant Hengist eine vorübergehende Unterkunft angeboten worden war. Wenn ein paar Hundert Polizeikadetten am Morgen aufwachten, würden sie einen Kriminalinspektor der Stammespolizei mitten unter sich vorfinden. Diversität am eigenen Leib zu erfahren, würde ihnen guttun.

Agapos zuckte mit den Schultern. »Schwer zu durchschauen, diese Kelten. Er ist stiller als die meisten, denen ich begegnet bin, was mir gefällt. Sie wissen ja, was man so sagt: Man soll sich nicht den Mund mit Mehl füllen und dann in die Feuerstelle blasen.«

»Stimmt«, sagte Aedith, während sie darüber rätselte. »Na gut. Wir sehen uns im Büro.«

Sie machte sich den Spaß, die Tür des Streifenwagens so laut zuzuknallen wie möglich. Selbst um zwei Uhr morgens konnte man die Empörung der Nachbarn spüren. Sie schienen zu glauben, dass der Wert ihrer Immobilien jedes Mal sank, wenn ein Polizeiwagen die Straße entlangfuhr, und vielleicht hatten sie damit sogar recht. Mittlerweile gab es Apps, die einen in Echtzeit über solche Dinge informierten.

Aedith brauchte vier weitere Minuten, um die Sicherheitskontrollen an der Haustür zu durchlaufen, und musste am Ende in den Tiefen ihrer Manteltaschen nach dem zerknüllten Zettel mit dem Code suchen. Im vergangenen Frühjahr hatte ihr Vater darauf bestanden, das neue System einbauen zu lassen, ohne Aediths Einwände zur Kenntnis zu nehmen. Tief in ihrem Innern war ihr klar gewesen, dass er recht hatte, aber nachgegeben hatte sie erst, als ihre Mutter in die Appelle einstimmte.

»Es geht nicht nur um dich«, hatte sie gesagt. Es war einer von Sweteruns besseren Tagen gewesen, an denen sie aus ihrem Sessel aufstehen, in den Garten gehen und unter den Apfelbäumen sitzen konnte. Die Blüten waren noch nicht gefallen. »Es ist auch für den Jungen. Er kann sich noch nicht selbst verteidigen.«

»Er ist dreizehn«, fügte Lod hinzu. Er setzte sich nur selten zu ihnen in den Garten, sondern zog es vor, mit dem Rücken zu ihnen zu stehen, um so viel beobachten zu können wie möglich – ob die Komposthaufen sich mit den Feuerholzstapeln verschworen hatten und einen Zangenangriff auf die Laubtonne planten. »Fast schon ein Mann. Bald muss er selbst für sich sorgen.«

»Glaubst du das wirklich?«, fragte Aedith und nippte vorsichtig an ihrem Minztee. »Oder glaubst du nur, das sagen zu müssen?«

Sweterun schürzte missbilligend die Lippen, doch Lod wandte sich um und grinste sie an. »Eine andere Generation«, hatte er gesagt, fast, aber nicht ganz in bedauerndem Ton. »Du ziehst ihn so auf, wie du es für am besten hältst. Wir mischen uns nicht ein. Außer in Fragen der Sicherheit selbstverständlich.«

Als Aedith hereinkam, erledigte Hilde Schreibarbeiten am Küchentisch. Ihre Pflichten als Kinderfrau, Haushälterin und Leibwächterin schlossen in letzter Zeit auch die einer Buchhalterin ein. Sie verdiente mit Sicherheit eine Gehaltserhöhung. Aedith nickte ihr zu, und Hilde räumte zusammen und zog sich wortlos in ihr Zimmer zurück. In letzter Zeit brauchten sie kaum noch miteinander zu reden. Wenn es etwas Wichtiges zu sagen gab, würde eine von ihnen es ansprechen.

Coram schlief, als Aedith nach ihm sah, halb zugedeckt. Der Bildschirm seiner Datentafel war voller mathematischer Diagramme. Sie nahm das Gerät, hängte es ans Kabel, damit es am nächsten Tag für die Schule aufgeladen war, und zog ihm die Decke über die Schultern. Einen Moment lang empfand sie einen fast überwältigenden Drang, ihn auf die Stirn zu küssen, kehrte aber zur Tür zurück und betrachtete ihn mit einer Hand am Lichtschalter. Wenn er schlief und die schwarze Haarschwinge über einem Auge lag, statt zurückgestrichen zu sein, ähnelte er seinem Vater weniger. Einmal hatte sie vorgeschlagen, dass er es kurz schneiden sollte, doch Coram hatte sie wütend angefunkelt, und sie hatte nie wieder davon gesprochen.

Er rührte sich ein wenig im Schlaf. Sein Gesicht zuckte.

»Ist es nicht«, murmelte er. »Ist es nicht.«

Aedith schaltete das Licht aus und schloss die Tür.

Drustans Zimmer war klein und spärlich mit allem möbliert, was ein Kadett der Polizei des Hochkönigs brauchte: Einzelbett, Waschbecken, abgewetzter Stuhl, Einbauschrank, billiger Schreibtisch. Jemand hatte in die Wand gekratzt: Osmund ist ein Wichser.

Er hängte seinen Mantel in den Schrank, zog die Schuhe aus und legte seine Socken in eine Tragetasche, die er für die schmutzige Wäsche mitgebracht hatte. Er nahm die aus Jett geschnitzte Statue der Morrigun aus seinem Seesack und stellte sie auf den Schreibtisch. Der Weihrauch, den er normalerweise verbrannte, wenn er einen Reiseschrein errichtete, musste warten; es hatte keinen Sinn, den Rauchmelder auszulösen und sämtliche Polizeischüler gegen sich aufzubringen, weil irgend so ein Indij sie mit seinem Hokuspokus zu nachtschlafender Zeit weckte. Eine heimtückische Stimme raunte ihm zu, dass das auch keine Rolle spiele, aber er achtete nicht auf sie und entzündete eine Kerze, legte die Krähenfeder davor und nahm die Fünfte Haltung des Ruhenden Bären ein: auf die Fersen gehockt, die Augen geschlossen, die Arme ausgestreckt, mit den Handflächen nach oben.

Die Göttin kam nicht zu ihm, natürlich nicht. Dass sie es getan hatte, lag so lange zurück, dass Drustan schon fast vergessen hatte, wie es sich anfühlte: plötzlich ein metallischer Geschmack im Mund, das Gefühl, jemand streiche an ihm vorbei, so dicht, dass er manchmal ihre Haare an seinem Gesicht spürte, ihren Atem auf der Wange. Dann sprach sie mit ihm, in den geborgten Stimmen von Frauen, die er gekannt hatte: Verwandte, Geliebte, einmal über eine knisternde Festnetzleitung die ferne Stimme einer Bankangestellten aus dem Mogulreich, die so freundlich gewesen war, einen einsamen jungen Mann bei seinem ersten Versuch zu unterstützen, aus einem fremden Land Geld nach Hause zu schicken.

In dieser Nacht sprach sie nicht zu ihm, oder vielleicht war er auch geistig zu erschöpft und durcheinander, um sie zu empfangen; eine Möglichkeit, an die er sich klammerte wie ein kleines Kind, das musste er zugeben. Am Ende hängte Drustan seinen Anzug auf, blies die Kerze aus und schlief, so gut er konnte.

SECHS

Das Polizeirevier Wotanskreuz lag in einer Gegend von London, die hauptsächlich aus grauen Bürogebäuden und noch graueren Hotels bestand. Die Bauten scharten sich um eine aufgelassene Bahnstation, die als Drehkreuz in den Osten gedient hatte, bis vor zwanzig Jahren eine Bombe jedes Fenster in einer Meile Umkreis zerschmettert hatte. Die Bürogebäude waren saniert worden, aber der Bahnhof blieb geschlossen. Niemand hatte je herausgefunden, wofür die Terroristen eingetreten waren, doch eine Anzahl junger Londoner Kelten war festgenommen worden, ohne dass man sie jemals wiedergesehen hätte.

Die junge Beamtin am Tor ließ Drustan mit einem nachlässigen Winken ein, kaum dass er seinen Dienstausweis an den in die Wand eingelassenen Abtaster gehalten hatte. Sie trug eine der neuen Automatikpistolen aus Karbonfaser an der Hüfte. Diese Waffen würden innerhalb Jahresfrist auch in den Stammeslanden auftauchen – es stand zu hoffen, dass die Stammespolizei mehr davon bekam als die Wolfsköpfe oder die Metschmuggler.

Aedith erwartete Drustan im Zentralfoyer mit einem Kaffee in der Hand. Ihr Hemdkleid war verschwunden und durch ein graues Filzhemd, eine schwarze Hose und einen militärisch geschnittenen Wintermantel ersetzt. Die Erfassungszone war voller barbrüstiger Angelsachsen, deren Gesichter mit billiger Kriegsbemalung aus dem Supermarkt beschmiert und deren Arme mit Handschellen auf den Rücken gefesselt waren. Eine kleine Gruppe Prostituierter – männlich, weiblich und Freunde der Elfen – wartete auf Kaution und bekundete ihr Entzücken über die Schau, die ihnen geboten wurde, indem sie wahrhaft beeindruckend anerkennend johlten und pfiffen. Irgendwann drohten die Beamten, die sie festgenommen hatten, damit, weitere Anklagepunkte hinzuzufügen, aber das verschlimmerte den Lärm nur. Der Umstand, dass volle zwei Drittel der anwesenden Polizisten Afrosachsen waren, blieb von den Festgenommenen ebenfalls nicht unkommentiert.

»Die Gipfelproteste gehen diesmal früh los.« Aedith nippte an ihrem Kaffee. »›England soll angelsächsisch bleiben‹ und all so was. In den Graswurzelmedien schaukeln sie sich schön gegenseitig hoch, aber in Wirklichkeit ist es bloß ein Vorwand, sich vollaufen zu lassen, sich zusammenzurotten und ein paar Scheiben einzuwerfen. Ziehen Sie sich einen Kaffee aus der Maschine, wenn Sie möchten. Wir verfolgen das Mobifon des Opfers.«

Drustan kam in den Bereitschaftsraum, als die Gespenster der vorherigen Ermittlung gerade abgenommen wurden. Unter den Augen eines älteren Beamten in einem teuren, aber schlecht sitzenden Anzug wurden farbübersättigte Fotos gut gekleideter Leichen ohne Köpfe von einer Vielzahl ziviler Mitarbeiter in Pappkartons geräumt.

»Die Klatschpresse nannte ihn den Fengyr. Angelsächsisches Schreckgespenst, grob übersetzt ›der Jäger‹.« Aedith hielt eine primitive, ans Fieberhafte grenzende Skizze einer Gestalt hoch, die auch aus den panafrikanischen Comicheften stammen konnte, wie Drustan sie als Junge verschlungen hatte. Sie zeigte einen Mann mit breiten Schultern in schwarzer Militärhose und

Stiefeln, dessen nackte Brust von blutigen Runen bedeckt war und der eine ausdruckslose Begräbnismaske aus kaltgeschmiedetem Eisen trug. In der rechten Hand hielt er einen großen Sax, von dem unrealistische Mengen Blut tropften. Mit der linken Hand hatte er einen abgetrennten Kopf fest bei den Haaren gepackt.

»Angelsachse gegen Angelsachse, glauben wir – für Sie wohl ein Sieg auf ganzer Linie. Falls man annehmen will, dass er überhaupt menschlich ist. Keine Überwachungskamera hat ihn je gefilmt, und er hat nie einen Fingerabdruck hinterlassen. Was zu der These führte, es handle sich bei ihm um den echte Fengyr aus der Legende, einen Aspekt von Wotan persönlich. Wie dem auch sei, Hauptmann Ceolbert hat ihn nie gefasst, aber die Ermittlung hat ihm eine begehrte Beförderung zur Grenztruppe eingebracht. Da gibt es kistenweise fränkischen Branntwein und so viele Leibesvisitationen, wie man sich wünschen kann, was, Ceolbert?«

Der ältere Beamte sah Aedith wütend an, riss ihr die Skizze aus der Hand und stopfte sie in einen anderen Karton voller Fotos. Sie zeigten alle Köpfe.

»Nächstes Mal mehr Glück.« Aedith schnalzte Ceolbert mitfühlend zu, und er stapfte hinaus, seinen letzten Mitarbeiter im Schlepptau.

»Sie haben ihn nie gefunden?«, fragte Drustan interessiert. »Den Fengyr?«

Aedith schüttelte den Kopf. »Nach allem, was ich gehört habe, hat Ceolbert keine Spur von ihm entdeckt. Die einzige Gemeinsamkeit der Opfer besteht darin, dass sie gute Beziehungen besaßen und jeder in einem gewissen Umfang in die Schatztruhe gegriffen hatte. Oder Verbindungen zur Kinderpornoszene unterhielten, was bei unserem Freund mit der Maske auch nicht besonders gut ankam. Die Mordserie endete plötzlich, und die hohen Tiere schienen keine Lust zu haben, irgendwelchen weiteren Druck auszuüben. Keine einzige der betroffenen Familien hat Krawall geschlagen. Alles wurde aus der Presse herausgehalten, und die meisten Todesfälle wurden offiziell zu Selbstmorden erklärt, auch wenn das unwahrscheinlich erscheint, da jeder durch Enthauptung gestorben ist.«

»Und Ceolbert wurde befördert, sagen Sie?«

»Das Schicksal nimmt merkwürdige Wege, Inspektor. Ich bin mir sicher, das ist Ihnen bewusst, egal, welche Marke Sie tragen. Helfen Sie mir, die Tische zusammenzuschieben?«

Drustan war beeindruckt, als er erfuhr, dass das Morddezernat von Wotanskreuz einen eigenen Technikheini hatte. Wobei »Heini« es nicht ganz traf. Vor der Reihe aus Monitoren, die einer nach dem anderen zum Leben erwachten, konnte Drustan unter einer grünen Kapuze, besetzt mit dem Eichenlaubmuster, das bei den Fans einer bestimmten Spielart dumnonischen Turbo-Folcs beliebt war, in einem Wirrwarr aus Zöpfen, Filzlocken und tätowierten Jochbeinen so gerade eben eine junge Frau ausmachen. Sie trank aus einem Becher aus wiederverwertetem Bambus, den sie in der einen Hand hielt, während sie mit der anderen durch die Codezeilen blätterte.

»Banba ist unsere Technikerin«, sagte Aedith. »Wir bekamen sie vor ein paar Jahren als Berufspraktikantin, und sie hat unsere gesamte Datenbank neu programmiert. Wir haben uns in das Unvermeidliche gefügt und ihr schon vor einer Weile die Schlüssel übergeben. Banba, ich möchte Ihnen Kriminalinspektor Drustan vorstellen.«

Banba nickte, aber ihre Aufmerksamkeit galt ganz etwas auf

dem Bildschirm vor ihr; ein pulsierender blauer Punkt, der sich langsam durch die Londoner Straßen bewegte.

Drustan beugte sich vor. »Ist das sein Telefon?«

»Hat sich seit gestern Abend bewegt«, antwortete sie. »Bleibt kaum je für länger als ein paar Minuten stehen.«

Ihr Akzent traf Drustan wie eine kalte Meereswelle. Er starrte sie an. »Sie sind Piktin?«

»Mutter ist Piktin, Vater war ein Londoner Vogt. Wurde vor ein paar Jahren in den Norden versetzt, wir haben ihn nie wiedergesehen.«

»Mischrassig«, sagte Aedith. »Diversitätsquote. Sie sollten sehen, was wir an Zuschüssen für die Kantine bekommen.«

Banba starrte auf den Bildschirm und ignorierte sie. »Es ist stehen geblieben«, sagte sie. »Nein, halt, es bewegt sich schon wieder.«

Der blaue Punkt hatte die Richtung geändert.

»Wir warten nur auf die Freigabe zum Zugriff, bevor der Akku leer ist. Schon echtes Glück, dass die Standortsuche aktiv war«, sagte Aedith. »Außer, es war gar kein Glück.«

»Jemand macht uns was vor«, sagte Banba. »Wie auch immer, es ist ein Haakonarson. Die Akkulaufzeit der Dinger ist wirklich nicht toll.«

»Warum glauben Sie, dass Ihnen jemand etwas vormacht?«, fragte Drustan.

Banba zuckte mit den Schultern. »Die Standortsuche wurde um elf eingeschaltet, eine Stunde, nachdem das Opfer zum letzten Mal gesehen wurde. Wenn ich die Bullen ablenken wollte, würde ich aus dem Mobifon eine Leuchtbake machen und sie in der ganzen Stadt umherschicken.«

»Oder das Opfer wollte, dass Sie wissen, wohin sein Mörder sich begibt.«

Banba machte nicht den Eindruck, als scherte diese Frage sie besonders. Techniker genossen den Luxus, sich auf das Problem konzentrieren zu können, mit dem sie gerade konfrontiert waren. Sich mit dem großen Ganzen auseinanderzusetzen war weder ihre Aufgabe noch lag es in ihrer Gehaltsklasse.

Agapos kam herein. Irgendwie hatte jemand irgendwo eine Schutzweste aufgetrieben, die groß genug war, um seine Brust komplett zu umschließen. Der Sergeant hielt sein privates Mobiltelefon in der Hand, dessen Hülle mit einer ganzen Palette mogulischer Animationsfiguren verziert war; kitschige Schlangen und Vögel mit übergroßen Zeichentrickaugen in Primärfarben.

»Mein Sergeant ist ein großer Freund des Spiels, bei dem man umherläuft und heilige Geschöpfe einsammelt«, sagte Aedith. »Urteilen Sie nicht zu streng über ihn.«

Agapos ignorierte sie. »Wir können los. Zwei Langschiffe warten draußen.«

Drustan ergriff seinen Übermantel, den er über eine Stuhllehne gelegt hatte, doch Aedith hob die Hand.

»Kein Platz in den Wagen«, sagte sie in mitfühlendem Ton. »Und Sie haben noch ein paar Papierhürden zu bewältigen, bevor Sie bei uns mitspielen dürfen.«

Drustan empfand jähe Wut. »Ihr Revierkommandant hat mich bereits befugt. Den Ältesten wurde volle Kooperation zugesichert.«

»Die muss aber in beide Richtungen gehen.« Aedith öffnete eine Schublade, nahm eine Faustfeuerwaffe heraus, etwas Altes und Schweres, prüfte Visier und Magazin und steckte sie ins Holster. »Also denken Sie ein bisschen darüber nach, ›Sie‹ und ›Ihnen‹ gegen ›wir‹ und ›uns‹ zu tauschen.«

Das Ärgerliche war, dachte Drustan, als er Aedith und Agapos hinterherblickte, wie sie den Bereitschaftsraum verließen, dass sie vollkommen recht hatte.

❦

Agapos nahm den vorderen Wagen und hielt sich zurück, während Aedith in dem ehemaligen Streifenwagen voranfuhr, den sie bei einer Auktion ersteigert hatte – ein stumpfnasiges, walnussbraunes Monstrum, klein für seinen Vierradantrieb. Grollend durchschnitt es den Westlondoner Verkehr. Ein Fahrradfahrer – androgyn trotz Elastan von Kopf bis Fuß, kahl geschorenem Kopf, Schutzbrille und einer 3D-gedruckten Fahrradmaske im Stil einer Zeremonienmaske der Dogon – fuhr parallel zu Aedith, streckte die Hand aus, um den Außenspiegel zu ergreifen, sah ihre Miene und zog sie rasch wieder zurück.

»Zweihundert Ellen voraus«, sagte Banba in ihrem Ohrhörer. »Keine Bewegung seit drei Minuten.«

Aedith hielt vor einem kleinen Kaufhaus und musterte die Straße, ohne auf das wütende Hupen eines Lieferwagens hinter ihr zu achten.

»Schon ein Muster?«

»Zufällige Stopps, soweit ich es sagen kann«, antwortete Banba. »Vor einer Schule, einer Münzwäscherei, wieder zurück, zu einem Hotel und ein paar Bürohäusern.«

Garantiert ein Taxi, aber alle Londoner Taxis, die Aedith sehen konnte, waren unterwegs; ihre auffälligen blauen Kurven schnitten durch den Verkehr, Freilichter blinkten unermüdlich in ihrer Jagd nach Fahrgästen. Eine Mitfahr-App? WegFreund, die verbreitetste, schrieb schwarze Fahrzeuge mit wenigstens achtzig Kilowatt vor; nichts derart Großes war zu sehen.

Ein Fahrzeug fuhr von dem Kaufhaus weg. Ein langweiliger

grauer Stadtwagen, ein Mann im Anzug im Fond. Ein Privatwagen? Ohne auszusteigen, konnte sie die Nummernschilder nicht erkennen.

»Scheiße«, sagte Banba in ihrem Ohr.

»Was ist los?«

»Der Akku ist gleich leer. Das Signal wird schwächer.«

Götterverdammt. Aedith trommelte mit den Fingern auf dem Lenkrad. Dem Stadtauto folgen oder warten? Sie konnte die Kastenwagen hier zurück- und Agapos Wache halten lassen, aber die Fahrzeuge waren alles andere als unauffällig. Von fünf runterzählen, und sie würde dem Stadtauto hinterherfahren. *Fünf, vier, drei, zwo …*

»Das Signal ist wieder da!«

Das Stadtauto fädelte sich in den Verkehr ein. Aedith löste die Handbremse und hielt das Pedal auf dem Schleifpunkt. Wenn sie in den nächsten Sekunden folgte, konnte sie vermutlich an ihm dranbleiben.

»Hat es sich bewegt? Das Signal?«

»Negativ! Noch immer vor dem Kaufhaus.«

Das Stadtauto war sofort vergessen und fuhr davon. War das Mobifon weggeworfen worden? Aedith sah keine Mülltonne in der Nähe. Es konnte auch in einen Kanalschacht gesteckt worden sein oder einfach auf der Straße liegen.

»Es bewegt sich! Nach Süden, zur Ampel.«

Kein einziges Fahrzeug bewegte sich.

Drustan blickte Banba über die Schulter. Einer ihrer Bildschirme zeigte eine Sicht auf Aediths Wagen, aber leider reichte die nicht bis auf den Boden. Eine Straßenkamera war allerdings gerade eben sichtbar, eine schwarze Kugel unter den Dachtraufen eines Spirituosengeschäfts.

Drustan deutete auf die Kamera. »Haben Sie darauf Zugriff?«

Banba sah für den kürzestmöglichen Moment dahin und kehrte sofort zu dem blauen Punkt zurück. »Privatsystem. Ich kann rein, aber die Aufnahmen sind kennwortgeschützt.«

Er zog einen Stuhl heran. »Rufen Sie es auf.«

Banbas Hände flatterten kurz über eine zweite Tastatur. »Wie Sie wollen, aber es wird Ihnen ... he!«

Drustan gab etwas auf der Tastatur ein, und ein neues Fenster öffnete sich. Aediths Auto stand im Hintergrund, und die Schnauze des vorderen Polizeiwagens war gerade vier Fahrzeuge weiter hinten sichtbar, wenn man wusste, worauf man achten musste, und vom Schirm verschwand soeben ein Moped, das von seinem behelmten Fahrer über den Gehsteig geschoben wurde.

»Kriminalinspektor Drustan sagt, Sie sollen dem Moped folgen.«

Aedith legte einen Finger ans Ohr. »Bestätigung? Das Signal bewegt sich definitiv?«

Der blaue Punkt auf dem Bildschirm blinkte zweimal und verschwand.

»Scheiße«, sagte Banba.

»Könnten Sie mir das Mikro geben?«, bat Drustan.

»Hier Drustan«, hörte Aedith aus dem Ohrhörer. »Der Akku ist leer und das Signal weg. Aber es ist das Moped. Folgen Sie dem Moped mit den schwarzen Gepäcktaschen. Sieht aus wie ein Kurier.«

Aedith nutzte mittlerweile die Kupplung reichlich ab, doch noch war sie nicht bereit, loszufahren.

»Woher bei den Höllen wissen Sie, dass er schwarze Gepäcktaschen hat?«

»Ich bin ins Geisterreich gereist und habe die Göttin befragt«, antwortete Drustan. »Durch die Augen der Vögel sah sie die Wahrheit, und über die Luftgeister konnte sie mir alles mitteilen. Könnten Sie also endlich den Kerl auf dem Moped festnehmen? Bevor er entkommt, bitte.«

»Der Kerl ist irgendwie in die Überwachungskamera eingedrungen«, kam Banbas Stimme.

»Na, Scheiße«, sagte Aedith beeindruckt. Sie fädelte sich in den Verkehr ein. »Agapos, ich hol ihn mir. Kommen Sie her.«

SIEBEN

Von dem Kurier«, verkündete Aedith, warf einen braunen Polsterumschlag auf den Tisch und zog die Plastikhandschuhe aus, bevor sie sich umschaute. »Bei Wotans Eiern, ihr habt euch aber beeilt.« Der Bereitschaftsraum war voller Vögte, von denen die meisten Drustan aus dem Augenwinkel beobachteten. Dahinter mochte Unschlüssigkeit stecken. Zwischen den gut genährten und breitschultrigen angelsächsischen Vögten wirkte der kleine dunkle Kelte so fehl am Platz wie nur möglich; eine Katze, die in eine Halle voller Hunde geschlichen war, die nun nicht genau wussten, weshalb sie sie nicht einfach fressen durften.

»Die Lager sind alle leer«, sagte ein älterer Beamter mit stolz herunterhängendem Schnauzbart. »Das Gipfeltreffen hat ihnen Angst gemacht, schätzen wir. Zu viel Polizeipräsenz für ihren Geschmack. Die sind für den Sommer nach Süden ausgeflogen.«

Aedith nickte und wies auf Drustan. »Kriminalinspektor Drustan von der Stammespolizei.« Sie riss den Umschlag auf und ließ ein schlankes schwarzes Mobiltelefon in ihre behandschuhten Finger gleiten. »Er ist hier, um bei der Ermittlung zu helfen und uns Informationen über die Gemeinde zu geben. Er ist es übrigens, der das Moped entdeckt hat.«

»Ich wüsste wirklich *zu* gern«, murmelte Banba, »wie Sie das geschafft haben.«

Drustan gab keine Antwort. Aediths Leute hatten stoischer

auf seine Anwesenheit reagiert, als er erwartet hätte: Ein paar hatten genickt, keiner hatte vernehmlich etwas gemurmelt. Vermutlich war es noch zu früh, als dass er mit Flüchen in Form von Korbgeflecht in seinem Spind rechnen musste. Allerdings hatte ihm auch noch niemand einen Spind zugeteilt.

»Kann ich mit dem Kurier sprechen?«, fragte er, sah, wie Aedith schmale Augen machte, und räusperte sich. »Können *wir* mit dem Kurier sprechen?«

Aedith grinste. »Sie haben Glück. Er beansprucht Indigenenrechte. Sagt, er spricht nur mit einem keltischen Beamten.«

»Fairgus Blaenu.« Aedith hatte schon eine Hand auf der Türklinke des Verhörraums. »Spreche ich das richtig aus?«

Drustan zuckte mit den Schultern. »Klar.«

Aedith überflog ein ausgedrucktes Formular. »Hat gerade erst wegen bewaffneten Raubüberfalls fünf Jahre auf Kosten des Hochkönigs verbracht. War eine Woche auf freiem Fuß. Hat sich gleich nach der Entlassung selbstständig gemacht. Behauptet, er habe ein Alibi für gestern Abend, und sagt, das Paket sei einfach im Büro aufgetaucht, ohne dass jemand wisse, wer es gebracht hat. Agapos überprüft alles.«

»Er sagt, er spricht nur mit einem Kelten? Wie viele Stammesbeamte gibt es denn in London?«

»Vielleicht eine Handvoll? Keinen im Offiziersrang, soweit ich weiß. Aber nach den Vorschriften steht es ihm zu. Ich vermute, er spielt auf Zeit.«

Sie öffnete die Tür. Blaenu war eine schmale, gebeugte Gestalt in billiger Sportkleidung, deren scharf geschnittenes Gesicht von einer schlecht verheilten Narbe vom linken Augenwinkel bis zum Mund entstellt wurde. Er schien nicht erfreut, Drustan zu sehen.

»Guten Morgen, Fairgus«, sagte Aedith. »Ich bin froh, dass wir einen Kollegen der passenden Ethnie gefunden haben, um Ihrem Ersuchen nachzukommen. Sie können uns jetzt alles darüber erzählen, was sich heute Morgen bei Ihnen zugetragen hat.«

Drustan lächelte ihm ausdruckslos zu. Fairgus sagte kein Wort.

»Nun«, sagte Aedith. »Ich lasse Sie beide allein für Ihr Gespräch. Drustan, lassen Sie es mich wissen, wenn ich wieder reinkommen soll, damit wir guter Bulle, angelsächsischer Bulle spielen können.«

❖

Agapos wartete draußen vor der Tür.

»Aufzeichnung?«, fragte Aedith leise.

Der Sergeant nickte und führte sie in einen kleinen Nebenraum, in dem Plastikstühle vor einem uralten Monitor standen und Lautsprecher mit einem Schreibtisch verbunden waren, der zu neunzig Prozent ein ebenso alter Diskrekorder war. »Video- und zwei Audiokanäle. Mildritha vom Gewahrsam spricht Keltisch, sie wird uns dolmetschen. Sie ist schon unterwegs.«

Er schloss die Tür hinter ihnen, und als Aedith sich setzte, wurde der Monitor schwarz, das leise Rauschen der Lautsprecher wich einem Knacken, gefolgt von Stille.

»Ärgerlich«, sagte Aedith in mildem Ton. »Vielleicht sollte jemand Mildritha sagen, dass sie sich nicht zu beeilen braucht.«

❖

Drustan stellte das Gerät auf den Tisch. Es war klein, schwarz, schwer und produzierte dabei einen angenehm satten Laut.

»Sie bekommen die Sicherheitskopie des Videos schon bald«, sagte er. »In zehn Minuten etwa, würde ich sagen.«

Blaenu zuckte unbeeindruckt mit den Schultern. Drustan nahm ein Foto aus der Tasche, entfaltete es und schob es über den Tisch. »Hast du diesen Mann schon einmal gesehen?«

Das Foto war nicht gerade toll. Ein Windstoß hatte Gorsedd Angwin das helle Haar ins schnauzbärtige Gesicht geweht, während er stolz in die Kamera blinzelte, prächtig angetan mit Wollpullover und Regenjacke, hinter sich eine Kette hoher Hügel oder niedriger Berge: ein Wanderurlaub in der Demokratischen Republik Schottland, wie es schien, vor nur einem Monat. Er sah nicht aus, als hätte er einmal einer verbotenen Terrororganisation angehört, sondern mehr wie ein Angestellter des öffentlichen Diensts, der die Natur genoss. Und ganz bestimmt glich er nicht der blutüberströmten Leiche am Baum.

Blaenu sah das Foto nicht an. »Wo ist mein Anwalt?«

Drustan verzog bedauernd das Gesicht und steckte das Gerät wieder in die Tasche. »Das dauert eine Weile, fürchte ich. Sobald sich jemand auf Indigenenrechte beruft, kommt eine ganze Reihe neuer Vorschriften ins Spiel. Sie müssen dir jetzt einen qualifizierten Rechtsbeistand suchen. Bis dahin hast du nur mit mir zu tun. Kommt dir dieser Mann in irgendeiner Weise vertraut vor?«

Blaenu zuckte mit den Schultern.

»Vielleicht schaust du näher hin«, schlug Drustan vor. »Zu meinem Bedauern muss ich dir sagen, es ist sehr gut möglich, dass du in eine Mordermittlung hineingezogen wirst. Jede Hilfe, die du uns zu diesem frühen Zeitpunkt leisten kannst, wäre sehr willkommen.«

Blaenu beugte sich vor. Seine Kette rasselte durch die Krampe. Er musterte das Foto, die Augenbrauen zusammengezogen: eine Pantomime tiefer Nachdenklichkeit. Schließlich schnalzte er mit der Zunge und schüttelte bedauernd den Kopf.

»Tut mir leid, Kumpel, hab ihn noch nie gesehen.«

Ärgerlicherweise mochte das sogar wahr sein. Blaenu wirkte wie der Typ, der solch eine Vernehmung so sehr in die Länge zog wie nur möglich und selbst eine ehrliche Antwort wie eine Lüge klingen ließ, in der Hoffnung, man würde ihn am Ende auf freien Fuß setzen, weil man nicht mehr weiterwusste. Und wenn man ehrlich war, zahlte diese Taktik sich gewöhnlich aus.

»Und was ist mit deinem Kunden? Dem, der wollte, dass du das Paket so schnell wie möglich abholst, aber erst am folgenden Morgen auslieferst. Kam dir das nicht seltsam vor?«

Diesmal begegnete Blaenu seinem Blick und sah nicht weg.

»Jemand im Büro hat den Anruf angenommen. Damit hab ich nichts zu tun. Ich fahre dorthin, wohin ich geschickt werde. Was war drin, Drogen? Das könnt ihr mir nicht anhängen.«

Blaenu log, aber Drustan ging die Zeit aus. Er streifte Mantel und Jackett ab, hängte sie über den Stuhl und knöpfte sich die Manschetten auf.

»Wir haben nicht mehr lange.«

Blaenu zog die Hände zurück. Wieder rasselte die Kette.

»Schlag mich ruhig zusammen, Vogt. Ich hab alles gesagt, was ich sagen werde.«

Drustan runzelte die Stirn. »Niemand schlägt hier irgendwen, Fairgus. Aber wir müssen reden.«

Drustan schob den Ärmel hoch, hielt Blaenu das Handgelenk hin und ließ ihn sehen, was dort war.

Aedith ratterte an der Tür. »Er hat sie von innen abgeschlossen. Wo hat cr überhaupt den Schlüssel her?«

Agapos steckte eine Hand in die Tasche. Er zog sie leer wieder hervor. Aedith musste an sich halten, um nicht über seine säuerliche Miene zu lachen.

»Ein verschlagener Hund, was? Der Sergeant vom Dienst hat noch einen Schlüssel, gehen Sie ...«

Doch da öffnete sich die Tür schon.

Blaenu waren die Handschellen abgenommen worden, und trotzdem hielt er sich nicht im Entferntesten wie ein freier Mann. Der Kelte saß zusammengesackt auf seinem Stuhl, sein Blick fixierte den Boden, die Arme hingen schlaff an den Seiten hinunter.

Drustan reichte Agapos den Schlüssel, der ihn sich mit einem finsteren Blick schnappte.

»Bitte verzeihen Sie mir, Sergeant. Ich hatte das Gefühl, die Zeit drängt.« Er sah Aedith an. Ein knappes zerknirschtes Nicken. »Herr Blaenu hat eingewilligt, eine Aussage zu unterschreiben, der zufolge er das Opfer auf dem Foto nicht wiedererkennt und so gut wie nichts über den Kunden weiß, der seine Dienste beansprucht hat. Er ist aber bereit, uns alles mitzuteilen, was er weiß. In Bezug auf den Tod von Gorsedd Angwin habe ich ein paar Anrufe getätigt. Drei Zeugen werden aussagen, dass sie den vergangenen Abend mit Herrn Blaenu in einer beliebten Sportgaststätte im Westen der Stadt verbracht haben, was durch die Aufnahmen der Überwachungskameras bestätigt wird.«

»Komisch.« Aedith klang nicht im Mindesten belustigt. »Ich dachte, sein Anwalt wäre noch unterwegs, aber da sind Sie schon.«

»Nicht im Geringsten«, erwiderte Drustan. »Herr Blaenu verzichtet auf sein Recht auf einen Anwalt, obwohl ich ihm nahegelegt habe, dass ein rechtlicher Beistand nur in seinem Interesse wäre. Das gilt besonders angesichts der Natur einer nicht im Zusammenhang stehenden Information, die er Kriminalhauptmann Mercia gern übergeben würde, ganz im Geiste der Kooperation mit den Behörden in einer politisch heiklen Situation.«

Aedith und Agapos tauschten einen Blick.

»Nett von ihm«, sagte Aedith schließlich.

Drustan nickte ernst. »Herr Blaenu hat angefragt, ob sein Name aus den weiteren Ermittlungen herausgehalten werden könnte, weil er unter dem Eindruck steht, dass jeder Mangel an Diskretion sein physisches Wohlergehen ernsthaft in Gefahr bringen könnte.«

»Das werden wir in jedem Fall in Betracht ziehen«, sagte Aedith. »Was hat er denn für uns?«

»Vier Tonnen Kunstdünger, die vor zwei Wochen in drei Ladungen nach Osten geschmuggelt wurden. Mit London als Bestimmungsort«, antwortete Drustan. »Dazu eine Anzahl illegaler Schusswaffen und elektronischer Geräte, aus denen sich Zeitschaltuhren basteln lassen. Der Käufer bestand ausdrücklich darauf, dass die Lieferung wenigstens zwei Tage vor Beginn des Einigungsgipfels erfolgen müsste.«

»Götterverdammt«, hauchte Aedith. »Haben Sie eine Idee, wer die Bestellung getätigt hat?«

»Die Befehlskette scheint über mehrere Strohpersonen zu erfolgen«, antwortete Drustan, »aber es sieht ganz danach aus, als wäre der Drahtzieher jemand weit oben in einem Stammesclan, wohnhaft hier in London. Kennen Sie eine Deedra Kesair?«

ACHT

Der Mann, der Hengists Büro mit den Glaswänden verließ, kombinierte dunkle Haut und einen kahl geschorenen Schädel mit einem geradlinigen guten Aussehen, das sein Alter unbestimmbar machte; irgendwo zwischen Mitte dreißig bis Ende fünfzig. Er trug einen gestutzten Bart und einen auf aggressive Weise langweiligen grauen Anzug. Er lächelte Aedith matt zu, verzog den Mund bei Drustans Anblick und war verschwunden.

Aedith gab ein Zischen von sich. »Tancred.«

Drustan fing die Tür ab, bevor sie vollkommen zufiel. »Den Namen kenne ich doch. Staatspolizei?«

»Da ist er jetzt. Beocca Tancred war mein Tutor auf der Akademie und hat bei meinem Vater um meine Hand angehalten. Damals war ich gerade einen Monat dort und kaum mündig geworden. Er hat gedacht, ich wäre davon beeindruckt. Mein Vater hat ein paar Strippen gezogen, um ihn von dort weg und auf eine neue Stelle zu bekommen, ließ ihn sogar befördern. Seiner Karriere hat es nicht geschadet. Er ist jetzt Major. Ich hätte ihn auf dem Schießstand abknallen sollen.«

Falls Revierkommandant Odda Hengist etwas davon gehört hatte, ließ er es sich nicht anmerken. »Setzen Sie sich«, sagte er.

»Sie hätten mich vorwarnen können, bevor Sie die Daumenschrauben holen. Mir eine Möglichkeit geben, es zu überprüfen.«

Aedith hatte die Arme verschränkt, die Schultern zusammengezogen. Der Autorität gegenüber hatte sie etwas von einer Heranwachsenden an sich, bemerkte Drustan.

»Das hätte ich«, entgegnete Hengist milde. »Aber Sie können nicht drei Tage vergeuden, die wir nicht haben, indem Sie verschwundenem Kunstdünger hinterherlaufen. Und wenn das Opfer wirklich ein Fomóir war, gibt es Bestimmungen. Verzögerungen wären unklug. Die Staatspolizei hatte die Angwin-Ermittlung ohnehin übernehmen wollen. Die Beteiligung Ihres Kollegen von der Stammespolizei hat Major Tancred gar nicht geschmeckt, das kann ich Ihnen sagen. Ich habe ihn aber überzeugt, dass wir uns mit den langweiligen Morden beschäftigen und ihn verständigen, falls wir von irgendetwas hören sollten, das in die Luft fliegen kann.«

Revierkommandant Hengist war ein großer Mann und selbst mit seinen kurzen Haaren und dem gepflegten Bart der vielleicht haarigste Mensch, den Drustan je gesehen hatte; ein Bär, den man in eine Polizeiuniform gestopft hatte. Hinter ihm hing auf einem Schild an der Wand ein Widderkopf. Drustan hatte dergleichen schon vorher als Spielzeug oder Scherz gesehen. Wenn man die Dinger mit seinem Mobiltelefon verband, blökten sie einem Benachrichtigungen zu. Die meisten Leute nahmen nach spätestens drei Tagen die Batterien heraus.

Hengist folgte Drustans Blick über seine Schulter.

»Geschenk von meinen Kindern. Freut mich, Sie kennenzulernen, Inspektor Drustan. Wir hatten ja schon telefoniert.« Sie schüttelten einander formell die Hände. Hengists Druck war leicht, vorsichtig. Ein Mann, der seine eigene Kraft kannte.

»Hauptmann Mercia muss bei den Kesairs vorsichtig sein«, fuhr er fort. »Ihre persönliche Verbindung zu Deedra kompliziert die Dinge. Der kleinste Anschein, dass etwas durchsickert, und Tancreds Leute schließen unser Revier und versalzen den Boden. Und zwar zu Recht.«

Drustan wandte sich an Aedith. »Wie kommt es, dass Sie Deedra Kesair kennen?« Er versuchte, nicht beeindruckt zu klingen.

Aedith seufzte. »Wir haben dieselbe Schule besucht und waren einmal ... sagen wir, beste Feindinnen. Sie war die einzige Keltin und musste sich viel gefallen lassen, weil sie an keiner religiösen Versammlung teilnahm, an Festtagen ihr eigenes Essen mitbrachte und so weiter. Ich habe sie aus mehreren Kämpfen rausgeholt, hauptsächlich, damit sie kein Angelsachsenmädchen umbringt, nur weil es so dämlich war, sie piesacken zu wollen. Danach hat sie sich an mich gehalten. Wir sind uns seit der Schule immer mal wieder über den Weg gelaufen, aber unsere Beziehung ist gleich geblieben. Ich mag sie. Warum, weiß ich nicht.«

Hengist rieb die Handrücken aneinander. Drustan sah gebannt zu. Die aus der Manschette ragenden Haare setzten sich ununterbrochen bis auf seine schwarz tätowierten Fingerknöchel fort.

»Inspektor, was wissen Sie im Westen über die Kesair?«

Drustan löste widerstrebend den Blick. »Nichts, was Sie nicht auch im Netz finden würden. Finanziell und gesellschaftlich stehen die Kesair den Angelsachsen näher als dem Heimatland. Viele von unseren Leuten denken, dass ihre Tätowierungen und ihre Entschlossenheit, keltischer zu sein als die Kelten, nur vorgespielt sind. Sie haben ihren Platz im Osten gefunden und leben sehr gut davon.«

Aedith schüttelte den Kopf. »Sie spielen nichts vor. Einmal hat sie einem anderen Mädchen die Zähne ausgeschlagen, weil es sich an einem Kultbild vergriffen hatte, das an Deedras Wand hing. Etwas aus drei Spiralen.«

»Eine Triskele«, warf Drustan ein.

Aedith zuckte mit den Schultern. »Wie Sie meinen. Ich sage nur, damals hat sie daran geglaubt. Wer weiß, woran sie heute glaubt?«

Hengist trommelte mit den Fingern auf den Schreibtisch.

»Wo sind wir mit dem Telefon? Oder der Gaststätte, in der das Opfer zuletzt lebend gesehen worden ist?«

»Angwin hat mit seinen Kollegen getrunken, bis er einen Anruf erhielt und allein wegging. Er wirkte weder verstört noch beunruhigt. Er sagte zu seinen Begleitern, dass sie einander am nächsten Tag wiedersehen würden, und verließ das Lokal. Das Mobiltelefon ist sauber gewischt worden, bevor es an den Kurier übergeben wurde. Seine Fingerabdrücke sind die einzigen, die von der Spurensicherung auf dem Umschlag gefunden wurden. Banba versucht, es zu entsperren, aber ohne Kennwort ist das ein langwieriges Unterfangen, und die Herstellerfirmen haben die Tendenz, sich bei staatlichen Forderungen querzustellen, sodass wir behutsam vorgehen müssen. Ich lasse Beamte in Zivil die Überwachungskameras der Gaststätte überprüfen, auch alle Kameras draußen. Bisher ohne Ergebnis.«

»Presse?«

»Auf dem Gebiet hatten wir Glück. Jemand hat etwas zu den großen Nachrichtenseiten durchgestochen, aber die falschen Koordinaten mitgeteilt. Als der erste Fotograf am Tatort auftauchte, hatten wir schon alles fortgeschafft. Ohne blutrünstige Fotos ist die Geschichte nicht viel wert. Bloß ein weiterer ...« Sie verstummte.

»Bloß ein weiterer Kelte, der im Osten zu Tode gekommen ist«, sagte Drustan ohne Groll.

»Tut mir leid, aber: Ja«, sagte Aedith. »Später könnte es für uns sinnvoll sein, die Geschichte in den Vordergrund zu stellen, an die Öffentlichkeit zu gehen und zu schauen, ob wir mit der unvermeidlichen Flut von Mist, die über uns hinwegschwappen wird, auch ein paar nützliche Informationen erhalten. Vielleicht lässt sich als Aufhänger verwenden, dass Angwin ein Diplomat gewesen ist, selbst wenn die meisten Leute hier gar nicht wissen, dass die Stämme Diplomaten haben. Aber falls sich herausstellt, dass er wirklich Verbindungen zu den Fomóir hatte, wird die Lage wieder schwieriger.«

Hengist nickte. »Wissen wir, wo er hier gewohnt hat?«

»In den Hofdienstwohnanlagen gleich südlich der Themse, auch wenn es kein Anzeichen gibt, dass Angwin je in dem Zimmer geschlafen hat, das ihm zugewiesen worden ist. Möglicherweise war er bloß ein Ordnungsfanatiker, aber es ist auch denkbar, dass er in London eine andere Unterkunft besaß, von der er niemandem etwas gesagt hat.«

Hengist nickte und drückte sich tiefer in seinen Sessel. Das Möbelstück knarrte protestierend. »Nehmen Sie sich also einen Augenblick.«

Aedith blinzelte. »Einen Augenblick?«

Hengist wies mit seiner kurzfingrigen Hand auf Drustan.

»Führen Sie unseren Kollegen im Revier herum, dann essen Sie mit ihm zu Mittag. Wir haben ein Budget für Gemeindearbeit, das wir nie benutzen. Drüben im Saxnot ist die Gerichtsmedizinerin schon bei der Arbeit. Ich rufe Sie an, sobald mir Ergebnisse vorliegen.«

Hengist wuchtete sich hoch, hob eine leere Kaffeetasse, blinzelte sie enttäuscht an und stellte sie wieder ab.

»Jawohl, Kommandant.« Aedith stand auf.

Drustan erhob sich ebenfalls, als die Augen im Widderkopf sich öffneten und in verschiedene Richtungen zuckten. Der Mund öffnete und schloss sich mechanisch ein paar Mal, bevor er sprach.

»Wenn du nach Hause kommst, bring bitte Milch mit«, sagte er mit einer blechern blökenden Stimme, die überhaupt nicht zu den Bewegungen seines Mundes passte. »Geh auswärts essen, wenn du willst, ich bin nicht da.«

Drustan ließ Aedith den Vortritt aus dem Büro und schloss leise die Tür hinter ihnen.

NEUN

Turnhalle.« Aedith zeigte auf eine Tür, an der sie, ohne innezuhalten, vorbeiging, Drustan im Schlepptau. »Waffenkammer. Zur Kantine geht's da entlang, Duschen dorthin.«

Aedith schob sich durch zwei Flügeltüren, eine Treppe hinunter und hielt ihren Ausweis vor einer hohen Stahltür in die Höhe. Die beiden Flügel rollten halb zur Seite, stoppten mit einem knirschenden Geräusch, während sie irgendein internes mechanisches Problem lösten, und setzten den Vorgang leiser fort. Sichtbar wurden der narbige Beton und die abgewetzten gelben Sicherheitssigillen einer ausgedehnten Tiefgarage.

»Gehen wir also Mittag essen«, sagte sie. »Mal sehen, wie viel ich aus diesem Gemeindebudget herausholen kann.«

Sie führte Drustan eine Wendeltreppe hinunter, die ihn an eine Dokumentation über maurische Festungen erinnerte: wie die Treppe sich aufwärts nach rechts bog und so die von unten vordringenden Angreifer zwang, die Waffe in der ungeübteren linken Hand zu führen. Ob man sich früher die Linkshänder für die vorderste Angriffswelle auf feindliche Burgen aufgespart hatte?

»Was halten Sie von unserem Revierkommandanten Hengist?«

Drustan löste sich aus der historischen Betrachtung. »Ich finde, er braucht ein größeres Büro.«

»Welch kluge Antwort«, sagte Aedith ohne jede Anerkennung und führte ihn an einer Reihe mitgenommener Streifenwagen vorbei. »Er ist ein guter Polizist. Hält einen Schildwall zwischen uns und die Mistkerle vom Hohen Tisch.«

Sie erreichten die Zivilfahrzeuge, alle entweder mit Vierradantrieb, sportlich oder beides. Jedes funkelte wie ein Edelstein. Ihre Dienstfahrzeuge behandelten Angelsachsen, als hassten sie sie, aber sie ließen kein Staubflöckchen an ihren Privatwagen.

Aedith blieb vor einem mittelbraunen Fahrzeug mit stumpfer Schnauze stehen, das Drustan vom Überwachungsvideo wiedererkannte.

»Hier.« Sie drückte einen Knopf auf dem Autoschlüssel. Die Türen öffneten sich langsam mit einem leisen mechanischen Summen.

Drustan nickte. »Hat er einen Namen?«

Aedith sah ihn aus schmalen Augen an.

»Ich habe gehört, Angelsachsen geben Gegenständen gern Namen. Ich frage aus purer Neugier, ob Sie wohl die Tradition wahren.«

»Ja«, sagte Aedith. »Mein Auto heißt *Straßenficker.*«

Ihre Stimmung schlug in dem Moment um, in dem sie den Motor anließ. Hauptmann und Maschine summten fröhlich, als der Wagen durch das unterirdische Labyrinth der Tiefgarage rollte, ohne erkennbaren Geschwindigkeitsverlust die Ausfahrtrampe hochschnurrte und auf die Straße fuhr.

»Sie sind also schon einmal in der Hauptstadt gewesen?«

Drustan zupfte unauffällig an seinem Sicherheitsgurt, um sich zu vergewissern, dass er nicht in der nächsten Kurve auf den engen Rücksitzen landete. »Ein paar Mal, hauptsächlich zur Verfolgung von Flüchtigen. Ein Kelte mehr auf den Baustellen oder beim Putzen in einer Kaffeestube fällt niemandem auf.«

Aedith schoss ihm einen Blick zu. Drustan war froh, dass sie ihn nicht allzu lange im Auge behielt, bevor sie wieder auf die Fahrbahn achtete. Sie fuhren nach Südosten in Richtung Fluss. Die Hochstraße brachte sie über die Themse und das Zentrum des Hydeparks. Der ausgedehnte und finstere Park wurde einer populären Filmserie zufolge von degenerierten kannibalischen Nachfahren eines Keltenstammes heimgesucht, der vor Jahrhunderten nach Osten gezogen war, um einen Hochkönig zu ermorden, sich unterwegs aber verlaufen hatte. Bei seinem letzten Aufenthalt hatte Drustan, während er darauf wartete, dass ein Flugzeug aus Addis Abeba mit einem Verdächtigen an Bord landete, den Park besucht; mehr, um Zeit totzuschlagen und weniger gekrönte Häupter. Kannibalen hatte er keine entdeckt, aber ein Eis an einem Stand im Park gekauft. Später stellte sich heraus, dass der Verdächtige gar nicht ins Flugzeug gestiegen war, weil er Wind davon bekommen hatte, dass die Stammespolizei ihn abfangen wollte. Am Ende war er von der panafrikanischen Polizei unter dem Vorwurf der Steuerhinterziehung festgenommen worden. Die Wege der Göttin blieben unergründlich.

»Tut mir leid, dass ich ›Schnauz‹ gesagt habe«, meinte Aedith unvermittelt. »Das war unprofessionell. Es wird nicht wieder vorkommen.«

»Schon gut.« Drustan musterte die Schilder, die bevorstehende Straßenarbeiten ankündigten, Baumaßnahmen an der Brücke, die sie über die Themse nach Sudweca bringen würde, wo die Menschen den breiten südostangelsächsischen Dialekt sprachen und die Gebäude ständig im Sumpfland zu versinken drohten. Aedith bog jedoch von der Hauptstrecke ab, bevor die Baustelle begann, und lenkte den Wagen in eine Nebenstraße.

»Geben Sie mir fünf Minuten. Etwas von dem, was Leofstan vorhin gesagt hat, geht mir nicht aus dem Kopf.«

»Leofstan?«

»Der alte Knabe mit dem Schnauzbart. Vor ein paar Jahren hat er verdeckt ermittelt, und wir konnten ihn nie wieder ganz zurückholen.«

Sie hielt den Wagen neben einem hohen Maschendrahtzaun an, der ein Grundstück umschloss, auf dem drei oder vier Werkstätten Rückseite an Rückseite standen. Oder gestanden hätten, wären sie noch in Betrieb gewesen. Drustan sah nur Palettenstapel und verrostete, halb ausgeschlachtete Fahrzeuge, dazwischen Abdeckplanen, über kreuz und quer gespannte Seile geworfen, rauchgeschwärzte Stahlfässer und billige Schlafsäcke aus vom Regen dunkler Pappe.

Aedith stieg aus, hob einen losen Abschnitt des Zauns und sah sich um. Drustan trat zu ihr. Nichts regte sich.

»Hier sollte noch niemand gewesen sein.«

»Mit niemand meinen Sie ...«

»Ich meine, bis Ihr Angwin an seinem Baum entdeckt wurde, war mein Dezernat abgestellt, hier aufzuräumen, damit die Stadt ein bisschen hübscher aussieht für die panafrikanischen Delegierten auf dem Gipfeltreffen und jene Medien, die sich die Mühe machen, darüber zu berichten. Hier wimmelt es normalerweise von Metbrüdern und Rumtreibern. Sie bleiben meist unter sich und stehen nicht weit oben auf der Liste der Umzusiedelnden, aber sie sind trotzdem verschwunden.«

Drustan stieß eine leere Metflasche mit dem Fuß an. »Nicht zerbrochen.«

Aedith sah ihn stirnrunzelnd an. »Sollen wir die etwa ins Altglas tun?«

»Ich bin in Lagern gewesen, als Vögte sie stürmten. Es gibt

Panik, Sachen werden fallen gelassen und zerbrechen; überall liegen Glasscherben.« Und Blutlachen, aber darauf wollte Drustan im Moment nicht hinaus.

»Verstehe. Sie wollen sagen, hier hat mehr ein geordneter Rückzug stattgefunden?«

»Ich sage, dass etwas diese Leute vertrieben hat, aber sie sind nicht panisch geflohen. Die nahmen, was sie tragen konnten, und sind wieder in die Schatten verschwunden.«

Aedith schwieg einen Moment lang. »Nun, vorerst werden sie in den Schatten bleiben müssen. Gehen wir zum Mittagessen.«

Aedith fand einen Parkplatz in Sicht eines großen, niedrigen Gebäudes aus riesigen weißen Steinblöcken, die in willkürlicher Manier von oben abgeworfen zu sein schienen.

»Hat irgend so ein panafrikanischer Architekt hier hingesetzt«, erklärte sie. »Dies war früher ein Gewerbegebiet, viele Telefoninformationsdienste; so ziemlich alles, was das Kalifat nicht selbst tun wollte. Aber dann nickten die Pariser und Berliner Imame die Automatisierung ab, Sprachroboter und das alles, und hier war ganz schnell Schluss. Das panafrikanische Entwicklungsministerium bewilligte der Stadt eine Fördersumme, um einen Teil des Geländes in ein Konferenzzentrum umzubauen, aber nur unter der Bedingung, dass einer von ihren Leuten das Gebäude entwirft.«

Drustan spähte aus dem Autofenster. Wenn man genauer hinsah, waren die Steinblöcke gar nicht zufällig angeordnet, sondern bildeten die Form eines ...

»Soll das ein Langschiff sein?« Das war schon ziemlich raffiniert.

»Sie haben es das Skeid genannt. Meinten, sie wären *kultursensibel*, diese herablassenden Bastarde. Dort werden wir den Einigungsgipfel abhalten.«

Drustan stieg aus dem Wagen. Die Gehwege entlang des Skeid waren breiter als rings um das Polizeirevier Wotanskreuz, die Ladenschilder wirkten schmucker, die Fußgänger waren besser gekleidet, und in regelmäßigen Abständen hatte man Birken gepflanzt. Die beiden Angelsachsen in dunklen Anzügen vor dem Eingang zum Foyer des Skeid hatten Drustan seit seiner Ankunft nicht aus den Augen gelassen. Beiden liefen dünne Drähtchen aus dem Ohr in den Hemdkragen, und unter ihren linken Armen wölbte es sich verräterisch. Das dünne Jaulen einer Drohne spürte er mehr, als er es hörte; etwas Kleines, Schwarzes huschte von einem weißen Steinblock zum nächsten und verschwand hinter einer Klimaanlage von der Größe eines Personenkraftwagens. Weiter oben am Gebäude glitzerte etwas hinter einer niedrigen Barriere aus Gasbetonsteinen: das Zielfernrohr eines Scharfschützen.

»Herrschen hier immer solche strengen Sicherheitsvorkehrungen?«

»Bisher nicht.« Aedith kaute nachdenklich auf der Lippe. »Und das Gipfeltreffen geht erst morgen los. Vermutlich eine Reaktion darauf, dass die Geister der Fomóir sich regen.« Sie winkte einer unsichtbaren Gestalt drei Stockwerke höher zu und grinste über die Missbilligung, die von den Anzugträgern am Eingang aufstieg. »Drinnen gibt es eine Kaffeestube, aber dort konnte man noch nie entspannt essen. Daher dachte ich, dass wir dorthin gehen.« Sie wies über die Straße auf ein Restaurant mit schmaler Fassade zwischen zwei Modegeschäften, von denen eines mogulische Hochzeitskleider präsentierte, die so sehr mit Federn und Rosen überladen waren, dass der Stoff zur Nebensache wurde.

Bevor sie die Straße überqueren konnten, mussten sie warten, bis eine Limousine mit geschwärzten Scheiben und Diplomatenkennzeichen vorübergezogen war. Drustan erkannte den Stander auf der Motorhaube nicht.

»Einer von den niederen Zaren«, erklärte Aedith. »Die schwirren hier herum wie Fliegen um den Scheißhaufen.«

Drustan blieb vor dem Schaufenster des zweiten Ladens stehen, einer barocken Auslage von Sportausrüstung und Spezialkräfte-Munition. Schaufensterpuppen mit dreieckigen, sensorengespickten Köpfen, die auf Passanten reagierten, bewegten die unterteilten Gliedmaßen in einem eingefroren wirkenden, aber vage bedrohlichen Tanz, als sie vorbeigingen. Drustan winkte mit der Hand vor einer Puppe, aber die Programmierung war gekonnt: Sie ließ sich nicht ablenken, die Spitze der schief stehenden Pyramide starrte ihn weiterhin an.

»Der hat nicht nur Blech in der Birne«, sagte Aedith. Die Schaufensterpuppe wandte sich ihr zu, den tetraedrischen Schädel zu einer Seite geneigt. Ganz eindeutig kam auch die Puppe, ganz wie Drustan, mit angelsächsischem Humor nicht zurecht. »Wollen wir essen?«

ZEHN

Das Speiselokal hieß Pavillon und befand sich offenbar genauso in mogulischer Hand wie der Rest der Straße. Ein Kellner in traditionellem langem Gewand nahm ihnen die Mäntel ab und führte sie an einen Tisch im hinteren Teil des Gastraums. Aus Lautsprechern, die irgendwo zwischen den mit Schnitzereien verzierten Säulen und Bögen versteckt waren, drangen das Geräusch gezupfter Saiten und eine trällernde Frauenstimme. Über jedem Tisch hing eine goldene Lampe an einer Kette, doch vor allem die Gerüche trugen zur Sinnesüberflutung bei: warmes Brot, scharfe Gewürze, ein Kraut mit seifigem Aroma.

»Das einzige mogulische Restaurant in ganz London.« Aedith lud Drustan mit einer allumfassenden Gebärde ein, Platz zu nehmen. »Oder zumindest das einzige, dessen Besuch sich lohnt.«

Der Kellner legte ihnen mit ernster Ehrerbietigkeit Speisekarten vor, stellte zwei Flaschen mit hellem Bier auf den Tisch und zog sich zurück.

»Einmal habe ich Agapos hierher mitgenommen. Der arme Kerl hat einen Gang bewältigt, bevor er die Flucht antrat. Er sagte hinterher, selbst seine Zähne hätten geschwitzt, daher rate ich Ihnen, es behutsam anzugehen.«

Drustan nickte vorsichtig. Aus Zufall oder vielleicht auch Zuvorkommenheit hatte Aedith ihm einen Platz an der Wand zugewiesen. Diskret musterte er die anderen Gäste: zum großen Teil Diplomaten, einige Panafrikaner – vermutlich Journalisten, ihrer schäbigen Kleidung, den Notizbüchern und der Anzahl leerer Biergläser auf ihren Tischen nach zu urteilen. Merkwürdigerweise waren es ganz altmodische Notizbücher aus Papier; weder Mobifon noch Datentafeln waren zu sehen.

»Jeder einzelne Geheimdienst im Osten spielt hier Mäuschen.« Aedith schob die Speisekarte zur Seite, ohne hineinzusehen. »Sie verbringen mehr Zeit damit, die Wanzen der jeweils anderen auszutricksen, als selbst welche unterzubringen. Und der Besitzer gehört einer großen kaschmirischen Techniksippe an, deshalb sind die Wände mit Störsendern gespickt.«

Drustan sah auf sein Telefon. Keinerlei Verbindung. Er schob es wieder in die Tasche.

»Das bedeutet, wir können offen reden. So offen wir wollen, zumindest.«

Der Kellner kehrte zurück und wartete höflich.

»Soll ich für Sie bestellen?«, fragte Aedith.

»Wenn es nicht zu viel Mühe macht«, antwortete Drustan demütig.

Aedith spulte in Windeseile ihre Wünsche ab. Als sie wieder allein waren, ergriff sie ihr Bier und wartete darauf, dass Drustan seine Flasche ebenfalls in die Hand nahm.

»Wollen Sie mit mir trinken?« Seit sie einander kennengelernt hatten, war sie noch nie so formell gewesen. Nicht zum ersten Mal fragte sich Drustan, ob Bier das Einzige sein mochte, was Angelsachsen ernst nahmen. Und natürlich Sport.

»Natürlich.« Befangen stieß er mit seiner Flasche die ihre an. Sie tranken gleichzeitig.

»Verwässerte Pferdepisse.« Aedith rülpste fröhlich. »Bringt einen aber nicht so schnell um wie Leitungswasser. Also, sagen Sie, was steht für Sie bei diesem Fall an oberster Stelle?«

Drustan zog eine Braue hoch. »An oberster Stelle? Ich bin hierher geschickt worden, um den Mörder von Gorsedd Angwin zu fassen.«

Aedith schnalzte ungeduldig mit der Zunge, suchte den Blick des Kellners und wies auf ihren Tisch. Nachdem zahlreiche kleine Teller mit knusprig aussehenden Speisen und bunten Soßen gekommen waren, trank sie noch einen Schluck Bier.

»Im Osten werden jeden Tag Kelten getötet. Für gewöhnlich nicht an Bäume genagelt, das gebe ich zu, aber Angwin ist nicht der Erste, der weit weg von zu Hause ermordet wird. Trotzdem ist uns noch nie ein Stammeskriminalinspektor geschickt worden. Sind Sie überhaupt Mordermittler?«

Drustan tunkte den Rand eines knusprigen Etwas in eine orangene Soße und biss ein Stück ab. »Wo ich herkomme, müssen wir mit dem arbeiten, was wir haben.«

»Das bedeutet?«

»Es bedeutet, dass wir weniger spezialisierte Dezernate haben. Ich hatte in der Vergangenheit schon mit Mordfällen zu tun, aber mein Aufgabengebiet ist vermutlich breiter, als Ihr angelsächsisches System es zulassen würde. Insofern übe ich eine formalisierte Rolle aus und habe die Aufgabe, das *Geas* zu erfüllen, das unsere Ältesten mir auferlegt haben.«

Aedith stutzte. »Was bei den Höllen ist ein *Geas?*«

Drustan nahm sich ein wenig mehr Soße.

»Wenn festgestellt wird, dass ein Verbrechen begangen wurde …« – er versuchte, seinen Mund zu verdecken, während er aß –, »erteilen unsere Ältesten ein *Geas*, einen Befehl. Zum Beispiel, dass ein Flüchtiger zur Gemeinschaft zurückkehren soll, um Fragen zu beantworten. Oder dass eine wichtige Persönlichkeit umstrittenes Land durchqueren kann, ohne dass ihr ein Leid geschieht.«

»Ich verstehe nicht. Einen Befehl erteilen – an wen?«

»An die Realität«, antwortete Drustan ernst.

»Und gehorcht die Realität gewöhnlich den Befehlen keltischer Ältester?«

»Heutzutage nicht.« Drustan verzog gequält das Gesicht. »Verzeihung, diese Soße war unerwartet sauer. Nein, mit der schwindenden Macht unserer Priesterschaft im Laufe der zurückliegenden tausend Jahre hat sich leider immer mehr erwiesen, dass solche Befehle in der materiellen Welt durchgesetzt werden müssen. In diesem Fall wurde das besagte *Geas* dem Mörder von Gorsedd Angwin auferlegt. Wer er auch ist, er hat sich zur Befragung einzufinden oder muss sich andernfalls vor der Göttin verantworten. Ich bin damit betraut ... sagen wir, dem Schicksal zur Hand zu gehen.«

»Sich vor der Göttin verantworten ...«, sagte Aedith, nachdem der Kellner ihnen Platten mit Reis, Fleisch und zu Keilen geschnittenem Fladenbrot auf den Tisch gestellt hatte. »Das klingt endgültig.«

»Richtig. Es bedeutet, sobald ich den Täter identifiziert und jeden Versuch unternommen habe, ihn vor Gericht zu stellen, bin ich ermächtigt, ihn hinzurichten, sofern ich dafür nachvollziehbare Gründe anführen kann, etwa einen Fluchtversuch unter Gewaltanwendung, die Verteidigung des Lebens einer unbeteiligten Person und so weiter. Ich müsste natürlich berücksichtigen, dass ich mich in einem Gebiet betätige, in dem angelsächsisches Recht gilt.«

»Freut mich, zu hören.« Beiläufig fügte Aedith hinzu: »Und Sie hatten keine Ahnung, dass das Opfer ein Mitglied der Fomóir gewesen ist, bevor Sie ihm das Blut von der Brust wischten?«

Drustan sah ihr über den Tisch hinweg in die Augen. »Werde ich vernommen? Ich hätte gedacht, dass ich in dem Fall mehr zu erwarten habe; einen Raum mit Wänden aus Gummi und einem Bodenabfluss beispielsweise.«

Aedith ließ sich nicht zu einer Erwiderung verführen. Das wäre auch sinnlos gewesen. Sie wussten beide, dass Drustan die Wahrheit sprach.

Aedith schüttelte den Kopf. »Wir haben Bier geteilt. Wir sitzen bei einem Festmahl gemeinsam am Tisch. Sie haben das Recht, so viel oder so wenig zu antworten, wie Sie wünschen, ohne dass ich es Ihnen verüble. Würden Sie mir glauben, wenn ich sage, dass ich noch nie ein Geständnis aus jemandem herausgeprügelt habe?«

Drustan dachte einen Moment lang darüber nach. »Eigenartigerweise glaube ich Ihnen das wirklich. Könnten Sie das Gleiche für den Rest Ihres Reviers behaupten?«

»Könnten Sie behaupten, dass kein Stammespolizist, mit dem Sie je zusammengearbeitet haben, vom organisierten Verbrechen gekauft wurde? Ein paar von Ihren älteren Kollegen haben immer schön weggesehen, wenn die Fomóir Waffen über die Grenze schmuggelten. Oder als man Bauern, die nicht genug für die gemeinsame Sache ausspuckten oder keinen Met auf ihrem Land vergraben wollten, die Kniescheiben zertrümmerte?«

Keiner von ihnen hatte auch nur die Stimme erhoben. Am Ende war es Drustan, der lächelte und versöhnlich die Hände hochhielt.

»Ich hatte wirklich keine Ahnung, dass Angwin Mitglied einer verbotenen Terrororganisation war. Die Ältesten sind nicht gerade dafür bekannt, uns mit allen nötigen Informationen vollgestopfte Aktenordner vorzulegen. Ich fürchte, wir sind weitgehend auf uns allein gestellt und müssen unsere Erkenntnisse ausnahmslos selbst gewinnen.«

»Sehr hilfsbereit von Ihren Ältesten.«

»Eigentlich versuchen sie eher, die Ermittlung so wenig zu beeinflussen wie möglich. Ich habe eigene Kontakte in London. Sie werden sich zu gegebener Zeit bei mir melden. Vermutlich gehe ich ein wenig ganzheitlicher vor, als Sie es gewohnt sind.«

Aedith öffnete den Mund und schloss ihn wieder. Sie hatte wohl entschieden, es ihm durchgehen zu lassen. »Kein Grund zu der Annahme, die Fomóir könnten erneut die Straßen Londons unsicher machen?«

Drustan schüttelte den Kopf. »Wir wollen diese Zeiten genauso wenig zurück wie Sie.«

»Freut mich, zu hören.« Sie sah auf den Tisch. »Agapos hat damals den Fehler begangen, sich gleich auf die scharfen Sachen zu stürzen. Ich empfehle Ihnen, reichlich Reis und dieses Kartoffel-Spinat-Zeug zu essen und dazu jeweils ein wenig Soße zu probieren. So bauen Sie in Nullkommanichts eine Verträglichkeit auf.«

Drustan nickte mit ernster Miene. »Es schmeckt tatsächlich sehr gut.« Er mischte eine Gabel voll Reis mit einem Stückchen Huhn in roter Soße, betrachtete es kurz mit sorgenvollem Blick, steckte es sich in den Mund und kaute. »Meine Kenntnis angelsächsischer Initiationsriten ist begrenzt, aber dieser erscheint zumindest nahrhaft.«

»Ich piesacke Sie doch nicht!« Aedith legte verletzt ein gehöriges Stück Fladenbrot auf ihren Teller. »Ich dachte, es würde Ihnen gefallen, nicht in der Kantine essen zu müssen, das ist alles ... Sie verarschen mich, oder?«

Drustan grinste sie an, als der Kellner neben Aedith erschien und sich verbeugte. »Wie ist Ihr Essen?«

»*Khana bahut accha hai!*«, antwortete Drustan freundlich. »*Mujhe* Mineralwasser *chahiye?*«

Der Kellner verbeugte sich tief, grinste schief über Aediths verdutztes Gesicht und ging.

Drustan wandte sich wieder seinem Essen zu und aß eine Weile, scheinbar ohne zu bemerken, dass Aedith ihn über den Tisch hinweg mit verschränkten Armen musterte.

»Sie absolutes Arschloch«, sagte sie.

Drustan sah sie verdutzt an. »Sie möchten kein Wasser?«

Sie lehnte sich zurück. »Erklärung!«

»Ah so. Nun ja. Als ich jung war, bevor ich zur Stammespolizei ging, sah ich mich gezwungen, mein Heimatland zu verlassen, weil ... Sagen wir, wegen eines Missverständnisses. Ich hatte zum Glück einen Onkel, der als Sicherheitsberater für das Mogulreich tätig gewesen war. Er brachte mich dort unter und verschaffte mir Arbeit für einige Jahre. Ich habe ein paar Redewendungen aufgeschnappt und mich an die Küche gewöhnt. Ich muss sagen, das Jalfrezi-Huhn ist köstlich, für meinen Geschmack nur ein wenig zu scharf.«

Das Schweigen hielt lange genug an, um besorgte Blicke von einem Nebentisch auf sie zu lenken, bis Aedith schließlich nachgab und lachte. Sie beugte sich über den Tisch und ließ ihre fast geleerte Bierflasche gegen die seine klirren.

»Tut mir leid, dass ich ein herablassendes angelsächsisches Luder war.«

Er grinste sie an. »Tut mir leid, dass ich vorher nichts gesagt habe. Wissen Sie, das Essen hier ist wirklich sehr gut.«

Aedith schob den leeren Teller zurück und rülpste diskret in ihre Serviette. »Sie haben nie meine Frage beantwortet, was auf Ihrer Liste oben steht.«

Drustan aß noch. »Habe ich nicht?«

»Sie haben mir Ihre Befehle genannt, den Grund, weshalb Sie hier sind. Ich frage mich nur, welche Bedeutung diese Befehle haben.« Als Drustan die Stirn runzelte, hob sie beschwichtigend die Hand. »Ich will nicht sagen, dass Sie im Geheimauftrag Ihrer Ältesten unterwegs sind. Ich frage mich nur, welche Rolle das Gipfeltreffen dabei spielt.«

»Hätten mich die Ältesten gesandt, wenn Angwin ein Bauarbeiter gewesen wäre und kein ranghoher Diplomat, der sich an einem politischen Prozess beteiligen wollte, der den Weg der keltischen Nationen für die übersehbare Zukunft bestimmen wird? Nein, das glaube ich nicht. Meine Aufgabe ist es, den Mörder eines Kelten vor Gericht zu bringen oder den angelsächsischen Behörden – Ihnen – zu assistieren, so gut es mir möglich ist. Aber die politischen Zusammenhänge sind nicht zu übersehen. Wenn noch etwas anderes dahintersteckt, möchte ich es wissen.«

»Also würde die Frage, inwiefern Deedra Kesair möglicherweise in einen Plan verstrickt ist, lastwagenweise Sprengstoff in eine Konferenz zu karren, in Ihrer Ermittlung eine Rolle spielen?«

»Nun …« Drustan legte die Gabel ab. »Ich muss zugeben, diese Möglichkeit bereitet mir Sorgen. Allerdings käme es mir als Plan nicht sonderlich durchdacht vor.«

»Ich kenne Deedra«, sagte Aedith. »›Durchdacht‹ spielt wiederum für sie keine Rolle. Sie ist durchgeknallt.«

»Sie missverstehen mich. Der Clan Kesair dürfte von dem Gipfeltreffen enorm profitieren, sollte es ablaufen wie erwartet.«

»Wirklich?« Sie klang aufrichtig verblüfft.

»Sehr sogar. Erneuerte Ansprüche auf altes Land, bei dem man heute von beträchtlichen Erzvorkommen ausgeht, die Lockerung einiger finanzieller Einschränkungen bei verschiedenen Geldanlagen. Ich sehe keinen Grund, das alles mit einem primitiven Terroranschlag in den Wind zu schießen.«

»Nicht dass es uns noch etwas angehen würde«, sagte Aedith. »Nachdem Hengist es geradewegs der Staatspolizei übergeben hat.«

»Wie es richtig und angebracht war.«

»Natürlich. Und wenn wir auf weitere Erkenntnisse stoßen, die die Kesairs betreffen, sind wir verpflichtet, sie an die Staatspolizei weiterzugeben. Sobald wir deren Relevanz erkennen.«

»Ich nehme an, weitere Ermittlungsergebnisse müssten gründlich überprüft werden, bevor wir sie nach oben weiterreichen können.«

»Auf jeden Fall. Es hätte keinen Sinn, die wertvolle Zeit der Staatspolizei zu verschwenden.«

»Aber sagen Sie mir, Hauptmann, was steht bei *Ihnen* an oberster Stelle?«

»Das Verbrechen aufklären, den Frieden bewahren. Würde ich etwas Komplexeres wollen, hätte ich mich dem Willen meines Vaters gebeugt und wäre in die Politik gegangen.«

Drustan nickte. »Einigen wir uns also darauf, dass unsere Schicksalswege ineinander verschlungen sind, bis der Mord an Angwin aufgeklärt ist.«

»Dann bleiben sie für eine Weile verflochten«, sagte Aedith in düsterem Ton. Sie winkte dem Kellner, dass sie fertig seien, eine simple Fingerrune, die Drustan aus irgendeinem Grund nie gemeistert hatte. »Keine Zeugen, keine echten Spuren, keine Fingerabdrücke außer denen des Kuriers, keine Überwachungsvideos aus dem Wirtshaus in der Nacht, in der das Opfer verschwand. Kollegen haben nie mit ihm über persönliche Angelegenheiten gesprochen, und innerhalb eines Umkreises von hundert Meilen gibt keine Freunde oder Verwandten.«

»Oh«, sagte Drustan. »Nun, das könnte vielleicht nicht *ganz* wahr sein.«

Sie starrte ihn an. Der Kellner kam herbei, wurde aber ignoriert.

»Was halten Sie davon, wenn wir noch einen Halt machen, bevor wir zum Revier zurückkehren?«, fragte Drustan.

ELF

Aediths Mobifon zirpte, als sie die Autotür schloss.

»Orva ist mit der Autopsie fertig. Sie erwartet uns, sobald wir so weit sind ... Ist das wirklich der beste Parkplatz?« Sie warf einen Blick auf Straßenficker. Unbehaglich stand ihr Fahrzeug zwischen einem ramponierten Pritschenwagen voller Kohlköpfe und etwas, das einmal ein Familienauto gewesen war, bevor man Ziegel untergeschoben und die Reifen entfernt hatte; zusammen mit den Türen, der Motorhaube und dem Motor.

Drustan pfiff nach einem dünnen Kind in zu großen Sportsachen, das sie interessiert von einer nahen Türstufe aus beobachtet hatte, warf ihm eine Münze zu und wies mit einer Kopfbewegung auf den Wagen.

»Noch eine, wenn ihn niemand angefasst hat, sobald wir wieder hier sind.«

Der junge Kelte grinste ihn an – er hatte Zahnlücken durch Mangelernährung, Gewalt oder einfach die normale Entwicklung während der Kindheit –, schlenderte herbei, lehnte sich an Straßenfickers Flanke, zückte aus dem Nichts eine schlanke Klinge und begann, sich die Fingernägel zu reinigen.

»Auf der Straße lebt noch gesunder Unternehmergeist«, stellte Aedith beherzt fest. »Macht mir Hoffnung für die Zukunft.«

Drustan klopfte an einer Tür aus einer Pressspanplatte, die jemand zu etwa einem Drittel in billigem Schlachtschiffgrau gestrichen hatte, bevor es ihm langweilig geworden war und er sich etwas anderem zugewandt hatte.

»Ich muss Sie um eines bitten«, sagte er. »Benehmen Sie sich in den nächsten zwanzig Minuten ein bisschen weniger wie ein hochrangiger angelsächsischer Polizeioffizier adliger Herkunft.«

»Abgemacht.«

Einst waren diese Straßen voller kleiner, von keltischen Familiengruppen betriebener Hotels gewesen, die vom nahen Bahnhof gelebt hatten. Der hatte jedoch vor zwei Jahrzehnten seine Tore geschlossen, und mit dem Zugverkehr war auch der Sinn der Umgegend verschwunden. Reisende aus dem Westen nahmen nun den Nachtbus, um die Kosten für die Unterkunft zu vermeiden, stolperten eine Meile weiter südwestlich mit verquollenen Augen durch die Kontrollen und verteilten sich in der Stadt, bevor ihr Silber in die dankbaren Brieftaschen ihrer umgesiedelten Landsleute fließen konnte. Heute warteten die Gebäude entweder auf den Abriss, waren vollgestopft mit Stammesfamilien, die noch immer auf ein besseres Leben hofften, während sie an mageren Sozialleistungen aus der Kasse der Angelsachsen zusammenkratzten, was sie nur bekommen konnten, oder sie dienten nun Zwecken, die vom ansässigen Gemeinderat euphemistisch als »der grauen Ökonomie zugehörig« bezeichnet wurden.

Bevor sie zum Morddezernat kam, hatte eine jüngere Aedith in dieser Straße an der Stürmung einer illegalen Brauerei im Keller eines Gebäudes teilgenommen, das nur ein paar Hundert Ellen entfernt stand. Die Apparaturen, die zu zerschlagen sie geholfen hatte, hatten synthetische Halluzinogene in billigen Met getropft, der zu wenigstens fünfzig Prozent aus vergorenen Zuckerrüben bestanden hatte, und ihn in Flaschen abgefüllt, die in einem örtlichen Wiederverwertungszentrum gestohlen worden waren und mit einem gewaltigen Aufschlag auf den Straßen verkauft wurden. Wer verzweifelt genug gewesen war, diese Brühe zu trinken, hatte sich nicht dafür interessiert, ob er davon blind werden mochte, solange das, was auf der Innenseite seiner Augenlider vorging, nur fesselnder war als die Außenwelt. Viele der Konsumenten waren in den laufenden Verkehr geirrt. Die meisten davon waren minderjährig gewesen.

Nichts davon erschien Aedith sonderlich grau. Dennoch waren die Graffiti auf diesen Straßen beeindruckend: abstrakte Spiralmuster, von denen man Kopfschmerzen bekam, wenn man sie zu lange betrachtete; außerdem stilisierte Darstellungen urbaner Tiere, die über die Gebäude gejagt wurden, und wenn man den Kopf zur Seite neigte, zeigten die Jäger eine gewisse Ähnlichkeit mit angelsächsischen Vögten. Oder waren die Vögte die Tiere und die Kelten die Jäger? Gut die Hälfte der hiesigen Straßenkunst hätte sich vermutlich für Mittel aus irgendeinem Entwicklungsfonds panafrikanischer Menschenfreunde qualifiziert; es kam nur darauf an, den Antrag geschickt genug zu formulieren.

Hinter der Tür rasselte eine Kette. Sie öffnete sich einen Spalt weit. Drustan sagte leise etwas in Stammessprache und erhielt eine ähnliche Antwort. Eine Hand schob sich heraus, die Fläche nach oben.

»Sie brauchen unsere Mobifone.« Drustan gab sein Gerät ab. »Wir bekommen sie zurück, mein Wort darauf.«

»Habe ich auch deren Wort?«, fragte Aedith, zückte das Telefon aber trotzdem. Ihr Tiergeist war nicht damit einverstanden, dass sie es abgab, aber ein wenig besänftigte ihn das Gewicht von Lungenlocher, der unter ihrem Mantel im Holster an der Hüfte steckte.

Die Hand wurde zurückgezogen. Die Kette rasselte erneut, und die Tür ging auf und gab einen rauchigen Geruch frei, in den sich etwas Leichteres mischte. Wer immer die Tür geöffnet hatte, war schon fortgegangen, eine kurze Treppe hinunter, die vor einer anderen Tür endete, die viel stabiler war. Ihr Führer durch die Unterwelt, eine magere Gestalt in schwarzer Kapuzenjacke und Tarnhose aus dem Armeeladen, klopfte fest gegen die Metallfüllung und wartete.

Aedith schnüffelte verwirrt. »Zitrone?«

»Eisenkraut«, antwortete Drustan. »Zerdrückt und als Schutz gegen bösen Zauber verbrannt.«

»Meinetwegen«, sagte Aedith.

Das Allerheiligste der Verbrecherbande, der dieses Versteck gehörte (nicht einmal der paranoideste aller Unschuldigen brauchte so viele Stahltüren zwischen sich und der Straße), war enttäuschend langweilig, geradezu vorstädtisch. Wandbehänge mit panafrikanischen Motiven, unter der Decke gefälschte mogulische Markenlaternen, billige maurische Bücherregale. Aedith war kein feiner Pinkel, sie hatte zu Hause die gleichen Bücherregale, womit sie Sweteruns Abscheu hervorrief. Ihre Regale waren allerdings mit Lehrbüchern der Kriminalistik vollgestopft und dem einen oder anderen Buch eines prominenten Chefkochs. Die Bände, die sie hier sah, waren dicker und nüchterner: Geschichte, Biografien von Politikern, Übersetzungen großer Bardenwerke. Unvermittelt fiel ihr ein, dass in ihrem Arbeitszimmer noch immer drei Kisten mit Edrics Universitätsbüchern standen, die darauf warteten, dass er herauskam. Aber bis dahin würde noch einige Zeit vergehen.

Die mutmaßliche gegenwärtige Eigentümerin dieser Bücher saß auf einem Stuhl mitten im Raum. Der Stuhl wirkte teurer als irgendein anderes Möbelstück ringsum, was aber mehr an seiner Funktion lag als an seiner Form: Stahlräder mit dünnen Gummireifen, zwei Handgriffe, die aus der Rückenlehne ragten.

Der Kapuzenträger lauerte im hinteren Teil des Raums. Aedith erhaschte weder einen guten Blick auf sein schattiges Gesicht noch sah sie irgendwelche offensichtlichen Stammeszeichen, nur einen sauber gestutzten Bart und einen eisengrauen Torques an seinem Hals, der kaum zu erkennen war. Er hätte Drustans Zwilling sein können. Zum ersten Mal fragte Aedith sich, welchem Stamm ihr neuer Kollege angehörte. Sie vermutete, einem von denen, die ganz unten an der Spitze der Westlande lebten, auch wenn sie den Namen vermutlich nicht erkannte, hätte er ihn ihr genannt.

»Tut mir leid, dass wir uns nicht in meinem Büro treffen können.« Die Frau im Rollstuhl war mittleren Alters und kam Aedith bekannt vor. Von einem Fahndungsfoto? Von einem jener »Für alle Fälle«-Fotos, die in der Morgenbesprechung kurz gezeigt wurden? »Ich muss mich mit einer vorübergehenden Bleibe begnügen, da bei einem meiner Rivalen restrukturiert wird, was eine gewisse aggressive Haltung in Bezug auf Expansion erfordert. Beim letzten Mal bin ich in diesem Stuhl gelandet, daher müssen Sie mir vergeben, wenn ich mich in der Gegenwart der *Gwithyas* nicht erhebe.«

»Andraste ist ein geschätztes Mitglied der Stammesgemeinde in London«, erklärte Drustan. »Sie leitet eine Anzahl von Wohltätigkeitsvereinen, die sich um jene kümmern, die sonst durchs Netz fallen, und ihnen Beschäftigung verschafft. Ihr gehört auch eine Anzahl von Grundstücken in der Stadt.«

»Ich glaube, einige davon kenne ich«, sagte Aedith. »Richten sich Ihre Angebote an Menschen mit, sagen wir, besonderen Geschmäckern?«

Andraste grinste sie an. Sie sah nicht besonders gefährlich aus und schon gar nicht besonders keltisch. Ihr Haar war von einem stumpfen Mittelbraun und konservativ geschnitten. Sie hatte keine Tätowierung im Gesicht, und was aus dem Ärmel ihrer schlichten Bluse herausschaute, war zierlich und geschmackvoll. Sie hätte eine der Mütter sein können, denen Aedith bei den seltenen Gelegenheiten über den Weg lief, wenn ihr Tagesplan ihr gestattete, Coram von der Schule abzuholen.

»Nichts ist so finster, wie Sie es klingen lassen, Hauptmann.« Wenigstens klang sie keltisch. Ihre Stimme wies eine trockene, fließende Kadenz auf, die etwas von den Tälern an sich hatte. Aedith hatte kein gutes Ohr für Dialekte; auch damit hatte sie Lod zutiefst enttäuscht. »Wir sind sehr diskret, halten uns an die Schranken des Gesetzes, soweit es möglich ist, zumal viele unserer Kunden Anwälte sind. Oder Richter. Wir sind außerdem sehr gewissenhaft beim Einrichten unserer Steuern.«

Bei einem Unternehmen wie dem von Andraste ging es ohnehin nicht ums Geldverdienen. Jedenfalls nicht in erster Linie. Sie sammelte und verkaufte Informationen, und man brauchte nicht die Zimmer ihrer Freudenhäuser zu verwanzen oder gar die Kunden unter Drogen zu setzen, um sie zu erhalten. Zu den jungen Frauen und Männern unter der Fuchtel von Leuten wie Andraste gingen hochrangige Angelsachsen mit anstrengenden Berufen nicht nur wegen des Aktes an sich, sondern auch, damit ihnen hinterher jemand zuhörte. Und wen immer Andraste aussuchte, verstand sich gut darauf. Anders als die Straßenprostituierten, die vertrieben wurden, wenn die ausländische Presse anrückte, mussten sie auch nicht weichen. Im Lauf der nächsten Wochen konnte Andraste mit erheblich gestiegenen Einnahmen rechnen, sowohl was Geld als auch was Informationen anging. Die ausländische Presse würde beides reichlich verteilen.

»Sie sind wegen Gorsedd Angwin hier«, sagte Andraste.

»Ich weiß es nicht«, sagte Aedith. »Erzählen Sie es mir.« Sie gab sich keine große Mühe, ihre Gereiztheit zu verbergen.

Andraste wies auf zwei nicht zueinanderpassende Stühle gegenüber. »Bitte.«

Sie setzten sich. Schwarze Kapuze brachte Tassen mit Kräutertee, verteilte sie und ging wieder; Aedith kam nicht umhin, zu bemerken, dass er draußen vor der Tür stehen blieb.

»Bis vor ein paar Jahren war Gorsedd ein Stammkunde«, sagte Andraste. »Die Arbeit führte ihn oft nach London, und er unterhielt eine Beziehung zu Eimear, einem meiner Mädchen.«

Aedith sah skeptisch in ihren Tee. Dunkle Blättchen trieben über dem Boden der Plastiktasse und rochen schwach nach Lakritz. Sie nippte daran. So schlecht war er nicht. »Wenn Sie von einer *Beziehung* sprechen ...«

»Bezahlt«, sagte Andraste. »Ich vermute allerdings, es ging darüber hinaus. Männer glauben oft, dem wäre so, aber in diesem Fall denke ich, dass wirklich etwas existierte, das über den Sex hinausging. Und Sex gab es nicht so viel, wie Sie vielleicht erwarten. Angwin brauchte ein Ventil, einen Ort, wo er den Schild senken konnte, soweit das bei der Arbeit, die er erledigte, überhaupt möglich war. Ich nehme an, dass Sie bereits wissen, dass er ein Fußsoldat der Fomóir war.«

»Wir haben die Tätowierung gesehen«, sagte Aedith.

Andraste nickte. »Etliche höhere Tiere der Fo waren Stammkunden bei uns. Wir hatten es gern, wenn sie uns vorwarnten, damit sie keinen Richtern oder hochrangigen Politikern begegneten, aber selbst wenn es dazu kam, schien es selten eine große Rolle zu spielen. Sie hatten wohl mehr miteinander gemein als mit denen, die unter ihnen standen. Gorsedd war zwar nie ein hochrangiges Mitglied, aber er wurde von ihnen respektiert. Wurde ein paarmal von den *Gwithyas* hochgenommen, hat ihnen aber kein Wort verraten. Trank nie zu viel und redete niemals dummes Zeug. Geredet hat er mit Eimear über Literatur, Philosophie und sogar Dichtkunst.«

»Wieder so ein sensibles, durchgeistigtes Mitglied einer verbotenen paramilitärischen Vereinigung«, sagte Aedith. Drustan sah sie warnend an, aber sie achtete nicht darauf.

»Er hat Eindruck gemacht.« Andraste zuckte mit den Schultern. »In meinem Gewerbe müssen Sie Einzelheiten über die Kunden im Kopf behalten und ihnen geben können, was sie wollen, ohne dass groß geredet wird. Man darf das nicht niederschreiben, also muss es hierhin.« Sie tippte sich an die Schläfe.

»Ich würde gern mit Eimear persönlich sprechen«, sagte Aedith. »Ließe sich das einrichten?«

»Nicht auf die übliche Weise«, sagte Andraste. »Sie kam bei einem Verkehrsunfall ums Leben, während Gorsedd im Westen war. Sechs Jahre ist das nun her. Niemand hat daran gedacht, es ihm mitzuteilen. Er war niedergeschmettert, als er hier ankam und es von einem anderen Kunden erfuhr. Ein berühmter Journalist; schreibt jetzt für die *Saga,* ein widerlicher Drecksack. Er hat sich daran ergötzt, dem Mann von den Fo zu erzählen, dass sein Lieblingsmädchen von einem Auto überfahren worden war. Man sah ihm an der Nasenspitze an, dass er in dem Moment, in dem er es sagte, schon begriff, welchen Fehler er begangen hatte. Vier von meinen Jungs waren nötig, um Gorsedd von ihm wegzuzerren. Wir haben Gorsedd in ein Zimmer gesetzt – allein – und dachten, es würde nur eine Woche brauchen, bis er sich totgesoffen hat vor Trauer. Aber dann kam er heraus und war ein neuer Mann.«

»Nüchtern?«

»Das war noch das Geringste dabei. Er hielt sich anders. Gerade, weniger gebeugt von der Last der Welt. Als er aus seinem Zimmer kam, waren noch zwei hohe Tiere der Fo im Haus. Er ging geradewegs zu ihnen und sagte, er sei raus. Gefragt hat er sie nicht. Er hat ihnen nur Bescheid gegeben.«

Aedith dachte darüber nach. »Die ließen ihn einfach gehen? Das sieht ihnen nicht ähnlich.«

»Es lag an der Art und Weise, wie er es sagte. Ich war im Raum, als er es bekannt gab. Er hat ihnen nicht gedroht, obwohl er es gekonnt hätte, denn er wusste, wo viele, viele Leichen begraben sind, im wörtlichen und im übertragenen Sinn. Er sagte zu ihnen, er habe genug, er sei raus, sei nicht mehr der gleiche Mann wie früher.« Andraste zögerte. »Er ... benutzte eine alte Redewendung. Er sagte, er sei gestaltgewandelt.«

Drustan runzelte die Stirn. »Genau so hat er sich ausgedrückt?«

»Nein, natürlich nicht. Die Sprache der Unterdrücker benutze ich aus Rücksicht auf Ihre Freundin.«

»Vielen Dank dafür«, sagte Aedith. Drustan sah sie nur an.

Andraste überlegte. »Er benutzte das Wort *athshaolaithe*.«

Drustan bewahrte die Fassung, und dennoch machte er auf Aedith einen bestürzten Eindruck.

»Ich verstehe nicht«, sagte sie.

Drustan wandte sich ihr zu. »Angwin sprach in mythologischen Begriffen. Als wäre er ein neues Geschöpf geworden und hätte sich wie in den Sagen in einen Lachs verwandelt. Oder in einen Schwan.«

Aedith sah von Drustan zu Andraste. »Bei allem schuldigen Respekt«, sagte sie bedacht, »aber niemand hier glaubt, dass das wirklich so geschehen ist, oder?«

»Wir sind ein spirituelles Volk.« Andraste trank ihren Tee aus und stellte die Plastiktasse so vorsichtig auf eine umgedrehte Holzkiste, als bestünde sie aus feinstem Porzellan. »Ich glaube aber nicht, dass Angwin zu einer, sagen wir, wörtlichen Deutung der mystischeren Elemente unseres Glaubenssystems neigte. Er meinte wohl eher einen inneren Wandel – dass sein Geist auf irgendeine Art aufgefrischt wurde, während seine äußere Gestalt die gleiche blieb.«

Aedith konnte ihre Zunge nicht zügeln. »Verstehen Sie das nicht falsch, aber ich bin froh, dass ich dieses Treffen in keinem offiziellen Bericht festzuhalten brauche, denn besonders mit dieser Einzelheit hätte ich wirklich Mühe.«

Sie spürte, wie Drustan neben ihr gequält das Gesicht verzog, aber Andraste konnte ein Grinsen nicht ganz verbergen.

»Danach habe ich ihn mehrere Jahre nicht mehr gesehen«, fuhr sie fort. »Jedenfalls nicht in unseren Liegenschaften, auch wenn sich unsere Wege bei einigen gesellschaftlichen Anlässen kreuzten. Er hatte sich, was seltsam genug war, zu einem Spezialisten für Geiselverhandlungen entwickelt. Beide Seiten vertrauten ihm. Ich würde sagen, er hat genauso vielen Angelsachsen die Freiheit verschafft wie eigenen Leuten. Vor ein paar Jahren hat er die Belagerung einer Botschaft entschärft; damals das mit den zaristischen Rebellen. Die Staatspolizei stand schon mit aufgesetzten Gasmasken an der Seite des Gebäudes, die Granaten in der Hand, und Angwin ging mit erhobenen Händen hinein. Eine halbe Stunde später kamen die Rebellen, das gesamte Personal und zwei Vögte, die dort hineingeraten waren, unverletzt heraus.«

Aedith starrte sie an. »Gefrorene Höllen, das war Angwin?«

»Seine Beteiligung wurde aus der Presse herausgehalten. Er

ließ den Mannen des Hochkönigs gern das Verdienst. Aber ja, es ist Angwins Tun gewesen. Für jemanden, der ihn kannte, bedeutete es keine Überraschung, dass er ein Jahr später zu einem der wichtigsten Diplomaten der Stämme geworden war.«

»Sie sagen, Sie haben ihn bei gesellschaftlichen Anlässen getroffen«, sagte Aedith. »Hier? In London?«

Andraste nickte.

»Aber er nutzte Ihre Einrichtungen nicht mehr?«

»Nicht so, wie Sie meinen. Nach einer Weile hatte er sogar seine eigene Bleibe in London.«

»Hatte er?« Aedith und Drustan tauschten einen Blick.

»In seiner offiziellen Unterkunft hat er nie geschlafen«, erläuterte Drustan. »Es würde passen, wenn er eine andere Bleibe hatte.«

»Einer der ersten Geiseln, die er befreit hat, gehört in ganz London Grundbesitz. Wertvolles Land. Er hat versucht, Angwin etwas davon zu schenken. Der wollte es nicht annehmen, aber eine Wohnung wurde immer für ihn frei gehalten, und dort hat er gewohnt, wenn er in der Stadt war.«

»Erinnern Sie sich, wo diese Wohnung ist?«, fragte Aedith.

Andraste griff in eine Handtasche, die an der Seite des Rollstuhls saß, riss eine Seite aus einem Tagebuch, schrieb etwas darauf und reichte Aedith das Blatt. »Es mag seltsam klingen, wenn ich das über einen ehemaligen Terroristen sage, der Geiselunterhändler wurde und dann Diplomat, aber ich kann mir ganz aufrichtig nicht vorstellen, wer Angwin den Tod wünschen sollte, zumindest nicht auf diese Weise. Die Geister seiner Vergangenheit waren nichts weiter als das: Geister.«

Aedith warf einen Blick auf die Adresse. Ein stiller Teil der Stadt. Sie würde das von Agapos überprüfen lassen.

»Weder Söhne noch Töchter?«, fragte Drustan. »Rache einer früheren Generation?«

Aedith fuhr zusammen. Mit gesträubten Federn flüsterte ihr Tiergeist mit ihr, doch sie konnte nicht verstehen, was er ihr mitteilen wollte.

»Das kommt vor. Aber in solchen Fällen gibt es eine Kugel in den Hinterkopf, wenn man vom Gasthaus nach Hause läuft, oder ein Messer in einer Gasse, aber keinen Ritualmord im Wald.«

Schwarze Kapuze kehrte zurück, beugte sich zu Andraste und flüsterte ihr etwas ins Ohr.

»Ah«, sagte Andraste. »Ich fürchte, wir müssen zum Ende kommen. Anscheinend ist dieser Standort nicht ganz so sicher, wie ich gehofft hatte. Es sieht so aus, als wäre eine andere Partei unterwegs, um zu versuchen, das Übergabeangebot zu erneuern, das sie bei einer früheren Gelegenheit zurückziehen musste.« Zwei weitere Männer in Kampfanzügen erschienen. Beide hatten Maschinenpistolen umgeschnallt, und keiner von ihnen schenkte Aedith oder Drustan die geringste Beachtung.

Aedith erhob sich. Dabei begriff sie, was ihr Tiergeist ihr hatte mitteilen wollen, seit Drustan die Frau im Rollstuhl vorgestellt hatte.

»Andraste Maol Nuadat?«, fragte sie.

Die Männer erstarrten.

»Hauptmann Mercia«, warnte Drustan leise. Aedith hörte ihn kaum. Sie war sich nur der Frau vor ihr bewusst und Lungenlochers, schwer in seinem Holster.

»Ah.« Andrastes Stimme war so ruhig wie immer, seit sie in den Raum gekommen war. »Ich dachte, das wüssten Sie. So heiße ich nicht mehr.«

»Jede Wette«, sagte Aedith. Ohne dass die Männer sich bewegten, schienen sich ihre Hände unvermittelt den Waffen genähert zu haben.

Andrastes Blick gab Aedith nicht frei. »Ich glaube, wir können unserer Vergangenheit entkommen, in einem gewissen Umfang wenigstens. Mein Vater hat mich immerhin stets so weit wie möglich von seiner Arbeit ferngehalten. Ich bin froh, dass sein Anschlag auf das Leben von Earl Lod fehlgeschlagen ist, und ich hege keinen Groll wegen dem, was dann passiert ist. Sein Tod kam rascher, als irgendein Rivale meines Vaters es ihm gegönnt hätte.«

Schwarze Kapuze umschloss die Griffe von Andrastes Rollstuhl und zog ihn rückwärts aus dem Raum.

»Wir müssen nicht die Geschöpfe unserer Väter sein«, fuhr Andraste fort. Sie hielt eine kleine Pistole in der Hand, auf die Tür gerichtet, fast schüchtern. Hatte die in ihrer Handtasche gesteckt? Aedith hatte nicht einmal gesehen, wie sie die Hand bewegte. »Und wenn wir es sind, können wir uns entscheiden, nicht in ihre Fußstapfen zu treten. Zumindest nicht allzu sehr.«

»Wir sollten gehen«, sagte Drustan.

❖

Das Keltenkind fing die Münze auf, die Drustan ihm zuwarf, löste sich von Straßenficker und ging forschen Schritts davon. Ihre Mobifone lagen auf dem Fahrersitz, obwohl die Fenster noch geschlossen waren, und nichts verriet, dass jemand das Fahrzeug berührt hatte. Ein hübscher Trick.

»Sie hätten mir das sagen müssen«, sagte Aedith beim Einsteigen. Sie nahm ihr Telefon und wendete es in der Hand. Wie der Wagen schien es unverändert zu sein, aber vermutlich sollte sie Banba bitten, es sich genau anzusehen, sobald sie wieder im Revier waren.

»Alles in allem ja.« Drustan schloss die Beifahrertür mit leisem Geräusch. Aedith versuchte nach Möglichkeit, angelsächsische Produkte zu kaufen, aber nichts übertraf die norsische Ingenieurskunst. »Ich möchte mich für die fehlende Vorwarnung entschuldigen. Ich hoffte, Ihr Wunsch, im Fall voranzukommen, wöge schwerer als persönliche Gefühle, die Sie vielleicht empfinden, wenn Ihnen klar wird, um wen es sich bei meinem Kontakt handelt.«

»Ihre Art zu sprechen geht mir auf den Geist.« Aedith ließ den Motor an, betätigte aber nicht die Kupplung, sondern trommelte mit den Fingern aufs Lenkrad.

»Stimmlage oder Syntax?«, erkundigte Drustan sich. »Unsere Angelsächsischbücher sind ziemlich überholt, fürchte ich. Die unter uns, die es als zweite Sprache gelernt haben, klingen oft übermäßig förmlich. Die jüngeren Generationen scheinen dieses Problem nicht mehr zu haben; ich nehme an, es liegt an den Graswurzelmedien. Wollen wir jetzt zum Leichenschauhaus fahren?«

Aedith gab keine Antwort. Sie nahm ihr Telefon in die Hand, legte es wieder weg. Drustan blickte zu dem Haus mit dem Unterschlupf und zurück zu ihr.

»Ich würde den Dingen ihren Lauf lassen«, riet er ihr ruhig. »Bevor irgendwelche Verstärkung hier eintrifft, ist es ohnehin vorbei. Niemand wird sich überschlagen, um sich zwischen zwei rivalisierende Gruppen bewaffneter Kelten zu werfen.«

Aedith schwieg.

»Andraste kann auf sich selbst aufpassen«, sagte Drustan.

»Alles!« Aedith trat auf die Kupplung, löste die Handbremse und ließ Straßenficker auf die Fahrbahn rollen. »Ihre Stimmlage,

Ihre Sprechweise, alles. Vielleicht sind Sie auf der Rückfahrt ausnahmsweise mal still, ja?«

Drustan nickte feierlich. Als das Versteck aus ihrem Rückspiegel verschwand, glaubte Aedith, sie höre einen fernen leisen Knall. Es konnte ein Auto sein, das eine Fehlzündung hatte. Oder auch nicht.

ZWÖLF

Eine Polizistin stand höflich am Eingang des Krankenhauses und starrte vor sich hin, bis Aedith damit fertig war, Agapos Angwins letzte bekannte Adresse zu übermitteln. Drustan wartete auf einen Seitenblick von ihr, aber nichts geschah. Disziplin oder Fantasielosigkeit? Endlich steckte Aedith ihr Mobifon weg.

»Er fährt direkt dorthin«, sagte sie. »Ohne Durchsuchungsbeschluss, also muss er vielleicht kreativ werden, was mir allerdings *keine* Sorge bereitet. Wachtmeister Naeku.«

Die Polizistin nickte. »Frau Kriminalhauptmann. Herr Kriminalinspektor.«

Naeku konnte höchstens Mitte zwanzig sein und war ähnlich wie Aedith in eine schwarze Hose und eine weiße Bluse gekleidet. Das Haar trug sie auf traditionelle angelsächsische Art an den Seiten kurz geschoren, den Rest zum Zopf geflochten und mit Lederbändern zusammengehalten. Im Gegensatz zu Aedith hatte sie Stammesnarben der Massai im Gesicht, und erhabene Punkte liefen über ihre Handrücken. Bei der jüngeren Generation von Afrosachsen erwachte das Interesse an ihrer Geschichte; sie waren bestrebt, sich eine neue Identität zu formen, abseits der Nation aus bleichgesichtigen Kriegern, bei der sie vor Jahrhunderten gestrandet waren. In einer Fernsehserie, die in den panafrikanischen Staaten jahrelang zu den beliebtesten gehört hatte, war es um einen Polizisten aus Lagos gegangen, der im Rahmen eines Kulturaustauschs irrtümlich nach London geschickt wurde und dort Streifendienst versah. Der Polizist erlernte die geheimnisvollen Gebräuche der Einheimischen und wurde am Ende angelsächsischer als die Angelsachsen, vertrat aber nach wie vor panafrikanische Werte. Im Zuge dessen schmiedete er seine in Bezug auf Religion und Hautfarbe hochdiverse Einheit zu einem effektiven Verbrechensaufklärungstrupp. Während er im Reservat aufwuchs, hatte Drustan sich einige Episoden angesehen, die billig in seinem Stammesdialekt synchronisiert gewesen waren. Damals hatten sie ihm gefallen.

»Ich habe Naeku abgestellt, an der Autopsie teilzunehmen, um sie für etwas zu bestrafen«, sagte Aedith. »Ich weiß nur nicht mehr, was es war.«

»Vergessen der richtigen Kekse bei einem Einkaufsbummel, Frau Hauptmann«, sagte Naeku.

»Ach ja«, sagte Aedith. »Jetzt komme ich mir ein bisschen zu streng vor.«

»Kein Problem, Frau Hauptmann.«

»Hat Orva etwas Interessantes für uns?«

»Sie war sich nicht sicher und will es Ihnen persönlich zeigen.«

Naeku führte sie durch ein Labyrinth aus Krankenhauskorridoren, deren Hinweisschilder sorgfältig sowohl in Angelsächsisch als auch in standardisierter Stammessprache gehalten waren. Drustan konnte jedoch nicht übersehen, dass an etlichen Stellen versucht worden war, letztere Beschriftung abzukratzen. Es roch wie in allen Krankenhäusern: nach Reinigungsmitteln und etwas, das ihn, auch wenn es vermutlich unzutreffend war, stets an verbranntes Fleisch denken ließ.

»Passen Sie auf, wo Sie hintreten«, warnte die hochgewachsene Frau mit den kurz geschnittenen Haaren im Labormantel, als Naeku sie in die Pathologie führte und sich vor der Tür als Wachtposten aufstellte. »Ich habe etwas verschüttet.«

Aedith zog ein Gesicht.

»Kaffee«, fügte Orva rasch hinzu.

Das Labor war größer und besser ausgestattet, als Drustan je eines gesehen hatte, und besaß einen eigenen kleinen Kühlraum mit Schubfächern, in denen (vermutlich) die Unglücklichen lagen, deren Leben in London auf noch ungeklärte Art und Weise geendet hatte. Fotos von Orva und ihrer Familie waren an eine Wand geheftet, und einem Kaffeebecher mit dem Aufdruck *Tollste Mama der Welt* gelang es fast, aber nicht ganz, der allgegenwärtigen blitzblanken Sauberkeit die Schärfe zu nehmen.

Aedith folgte Drustans Blick zum anderen Ende des Autopsiesaals, wo eine von einem Laken bedeckte Leiche auf einer Rolltrage lag. »Ist das unser Junge?«

Orva wischte den letzten Rest des verschütteten Kaffees mit geschickter Effizienz weg und nickte.

»Darf ich?« Drustan ergriff die Kante des Lakens.

»Kriminalinspektor Drustan, nehme ich an«, sagte Orva. »Bitte, nur zu.«

Auf der Rolltrage vor Drustan lag keineswegs Gorsedd Angwin. Es mochte dieselbe Leiche sein, die er zuletzt an einen Baum genagelt erblickt hatte, aber während bei dieser ersten Begegnung noch etwas von dem Mann verweilt hatte, war es nun verschwunden und hatte nichts als totes Fleisch hinterlassen. Drustan war der Anblick von Leichen nicht unvertraut, die auf

Seziertischen ausgestreckt lagen oder sich in anderen, weniger würdevollen Positionen befanden, und er hatte sich daran gewöhnt, dass sie oft wirkten, als wären sie weniger geworden, zusammengeschrumpft. Selbst mit der gezackten Öffnung in der Kehle, den Löchern in den Hand- und Fußgelenken und Orvas langem, sauberem y-förmigen Einschnitt in seiner Brust wirkte dieser Tote mehr mit sich im Frieden als andere, die Drustan gesehen hatte.

»Spuren von Sedativa im Blut«, sagte Orva. »Nicht genug, um ihn umzuhauen, würde ich sagen, aber sicher ausreichend, dass er fügsam wurde. Der Mageninhalt stimmt mit der Beschreibung seiner letzten Mahlzeit überein, die ich erhalten habe: Salat, Brot und Fisch.«

»Sonst nichts im Blut?«, fragte Aedith. »Kein Drogengebrauch? Schwerer Trinker?«

Orva schüttelte den Kopf. »Gesunder Bursche. Ein bisschen Wein im Magen, kein anderer Alkohol.«

Aedith runzelte die Stirn. »Wein? Er war doch zuletzt in einem angelsächsischen Gasthaus, oder?«

»Richtig«, sagte Drustan. »Ich habe die Notizen vor Augen.«

Angelsächsische Wirtshäuser schenkten nur selten Wein aus. Im Osten trank man Bier oder Branntwein, nichts dazwischen.

»Er hat ihn nicht lange vor seinem Tod getrunken«, sagte Orva. »Keine Injektionsverletzungen, folglich wurde ihm das Sedativum nicht gespritzt. Vermutlich war der Wein der Träger des Betäubungsmittels.«

»Also, er verließ das Wirtshaus, nachdem er einen Anruf erhalten hatte«, sagte Aedith. »Er ging in ein zweites Lokal, trank dort Wein, der fast mit Sicherheit gespickt war, und danach wurde er in den Wald geschafft, wo er, sagen wir, sein Ende fand.«

»Was ist das?« Drustan wies auf Angwins linke Seite. Eine schmale horizontale Wunde, sauberer als die anderen.

»Eine Stichverletzung«, sagte Orva. »Zwischen zweiter und dritter Rippe. Ich habe sie erst gefunden, nachdem ich das ganze Blut abgewaschen hatte. Vermutlich dieselbe Waffe, mit der ihm auch die Kehle durchgeschnitten wurde.«

»Ein Sax?«, fragte Drustan.

Aedith gab keine Antwort. Langmesser waren bei Angelsachsen ein heikles Thema. Immer wieder war versucht worden, das offene Tragen der Nationalwaffe einzuschränken, aber die Konservativen hatten sich freudig und mit ihrem ganzen Gewicht in den Kulturkampf um das Thema geworfen. Normale Messermorde an Freitagabenden und die gelegentliche Messerstecherei in einer Schule waren ein Preis, den fast alle Angelsachsen zu zahlen bereit waren, um sich dergestalt von weibischen Kelten oder ermüdend vernünftigen Norsen abzuheben.

Orva nickte. »Wie es aussieht, war es die letzte Verwundung. Vielleicht, um zu prüfen, ob das Opfer wirklich tot war? Allerdings hätte ich angenommen, dass man sich bei jemandem, dem man die Kehle durchgeschnitten hat, nicht mehr zu vergewissern braucht.«

Aedith hob ein Klemmbrett und betrachtete eine sorgfältige Dokumentation aller Tätowierungen Angwins, die nur noch in die Datenbank eingegeben werden mussten. Das System war auf angelsächsischen Körperschmuck ausgelegt, aber Kelten wurden genauso aufgenommen wie die wenigen Norsen, deren Tage südlich des Walls zu Ende gingen. Drustan hatte davon sprechen gehört, auch Ritualnarben zu berücksichtigen, aber weil es sich bei den meisten, die so etwas machen ließen, um afrosächsische Vögte handelte, war die Idee bei den Polizeigewerkschaften gar nicht gut angekommen. Orva hatte das Symbol der Fomóir auf das Formular kopiert, dazu die anderen etwa hundert Tätowierungen, die den Leichnam von Wade bis Hals bedeckten; alles sehr säuberlich und akkurat, aber nur eine, die kleinste, war rot eingekreist.

»Was ist denn das?« Aedith reichte Drustan das Klemmbrett. Er sah sich das Muster an und verglich es mit der Stelle an Angwins Körper. Dort, gleich unter dem Schlüsselbein, wo es das Blut aus der aufgeschlitzten Kehle verdeckt hatte: zwei horizontale Bögen, die sich kreuzten und an einem Ende ein wenig über den Schnittpunkt hinausgingen.

»Darüber wollte ich mit Ihnen sprechen«, sagte Orva.

Drustan musterte das Symbol, bis die beiden Bögen sich plötzlich zu einem gerundeten Körper zusammenfügten, mit den überstehenden Linien als Schwanz. »Das ist ein Fisch.«

Orva nickte. »So sehe ich es auch.«

Aedith neigte verwirrt den Kopf. »Was für ein Stil ist das?«

Drustan schüttelte den Kopf. »Das ist nichts Keltisches.«

»Ausgezeichnet. Ich bin so froh, dass wir Sie dabeihaben.«

Drustan betrachtete weiterhin das Muster. Zu einfach, um keltisch zu sein, aber nicht eckig genug, um von Angelsachsen zu stammen. Er hatte noch nie etwas Vergleichbares gesehen.

»In der Datenbank findet sich nichts dergleichen«, sagte Orva. »Jedenfalls in keiner, auf die ich Zugriff besitze. Manchmal brechen Künstler aus dem Reserva…«

Aedith hüstelte diskret.

»Entschuldigung, die Künstler ›werden ein wenig kreativ‹. Gern gesehen wird es nicht, aber selbst dann müssen sie Unterlagen führen, sonst verlieren sie ihre Lizenz. Diese Tätowierung wurde entweder im Ausland gemacht und war unlizenziert, oder er hat sie sich selbst gestochen. Die letztere Möglichkeit würde ich ausschließen, denn dazu ist sie zu sauber.«

Drustan ließ das Muster nicht aus den Augen. Im Gegensatz zu den eleganten keltischen Windungen, die sich über Angwins Körper breiteten und wieder ineinanderflossen, war der Fisch getrennt von allem, stand allein.

»Die Erste, die ich gesehen habe, hielt ich für möglicherweise kalifatisch.« Orvas eigene Tätowierungen waren klassisch angelsächsisch: eine schroffe, kantige Darstellung von Hel, der Göttin des Todes, vermischt mit wissenschaftlichen Sigillen, die rechts und links an ihrem Gesicht hochliefen und im Haaransatz verschwanden. Wie alle Medizinstudenten hatte sie sich den Kopf während ihrer Ausbildung kahl geschoren und jedes Studienjahr darauf festgehalten. »Etwas an den Linien und Proportionen geht mir nicht aus dem Sinn. Das Krankenhaus hat ein Abonnement der Datenbank in Damaskus, aber als ich danach suchte: nichts.«

»Moment«, sagte Aedith. »Die *Erste*, die Sie gesehen haben?«

Orva bewegte sich bereits durch den Saal, schloss die Hand um den Griff einer Schublade und zog die Leiche einer Frau Mitte fünfzig heraus. Sie war klein und untersetzt und hatte härter gelebt als Angwin. Geplatzte Äderchen überzogen ein faltiges Gesicht mit höckeriger, geschwollener Nase. Ihre Gesichtshaut zeigte einen Gelbstich, das graue Haar war schlaff.

»Ethel Noakes. Vor zwei Wochen aus Mutter Themse gezogen«, sagte Orva. »Ist nicht lange im Fluss gewesen, und sie hatte kein Wasser in der Lunge. Folglich ist sie nicht ertrunken.«

»Eine Alkoholikerin, nehme ich an«, sagte Aedith. Die Frau war Angelsächsin gewesen, und ihre Tätowierungen deuteten auf körperliche Arbeit hin: Runen für Gabelstaplerkenntnisse auf Anfängerniveau, einfache Elektronikmontage.

»Fast mit Sicherheit«, sagte Orva. »Aber es ist schon seltsam, dass kein Alkohol in ihrem Blut nachweisbar war. Wie es aussieht, ist sie wenigstens einen Monat lang nüchtern gewesen.« Sie deutete auf hässliche purpurne Male am Hals der Frau, zu beiden Seiten des säuberlich ausgeführten chirurgischen Obduktionsschnitts, der bis zum Kinn reichte. »Sie wurde erwürgt. Ich bin reingegangen und hab nachgesehen. Ihr Zungenbein war gebrochen, was auf beträchtliche Kraftausübung hindeutet, und danach wurde sie in den Fluss geworfen, um die Tat wie einen Unfall aussehen zu lassen. Das ist natürlich nur eine Theorie. Niemand hat sie vermisst gemeldet, und es gibt kein Budget, um zu ermitteln. Aber sehen Sie her.«

Orva wies auf eine Tätowierung am Oberschenkel der Frau. Sie war primitiver als bei Angwin und ließ mehr an einen Ballon denken denn an einen Fisch, aber als Drustan die Augen zusammenkniff, erkannte er die Ähnlichkeit.

»Deshalb habe ich zum ersten Mal in der Datenbank gesucht«, sagte Orva. »Kein Treffer. Hab mir damals nicht viel dabei gedacht.«

»Hm«, machte Aedith.

Drustan sah auf. »Entschuldigen Sie, niemand hat diese Frau als vermisst gemeldet, aber ihren Namen kennen Sie?«

Orva lachte höflich, dann wurde ihr klar, dass es ihm ernst war. »Oh, tut mir leid. ›Ethel Noakes‹ ist Jargon für eine unidentifizierte weibliche Leiche. ›Edgar‹ bei Männern. Apropos …«

Sie zog an einem dritten Griff und holte eine jüngere Männerleiche hervor.

»Ein Norse?«, fragte Drustan. Nordländer hatten einen diskreteren Tätowierungsstil, der darauf abzielte, sie von ihren weniger raffinierten Nachbarn abzugrenzen, aber Clan-Blutlinien waren auch ihnen nach wie vor wichtig. Der Mann – wenn man ihn so nennen konnte, denn er schien kaum zwanzig geworden zu sein – trug kunstvolle Runenbänder von den Armen bis über die Oberschenkel. Er war gepflegt, die Haare an den Seiten kurz, auf dem Schädel länger, mit langen Fransen rechts; sie sahen aus, als wäre noch Pflegemittel vorhanden.

»Prostituierter. Für ihn haben wir einen Namen: Ulf Haldorson. Stammt aus einer angesehenen Familie nördlich des Walls, die ihn verstoßen hat. Obdachlos, an einer Überdosis gestorben, Spuren diverser Injektionen. Er ist seit einem Monat hier. Die Stadtanwälte versuchen, die Familie für seine Rückführung zur Kasse zu bitten. Wozu für seine Einäscherung zahlen, wenn es sich auch vermeiden lässt.«

Orva nahm die rechte Hand des jungen Mannes und hob sie an. Auf der weißen Haut des Unterarms …

»Wieder der Fisch«, sagte Aedith.

»Sie sprachen von einer Überdosis«, sagte Drustan. »Nichts, was auf Fremdverschulden hindeutet?«

»Man kann gegen den eigenen Willen Drogen gespritzt bekommen«, sagte Orva. »Und nachdem mir der Fisch wieder eingefallen war, habe ich mir die Einstiche noch einmal genauer angesehen. Die Toxikologie deutet darauf hin, dass er schon lange rauschgiftabhängig ist, aber es gab keine weiteren Einstichmale. Den Schädigungen seiner Nasenhöhle und der Erosion seiner Scheidewand nach hat er geschnupft, nicht gespritzt.«

»Das sind natürlich alles Mutmaßungen.« Nachdenklich klopfte Aedith sich mit dem Klemmbrett gegen das Kinn.

Orva hob die Hände. »Absolut. Und Sie wissen, dass ich Ihnen wirklich nicht noch weitere Fälle vor die Füße werfen würde, wenn ich mir nicht sicher wäre. Aber es gibt noch mehr.«

»Noch mehr?«, fragte Drustan. »Wie viele mehr?«

»Bei Thors Schwanz«, sagte Aedith mit großen Augen. »Sie machen jetzt nicht noch die anderen Schubladen auf, oder?«

»Dafür ist es zu spät.« Orva nahm einen Aktenhefter aus Pappe vom Schreibtisch. »Sie sind alle schon in die warmen Stuben der Stadt gesandt worden. Aber heute Morgen bin ich jüngere angebliche Unfalltode durchgegangen und habe nach dem gleichen Mal Ausschau gehalten. In den Akten gibt es vier weitere. Noch ein Norse, ein weiterer Kelte, zwei Angelsachsen; alle am Rand der Gesellschaft lebend, keiner vermisst gemeldet, und jeder von ihnen scheint etwas über einen Monat vor seinem Tod einen Versuch unternommen zu haben, sein Leben in den Griff zu bekommen. Bei allen wurde auf Unfalltod befunden.«

»Derselbe Mörder?«, fragte Drustan. »Oder eine Gruppe, die es mit anderen austrägt?«

Orva zögerte.

»Bauchgefühl ist in Ordnung«, sagte Aedith. »Noch steht nichts fest.«

»Der zeitliche Ablauf und die Durchführung der Morde – *falls* es alles Morde sind – sprechen für eine Einzelperson. Geduldig, sorgfältig, vielleicht sogar charmant.«

Aedith blinzelte. »Ein eigenartiger Begriff in diesem Zusammenhang.«

»Nein«, widersprach Drustan. »Ich stimme zu. Die Fälle haben etwas Intimes an sich – falls die anderen beiden ebenfalls Mordfälle sind. Ein Mörder, der Angwin überreden konnte, gespickten Wein zu trinken, konnte Haldorson vielleicht auch dazu bringen, eine Überdosis zu nehmen, womöglich sogar, sie sich zu spritzen. Ihre Ethel Noakes – sie wurde erwürgt. Geschah es von hinten?«

Orva schüttelte den Kopf. »Den Malen zufolge hat ihr jemand die Daumen tief in die Kehle gedrückt. Jemand hat ihr in die Augen gesehen, während er sie umbrachte.«

»Setzen Sie ›große Körperkraft‹ mit auf die Liste«, sagte Aedith. »Toll, jetzt müssen wir Hengist klarmachen, dass wir es mit einem Serienmörder zu tun haben.«

»Vielleicht«, sagte Drustan, »vielleicht auch nicht. Serienmörder ändern ihre Vorgehensweise nur selten. Dieser hier ging jedoch immer so vorsichtig vor, dass wir Schwierigkeiten haben, zu entscheiden, ob es sich um Morde handelt. Und dann begegnet er Gorsedd Angwin, und auf einmal entschließt er sich, kreativ zu werden.«

»Oder selbstbewusster«, sagte Orva.

»Habe ich schon gesagt, wie sehr ich unsere Beratungen jedes Mal genieße?«, fragte Aedith säuerlich. Ihr Telefon klingelte. Sie ging in eine Ecke des Saals und redete mit leiser Stimme.

Drustan wandte sich Angwin wieder zu. »Was wird jetzt aus ihm?«

Orva zog wieder das Laken über den Leichnam. »Keine Familie. Hat die Bande zu seinem Stamm schon vor Jahren durchtrennt. Normalerweise würde das eine rasche Einäscherung auf Kosten der Stadt bedeuten, genau wie bei anderen armen Hunden, aber es gibt eine ungewöhnlich hohe Zahl Wohlmeinender, die bereit sind, für seine Übergabe zu zahlen, sobald wir fertig sind. Wie dem auch sei, ich habe alles wieder hineingetan. Ich weiß, dass Ihr Volk gern so intakt wie möglich ins nächste Leben geht.«

Drustan nickte. »Er wird nach Westen gebracht und auf einem Scheiterhaufen verbrannt, nehme ich an. Zedernholz und kostbare Öle.« Er hatte an einigen Verbrennungen teilgenommen, bei mehr als einer sogar die Zeremonie geleitet.

Doch Orva schüttelte den Kopf. »Ich bekam heute einen Anruf. Der Leichnam soll zu einem Privathaus hier in London überstellt werden.« Sie lächelte über Drustans Miene. »Er hat Anweisungen hinterlassen. Menschen können Sie im Tod genauso überraschen wie im Leben.«

»Kurze Unterbrechung!«, rief Aedith vom anderen Ende des Raums. Sie steckte ihr Mobifon ein. »Agapos war in Angwins Bleibe.«

Ihr Gesicht wirkte grimmig, fand Drustan. »Hatte er Schwierigkeiten, hineinzukommen?«

»Das nun nicht gerade. Die Türe hing schon in den Angeln, und bewaffnete Vögte waren davor postiert. Staatspolizei. Sie wollten Agapos nicht hineinlassen, was ein gewisses Selbstvertrauen ihrerseits beweist. Unser Freund Tancred erhielt einen anonymen Anruf, eine Stunde, bevor unsere Puffmutter ausgesagt hat. Daraufhin entdeckte er eine himmelschreiend offensichtliche falsche Wand und schickte seine Jungs mit Vorschlaghämmern an die Arbeit.«

Orva räumte auf und schloss die Schubladen. Für das Tun der Lebenden brachte sie wenig Interesse auf. Ihr Augenmerk hatte sich schon wieder den Toten zugewandt.

»Sie wollen, dass ich frage, was die Staatspolizei gefunden hat«, sagte Drustan.

»In der Wohnung Ihres Freundes, der einen Nervenzusammenbruch nach dem Tod seiner bevorzugten Sexarbeiterin hatte, sein Leben änderte, der Gewalt abschwor und die gleiche Tätowierung bekam wie ein Haufen Leute, die alle im Leichenschauhaus gelandet sind? Sie fanden dort Explosivstoffe, Herr Kriminalinspektor. Genug, um einen ganzen Londoner Stadtbezirk einzuebnen. Und Waffen. Kistenweise Waffen.«

DREIZEHN

Könnte sein, dass wir Ihrem Burschen einen Gefallen schulden«, sagte Major Tancred.

Aedith war nach Norden gefahren und hatte eine lange, stille grüne Prachtstraße erreicht. Die Häuser an dieser Straße waren alle wenigstens vierstöckig, davor erstreckten sich makellos gepflegte Gärten, bevölkert von keltischen Ammen, die blonde Kinder hüteten. Drustan war zudem eine abnorm hohe Dichte an Statuen einer selbstgefällig dreinblickenden Frau aufgefallen, die er am Ende als Urd hatte identifizieren können, die greise Göttin des Schicksals im Allgemeinen und der Vermögensverwaltung im Besonderen. Aedith schien es große Freude zu bereiten, Straßenficker quer auf zwei private Parktaschen zu stellen.

Beim Aussteigen wurde Drustan von dem Gedanken beherrscht, dass er noch nie so viele Mannschaftstransporter der Polizei auf einem Fleck gesehen hatte, und dabei waren die Zivilfahrzeuge gar nicht berücksichtigt. Eine kleine Menschenmenge hielt ihre Mobifonkameras auf den nicht abreißen wollenden Strom von Staatsschützern in grauen Anzügen, der die Treppen herunterkam. Jeder von ihnen trug eine große schwarze Plastikkiste. Einer der Mannschaftstransporter, das Fahrzeug mit erheblich mehr Antennen auf dem Dach als alle anderen, verfügte über eine eigene Kamera, halbwegs diskret innerhalb einer Kuppel aus Rauchglas gleich oberhalb der Hecktüren angebracht. Sie schwenkte langsam hin und her und zeichnete die Menge auf, wie sie ihrerseits die Herren der Kamera filmten.

Aedith und Drustan durchquerten still die Menge, und Agapos hielt ihnen das Absperrband hoch. Der Uniformierte neben ihm machte keinerlei Anstalten, ihnen zu helfen. Die Staatspolizei beschäftigte eigene Absperrvögte, die auf den ersten Blick wie gewöhnliche Polizisten aussahen, aber keine Dienstnummer auf dem Revers trugen. Die Saxe an ihren Stichschutzwesten entsprachen auch nicht ganz den Vorschriften. Die meisten trugen Gravuren, für die ein normaler Polizist ein halbes Jahr lang zum Innendienst verdonnert worden wäre, damit er ausreichend Zeit fand, über die Folgen seines Handelns nachzudenken.

Agapos blieb auf der Straße, der einzige afrosächsische Vogt weit und breit. Eines musste man Tancred lassen, überlegte Drustan: Er hatte sich sehr angestrengt, um in den normalerweise alabasterweißen Rängen der Staatspolizei aufzusteigen.

Tancred begrüßte Aedith scheißfreundlich an der Eingangstür der umgebauten Mietskaserne. Pflichtschuldig führte er sie die Treppe hinauf: höchst kollegiales Verhalten. Drustans Anwesenheit schien er überhaupt nicht wahrzunehmen.

»Unser Bursche?«, fragte Aedith, als sie zur Seite wichen, damit ein weiterer Staatsschützer mit seiner Kiste vorbeikam.

»Wer immer unseren keltischen Freund an diesen Baum nagelte«, sagte Tancred, »hat, wie es aussieht, ein Terrorspektakel verhindert, bei dem wir wie die letzten Idioten dagestanden hätten. Falls Sie ihn jemals fassen, würde ich ihn fast für einen Orden vorschlagen.«

Die Wohnungstür hing schief in den Angeln. Für Drustan sah es so aus, als wäre das Schloss mit einem Schrotgewehr zerschossen worden, und eine Einmannramme hatte den Rest besorgt.

»Wir haben ein wenig Unordnung gemacht, fürchte ich«,

entschuldigte sich Tancred, als sie in das Chaos traten, das einmal eine adrette, dezent eingerichtete Wohnung in angenehmer Nähe zur einzigen U-Bahn-Station so weit nördlich gewesen war. Die falsche Wand hatte man nicht rücksichtsvoller eingeschlagen als die Wohnungstür.

Tancred wuchtete die letzte Plastikkiste hoch, ließ den Verschluss aufschnappen und klappte den Deckel auf. In der Kiste lag ein halbes Dutzend glänzender schwarzer Faustfeuerwaffen in passgenau dafür ausgeschnittenen Schaumstoffpolstern.

»Stellen Sie sich diese Dinger auf der Straße vor. Auf unsere tapferen Männer und Frauen in Uniform gerichtet. Man möchte gar nicht daran denken«, sagte er kopfschüttelnd, schloss den Deckel und übergab die Kiste zum Wegtragen.

Aedith wollte sich nicht geschlagen geben. »Ich wurde informiert, es sei Sprengstoff gefunden worden.«

Tancred lächelte breit. »Das Bombenräumkommando hat sich darum als Erstes gekümmert. An so etwas lässt man die Staatspolizei nicht heran. Aber mit den Schusswaffen dürfen wir spielen.« Das Lächeln verblasste. »Handelsübliches Zeug, auch wenn man natürlich eine Genehmigung braucht. Vermutlich aus dem Baustoffhandel. Die Zünder stammten von einer Bergbaufirma jenseits der Grenze. Dort wird man einige Fragen beantworten müssen.«

Drustan ging zu den Überresten der falschen Wand, die eine Tür kaschiert hatte. Da hindurch gelangte man in ein großes weiteres Zimmer, in dem das Waffenlager gefunden worden war. Er drückte mit dem Daumennagel gegen die Stelle, wo der neue Gips an die bestehende echte Wand stieß. Die weiße Oberfläche leistete kaum Widerstand.

»Keine Sorge, wir haben bereits nach Fingerabdrücken gesucht.« Tancred klang beinahe freundlich und wandte sich an

Aedith. »Wir wollen ja nicht, dass unser Stammeskollege in die Fahndung gerät. Heute Nacht werden ziemlich viele Torques aus den Betten geholt. Wo wir davon reden: Ihre Freundin Deedra.«

»Sie haben Beweise, dass sie verwickelt ist?«

»Nur Indizien.« Dass den Kesairs Baufirmen in ganz London und Bergwerke im Westen gehörten, war allgemein bekannt. »Aber wir müssen ihr ein paar ernste Fragen stellen, und was ich ganz und gar nicht brauchen könnte, wäre, dass sie oder irgendeiner unsere Stammesfreunde im Vorfeld gewarnt werden und die Gesetzesschmiede zusammenrufen, bevor wir bereit sind.«

»Ich glaube, Sie sind sich über die Natur meiner Beziehung zu Deedra im Unklaren«, sagte Aedith milde. »Und darüber, ob ich Offizierin der Polizei des Hochkönigs bin oder nicht.«

Tancred wich zurück, die Hände in gespielter Zerknirschung erhoben. »Ist nur ein gut gemeinter Ratschlag«, sagte er und sah Drustan an. »Betrachten Sie es als schmackhafte Beere, die den Vögeln vorgeworfen wird. Sie können sich aussuchen, ob Sie sie aufpicken oder ignorieren. Solche Freiheiten haben wir hier im Osten. Mein Beileid für das Dahinscheiden Ihrer Kontaktperson übrigens.«

Drustan runzelte die Stirn. »Ich habe Gorsedd Angwin vor seinem Tod nicht gekannt.«

Tancred schlug sich mit der Hand vor die Stirn. »Ich bitte um Verzeihung, ich wollte Sie nicht durcheinanderbringen. Ich spreche von Fairgus Blaenu. Dem Kurier.«

Drustan gab keine Antwort.

»Wir haben ihn vor zwei Stunden in unseren Gewahrsam genommen. Ihr Revierkommandant hat gerade erst von der Verlegung erfahren. Ich halte Hengist über die Einzelheiten auf dem Laufenden, aber ich muss schon sagen, sonderlich enthusiastisch ist er nicht gerade.« Tancred schnalzte traurig mit der Zunge.

»Wenn es Ihnen nichts ausmacht«, sagte Drustan gleichmütig, »ich habe Blaenu seine Sicherheit garantiert, solange er mit uns kooperiert, daher würde ich auch gern über alle Einzelheiten informiert werden.«

Drustan wusste, dass Aedith ihn beobachtete, aber er konzentrierte sich auf Tancred. Er ließ auch seine Hände sehen und achtete darauf, keine plötzlichen Bewegungen zu machen. Um genau zu sein, bewegte er sich gar nicht.

»Er hat kooperiert«, sagte Tancred. »Er gab uns sogar viele nützliche Informationen, aber leider endete seine Kooperation abrupt, als er einem meiner Beamten die Dienstwaffe aus dem Holster riss und sich damit in den Kopf schoss.«

»Ich verstehe«, sagte Drustan. Aedith schwieg. »Ich gehe davon aus, Sie haben den betreffenden Beamten gemaßregelt, dass er so nachlässig war, einem Gefangenen so leichten Zugriff auf eine geladene Waffe zu verschaffen.«

»Sergeant Godric war es.« Er wies mit einer ausladenden Geste auf einen gedrungenen, narbigen Beamten in einem teuren Anzug, dessen Wert in einem Missverhältnis zu seinen Investitionen in die Zahngesundheit zu stehen schien, denn als er sie angrinste, offenbarten sich seine Zähne als überwiegend schwarz. Die Tätowierungen, die sich um sein rechtes Auge hoch zu seinem kahlen Schädel wanden, erinnerten Drustan an angelsächsische Söldner, denen er im Mogulreich hin und wieder über den Weg gelaufen war; Männer, die Halsketten aus mumifizierten Menschenohren trugen und Scherze darüber machten, Zivilisten in Minenfelder zu hetzen.

»Ich habe den Sergeant gefragt, ob er Urlaub braucht, womöglich eine Therapie, um die posttraumatische Belastung zu verarbeiten und so weiter«, fuhr Tancred fort. »Aber er hat darauf bestanden, weiterhin seinen Dienst zu versehen.«

Godric hob die letzte Kiste auf und verließ die Wohnung.

»Dieser Mann ist ein götterverdammter Held«, merkte Tancred an.

❈

»Haben Sie die Waffen gesehen?«, fragte Aedith.

Auf der Rückfahrt zum Revier hatte sie kein Wort gesprochen. Das ganze Dezernat hatte ihre Stimmung gespürt und sich bedeckt gehalten. Banba trug Ohrhörer und die Kapuze so tief ins Gesicht gezogen, dass es einem Wunder gleichkam, wie sie die Datenkolonnen noch erkennen konnte, die ihren Monitor hinunterliefen.

Drustan nickte.

»Seit wann«, fuhr Aedith fort, »haben die Fomóir Zugang zu solch brandneuem Zeug? Korrigieren Sie mich ruhig, wenn ich falschliege, aber als die Fo zuletzt ein paar Schusswaffen in die Hände bekamen, hatten sie Glück, ein paar Jagdgewehre aus einer irgendeiner panafrikanischen Klitsche zu ergattern, die einen Überhang an B-Ware loswerden wollte. In gut der Hälfte aller Fälle hatten sie nicht einmal die passende Munition.«

»Das war ein wenig viel, da stimme ich Ihnen zu«, sagte Drustan, »aber wollen Sie sagen, dass die Staatspolizei es geschafft haben soll, all das hier innerhalb so kurzer Zeit zu deponieren?«

Aedith verschränkte die Arme und lehnte sich an einen Aktenschrank. »Oh, untergeschoben wurde es auf jeden Fall. Gorsedd wird zu einer Bedrohung gemacht, aber nicht von der Staatspolizei. Sie haben ganz recht, so schnell sind die nicht. Aber Tancred gibt sich mit solch einem Fang zufrieden, ohne allzu viele Fragen zu stellen.«

Drustan sah auf seinen Daumennagel, unter dem noch weißer Gips saß. »Diese falsche Wand wurde erst nach Gorsedds Tod eingezogen. Vielleicht sogar am selben Abend.«

»So sieht es aus«, sagte Aedith. »Mir fällt es schon schwer, zu glauben, dass ein Mann unser Opfer allein in den Wald zerren und an einen Baum nageln könnte. Aber bestimmt nicht so schwer, wie dass er danach zu Angwins geheimer Wohnung geeilt sein soll, um zwanzig Kisten mit Waffen und Munition zu übergipsen, die geradezu nach Sondereinsatzkommando schreien. Sind Sie absolut sicher, dass Deedra nichts zu gewinnen hat, wenn der Einigungsgipfel ausfällt?«

»Ich kann mir vorstellen, dass sie verschiedene Parteien gegeneinander ausspielt«, sagte Drustan. »Auf diese Weise hat ihr Clan jahrhundertelang auf feindlichem Gebiet überlebt. Aber sie ist klüger als das. Zumindest steht sie in diesem Ruf. Und falls die Kesair jemanden tot sehen wollen, hinterlassen sie keine Leichen für die Angelsachsen. Oder sonst jemanden.«

»Ich frage mich auch«, ergänzte Aedith bedächtig, »weshalb sie sich die Mühe machen sollte, genügend Kunstdünger zum Bau einer Bombe zu beschaffen, wenn sie doch Zugang zu Sprengstoffen und Zündern aus dem Bergbaugeschäft hat. Die ganze Sache stinkt. Götterverdammt, vor zwei Tagen hätte ich noch einfach eine Abkürzung durch den Scheiß nehmen können, sie angerufen und gefragt. Das geht jetzt nicht mehr.«

Mit einer Kopfbewegung wies sie auf Wachtmeister Naeku, die ihr gerade einen Stapel Papierausdrucke auf den Schreibtisch legte. »Sind Sie bei den Tätowierern irgendwie weitergekommen?«

»Keiner der registrierten Stammeskünstler weiß irgendetwas von einem Fischmuster, jedenfalls nicht in diesem Stil. Sobald ich die Liste abgearbeitet habe, wende ich mich den Unlizenzierten und den offiziell in Rente Gegangenen zu, aber es wird eine Weile dauern.«

»Vielleicht beschleunigt dies den Prozess.« Revierkommandant Hengist hatte einen Raum voller Polizeibeamter betreten, ohne dass er auch nur von einem von ihnen bemerkt worden wäre, was bedeutete, dass sie entweder ihren Beruf verfehlt hatten oder es sich bei ihrem Vorgesetzten um ein ganz besonders seltenes Exemplar handelte: ein großer Mann, der sich leichtfüßig bewegte. Mit einer weniger freundlichen Miene als vorhin warf er Aedith ein Blatt Papier auf den Tisch.

Sie runzelte die Stirn. »Was ist das?«

»Lag vor einer Stunde auf meinem Schreibtisch. Wie es scheint, gibt es in der Nähe der Brücke einen Künstler, der auf Fischtätowierungen spezialisiert ist. Oder zumindest bereit, sie aufzuführen, ohne weitere Fragen zu stellen.«

»Sie wissen nicht, woher es kommt?«

»Wollen Sie wissen, ob ich es runter in die Forensik gebracht habe, damit es auf Fingerabdrücke untersucht wird, bevor ich es Ihnen gebe? Nein, Hauptmann Mercia, das habe ich nicht getan. Ich gehe davon aus, dass jemand am Empfang eine Nachricht entgegengenommen und sie ihren Weg zu mir gefunden hat statt in einen großen Raum voller Vögte, die sich den Kopf über Kunstdünger zerbrechen, obwohl sie damit beauftragt sind, einen Mörder zu fassen. Vielleicht könnte ich die Notiz bei Ihnen zurücklassen und mich wieder an meine politischen Winkelzüge begeben?«

»Jawohl, Kommandant.«

Hengist polterte aus dem Raum, mit erheblich mehr Lärm als beim Hereinkommen. Drustan trat näher zu Aedith. »Kippt seine Stimmung oft dermaßen schnell?«

»Dass er ausgeglichen ist, würde ich nicht gerade behaupten, aber ich habe auch noch nie erlebt, dass er sich über einen fehlgeleiteten Hinweis derart aufgeregt hätte. Wir könnten losfahren und uns darum kümmern.«

Drustan nickte, aber etwas an Hengists Gebaren war ihm falsch vorgekommen. Hinter der Erregung hatte er beunruhigt gewirkt, fast ängstlich. Oder deutete er damit zu viel in das Verhalten eines Menschen, den er kaum kannte?

»Kommen Sie?«

Drustan nickte.

»Als Studentin habe ich quasi hier gewohnt«, sagte Aedith, als sie getreu den Anweisungen auf ihrem Telefon der Straße folgten. Die Adresse war ihr gleich vertraut vorgekommen. Die Straße, in der das Tätowierstudio lag, war nicht so nah bei den Tavernen gelegen, um als offiziell lebendig zu gelten, wies aber eine ausreichende Anzahl an Musikalienhandlungen und Künstlerbedarfsläden auf, um Studenten so lange von ihrem Schnaps abzulenken, dass sie dort einen angemessenen Anteil ihrer Studiendarlehen ließen. Aedith hatte mit Sicherheit genug davon in Vinyl umgewandelt, bevor sie das Trinken entdeckt hatte.

»Von ihnen eine Aussage zu bekommen, wird nicht leicht sein. Wenn sie überhaupt geöffnet haben.«

Drustan nickte. Aedith hatte den Verdacht, dass es in allen drei Königreichen das Gleiche war. Tätowierer setzten ihre Arbeitszeiten selbst fest, und diese lagen oft vom frühen Nachmittag bis in den Abend. Sie waren ebenso Künstler wie Mitglieder der Ärzteschaft; Klienten vertrauten darauf, dass sie ihnen ihre düstersten Geschichten in die Haut bannten, Tragödien und Triumphe, verlorene Liebe und hart erkämpfte Siege bildlich umsetzten. Angelsächsische Künstler waren in keiner Weise verpflichtet, den Vögten etwas offenzulegen, von dem sie im Studio erfuhren: Gerichtsverfahren hatten dies längst als unumstößliches Recht etabliert.

»Man kann immer damit drohen, ihnen die Lizenz zu entziehen«, sagte sie. »Das hat schon funktioniert.«

Als Aediths Telefon endlich piepte zum Zeichen, dass sie ihr Ziel erreicht hatten, war das Tätowierstudio geschlossen. Dem kleinen Stapel Gratiszeitungen und Lieferdienstspeisekarten zufolge, der sich auf der anderen Seite der Glastür gebildet hatte, war es das schon seit einigen Tagen.

Sie wischte die Scheibe mit dem Ärmel sauber und spähte hinein. Innen brannte kein Licht, aber es herrschte Ordnung. Über den Sessel war ein Tuch gebreitet, alle Werkzeuge waren weggeräumt. Sie trat ein paar Schritte zurück und sah nach oben. Über dem Studio war eine Wohnung, die jedoch ein *Zu-vermieten*-Schild im Fenster hatte, also wären Nachbarn keine Hilfe. In jedem anderen Teil der Stadt wäre sie vielleicht von dem Zusatz *keine Arbeitslosen, keine Stämmler* peinlich berührt worden, aber so etwas wäre hier nicht gut angekommen. Ein stämmiger Mann in einem Sportjackett, das ihm nicht passte, ging an ihnen vorbei und weigerte sich standhaft, eine Angelsächsin und einen Kelten wahrzunehmen, die aussahen, als stünden sie kurz davor, in ein Haus einzubrechen. Er beschleunigte merklich seine Schritte, und erst als er an ihnen vorbei war, sah Aedith in seiner Hand den Schlüsselbund aufblitzen, der heimlich wieder in die Tasche geschoben wurde.

»Was halten Sie davon?«

Drustan sah dem Mann hinterher. Er beschleunigte nicht weiter, ging aber auch nicht mehr so langsam wie zuvor. »Ich würde sagen, das ist jemand, der gerade sein Tätowierstudio aufschließen wollte und es sich in letzter Sekunde anders überlegt hat.«

Aedith nickte. »He!« Der Mann begann zu rennen. Sie seufzte. »Ich weiß ehrlich nicht, was ich erwartet habe.«

Zu einer anderen Tageszeit wären vielleicht so viele Menschen auf der Straße gewesen, dass der Mann in der Menge hätte untertauchen können. Oder er hätte genügend Nonkonformisten gefunden, die Aediths und Drustans Vorankommen mit ausgestrecktem Fuß oder einem Stoß in den Rücken behindert hätten. So aber brauchten sie nur an einer älteren erstaunten Dame vorbeizulaufen, die beim Anblick Drustans ihre Einkaufstasche fester packte, ansonsten aber entschlossen schien, alles zu ignorieren, was sich vor ihren Augen abspielte.

Damit hatte sie vermutlich die richtige Entscheidung getroffen. Aedith holte den stämmigen Mann eine Sekunde vor Drustan ein, stieß ihn gegen eine Schaufensterscheibe und warf ihn zu Boden. Er schrie vor Schmerzen auf.

»Polizei!«

»Ich bin die Polizei, Sie Blödmann.« Aedith zückte ihren Dienstausweis. »Kriminalhauptmann Mercia. Das ist mein Kollege von jenseits der Grenze, Kriminalinspektor Drustan.« Sie hielt inne und runzelte die Stirn. »Vorname oder Nachname?«

»Das ist kompliziert«, sagte Drustan.

»Wie sollte es auch anders sein. Na los, aufstehen. Sie lassen uns beide jetzt in Ihr Studio, und dann unterhalten wir uns nett.«

VIERZEHN

Nachdem der Tätowierer sie in sein Studio eingelassen und die Türe hinter ihnen abgeschlossen hatte, stellte er sich als Gif Denby vor. Aedith setzte einen Kaffee auf als Entschuldigung dafür, dass sie ihn gegen das Schaufenster gestoßen hatte. Drustan war von Denby schwer enttäuscht. Bei den Hautkünstlern, denen er bisher hier und im Westen begegnet war, handelte es sich um eine mystische Elite; Ehrfurcht gebietend wie Priester, die eher den Tod in Kauf nahmen, als Geheimnisse preiszugeben, seien es ihre eigenen oder die ihrer Klienten. Davon abgesehen, wie physisch unscheinbar er war, hielt Denby von dem Augenblick an, in dem er seine Jacke aufgehängt hatte, kaum noch den Mund. Er selbst hatte nicht einmal viele sichtbare Tätowierungen, nur ein paar an Armen und Händen, die eine Kindheit an der Südküste verrieten, ein Interesse am Angeln und eine Anhängerschaft zu mehreren traditionell glücklosen und unbeliebten Sportmannschaften.

»Wenn ich ehrlich bin, gehört das Studio meiner Frau.« Dankbar trank er aus dem angeschlagenen Becher, den Aedith ihm gereicht hatte.

Wie alle angelsächsischen Studios – und Studios waren meist angelsächsisch, denn Stammeskünstler neigten zur Rastlosigkeit und arbeiteten eher in Lieferwagen oder sogar auf Booten – war auch Denbys Studio mit Bildern von Kunst am Klienten gepflastert. Alles, was man sah, war sehr geradlinig: sportliche Leistungen, bedeutende Karriereschritte, runde Geburtstage. Die Motive atmeten Lokalität. Er verdiente vermutlich ein kleines, aber verlässliches Einkommen durch die Schulen im Umkreis, die ihre Trophäengewinner und Abschlussredner zu ihm schickten. Drustan sah weder irgendwo einen Fisch, noch erkannte er ein Gesicht.

»Ich bin nur angelernt worden, damit ich ihr helfen konnte, wenn viel zu tun war. Aber dann hat sie mich verlassen, und mein Taxiunternehmen ging durch den ganzen Unsinn mit den unabhängigen Fahrern pleite. Ich hatte nur noch das Studio. Die Fischer kommen seit ein paar Jahren zu mir, weil ich … diskret sein kann, wenn Sie wissen, was ich meine. Sie erzählten ihren Freunden von mir, und dann ging es richtig los. Aber seit ein paar Wochen ist es still um sie geworden. Auf einmal steht etwas über sie in den Graswurzelmedien, und ich schaue mir ständig über die Schulter. Ich bin seitdem kaum noch zur Arbeit gegangen und betätige mich stattdessen als Kurier. Wenn ich ehrlich sein soll, ein bisschen mache ich mir Sorgen, ich könnte mich mit einem Haufen Irrer eingelassen haben. Ist es wahr, was man so hört? Dass sie hinter dem Gipfeltreffen stecken und versuchen, alle Königreiche zu übernehmen?«

Drustan versuchte, so auszusehen, als hätte er nicht gerade zum ersten Mal von den »Fischern« gehört.

»Nichts deutet darauf hin«, brachte Aedith hervor, offenkundig um das Gleiche bemüht. »Gar nichts.« Sie wischte durch die Bilder auf ihrem Telefon, bis sie Angwins Porträt aus dem Leichenschauhaus gefunden hatte. Sie zeigte auf die Fischtätowierung. »Ist das von Ihnen?«

Denby nickte. Zu den wenigen Gemeinsamkeiten Denbys mit anderen Hautkünstlern, denen Drustan begegnet war, gehörte, dass er nicht zart besaitet war. »Einer der Ersten, die zu mir gekommen sind. Freund eines Freundes, wissen Sie. Vor fünf Jahren vielleicht?«

»Und lassen Sie mich raten, man hat Ihnen ein bisschen was zugesteckt, damit Sie nie die Zeit finden, es in der Datenbank registrieren zu lassen?«

Denby wand sich ein wenig. »Sie sagten, ihre Sache beginnt ganz neu, dass sie ein neues Kapitel in ihrem Leben aufschlagen wollen. Also habe ich vielleicht ... nicht so viel aufgeschrieben, wie ich es hätte tun sollen.«

Aedith ließ sich nichts anmerken. Drustan gelang es so gerade, nicht lauthals zu fluchen. Was sie dadurch gewannen, dass Denby so bereitwillig gegenüber den ersten Personen auspackte, die ihn befragten, verloren sie sogleich wieder, weil augenscheinlich alles, was er getan hatte, unter der Ladentheke geschehen war. Das bedeutete, es gab keine Dokumentation, keine Unterlagen, nichts, das sie weiterbrachte.

»Also gut, Denby. Sagen Sie uns wenigstens, wie viele Fische Sie im Lauf der Jahre gestochen haben.«

»Dreißig vielleicht? Könnten auch mehr gewesen sein.«

»Alle heimlich?«

Denby nickte niedergeschlagen. Er würde seine Lizenz verlieren, das war ihm klar. Etwas verriet Drustan, dass das Studio nur das neueste von Denbys Geschäften war, das den Bach hinunterging. Er würde mit irgendwas anderem wieder auftauchen, bis er auch damit scheiterte.

»Na gut.« Drustan konnte besonders beruhigend klingen, was er gern bei Menschen einsetzte, die es nicht gewöhnt waren, Fragen von jemandem gestellt zu bekommen, der einen Torques trug. Nun benutzte er diesen Tonfall: »Erinnern Sie sich noch an den ersten Fischer, der zu Ihnen gekommen ist? Wie lange ist das her?«

Denby runzelte die Stirn, jemandes Pantomime, dem eine schwierige Frage gestellt wird.

»Das kommt drauf an«, sagte er. »Die erste Person, die ein Fischerzeichen wollte, meinen Sie? Das war vor ungefähr sechs Jahren.«

»Das hilft uns sehr.« Drustan überließ Aedith das Nachhaken.

»Moment«, sagte sie. »Ich muss da mal nachfragen. Waren Sie vorher schon mal einem Fischer begegnet? Einem, der *nicht* wollte, dass ihm das Zeichen gestochen wird?«

»Ungefähr zwei Jahre vorher«, antwortete Denby prompt. »Ein großer Mann kam herein und bat, seine Tätowierung zu überdecken. Das war das erste Mal, dass ich so eine sah.«

»Er wollte eine Tätowierung *überdecken* lassen?« Aedith klang vollkommen ungläubig. Ein Zeichen zu ändern, war eine Sache. So etwas konnte man mit einem besonderen Dispens ausführen lassen. Transmenschen ließen das ständig machen, und es wurde nicht mehr als ein Umschreiben der Geschichte betrachtet, sondern als Offenbarung jener Geschichte, die schon immer verborgen dagelegen hatte. Eine Tätowierung vollständig zu überdecken, galt indes als völlig inakzeptabel, als Handlung eines Psychopathen, eines Menschen, für den alle Hoffnung verloren war. Zwar war verdeckt ermittelnden Polizeibeamten oder Geheimagenten gestattet, Zeichen zu ändern oder falsche hinzuzufügen, aber sie mussten dazu spezielle Tinten verwenden, die nach einigen Jahren verblassten und die man nur mit Sondergenehmigung erhielt. Und hinterher offerierte man ihnen großzügige Betreuungsangebote, die helfen sollten, eine Psyche zu rekonstruieren, die andernfalls gebrochen wäre, anfällig für die Infektion durch dunkle Geister, psychologische Raubtiere, die von einem Riss in der Identität eines Menschen angelockt wurden.

»Damals gingen die Schwierigkeiten zwischen mir und meiner Frau los«, sagte Denby düster. »Sie war dagegen. Ich dachte, wenn das Zeichen ihn unglücklich macht und wir es mit einem falschen Geburtsmal oder so was überdecken können, wem soll es schaden?«

Er verliert definitiv seine Lizenz, dachte Drustan. Sie konnten beide nichts mehr für ihn tun.

»Würden Sie ihn beschreiben?« Aedith klang ruhig und ganz auf die Sache konzentriert.

»Hm«, machte Denby. »Blond. Großer Mann, wenigstens sechs Fuß. Anfang dreißig vielleicht? Das Fischerzeichen hatte er am Hals.«

»Am Hals?«, fragte Drustan. »Nicht auf der Brust?«

Denby schüttelte den Kopf. »Halsseite und Nacken. Sie war auch verblasst und musste Jahre alt sein. Und sie war gedehnt, so als hätte er sie schon als Kind bekommen und wäre seitdem sehr gewachsen. So wie er aussah, hat er wohl viel Sport gemacht.«

»Körperkraft …«, sagte Aedith leise.

»Was können Sie uns noch über ihn sagen?« Drustan versuchte, ja nicht eifrig zu klingen. Klang man zu engagiert, machten Zeugen entweder dicht, oder sie fingen an, ihre Erinnerungen auszuschmücken, um einen zufriedenzustellen. »Hatte er einen Akzent?«

»Kentisch vielleicht? Ich sagte, wir könnten ihm nicht helfen, aber als meine Frau nach hinten gegangen war, bat ich ihn, am nächsten Tag wiederzukommen, weil sie dann freihatte. Ich habe das Zeichen so überdeckt, dass es ungefähr wie eine Hautkrankheit aussah.«

»Haben Sie miteinander gesprochen, während er das machen ließ? Alles könnte uns helfen. Hat er vielleicht erwähnt, wo er arbeitet? Hat er mit Karte bezahlt?«

»Könnte nicht sagen, dass er der redselige Typ gewesen wäre. Er hat bar bezahlt und ist gegangen, kaum dass ich fertig war.«

Natürlich. Zu viel erhofft, dass sie mit einem Anruf bei einer Bank ihren Mörder finden könnten.

»Kein Hinweis auf seinen Beruf, auf seine Arbeitsstelle?«

Denby schüttelte den Kopf.

»Na gut«, sagte Aedith. »Was ist mit anderen Zeichen? Schule, Ausbildungsstelle? Sport vielleicht?«

»Er trug einen einteiligen Arbeitsanzug mit langen Ärmeln. Im Gesicht hatte er keine anderen Zeichen, an die ich mich erinnern würde.«

Drustan hob den Kopf. »Einen Arbeitsanzug? Wie ein Dekorateur?«

»Das Ding war dunkel. Könnte Heeresüberschuss gewesen sein. Aber als er bezahlte, hab ich was an seinem Handgelenk entdeckt. Einen Vogel. Ein Sperling, glaube ich. Ich könnte ihn für Sie zeichnen.«

Auf einem Zettel skizzierte er rasch einen kleinen Waldvogel. Denby besaß ein überraschendes Talent.

Drustan kam ein Gedanke. »Könnten Sie sein Gesicht zeichnen?«

»Hm.« Denby wirkte beschämter denn je seit ihrer Ankunft. »Die Sache ist die, Gesichter kann ich nicht besonders. Meine Frau war darin sehr gut, aber ich mache eher Tiere und Schaltkreise. Darin bin ich richtig gut. Falls ich vielleicht Ihr Interesse wecken kann?«

Die Hoffnung, die ihm plötzlich ins Gesicht getreten war, hatte etwas Erbärmliches.

»Ich brauche nichts, danke«, sagte Aedith.

»Glauben Sie, er schwebt in Gefahr?«, fragte Drustan, nachdem sie das Studio wieder verlassen hatten.

»Ich glaube, wenn der Mörder ihn ausschalten wollte, hätte er das längst getan. Ich werde beim zuständigen Revier ersuchen, dass ein Uniformierter das Studio im Auge behält. Aber solange er nur vorbeikommt, um die Post zu holen, wird ihm wohl nichts geschehen.«

Drustan war nicht überzeugt. »Und wenn es bekannt wird, dass unser freundlicher Tätowierer im Ruf stand, den Fischern zu helfen?«

»Dann ist er vielleicht nicht mehr sicher. Ich habe ihm aber meine Nummer dagelassen. Unser Freund Denby mag unfähig erscheinen, doch seinen Überlebensinstinkt würde ich nicht unterschätzen.«

FÜNFZEHN

»Bisher unsere heißeste Spur.« Aedith stand vor einer Weißwandtafel, auf die sie *Angelsachse* geschrieben hatte und *Südosten, Fisch-Zeichen (verdeckt) an Hals, Sperling auf Handgelenk, sechs Fuß* sowie *einteiliger Arbeitsanzug (dunkel)*. »Jemand, den wir finden sollten, damit wir ihn zumindest aus unseren Ermittlungen ausschließen können.«

Die Mitarbeiter des Dezernats saßen teils unbeteiligt da, einige vorgebeugt oder mit verschränkten Armen. Agapos stand auf der anderen Seite der Tafel und sah alle unterschiedslos finster an.

»Wer zu Fuß auf Streife ist, befragt bitte jeden, der sich am Abend von Angwins Tod in der Umgebung der Gastwirtschaft aufgehalten hat, und schaut, ob sich wer an jemanden erinnert, auf den die Beschreibung passt. Naeku, Sie haben die Datenbank abgefragt. Haben Sie einen Hinweis darauf gefunden, wo dieser Sperling herkommt?«

Naeku, die vorn gesittet auf einem Stuhl saß, nickte. »Jawohl, Hauptmann. Es handelt sich um das Zeichen von Pflegeheimen. Besonders Kinderheimen. Wie sich zeigt, haben sie früher Kinder in ihrer Obhut mit dem Totemtier des Heims am Handgelenk markiert. Vor ungefähr zwanzig Jahren ist das jedoch verboten worden. Eine echte Datenbank dazu existiert nicht, aber ich gehe die Papierakten durch.«

»Sehr gut. Konzentrieren Sie sich auf den Südosten und lassen Sie es mich wissen, sobald Sie etwas finden. Alle anderen halten bitte die Augen nach den Fisch-Zeichen offen. Fragen Sie herum. Wenn Sie einen guten Hinweis erhalten oder jemanden sehen, der eines trägt, notieren Sie es sich still, und wir kommen darauf zurück. Wir wollen niemanden verschrecken.«

Ein Vogt in verknittertem Anzug zeigte auf den älteren Polizisten mit dem Schnauzbart. »Was ist mit Leofstan, Hauptmann? Sollen wir ihn zur Sicherheit erst mal in eine Zelle sperren?«

Leofstan grinste und hob den Arm, an dem er den Hemdsärmel hochgekrempelt hatte. Ein Lachs oder vielleicht auch ein Aal streckte sich von seinem Oberarm zur Hand. Den Unterkiefer bildete der Daumen, die benachbarten beiden Finger das Oberteil des Kopfes. Er öffnete und schloss die Hand und ließ die furchterregenden Zähne der Bestie zusammenschnappen.

Aedith nickte nachdenklich. »Ist eine Überlegung wert, Wachtmeister, aber Sie übersehen das große Bild. Wohin sollte sich die Stadt dann wenden, um Unterhaltung für Kindergeburtstage zu bekommen?«

Lachen lief durch den Raum. Drustan kratzte sich am Kinn und merkte sich, was er sah. Stammesermittlungen umfassten nur selten mehr als vier oder fünf Beamte. Aufmerksamkeit und Respekt eines Raumes dieser Größe zu halten, erforderte ganz bestimmte Fähigkeiten, und Drustan sah nicht, wie er sie in nächster Zeit erlangen könnte.

»Wir suchen nicht nach einem beliebigen Fisch-Zeichen«, fuhr Aedith fort, »sonst könnten wir jeden Angelverein zwischen hier und dem Wall aufs Revier bringen. Der Fisch muss in diesem Stil gestaltet sein.« Sie wies auf eine Abbildung auf der Weißwandtafel. Erneut konnte sich Drustan nicht des Gedankens erwehren, wie fremdartig es mit seinen gebogenen Linien und dem senkrechten Strich am Schwanz wirkte. Das war weder angelsächsischer noch keltischer Stil. Hätten im Kalifat Tätos nicht als *ḥarām* gegolten, hätte das Symbol von dort stammen können.

Aber der Vogt im Anzug war nicht fertig. »Nehmen Sie's mir nicht übel, Hauptmann, aber sind wir sicher, dass das keine Sache von Stämmler gegen Stämmler ist? Mir kommt es vor, als könnten wir eine Menge Zeit sparen, wenn wir uns gleich auf Ihre Gemeinde konzentrieren.« Während er das sagte, wich er Drustans Blick aus.

»Nett von Ihnen, an die Ermittlungslogistik zu denken.« Aediths Stimme klang so trocken wie Staub. »Erkenntnisse, die bisher zurückgehalten worden sind, deuten darauf hin, dass Träger dieses Symbols aus einer Vielzahl ethnischer Gruppen stammen. Allerdings sind bisher noch keine Afrosachsen gemeldet worden.«

Agapos nickte ernst, als er es hörte, hob demonstrativ die heilige Münze an seinem Hals und küsste sie. Sie waren ein eingespieltes Duo, die Prinzessin Hauptmann und ihr afrosächsischer Sergeant. Die angelsächsische Welt hatte so viele performative Elemente, dachte Drustan, aber niemand war bereit, es zuzugeben. Jedes Theater außer den Jahreszeitritualen oder den Mysterienspielen zu Ehren der jeweils vorherrschenden Gottheit wurde mit großem Misstrauen betrachtet, als ausländischer Eingriff oder billiger Versuch verstanden, Empfindungen zu manipulieren, der zu nichts Gutem führen konnte. Aber brachte man eine Gruppe Angelsachsen zusammen, spielte einer von ihnen immer auf die eine oder andere Art den Narren.

»Also«, kam Aedith zum Ende, »werfen wir ein weites Netz aus und lassen unsere Vorurteile zu Hause, ja?«

Dem Raum schien der Befehl nicht zu schmecken, aber die Leute schienen ihn zu akzeptieren. Der Vogt im Anzug öffnete den Mund zu einer weiteren Bemerkung, aber der Beamte neben ihm stieß ihm mit dem Ellbogen in die Rippen, damit er den Mund hielt. Falls sie anderer Meinung waren als ihr Hauptmann, waren sie nicht bereit, ihre Vorgesetzte zu konfrontieren. Die Aufführung wirkte. Die Vögte trennten sich in Dreier- undIerergruppen auf, um das Wort Kriminalhauptmann Mercias im Land zu verkünden. Oder zumindest in London.

SECHZEHN

Am nächsten Morgen stand Drustan unter dem Vorwand, die Funktionsweise des Kaffeeautomaten zu ergründen, eine Weile im Bereitschaftsraum und sah zu, wie Erkenntnisse eingingen. Nichts kam an Agapos' Schreibtisch vorbei. Das deutete darauf hin, dass bisher jeder Hinweis, der per Telefon, Textnachricht und E-Post gemeldet oder von Informanten erlangt worden war, ein Fall für den Papierkorb war.

»Sie versperren den Weg zu den Brötchen«, beklagte sich Banba.

»Verzeihung.« Drustan trat zur Seite, aber Banba regte sich nicht.

»Ich habe ein Problem«, sagte sie leise, »so eine Art Dilemma.«

»Aha?«

»Ich habe mir den Auftrag für den Kurier angesehen und versucht, herauszubekommen, woher er kam.«

»Das klingt für mich nach sorgfältiger Arbeit.«

»Hm.« Banba hatte ihm noch immer nicht in die Augen geblickt. »Nur dass ich auf ein Problem gestoßen bin.«

»Lassen Sie mich raten«, sagte Drustan. »Sie sind auf eine nützliche Information gestoßen, aber auf einem Weg, der zwar recht kreativ war, es Ihnen aber nicht gestattet, ihn Ihren Kollegen bei der Londoner Polizei mitzuteilen.«

Nun sah Banba ihn an, alarmiert.

»Sie haben die Angewohnheit«, sagte Drustan, »laut mit den Tasten zu klappern, wenn Sie tippen, und vor einer Stunde haben Sie eine Weile sehr energisch getippt und dann unvermittelt aufgehört. Außerdem seufzen Sie andauernd.«

Die Piktin schien zu einer Entscheidung zu gelangen. »Also gut. Der Kurierdienst hat eine billige Netzseite von der Stange gekauft. Sie haben sich nicht mal die Mühe gemacht, ein anderes Kennwort als ›Kennwort‹ einzustellen. Die Seite erlaubt dem Benutzer keine Änderungen, aber wenn man, Sie wissen schon, *neugierig* ist, könnte man in der Zeitleiste nach hinten gehen, alte Entwürfe einsehen, Revisionen und stornierte Bestellungen. Nur dass so etwas rein technisch gegen die Vorschriften zur Beweiskettensicherung verstößt, und wenn jemand dabei etwas Interessantes findet, dürfte sie es nicht in einen Bericht schreiben. Sie könnte sogar dick in der Tinte sitzen, nur weil sie es überhaupt getan hat. Falls sie es getan *hätte*, was sie definitiv nicht getan hat. Falls sie überhaupt eine *sie* ist.«

»Ich verstehe«, sagte Drustan.

»Also habe ich *eventuell* Informationen, die für die Ermittlungen richtig nützlich sein könnten, aber keine Möglichkeit, sie weiterzugeben, ohne mich hineinzureiten.«

»Lassen Sie sehen.«

»Zu meiner Schande muss ich Ihnen gestehen, dass ich gerade ein bisschen eingeschlafen und auf eine kurze Traumsuche gegangen bin«, sagte Drustan, als er Aediths Büro betrat. »Wie unsereins es bekanntermaßen hin und wieder eben tut. Einer der Gründe, weshalb man Kelten nur ungern als Fernfahrer beschäftigt.«

Er nickte Banba zu, die beklommen außen vor der Tür stand. Sie huschte zurück an ihren Schreibtisch. Aedith sah ihr hinterher und richtete ihren Blick auf Drustan.

»Aha.«

Drustan schloss hinter sich die Tür.

»Natürlich können Sie die Richtung einer polizeilichen Ermittlung nicht aufgrund der wilden Fantasie eines Mannes ändern, selbst wenn er ein Kollege ist, aber ich möchte nicht versäumen, meine Erkenntnisse zu erwähnen.«

Aedith öffnete den Mund zu einer Entgegnung, schloss ihn wieder und überlegte einen Augenblick, bevor sie nickte. »Ganz bestimmt wäre es kulturell unsensibel, eine Information zu ignorieren, die ein Kollege einbringt, nur weil ich einfach nicht an diesen Hokuspokus glaube, diesen Rauch-und-Knochen-Blödsinn.«

»Freut mich, zu hören«, sagte Drustan. »Meine Vision dreht sich um den Auftrag an den Kurierdienst, dafür zu sorgen, dass dieses Mobiltelefon einige Stunden lang seinem Namen gerecht wird.«

»Agapos hat die Firma überprüft.« Unversehens wirkte Aedith entmutigt. Sie war eine Bärin, die am Bachufer gesessen und auf eine dicke schmackhafte Forelle gewartet hatte, und alles, was Drustan ihr brachte, war ein altes Stück Stockfisch. »Der Auftrag wurde anonym erteilt und im Netz bezahlt. Nicht nachzuverfolgen.«

»Das stimmt«, sagte Drustan. »Allerdings gab es da noch einen *zweiten* Auftrag.«

Nun wirkte Aedith schon interessierter.

»Wenige Minuten vorher hatte es bereits eine Anfrage gegeben, die dann gelöscht wurde. Und zwar recht hastig. Der gleiche Auftrag, aber diesmal von einem existierenden Benutzerkonto.«

»Na, hallo«, sagte Aedith.

»Eine kleine Firma, recht fade benannt als *Stein und Asche*. Bezeichnet sich als Bürobedarfshändler oder tat es zumindest. Gestern hat sie sich aufgelöst, alle Spuren ihrer Existenz aus dem Netz getilgt und sich für uns so unsichtbar gemacht wie nur möglich. Bemerkenswert. Solange man nicht sehr genau nachschaut, hat es den Anschein, als hätte es *Stein und Asche* nie gegeben.«

Aedith klopfte nachdenklich mit einem Stift auf ihre Tischplatte. »Fast als hätte jemand gepatzt und eine Verbindung hergestellt, die nie hätte hergestellt werden dürfen, es gestanden und wäre dann verdonnert worden, alles niederzubrennen, um ganz sicher zu sein. Ein Praktikant mit einer Aufgabe, die seine Fähigkeiten überstieg, was meinen Sie?«

»Oder jemand, der es eilig hatte.«

»Bürobedarf«, sinnierte Aedith. »Aber Sie sagten etwas in der Richtung, die hätten es so gut gelöscht, wie sie konnten?«

»Ich fürchte, was der Rabe mit der linken Kralle gibt, das nimmt er oft mit der rechten wieder zurück.«

Aediths Miene war undeutbar.

»Ich habe eine Verbindung von *Stein und Asche* zum Fall gefunden«, fuhr Drustan fort. »Die Firma hatte Blaenu schon vorher als Kurier eingesetzt und ihn zwei Monate zuvor eigens für eine Werbeveranstaltung angefordert, die Einführung einer neuen Modeseite. Offiziell wurde Blaenu beauftragt, Blumen im Wert von ein paar Tausend Silberpfennigen zu transportieren, aber die Schwammigkeit des Auftrags könnte bedeuten, dass seine Ware weniger botanischer und mehr ...«

»... pharmazeutischer Natur war«, beendete Aedith seinen Satz. »Und ich glaube, ich weiß, worauf Ihr Rabe hinauswill. Diese Werbeveranstaltung war für Deedra, richtig? Sodass wir dort nicht einmal husten können, ohne dass die Staatspolizei uns den Laden dichtmacht.«

Drustan nickte.

»Na, Scheiße«, sagte Aedith. »Trotzdem, sagen Sie Banba: ausgezeichnete Arbeit.«

»Ich bin mir sicher, dass ich nicht weiß, wovon Sie da reden.«

Agapos klopfte an und öffnete die Tür einen Spalt. »Naeku sagt, sie ist bei dem Kinderheim weitergekommen.«

Naeku hatte eine Karte des Südostens auf dem größten Tisch im Bereitschaftsraum ausgebreitet. »Ich habe eine Liste aller Pflegeheime in der Region angelegt, die es in den vergangenen zwanzig Jahren gab, egal ob offen oder geschlossen. Einige größere haben ihre Kinder markiert, bevor es verboten wurde, aber sie stehen im Tätowierungsregister, und keines war ein Sperling, daher können wir sie ausschließen. Damit blieben acht, von denen sechs noch existieren, die eilfertig bestätigt haben, dass sie ihre Kinder nie markiert hätten. Bleiben zwei, die beide vor Jahren geschlossen wurden. Über das erste Heim finde ich gar nichts, aber gegen das zweite liefen eine Weile Untersuchungen. Man hat nie eine Unregelmäßigkeit gefunden, und wenn doch, kam sie nicht in den Bericht, aber es gab dort die Kopie eines Finanzberichts des Heims.«

Naeku legte einen dünnen Stapel Unterlagen auf die Karte, von denen die oberste das fotokopierte Deckblatt eines Anstaltswappens trug: einen stilisierten Keiler aus einander überschneidenden Runen, der nach rechts schaute; darunter stand in strengen Lettern *Haus Eberesche.*

Aedith warf Drustan einen Blick zu. Er zuckte mit den Schultern.

»Ich sehe es nicht«, sagte sie.

Naeku unterdrückte die winzigste Andeutung eines Seufzens und zeigte auf eine lange gebogene Linie am Rücken des Ebers. Mit ihrem Finger verfolgte sie die zu einem spitzen Winkel an der Unterseite, von wo sie wieder zurücklief und mit einem geraden Strich eine Schleife bildete.

»Ein Fisch«, stellte Drustan verwundert fest.

»*Der* Fisch.« Naeku kehrte zur Karte zurück und kringelte mit Rotstift eine kleine Ortschaft ein. »Hier ist es. Oder sollte hier sein. Das Heim wurde vor acht Jahren geschlossen, aber das Gebäude wurde nie verkauft. Also sind es noch dieselben Eigentümer, auch wenn sie nicht ans Telefon gehen.«

»Na gut«, sagte Aedith. »Gute Arbeit, Wachtmeister. Inspektor Drustan und ich sehen es uns an.«

SIEBZEHN

Drustan war in den drei Königreichen nie weiter nach Osten gekommen als bis London. Die Beschreibungen der Stadt als »kosmopolitisch« hatte er immer übertrieben gefunden; dass hin und wieder ein maurischer Tourist zu sehen war oder eine Schar mogulischer Studenten ihr Brückenjahr mit dem Bau von Spielplätzen für benachteiligte angelsächsische Kinder verbrachte, machte eine Stadt noch nicht zu einem neuen Paris oder Damaskus. Aber kaum hatte Straßenficker die Enge der Stadt hinter sich gelassen und das erreicht, was man wohlwollend als »ländliche Gegend« bezeichnen konnte, solange man die hiesigen Datenzentren und panafrikanischen Genossenschaftsbauernhöfe ignorierte, konnte er spüren, wie die Blutlinien sich immer mehr eingrenzten.

Drustan wäre überrascht gewesen, wenn in hundert Meilen Umkreis ein einziger Kelte lebte.

Aedith schien sein Unbehagen zu spüren, aber sie nahm die Augen nicht von der mit Schlaglöchern übersäten Straße. »Wenn Sie das für hart halten, sollten Sie es mal auf der Insel Sceapig versuchen. Sie ist sozusagen der Arsch des angelsächsischen Genbestands. Lauter Leute mit zusammengewachsenen Augenbrauen und Schwimmhäuten zwischen den Zehen. Sie schickten uns früher manchmal dorthin, um uns in Aufstandsbekämpfung zu schulen. Wir brauchten nur in den Transportern aufzukreuzen, und es ging los, bevor wir die Türen geöffnet hatten. Einfach erschreckend. Wir haben später rausgefunden, dass einer unserer Ausbilder dort Familie hatte. Sie verdienten gutes Geld damit, zweimal pro Woche den Polizeikadetten die Scheiße aus dem Leib zu prügeln.«

Drustan nickte höflich. Er hatte null Absichten, Sceapig jemals zu besuchen. »Wie ist denn Mercia so?«

»Steht denn in Aussicht, dass Sie einmal hinfahren?«

»Wer weiß?«

»Sie sollten, irgendwann mal, sobald Sie die Gelegenheit bekommen. Dort ist es schöner als hier. Sanfte Hügel, Wälder, rasch fließende Flüsse. Meine Familie stammt vom nördlichen Ende, kurz vor der Heimat der richtigen Hügelsippen, bevor man zum Wall kommt. Mein Vater denkt noch immer, dass ich wie jemand aus Mercia reden sollte.«

Den letzten Halbsatz sprach sie mit übertrieben flachen Vokalen. Der mercische Dialekt stand der Legende nach mit Macht in Zusammenhang. Seit die Norsen nach Norden hinter den Wall verdrängt worden waren, hatte ein gutes Drittel der angelsächsischen Könige aus Mercia gestammt, und Lods Sippe hatte fast immer an ihrer Seite gestanden. In den seltenen Fällen, in denen ein Angelsachse in einem mogulischen Film oder einer panafrikanischen Miniserie vorkam, nahmen sie gern jemanden mit einem Akzent, der dem mercischen Dialekt so nahekam wie möglich.

»Übrigens ...« Aedith bremste den Wagen ab und lenkte ihn vorsichtig um ein besonders spektakuläres Schlagloch. »Was halten Sie von Wachtmeister Naeku?«

Überrascht sah er sie an. »Sie kommt mir wie eine gute Polizistin vor. Und klug. Die Einzige von uns, die den Fisch entdeckt hat, der sich in dem Keiler verbarg, und das ist noch nicht alles.«

»Oh, sicher. Absolut.« Sie warf Drustan einen Blick zu, den

man nur als verschlagen bezeichnen konnte. »Aber Sie wissen schon, auf persönlicher Ebene.«

Er runzelte die Stirn. Wollte Aedith von ihm etwas Abfälliges über ihre Untergebene hören? So hätte er sie nicht eingeschätzt. »Ich kann nicht behaupten, dass ich viel Gelegenheit gehabt hätte, Ihre Leute außerhalb des Reviers kennenzulernen«, antwortete er bedachtsam. »Falls Sie andeuten wollen, dass Wachtmeister Naekus persönliche Meinung über die Zusammenarbeit mit einem Stammesbeamten in irgendeiner Weise negativ ist, so muss ich sagen, dass sie sich im Dienst stets vollkommen korrekt verhalten hat.«

»Ich versuche, Ihnen zu sagen, dass Naeku auf Sie steht«, sagte Aedith. »Sie blöde Pflaume.«

»Oh ...«, machte Drustan.

Nach ausgedehntem Schweigen reichte Aedith ihm ihr Telefon und bat ihn, die Navigation zu übernehmen.

❖

»Sieht ja hübsch aus«, sagte Aedith. Mit einem leisen Seufzen hatte sich Straßenfickers Beifahrertür hinter Drustan geschlossen, aber Aediths Kommentar reichte, damit eine Krähe sich lautstark protestierend aus ihrem Nest in einem nahen Baum erhob. Der Vogel flog nicht weit, sondern landete nur auf dem Dach von Haus Eberesche, von wo aus er sie erst mit dem einen, dann dem anderen Auge musterte.

Das Gebäude war groß: dreistöckig mit Anbauten an den Seiten, die sich nach hinten in einen verwilderten Wald erstreckten, der als großer Garten begonnen hatte. Verrostende Klettergerüste waren gerade noch sichtbar, wurden aber allmählich von Dorngestrüpp und Kletterranken verschlungen. Das Haus wirkte lange verlassen. Die meisten Fenster im Erdgeschoss waren mit Brettern vernagelt, den sechs Fuß hohen Maschendrahtzaun hatte jemand an mehreren Stellen zerschnitten; vermutlich Eindringlinge, die das wertvolle Kupfer von Dach und Mauern stehlen wollten.

Drustan war erstaunt gewesen, wie vertraut ihm die kleinen Ortschaften erschienen, die sie auf dem Weg nach Haus Eberesche durchquert hatten. In genau solch einer Ansiedlung war er aufgewachsen. Die Bauweise der Häuser unterschied sich, die Wandschmierereien waren in einer anderen Sprache, aber die Menschen mit den abgetragenen Kleidern, die in den Türeingängen kauerten, hatten genauso zerfurchte, müde Gesichter, zeigten die gleichen abgestumpften Mienen. Auch hier befand man sich am Rand der Landkarte, wohin sich keine Touristen auf der Suche nach spiritueller Erleuchtung oder wunderschöner Aussicht je verirrten.

Zumindest unterwegs hatte Drustan Lebenszeichen entdeckt. Eindeutig stand fest, dass schon lange niemand mehr Haus Eberesche besucht hatte. Die Vordertür hing schief an nur noch einer Angel, und man sah Glasscherben drinnen auf dem Boden liegen und weitere Schmierereien.

»Glauben Sie, es sah besser aus, als es noch geöffnet war?«, fragte Aedith.

»Vielleicht«, antwortete Drustan. »Ich bin in Häusern wie diesem aufgewachsen.«

Aedith sah ihn neugierig an. »Wie war das?« Sie hob ein loses Stück Holz auf und schlug damit gegen den Türrahmen. »Vielleicht sind Landstreicher drinnen. Wenn man sie vorwarnt, sodass sie nicht überrascht sind, springt einen mit etwas Glück niemand mit einer abgebrochenen Flasche an, der unter Hepatitis leidet.«

Das Geräusch hallte ringsum wider und flaute ohne Folgen ab.

Drustan zuckte mit den Schultern. »Einige waren gut. Andere weniger. Gehen wir hinein?«

Aedith nickte, nahm eine Taschenlampe aus der Jackentasche und schaltete sie ein. Die blanke Melancholie des Ortes schien sie nicht zu beeinträchtigen, doch Drustan bemerkte, dass Aedith die freie Hand in der Nähe ihres Waffenholsters hielt, während sie die Schwelle überschritt. Er folgte ihr und blickte dabei hinter sich. Die Luft war muffig und kalt. Ihm kam es vor, als liefen sie in eine Falle.

Jemand war vor ihnen im Heim gewesen. Viele Leute vielleicht. In einem Saal, in dem früher einmal gegessen worden war, hatte man die Stühle und die langen Tische umgeworfen; einiges lag zerbrochen in einer Ecke gestapelt, angekohlt, wo jemand anscheinend vergebens versucht hatte, die Möbel in Brand zu setzen.

Aedith richtete den Strahl ihrer Lampe auf die Wand. Jemand hatte *Fick dich, Vater Oswin* in den Putz geritzt. »Ist das ein Name oder ein Titel? Wo Sie aufgewachsen sind, ist da jemand als ›Vater‹ bezeichnet worden?«

»Nein«, sagte Drustan.

Aedith grunzte. »Nehmen Sie mal die Lampe?«

Er hielt den Strahl ruhig auf die Stelle gerichtet, während Aedith ihr Telefon zückte und ein Foto machte.

Das erste Stockwerk war wenig verwüstet, aber keineswegs unberührt. Jemand hatte halbherzig versucht, es zu plündern, hatte Kartons aufgerissen, den Inhalt durchwühlt, aber anscheinend aufgegeben, als klar war, dass sie nur kleine rote Bücher enthielten. Drustan hob eins auf und öffnete es. Die Seiten bestanden aus sehr dünnem Papier, waren eng bedruckt und gelegentlich mit Holzschnitten illustriert.

Aedith trat neben ihn. »Was ist das?«

»Das heilige Buch der Fischer, wie es aussieht. Heutzutage hat jeder Kult seine eigene Bedienungsanleitung.«

»Irgendwas Gutes?«

Er blätterte darin herum. »Wüstenstämme, Ungeheuer, Väter, die Söhne zeugen.«

»Freu mich schon auf den Film. Kommen Sie.«

Drustan steckte das Buch ein und folgte ihr. Die Tür am Ende des Korridors führte zu einem großen Raum mit kleineren Tischen und Stühlen, die einem ausladenden Tisch an einem Ende gegenüberstanden. Ein Klassenzimmer?

Aedith zückte wieder ihr Telefon und richtete es nacheinander auf alle Wände. »Ich habe das Gefühl, hier hat unser Mörder seine Inspiration gefunden.«

Die Wände bedeckten Gemälde eines bärtigen Mannes – offenbar immer derselbe Er hing an zwei gekreuzten Balken, die Arme ausgestreckt, Hand- und Fußgelenke von Nägeln durchbohrt; Blut rann ihm aus einer Wunde in der Seite. Hätte er einen Torques getragen, hätte es sich ohne Weiteres um Angwin handeln können.

Drustan drehte sich langsam im Kreis. Die Bilder bedeckten alle vier Wände. »Ich kann mir nicht vorstellen, dass man gut lernen kann, während einen so was umgibt.«

Er nahm einen Stapel unberührter Bilder von einem Tisch,

schwarz-weiße Strichzeichnungen, die darauf warteten, koloriert zu werden: eine Trompete; ein brennender Baum; ein nacktes Paar vor einem Dschungel im Hintergrund, um das sich eine Schlange wand, deren Zunge nur wenige Zoll vom Gesicht der Frau entfernt zuckte. Stoff, aus dem Albträume sind. Die roten Bücher waren überall im Raum zu sehen, lagen auf den Tischen gestapelt, andere auf dem Boden, die Rücken gebrochen, Seiten herausgerissen.

Aedith gab einen verächtlichen Laut von sich. »Meine Schule hatte Bilder von Wotan, wie er an der Weltesche hängt und sich den Speer in die Seite rammt, ganz offen in der Bibliothek. Überall Blut. Man gewöhnte sich daran. Einige Mädchen fuhren ziemlich darauf ab; keine Ahnung, ob das so beabsichtigt war oder nicht. Der Kerl hier muss aus ihrem Buch sein. Dem Buch der Fischer. Wie es scheint, hat unser Mörder sich das Bild zu Herzen genommen ...«

Drustan musterte die Schlange und sah wieder auf die Wände. »Glauben Sie, er wurde als Fischer erzogen?«

Aedith machte weitere Fotos. »Muss wohl, wenn er hier aufgewachsen ist«, sagte sie. »Und wenn ich noch mehr Zeit in diesem Gebäude verbringe, fange ich an, den Mistkerl zu bemitleiden. Wir müssen aber den Aktenraum finden. Falls es hier so etwas gibt.«

Unten knarrte es leise, als ob jemand versuchte, heimlich das Gebäude zu durchqueren, und dabei ein Möbelstück verrückt hatte. Aedith und Drustan erstarrten. Drustan konnte an nichts anderes denken, als dass unten fast mit Sicherheit jemand genau das Gleiche tat.

Während er zur Tür ging, zog Aedith die Waffe, nickte ihm zu, dass sie ihm Feuerschutz geben würde. Drustan streckte den Kopf um die Tür und zog ihn sofort wieder zurück.

»Jemand kommt die Treppe herauf. Bewegt sich langsam. Sieht nicht so aus, als hielte er eine Waffe.«

Der Mann war Ende fünfzig, trug eine Steppjacke und sah aus wie einer dieser Hunde, die reiche Maurinnen so liebten; einer von denen, deren Gesichter eingedrückt wirkten. Nachdem Drustan den Arm vom Hals des Mannes gelöst, Aedith die Waffe weggesteckt und sich ausgewiesen hatte, sackte er dankbar auf einen kleinen hölzernen Stuhl und keuchte, bis er wieder bei Atem war.

»Ich bin der Verwalter«, brachte er schließlich hervor. »Wir hatten neulich erst ein paar Einbrüche, deshalb behalte ich das Haus im Auge.«

Aedith sah sich im Raum um. »Neulich?« Er war in keinem so schlechten Zustand wie die im Erdgeschoss, aber die Hälfte der Fensterscheiben war zerbrochen, und es sah aus, als hätte jemand in der Ecke vor einiger Zeit ein Nest aus alten Polstern gebaut.

»Vor zwei Wochen ging es wieder los«, antwortete er. »Ich schätze, sie haben nach was Bestimmten gesucht, denn sie haben alles auf den Kopf gestellt. Haben jedenfalls nicht gefunden, wonach sie suchten. Ich hab aufgeräumt, so gut ich konnte. Das wichtige Zeug hab ich schon vor Monaten weggeschafft.«

Aedith und Drustan tauschten einen Blick. Der Mann erholte sich immer mehr von seinem Schreck und sah Drustan misstrauisch an; seine Augen blieben an dem Torques haften. »Von euch sieht man hier nicht viele«, sagte er. »Früher kam fahrendes Volk hier durch, aber ein paar von den Jungs haben dem ein Ende gemacht.«

Drustan konnte sich vorstellen, wie. Die althergebrachte Methode bestand darin, mitten in der Nacht Benzinbomben zu schleudern.

Aedith schnippte mit den Fingern und holte die Aufmerksamkeit des Verwalters zu sich zurück.

»Als Sie von dem *wichtigen Zeug* sprachen, was genau meinten Sie da?«

ACHTZEHN

Der Verwalter, der sich als Wigmund vorstellte, lebte in einem Wohnwagen auf einem Stellplatz am Meer. Als Drustan aus dem Fenster auf die Wellen blickte, begriff er, wie lange er den Ozean schon nicht mehr gesehen hatte. Die Strände des Ostens erschienen ihm ohnehin nicht richtig, alles Erde und Kies, von den Gezeiten eingesaugt und zurückgelassen und von schmierigem Schaum bedeckt, der mit Plastikflaschen und angesengtem Treibholz gespickt war.

Wigmund zog einen Karton mit Aktenordnern unter einem Feldbett hervor und wuchtete einen zweiten von einer der ältesten Waschmaschinen, die Drustan je gesehen hatte. In Dumnonia gab es Reservate mit modernerer Technik.

»Ich hab gut auf sie aufgepasst«, sagte Wigmund mit einem verschlagenen Blick zu Drustan. »Man weiß nie, wann man was braucht.«

Zuerst nahm es Drustan ohne Groll als einen Seitenhieb gegen Stämmler auf. Dann wurde ihm klar, dass Wigmund sich mit der Vorstellung, Drustan sei ein Polizist, abgefunden, ihn innerlich völlig neu eingeordnet und dessen ethnische Herkunft auf der Stelle vergessen hatte. Er war wie eine jener alten Damen, die sich jedes Kennzeichen jedes Autos notierten, das nachts vor dem Haus gegenüber parkte, in der Hoffnung, damit den netten Vögten helfen zu können, die sie aufsuchen würden, um den Fall zu knacken. Ziemlich oft gelang ihnen das sogar.

»Wir haben Glück, dass Sie so gründlich sind, mein Herr«, sagte Drustan mit allem gebotenen Ernst. »Es ist sehr gut möglich, dass der Einbruch neulich nachts von jemandem begangen wurde, der nach genau diesen Informationen gesucht hat.«

Was unbewiesen war, aber Wigmund grinste verzückt bei dem Gedanken, den unbekannten Einbrecher übertrumpft zu haben. Drustan fragte sich, ob er noch genauso erfreut wäre, wenn sich seine Vermutung als richtig erwies, dass der Mörder ins Haus Eberesche eingedrungen war. Vielleicht ja. Angelsachsen waren ein komischer Haufen.

Aedith hatte bereits den ersten Aktenordner herausgezogen. Jungennamen. Schulberichte.

»Wie weit reichen die zurück?«, fragte sie. »Wir suchen nach jemandem, der vor zwanzig oder fünfundzwanzig Jahren in diesem Heim gewesen sein könnte.«

Wigmunds Gesicht verfinsterte sich. Er griff in den hinteren Teil des Kartons und zog einen dünnen Papierstapel heraus. »Das wäre noch zu Oswins Zeiten gewesen. Bin mir nicht sicher, ob sich das Heim je davon erholt hat.«

»Oswin?«, fragte Aedith, und Drustan wusste sofort, dass auch sie an die eingeritzten Buchstaben in der Wand dachte. »Ich glaube, von dem hab ich gehört. Gab es da nicht einen Skandal?«

Drustan wusste, dass sie einen vorschnellen Schluss zog, aber Wigmund nickte bereits. »Ich habe nichts gegen Religion, auch nicht gegen so abwegiges Zeug wie das, was sie hier hatten. Jeder nach seinem Geschmack, sage ich immer. Ich habe jeden Morgen Beowa geopfert …« – er wies auf die kleine Schnitzarbeit eines bärtigen Kriegers über der Tür –, »und geschadet hat es mir nie.«

Drustan begegnete Aediths Blick und vermutete, sie denke das Gleiche wie er – *viel genutzt hat es dir aber auch nicht* –, doch ganz wie er sagte sie nichts.

»Er war ein brutaler Mann, dieser Oswin. Nannte sich selbst übrigens ›Vater‹ und verlangte, dass alle Jungen ihn so anredeten. Hat sie im Namen dieses Gottes verprügelt, den er anbetete, der, von dem sie Bilder im Klassenzimmer aufgehängt haben. Sagte, sie wären in Sünde geboren, was immer das heißen soll, und hat es als seine Aufgabe angesehen, sie rein zu halten.«

»Hat er sie markiert?« Fast hätte Drustan auf seinen Hals gezeigt, aber er wollte dem Mann keinen Hinweis geben.

»Oh ja, das hat er«, antwortete Wigmund düster. »Jedes Mal, wenn ein neuer Junge kam, hat er ihn gleich in die Ortschaft gebracht und am Hals den Fisch stechen lassen, damit sie ihn immer sahen, sobald sie in den Spiegel blickten, und an alle Sünden dachten, die sie in sich gespeichert hatten. ›Wie eine Eiterblase, die bald platzt‹, so sagte er es gern. Der Künstler im Ort, der hat sich irgendwann geweigert, sie zu stechen. Als das erste Mal die Gerüchte losgegangen waren.«

»Gerüchte?«, fragte Aedith hilfsbereit.

»Seit Jahren hieß es, dass Oswin sich für einige Jungen ganz besonders interessierte. Sich um mehr kümmerte als nur um ihre Seelen, wenn Sie verstehen, was ich meine. Dann hielt einer der älteren Jungen es nicht mehr aus und prügelte Oswin halb tot, mitten in dem Klassenzimmer. Die Vögte kamen, um den Jungen abzuführen. Aber als sie sich Oswins Arbeitszimmer ansahen, fanden sie Fotos.«

»Aha«, sagte Drustan. Ein Teil des Zusammensetzspiels hatte sich gerade eingefügt.

»Ich nehme nicht an«, bohrte Aedith nach, »dass Sie den Namen des Jungen noch wissen, der Oswin angegriffen hat?«

»Wulfstan«, sagte der Verwalter. »Einen Nachnamen hatte er nicht. Ein Waisenjunge, glaube ich, so wie viele von ihnen. Ein stiller Bursche. Blieb gern für sich. Ich hatte damals ein kleines

Geschäft im Ort, wo ich Süßigkeiten und Kleinkram verkaufte. Er kam hin und wieder herein und kaufte sich billigen Schmuck. Er glaubte wirklich alles, was ihm in der Schule beigebracht wurde, das merkte man. Er sagte immer zu mir, nach dem Tod komme man an einen besseren Ort. Ich meinte zu ihm, das wisse ich, dort gebe es ohne Ende Met und gute Frauen. Das schmeckte ihm aber nicht sehr.«

»Was ist aus Oswin geworden?«, fragte Aedith.

Wigmund suchte im zweiten Karton. »Er landete im Rollstuhl und in einem Gefängnis von der Sorte, wo sie einen am Wochenende rauslassen, wenn man irgendwo hinkann. Oswin nicht. Er ist dort vor ungefähr fünf Jahren gestorben. Glimpflich davongekommen, wenn Sie mich fragen. So, hier.«

Wigmund hielt ein Foto hoch. Drustan verzog das Gesicht, weil er an die Aufnahmen dachte, die Oswin gemacht hatte. Doch es handelte sich um ein Klassenfoto, rund fünfundzwanzig Jahre alt. Eine kleine Gruppe von Jungen im Alter zwischen neun und etwa fünfzehn Jahren starrte mit leeren Gesichtern in die Kamera. Ihre Haare waren kurz geschnitten, die Seiten mit der Schermaschine rasiert, in jener Zeit vielleicht sogar mit dem Messer. Drustan stellte sich vor, wie Oswin sich persönlich darum kümmerte, den Kopf des Jungen mit einer Hand hielt und mit der anderen die Klinge führte. Diesen Moment beiläufiger Macht hätte er genossen. Jeder der Jungen trug das Zeichen des Fisches am Hals, beim Jüngsten klebte noch ein Pflaster drüber.

Wigmund zeigte auf einen der Jungen, den größten, dessen Miene genauso leer und unbeteiligt war wie die der anderen; seine Haare waren so hellblond, dass sie beinahe weiß erschienen. »Das ist er«, sagte er. »Das ist Wulfstan.«

NEUNZEHN

Aedith stellte die Kartons auf Straßenfickers Rückbank ab und spannte den Sicherheitsgurt darüber, als wäre es keine Ladung, sondern ein Mitfahrer. Auf jeden Fall passten sie besser in den engen Fond, als irgendein Mensch hoffen durfte.

»Agapos«, sagte sie ins Mobifon, »nehmen Sie eine Suche nach einem Wulfstan vor, der vor zwanzig Jahren als Junge nach Haus Eberesche kam. Höchstwahrscheinlich ein Waisenkind.«

Sie steckte das Telefon ein und wartete, bis Drustan sich angeschnallt und zweimal an seinem Sicherheitsgurt gezupft hatte, um ganz sicher zu sein.

»Reicht das als Spur?«, fragte er. »Nicht mal ein Nachname?«

Aedith drehte den Zündschlüssel, und Straßenfickers Motor sprang mit leisem Grollen an. »Wenn er in ein Kinderheim gesteckt wurde, ist er im System und hat eine Referenznummer. Damit finden wir zumindest heraus, wo er jetzt ist oder ob er vor zwei Jahren bei einem Verkehrsunfall getötet wurde. Dann können wir ihn von der Liste streichen.«

»Ist's denn schon eine Liste, wenn nur ein Name darauf steht?«

Aedith wendete den Wagen und schlug den Rückweg nach London ein. »Die Fragen, zu denen ich meine Abteilung ermutige – und auch jedermann, der vielleicht etwas über angelsächsische Ermittlungsmethoden lernen will –, sind von der Sorte, die aktiv die Untersuchungsrichtung erweitern, statt Löcher hineinzuhacken. Fragen wie: *Kenne ich jemanden, der das Foto digital ändern kann, sodass wir eine Vorstellung erhalten, wie Wulfstan heute aussieht?* oder *Wenn ich nichts Nützliches beizutragen habe, sollte ich dann vielleicht den Mund halten und die Frau Kriminalhauptmann zum Revier zurückfahren lassen, ohne dass sie die Stoßdämpfer ihres Wagens auf diesen beschissenen Straßen ruiniert?*«

»Vermerkt«, sagte Drustan. »Ich muss sagen, dass ich finde, diese Momente kulturübergreifender Zusammenarbeit fördern hin und wieder schon den ein oder anderen Edelstein zutage.«

Nachdem Aedith zehn Minuten lang versucht hatte, von einem Schlagloch zum nächsten zu gelangen, erreichten sie eine bessere Fahrbahn, und sie konnte Straßenficker endlich höherschalten. Drustan nahm das Fischer-Buch aus der Tasche und blätterte willkürlich darin herum. Eine eng gesetzte Seite Text, aufgelockert durch die Illustration eines Riesen, dem sich ein junger Bursche mit einer Schleuder entgegenstellte.

Aedith warf einen raschen Blick auf die Zeichnung. »Ich gebe ihm keine große Chance. Können Sie im Auto lesen? Das hab ich nie geschafft, ohne dass mir das Mittagessen wieder hochkam.«

»Wir haben gar nicht zu Mittag gegessen.«

»Auch wieder wahr.«

Eine halbe Stunde später hatte Aedith zwischen zwei Imbisswagen am Straßenrand gehalten. Sie reichte Drustan eine Flasche Wasser und einen rechteckigen Pappteller, auf dem etwas mit einer billigen Holzgabel aufgespießt war. »Geht auf mich.«

Drustan nickte und akzeptierte das Friedensangebot.

Eine Weile standen sie neben Straßenficker und beobachteten beim Essen den vorbeipeitschenden Verkehr. Zum ersten Mal erblickte Drustan ein autonomes Fahrzeug, den großen Lastkraftwagen eines panafrikanischen Fabrikats, bei dem der Fahrersitz Sensoren und orangenen Blinklichtern an jeder Ecke gewichen war, die andere Fahrer warnen sollten. *Wie lange noch, und die nicht automatisierten Fahrzeuge müssen sich für ihre Gegenwart entschuldigen?*, fragte er sich.

»Das ganze Zeug in dem Heim«, begann Aedith, den Mund voll geschnetzeltem Wildbret. »Kinder, die sündig geboren werden, Prügelstrafe, dieser irre Scheiß mit dem Salz und den Schlangen. Geht es bei diesen Fischern nur darum, glauben Sie das? Passt irgendwie nicht zu dem, was wir über Angwin gehört haben, dass er sich ihnen anschloss und vom kleinen Terroristenlaufburschen zu jemandem wurde, der sein Leben als Geiselunterhändler verdient, oder?«

Drustan arbeitete sich noch durch das Buch der Fischer. Die Seiten waren so dünn, dass das Fett von seinem Lachs im Teigmantel große Abschnitte vollkommen durchsichtig werden ließ.

»Bisher klingt es mehr nach Oswin als nach Angwin; lauter Ungeheuer, Rache und Vergeltung. Wenigstens so weit ich gekommen bin. Wenn Wulfstan darauf eingestiegen ist, muss er jeden Tag seines Lebens in Angst und Furcht gelebt haben. Bis er ausrastete.«

»Mir stellt sich eine Frage«, sagte Aedith. »Wenn er der Mörder ist, kann er trotzdem gläubig sein? Dass er Oswin die Scheiße aus dem Leib geprügelt hat, muss ja nicht bedeuten, dass er den Göttern abschwor, die zu verehren ihm befohlen worden war.«

»Gott, Einzahl«, sagte Drustan geistesabwesend. »Wie es scheint, glauben sie an einen einzigen Gott, der über allem steht. Der Kerl an den Balken ist eher so eine Art Halbgott, wenn ich es richtig verstehe. Aber ja, es ist möglich, dass Wulfstan als wahrer Hüter der Flamme den anderen Fischern den Krieg erklärt hat, was das hier zu einer Art … Glaubenskonflikt machen würde?«

»Nur dass Sie das gar nicht denken, oder? Sie denken, dass er den Glauben verloren hatte, als er ausrastete und Oswin angriff.«

Drustan nickte bedächtig. »Ich würde sagen, dass er an jenem Tag alles verloren hat. Zunächst war ihm etwas gegeben worden, an dem er festhalten konnte, nachdem es ihn in dieses entsetzliche Heim verschlagen hatte. Eine Weile lang konnte er sich dadurch einreden, dass das, was Oswin tat, richtig und angemessen sei. Als er aber eines Tages begriff, dass er belogen wurde, erlitt er eine Art psychotischen Zusammenbruch. Von dem er sich vermutlich nie erholt hat.«

Aedith musterte ihn über die Reste ihrer Mahlzeit hinweg von der Seite. »Sie deuten viel in ein Foto und eine kurze Beschreibung durch einen Verwalter hinein.«

Drustan warf den restlichen Fisch in eine Abfalltonne und wischte sich die Finger mit einer Serviette sauber.

»Ich spreche nicht mehr zu meiner Gottheit«, sagte er. »Oder eher gesagt, spricht sie nicht mehr zu mir.«

Aedith sagte nichts.

»Wir Stämmler haben eine persönlichere Beziehung zu unseren Gottheiten als ihr Angelsachsen. Wir reden zu ihnen, und sie antworten uns.«

»Sie meinen, sie hat zu Ihnen gesprochen …« – Aedith versuchte, es höflich auszudrücken, was Drustan ziemlich rührend fand –, »als Sie, sagen wir mal, chemisch entspannt waren?«

Er schüttelte den Kopf. »Nicht unbedingt. Es kann helfen,

natürlich. Aber es gibt auch andere Wege der Verständigung. Ich bin darauf gestoßen, als ich für die Moguln arbeitete. Weihrauch und bestimmte Techniken, die den Geist entspannen. Die gleichen Wörter im Singsang immerfort wiederholen, bis sie jede Bedeutung verloren haben. So etwas.« Er merkte Aedith an, dass sie sagen wollte: *Auf solchen Feiern war ich auch schon*, oder etwas Ähnliches, aber sie unterdrückte den Impuls. »Die Göttin pflegte mir zu erscheinen. Ganz wörtlich; ich hörte sie, manchmal sah ich sie, und wir sprachen. Sie half mir dann, jüngsten Ereignissen einen Sinn zu entnehmen und die Dinge so miteinander in Bezug zu setzen, wie es mir allein nicht eingefallen wäre.«

Aedith schwieg. Sie glaubte ihm nicht, so viel stand fest. Vielleicht räumte sie ein, dass *er* glaubte, was er sagte, doch das war nicht das Gleiche, als hätte sie ihm geglaubt. Trotzdem fuhr er fort: »Aber vor ein paar Jahren hörte sie auf, zu mir zu kommen. Ich führe die Rituale weiterhin aus, denn sie helfen mir, zur Ruhe zu kommen, doch ihr tieferer Sinn ist verschwunden. Ich habe etwas verloren. Falls dieser junge Wulfstan zum Mörder wurde, und das ist ein großes ›Falls‹, würde ich annehmen, dass er ebenfalls etwas verloren hat.«

»Ich verstehe«, sagte Aedith, obwohl das eindeutig nicht der Fall war.

»Sie folgen keinem der Götter, Hauptmann Mercia, ist das richtig?«

Sie zuckte mit den Schultern. »Ich habe darin nie einen Sinn gesehen. Unseren Göttern scheint es egal zu sein, ob man an sie glaubt oder nicht. Daher habe ich schon früh in meinem Leben die Entscheidung getroffen, dass ich sie in Ruhe lasse, wenn sie mich in Ruhe lassen. Bisher hat das ganz gut funktioniert.«

Drustan sah sie neugierig an. »Und das ist akzeptabel? Bei Ihrem Volk, meine ich, gesellschaftlich?«

Sie lachte, ein kurzer Laut wie ein Bellen. »Ich würde sagen, meinen Leuten ist es egal, an wen oder was Sie glauben, solange Sie deswegen nicht den Vater Oswin machen. Eine Haltung, die mir bestens in den Kram passt. Aber meine nächste Frage lautet: Falls Sie recht haben und Jung-Wulfstan nicht dem Glauben anhängt, den Vater Oswin ihm im Lauf der Jahre so hingebungsvoll eingebläut hat, warum lässt er nicht alles hinter sich? Warum fängt er an, Fischer zu jagen und zur Strecke zu bringen?«

»Das ist eine ausgezeichnete Frage.«

Die Rückfahrt zum Revier verging in Schweigen. Möglich war, wie Drustan überlegte, dass er eine gewisse Befangenheit erzeugt hatte, indem er religiöse Fragen aufbrachte. Wäre es um einfachen Mord oder vielleicht Schmuggel gegangen, hätte er solche Dinge nie erwähnt, und die kulturellen Unterschiede, die zur Sprache kamen, hätten sich auf Vergleiche zwischen Torques und Armreifen beschränkt. Der Mörder hatte jedoch Religion in den Fall eingebracht, ohne zu berücksichtigen, welches Unbehagen er den ermittelnden Angelsachsen damit verursachte. Am besten tat man gar nicht so, als gehörten sie einem Volk an und wären nur durch die Sprache getrennt. Die Unterschiede zwischen ihnen gingen einfach zu tief. Große Hoffnungen für den Einigungsgipfel machte ihm seine Erkenntnis nicht, so viel stand fest.

ZWANZIG

Agapos legte Aedith einen dicken Stapel Ausdrucke auf den Tisch. »Jeder Junge, der damals Haus Eberesche durchlief, trägt die Tätowierungen von Fisch und Sperling. Ich habe mich beim ansässigen Künstler erkundigt. Er ist nun im Ruhestand, aber er hat seine Arbeit immer gut dokumentiert. War von Oswin nicht begeistert, also half er uns gern.«

Aedith zog eine Augenbraue hoch. »Sie erwarten nicht, dass ich das alles lese, oder?«

»Nein, Hauptmann. Wir haben jeden Einzelnen gefunden. Viele sind tot wegen Alkoholproblemen, die meisten arbeiten nur gelegentlich. Einige sind weggezogen und haben etwas aus sich gemacht. Und die Übrigen haben für die Zeit von Gorsedd Angwins Tod ein Alibi. Bis auf Wulfstan.«

Agapos legte ihr zwei weitere Ausdrucke vor. Aedith nahm das erste Blatt in die Hand. Für Drustan zeigte es beunruhigend viel weißes Papier.

»Warum habe ich das Gefühl, dass ich mich auf eine Enttäuschung einstellen muss, Sergeant?«

»Es tut mir leid, Hauptmann, aber mehr haben wir über ihn nicht.«

Aedith überflog das erste Blatt und reichte es an Drustan weiter. Das Wort »dürftig« war für genau die Menge an Informationen erfunden worden, die er hier vor Augen hatte. Wulfstan war eindeutig ein Waisenjunge gewesen, das war immerhin etwas, doch über seine Eltern schien im ganzen Königreich niemand etwas zu wissen. Ins Heim gekommen war er mit neun Jahren, und hatte dort gelebt, bis er fünfzehn wurde. Er hatte halbwegs gute Noten erhalten, bis er Vater Oswin gewaltsam angriff, der in dem Bericht eher lachhaft als »des Jungen hauptsächlicher Erzieher, bei dem später große Mengen illegalen Materials und eine Vorgeschichte, die ihm anvertrauten Knaben zu misshandeln, zutage traten« bezeichnet wurde.

Anscheinend hatte niemand gewusst, was er mit Wulfstan anstellen sollte. Jemanden halb totzuprügeln, der einen nicht nur missbraucht, sondern davon auch noch fotografische Beweise aufgenommen hatte, war für Angelsachsen kein Verbrechen, sondern eine gerechtfertigte Reaktion, was bedeutete, dass Wulfstans Fingerabdrücke nicht im System waren. Wäre der Junge ein Kelte gewesen, hätte sein Strafmaß davon abgehangen, mit welcher poetischen Qualität er die Rechtfertigung für sein Tun vortrug. Dieser Brauch neigte die Waage nach Drustans Ansicht zu sehr zugunsten des geübten Schwätzers. Sowohl Kelten als auch Angelsachsen nahmen erst seit etwa einem Jahrzehnt von allen Angeklagten eine DNS-Probe.

»Hier steht, dass ihm ein Neuanfang gestattet wurde, was immer das heißen mag«, las Aedith vom zweiten Blatt vor. »Zu alt, um in ein neues Heim zu kommen. Falls er sich zum Militär gemeldet hätte, gäbe es darüber einen Vermerk, der aber fehlt. Also hat er vielleicht irgendwo unter neuem Namen Arbeit angenommen. Wie dem auch sei, von diesem Moment an verliert sich seine Spur.«

Es war verständlich, vielleicht sogar lobenswert, dass er ein neues Leben hatte anfangen dürfen, aber ihnen half es nicht weiter. Zu wem Wulfstan auch geworden war, er war vollkommen aus dem System verschwunden.

»Gut«, sagte Aedith schließlich, »wir haben mehrere Möglichkeiten. Im Vermisstendezernat gibt es jemanden mit der Alterungssoftware, sodass wir wenigstens eine Ahnung bekommen, wie er heute aussehen könnte. Wir können das nachgealterte Foto im Revier herumzeigen und schauen, ob irgendjemand sich an das Gesicht erinnert. Wenn dieser Junge zu einem Serienmörder herangewachsen ist, besteht eine gewisse Wahrscheinlichkeit, dass er schon einmal auffällig wurde. Vielleicht können wir auch ein paar von den anderen Jungen finden und schauen, ob ihnen etwas einfällt, das uns weiterhilft.«

Agapos nickte. »Darum kümmere ich mich.«

»Und falls dieser Wulfstan überhaupt nichts mit den Morden zu tun hat?«, fragte Drustan.

Aedith sah ihn säuerlich an. »Dann kann er uns zumindest mehr über die Fischer erzählen, und wir haben unsere Zeit nicht vollends verschwendet. Ich sehe auch noch immer nicht, wie die Welten von Vater Oswin und Gorsedd Angwin zusammenhängen. Soweit ich sagen kann, haben wir es mit einem obskuren Kult zu tun, in dem es zwei sehr unterschiedliche Weltanschauungen gibt.«

»Nun gibt es auch jene, die im Namen Wotans töten, und andere, die heilen«, entgegnete Drustan milde.

Zu seiner Überraschung nickte Agapos zustimmend. »Kommt mir so vor, dass Sie zu viel hineinlesen, Hauptmann. Dass Sie zu viel hineinlesen könnten, meine ich«, korrigierte er sich rasch. »Ich will nur sagen, dass die Fischer nicht gerade erfolgreich sind. Nach allem, was ich sehen kann, erscheint ihr ganzer Kult aus lauter erfolgreicheren Religionen zusammengeklaubt. Wenig überraschend, dass die Gläubigen, die sie gefunden haben, Verrückte und Außenseiter waren.«

Agapos wurde vor der vernichtenden Erwiderung, zu der

Aedith gerade ansetzte, durch das *Ping* einer neuen E-Post bewahrt.

»Von Tancred«, sagte sie und nahm ihr Mobifon in die Hand. Sie runzelte die Stirn. »Meine private Adresse hat er noch nie benutzt.«

Sie wischte die Verknüpfung auf ihren Arbeitsbildschirm, der sich sofort mit dem Video eines großen Privathauses füllte, umgeben von schmiedeeisernen Zäunen, die ein Staatsschützer mit einem Schneidbrenner zerlegte. Neben ihm zog sich ein Dutzend Beamte Masken vor die Gesichter. Die Kamera bewegte sich und zeigte weitere Beamte auf dem Dach von Transportern, die durch die Zielfernrohre von Scharfschützengewehren blickten, und fuhr schließlich zurück zu einer Nahaufnahme von Major Tancred, der Aedith den erhobenen Daumen zeigte, bevor er selbst ebenfalls die Maske herunterzog.

Aedith machte ein finsteres Gesicht. »Er überträgt die Erstürmung nur für mich, der kranke Mistkerl.«

Drustan starrte auf das Haus. Das Bauwerk sah angelsächsisch aus, aber die hohen, von Ketten gesicherten Tore, die von den Vögten standhaft ignoriert wurden, schmückten Stammeszeichen: Triskelen, springende Hirsche, verflochtene Zweige, die das Gesicht der Göttin bildeten. Oder wenigstens *einer* Göttin.

»Deedras offizielle Residenz«, bestätigte Aedith.

Tancred musste die Kamera an seine Schutzweste geschnallt haben, denn jetzt wurde alles zum Ego-Ballerspiel: Beamte brüllten, Tränengasgranaten wurden durch Fensterscheiben geworfen, Schüsse fielen, Kesair-Leibwächter wurden mit Schlagstöcken geschlagen und zu Boden geworfen, und schließlich wurde eine schreiende Frau in einem zerrissenen teuren Kleid aus einer Seitentür gezerrt. Die Mascara lief ihr sichtbar auf der Hälfte ihres Gesichts herunter, die nicht von Tätowierungen bedeckt war. Sie schlug nach den Polizisten, die sie gepackt hielten, bis einer von ihnen ihr in den Magen boxte und sie sich zusammenkrümmte.

Tancred nahm die Kamera ab, zog die Maske hoch, posierte grinsend für eine Selbstaufnahme mit der zusammengebrochenen Frau und zwinkerte Aedith zu.

»Fürs Album«, sagte er, und die Übertragung brach ab.

Aedith legte das Telefon weg und atmete schwer aus. »Haben Sie das gesehen?«

»Allerdings«, antwortete Drustan. »Vorausgesetzt, Sie meinen, was ich glaube, dass Sie es meinen.«

Aedith nickte. »Richtig. Das war nicht Deedra.«

Agapos blinzelte verdutzt. »Nicht?«

»Na, kommen Sie, Sergeant«, sagte sie ungeduldig. »Tränengas inhaliert Deedra zum Frühstück, und es wären zehn von diesen Arschlöchern nötig gewesen, um sie festzunehmen.«

»Die Tätowierungen waren perfekt«, warf Drustan ein. »Haare und Körperbau stimmten auch. Aber ich muss Hauptmann Mercia beipflichten. Kein Kesair-Häuptling ließe sich so mühelos überwältigen.«

»Sie *wusste*, dass Tancred es auf sie abgesehen hatte«, sagte Aedith. »Also hat sie eine Doppelgängerin eingesetzt, damit sie türmen konnte und weitermachen kann, egal welchen irren Scheiß sie auch plant.«

»Was unternehmen wir nun?«, fragte Agapos. »Wenn sie es nicht ist, wird die Staatspolizei es bald merken. Viel Zeit haben wir nicht.«

»Zeit wozu?«, fragte Aedith mürrisch. »Wir wissen nicht,

wo sie steckt, und die Staatspolizei hat unsere Telefone mit ziemlicher Sicherheit angezapft. Wenn ich also versuche, sie in irgendeiner Weise zu erreichen, mache ich die nur umso schneller auf ihren Patzer aufmerksam.« Sie sah auf die große Wanduhr und verzog das Gesicht. »Uns bleibt sowieso keine Zeit, etwas zu unternehmen. Unser Überstundenbudget gibt das nicht her. Wir sehen uns morgen früh.«

Agapos nickte und überbrachte die Neuigkeit an den Rest des Dezernats, womit er gedämpfte, nur halb sarkastische Jubelrufe hervorrief. Aedith tappte ein paar Mal auf das Mobifon auf ihrem Schreibtisch, dann steckte sie es in die Manteltasche.

»Kommen Sie auf ein Glas mit, Kriminalinspektor?«

Drustan schüttelte den Kopf. »Ein freundliches Angebot, aber ich plane, mich den Wonnen der Akademiekantine hinzugeben.«

Aedith schnaubte. »Gütige Götter, diese Erinnerungen. Lassen Sie sich das gekochte Rindfleisch mit Kohlrüben schmecken.«

EINUNDZWANZIG

Honigkuchen war für Eawynn Wettin der Auslöser für die Frage gewesen, ob das Leben mehr zu bieten hatte. Genauer waren es die zahllosen Stunden, die sie und die anderen untergeordneten angelsächsischen Verwaltungsassistentinnen bei jedem Einigungsgipfel im Skeid damit verbrachten, das Gebäck auf den Tischen anzurichten, auf dass es von den Delegierten der drei Königreiche den ganzen Tag lang standhaft ignoriert und am Abend weggeworfen wurde. Natürlich musste eine Stärkung gereicht werden, aber unzählige Servierplatten Essen in den Abfall zu leeren, war ihr von jeher als große Verschwendung erschienen. Auf den Straßen Londons hungerten Stämmlerkinder, und manch erwachsenem Angelsachsen knurrte ebenfalls der Magen. Beide hätten die Speisen zu schätzen gewusst, aber anscheinend bestand keine Möglichkeit, sie ihnen zu spenden, ohne endlos Papiere auszufüllen, und bevor man damit fertig war, wäre alles sowieso ungenießbar.

Anfang des Jahres hatte Eawynn unerwartet ihren Ehemann verloren. Er war ein anständiger Mann gewesen, wenn auch nicht herausragend, und sein Verlust war für Eawynn der Anstoß, ihre Existenz auf eine Weise zu hinterfragen, wie sie es in dieser Lebensphase niemals erwartet hätte. Die Verschwendung von Nahrung – eigentlich nur ein Ärgernis in einem ganzen Katalog von Ärgernissen im Laufe der vier Gipfeltreffen, die sie in ihrer Verwaltungskarriere bestritten hatte –, diese Gedankenlosigkeit nahm irgendwie eine gewaltige Bedeutung an. Immer mehr erschien es Eawynn, dass ihr ganzes Leben als bedeutungslos gelten musste, wenn sie es nicht bewerkstelligen konnte, Kalorien von den Desinteressierten zu den Verzweifelten zu verlagern. Als sie einmal versucht hatte, das Essen auf eigene Verantwortung aus dem Gebäude zu schaffen, war ihr prompt ein Sicherheitsverstoß vorgeworfen worden, und sie wäre beinahe verhaftet, wenn nicht gar erschossen worden.

Am nächsten Tag hatte Eawynn ihre Bedenken einem Vorgesetzten vorgetragen, der gelobte, sich um die Angelegenheit zu kümmern, sein Versprechen aber augenblicklich wieder vergaß. Zum Glück hörte ein anderer Verwaltungsbeamter das Gespräch mit an, der einen höheren Rang innehatte als Eawynns Vorgesetzter, wenn auch in einem anderen Strang des Organigramms. Irgendwie verfügte dieser Beamte über Verbindungen, mit denen er nicht nur die üblichen Grenzen der Verwaltungsebenen überwand, sondern auch die Barrieren zwischen den Gesellschaftsschichten. Das deutete auf ein Netzwerk hin, dem nicht nur Angelsachsen angehörten, sondern auch Stämmler, Norsen und sogar einige Panafrikaner. Sehr rasch war ein Prozess etabliert worden, durch den überschüssige Speisen aus dem Gebäude und zu den Menschen gebracht werden konnten, die sie brauchten.

Eawynn schnappte auf, wie ein ähnlicher Vorgang erwähnt wurde, bei dem es um Brot und Fische gegangen war, sehr zur offensichtlichen Verlegenheit dessen, der davon sprach. Ceolward, ein Angelsachse und Informationstechniker, versuchte, alles abzustreiten, doch Eawynn ließ nicht locker, was ein Jahr später dazu führte, dass sie sich bei einer Zeremonie im Wasser den Fischern angeschlossen hatte.

Das alles war beim vorherigen Einigungsgipfel vor fünf Jahren geschehen. Das aktuelle Gipfeltreffen kam ihr anders vor, nicht nur, weil diesmal viel häufiger offen von der Einigung gesprochen wurde. Von außen mochte es kaum zu bemerken sein, aber schon die Vorbereitungen waren von einer Dynamik erfüllt gewesen, wie sie Eawynn bei keinem früheren Einigungsgipfel empfunden hatte. Eine Begeisterung lag in der Luft, die dank ihres Netzwerks kulturübergreifender Verbindungen am stärksten von Eawynn und den anderen Fischern empfunden worden war. Nach den Gerüchten beim letzten Fischer-Treffen, an dem Eawynn teilgenommen hatte – in einem zugigen Gebäude, das einmal eine Bank gewesen war, was jene, die sich eingehender mit den Überlieferungen der Fischer befasst hatten, als besonders amüsant empfanden –, schien der Hochkönig neuerdings Wörter wie »Vermächtnis« und »historisch« zu verwenden. Die Ältesten der Stämme sprachen darauf an und raunten auf inoffiziellen Kanälen interessante Dinge, die bis zu den Ohren der norsischen Risikofondsmakler und Technikbruderschaften gelangten, die nördlich des Walls in Wahrheit das Sagen hatten. So weit Eawynn zurückdenken konnte, benutzten die Leute den Begriff *Einigung* zum ersten Mal, ohne ihn mit den Fingern in Anführungsstriche zu setzen. Stattdessen sprachen sie darüber, wie man – »Sie wissen schon, theoretisch« – aus drei Ländern ein einziges machen könnte.

Für die am Gipfeltreffen beteiligten Fischer war nichts von größerer Bedeutung, als Menschen ohne Blutvergießen zu einem positiven Zweck zusammenzubringen. Daher koordinierten sie ihre Bemühungen und stellten unauffällig sicher, dass die wichtigen Nachrichten die richtigen Personen erreichten, und unterstützten alle Mauscheleien und Machtspielchen, die abgeschlossen werden mussten, bevor das Gipfeltreffen offiziell eröffnet wurde. Und weil die Fischer bei dem Vorgang, drei Königreiche zu einem zu machen, keinerlei andere Interessen hatten als den

Wunsch, dass alles friedlich ablief, waren Eawynn und die anderen unverzichtbar, wenn eine Chance auf Erfolg bestehen sollte.

Sie hatten keineswegs geplant, derart in den Mittelpunkt zu rücken, oder hießen es auch nur willkommen. Schon gar nicht nach dem plötzlichen Verlust von Gorsedd Angwin. Schockierend, aber den Gerüchten zufolge – und Fischer neigten genauso zu Tratsch wie jeder andere – angesichts von Angwins Vorgeschichte nicht vollkommen überraschend. Eawynn und die anderen Fischer, die am Gipfeltreffen arbeiteten, sollten noch eine ganze Woche lang auf Treffen in dem alten Bankhaus verzichten. Daher mussten geflüsterte Gespräche und rasche tränenreiche Umarmungen hinter den Kulissen reichen. Alle hatten viel zu viel zu tun, um sich jetzt um eine andere Versammlungsstätte zu kümmern, zumal es danach aussah, als könnte das aktuelle Gipfeltreffen wirklich Ergebnisse zeitigen.

Unzufrieden sah sich Eawynn im Foyer des Skeid um. Die Banner der wichtigsten Interessengruppen hingen, Tische mit den Namensschildern der Delegierten standen, Sitzpläne und Tagesordnungen waren ausgedruckt. Da begriff sie: Sie hatte die Bestellunterlagen für die Speise- und Getränkeversorgung im Auto liegen lassen. Man konnte natürlich alles über E-Post erledigen, aber Eawynn wusste aus Erfahrung, wie viel schwieriger es war, das übrig gebliebene Gebäck zur Tür hinauszubekommen, wenn man den Wachleuten, die an den Grenzen jeder politischen Zone standen wie die Torhüter der Unterwelt, kein Schriftstück auf altmodischem Papier vor die Nase halten konnte.

Und tatsächlich: Nicht weniger als viermal wurde Eawynn aufgefordert, ihre laminierten Bescheinigungen vorzuweisen, bevor sie das Skeid verlassen hatte und wieder in der Tiefgarage hinter dem Gebäude war. Als sie an den langen Reihen aus dunklen Limousinen, Kastenwagen der Presse und schlecht abgestellten Ambulanzfahrzeugen vorbeiging, drückte sie auf ihren Funkschlüssel, um das Auto zu entriegeln. Nicht zum ersten Mal überlegte sie, dass der vierradgetriebene Wagen wirklich viel zu groß für sie war, jetzt, da ihr Mann nicht mehr war – Zeit, sich etwas anderes zu suchen –, als eine große Hand sich über ihren Mund legte und eine Kanüle in ihren Hals drang, die sie rasch in eisige Dunkelheit entsandte.

ZWEIUNDZWANZIG

Nachdem der Bus Drustan an der Ecke vor der Akademie abgesetzt hatte, gab es in der Kantine nur noch ein paar Gerstenkuchen und einen Kessel mit rasch erkaltender Lauchsuppe. Angesichts seiner geringen Begeisterung zeigte ihm eine der verbliebenen Serviererinnen, eine Stammesfrau in schlecht sitzendem Überwurf, einen Teller mit Bratkartoffeln und einem Hähnchenschenkel, alles von gelber Soße bedeckt.

»Großer *Gwithyas* hat hier einen Vortrag gehalten«, sagte sie zu ihm. »Keiner hat mir gesagt, dass er eine Erdnussallergie hat. Ich wärme es für dich auf, wenn du nicht auch darunter leidest.«

Drustan versicherte ihr, dass dem nicht der Fall sei. Als sie ihm ein paar Minuten später das Essen brachte, roch es erstaunlich gut.

»Pass auf dich auf«, raunte sie ihm unter dem Vorwand zu, Besteck zu reichen, und verließ die Kantine. Zwei Kadetten begannen, kaum dass sie zur Tür hinaus war, ein lautes Gespräch, als hätten sie Drustan nicht von dem Augenblick an, in dem er zur Tür hereingekommen war, angestarrt. Der aß in Ruhe zu Ende. Die Mahlzeit war köstlich.

Die Klinke an Drustans Zimmertür hing deutlich schräger als am Morgen. Am unteren Türrand gab es einen schmalen Spalt, wo der Teppichboden sich gelöst hatte, und als Drustan vorbeiging, sorgfältig bedacht, den Schritt nicht zu verlangsamen, sah er einen Schatten, der innen kurz daran vorbeistrich. Er schätzte, dass ihn wenigstens zwei Mann erwarteten, wenn nicht sogar drei. Zum Glück befand sich der Sicherungskasten für den ganzen Flügel nur ein paar Türen weiter auf demselben Korridor, und innerhalb eines Augenblicks hatte er den Plastikdeckel hochgeklappt, den Schalter der Hauptsicherung heruntergedrückt und damit den gesamten Flügel in Dunkelheit getaucht.

Empörte Rufe drangen aus den Räumen ringsum, während Drustan zurück zu seinem Zimmer ging. Die Laute, die durch seine Tür drangen, klangen verwirrter, bestürzt sogar. Er drückte die Tür auf, duckte sich unter dem ersten Hieb hindurch und stieß den ersten Kadetten gegen den zweiten, dann trieb er dem dritten den Ellbogen in den Bauch. Der Bursche ließ den Kissenbezug fallen, den er Drustan offensichtlich hatte über den Kopf ziehen wollen, brach zusammen und wälzte sich ächzend am Boden.

Die ersten beiden Kadetten machten einen tapferen Versuch, ihre Gliedmaßen zu entwirren und sich auf Drustan zu stürzen. Das sprach für ihre Nahkampfausbilder. Aber allzu schwierig war es nicht, zur Seite auszuweichen, sodass sie beide gegen die Wand prallten. Danach hatte die Kampfeslust sie verlassen. Sie hinkten zur Tür, und Drustan trat zuvorkommend zur Seite, um sie vorbeizulassen.

Der dritte Kadett jedoch war aus härterem Holz geschnitzt, physisch wie moralisch. Vorausgesetzt, alle Räume im Block waren gleich eingerichtet, erschien es unwahrscheinlich, dass er in sein Bett passte, ohne sich vorher zusammenzufalten. Er wuchtete sich vom Boden hoch, knurrte Drustan an, ballte die Hände zu schinkengroßen Fäusten und preschte durch den kleinen Raum, zumindest, bis sich sein Ziel unerklärlicherweise um ihn herumbewegte und ihn in den Schreibtisch rennen ließ. Mit einem vernehmlichen Knall krachte sein Schädel gegen die Wand.

Der Kadett hielt inne, schüttelte den großen Stierkopf und blickte auf seine Fäuste, als versuchte er, sich zu erinnern, wann er sie zuletzt gesehen hatte.

»Es ist schon alles in Ordnung«, sagte Drustan mitfühlend, setzte sich auf den Tisch und legte die Hände flach auf die Platte. Der Kadett stieß wieder einen wütenden Laut aus und wäre mit Sicherheit erneut auf Drustan zugestürmt, hätte nicht jemand in diesem Moment den Sicherungskasten gefunden und den Hauptschalter wieder umgelegt. Der Bursche blieb auf der Stelle stehen und blinzelte belämmert, als im Schein der billigen Glühbirne die Verwüstung des Zimmers offenbar wurde: der graue Kissenbezug auf dem Fußboden, Statue, Kerze und Krähenfeder vom Schreibtisch gefegt, ein schwerer Gegenstand in einer Plastiktragetasche auf dem Stuhl neben Drustan.

Drustan griff in die Tasche und zog einen Schafskopf hervor. Dessen große Augen stierten blöd, Blut befleckte die Wolle am durchtrennten Hals.

Eine Schar von Kadetten drängte sich an der Tür, herbeigelockt vom Lärm und ihren beiden Kameraden, die gequält in der allgemeinen Richtung Nur-weg-von-hier davonhinkten. Ein Ausbilder, ganz enges Ruderleibchen und pomadiges Haar, schob sich zwischen seinen Schützlingen hindurch und bewirkte ihre Massenflucht. Er öffnete den Mund, um den großen Kadetten anzubrüllen, erblickte Drustan und schloss ihn wieder.

»Guten Abend, Sergeant«, sagte Drustan. »Der Lärm tut mir leid. Ein paar Ihrer Schützlinge wollten neuere Fortschritte bei den Techniken körperlicher Ertüchtigung demonstrieren. Bis das Licht ausfiel, was zu einiger Verwirrung geführt hat, und ich fürchte, das Experiment als Ganzes musste abgeblasen werden.«

Der Ausbilder nahm den Blick nicht von dem Schafskopf.

»Hab ich auf der Treppe gefunden.« Drustan setzte den Kopf wieder in die Tasche. »Ich wollte nicht, dass jemand darüberstolpert. Wären Sie so freundlich, ihn für mich zu entsorgen?«

Der Mann nahm die Tasche und ging ohne ein weiteres Wort.

»Wie heißen Sie, mein Freund?«, fragte Drustan.

»Ord«, murmelte der Kadett. Er schüttelte den Kopf; entweder überwältigten ihn die Ereignisse, oder er war schlichtweg schwer von Begriff. Eventuell traf beides zu.

»Ein guter Name«, sagte Drustan und schlug dem Burschen beruhigend auf den Rücken. »Kadett Ord, ich werde bei einer gewissen Angelegenheit Ihre Hilfe brauchen.«

DREIUNDZWANZIG

Sie kommen früh nach Hause.« Hilde sah nicht von der Geschirrspülmaschine auf, die sie ausräumte. »Haben die Verbrecher Feierabend gemacht?«

Aedith grunzte und schloss Lungenlocher in den Miniaturtresor, der neben dem Hausschrein in die Wand eingelassen war. Der kleine Alkoven war dem Cofgod geweiht, ohne den die Milch verdarb, Pakete ans falsche Haus geliefert wurden und Heizungsabrechnungen, wie Hilde ihr versicherte, beträchtlich höher ausfielen. Die augenblicklichen Opfergaben bestanden in einem wenn auch alten Schokoladentrüffel, einem defekten Speicherstab, den Hilde draußen auf der Straße gefunden hatte, und einem angelaufenen Silberring, der Aedith gehörte, den sie aber zuletzt als Heranwachsende getragen hatte. Die Fassung war zerbrochen, die Bernsteinperle, die darin gesessen hatte, schon lange herausgefallen. Der Cofgod mochte beschädigte Dinge, und Aedith vermutete, dass für Hilde das Gleiche galt.

»Hat Coram seine Hausaufgaben gemacht?«, fragte Aedith.

Hilde stellte die letzten Teller in den Schrank und richtete ihre großen blauen Augen auf sie. Sie stammte aus Northumbria, von wo man die Norsen offiziell vor einem Jahrtausend vertrieben hatte, ihr Blut aber noch immer stark war. Ständig damit aufgezogen zu werden, hatte Hilde bewogen, ins relativ kosmopolitische London überzusiedeln, auch wenn Aedith nicht sagen konnte, wie viel von der Stadt sie eigentlich zu sehen bekam.

»Ich glaube, Sie müssen mit ihm reden.«

Hilde schob ihr ein Mobifon über den Tisch zu, ein billiges mogulisches Fabrikat. Coram hatte das neueste maurische Modell gewollt, aber Aedith hatte die Notwendigkeit nicht eingesehen, wenn es doch innerhalb eines Jahres zum Totalschaden würde. Coram hatte zurückgeschlagen, indem er sich sein Gehäuse selbst ausgesucht hatte: schwarzes Plastik, in das er bei einem Straßenkünstler Bilder von Totenschädeln hatte gravieren lassen, von Schwertern und wütenden Schelmengeschöpfen, die obszöne Gebärden machten. Aedith hatte entschieden, es ihm durchgehen zu lassen: Man sollte nur in Schlachten kämpfen, die man gewinnen konnte.

»Pornos?«, fragte sie. Hilde schüttelte den Kopf, aber Aedith wusste, bevor sie auch nur den Abspielknopf gedrückt hatte, was sie sehen würde: einen großen bärtigen Mann vor einer Gasbetonmauer mit einer weißen Flagge, die von zwei roten Linien zerteilt wurde, eine vertikal, die andere horizontal. Das Zeichen, bei dem niemand genau wusste, wo es zum ersten Mal aufgetaucht war, wurde in der Netzkultur zunehmend populär, zusammen mit Svart, einem gezeichneten Dunkelelfen, der in der Pose geheuchelter Unschuld erstarrt über Bilder von zusammengeschlagenen oder verletzten Kriminellen jeder ethnischen Herkunft außer »reinen« östlichen Angelsachsen gelegt wurde.

Der bärtige Mann begann seine neueste Tirade, in der es um die Lügen der Stämmler ging – die allerdings erheblich farbigere Bezeichnungen erhielten –, die Schwäche der angelsächsischen Regierung und die Notwendigkeit entschlossenen Vorgehens seitens der ehrbaren und geknechteten angelsächsischen Ureinwohner, die endlich die Dinge in die eigenen Hände nehmen sollten.

»Das ist nicht alles«, sagte Hilde. »In ihm braut sich etwas zusammen. Ich merke ihm das an.«

Mit einem müden Finger drückte Aedith auf Pause. »Ich rede gleich mit ihm.«

»Wir gucken uns das nur an, weil wir uns darüber kaputtlachen.«

Coram hatte an den Hausaufgaben gesessen, als Aedith in sein Zimmer gekommen war. Oder zumindest saß er an seinem Tisch. Vorher hatte sie angeklopft, weil man bei halbwüchsigen Jungen nie wissen konnte, womit sie gerade beschäftigt waren. Als Polizeibeamtin könnte Aedith vor Gericht freilich nur aussagen, dass Coram vor seinen Hausaufgaben gesessen hatte, *als* sie eingetreten war; was er *zuvor* getan hatte oder nicht, war eine ganz andere Sache. Aber keine Frage für den Augenblick.

Aedith setzte sich auf die Kante seines Betts. Coram fixierte den Fußboden. Schwarze Stirnfransen hingen ihm über die Augen. Aedith konnte sich nicht erinnern, wann er ihr zum letzten Mal offen ins Gesicht geschaut hatte.

»Was ist denn so lustig daran?«

»Da gibt es einen, Sandon heißt er, der legt eine automatische Melodie unter seinen Text und macht daraus Volkslieder. Sie klingen lächerlich, aber irgendwie auch komisch. Er bekommt immer ganz viele Zuschauer.«

Aedith runzelte die Stirn. »Und dadurch verbreiten sie sich immer weiter?«

Coram kniff die Augen zu, als litte er körperlich Schmerzen. »Nicht unter Leuten, die wirklich dran *glauben!* Du brauchst dir keine Sorgen zu machen, nur alte Leute bekommen davon eine Gehirnwäsche verpasst. Obwohl ...«

»Obwohl was?«

»Ich meine, nicht alles, was er sagt, ist vollkommen verrückt. Die Indij machen Schwierigkeiten. In meiner Schule sind ein paar Schnauze, mit denen kann man nicht reden. Die hassen jeden. Und unter sich reden sie in ihrer eigenen Sprache, sodass man nicht weiß, was sie sagen. Osric aus der Parallelklasse hat gesagt, sie könnten planen, uns alle umzubringen, ohne dass wir es je erfahren. Er wurde von allen niedergebrüllt, aber im Grunde hat er recht.«

»Sag nicht Schnauze.«

Coram blinzelte verdutzt. »Aber so nennen sie sich doch selbst. Das ist nur kurz für Schnauzbart.«

»Ich weiß, wofür es steht, aber es ist respektlos.«

Coram lief rot an und verschränkte die Arme. Verdammt, sie verlor ihn. Wenn sie ihn überhaupt jemals gehabt hatte.

»Du weißt, dass ich im Augenblick mit einem Stammesbeamten zusammenarbeite?«

Ungläubig sah Coram sie direkt an, wenn auch nur für einen Augenblick. »Wie ist er so?« Er machte eine vage Handbewegung. »Verflucht er die Leute und so was?«

»Nicht mehr als ich.«

Coram wirkte enttäuscht. In ihm war noch immer viel von dem kleinen Jungen, dem Neunjährigen, den Aedith zu sich genommen hatte, weiß im Gesicht und sprachlos vor Schock über den Tod seiner Eltern. Manchmal deutete sich bei ihm schon der Mann an, der er einmal sein würde. Davon sah Aedith in letzter Zeit immer mehr. Er wirkte nicht wie sein Vater, dem sie allerdings auch nur kurz begegnet war. Die Begegnung hatte ein schlimmes Ende genommen.

»Machst du dir Sorgen?«, fragte sie. »Wegen dieser keltischen Jugendlichen?« Sie konnte sich ihre Akten kommen lassen, wenn es sein musste, aber es war unwahrscheinlich, dass sie eine echte Gefahr darstellten. Sie wurden viel eher zum Opfer eines Verbrechens als die angelsächsischen Jugendlichen um sie herum. Aber man konnte nie wissen.

Coram schüttelte den Kopf. »Nein. Osric ist ein Spinner. Er hat neulich seinen Sax mit in die Schule gebracht, weil er dachte, dass er damit schneidig aussieht, aber die Mädchen haben ihn nur ausgelacht.«

Aedith nahm sich vor, stattdessen Osric zu überprüfen.

»Du weiß, dass dein Sax niemals diese Wand verlassen darf, oder?«

Coram hatte sein Langmesser im vergangenen Jahr von Earl Lod persönlich zum dreizehnten Geburtstag bekommen. In Wasser gehärteter Damaszenerstahl, besetzt mit Runen des Wohlstands und des Mutes, genau wie der Sax, den er Edric geschenkt hatte. Und wozu hatte das geführt? Corams Sax befand sich in einer Vitrine aus gehärtetem Sicherheitsglas, die fest an der Wand angebracht war. Aedith hatte sie persönlich dort verschraubt.

Verärgerung zuckte Coram durchs Gesicht. »Ich *weiß!* Götter, du bist doch nicht meine *Mutter!*«

Aedith nickte. Es stimmte, das war sie nicht.

»Nun, dann«, sagte sie forsch. »Wir sehen uns morgen früh.«

»Warte. Kann ich dich etwas fragen?«

Das war neu. Aedith wartete und begriff irgendwann, dass sie nicken sollte oder so etwas. Coram versuchte anscheinend, seine Worte mit großer Bedachtsamkeit zu wählen. Sie hatten offensichtlich schon eine Weile in ihm gegärt.

»Ich habe mich gefragt, ob ich Onkel Edric besuchen kann?«

In den Jahren, in denen sie schon Leute vernahm, hatte Aedith gelernt, dass man sich seine Überraschung niemals anmerken lassen durfte. Die meisten Verbrecher waren nicht die Hellsten und nahmen an, man wisse weit mehr über das, was sie getan hatten, als tatsächlich der Fall war. Wenn sie etwas sagten wie »... und dann hab ich es bei Ælfwig versucht, Sie wissen schon, der Kerl, der virtuelles Gold vertickt«, musste man so tun, als hätte man schon immer gewusst, dass Ælfwig der Kerl mit dem virtuellen Gold war. Und obwohl Coram noch nie ein Mitglied von Aediths Familie je mit irgendeiner ehrenden Anrede wie Onkel bedacht hatte, tat sie nun, als spreche Coram die ganze Zeit so und nicht anders.

»Möchtest du deinen Onkel Edric aus einem besonderen Grund besuchen?«

»Er schreibt mir zum Julfest und zu meinem Geburtstag. Ich dachte, es wäre schön, ihn einmal zu besuchen. Wenn dir das recht ist. Wir nehmen jetzt in der Schule Familiengeschichte und so Zeug durch.«

Nun würde Aedith definitiv ein Wort mit Corams Tutor sprechen müssen. Vermutlich hatte er Coram nicht ermutigen wollen, mit dem einen Mitglied seiner Adoptivfamilie ins Gespräch zu kommen, das in einem psychiatrischen Hochsicherheitshospital weggesperrt war, aber es war am besten, solche Dinge nach Möglichkeit bereits im Keim zu ersticken. Vielleicht sollte sie Lungenlocher mitnehmen, wegen der dramatischen Wirkung.

»Ich werde darüber nachdenken«, sagte sie.

Leise schloss Aedith Corams Tür und blieb einen Moment davor stehen, ohne an das zu denken, was vor vier Jahren geschehen war. Sie wusste noch immer nicht, ob sie damals etwas anders hätte machen sollen. Ob sie überhaupt fähig gewesen wäre, etwas anders zu tun.

Hilde erwartete sie an der Treppe. Sie zeigte die Stufen hinunter. Aedith nickte.

❈

»Er möchte Edric besuchen«, sagte Aedith am Küchentisch. Hilde hatte ihnen Kaffee gemacht. In vielerlei Hinsicht war ihr heimisches Arrangement perfekt. Der Umstand, dass sie bereits eine Frau zu Hause hatte, entlastete Aedith von der Notwendigkeit, eine Beziehung zu führen.

Hilde atmete scharf ein. »Das kam aus dem Nichts.«

»Offenbar ein Schulprojekt. Familienforschung oder so was.«

»Davon hat er gesprochen. Seine Geburtsfamilie hat er nicht einmal erwähnt. Ich habe es für ein Zeichen von Fortschritt gehalten. Aber wenn er Edric besuchen will … Ich weiß nicht.«

»Mir gefällt die Idee nicht. Mir passt es aber auch nicht, meinen Bruder zu behandeln wie ein schmachvolles Geheimnis, auch wenn mein Vater das anders sieht.«

»Vielleicht wäre es gut für ihn.«

»Edric oder Coram?«

»Für beide vielleicht.«

Zum zweiten Mal am gleichen Abend verbarg Aedith ihre Überraschung. Hilde hatte bisher ihre Meinung zu Angelegenheiten der Familie Mercia stets für sich behalten. Ein plötzliches Summen unterbrach den Gedankengang. Aediths Telefon vibrierte auf der Marmorarbeitsfläche, noch bevor es gleich die Titelmelodie einer beliebten Zeichentrickserie für Vorschulkinder spielen würde, in der es um einen großen Hund ging, der im Wald Verbrechen aufklärte.

»Agapos?«

»Der Kriminalinspektor ist unterwegs. Ich kann Sie in zehn Minuten abholen.«

Hilde räumte wortlos Aediths noch halb volle Tasse ab, goss den Kaffee weg und spülte sie im Becken sauber. In ihrem Tun lag keinerlei Missbilligung, doch Aedith fühlte sich dennoch schuldig.

Sie legte auf. »Also gut. Sagen Sie Coram, ich nehme ihn beim nächsten Besuchstermin mit zu seinem Onkel.«

VIERUNDZWANZIG

»Unser Stammeskollege hat einen Freund gefunden«, sagte Agapos. Aedith antwortete nicht, sondern hielt das Fernglas auf Drustan gerichtet, der den Kadetten über den Parkplatz zu einem elektrischen Geländewagen führte, der einem Ausbilder an der Akademie gehören musste. Er parkte am Rand eines gelben Lichtkreises, den eine nahe Straßenlaterne warf. Aedith hatte gewaltigen Respekt vor den Beamten, die sich entschieden hatten, die Polizisten der nächsten Generation darin zu unterrichten, wie man auf der Straße überlebte, aber in ästhetischer Hinsicht war ihr Geschmack bei Autos nicht unterscheidbar von dem einer Barbierin. Agapos hatte Aedith im Wagen seines Mannes abgeholt, einem vernünftigen Viertürer mit geräumigem Kofferraum, in dem das Zubehör zum Wandern viel Platz fand, zum Gewichtheben oder welch anderen abstoßend gesunden Aktivitäten sie in ihrer Freizeit auch nachgehen mochten.

Der benommen wirkende Kadett hielt sich bereit, als Drustan neben dem Wagen in die Hocke ging und irgendwas Kompliziertes am Türschloss unternahm.

»Ehrgeizig«, sagte Aedith. »Vergangenes Jahr hatten wir eine Präsentation des Herstellers, der eine offizielle Empfehlung des Huscarl wünschte. Sie wollten sie in ihrer Werbekampagne benutzen, bei der sie demonstrierten, dass man die Wagen einfach nicht stehlen könne.«

Agapos sah sie interessiert an. »Taugt es was?«

»Beeindruckend. Dreifachschloss, Wegfahrsperre, privater Sicherheitsdienst in städtischer Umgebung innerhalb von zwanzig Minuten zur Stelle. Wir haben natürlich empfohlen, dem Wunsch zu entsprechen.«

Die Lampen des Fahrzeugs blitzten zweimal grün auf, und die Tür öffnete sich. Der Kadett nahm auf dem Fahrersitz Platz und wirkte noch unzufriedener als zuvor. Drustan ging auf die Beifahrerseite, übersprang eine niedrige Mauer und verschwand.

Aedith senkte das Fernglas. »Hm.«

»Schnappen wir ihn uns?«

Sie schüttelte den Kopf. »Er sorgt für eine Ablenkung. Vielleicht. Warten wir noch eine Minute und ... «

Eine Hand klopfte leicht an Aediths Fenster. Agapos griff nach seiner Waffe.

»Schon gut«, sagte Aedith müde. Sie drückte einen Kopf, und die Scheibe fuhr langsam herunter.

»Guten Abend«, sagte Drustan. »Falls Sie wegen des Stromausfalls hier sind, muss ich gestehen, dass ich ihn verursacht habe, aber zum Glück ließ er sich ohne weitere Schäden beheben.«

»Haben Sie jetzt einen Partner?« Aedith nickte zu dem Kadetten, der ins Leere starrte und das Lenkrad so fest umfasst hielt, sodass Aedith sogar ohne Fernglas sehen konnte, dass die Knöchel weiß hervortraten.

»Das ist der junge Kadett Ord. Wir hatten vorhin ein kleines Missverständnis, für das er eingewilligt hat, heute Abend mein Fahrer zu sein. Ich hatte eine Idee, wo dieser Kunstdünger sich vielleicht versteckt haben könnte.«

»Wirklich?«, fragte Aedith. »Und haben Sie erwogen, Ihren angelsächsischen Kollegen davon zu erzählen, bevor Sie sich einen Polizeischüler unter den Nagel reißen und ein Auto stehlen?«

»Das habe ich, aber Ihre Andeutung, die Staatspolizei könnte unsere Mobiltelefone orten, ließ mich innehalten, und wenn ich ganz ehrlich bin, ist es nur eine Ahnung.«

»Was der Sergeant und ich tun werden«, sagte Aedith nach kurzem Schweigen, »ist wohl, Ihnen zu folgen. In rein beobachtender Funktion natürlich.«

»Ich wäre entzückt über Ihre Gesellschaft.« Drustan klang, als sei es ihm ernst.

»Was macht Ihr Sohn?«, fragte Agapos, als der Wagen des Ausbilders auf die Straße setzte. Der Sergeant hängte sich an ihn, hielt aber zwei Autolängen Abstand.

»Ein Junge aus seiner Klasse hat sich aufgespielt und seinen Sax mit in die Schule gebracht.« Aedith wischte durch Deedras Kanäle in den Graswurzelmedien, um zu schauen, ob sie in den vergangenen sechs Stunden etwas aktualisiert hatte (unwahrscheinlich, aber man konnte schließlich nie wissen). Sie fuhren in östlicher Richtung, und die Gebäude wurden nicht nur dadurch, dass die Sonne hinter ihnen versank, langsam dunkler, sondern auch vom Ruß der Jahrhunderte. Die Überbleibsel von Haus- und Zeremonienfeuern wurden von den üblichen Winden in Gegenden getragen, die zu arm waren, um die Fassaden reinigen zu lassen. »Wie sollen wir damit umgehen? Was schlagen Sie vor?«

»Ihnen eine Höllenangst einjagen«, antwortete Agapos. »Nebelgranaten. Wir lassen diese Ziellaserstrahlen aus der Dunkelheit zucken; rote Lichtpunkte auf der Brust. Ich liebe es, zuzuschauen, wenn sie das entdecken. Sagen Sie Bescheid. Moment.« Er traf fest auf die Bremse. Ruckartig kam der Wagen zum Stehen.

Aedith sah erbost auf. »Ich bereue wirklich, Sie jemals auf diese Fahrausbildung für Fortgeschrittene geschickt zu haben.«

Agapos zeigte direkt nach vorn. Eine Gruppe junger Stämmler überquerte die Straße, männlich und weiblich, ungefähr dreißig von ihnen, Bierdosen in der einen, Mobifone in der anderen Hand. Die meisten waren bis zur Hüfte nackt, die Haare in Stachelfrisuren, die Haut von Spiralmustern überzogen, einige bemalt, andere frisch geritzt, dass ihnen das Blut auf die Sport- oder Tarnhosen tropfte. Alle starrten sie im Vorübergehen auf die Windschutzscheibe des Wagens, forderten Agapos mit Blicken heraus, etwas zu tun. Ein paar machten Fingerrunen der Geringschätzung, ein anderer für etwas, das Aedith nicht einmal erkannte. Sie müsste später bei Coram nachfragen.

Angelsachsen hätten gesungen, sie mit ausgebreiteten Armen angebrüllt, aber Stämmler gaben sich stiller, selbst wenn sie wütend und zum Kampf bereit waren. Der letzte von ihnen, ein Mann mit Schnauzbart, einen Fuß größer als die Übrigen, war mit Clanzeichen und Kriegsbemalung derart geschmückt, dass seine ursprüngliche Hautfarbe nur anhand seiner Handflächen zu erkennen war. Sein Blick wanderte langsam von Agapos zu Aedith, und er spuckte, lautstark und mit beachtlicher Treffgenauigkeit, auf die Windschutzscheibe.

Wortlos schaltete Agapos die Scheibenwaschanlage ein. Bis die Wischer ihre Arbeit verrichtet hatten, waren die Stämmler vorübergezogen und folgten einer Gasse zwischen einen Wettlokal und einem schmierigen Wildbretimbiss.

Drustans Fahrzeug hatte geduldig vor ihnen gewartet. Als er sah, dass Agapos weiterfuhr, setzte sich auch der Wagen des Ausbilders wieder in Bewegung. Ihre Reise ging weiter. Wohngebiete wichen halb verfallenen Einkaufszentren und einer Abfolge zunehmend weniger eindrucksvoller Tempel.

Aedith brach das Schweigen als Erste. Sie dachte noch immer an die Stämmler. »Glauben Sie auch, die Staatspolizei hat das alles losgetreten? Vielleicht einen Stein zu viel umgedreht?«

Agapos zuckte mit den breiten Schultern. »Oder das Gipfeltreffen. Die Hälfte meiner Informanten in Stammeskreisen ist frech geworden und denkt, dass wir sie nicht mehr lange herumschubsen können, wie es uns gefällt. Die andere Hälfte hält ihn für einen Vorwand für neuen Landraub, um mehr von den Grasweiden ihrer Ahnen in Datenzentren umzuwandeln.«

»Was glauben Sie?«

Agapos lachte und blendete die Frontscheinwerfer zu voller Leuchtkraft auf. Die Straßenlaternen wurden immer seltener, und die Straße verengte sich, während sie Industriebrachen durchquerten, die schon genug überwuchert waren, um als lichter Wald zu gelten. Noch zehn Minuten, und sie würden die Stadt ganz hinter sich lassen und wären auf dem Land.

»Ich glaube, was auch immer geschieht, wir stehen am Ende mit weniger Spaten da, um mehr Scheiße zu schaufeln.«

Anscheinend hatte Drustan nicht vor, London völlig zu verlassen. Gerade als das Industriegebiet ganz aufzuhören schien, hielt der Wagen des Ausbilders am Straßenrand neben einer Gruppe von Seefrachtbehältern, die auch von einem panpazifischen Luftfrachtschiff stammen konnten, so fahrlässig, wie sie abgestellt waren.

Oder, überlegte Aedith, während Agapos hinter Drustan hielt und die Scheinwerfer abschaltete, sie waren mit großer Achtsamkeit dorthin gestellt worden. Gerade so, dass niemand, der an ihnen vorbeifuhr, eine freie Sicht auf die Betonbauten mit dem hohen Schornstein erhielt, die eine überwucherte Landstraße entlang gerade noch erkennbar waren.

Agapos öffnete den Kofferraum und verteilte Schutzwesten

und Schrotgewehre. Aedith schnallte ihre Weste fest, lud Lungenlocher durch, nahm sich ein Schrotgewehr und wog es anerkennend in der Hand.

»Haben Sie ein Schießeisen?«, fragte sie Drustan.

Drustan schnallte seine Weste zu. »Ich fürchte«, antwortete er, »dass die geltenden operativen Parameter mir nicht gestatten, ohne die ausdrückliche Genehmigung meines Vorgesetzten bewaffnet an einer offiziellen Ermittlung teilzunehmen.«

»Wie gut, dass das hier gar nicht offiziell ist«, sagte Aedith und warf ihm ein Schrotgewehr und einen Patronengurt zum Umhängen zu. Hinter ihr seufzte Agapos; er hatte gerade ein leuchtend rotes Armband mit der Aufschrift POLIZEI angelegt und streifte es nun wieder ab. »Was ist mit unserem kleinen Freund hier?«

Ord saß noch im Wagen. Er stierte Aedith und Agapos mit den weit aufgerissenen Augen eines präpubertären Mädchens an, das sich unversehens im selben Linienbus wiederfindet wie alle seine Idole aus den Graswurzelmedien.

»Er ist nur ein Kadett«, sagte Aedith. »Ich würde sagen, er soll vor Ort die Fahrzeuge im Auge behalten. Schließlich möchte er lernen, wie die Biene den Honig macht, oder? Kommen Sie, mein Junge, wir statten Sie mal aus.«

»Also gut«, sagte Aedith.

Im Grunde waren sie bereit. Die Schutzwesten, die Drustan und Ord trugen, waren beträchtlich älter, als ideal gewesen wäre, und Aedith hatte das ungute Gefühl, dass Ord sein Schrotgewehr mehr aus Zufall denn durch Übung richtig herum hielt, aber sie hatte schon merkwürdigeren Trupps angehört. Die Straße hinunter ging es in gerader Linie zu einer Gießerei, die ihre besten Tage längst hinter sich hatte. Das abblätternde Schild, auf dem *Edwin Lamb und Söhne, Gießerei und Maschinen-Werkstatt* stand, war nicht zu übersehen. »Bevor wir losgehen, sollten wir wenigstens so tun, als wüssten wir zumindest ansatzweise, was uns bevorsteht. Was bringt Sie auf den Gedanken, dass der Kunstdünger hier gelandet ist?«

»Ich hatte heute Abend Anlass, über das edle angelsächsische Schaf nachzudenken«, sagte Drustan. »Am besten«, fuhr er auf Aediths erstaunten Blick hin fort, »befassen wir uns mit dieser Frage nicht weiter. Ich bin aber jüngst zufällig über eine Liste von Betrieben gestolpert, die im Lauf der Jahre über verschiedene Briefkastenfirmen von den Kesairs gekauft wurden. Der Anblick eines Schafskopfs rief mir ins Gedächtnis, dass einer davon eine Gießerei war, die bis vor wenigen Jahren einem Herrn Lamb und seinem Nachwuchs gehört hat.«

Aedith blickte kritisch in die Kammer ihres Schrotgewehrs, drehte es um und schob fünf Patronen ins Rohrmagazin.

»Ich nehme nicht an, Sie sind im Datenbestand von Wotanskreuz über diese Liste *gestolpert?*«, fragte sie und lud säuerlich eine Patrone in die Kammer. »Nur aus beruflichem Interesse natürlich?«

Drustan zuckte vage mit den Schultern. »Die genauen Einzelheiten entziehen sich meiner Kenntnis. Ich fürchte, mich hat zunehmend der Verdacht abgelenkt, dass wir, was den Kunstdünger angeht, auf die falsche Fährte gelenkt worden sein könnten. Sicherlich eignet sich das Zeug dazu, eine Explosion auszulösen, aber er ist genauso nützlich, wenn man etwas ebenso Entflammbares, aber weniger ... Theatralisches im Sinn hat. Und wo hält man so etwas besser geheim als hier draußen auf dem Land?«

Aedith runzelte die Stirn. »Sie glauben, die wollen etwas einschmelzen? Goldtorques in Barren gießen?«

Drustan hob auf seine aufreizend vage Art die Schultern. Einen Augenblick überlegte Aedith, den Pfefferwerfer einzusetzen, der an ihrer Schutzweste hing, aber sie beherrschte sich.

»Und wenn Sie von den Kesairs sprechen«, sagte sie, »dann meinen Sie Deedra.«

Drustan nickte.

»Glauben Sie, dass sie jetzt hier ist?«

»Möglich wäre es«, antwortete er. »Ich hoffe, sie ist es nicht. Ich hoffe, meine alberne Eingebung ist nichts weiter als das, und Sie sind mir den weiten Weg hierher völlig umsonst gefolgt.«

»Kriminalinspektor Drustan, darf ich fragen, was genau ein Haufen fanatischer Stammesbrüder hier mit mehreren Lastwagenladungen brandfördernden Materials vorhaben sollte, wenn sie keine Bombe bauen oder Gold schmelzen wollen? Denn wenn es darum nicht geht, was genau hat an einer alten Gießerei dann Ihr Misstrauen geweckt?«

Drustan betrachtete sie. Seine Miene war undeutbar. Der Mond schälte sich kurz aus der Wolkendecke über ihnen. Zum ersten Mal fiel Aedith auf, dass seine Augen dunkler waren als gewöhnlich. Er hatte sogar Kajallinien aufgemalt, die bis in seinen Haaransatz liefen, und sich Punkte über die Augenbrauen gesetzt. Kriegsbemalung?

Drustan lud ebenfalls sein Schrotgewehr und holte eine Patrone in die Kammer. »Hoffentlich finden wir das nicht heraus.« Er wollte einen Schritt vortreten, aber Aedith hielt ihn auf, indem sie ihn am Arm berührte.

»Warten Sie«, sagte sie. »Schicken wir zuerst Hugin hinein.«

Agapos hob die Drohne aus dem schaumstoffgepolsterten Kasten auf dem Rücksitz und legte sie Aedith auf die ausgestreckte Handfläche. Norsische Technik, kaum größer als ihre Hand, und obwohl die Drohne über vier Rotoren und ein Kameramodul verfügte, das direkt nach unten zeigte, schien sie so gut wie nichts zu wiegen.

»Streng genommen gehören sie dem Amt für Stadtplanung«, sagte Aedith. »Dort hatten sie es auf einen unserer Parkplätze abgesehen, und wir haben uns geeinigt. Eigentlich sollte es ein Zwillingspaar sein, aber Munin hat vor einem halben Jahr ein Tauchbad in der Themse genommen, und seitdem ist er nicht mehr derselbe.«

»Ich kann mich dafür nicht oft genug entschuldigen«, brummte Agapos.

Die Rotoren drehten mit kaum wahrnehmbarem Heulen los. Die Drohne hob unvermittelt von Aediths Hand ab und verschwand im Abendhimmel. Der Sergeant hielt sein Telefon in der Hand, dessen Bildschirm nur ein verschwommen-matschiges Bild zeigte.

»Nicht so beeindruckend, wie ich gehofft hätte«, sagte Drustan.

Agapos nahm einige Einstellungen vor. Der Schirm schaltete auf Dunkelgrün. Schwarze Rechtecke stellten die Häuser dar, von oben gesehen. Zwischen ihnen bewegten sich hellere grüne Lichtflecken aus eigener Kraft hin und her.

»Nachtsicht«, sagte Aedith.

Agapos machte ein finsteres Gesicht. »Ziemlich viel Wachpersonal für eine stillgelegte Gießerei.«

Sie hatten sich um den Bildschirm geschart. Selbst Ord war nähergetreten.

»Halten Sie Abstand, Junge«, sagte Aedith, wenn auch nicht

unfreundlich. »Ich möchte keine Kadettenläuse abbekommen, vielen Dank.«

Drustan zeigte auf den Schirm. »Da.« Eine Traube aus Flecken, dicht gepackt. »Sie bewegen sich nicht. Wie tief können Sie mit dem Ding gehen, ohne dass jemand es entdeckt?«

»Noch viel tiefer, und wir verlieren die Sichtlinie. Agapos, versuchen Sie es mit der Frontkamera.«

Agapos nickte und schob ein anderes Symbol über den Schirm. Das Bild wurde einen Moment lang verschwommen, die Drohne kippte ab, die Nachtsicht schaltete sich ab. Sie war nicht mehr erforderlich: An den Wänden hingen Laternen, die ihren Lichtschein auf wenigstens zwei Dutzend Menschen warfen. Mit auf den Rücken gebundenen Händen wurden sie in einem Drahtgitterkäfig festgehalten. Einer von ihnen, vielleicht eine Frau, mit langen grauen Haaren über einem weißen Gesicht, sah durch das Käfigdach nach oben, direkt in die Kamera.

»Zurückziehen«, befahl Aedith drängend. Die Frau öffnete weit den Mund, als sie tonlos rief. Ihr Gesicht schrumpfte, während die Drohne wieder in den Himmel stieg. Agapos schaltete erneut auf Nachtsicht. Grüne Flecken scharten sich um den Käfig.

»Sie hat uns entdeckt«, sagte Drustan. »Wächter kommen nachsehen, was geschehen ist.«

Aedith nickte. »Sklavenhandel? Dieser Schrei könnte die Ablenkung sein, die wir brauchen, solange nur die Gefangenen wissen, dass wir kommen.«

Nacheinander folgten sie dem Weg, hielten sich an einer Seite. Aedith stieß Drustan an und zeigte nach oben. Die Drohne schwebte fast lautlos über der Gießerei.

»Der Akku in diesen Dingern läuft nur recht kurz, aber wir behalten unser Auge so lange wie möglich am Himmel.«

Agapos machte, ohne den Blick vom Bildschirm zu nehmen, eine komplizierte Geste. Zum Glück konnte Aedith sie deuten und winkte sie lautlos in eine Abzweigung des Weges, als zwei Gestalten sich näherten: Kesair-Stammesbrüder, schwer tätowiert, in Sportanzügen mit Zehensandalen, billige Maschinenpistolen über die Schulter gehängt.

»He«, sagte Aedith, kaum dass sie an ihnen vorbeigegangen waren. Den Ersten traf sie mit dem Kolben ihres Schrotgewehrs ins Gesicht, als er sich umdrehte. Der Zweite war schlau genug, sofort die Hände zu heben. Agapos entnahm beiden Waffen die Magazine, schob sie in seine Schutzweste und warf die MPs in die Hecke.

»Erste Lektion, Kadett«, sagte Aedith zu Ord. »Sie sollten stets viele Kabelbinder mit sich führen.« Sie fesselte beiden Stammesbrüdern die Hände auf dem Rücken und ließ sie mit dem Gesicht nach unten in einem Graben zurück. »Ich trage immer wenigstens ein Dutzend davon bei mir.«

Doch Ords Blick folgte gierig den Maschinenpistolen. Drustan konnte förmlich sehen, welche Ballerfilme in seinem Kopf abliefen. »Vergessen Sie es«, sagte er ruhig. »Schwierig zu kontrollieren, zu breite Streuung. Wir wollen keine verletzten Unbeteiligten.«

Ord sah ihn an und nickte angespannt. Angelsachsen waren ein merkwürdiges Völkchen. Die Hälfte ihrer Zeit verbrachten sie damit, jeden zu schikanieren, der auch nur einen Fußbreit außerhalb ihrer ethnischen Gruppe stand, aber sobald sie mit dem

Rücken zur Wand standen, würden sie Befehle von der Mogulkaiserin persönlich annehmen.

»Uns bleibt nicht viel Zeit, bevor die sich fragen, wo ihre Streife geblieben ist.« Agapos sah auf sein Mobifon. »Sie haben sich jetzt am anderen Ende zusammengeschart. Was immer sie mit den Gefangenen vorhaben, es geschieht jetzt.«

»Eine Spur von Deedra?«, fragte Aedith.

»Auf diese Entfernung schwer zu sagen, Hauptmann«, antwortete Agapos. »Keiner dieser grünen Flecken sieht dünner oder teurer aus als alle anderen.«

Aedith grinste. »Das ist wohl keine Situation, bei der wir Sie zuerst reinschicken und Sie so tun, als wären Sie Auftragsmörder Nummer vier, der gerade aus dem Flugzeug gestiegen ist.«

Drustan blickte Agapos an. »Ermitteln Sie oft verdeckt, Sergeant?«

»Sie wären überrascht«, entgegnete Agapos mit einem perfekten Oberklassenakzent der panafrikanischen Ostküste.

»Der Sergeant ist schon der Direktor einer korrupten yorubanischen regierungsunabhängigen Organisation gewesen«, sagte Aedith, »ein aschantischer Waffenhändler, der angeblich bereit war, Explosivstoffe zu einem Haufen Cumbrier zu schmuggeln, weil sie ein großes Loch in den Wall sprengen wollten, und, bei einer besonders denkwürdigen Gelegenheit, ein Glücksspieler von der Elfenbeinküste mit einer Sucht nach dem Saft des Schlafmohns. Also, wie wär's, wenn wir jetzt aufhören, uns gegenseitig die Zöpfe zu flechten, und schauen, was, bei der Kälte der Höllen, an diesem Käfig los ist?«

FÜNFUNDZWANZIG

Sie brauchten acht Minuten, um zu viert still und leise ins Zentrum des Geländes zu gelangen. Agapos nahm die Augen nicht vom Bildschirm seines Mobifons, wodurch sie jedem umherstreifenden grünen Fleck ausweichen konnten. Viele waren es ohnehin nicht. Die Kesair sammelten sich am anderen Ende des Geländes, einer offenen Fläche, wo ein schwarz glänzender Geländewagen parkte. Das Glühwürmchenlicht eines Mobiltelefons erhellte sein Inneres.

Drustan duckte sich als Letzter hinter einen aufgebockten Wohnwagen. Wenn dem Kalender zu trauen war, den er durch das Gitterfenster sah, hatte man ihn seit fünfzehn Jahren nicht mehr als Büro benutzt. Der Mai jenes Jahres hatte der Flussgöttin Melusine gehört. Traditionell wurden Melusines Brüste von Schilfhalmen verdeckt, aber zu der Zeit, als dieses Foto aufgenommen worden war, musste ein bestürzender Mangel an Röhricht geherrscht haben.

»War das Deedra in dem Wagen?«

Drustan vermutete, dass Aedith nur wenig Interesse an der keltischen Mythologie hatte, und es erschien ihm als der falsche Zeitpunkt, sie ihr nahezubringen. Er nickte. Die Kesair-Prinzessin auf dem Rücksitz wirkte im wirklichen Leben kleiner und trug die Daunenjacke einer Drogenhändlerin statt schicker Mode vom Laufsteg. Abgesehen davon sah sie genauso aus wie auf ihren Fotos in den Graswurzelmedien.

»Was ist mit dem Kerl neben ihr, der wie ein Priester wirkt?«

Drustan riskierte einen raschen Blick um die Ecke. Ein älterer Mann, dessen Gesicht von einem Kapuzenmantel verdeckt wurde. Deedra bewegte ihr Telefon kurz, und Drustan entdeckte einen Torques am Hals des Mannes: schwer, aus Silber, statt der üblichen verdrillten Drähte ein wiederkehrendes Blättermuster im Edelmetall. Mistel.

»Wir müssen die Gefangenen dort herausholen«, sagte er gepresst.

Aedith sah ihn finster an. »Wir sind wegen Deedra hier. Wir können sie uns noch greifen. Wir warten, bis sie sich von den anderen entfernt hat, und nehmen sie in Gewahrsam.«

Drustan schüttelte den Kopf. »Deedra wird nirgendwohin gehen, das garantiere ich Ihnen. Aber wenn wir diese Leute nicht innerhalb der nächsten paar Minuten aus dem Käfig lassen, wird die Lage richtig übel.«

Aedith fluchte unterdrückt, aber etwas an seinem Tonfall hatte sie überzeugt. »Agapos, nehmen Sie den Jungspund und sorgen Sie für Ablenkung. Kehren Sie zu den Fahrzeugen zurück, wenn es sein muss. Auf dem Rücksitz liegt ein Handfunkgerät. Schauen Sie, ob Sie jemanden erreichen. Wir machen uns auf den Weg zum Käfig. Lassen Sie sich nicht umbringen.«

Agapos nickte und eilte geduckt auf die andere Seite des Wohnwagens, Ord folgte dichtauf. Drustan war eigentümlich stolz auf den Burschen. Er würde es weit bringen, falls er die Nacht überlebte.

❖

Drustan und Aedith zogen sich leise auf dem Weg zurück, den sie gekommen waren. Ohne Agapos' Telefon konnten sie nur hoffen, keiner Streife über den Weg zu laufen. Doch ihr Glück blieb ihnen treu, und sie erreichten den Eingang der Gießerei. Aedith spähte kurz über die niedrige Mauer.

»Zwei Stämmler. Beide bewaffnet. Vielleicht schleichen wir uns auf die andere Seite?«

Doch Drustan schloss schon die Jacke über der Schutzweste und hängte sich das Schrotgewehr außer Sicht auf den Rücken.

»Geben Sie mir einen Augenblick.«

Bevor Aedith etwas erwidern konnte, setzte Drustan wie beiläufig über die Mauer, schob sich die Ärmel hoch und hob die Hände, um die Wächter zu beruhigen. Verunsichert senkten sie die Läufe ihrer Waffen, als sie die Zeichen auf seinen Handgelenken erblickten. Er war nur noch eine Armeslänge vom ersten Wächter entfernt, als am Gürtel des zweiten ein Funkgerät knackte.

Aedith hatte bereits den halben Weg zurückgelegt, bis Drustan dem ersten Wächter gegen die Kehle geschlagen und das Schrotgewehr vom Rücken genommen hatte, dessen Kolben er dem zweiten gegen den Kopf knallte. Beide Männer brachen auf der Stelle zusammen.

Das Funkgerät fragte etwas in leidendem Ton. Drustan hob es auf, ratterte einen Befehl herunter, von dem er hoffte, er klänge nach dem Dialekt der Kesair, und schaltete es ab.

»Ich hab gerade gesagt, wir müssen auf einen neuen Kanal wechseln. Das sollte ein wenig Verwirrung stiften.«

Aedith zerrte bereits die bewusstlosen Stämmler, nun mit Kabelbindern gefesselt, außer Sicht. Sie hielt inne und blickte zurück in die Gießerei. »Wo bleibt unsere Ablenkung?«

Wie aufs Wort kreischte einige Gebäude weiter die Alarmanlage eines Autos los. Auf das Heulen folgten Rufe und ein Feuerstoß. Drustan begegnete ihrem Blick und wies auf den Eingang der Gießerei.

»Agapos weiß, was er tut. Wir sollten hineingehen.«

Die Gefangenen waren still geworden. Aedith gesellte sich zu Drustan und blickte durch ein Drahtgitterfenster in der Rückwand. Der Käfig zäunte ein Areal unter freiem Himmel ein. Die Menschen darin saßen still da, die meisten blickten auf den Boden; einige hatten sich hingehockt und sahen zum Abendhimmel hoch, vielleicht in der Hoffnung, noch einmal die Drohne zu entdecken. Ihre Kleidung war so bunt, wie ihre Gesichter grau waren, abgelegte panafrikanische Sachen: T-Shirts ghanaischer Megametalgruppen und äthiopischer Zeichentrickfiguren, grelle Schlaghosen, die schon ein paar Jahre aus der Mode waren. Typische Kleiderspenden, wie sie von großherzigen Panafrikanern nach Norden geschickt wurden, um den hungernden Weißen durch die langen kalten Winter zu helfen. Den Zeichnungen der Gesichter zufolge, oder dem Mangel daran, waren sie ein gemischter Haufen: Stämmler, Angelsachsen und sogar zwei gemischtrassige Norsen, die vom Pferd auf den Esel gekommen waren.

Aedith runzelte die Stirn. »Ich kenne sie. Einige von ihnen.«

Drustan sah in einen dunklen offenen Durchgang zu dem Gebäude, an das der Käfig angebaut war; ein runder Bau aus roten Ziegeln mit einem hohen Schornstein. »Gesellschaftlich?«

»Nein, aus den Obdachlosenlagern. Als die sich leerten, habe ich angenommen, die Leute witterten Ärger in der Luft und hätten sich in die Wälder davongemacht.«

Drustan dachte an die Flasche, die nicht zerbrochen war, an die fehlenden üblichen Anzeichen dafür, dass die Vögte kräftig durchgegriffen hatten.

»Sie wurden entführt«, sagte er, »oder zumindest hierher gelockt. Mit Versprechungen warmer Mahlzeiten und einem Bett für die Nacht vielleicht.«

»Und was bekommen sie stattdessen?«

Doch Drustan war schon in Bewegung. »Wir müssen dort hinein.«

»Wenn wir etwas müssen, dann Verstärkung rufen. Scheiß auf Deedra, das ist jetzt größer als sie oder wir.«

Drustan blieb am Eingang stehen, sah zu ihr zurück und hielt ein konfisziertes Funkgerät hoch. »Ich rufe sie jetzt. Aber Sie wissen, dass wir keine Zeit haben, auf sie zu warten.«

Aedith unterdrückte einen Fluch und folgte ihm in die Dunkelheit.

Aediths Taschenlampe leitete Drustan durch eine recht große Kammer. Sie war rund, weit genug, um vier Autos darin abzustellen, wenn man sie denn irgendwie durch die Türöffnung gebracht hätte. Ziegelmauern verjüngten sich über ihnen zu einem Kamin, der an die hundert Fuß hoch war. Paletten bedeckten den Boden größtenteils, auf denen sich übergroße weiße Plastiksäcke stapelten.

Er streckte die Hand nach Aediths Schrotgewehr aus und ließ die Sicherung einrasten. Sie sah ihn fester an. »Was soll das denn jetzt?«

»Wir sollten nicht einmal Taschenlampen haben.« Er drückte Aediths Hand nach unten, sodass ein grauer Dunst beschienen wurde, den der Luftzug ihrer Bewegungen vom Boden aufwirbelte. Drustan hatte einen scharfen Geschmack im Rachen. Ihrem Gesichtsausdruck nach zu urteilen schmeckte Aedith es auch.

»Das ist der Kunstdünger.«

Er nickte. »Ein Funke, und hier fliegt alles in die Luft.«

»Hier verstecken sie das Zeug? Was ist das hier eigentlich, ein Brennofen?«

»Für Ziegel, nehme ich an. Vielleicht auch Flaschen. Aber sie verstecken das Zeug nicht.«

Drustan kauerte neben dem nächsten Sack nieder. Er war aufgeschlitzt worden, wie alle anderen auch; grauer Staub lag auf dem Boden. »Hier soll er sein.«

Aedith strich mit der Hand über den Boden und legte einen Ring frei, der am Betonfußboden verschraubt war. Das Metall glänzte, ein tiefer gelbroter Ton. Erstaunt starrte sie ihn an. »Gold?«

»Bronze«, entgegnete Drustan. Wenigstens dreißig Ringe waren über den Boden verteilt.

»Wozu dienen die?« Ihre Stimme war leise, kalt.

Drustan nickte zum anderen Ende der Kammer. »Für sie.« Der Käfig musste hinter der Wand sein. Es würde nur ein paar Minuten in Anspruch nehmen, die Gefangenen hereinzuführen, jeden an einen Ring zu ketten und dann ...

»Menschenopfer«, sagte Aedith endlich.

Drustan öffnete den Mund und schloss ihn wieder, als er ein Geräusch von außerhalb des Ofens hörte. Der Schatten einer hochgewachsenen, kapuzenverhüllten Gestalt kam näher, den das Licht einer Plastiklaterne warf. *LED-Lampe*, registrierte Drustan geistesabwesend. Wie die Bronzeringe ohne das Risiko, Funken zu sprühen. Aedith zog ihn hinter eine Palette mit einem hohen Stapel von Säcken. Sie duckten sich. Ihre Fußabdrücke im

Staub waren unverkennbar, aber es waren nicht die einzigen. Um so viel Kunstdünger hineinzuschaffen, mussten viele Gänge notwendig gewesen sein.

Drustan umklammerte fest sein Schrotgewehr, obwohl er wusste, dass es mehr als nutzlos war. Die heißen Gase, die beim ersten Schuss aus dem Lauf schlugen, wären mehr als ausreichend, um die Explosion auszulösen.

Der Priester war hinter der Stapelecke gerade sichtbar: dunkler Kapuzenumhang, ein Strang von Tätowierungen seitlich am bärtigen Gesicht, die unter den Manschetten eines gebügelten weißen Hemdes wieder austraten und sich auf den Handrücken fortsetzten. Er trug auch eine gebügelte Anzughose und schwarze Lackschuhe, an denen kaum etwas vom Düngerstaub haften blieb. Er sang leise, und Wassertröpfchen regneten ringsum zu Boden, die er mit einem Kräuterbündel aus einer Silberschüssel verspritzte. Er weihte das Gebäude, bevor er die Gefangenen zu dem Stammesgott schickte, den er verehrte, wer immer das war.

Zu den Gefangenen, befahl Aedith lautlos. Ich kümmere mich um den Priester.

Drustan blinzelte sie an, doch Aedith trat bereits hinter dem Säckestapel hervor, das Schrotgewehr wie eine Keule in beiden Händen. Der Priester begegnete ihrem Blick, setzte seinen Gesang aber fort, während er das letzte Wasser auf den Boden sprenkelte. An der Unterseite seines Handgelenks hatte er eine andere Tätowierung: dunkle Schwingen, die aus den weißen Manschetten hervorsahen. Er ließ die Arme sinken und nickte Aedith knapp zu. Ein mattes Lächeln strich über seine Lippen. Sie fand es unheimlich, aber wenigstens gehörte ihr nun seine Aufmerksamkeit. Drustan schlich sich fort.

Ein Wächter war zu den Gefangenen gegangen, um nach ihnen zu sehen, als Drustan den Käfig erreichte. Keine Zeit für Finesse. Drustan sprühte ihm Pfefferaerosol mitten ins Gesicht, packte ihn bei den Haaren und knallte den Schädel gegen die Wand. Der Mann ging lautlos zu Boden. Die Gefangenen machten keinen Mucks, sie starrten ihn nur durch den Maschendraht an. Selbst als er das Vorhängeschloss der Käfigtür zerschlug, unternahmen sie keinen Fluchtversuch.

Drustan zückte seinen Dienstausweis und hielt ihn ins Laternenlicht.

»Polizei.« Er riss die Tür auf und zeigte hinter sich auf den Weg. »So schnell Sie können. Drehen Sie sich nicht um.«

Die grauhaarige Frau lief als Erste los und stürmte an ihm vorbei. Alle anderen folgten ihr. Zwei blieben stehen und traten dem am Boden liegenden Wächter in die Rippen. Sekunden, nachdem die letzten Gefangenen aus dem Käfig geflohen waren, kam Aedith in vollem Tempo herbeigerannt. Sie hatte grauen Staub im Gesicht und ihre Waffe verloren. In der Vorderseite ihrer Schutzweste klaffte ein tiefer Schnitt, der eine der Kevlarplatten erkennen ließ.

»Er hat ein Feuerzeug«, sagte sie knapp und rannte weiter. Drustan folgte ihr auf dem Fuß. Entweder gab es hier weit mehr Kunstdünger, als nötig war, oder die Wände des Brennofens waren schwächer als erwartet; vielleicht traf auch beides zu. Wie dem auch sein mochte, sie waren kaum hundert Ellen entfernt, als das Bauwerk explodierte.

SECHSUNDZWANZIG

Drustan rappelte sich auf und streckte die Hand vor. Träge starrte er auf die Schneeflocken, die sich auf seine Handfläche setzten. Warum fühlten sie sich so warm an? Etwas war geschehen, so weit erinnerte er sich noch. Eine Kraft hatte ihn wie mit einer riesigen Hand in den Rücken geschlagen, gefolgt von einem derart lauten Knall, dass er nicht nur sein Gehirn erschüttert, sondern jedes einzelne Neuron von seinem Nachbarn gerissen hatte. Nur ganz allmählich verflochten sie sich wieder miteinander.

Er hörte brüllende Stimmen, und einen Moment lang glaubte er, er befände sich wieder in den mogulischen Hügeln. Aber die Rufe waren auf Angelsächsisch. Gestalten umschwärmten ihn, Vögte und Sanitäter in Warnwesten, die nur leicht mit den grauen Flocken bestäubt waren. Drustan begriff, dass es sich dabei nicht um Schnee, sondern um Asche handelte, die aus irgendeinem Grund vom Himmel fiel. Er sah Kesair-Stammesbrüder, aber am Boden hockend schwiegen sie mürrisch; alle Kampfeslust hatte sie verlassen. Die hatte sich, fiel Drustan dunkel ein, zusammen mit ihrem Priester verflüchtigt. Sie hatten die Waffen gestreckt und sich der Eingreiftruppe ergeben, deren Beamte gerade begannen, ihnen Handschellen anzulegen und sie ins Heck eines großen Gefangenentransporters mit Maschendraht vor den Fenstern zu laden.

Ein großer bewaffneter Polizist schälte sich aus dem Ascheregen und bellte Drustan etwas zu. Er hielt ein kompaktes Gewehr mit so vielen angebauten Erweiterungen im Anschlag, dass es mehr an ein hochgezüchtetes Aufnahmesystem erinnerte denn an eine Waffe. Zum Glück hatte Drustan sein Schrotgewehr verloren, aber er hielt noch den Dienstausweis in der Hand und wedelte damit unbestimmt in Richtung des Mannes. Der Vogt nickte und ging weiter.

Drustan stolperte an einem Sanitäter vorbei, der eine Gruppe benommener Befreiter verarztete, während ein weiterer bewaffneter Vogt sein Bestes tat, um dafür zu sorgen, dass sich keine Stämmler davonschlichen, indem sie vorgaben, Gefangene gewesen zu sein.

Ein großer Polizist in Zivil und Schutzweste legte Drustan die Hand auf die Brust und brüllte ihm zu, jemand werde noch vermisst. Etwas an seinem breiten Gesicht erschien vertraut, genau wie der Name *Aedith*, den der Kerl immer wieder brüllte. Drustan schüttelte den Kopf wie im Traum und ging weiter. Er kam an einem jungen Vogt vorbei, kaum ein Heranwachsender, der am Boden saß, Spuren von Rotz und Wasser im Gesicht, den Blick starr auf eine Hand gerichtet, die unter einer eingestürzten Wand hervorschaute. Drustan ging weiter.

Als die Trümmer jungen Schösslingen wichen, entdeckte er in der Ferne eine Gestalt, kaum erkennbar durch die wirbelnde Asche: eine junge Frau, die eine ausgebleichte graue Denim-Jacke trug, voller Flicken, über einem langen Rock. Sie war barfuß. Als sie über die Schulter zurückblickte, sah er, dass ihr halbes Gesicht mit Wirbeln aus schwarzen Zeichnungen bedeckt war, dann verschwand sie in die Dunkelheit. Drustan hätte schwören können, dass sie ihn direkt angeblickt hatte, und dennoch hatte sie ihn irgendwie überhaupt nicht gesehen.

War das Deedra? Hatte sie sich umgezogen und sich wieder

an der *Gwithyas* vorbeigetrickst? Nein, Drustan war schon an ihr vorbeigekommen. Ihr waren die Hände auf den Rücken gefesselt gewesen, und ein höherrangiger Beamter hatte ihr ein Mobiltelefon ans Ohr gehalten, damit sie mit ihrem Anwalt reden konnte.

Drustan stapfte der jungen Frau hinterher.

❖

Die Gießerei hatte er weit hinter sich gelassen, und der Boden unter seinen Füßen bestand nicht mehr aus Beton, sondern aus gestampfter Erde, doch die Asche fiel noch immer. Drustan versuchte es mit seiner Taschenlampe. Sie erlosch beinahe sofort wieder, deshalb schlug er mit dem Handballen darauf, bis sie erneut anging und aufgerissenen Boden beleuchtete, Luft, die dunstig war von der Asche, aber keine Spur von der Frau. Er lehnte sich kurz an eine geborstene Wand und spuckte aus, damit der beißende Geschmack ein wenig nachließ.

Hinter sich hörte er laute Befehle. Befreite Gefangene kamen zur Besinnung und flohen in den Wald, statt sich von Polizisten aufgreifen zu lassen – und wer konnte es ihnen verdenken? War das Mädchen auch im Käfig gewesen? Sie war zweifellos eine Keltin. Ihre Haut unter den Gesichtstätowierungen war so blass wie seine eigene, und doch hatte sie ruhig gewirkt, geradezu verträumt. Ihre Jacke und ihre Haare waren von der fallenden Asche unberührt gewesen.

Vor ihm bewegte sich etwas, flitzte zwischen Bäumen hervor und verschwand wieder. Er spuckte noch mehr Asche aus, legte einen Schritt zu und schob sich ins Unterholz. Dürre Äste peitschten ihm auf den Körper und ins Gesicht. Der Strahl seiner Lampe fiel auf etwas, das einmal eine Werkstatt gewesen sein musste, bevor Natur und Vernachlässigung ihren Tribut gefordert hatten. Hinter einer efeubewachsenen Mauer hörte er leise Geräusche, sah aber keine offene Tür. Drustan kletterte über die halb eingestürzten Steine und fand sich einer Gestalt gegenüber, die einen Fuß über dem Boden an den einzigen Stützbalken genagelt war, der noch stand.

Diese Frau war älter, wahrscheinlich über fünfzig, und trug etwas, das einmal ein schickes Kostüm fürs Büro gewesen war. Nun aber befleckten Schmutz und Blut ihre ärmellose weiße Bluse. Das Haar, das ihr ins Gesicht hing, war von einem ergrauenden Aschblond. Diskrete Armreifen an ihren ausgestreckten Gliedmaßen funkelten im Lampenlicht und deuteten auf eine Angelsächsin der gehobenen Mittelschicht hin. Die Nägel, die man ihr durch Hand- und Fußgelenke getrieben hatte, glichen denen, die bei Gorsedd benutzt worden waren: stumpfgrau und zweckmäßig.

Er hob die Hand und zog vorsichtig den Blusenkragen der Frau herunter. Unter dem Schlüsselbein: das Zeichen eines Fischs, ungefähr so lang, wie seine Hand breit war.

Die Frau riss das Kinn hoch, starrte Drustan ins Gesicht und schrie.

SIEBENUNDZWANZIG

Sie haben Deedra unten in eine Zelle gesperrt«, sagte Aedith. »Wo genau, das sagen sie nicht einmal ihren Anwälten, die sich im Foyer gegenseitig auf die Füße treten. Aber was ich gern wüsste«, fuhr sie in gleichmütigem Ton fort, »wann ist Ihnen klar geworden, dass ein Menschenopfer bevorstand?«

Sie saßen in Aediths Büro. Drustan war mit der Morgenschicht ins Revier gestolpert, nachdem die Sanitäter ihn untersucht und mental für ausreichend stabil erklärt hatten, um vor einem unbeteiligten Polizeibeamten eine Aussage zu machen. Er hatte sich entschieden, die Frau nicht zu erwähnen, der er in den Wald gefolgt war, denn im kalten Tageslicht war er sich nicht mehr sicher, ob sie real gewesen war.

Aedith war ungefähr eine Stunde nach Drustan aufgetaucht, hinkend, voller Prellungen und mit Verbänden an den von umherschießenden Steinsplittern zerschrammten Unterarmen. Ihre Blicke hatten sich quer durch den Bereitschaftsraum getroffen, doch Aediths Augen hatten sich zu seinem Handgelenk bewegt und davon abgewandt. Danach war sie gegangen, um nach Agapos zu sehen. Seitdem hatte Drustan zwei Stunden auf einer Pritsche geschlafen, die in einem unbenutzten Verhörraum für ihn aufgestellt worden war, und in der engen Turnhalle des Reviers geduscht. Seine Kleider stanken. Wachtmeister Naeku hatte sie weggeschafft und ihm eine Sportanzughose und ein Turnhemd gebracht, das ihm eine Nummer zu groß war und das inoffizielle Polizeiwappen zeigte: einen abgetrennten Norsenkopf auf einem Schild über zwei gekreuzten Saxen. Die Leitungsebene wollte seit Jahren, dass die Straßenvögte es abschafften, bisher ohne Erfolg.

Die Bürotür war fest hinter ihnen geschlossen. Aedith hatte sich Kaffee gemacht, bot Drustan aber nichts an, nach Polizeimaßstäben ein herber Affront.

Drustan seufzte, rieb sich die Augen und blickte trübe auf das Kajal, das seine Finger verschmierte. Angelsachsen nach Abschminkutensilien fragen zu müssen, war stets peinlich.

»Wir hatten die Kesair schon einige Zeit in Verdacht, den alten Wegen anzuhängen. Beweise gab es bloß nie. Wir glaubten auch, dass sie übertrieben, um sich einen Anschein größerer Härte zu geben, und dass hier und da ein paar Fanatiker sich zu sehr hinreißen ließen.«

»Wer ist denn ›wir‹?«

Als Drustan nicht antwortete, streckte Aedith die Hand aus, packte sein Handgelenk und drehte es herum. Von der hellen Haut hob sich die Zeichnung eines schwarzen Vogels ab, der die Schwingen gekrümmt hatte, sodass sie einen fast perfekten Kreis bildeten.

»Die beiden Wächter – Sie haben sich die Ärmel nur hochgeschoben, damit die es sehen konnten.« Natürlich hatte sie es bemerkt. Er hatte es schon vermutet. »Und das gleiche Zeichen habe ich bei dem Priester gesehen, bevor er sich mit all den Menschen – mit wie vielen, das wissen allein die Götter – in die Luft gejagt hat. Also? Verraten Sie mir, Kriminalinspektor Drustan, welchem Stamm Sie auch immer angehören, was genau sind Sie?«

Drustan blickte auf sein Handgelenk und drehte es leicht, sodass die Tätowierung das Bürolicht reflektierte. Zwanzig Jahre lag es zurück, dass er die Zeichnung akzeptiert hatte, und sie war so schwarz und frisch wie an dem Tag, an dem er die Augenbinde angelegt hatte und sich von dem Ältesten zum Steintempel tief im Wald hatte führen lassen.

»Ich bin kein Priester«, sagte er schließlich. »Auch wenn die Rollen von außen nur schwer zu unterscheiden sind und ich zugeben muss, dass wir in der Position zu einer gewissen ... Ernsthaftigkeit ermutigen. Sie macht es im Westen leichter, von jenen Antworten zu erhalten, die dem Aberglauben zuneigen. Respekt vor der Tradition ist eine andere Art, es auszudrücken. Ich bezweifle, dass es bei Deedra verfangen würde oder bei jemand anderem mit einem kultivierteren Blick auf die modernen Gegebenheiten. Aber es hat seinen Nutzen.«

Aedith musterte ihn über ihre Kaffeetasse hinweg, nahm schließlich einen langen Schluck daraus und verzog das Gesicht. »Hören Sie auf mit dem Salbadern, Kelte. Sagen Sie mir etwas oder halten Sie den Mund.«

Drustan schaute sie an. »Ich versuche nichts zu vernebeln oder zu verdunkeln. Ich finde die angelsächsische Geradlinigkeit enorm erfrischend, aber es ist nicht leicht, sie nachzuvollziehen.«

Aedith gab einen erbosten Laut von sich. Drustan hob bittend die Hände. »Ich bin Mitglied von etwas, das Sie als Geheimgesellschaft bezeichnen würden. Ich spiele eine Rolle irgendwo zwischen Dichter und Anwalt. Wir haben keine Amtsbezeichnung. Viele von uns sind bei der Polizei, andere arbeiten auf unterschiedlichen gesellschaftlichen Ebenen. Die stämmische Gesellschaft hat viele Barrieren, die Sie als Schildwälle bezeichnen würden; Schranken des Dialekts, des Glaubens, der Subkultur. Wer die Zeichnung trägt, kann sich mit größerer Freiheit bewegen und bekommt Dinge erledigt. Dass der Priester gezeichnet war, bedeutet, dass er Mitglied in der gleichen Gesellschaft gewesen ist. Ich kannte ihn nicht. Ich bezweifle, ob wir einander jemals begegnet sind.«

»Wenn Sie das Zeichen gesehen hätten, hätte es irgendeinen Unterschied ausgemacht?«

»In dem Wissen, dass er dreißig Menschen an den Boden ketten und bei lebendigem Leib verbrennen wollte? Nein, keinen großen.«

Aedith öffnete den Mund, um etwas zu entgegnen, doch es klopfte an der Tür. Naeku trat ein, drückte Aedith ein Blatt Papier in die Hand und ging wieder. Aedith überflog das Schreiben und fluchte.

»Das Opfer ist gestorben. Herzanfall im Krankenwagen auf dem Weg zum Hospital.«

»Ihre Seele sei gesegnet«, sagte Drustan geistesabwesend.

Aedith schaute ihn an. »Ich nehme an, sie trug das Zeichen des Fischs.«

»Allerdings. Hat das Hospital die Leiche schon freigegeben?«

Aedith schüttelte den Kopf. »Noch nicht. Aber die Spurensicherung ist an der Gießerei tätig.«

»Sie werden das gleiche Muster vorfinden. Sie war angenagelt wie Gorsedd und ist fast mit Sicherheit vorher unter Drogen gesetzt worden. Möglicherweise hat die Explosion in der Gießerei den Mörder in Panik versetzt, bevor er ihr die Kehle durchschneiden und seine Tat so vollenden konnte.«

Das Telefon auf dem Schreibtisch trällerte. Aedith nahm ab und nickte. »Hengist will uns sprechen. Unsere kleine Eskapade hat ihm anscheinend mächtig Ärger mit den hohen Tieren eingebracht.«

»Weiß Tancred schon, dass wir Deedra haben?«

»Na ja, das ist die große Frage, nicht wahr?« Aedith verzog den Mund. »Hengist führt sie unter falschem Namen, um die

Staatspolizei von der Fährte abzubringen, aber früher oder später werden Deedras Anwälte zu ihr durchbrechen.«

Im Büro vor der Tür ging etwas vor. Beamte erhoben sich von ihren Stühlen und bewegten sich wie ein Mann, um etwas anzustarren, was gerade außer Sicht blieb. Sie kratzte sich geistesabwesend den bandagierten Arm.

»Sie haben gerade das Opfer gesegnet«, stellte sie fest.

Drustan nickte.

»Ich dachte, Sie wären kein Priester?«

»Wir haben ein anderes Verhältnis zu den Göttern. Jeder von uns kann mit den höheren Mächten verkehren, ihnen Fragen stellen, sie konfrontieren, sich sogar gegen sie wenden, wenn es sein muss. Wir haben durchaus Priester, aber sie sind keine Autoritätsfiguren. Wir haben das Recht, anderer Ansicht zu sein als sie, und unseren Standpunkt notfalls auch mit Gewalt durchzusetzen.«

Aedith behielt den Bereitschaftsraum im Auge. Die Beamten starrten alle vor sich hin.

»Wie gewalttätig wird Ihrer Erfahrung nach denn ein Dichter-Schrägstrich-Anwalt, falls er anderer Meinung ist als ein Priester?«

»Nun ja«, sagte Drustan bedächtig. »Wenn das Ihre Frage beantwortet: Einmal habe ich eine Satire komponiert, die einen hochrangigen Druiden in den Selbstmord trieb. Nicht lange danach hat die Göttin aufgehört, zu mir zu sprechen.«

Aedith starrte ihn an.

Wieder klopfte es an der Tür, die sich unmittelbar danach öffnete und Filzlocken unter einer Kapuze sehen ließ.

»Nein, nein, schon gut«, sagte Aedith. »Ich hebe das Ding am besten aus den Angeln, dann kann jeder einfach so hereinkommen.«

Banbas Gesicht war vor Sorge verzogen. »Tut mir leid, Sie zu stören, Hauptmann, aber das müssen Sie sich anschauen.«

Die Piktin hatte das Video angehalten und das Standbild über ihre Monitorwand ausgebreitet, ein flackerndes, zitterndes Mosaik.

»Lassen Sie sehen«, sagte Aedith.

Banba schlug auf die Leertaste. Kopf und Schultern einer Gestalt mit schwarzer Kapuze. Eine Plastikmaske halbmilitärischer Natur bedeckte ihr Gesicht, ähnlich den Dingern, die mittlere Führungskräfte trugen, wenn sie in den Wald gingen, um in Tarnkleidung mit Farbkugeln aufeinander zu schießen. Die Gestalt war dilettantisch vor eine Archivaufnahme weißer Wolken gelegt worden, die langsam über einen blauen Himmel zogen; die Kanten der Kapuze verschwammen, und manchmal verschwanden sie abschnittsweise.

»Heil, wahre Britannier«, sagte die Stimme hinter der Maske. Sie war künstlich schroff und tief gemacht worden, aber bei dem Sprecher handelte es sich fast mit Sicherheit um einen Mann.

»Ach, toll«, sagte Aedith. »Es geht los mit den Verschwörungsvideos.«

»Da bin ich mir nicht sicher, Hauptmann«, sagte Banba. »Warten Sie ab.«

Der Hintergrund wechselte und zeigte nun eine Waldszene: Frühes Morgenlicht fiel durch die Äste von Eichen und Eschen. Waldland der nördlichen gemäßigten Breiten, aus einer Niederung gefilmt. Drustan überlegte schon, wieso ihm der Anblick vertraut vorkam, als die Kamera einen vollen Dreihundertsechzig-Grad-Schwenk ausführte und sich auf einen Menschen konzentrierte, der scheinbar an einem Baum lehnte. Doch ganz offensichtlich hätte die Kamera nur ein wenig zur einen oder anderen Seite schwenken müssen, damit die Nägel, die Gorsedd Angwin am Stamm der Eiche hielten, deutlich sichtbar wurden.

Aedith starrte auf die Bildschirme. »Ach du Scheiße.«

»Ja«, stimmte Banba zu. »Ist echt.«

Das Bild wackelte kurz und stabilisierte sich auf Angwin. Agapos beugte sich mit zusammengekniffenen Augen vor. »Ist diese Kamera auf einem Helm montiert?«

»An seiner Brust, vermute ich«, sagte Aedith irgendwo hinter Drustan. »Wie eine Körperkamera.«

Angwin hatte die Augen geschlossen, aber er murmelte etwas in einem Stammesdialekt.

»Was sagt er?«, fragte Aedith, aber Drustan sah der Hand im Latexhandschuh zu, die ein Messer mit langer Klinge hielt, einen klassischen Sax, und Angwins Kinn mit dessen Spitze anhob. Der Kelte öffnete die Augen und lächelte seinem Mörder ins Gesicht, wiederholte seine Worte lauter, bis die Schneide ihm über die Kehle wischte. Blut schoss hervor, während das Licht in Angwins Augen erlosch. Der Kopf sank ihm auf die Brust.

Die Spitze des Sax wurde Angwin in die Seite gestoßen, ohne dass er reagierte, und wieder herausgezogen. Eine behandschuhte Hand wischte ihm Blut von der Brust, sodass für einen Moment die Fisch-Tätowierung sichtbar war, bevor sie von dem letzten Blut, das ihm aus der zerstörten Kehle rann, wieder verdeckt wurde.

»Anhalten«, sagte Aedith. »Schauen Sie nach, ob er einen Sperling am Handgelenk hat.«

Die Suche führte zu nichts. Der Mörder zog die Latexhandschuhe in dunkle Ärmel zurück.

»Götterverdammt. Es könnte jeder sein.«

»Seht auf den Fisch«, sagte die Stimme mit nicht mehr Gefühlsbeteiligung, als würde sie eine Einkaufsliste vorlesen. Kein Akzent, den Drustan hätte ausmachen können. Er sprach angelsächsisches Englisch, aber es war monoton, unflektiert. »Sie versuchen, unsere Länder zu einer Promenadenmischung von Nation zu machen und uns alle in die Knie zu zwingen, damit ihre verdrehte Religion aufsteigen kann; damit wir unsere Kinder nicht aus Angst, sondern freiwillig in ihre Hände geben. Aber vergesst nicht, sie wären nichts ohne die Eliten, die verwöhnten Reichen, die uns an die Mohren verkaufen würden, die Mongolen und die Franken auf der anderen Seite des Kanals, die von der vergifteten Milch der Wüstenstämme fett geworden sind.«

Von Angwins Leichnam, der nun so aussah, wie Drustan ihn vorgefunden hatte, wurde langsam zu einer anderen Leiche übergeblendet, einer Frau diesmal, die in gleicher Haltung festgenagelt war, allerdings an den Stützbalken eines leer stehenden Gebäudes. Dunkelheit drängte sich an den Bildrändern, während eine an einem abgebrochenen Bewehrungsstab hängende LED-Laterne die Frau gnadenlos ausleuchtete. Im Gegensatz zu Angwins sanftmütiger Miene war ihr Gesicht verzerrt, angespannt; die Sehnen an ihrem Hals standen von ihrem Kampf gegen den Schmerz hervor, und sie atmete rasch, ungleichmäßig. Trotzdem warf sie, während Drustan zuschaute, keine Flüche über ihren Schinder, drohte nicht, ihn aus dem Jenseits heimzusuchen. All ihre Kraft schien nach innen gerichtet zu sein, als wäre der vor ihr stehende Mörder – abermals in Umhang und Plastikmaske gekleidet – nur ein Teil der Szenerie.

Wieder zog eine Klingenspitze den Kragen einer ärmellosen Bluse herunter und legte das Symbol des Fischs frei. Dann wurde der Sax an ihre Kehle gehoben – und die Kamera zitterte unter einer schweren Erschütterung, als hinter dem Mörder die Explosion erfolgte. Banbas Sammlung von Monitoren kehrte zu der maskierten Gestalt vor blauem Himmel zurück – die Archivaufnahme schwenkte nun auf flache Wiesen, die unvermittelt von Kreideklippen abgeschnitten wurden. War das Dover?

»Erhebt euch, Völker Britanniens, aus allen drei Königreichen«, sprach die Gestalt. »Beschützt eure Länder und beendet dieses Gipfeltreffen.«

Die Bildschirme wurden schwarz.

»Der Typ ist überall in den Graswurzelmedien«, sagte Banba. »Er hat auch eine Art Manifest eingestellt. Ich drucke es gerade.« Ihr Drucker schnatterte bereits. Die erste Seite kam heraus: oben ein Schwall Runen, dann eine Titelzeile, die AN DIE WAHREN BRITANNIER lautete, in einem nichtssagenden Zeichensatz, danach ein Absatz nach dem anderen voll eng gesetzter Tiraden. Man sah sehr viele Ausrufezeichen.

»Er wollte sagen: ›Ich vergebe dir‹«, sagte Drustan.

Aedith war abgelenkt gewesen. »Wie bitte?«

»Gorsedd Angwin. Bevor ihm die Kehle durchgeschnitten wurde. Er blickte seinem Mörder in die Augen und sagte: ›Ich vergebe dir.‹«

»Warum bei den Höllen sollte er das sagen?« Aedith wirkte aufrichtig verblüfft. Drustan zuckte mit den Schultern. Vermutlich stand dazu etwas im Buch der Fischer.

»Ich habe über Serienmörder gelesen, die gefasst werden wollen«, sagte Aedith, als sie wieder in ihrem Büro waren. »Sie schicken den Vögten kleine Botschaften und verspotten sie darin. Aber das hier geht einen Schritt weiter. Ich glaube nicht, dass es Wulfstan kümmert – falls Wulfstan der Täter ist –, ob er gefasst wird oder nicht, wenn er nur so viele Fischer wie möglich töten kann, bevor wir ihn fassen. Aber ›Britannier‹ ist ein Stammesbegriff. Wen spricht er an? Und was haben Fischer mit dem Gipfeltreffen zu tun?«

»Ich glaube, er versucht, alle anzusprechen«, sagte Drustan. »Beide Königreiche: das keltische und das angelsächsische. Vielleicht auch die Norsen, denn einige Runen in seinem Manifest wirkten recht vertraut auf mich. Er scheint zu glauben, dass die Fischer irgendwie Einfluss auf das Gipfeltreffen haben, was mir jedoch weit hergeholt vorkommt.«

Aedith nippte an ihrem Kaffee. Sie hatte Drustan wortlos eine Tasse gereicht. »Also will er die Insel einigen gegen ... ein Gipfeltreffen, das die Insel einigen will? Das würde ich zumindest als gemischte Botschaften bezeichnen.«

»›Getrennt, aber gleich‹, ist das nicht, was die Radiotrickser gern sagen?« Drustan nahm das Manifest auf. Vier Seiten bisher, und der Drucker surrte noch immer. Er überflog sie. »Nichts davon passt zusammen. Hier sind Dutzende von Verschwörungslegenden munter zusammengemengt. Und damit meine ich nicht nur solchen Schwachsinn wie ›Die Panafrikaner waren nie auf dem Mond‹, sondern auch richtig irres Zeug: dass Drahtlosnetzwerke Dunkelelfen beschwören; dass der Wall ein riesiges Hologramm ist, das die Norsen erzeugt haben; dass der Hohe Tisch Agitatoren überwacht, indem er ihnen Mikroschaltkreise in ihren Honigkuchen verabreicht ...«

»Daran glaube ich zufälligerweise«, sagte Aedith mit ernstem Gesicht.

»Ich habe die Erstürmung der Gießerei autorisiert«, sagte Hengist.

Hengists Schädelkuppe erreichte beinahe die Deckenplatten. Er stand an seinem Innenfenster zum weiten Zentraltreppenhaus, das durch das Gebäude schnitt, als hätte eine Riesenfaust es nach einem Hieb hinterlassen. Zivilangestellte und Polizeibeamte mit Klemmbrettern und internen Mitteilungen in den Händen wechselten auf dem Weg zu Besprechungen zwischen den Etagen. Wer nicht wusste, dass er ein Polizeirevier vor sich hatte, konnte es leicht mit einem Großunternehmen verwechseln. Vielleicht eine Art Planungsabteilung und in gewisser Weise traf dies sogar zu.

»Ich kann Ihnen nicht folgen, Kommandant«, sagte Aedith.

»Die Papiere haben sich verzögert, leider, aber jetzt habe ich sie unterzeichnet. Hin und wieder kommt so etwas bedauerlicherweise vor.«

Auf Hengists Schreibtisch stand ein leerer Pappkarton, was nur selten ein gutes Omen war. Aber vielleicht ließ sich die Lage noch retten.

»Kriminalhauptmann Mercia ist nur einem Kollegen gefolgt, der sich den Luxus gönnte, eine Entscheidung aus dem Augenblick heraus zu treffen«, sagte Drustan. »Womit ich natürlich mich selbst meine. Bis sie mich eingeholt hatte, hatten wir festgestellt, dass eine Anzahl Personen auf dem Grundstück festgehalten wurde, was uns wirklich keine andere Möglichkeit ließ, als zu handeln. Ich übernehme die volle Verantwortung …«

Hengist winkte mit einer großen Hand ab, und Drustan verstummte.

»Wir haben Informationen über das Opfer erhalten.« Hengist klang unbeteiligt, erschöpft. »Eawynn Wettin. Öffentlicher Dienst, Verwaltungsassistentin, arbeitet seit zwanzig Jahren immer mal wieder auf dem jeweils aktuellen Gipfeltreffen. Nach allen Aussagen war sie fleißig und bei den Kollegen beliebt.«

»Hat sie mit Angwin zusammengearbeitet?« Aedith sah Hengist forschend ins Gesicht, versuchte, so erschien es Drustan, die Lage einzuschätzen. Etwas an ihrem Gebaren wirkte vorsichtig, besorgt. Drustan kannte Hengist nicht gut genug, um zu beurteilen, ob er sich untypisch verhielt, aber irgendetwas beunruhigte Aedith.

»Nichts Konkretes. Unwahrscheinlich, aber nicht unmöglich, dass sie einander durch einen offiziellen Anlass kannten. In ihrem E-Post-Verlauf deutet jedoch nichts darauf hin.«

Hengist legte einen großen Finger auf ein einzelnes Blatt Papier, schob es Aedith zu, zeigte auf einen kleinen Lautsprecher, der hoch in einer Ecke montiert war, und klopfte sich aufs Ohr. Drustan war beeindruckt. Nur wenige Polizeibeamte wussten, wie leicht ein Lautsprecher umgeschaltet werden konnte, um als Mikrofon zu fungieren. Vielleicht hatte Hengist in seiner Karriere einige Schulungen auf dem Gebiet der Überwachungsmethoden durchlaufen.

»Wie dem auch sei«, fuhr Hengist möglicherweise ein wenig lauter als notwendig fort, »zu meinem Bedauern muss ich Ihnen mitteilen, dass ich die Aufsicht über diese Ermittlung abzutreten habe.«

Hengist sah erneut aus dem Innenfenster. Zum ersten Mal erlebte Drustan, wie Aedith um Worte verlegen war. Sie öffnete den Mund, schloss ihn wieder, nahm das Blatt Papier, faltete es zusammen, schob es sich in die Tasche.

»Darf ich fragen, wieso, Kommandant?«

»Ich bin in letzter Zeit sehr müde. Das Verhältnis von Arbeit und Privatleben ist aus dem Gleichgewicht geraten. Ich habe sehr viel Urlaub angesammelt. Daher nehme ich ein paar Wochen frei, und wir schauen, wie es läuft. Oberstleutnant Adamu wird als Revierkommandant übernehmen. Er ist von der alten Schule, ein wenig traditionell, aber mit Gerechtigkeitssinn, das war immer mein Eindruck. Behandeln Sie ihn respektvoll, und er wird es erwidern.«

Aedith öffnete den Mund, um etwas einzuwenden, doch Hengist schüttelte den Kopf. Drustan beobachtete, wie sie sich sammelte und zur personifizierten Untergebenen wurde, die unwillkommene, aber handhabbare Neuigkeiten erfährt.

»Es tut mir leid, das zu hören, Kommandant. Dass Sie eine Weile fort sein werden, meine ich.« Ihre Stimme klang forsch. Sie hatte Haltung angenommen und die Hände auf den Rücken verschränkt. Hengist suchte Drustans Blick und nickte. Langsam erwiderte Drustan das Nicken.

»Major Tancred wird sich mit den politischen und terroristischen Aspekten des Falls befassen«, fuhr er fort, als wäre es eine unwichtige Formalität. »Ich bin mir sicher, Sie werden der Staatspolizei nicht weniger als das höchste Maß an Professionalität entgegenbringen, wie ich es von Ihnen erwarte, Hauptmann.«

Drustan konnte aufrichtig nicht sagen, ob Hengist im letzten Satz Ironie untergebracht hatte oder nicht, doch Aedith zeigte keine Regung.

»Natürlich, Kommandant. Darf ich fragen, ob die Staatspolizei in der Lage sein wird, eine Rolle für unseren Stammesverbindungsbeamten, Kriminalinspektor Drustan, zu finden? Ich habe festgestellt, dass seine besonderen Kenntnisse der keltischen Immigrantengemeinde von unschätzbarem Wert sind, und das Gleiche gilt für seine beeindruckende Liste von Kontakten.«

Drustan sagte nichts.

»Ich könnte mir vorstellen, Hauptmann Mercia«, antwortete Hengist, »dass sich die Staatspolizei eher an ihre Standardprozedur halten und Informationen im Hause bewahren wird. Allerdings hat Major Tancred mich gebeten, Inspektor Drustan seinen aufrichtigen Dank für seine bisherigen Beiträge auszurichten. Alle Kontakte, die er für möglicherweise nützlich hält, möchte er der Staatspolizei in Form einer Liste zukommen lassen.«

Drustan verzog bei diesem Ansinnen keine Miene, doch Aedith war nicht imstande zu verhindern, dass ihr ganz kurz ein hämisches Grinsen über die Lippen kroch.

»Ich werde Major Tancreds Ersuchen angemessen überdenken«, versicherte Drustan dem Revierkommandanten.

»Wunderbar.« Hengist kratzte sich geistesabwesend seinen breiten Kiefer. »Ich fürchte, dass Major Tancred die traurige Pflicht hatte, mich zu informieren, dass die Akademie unerwartet Neuzugänge unterzubringen hatte und sich nicht mehr in der Lage sieht, den Kriminalinspektor zu beherbergen. Wenn er also zum frühestmöglichen Zeitpunkt sein Eigentum abholen könnte, wäre man ihm sehr dankbar.«

Drustan nickte. »Natürlich.«

»Nun«, sagte Hengist. »Ich bin mir sicher, dass wir uns zu gegebenem Anlass wiedersehen, Hauptmann Mercia. Inspektor Drustan, es war mir ein Vergnügen.«

Hengist umschloss Drustans Hand und schüttelte sie. Er brauchte kaum den Arm zu heben, um den Widderkopf von der Wand zu nehmen. Bedachtsam setzte er ihn in den Karton, fügte einige Akten in Pappmappen hinzu, billige Plastikkugelschreiber und einen Kaffeebecher, der einmal stolz das Wappen einer Sportmannschaft getragen hatte, das durch zu viele Aufenthalte in der Geschirrspülmaschine jedoch zu einem Gespenst seiner selbst verblasst war.

»Ein paar Straßenvögte haben endlich die Ladendiebin gefasst, hinter der Sie her gewesen sind, Hauptmann«, sagte er. »Diese ganze teure Mode. Vernehmungsraum fünfzehn. Ich weiß, im Moment hat der Fall keine Priorität, aber Sie könnten sie vernehmen, bevor ihre Familie aufkreuzt und Wirbel macht. Wer weiß, wohin Sie das führt.«

Aedith nickte. Hengist legte ihr die Hand auf die Schulter, als er auf dem Weg zur Tür an ihr vorbeiging. Er blieb stehen und sah sich um. »Wenigstens finde ich jetzt Zeit zum Lesen.« Damit verließ er das Büro.

ACHTUNDZWANZIG

Drustan folgte Aedith durch das Ganggewirr in den hinteren Teil des Gebäudes; ein Relikt, das bei der Sanierung ausgespart worden war, die das Reviergebäude vor dreißig Jahren erhalten hatte. Damals, in der Zeit der Straßenbomben, hatte man an einem einzigen Abend ganze keltische Gemeinden zur Vernehmung hergebracht. Die Gummifußböden mit den Abflüssen im Zentrum hatte man allerdings vor einigen Jahren überfliest. Die moderne Polizei benutzte solche Verhörräume nicht mehr, wenn es sich vermeiden ließ. Weil sie so weit von den Zellen entfernt lagen, mussten Verdächtige aus den Zellen über einen langen Weg hierher transportiert werden, mehrere Treppen hoch und wieder hinunter. Natürlich betrachteten viele von den alten Hasen in der Truppe diesen Umstand eher als praktisch.

Der Name, der mit schwarzem Filzmarker auf das Plastikschild an der Tür geschrieben stand, lautete Alder Gough. Vor der Tür stand ein älterer Streifenbeamter in Habachtstellung; kaum hatte er näher kommende Schritte gehört, hatte er eine Hand auf die Dienstwaffe gelegt. In dem Moment, in dem er Aedith erblickte, nickte er, drehte gewandt einen Schlüssel und ließ die Tür aufschwingen. Er verzog keine Miene, als er Drustans ansichtig wurde, nahm aber auch nicht die Hand von der Waffe.

»Irgendwelche Aufnahmegeräte da drin?«, fragte Aedith.

»Nein, Hauptmann. Die Stromversorgung auf dieser Etage ist seit Neustem unzuverlässig. Nur Licht.«

Aedith trat an ihm vorbei, Drustan dicht hinter sich.

»Aedith, mein Schatz!« Deedra schien aufrichtig erfreut, sie zu sehen. »Wahrscheinlich hast du nichts zum Dampfen dabei? Ich lechze förmlich danach.«

In dem grell beleuchteten nüchternen Raum mit seinem robusten laminierten Tisch und den Stühlen mit Stahlrahmen, die mit dem Boden verschraubt waren, hätte Deedra kleiner wirken sollen. Stattdessen sah sie in ihrer schimmernden Steppjacke über einem schwarzen Kleid, der rauchigen Augenschminke, die von Explosion und Verhaftung unberührt erschien, wie ein Ehrengast hinter der Bühne aus, als wartete sie darauf, dass es endlich losging. Was in gewisser Hinsicht sogar zutraf, dachte Drustan.

Aedith setzte sich ihr gegenüber. Ein großes, uraltes Bandgerät ruhte in einer Wandnische. Aedith zog es heraus und riss an den Kabeln, bis sie aus der Wandöffnung rutschten. Sie waren schon seit Jahren mit nichts mehr verbunden gewesen, vielleicht waren es sogar Jahrzehnte. Sie brummte, nahm eine Plastikflasche mit Wasser aus der Manteltasche und stellte sie Deedra hin, die geziert den Deckel abschraubte und davon trank.

»Weißt du«, sagte Deedra schließlich, »es ist wirklich ganz schön frech von deinem Revierkommandanten, dass er mich vor meinen Anwälten versteckt. Ich kann mir gut vorstellen, dass sie einen absoluten Anfall haben, wo immer sie auch sind.«

»Er versteckt dich auch vor der Staatspolizei«, entgegnete Aedith. »Die dir mit nur unwesentlich geringerer Wahrscheinlichkeit eine Kugel durch deinen Indij-Schädel jagen wird als ich. Ich hätte dich den fiesen Typen an der Schule überlassen sollen. Hätte uns allen eine Menge Scherereien erspart.«

Deedras Augen funkelten. Sie grinste Drustan verschlagen an.

»Hallo, Inspektor. Wir sind noch nicht miteinander bekannt gemacht worden, aber meine Leute haben mich informiert, dass du in der Stadt bist. Behandelt man dich gut, Landsmann? Ich weiß, die Polizeitruppe hier kann schrecklich rau zu uns Leuten aus dem Westen sein. Lass mich wissen, wenn du neue Kleidung brauchst, denn dieses Leibchen passt dir ja gar nicht.«

Drustan verzog keine Miene.

»Du hast nie im Westen gelebt«, sagte Aedith. »Meine Familie verbringt dort mehr Zeit als deine.«

»Ach ja«, erinnerte sich Deedra wehmütig. »Euer charmantes kleines Sommerhaus am Rand des Moors. Es ist wirklich sehr schön, weißt du.« Sie wandte sich an Drustan. »Wildpferde, und sie und ihr liebenswürdiger Bruder schwimmen endlos im klaren Wasser. Hat dein Vater das Anwesen rechtmäßig gekauft, weißt du das, Aeds? Oder hat er es einfach nur übernommen, nachdem die ursprünglichen Eigentümer tot aufgefunden worden waren?«

»Von deinem Stamm ermordet, wenn ich mich richtig entsinne«, entgegnete Aedith. »Und sprich nie wieder von meinem Bruder, sonst ramme ich dein Gesicht auf die Tischplatte, und du musst dir die Zähne komplett neu machen lassen.«

»Aber sicher, Süße.« Reuevoll legte sie die Hände mit den Flächen nach unten platt auf den Tisch. »Jetzt stell deine Fragen; ich bin nur zu froh über einen Vorwand, auf den neuesten Stand gebracht zu werden.«

»Die Frau«, sagte Aedith. »Die in einem Nebengebäude fünf

Minuten von der Gießerei angenagelt wurde, in der du dein kleines Freudenfeuer zu veranstalten gedachtest.«

Zum ersten Mal seit Betreten des Verhörraums entdeckte Drustan Unsicherheit in Deedra Kesairs Gesicht. Kein Schuldgefühl, nicht einmal etwas Ausweichendes, sondern ein leises Zucken der Verwirrung, bevor die perfekt gezupften Brauen wieder den Ausdruck amüsierter Unschuld annahmen.

»Ich fürchte, ich weiß ganz aufrichtig nicht, wovon du da redest, Aeds. Ich habe in meinem ganzen Leben noch niemanden angenagelt. So schräg bin ich dann doch nicht drauf. Also, wenn wir davon reden, an Seidenschnüren sanft aufgehängt zu werden … Nun, das ist ein Gebiet, bei dem ich zugeben würde, dass ich damit eine gewisse Erfahrung besitze.«

»Aber du würdest in Betracht ziehen, ein paar Dutzend Obdachlose zu verbrennen. Ich frage mich nur, zu welchem Zweck?«

»Ach, Liebstes.« Deedra schnipste mit einem enttäuschten Finger etwas Winziges von ihrem Jackenärmel. Sie sah nun gelangweilt aus, schien sogar zu schmollen. Aedith lehnte sich mit verschränkten Armen zurück und forderte ihr Gegenüber stumm heraus, sie doch zu schockieren, vielleicht sogar zu beeindrucken. Drustan fragte sich, ob sich ihre Beziehung seit der Schulzeit überhaupt verändert hatte. Im nächsten Moment erkannte er endlich, was es für ein Geruch war, den er schon beim Betreten des Raumes bemerkt hatte: Rauch und Asche, der Geruch der Gießerei.

»Menschenopfer im Tausch gegen Glück«, sagte Drustan. »Am Vorabend einer großen Schlacht oder eines wichtigen Rituals. Die Angelsachsen hielten es lange ebenso, nur haben sie diese Opferungen unter dem Druck diverser Handelspartner schon vor Jahren abgeschafft.«

Die Mauren hatten in dieser Hinsicht am nachdrücklichsten

interveniert, wenn er sich richtig an seinen sporadischen Geschichtsunterricht erinnerte; vor gut zweihundert Jahren hatte eine besonders begeisterte Hochkönigin ihren Gästen – einer Gruppe mogulischer Kaufleute, die eine frühe, vorsichtige Handelsexpedition betrieben – die abgeschlagenen Köpfe von eintausend Gefangenen gezeigt, getötet in der Hoffnung, einen besonders heiklen Vertragsabschluss zu erzielen, bei dem es um Fischereirechte ging. Die Moguln hatten sich augenblicklich zurückgezogen, und die Hochkönigin war einige Jahre später abgesetzt worden.

Deedra nahm einen langen Zug aus der Wasserflasche und schraubte den Deckel angelegentlich wieder zu, nachdem sie fertig war.

»Wir konnten beim Gipfeltreffen kein Risiko eingehen«, sagte Deedra. »Ihr habt keine Vorstellung, unter welchem politischen Druck mein Clan steht, der, bloß um die Sache über die Bühne zu bringen, mit den Strohköpfen anscheinend gemeinsame Sache macht – richtig, wir haben für euch auch so unsere Namen, Schatz. Wir haben zu lange und zu hart auf einen Sitz am Hohen Tisch hingearbeitet, um ihn uns jetzt durch die Finger schlüpfen zu lassen. Ich bin lediglich meiner Sorgfaltspflicht nachgekommen, und wenn es dazu nötig ist, dass ein paar recht traurige und erschöpfte Leute zu unserem Nutzen ins Nachleben hinübergehen – nun, das war, um es ohne Umschweife zu sagen, ein Opfer, das einzugehen ich bereit war.«

»Mir ist egal, *weshalb* du es getan hast«, sagte Aedith. »Diese Frau – wusstest du von der Fisch-Tätowierung? Das Video, hast du irgendetwas damit zu tun?«

Deedra zog eine dezidiert verlegene Miene und warf einen Seitenblick auf Drustan. »Ich habe aufrichtig keine Ahnung, wovon sie da spricht.«

Aedith rieb sich müde das Gesicht. »Also gut«, sagte sie schließlich. »Tragen wir sie wieder ins System ein. Lange kann es eh nicht dauern, bis die Staatspolizei erfährt, dass wir sie haben, und der falsche Name an der Tür wird Tancreds Leute nicht täuschen.«

Deedra bedachte sie mit einem Blick, der, soweit Drustan sagen konnte, von aufrichtigem Mitgefühl erfüllt war.

»Ach, Süße«, sagte sie. »Du gehst das völlig falsch an. So geht man mit einer Geisel nicht um.« Sie wandte sich wieder an Drustan. »Sag du's ihr, *Filí*.«

Aedith blickte Drustan stirnrunzelnd an.

»*Filí* bedeutet *Dichter*«, erklärte er. »In gewisser Weise. Und sie hat nicht unrecht. Tancred muss mittlerweile begriffen haben, dass ihm eine Doppelgängerin untergeschoben wurde. Sie können sie benutzen, um mit der Staatspolizei zu verhandeln.«

»Verhandeln? Worüber?«

»Den Fall zu behalten. Tancred will den Ruhm, will seinen Namen auf allen Titelseiten sehen, wenn der Mörder zur Strecke gebracht ist. Die damit verbundene Arbeit hingegen sucht er eher nicht; er will die Beförderung, die am Ende winkt. Wir schaffen sie hier hinaus, kontaktieren die Staatspolizei und übergeben sie ihm, sobald bestimmte Zusagen gemacht wurden.«

»Seht euch beide nur an«, entgegnete Aedith leise. »Die Stämmler halten alle zusammen.«

Deedra polierte sich die Fingernägel an den Manschetten und hielt sie hoch, um in der Spiegelung ihre Schminke so gut zu überprüfen, wie es ging. »Entweder das, Liebste, oder du tätigst den Anruf, den du schon dein ganzes Leben lang vor dir herschiebst, und bringst deinen Vater dazu, ein paar Strippen für dich zu ziehen.«

Aedith ging nicht darauf ein. »Wenn ich dich jetzt der Staatspolizei übergebe, wirst du deine teuren Anwälte nicht mehr zu Gesicht bekommen. Höchstwahrscheinlich verschwindest du im System und wirst eines Tages irgendwo mit einer Kugel im Hinterkopf aufgefunden; falls du überhaupt wieder auftauchst. Bist du sicher, dass du dir nicht ein bisschen Zeit erkaufen willst, indem du damit herausrückst, was bei den Höllen noch in der Gießerei vor sich ging, davon abgesehen, dass ihr einen Haufen Menschen bei lebendigem Leib verbrennen wolltet?«

Deedra prüfte ihre Fingernägel sehr lange. »Deine Geheimpolizei kann mich nicht festhalten.« Sie klang nun sehr sachlich, ihr Tonfall hatte nichts Angeberisches mehr an sich. »Und du magst erstaunt sein zu hören, dass ich meiner Schulfreundin, die *Gwithyas* wurde, zwar nicht alles erzähle, aber ich habe dich noch nie belogen. Ich weiß nichts von einer Frau, die an eine Wand genagelt wurde, oder was immer dich so sehr aufbringt. Sehr gut denkbar, dass einer meiner Jungs seinem kleinen Privatvergnügen frönte, aber falls dem so war, höre ich zum ersten Mal davon.«

»Was ist mit Stein und Asche?«, fragte Aedith.

Deedra schwieg für einen Augenblick. Drustan konnte ihr ansehen, wie sie nach der Information suchte, sie fand, abwog und sich fragte, inwiefern sie von Wert sein konnte.

»Die Firma für Feierbedarf?«, fragte sie. »Ich würde dich ja empfehlen, Liebling, aber ganz bestimmt hast du deine eigenen Kontakte. Außerdem geht man dort nicht ans Telefon; ich habe vorgestern abends bei ihnen angerufen.«

»Weswegen?«

»Wegen einer echten Feier. Ich wollte damit die Wogen glätten, wenn das Gipfeltreffen beginnt. Sie sind ein legitimer Organisator von Veranstaltungen, weißt du. Die bösen Tränke sind nur ein kleines Zubrot. Oder zumindest waren sie das. Ich habe sogar schon überlegt, sie zu kaufen und für meine Zwecke einzusetzen, aber da waren diese fiesen Gerüchte, dass eine andere Gruppe ein Angebot gemacht hätte. Ich hatte nicht die Absicht, mich in so einen ekligen Bieterkrieg hineinziehen zu lassen.« Deedra gähnte; sie war nun gelangweilt. »Könnten wir diesen hässlichen kleinen Raum bitte verlassen? Es besteht eine sehr reelle Chance, dass einige Verwandte von mir hier drin totgeprügelt worden sind, und das macht mich irgendwie schwermütig.«

❖

»Was halten Sie davon?«, fragte Aedith. Der bewaffnete Posten sah starr an die Wand. Angelsächsische Polizisten in diesem Teil des Reviers wussten, wie man mit seiner Umgebung verschmolz, nichts hörte und noch weniger sagte.

»Ich glaube, sie sagt die Wahrheit«, sagte Drustan. »Über das zweite Opfer, über Stein und Asche und über das Geschäft mit der Staatspolizei. Sie ist bereit, Ihnen zu helfen, seltsam genug. Wie werden Sie es angehen?«

Aedith überlegte kurz. »Ich hasse solchen Kuhhandel«, sagte sie schließlich. »Absprachen treffen, Gefallen schulden. Aber es könnte der einzige Weg sein, wie es unser Fall bleibt. Ich werde Folgendes tun: Deedras Anwälten sagen, dass wir ihre Mandantin haben und dass sie zu ihrer eigenen Sicherheit unter falschem Namen eingebucht ist. Dann überbringen wir Tancred die gute Nachricht. Auf diese Weise sind wir nicht unkooperativ.«

»Das reicht aber nicht, um den Fall zu behalten.«

»Das sehen wir noch«, sagte Aedith. »Hengist ist ein guter Mann, aber seine Talente liegen bei Aktenarbeit und dem Straffen von Besprechungen. Das ist nicht herabsetzend gemeint; für einen kommandierenden Beamten sind das nützliche Fertigkeiten. Ich verstehe nur immer noch nicht, weshalb er Urlaub nimmt. Vielleicht hat Tancred ihn irgendwie unter Druck gesetzt?«

»Ich habe den Verdacht, dass unser Freund, der Major, es in dem Fall nicht dabei belassen hätte, Hengist in den Urlaub zu schicken; er hätte ihn ganz hinausgedrängt. Vielleicht hat sich Ihr Kommandant inoffiziell wegen eines Interessenkonflikts zurückgezogen? Hat sich aus dem Fall ausgeschlossen, ohne dass er es aussprechen konnte?«

Sie musterte ihn. »Warum bei den Höllen sollte er das tun?«

»Weil er auf eine Weise involviert ist, von der er Ihnen nichts sagen kann, ohne die gesamte Ermittlung zu gefährden.«

»Ein Verwandter vielleicht?« Aedith schüttelte den Kopf. »Nein, die Familie seiner Frau lebt oben am Wall. Womöglich sind seine Frau und Kinder bedroht worden; ich könnte mir gut vorstellen, dass er deswegen eine Weile auf die Seite tritt. Wie dem auch sei, er hat uns ein Geschenk hinterlassen, aber er selbst ist jetzt eine Sackgasse.«

»Was werden Sie tun?«

»Ich werde telefonieren.«

NEUNUNDZWANZIG

Tancreds Pressekonferenz am nächsten Tag wurde von Banba auf die Wandbildschirme des Bereitschaftsraums weitergeleitet. Sie war knapp und professionell, zumindest zu Anfang. Die Taten des Mörders seien verwerflich und zielten eindeutig auf eine Destabilisierung des Einigungsgipfels ab, doch es bestünden keinerlei Überlegungen, die formelle Eröffnung am Freitag zu verschieben. Hauptmann Mercia und ihre Abteilung würden ihre kompetent durchgeführten Mordermittlungen fortsetzen, während die Staatspolizei sich auf eine mögliche terroristische Gefahr konzentriere. Nicht weit vom Tatort des zweiten Mordes habe es auf dem Gelände einer Gießerei am Stadtrand, die sich im Besitz der Kesairs befinde, einen Vorfall gegeben, bei dem es sich nach ersten Erkenntnissen um das Ergebnis einer Gasexplosion handele, eine terroristische Ursache sei jedoch noch nicht auszuschließen. Deedra Kesair unterstütze die Polizei bei ihren Ermittlungen, doch ihre Anwälte betonten, dass es völlig freiwillig erfolge und sie jederzeit gehen könne, wenn sie wollte.

Journalisten bellten Fragen, die ignoriert wurden, doch eine strengere Stimme am hinteren Rand der Menge gab sich mit einem Nein nicht zufrieden. Die Kamera holte eine ältere Keltin heran, deren Gesichtszeichnungen sie als Immigrantin zweiter Generation identifizierten. Sie trug ein schickes Kostüm, und der Presseausweis am Trageband war von einem der neuen Nachrichtenportale mit 24-Stunden-Abruf.

»Major Tancred, ich erhalte Berichte, dass beide Opfer demselben unbedeutenden Kult angehört haben, der anscheinend präkalifatischen Ursprungs ist. Ein Kommentar zu den sogenannten *Fischern?*«

Aedith fluchte, genoss aber gegen ihren Willen, wie angespannt und verdrossen Tancred plötzlich wurde. Er kramte einen Moment lang in seinen Unterlagen, bevor er sich überwinden konnte, der Journalistin in die Augen zu sehen. »Ich fürchte, dass die operative Sicherheit mir zu diesem Zeitpunkt keinen Kommentar gestattet«, sagte er. Die Fotografen machten sich an die Arbeit. Ihr Blitzlicht hob seinen verkrampften Kiefer und die geschürzten Lippen hervor. Er nickte knapp niemand Bestimmtem zu und stapfte von der Bühne.

»Jemand hat ihn unter Druck gesetzt, den Fall so schnell abzuschließen wie möglich«, sagte Aedith.

»Das sehe ich genauso«, sagte Drustan. »Aber wer?«

Ihr Telefon trällerte einmal. Eine Textnachricht.

»Probleme?«, fragte Drustan, was Aedith als ärgerlich empfand, weil sie sich ganz sicher nichts hatte anmerken lassen. Auf dem Bildschirm ignorierte Tancred alle Fragen und entfernte sich von den Kameras, ohne auf die Rufe der Journalisten und einiger sorgfältig ausgewählter Einflussnehmender zu reagieren.

»Das war mein Vater«, sagte sie. »Er will reden.«

Lod erwartete sie in einer kleinen Imbissstube, direkt um die Ecke des Reviers, deren Kundschaft vor allem aus freiberuflichen Zivilarbeitern und jenen uniformierten Beamten bestand, denen das Kantinenessen zu überkandidelt war. Die Luft war dunstig von den Fettschwaden, die Wurzelgemüse beim Frittieren und

Wildbret beim Rösten von sich gaben, und gesättigt mit ihrem Duft. Das billige Radio hinter der Theke plärrte aktuelle angelsächsische Musik: disharmonische Hörner und rhythmischer Singsang vor dem Hintergrund von etwas, das sich wie eine Abfolge von Auffahrunfällen anhörte.

»Mir gefällt es hier«, sagte Lod, beide Hände an einer Frikadelle, die fast so groß war wie sein Kopf. »Ich glaube, hier möchte ich beerdigt werden.«

Aedith rollte mit den Augen. Lod wollte an vielen Orten beerdigt werden, wie es schien. In Wirklichkeit hatte ihr Vater allerdings keineswegs die Absicht, zu sterben. Das wusste sie ganz genau und hegte kein Interesse an dem, was mit seinen sterblichen Überresten nach seinem Tod geschah: Er wollte sie nur erinnern, dass die Mercier ein Vermächtnis besaßen und alle Glieder in einer gewaltigen Kette waren, die sich idealerweise für immer in die Zukunft fortsetzte: vermutlich bis hin zu Bergbauasteroiden und Wohnkuppeln an der Marsoberfläche.

»Ich werde die Tabelle dementsprechend aktualisieren«, sagte sie. »Hast du Tancred befohlen, mich am Fall zu behalten?«

»Das musste ich nicht.« Lod biss ein gewaltiges Stück von seiner Frikadelle ab. Aedith wartete ungeduldig, während er kaute und schluckte und ihm der Saft in den Bart rann. Endlich sagte er leise: »Das Gipfeltreffen könnte dieses Mal tatsächlich zu etwas führen.«

Aedith nahm unbeeindruckt einen Schluck von ihrem Tee und sagte nichts.

»Der Hochkönig möchte ein Vermächtnis hinterlassen. Die drei Königreiche zusammenzubringen, würde bewirken, dass er in den ewigen Hallen besungen wird und bis ans Ende der Zeit mit seinen Ahnen Met trinkt.«

»Liegt er wirklich auf dem Totenbett?«

»Noch nicht ganz, aber nur knapp. Ich habe mit den anderen Kur-Earlen gesprochen. Wir halten unsere Routinen ein. Niemand muss sehen, wie sich die Krähen zusammenscharen, aber Pläne werden geschmiedet. Doch so sehr er selbst es auch wünscht, andere sind strikt dagegen.«

»Andere Kur-Earle?«

Lod schüttelte den Kopf. »Höhere Mächte von jenseits der Walstraßen. Die Sorte mit Denkfabriken, Rechtsabteilungen und Spesenkonten, von denen dein Dezernat jahrzehntelang leben könnte.«

»Die Sorte, die Kisten mit teuren Militärwaffen und Sprengstoffen in der Hofdienstwohnung eines keltischen Diplomaten platziert?«

»Ohne ins Schwitzen zu geraten.«

»Und die Staatspolizei? Wo steht sie?«

»Die Terrorabwehr ist schon vor Jahrzehnten zu einer Gruppierung mit eigener Macht geworden. Ihr wurden zu viele Geheimnisse anvertraut, und dadurch wandelten sie sich von Dienern zu Herren. Herren über einige zumindest. Das Gipfeltreffen oder Vermächtnisse könnten ihnen nicht gleichgültiger sein; sie wollen nur nicht erleben, dass ihre Macht beschnitten wird. Im Moment sind sie damit zufrieden, dem vorgegebenen Weg zu folgen, und dazu brauchen sie dich. Sie drohen und vertuschen, aber sie ermitteln nicht. Solange sie die Wahrheit erfahren wollen, laufen ihre und deine Interessen parallel.«

»Vater, hast du je von einer Firma namens Stein und Asche gehört? Feierbedarf angeblich, aber sie sind weit über ihr Geschäftsfeld hinausgegangen, bevor sie plötzlich ihre Zelte abgebrochen haben und in die Nacht verschwunden sind.«

Lod schüttelte den Kopf, rülpste geziert und wischte sich das Kinn mit einer Papierserviette ab.

»Da klingelt bei mir nichts. Und in deinen Fall habe ich mich nicht eingemischt, weil es gar nicht nötig war. Damit will ich keineswegs abstreiten, dass ich ein paar Strippen ziehen könnte, wenn du mich darum bittest.«

»Warum reden wir dann?«

»Ich kann mich doch mit meiner eigenen Tochter unterhalten?«

»Mitten an einem Arbeitstag? Dazu gibt es bessere Gelegenheiten. Ich gehe davon aus, dass du etwas Wichtiges zu besprechen hattest.«

Lod winkte nach der Rechnung und wurde einen Moment lang still. Die Musik hatte geendet und war einer Tante Trina gewichen, einer Radiokommentatorin, die sich im Äther über angelsächsische Souveränität, schmarotzende Stämmler und arrogante norsische Bankiers ereiferte. Aedith folgte Lods Blick und musterte die anderen Imbissgäste: Aufmerksam nahmen sie jedes Wort auf, und die meisten von ihnen nickten dazu.

»In letzter Zeit kommt viel von diesem Zeug«, fuhr Lod mit leiser Stimme fort. »Unterschiedliche Quellen, aber alle singen sie aus der gleichen Saga. Untergeschobene Waffen und Sprengstoffe gehören zu den Dingen, die auf deinem Ortungsschirm auftauchen, aber das hier löst bei mir Alarm aus. Die Schleusen haben sich vor gut zwei Monaten geöffnet, und jetzt hat jedes Arschloch mit einer Meinung einen Sendeplatz im Frühstücksfernsehen, ein Buch, das ein bisschen zu schnell erschienen ist, und einen Ruhesessel vor irgendeinem Nickdackel-Gremium am Tisch des Hochkönigs, für das sich die Journalisten aus offensichtlichen Gründen sehr interessieren.«

»Höhere Mächte.« Aedith klang skeptischer, als ihr zumute war. Verschwörungslegenden neigte Lod eigentlich nicht zu.

»Viele Gruppen profitieren davon, dass die Königreiche getrennt bleiben, weil sie uns ständig gegeneinander ausspielen. Konzerne, Milliardäre, jeder, der freien Zugang zu unseren Produktionsmitteln natürlicher oder öffentlicher Art haben oder einfach Geld verstecken will, das die panafrikanischen Steuereintreiber nur zu gern in die Hände bekämen. Sie wollen, dass es so bleibt, wie es ist, und ein Einigungsgipfel, der mehr Substanz hat als ein paar warme Worte, bedeutet für sie eine Bedrohung. Du jagst da einen kleinen Fisch in tiefes Wasser. Ich fühle mich verpflichtet, dich vor den Haien zu warnen.«

Aedith merkte, wie die Röte ihr in die Wangen stieg. Lod hatte ständig diese Wirkung auf sie. Sie erinnerte sich an ein Hnefatafl-Spiel an einem Julfest, bei dem sie versucht hatte, die Königsfigur ihres Vaters in die Zange zu nehmen. Doch er hatte sie gekonnt in eine Falle nach der anderen gelockt, ihr eine Wächterfigur nach der anderen abgenommen, während er gleichzeitig die Schwächen ihrer Strategie kommentierte; dass sie das Spielbrett im Ganzen betrachten müsse, nicht nur ihre kleine Ecke davon. Sie war damals acht Jahre alt gewesen. Edric hatte schon zwei Julfeste davor abgelehnt, je wieder gegen seinen Vater zu spielen.

»Vater, dieser kleine Fisch hat bereits mindestens zwei Menschen getötet. Ich muss ihn aufhalten, bevor er noch mehr Morde begeht. Das Gipfeltreffen ist sein Vorwand. Wenn ich ihn bis ins Foyer des Skeid hetzen und ihm vor den versammelten Delegierten der drei Königreiche und den gesamten panafrikanischen Medien eine Kugel durch den Kopf jagen muss, dann glaub ja nicht, dass ich auch nur eine Sekunde lang zögern würde.«

Der Inhaber des Imbisses war ein stämmiger Nordländer, den Aedith einmal gehört hatte, wie er bei einer Radiomeldung über einen angelsächsischen Autobombenanschlag, der eine norsische Streife am Wall getötet hatte, beifällig brummte. Der Mann trat auf sie zu und tat dabei offenkundig so, als hätte er das Letzte nicht gehört. Seine Hände bebten leicht, als er anbot, die Rechnung zu übernehmen. Lod wollte davon natürlich nichts hören, schenkte dem Angebot des Wirts aber ostentativ Anerkennung. In den dicken Kontenbüchern der Mercier würde sie verzeichnet und eines Tages, wenn die glorreiche Endzeit käme, vergolten werden. Aedith wusste nicht, wie Lod solchen Unsinn auf täglicher Basis ertragen konnte; es musste so *ermüdend* sein.

Lod grinste sie an, als sie wieder allein waren. »Du gewöhnst dich daran.«

»Ich habe nichts gesagt.«

»Das brauchst du nie.«

Aedith schob die leere Tasse beiseite. »Danke für den Hinweis, dass mein Fall eine politische Dimension hat, Vater. Darauf wäre ich von allein nie gekommen. Nun muss ich zurück ins Büro, denn da das Video rausgekommen ist, wird mein Dezernat achtzehn Anrufe pro Minute von diversen Irren erhalten, die alle behaupten, der Mörder zu sein. Einige von denen werden es sogar aufrichtig glauben.«

Lod spielte mit einem seiner Ringe, ruckelte ihn über den Knöchel und schob ihn wieder zurück. Sein Ehering war es nicht. Mit dem spielte er nie. »Wusstest du, dass man ihn jetzt den Haken nennt?«

»Wen?«

»Den Mörder. Er fängt Fische, also nennen sie ihn den Haken. Erfrischend schnörkellos.«

Aedith versuchte, ihre Lippen nicht zu schürzen, doppelt verärgert, weil sie nun am eigenen Leib erfuhr, wie Tancred sich gefühlt haben musste.

»Das hat sich ja schnell verbreitet.«

»Ich sagte es dir, höhere Mächte. Allerdings noch ein Wort des Wotans an dich: Sie sind nicht die einzigen Teilnehmer am

Spiel. Einige davon wären vielleicht sogar bereit, dir zu helfen, wenn du vorsichtig vorgehst.«

Aedith verzog das Gesicht. Mit einem Mal war sie es müde, nichts als eine weitere Figur in einem der Brettspiele ihres Vaters zu sein. Sie zupfte an ihrem Mantel. »Ich muss jetzt gehen.« Wohin, sagte sie nicht. Sie wollte nur fort, und Lod noch zu erzählen, dass sie ihr Mündel in das psychiatrische Hospital bringen würde, in dem Lod seinen eigenen Sohn die vergangenen zehn Jahre über eingesperrt hatte, hätte keinen glatten Abgang eingeleitet.

Lod legte seine Hand auf die ihre, als sie einige Münzen auf den Tisch zählen wollte. Zuerst glaubte sie, jetzt folge die übliche Runde *Ich-zahle/Nein-diesmal-bin-ich-an-der-Reihe*, doch stattdessen sah er zu ihr hoch. Augen, die normalerweise Fältchen der Belustigung und des Schalks umkränzten, blickten sie ruhig und gelassen an.

»Tochter«, sagte Lod. »Gib auf dich acht.«

DREISSIG

Die Abfahrt nach Endemersc war im Kreisverkehr nicht ausgeschildert, aber Aedith wusste trotzdem, dass sie die dritte Ausfahrt nehmen musste. Oder Straßenficker wusste es zumindest – sie war sich kaum bewusst, den Wagen zu lenken. Coram saß sehr still auf dem Beifahrersitz, in den Parka gehüllt, den sie ihm im vergangenen Jahr von einer Reise hinter den Wall mitgebracht hatte. Damals war er ihm viel zu groß gewesen. Jetzt sah sie beinahe einen Zoll Handgelenk unter dem Ärmelaufschlag.

Als sie an einem Schild vorbeifuhren, auf dem *Psychiatrisches Hospital Endemersc* stand, verzog Coram das Gesicht.

»Bist du dir sicher damit?« Aedith bemühte sich um einen heiteren Ton. Hilde hatte für sie einen Elternratgeber abonniert, den Aedith manchmal auf ihrem Telefon hörte, wenn sie in der Revierturnhalle war. Im letzten Beitrag waren rebellische Halbwüchsige behandelt worden: Wie leicht es nach hinten losgehen könne, wenn man seinem Kind sagte, dass man stolz auf es sei oder sich um es sorge – weil sie nämlich ein Stadium ihrer Entwicklung durchliefen, in dem sie elterliche Anerkennung zu allerletzt wollten und in dem sie alles Erdenkliche tun würden, um ihr Missfallen zu erregen. Aedith musste zugeben, falls Lod sie als Halbwüchsige auf die Seite genommen und ihr offenbart hätte, wie gern er es hätte, wenn sie zur Polizei ginge und dass sie es dort eines Tages vielleicht bis zum Kriminalhauptmann bringen könnte, wäre sie heute vermutlich Diplomatin. Oder kriminell.

»Ist für die Schule, hab ich doch gesagt.«

Aedith blieb skeptisch, ob die Cynwald-Akademie für Akademische Vortrefflichkeit Coram tatsächlich aufgefordert hatte, eine Irrenanstalt aufzusuchen, um dort einen gemütlichen Plausch mit seinem Adoptivonkel zu halten. Aber sie hatte es ihm erlaubt, und daher waren sie hier.

»Du weißt, weshalb er dort ist, oder?«

Coram nickte. Sie hatten nie richtig darüber gesprochen, aber die Grundzüge fand man im Netz: Edric, der verlorene Sohn des mächtigen und einflussreichen Kur-Earls Lod, schreibt sich bei einer der wenigen angesehenen Universitäten des Königreichs ein und wird zum Ziel einer grausamen, schikanösen Kampagne, angeführt von Cenhelm, Sohn von … nun, eigentlich von niemand. Auf dem Papier hatte Edric bei Weitem die größere Macht; in der Wirklichkeit zettelte Cenhelm, ein beliebter und charmanter junger Psychopath, ohne ersichtlichen Grund einen psychologischen Krieg gegen Edric an und nahm den gesamten Lehrkörper gegen ihn ein, indem er sich fälschlich als Opfer darstellte und den Sohn des Earls beschuldigte, seine ausgezeichneten Beziehungen zu verwenden, um Cenhelms Namen zu beschmutzen und so weiter.

Aedith erinnerte sich noch gut, wie Edric in den Semesterferien von Lod zur Rede gestellt worden war. Er hatte seinem Sohn befohlen, sich zu ermannen, seinen Gegner zu konfrontieren und die Angelegenheit auf angelsächsische Weise zu beenden. Stattdessen hatte sich Edric nach seiner Rückkehr an die Hochschule aus dem Dunkelnetz etwas Eisenhut besorgt und ihn in glasierte Kekse eingebacken, die er Cenhelm in einer hübschen Schachtel aufs Kopfkissen legte, zusammen mit dem gefälschten Brief eines Bewunderers. Cenhelm, der es wirklich besser hätte wissen sollen, kehrte spät in der Nacht schwankend von einem

Gesellschaftstrinken zurück, sah die Kekse und wurde am nächsten Morgen tot aufgefunden.

Die zuständige Polizei fand blitzschnell heraus, dass Edric ihn vergiftet hatte: In der angelsächsischen Hierarchie von Mördern stand er damit auf der untersten Stufe.

Man hätte ihn viel mehr respektiert, wenn er in der Mensa auf Cenhelm zugetreten wäre, einen Sax gezogen und ihn an Ort und Stelle enthauptet hätte. Vielleicht wäre er nicht länger als einige Jahre im Gefängnis gelandet, wenn erst mal die Einzelheiten über Cenhelms diverse Kampagnen in Sachen Rufmord und Einschüchterung ans Licht gekommen wären; es meldeten sich sogar zwei Dozenten, die erklärten, Cenhelm habe sie wegen wirklicher oder eingebildeter Ehrverletzungen erpresst. Doch die hinterhältige, unangelsächische Natur des Mordes konnte Edric nicht vergeben werden.

Lod hatte Beziehungen spielen lassen, damit Edric wegen Unzurechnungsfähigkeit in ein Sanatorium eingewiesen wurde; eine Tat, die an ein Amtsvergehen grenzte, aber unter den gegebenen Umständen als angemessen betrachtet wurde. Aedith, die damals für ihren Abschluss an der Polizeiakademie gelernt hatte (und was waren die Nachrichtenseiten auf diese Ironie angesprungen), fragte sich oft, ob die Tatsache, dass sein Sohn ein Giftmörder war, Lod nicht genauso erboste wie die, dass Edric sich hatte erwischen lassen.

»Gut«, sagte sie. »Dann weißt du auch, weshalb ich ihm keine Kekse mitbringe.« Sie hielt Straßenficker neben dem Wachhäuschen an und wies ihr Telefon mit dem Runencode auf dem Bildschirm vor, den das Hospital ihr gesandt hatte.

Der Abtaster der Wächterin summte wütend. »Tut mir leid«, sagte die Frau, »das Ding spinnt seit heute Morgen. Wen wollen Sie besuchen?«

»Edric Mercia.«

Die Wächterin runzelte die Stirn. Natürlich, wenn einem der Name nicht bekannt war, klang er albern, so als nannte man sich »Harold Northumbria« oder »Cuthbert Ostanglia«.

Aedith versuchte es erneut. »Edric *von* Mercia.« Sie spürte, wie Coram sich neben ihr verlegen zusammenkrümmte. Pech für ihn, er war es, der hatte hierher kommen wollen.

Aus dem Gesicht der Wächterin wich die Skepsis. »Ah. Bitte sehr.« Sie drückte einen Knopf, und der Metallarm vor der Einfahrt hob sich langsam zu einem Gruß. »Sie kennen den Weg?«

Aedith nickte knapp und fuhr weiter, kaum dass Straßenficker unter dem Schlagbaum hindurchpasste.

Coram stieß gegen einen Plastikstuhl im Besuchsraum, der einen Zoll über den Boden scharrte. Verwirrt sah er Aedith an. »Ich dachte, die sind am Boden festgeschraubt oder so was.«

»Ich bezweifle, dass den Patienten, bei denen man damit rechnen muss, dass sie Stühle als Waffe verwenden, Besuch erlaubt wird. Jetzt blamier mich nicht länger und setz dich.«

Coram gehorchte und sah sich besorgt um. Im Grunde sah jeder Anwesende enttäuschend normal aus: drei oder vier Patienten in beigefarbenen Sportanzügen, die mit ihren Familien sprachen, einige Pfleger in Kitteln, die im Hintergrund standen und sich leise unterhielten. Man hätte den Raum für das Foyer einer Wochenendzuflucht halten können, solange man die verstärkten Fenster übersah, die Schaumstoffhüllen der Tassen und den Umstand, dass die Schreibstifte an den Klemmbrettern der Pfleger mit einer Kette gesichert waren, damit niemand unbemerkt einen spitzen Gegenstand in die Hände bekam.

»Hast du es dir anders überlegt?«, fragte Aedith.

»Nein«, sagte Coram. »Ja.«

»Zu spät.«

Ihr Bruder trat näher. Er ging gemächlichen Schritts, kein Pfleger begleitete ihn. Sein Haar war länger als in Aediths Erinnerung, und er hatte einen blauen Fleck im Gesicht. Er nickte Aedith zu, bedachte Coram mit einem neugierigen Blick und zog einen Stuhl heran. Er setzte sich ihnen gegenüber an den Tisch.

»Also«, sagte er. »Aedith erzählt mir, du willst mich wegen einer Schulaufgabe sprechen.«

Coram nickte, zögerte und schaute Aedith an.

Sie ging auf den Wink ein. »Ich gebe euch beiden eine Chance zu reden.« Sie zog sich in die entfernteste Ecke des Raums zurück und nahm auf einem freien Stuhl Platz, zwei Sitze von einem Patienten, der allein saß und aus dem Fenster sah. Er war dunkelhäutig und zumindest über fünfzig. Aedith fragte sich, ob es sich um einen Ex-Vogt handelte. Er hatte irgendwie das Gesicht dafür. Seine Hände waren knotig, ineinander verschlungen, knorrig wie Wurzeln. Er sah sie an und machte ein finsteres Gesicht. »Da sitzt jemand«, sagte er scharf.

Aedith nickte und rückte einen Stuhl weiter. »So besser?«

Der Patient nickte.

»Ausgezeichnet«, sagte er.

EINUNDDREISSIG

Naeku musste irgendwie gespürt haben, dass Drustan auf ihren Tisch zuging, denn sie drehte sich um, bevor er sie erreichte. Ihre Miene verströmte forsche Professionalität und beherrschte Selbstsicherheit. Drustan fragte sich, ob sie zu den Polizisten gehörte, die am Ende des Arbeitstags ihren Beruf abstreifen und zu einem fröhlicheren, glücklicheren Menschen wurden, der die erste Runde Met bestellt und getrocknete Pilze kaut, um das ganze Wochenende hindurch mit den Elfen zu verkehren. Falls dem so war, sollte er sie fragen, wie sie das schaffte: Seit er es zum Kriminalinspektor gebracht hatte, verhärtete sich seine Rolle um ihn wie ein Panzer, der alles umschloss, was er jemals gewesen war und jemals sein könnte.

Ihm war bewusst, dass die meisten angelsächsischen Polizisten die Führungskräfte der Stammespolizei als im besten Fall aus politischen Gründen ernannte Aufsteiger betrachteten und im schlimmsten als Wilde, die der Dienstmarke spotteten. In seiner kurzen Zeit als uniformierter Polizist war Drustan vor etlichen Jahren abgestellt worden, um mit angelsächsischen Kollegen Verdächtige aufzuspüren, die (in beiden Richtungen) die Grenze überschritten hatten. Dabei war ihm klar geworden, dass man als Kelte sein ganzes Potenzial ausschöpfen musste, nur damit sie mehr von einem erwarteten als das absolute Minimum.

»Wachtmeister, wären Sie so freundlich, mich an den Fundort von Eawynn Wettin zu fahren? Ich könnte einen WegFreund nehmen, aber ich bezweifle, dass das Dezernat diese Extravaganz bezahlen würde.«

»Zur Gießerei, Herr Inspektor? Ich glaube, die Spurensicherung hat ihre Untersuchungen bereits abgeschlossen. Sie könnten sich dort erkundigen.«

Drustan schüttelte den Kopf. »Ich will mir den Schauplatz noch einmal selbst ansehen. Nach der Explosion war ich ein wenig benommen; es ist möglich, dass ich etwas übersehen hab. Dabei geht es eigentlich nur um meinen Seelenfrieden.«

Naeku nickte und nahm ihren Mantel. Er war ebenso halbmilitärisch geschnitten wie Aediths Kleidungsstück, aber das konnte ein Zufall sein. Manchmal fragte sich Drustan, ob seine Gewohnheit, überall Muster zu entdecken, ihn zu einem besseren Polizisten machte oder nur zu einem misstrauischeren Menschen. Natürlich war es möglich, dass das eine das andere bedingte.

Die Asche hatte sich in Hunderten Metern Umkreis um die Gießerei auf dem Boden niedergeschlagen. Spuren, die Drustan hinterlassen haben musste, als er den Brennofen verlassen hatte, waren nirgendwo zu erkennen, geschweige denn die kleineren Abdrücke einer jungen Frau. Oder die des Mörders und seines Opfers.

Drustan bog einen Ast zurück, damit Naeku ihm in den Wald folgen konnte. Erst jetzt war ihm aufgefallen, dass sie ihn überragte. Er erhielt den Eindruck von einer Person, die sich sorgsam zurückhielt, um innerhalb der angelsächsischen Gesellschaft nicht bemerkt zu werden oder zumindest keine große Aufmerksamkeit auf sich zu ziehen. Natürlich *war* sie eine Angelsächsin, rief er sich ins Gedächtnis, oder zumindest eine Variante davon. Ihr Platz in der östlichen Gesellschaft war erheblich klarer definiert als der seine.

»Darf ich fragen, wonach Sie suchen, Herr Inspektor? Die Spurensicherung hat ihre Arbeit beendet, aber wenn Sie erwarten, etwas zu finden, das die übersehen haben …«

Vielleicht rechnete sie damit, dass er sich auf den Boden kniete, ein bisschen Erde zwischen den Fingern zerdrückte, vorsichtig an Moos kostete, bevor er es wieder ausspuckte und erklärte, dass in den zurückliegenden vierzehn Tagen nicht weniger als ein Dutzend Wanderer die Stelle passiert habe. Der Gedanke, ihr so ein Schauspiel zu bieten, hatte in der Fantasie etwas Verführerisches, aber Drustan konnte sich des Eindrucks nicht erwehren, dass die echte Naeku solch eine Masche sofort durchschaut und sie damit beide in Verlegenheit gebracht hätte.

»Sie haben die Berichte selbst gelesen, Wachtmeister. Wurde darin eine junge Keltin erwähnt? Denimjacke mit Flicken, langer Rock?«

Naeku schüttelte den Kopf. »Nicht dass ich mich erinnere, Herr Inspektor.«

»Sie brauchen mich nicht dauernd mit Herr Inspektor anzureden«, sagte Drustan. »Zumindest hier draußen nicht.« Zu spät fiel ihm ein, was Aedith gesagt hatte. Zum Glück hatte sie es entweder falsch interpretiert, oder Naeku war eben dermaßen professionell.

»Ich habe keine Frau erwähnt gefunden, Inspektor Drustan, abgesehen von Deedra Kesair natürlich. Und dem Opfer.«

»Ich auch nicht.«

»Was glauben Sie, wer sie war?«

Drustan zuckte mit den Schultern. Das war eine gute Frage. Die Explosion des Brennofens hatte sein Hirn gründlich durchgerüttelt. Dass sich dabei eine Schraube gelockert hatte, war nicht undenkbar, und was immer es war, hatte gerade lange genug angehalten, um ihm zu zeigen, was er sehen musste. Spielte es überhaupt noch eine Rolle? Die Frau war ein loses Ende, um einen Begriff aus der Seefahrt zu bemühen, mit dem aber die anderen Stränge der Untersuchung miteinander verbunden werden konnten. Falls der Mord nichts mit der Gießerei zu tun hatte, stellte es den gewaltigsten aller Zufälle dar, dass das zweite Opfer genau in dem Moment angenagelt worden war, in dem Deedra ansetzte, ein Menschenopfer eines Ausmaßes darzubringen, wie es auf der ganzen Insel seit über dreißig Jahren nicht mehr vorgekommen war. Und es gab noch eine ungeklärte Frage, etwas, von dem Drustan nur wusste, dass er es vergessen, beiseitegeschoben hatte, nur um dann abgelenkt zu werden. Es ließ ihn nicht los.

»Wachtmeister Naeku, was denken Sie?«

Sie sah ihn erstaunt an. »Was ich denke?«

Drustan versuchte sich an einem ermutigenden Lächeln und war sich nur zu bewusst, dass dies in angelsächsischen Augen oft wie eine unheimliche Anzüglichkeit ankam. »Ich habe Frau Wettin gefunden. Emotional musste diese Begebenheit meine Gedankengänge stören, beeinflussen, wie ich den Fall betrachte. Ich könnte gut einen unbefangenen Blick brauchen.«

»Nun, es erscheint unwahrscheinlich, dass der Mörder während der Vorgänge in der Gießerei rein zufällig hier war. Dass diese Ereignisse nicht zusammenhängen, meine ich.«

Drustan nickte. »Fahren Sie fort.«

»Nun ... er wusste, dass das Opfer vollzogen würde? Hat also sein Verbrechen in dem Wissen begangen, dass wir hier am Ende auftauchen, Wettins Leiche finden und sie mit den Kesairs in Verbindung bringen werden? Nur dass er nicht eingeplant hatte, dass Sie und Hauptmann Mercia bereits am Ort des Geschehens waren. Daher gelang es ihm nicht, sein Vorhaben zu beenden.«

Drustan ging immer weiter, spähte zwischen die Bäume. Sie näherten sich dem Tatort, aber Naeku hatte recht. Dass er etwas finden würde, das die Spurensicherung übersehen hatte, war unwahrscheinlich.

»Wachtmeister Naeku, was Sie beschreiben, ist ein ungewöhnlich gut informierter Mörder.«

»Jawohl, Herr Inspektor. Ein professioneller Mörder.«

Er wandte sich ihr zu. »Wie kommen Sie darauf?«

»Schutzanzug, Handschuhe, Überschuhe. Er weiß, wie man seinem Geschäft nachgeht, ohne Spuren zu hinterlassen.«

Drustan versuchte, sich seine Enttäuschung nicht anmerken zu lassen. Jeder, der mehr als ein paar Folgen panafrikanischer Polizeiserien gesehen hatte, kannte alle Tricks, um den *omokunrin* im Labor eins auszuwischen. Diese Kenntnisse schufen vor Gericht immer wieder echte Schwierigkeiten; Geschworene weigerten sich, jemanden ohne die acht Ebenen des DNS-Beweises zu verurteilen, die sie, wie ihnen das Fernsehen suggerierte, erwarten konnten, für die den Staatsanwaltschaften jedoch die Mittel fehlten.

Doch Naeku war noch nicht fertig. Oder zumindest wollte sie noch etwas hinzufügen, Drustan spürte es, aber das angelsächsische Hierarchiedenken machte es schwierig, einem Vorgesetzten seine Gedanken vorzutragen, wenn man nicht heruntergeputzt werden wollte, weil man ungefragt das Wort ergriff.

»Sprechen Sie, Wachtmeister. Ich habe Sie um Ihre Meinung gebeten. Sie mir nicht in vollem Umfang mitzuteilen, wäre gleichbedeutend damit, den Befehl eines Vorgesetzten zu missachten.«

Die Narbenpunkte über Naekus Augenbrauen zuckten, als

sie zu ergründen versuchte, ob Drustan scherzte oder nicht. Er bewahrte ein regloses Gesicht. Wenn man es ihnen zu leicht machte, schenkte es keine Befriedigung.

»Seine Körpersprache in dem Video, Herr Inspektor. Er hat so etwas bereits getan.«

»Zweifellos.«

»Sie missverstehen mich, Herr Inspektor. Inspektor Drustan, meine ich. Ich will sagen, er erinnerte mich an Orva. In gewisser Weise.«

»Die Pathologin?« *Interessant.*

»Und meinen Vater. Er ist Zahnarzt.« Drustan versuchte, nicht zu reagieren, doch Naeku bemerkte es dennoch. »Nicht jeder Afrosachse geht zur Polizei, wissen Sie. Ich sage nur, dass ihre Körpersprache sich ähnelt. Sie hat etwas ... Geübtes. So als ... wäre er es gewohnt, Handschuhe zu tragen. Sogar wie er seinen Sax benutzt hat, so als wäre er ein normales Werkzeug, nicht etwas, das man bei einer Parade oder einer Messerschau präsentiert.«

»Sie halten ihn für einen Chirurgen?«

»Oder einen Metzger.«

Drustan dachte darüber nach. »Besitzen Sie einen Sax, Wachtmeister?«

»Ich habe meinen Sax zum vierzehnten Geburtstag bekommen. Er ist irgendwo in der Garage meiner Eltern.«

Eine Mittelklasse-Einstellung, aber Drustan sprach es nicht aus. Je wohler sich jemand in der angelsächsischen Gesellschaft fühlte, desto seltener wedelte er mit seinem Sax herum, als wäre es ein Ehrenzeichen. Davon abgesehen waren es nicht nur Kellerbewohner, die sich die Wände mit Repliken historischer Waffen schmückten. Viele Buchhalter und Schulleiter hatten Sammlungen aus Hunderten von Langmessern und wandten sich ihnen nur allzu schnell zu, wenn es zu einem Ehestreit kam oder ein Zank in der Nachbarschaft eskalierte. Grausige Einzelheiten über die Schauplätze erreichten in Netzsendungen über wahre Verbrechen die Hälfte aller Hörer im Königreich.

Drustan duckte sich unter dem Absperrband durch, das zwischen den Bäumen gespannt war. Merkwürdigerweise ließ es ihn an die Julzeit denken. Seine Familie hatte das Fest nie großartig begangen, aber einmal hatte er die Feiertage in einem Seehotel an der angelsächsischen Ostküste verbracht, wo er nach einem Betrüger gesucht hatte, der, wie sich herausstellte, längst nicht mehr lebte. Die Inhaber waren sehr engagiert gewesen, hatten große Fichtenzweige über den Kamin gehängt und kleine, verpackte Geschenke zwischen den Fichtennadeln versteckt. Ohne sich daran zu stören, dass er Kelte war, hatten sie ihn willkommen geheißen. Um die Tradition gehe es ihnen, hatten sie erklärt, nicht um Religion. Jeder sei willkommen. Geschenke an Baumzweigen. Wieso dachte er jetzt daran?

Naeku stand neben ihm.

»Hier haben Sie das zweite Opfer gefunden?«

Drustan nickte.

Die Dachbalken waren nun unbedeckt. Kleine dunkle Löcher im Holz zeigten, wo die Nägel, die der Mörder Eawynn Wettin durch Hand- und Fußgelenke getrieben hatte, mit Zangen herausgezogen worden waren. Drustan hatte ihren Körper angehoben, damit die Sanitäter ihr Möglichstes tun konnten. Er spürte noch ihren Herzschlag an seiner Schulter, als er sie hielt, und das plötzliche Gewicht, als der letzte Nagel gezogen war. Ein uniformierter Vogt hatte sie sorgsam in einem Asservatenbeutel gesammelt, während Wettin auf einer Trage fortgebracht wurde. Drustan sah nicht so viel Blut, wie er erwartet hätte. Links ragte ein Nagel aus dem Pfosten, an dem die Laterne gehangen hatte.

Plastikhandschuhe schützten oft nicht so sehr vor dem Gesetz, wie ein Verbrecher sich vielleicht erhoffte. Drustan hatte einmal einen Vergewaltiger gefasst, einen Angelsachsen, der für eine der großen Holzfällerfirmen gearbeitet und sich an den Mädchen aus dem örtlichen Reservat bedient hatte. Er hatte Einmalhandschuhe aus Latex getragen, genau wie der Mörder, und war am Ende sorglos geworden. Er hatte seine Handschuhe ausgezogen und sie in den Werkstattmüll geworfen. Ihm war nie der Gedanke gekommen, dass man seine Fingerabdrücke auch auf der Innenseite der Handschuhe hinterlassen konnte. Der Vergewaltiger war von der Holzfällerfirma rasch abgezogen und an einen anderen Standort versetzt worden, aber Drustan hatte ihn trotzdem etwa ein Jahr später dingfest gemacht.

Leider war der Mörder nun klüger, auch wenn es ihm wegen einer unerwarteten Explosion nicht gelungen war, sein Werk zu vollenden. Oder zumindest wegen einer früher als erwartet eintretenden Explosion. Ganz wie Naeku sagte, ging der Täter professionell vor, und Drustan ereilte allmählich die Befürchtung, dass er selbst dagegen schlecht aussah. Lose Enden, lose Enden …

»Macht es Ihnen etwas aus, wenn ich frage, wonach Sie suchen, Inspektor Drustan? Ich weiß, Sie sagten, dass Sie ein zweites Paar Augen wollten, aber trotzdem.«

Das war nicht ganz das, was er gesagt hatte, aber es hatte etwas für sich. Suchen. Augen? Die Spurensicherung hatte natürlich nur *zu Boden* geblickt. Und dann fügte sich alles zusammen.

»Schauen Sie nach oben ins Geäst, Wachtmeister«, sagte er. »Klein und aus Plastik. Wenn Sie es sehen, wissen Sie Bescheid.«

Der Gedanke, sie könnte überlebt haben, war natürlich lächerlich. Vermutlich hatte die Druckwelle der Brennofenexplosion sie in Stücke gerissen, wenn sie nicht schon vorher mit leerem Akku abgestürzt war. Er hatte Naeku wegen nichts weiter als einem Hirngespinst in den Wald geführt, und sie würde mit nicht mehr als Anekdoten darüber zurückkehren, wie wahnsinnige Stämmler die Waldgeister anriefen und nichts dafür zurückbekamen.

Naeku sah mit zusammengekniffenen Augen über ihn hinweg. »Das da?«

Und da war sie. Die Drohne.

Geschenke in Zweigen.

ZWEIUNDDREISSIG

Fast eine Stunde dauerte das Gespräch Corams und Edrics. In regelmäßigen Intervallen spürte Aedith ein Summen an ihrem Oberschenkel und griff nach ihrem Telefon, nur um sich jedes Mal zu erinnern, dass sie es zusammen mit ihren Schlüsseln an der Rezeption abgegeben hatte. Phantomvibrationen, die mündliche Überlieferung des Körpers. Wie lange musste man auf Graswurzelmedien verzichten, bevor der Körper aufhörte, sie zu vermissen? Aus dem Fenster zu blicken, bot nur wenig Ablenkung, es sei denn, man interessierte sich dafür, wie hinfällige Patienten von Pflegern physiotherapeutisch behandelt wurden: Sie führten sie für eine unbestimmte Zeit auf dem Rasen umher, bevor beschlossen wurde, dass sie zurück ins Gebäude mussten. Der Ex-Vogt (Aedith hatte sich entschieden, dass er einer war) zwei Sitze weiter, von dem sie gehofft hatte, dass er sie heranwinken und ihr vielleicht ein paar gnomische Weisheiten zuflüstern würde, war ganz allmählich eingenickt.

Schließlich schien Coram fertig zu sein. Er machte nicht den Eindruck, dass das Gespräch besonders traumatisch oder auch nur interessant gewesen wäre: Jedes Mal, wenn sie diskret hingesehen hatte, war Edric ihr leicht verlegen oder abgelenkt vorgekommen; er hatte seinem Adoptivneffen nur am Ende der Antwort auf eine gemurmelte Frage kurz in die Augen geschaut. Wie immer diese Antwort gelautet hatte, sie war kurz gewesen, und nachdem Coram sie aufgenommen hatte, schienen ihm die

Themen, die er ansprechen wollte, ausgegangen zu sein. Er stand auf und dankte Edric höflich.

Aedith ging zu ihnen hinüber. »Alles vorbei?«

»Ja«, sagte Edric. »Immer eine Freude, Besuch zu bekommen. Mein letzter war eine sehr freundliche Dame vom Wecta-Tempel.«

Aedith brummte. Die Wectaniten waren eine notorisch exzentrische Sekte, deren Glauben auf Visionen und Prophezeiungen beruhte. Ihre Eingebungen verkauften sie als Pamphlete oder billig animiert auf Discs vor Bahnhöfen. Damit fanden sie vor allem bei jenen Anklang, die darin nach verborgenen Einsichten oder Vorhersagen suchten, wie sie ihre mageren Pensionen am besten investierten. Die Tempelältesten lebten in Luxuswohnungen; die verwundbaren Mitglieder, die tatsächlich Visionen hatten, hausten in baufälligen Wohnheimen. Wectaniten wurden von den Anstalten für Geistesgestörte angezogen wie Wespen von vergossenem Met.

»Hat sie dir einen Vertrag angeboten?«

Edric lächelte ohne jede Spur von Humor. »Sie kommen nicht an einen ran, bevor man offiziell entlassen wurde. Ich musste ihr eröffnen, dass ich nicht verrückt genug bin, um das Produkt herzustellen, das sie wollte, und dass die Aussichten, dass ich in eine ihrer Absteigen mit Wänden aus Pappkarton ziehe, wenn ich diese heiligen Hallen irgendwann verlassen darf, gering bis nicht vorhanden sind. Ich bezweifle, dass sie wiederkommt.«

Aedith nickte. »Geh, hol meine Schlüssel an der Rezeption ab und warte im Auto«, sagte sie zu Coram. »Ich brauche nur eine Minute.«

Als er den Raum verlassen hatte, setzte sie sich.

»Irgendwann wird er dich rauslassen«, sagte sie. »Er wird eine Möglichkeit finden, deinen Namen reinzuwaschen oder

Cenhelms noch mehr zu schwärzen. Dann wird er dich den richtigen Leuten vorstellen, dir von einer Agentur ein neues Profil in den Graswurzelmedien schaffen lassen und dich die politische Leiter hochdrücken.«

Angespanntes Schweigen. Aedith trommelte kurz auf den Tisch. Sie wusste nie, was sie zu ihm sagen sollte. »Auf jeden Fall musst du dann nie wieder diese entsetzlichen Körbe flechten.«

Edric musste gegen seinen Willen lachen. »Wie schön, dich zu sehen, Schwester.«

Er hob eine Hand und machte einen kurz gewachsenen, stämmigen Pfleger auf sich aufmerksam. »Wäre es möglich, dass Sie meiner Schwester und mir eine Tasse Tee bringen?«

»Wasser könnte ich Ihnen holen«, antwortete der Pfleger. »Nichts Heißes.«

»Natürlich«, sagte Edric demütig und nickte dem sich entfernenden Pfleger hinterher. »Das ist Wynnstan, einer der Anständigeren. Er spielt gut Neun-Würfel, wenn man ihn denn dazu beschwatzen kann. Manchmal gibt er mir am Sonntag auch einen Nachschlag an gekochtem Lauch. Allerdings mag ich Lauch nicht besonders, also geht das vielleicht eher in die andere Richtung.«

»Was ist mit deinem Gesicht passiert?«

Edric hob die Hand an die Wange, als hätte er die Prellung vergessen. Vielleicht war dem sogar so. Edric hatte stets eine gewisse Sanftmut an sich gehabt. Sie war noch vorhanden, hatte aber bei den letzten paar Gelegenheiten, zu denen Aedith ihn gesehen hatte, merklich nachgelassen. Oder vielleicht musste man sagen, dass er stärker in sich ruhte; ihn zu durchschauen, fiel ihr heutzutage schwerer als früher.

Aedith besuchte gelegentlich Verurteilte im Gefängnis, um etwas von ihnen zu erfahren, und manchmal sogar, um ihnen eine

Botschaft zu überbringen, falls es beiden Seiten nutzte. Nicht nur ältere Gefangene endeten in Heilanstalten; mancher jüngere Delinquent, der schon vor seiner Verurteilung gebrochen gewesen war, fand in den schroffen Sicherheiten des Gefängnislebens einen Halt und musste nach der Entlassung feststellen, dass er nicht mehr davon lassen konnte. Solche Leute wollten durchaus wieder in Freiheit leben, sie kamen nur nicht länger mit dem Leben außerhalb der Gefängnismauern zurecht. Andere blühten auf, sobald ihre Haft vorüber war. Aedith hatte sich immer gesorgt, dass Edric zur ersteren Gruppe gehören könnte. Vielleicht sollte sie auch Letzteres in Betracht ziehen. Auch wenn die Heilanstalt natürlich kein Gefängnis war. Auf Königs Kosten hinter Gittern konnten die meisten Häftlinge die Tage zählen, die sie noch einsitzen mussten, ganz egal, wie lange es noch bis zu ihrer Entlassung dauerte. Wie lange man in der Anstalt blieb, lag jedoch in den Händen Wyrds, und die Schicksalsgöttin liebte es über alles, niemals die volle Länge ihrer Klinge zu offenbaren.

»Ein anderer Klient nahm es mir übel, dass ich in der Küche eingesetzt werde«, sagte Edric. »Aus Gründen, die vielleicht offensichtlich sind.« Ohne zu stocken, fragte er: »Weiß unser Vater, dass ihr hier seid?«

»Ich setze ihn nicht über jede meiner Bewegungen in Kenntnis.« Aedith erkannte unverzüglich, dass ihre Antwort kein Nein bedeutete. »Ich habe keinen Grund anzunehmen, dass er von meinem Besuch bei dir weiß. Und wenn doch, wär's mir gleichgültig.«

»Er wird auf dem Gipfeltreffen sein, nehme ich an. Um Mutter kümmert sich wohl das Personal.«

Aedith zuckte mit den Schultern und war sich voller Unbehagen der Tatsache bewusst, dass sie in ein paar Jahren unter anderen Umständen vielleicht ein Gespräch darüber führen mussten, wer von ihnen sich um die alten Eltern kümmerte. »Wie war dein Gespräch mit Coram?«, fragte sie, vor allem, um das Thema zu wechseln.

»Befangen und gestelzt.«

»Das beschreibt auch deine Jahre als Halbwüchsiger ziemlich gut.«

»Da kann ich dir nicht widersprechen. Ich glaube, er könnte mich auf eine Art Sockel gehoben haben, so seltsam das auch erscheint.«

Aedith runzelte die Stirn. »Wie kommst du darauf?«

»Sein Verhalten ähnelte beunruhigend einer Art Verehrung. Keine Sorge, ich habe ihn schnell überzeugen können, dass es nichts Tolles ist, in einer Irrenanstalt eingesperrt zu sein. Einen Fimmel bei den Jugendlichen zu starten, wäre das Letzte, was ich will. Aber eigentlich, glaube ich, wollte er mir Fragen stellen, bei denen es ihm zu peinlich ist, sich damit an dich zu wenden.«

»Kein Jungszeug, da bin ich mir sicher. Sie behandeln es in der Schule, und Hilde holt immer gern die Diagramme heraus und erklärt ihm die technische Seite.«

»Darum ging es nicht. Ganz zum Schluss, als uns die Zeit ausging, wollte er wissen, wie es ist, jemanden zu töten.«

»Oh«, sagte Aedith.

Sie setzte Coram zu Hause ab, bevor sie zurück ins Revier fuhr. Unterwegs sprachen sie nicht viel miteinander.

Sie hielt vor dem Haus und wäre beinahe wieder losgefahren, kaum dass der Junge ausgestiegen war, aber etwas veranlasste sie, es sich zu überlegen. Sie stellte den Motor ab, wollte das Fenster hinunterzufahren, hielt inne. Am liebsten hätte sie es herausgerufen, hätte Coram nur zu gern gesagt, dass er sie nur zu fragen brauche, wenn er etwas wissen wolle, egal, worum es ginge. Aber sie konnte sich dazu nicht überwinden.

Coram verharrte kurz mit dem Rücken zu ihr, dann ging er ins Haus und schloss hinter sich die Tür.

Aedith bemerkte, dass hinter ihr ein Lieferwagen stand und geduldig wartete. Sie hob entschuldigend die Hand und ließ den Wagen wieder an. Als sie aus der Straße abbog, fragte sie sich erneut, ob sie an dem Tag, an dem sie Corams Vater begegnet war, etwas anders hätte machen können. Da gab es nichts, aber sie fühlte sich dadurch nicht besser.

DREIUNDDREISSIG

Hugin lag auf einem Tisch im Bereitschaftsraum und würde nie wieder fliegen. Drustan und Aedith hatten sich mit der Ehrfurcht von Priestern darum geschart. Sie waren allerdings nur niedere Bittsteller: Banba – von ihren Telefonaufzeichnungen und Überwachungsvideos losgeeist und beladen mit Kabeln, Kartenlesern und einer Pinzette – war die wahre Initiatin, ein Haruspex. Naeku hatte sich auf den Weg gemacht, um den Tätowierer zu kontaktieren. Agapos und der Rest des Dezernats weilten in der Kommandantur, wo ein hochrangiger Uniformträger ihnen zu erklären versuchte, wie das neue Organigramm funktionierte, auf dem die meisten Pfeile durch einen Kasten liefen, der die Beschriftung »Staatspolizei« trug.

Banba hob die Drohne auf und musterte sie mit einem kritischen Blick. Von den vier Rotoren war nur noch einer übrig, und die Bauchkamera hing an einem einzigen Draht. Das kleinere, nach vorn gerichtete Objektiv war jedoch unbeschädigt, und bis auf ein paar Kratzer hatte der Rumpf den Strapazen bemerkenswert gut widerstanden.

»Ich könnte damit vielleicht noch etwas anstellen. Alles hängt davon ab, ob die Linsen in die passende Richtung zeigten, als Hugin im Baum landete.«

Mit der Pinzette zupfte sie Moos aus der Buchse in Hugins Flanke und steckte ein Kabel ein. Auf dem Wandbildschirm blinkte die stilisierte Darstellung einer Schatztruhe auf.

»Schauen wir, was wir haben«, sagte Banba.

Gerade noch blickte die Drohne aus zweihundert Fuß Höhe auf Deedras Wagen hinunter – und auf Köpfe und Schultern grünstichiger Stammesleute, die um das Fahrzeug herum und zwischen Gebäude huschten, während sie versuchten, Agapos und Ord zu finden, die irgendwo außerhalb des Bildes einen ganz beachtlichen Aufruhr anzettelten. Dann explodierte der Brennofen, und der Monitor zeigte nur noch Bildrauschen.

Von Aedith kam schon ein enttäuschtes Seufzen, als das Bild zurückkehrte. Der Horizont überschlug sich mehrmals, man erhaschte mikrosekundenlange Blicke auf die Gießerei, auf Stammesleute, die von der Druckwelle zu Boden geworfen wurden, Gefangene, die davonrannten, während die Drohne durch Äste brach und auf dem Rücken liegend etwa sechs Fuß über dem Boden zur Ruhe kam. Das Bild waberte und stabilisierte sich auf eine Gestalt, die mit gesenktem Kopf an Dachbalken hing, beleuchtet von einer Laterne an einem Eisenstab neben ihr. Eine weitere Gestalt war mit dem Rücken zu ihnen zu Boden gestürzt und schüttelte benommen den Kopf. Sie trug einen Ganzkörperschutzanzug und hielt ein Sax in der Hand.

»Bei Friggas Titten«, sagte Aedith andächtig. »Da ist er.«

Das Bild fror ein. Drustan hörte sich fluchen.

»Ganz ruhig«, sagte Banba belustigt. »Ich drehe es ja nur richtig herum.«

Die Gestalten auf dem zentralen Wandbildschirm vor ihnen kippten plötzlich um hundertachtzig Grad und setzten ihre Bewegungen fort. Der Mörder stand auf, klopfte seine Kleidung ab und erholte sich von der Druckwelle.

»Du bist ein großer Bursche«, sagte Aedith. »Über sechs Fuß. Vielleicht sechs Fuß vier Zoll. Sei ein guter Junge und zeig dein Gesicht mal der Kamera. Geht das bitte?«

Stattdessen sahen sie zu, wie der Mörder Wettins Kinn hob, anscheinend auf der Suche nach Lebenszeichen, dann musste ihn etwas alarmiert haben. Er schob den Sax in die Scheide, nahm die Laterne vom Haken und floh nach rechts. Das Bild blieb eine Weile auf Wettin und fror wieder ein.

»Das war's«, sagte Banba. »Mehr gibt es da nicht.«

Aedith runzelte die Stirn. »Gehen Sie zurück an die Stelle, als er ihr Kinn hebt. Er sieht zur Seite, nur ein bisschen. Da. Anhalten.«

Gehorsam klopfte Banba auf die Leertaste.

»Sehen Sie das? An seinem Hals?«

Die Nachtsicht verschleierte die Züge des Mörders. Erkennbar war nur ein herkömmlicher angelsächsischer Haarschnitt: die Kopfseiten kurz geschoren, der Rest etwas länger und mit Pomade zurückgekämmt. Ungefähr neunzig Prozent aller männlichen Angelsachsen trugen ihre Haare so. An den Seiten des Kopfes waren keine Tätowierungen zu sehen, was nicht ungewöhnlich war, aber an der rechten Halsseite verschwand ein dunkler Fleck im Anzug.

»Davon hat Denby gesprochen«, sagte Aedith. »Er überdeckt sein Fisch-Täto und lässt es aussehen wie ein Geburtsmal.«

»Nebensächlich«, sagte Drustan voll Unbehagen. »Banba, können Sie es etwas näher heranholen?«

Der Mörder wuchs bis an die Bildgrenzen, aber auf Kosten der Schärfe. Einzelne Bildpunkte waren nun beinahe sichtbar. Banba schnalzte mit der Zunge. »Das ist das Beste, was ich bieten kann, fürchte ich.«

»Gehen Sie an die Stelle, wo er die Laterne abnimmt«, sagte Aedith. »Da. Halt.«

Der Mörder streckte den Arm aus, und zwischen Ärmel und Handschuh entstand eine Lücke. Dort, auf dem Handgelenk, sichtbar selbst in den Grüntönen der Nachtsicht: das Zeichen des Sperlings, genau so, wie Denby es gemalt hatte.

»Das ist er«, sagte Aedith. »Wulfstan. Drucken Sie das bitte aus, Banba. Und ... was genau tun Sie da, Inspektor Drustan?«

Drustan zeigte mit einer Hand auf den Bildschirm. Der andere Arm wies im Neunzig-Grad-Winkel nach rechts.

»Ich orientiere mich«, antwortete er. »Hauptmann Mercia, würden Sie sich einen Moment lang vor mich stellen?«

Aedith tat wie gebeten.

»Sie sind Eawynn Wettin.«

»Klar.«

Drustan tat so, als schiebe er ein Sax in eine Scheide an seiner Hüfte, nehme die Laterne und wende sich nach rechts. »Ich gehe in diese Richtung«, verkündete er.

»In den Schrank mit dem Büromaterial?«

»Ja, hier. Aber dort ...«

Nach einem Augenblick begriff sie und pfiff leise. »Das hab ich übersehen.«

Banba sah vom Drucker auf. »Was übersehen?«

»Er rennt nicht weg«, sagte Aedith. »Die Explosion kam von rechts. Er ist überrascht – oder wenigstens hinreichend besorgt, sodass er sich nicht vergewissert, ob Wettin wirklich tot ist –, aber er flieht *zur* Gießerei, nicht davon weg. Er ist über ein sechs Fuß großer Angelsachse mit einer großen Tasche, in der er vermutlich nicht nur seinen Sax hat, sondern auch eine Nagelpistole. Er wird nicht gerade zwischen Deedras Leuten untergehen, oder?«

»Außerdem«, warf Drustan ein, »muss er wissen, dass es in zwanzig Minuten an der Gießerei vor Polizei nur so wimmeln wird. Wieso läuft er ihnen in die Arme? Es sei denn ...«

Die Stille hing viel zu lange in der Luft, bevor Aedith sie brach.

»Es sei denn, *er* ist bei der Polizei.« Sie presste die Lippen zusammen. »Diese Hypothese verlässt diesen Raum nicht. Fürs Erste.«

❖

Agapos kehrte zwanzig Minuten später mit einer Handvoll Ausdrucke zurück. Aedith und Drustan waren in Aediths Büro, Banba saß wieder an ihrem Schreibtisch, wo sie Programmquelltext durchging. Durch das Innenfenster konnte Drustan deutlich sehen, dass sie nicht mit dem Herzen dabei war. Zivilangestellte hatten manchmal solche Augenblicke: Sie glaubten, fast auf der gleichen Stufe zu stehen wie die Polizisten, denen sie zuarbeiteten, bis etwas Finsteres das tiefe Wasser aufstörte und sie sich fragten, ob ein stilles Büro, wo die Kunden keine Mörder waren und ihre Kollegen keine Schusswaffen trugen, nicht doch attraktiver wäre, als es ihnen vor ein paar Monaten noch erschienen war.

Agapos spürte beeindruckend schnell, dass etwas nicht stimmte. »Was ist los?«

»Ich setze Sie später ins Bild«, sagte Aedith. »Aber irgendwie müssen wir jedem einzelnen Vogt, der in diesem Gebäude ein und aus geht, den Kragen herunterziehen, ohne dass er was merkt.«

Der Sergeant reagierte nicht. Vielleicht gehörte solch ein Satz zu den Dingen, die Aedith mit schöner Regelmäßigkeit von sich gab.

Sie sah auf die Papiere in Agapos' Hand. »Was bringen Sie da? Ich dachte, die Staatspolizei umgeht den Papierkram, statt noch mehr davon zu schaffen.«

»Abschriften aller Anrufe von Leuten, die behaupten, der Haken zu sein.«

»Da bleibt ihnen wohl nichts anderes übrig.« Aedith nahm die Papiere. »Wie viele bisher?«

»Siebenunddreißig. Die meisten benutzen die gleiche Stimmverzerrer-App.«

»Darf ich?«, fragte Drustan höflich.

»Aber gern. Agapos, ich weise Sie besser in das ein, was wir gefunden haben.«

Sie führte den Sergeanten hinaus in den Bereitschaftsraum, während Drustan die Abschriften auf Aediths Schreibtisch ausbreitete.

Ich bin der Haken, lautete die erste. *Jene, die sich mit dem Zeichen des Fisches zeichnen, verehren den Gott, der vom Baume hängt, und begehen Grausamkeiten im Namen der Gnade. Sie verbergen ihr wahres Gesicht hinter einer Maske aus Freundlichkeit und Liebe, aber darunter sind sie alle gleich. Angwin war ein Terrorist. Wettin hätte unser Land unter unseren Augen verkauft. Sie müssen aufgehalten werden, und das Volk muss erfahren, wer die Fische sind, die unter uns leben.*

Drustan war klar, es hatte nichts zu bedeuten, dass der Schreiber die echten Namen der Opfer benutzt hatte – diese Information war freigegeben worden. Trotzdem fühlte es sich unangenehm persönlich an.

Der nächste Anruf war kürzer und mehr auf den Punkt. *Tod allen Verrätern! Ich habe sie umgebracht, ich bin der Haken und werde wieder töten.* Eine Menge Anrufer – darunter auch dieser – hatten sich nicht die Mühe gemacht, ihre Nummer zu verbergen, daher könnte man sie mühelos zurückrufen, falls eines der Themen, die sie angeschnitten hatten, weiterer Klärung bedurfte. Viele von ihnen schienen überzeugt zu sein, dass die Grenzen zwischen den drei Reichen nur in die eine Richtung bestehen sollte. *Lasst doch noch mehr stinkende Kelten nach Osten und warum sollen die*

Mauren ihnen nicht folgen und die Norsen nach Süden kommen und sich ebenfalls unser Land nehmen. Wir sollten ihr Land zuerst nehmen und sie alle umbringen und ihr Land zu unserem Land machen.

Einer hatte drei verschiedene Anrufe getätigt, so entschlossen war er, sich zur gesuchtesten Person im Osten Englands zu stilisieren. *Ich bin jener, den sie den Haken nennen. Ich bin das Werkzeug Wotans auf dieser Erde, und er wird mich nach meinem Tod für meine Taten belohnen. Ich habe den Schnauz umgebracht und die Hure auch, und ich werde alle verräterischen Fische ausweiden, die wollen, dass sich die Rassen vermischen und dass der Osten zu einem Land des Nichts wird.*

Der zweite bot mehr vom Gleichen und betonte vielleicht noch stärker die Perfidie der Fischer und ihrer Pläne, das Reich der Angelsachsen zu unterminieren. Der dritte und jüngste klang mehr nach einem Appell: *Ich will euch sagen, weshalb ich es getan habe. Ich arbeite nicht gegen die Vögte, auch wenn sich die Fische unter ihnen verbergen, ich habe wichtige Dinge zu sagen, aber ich kann nicht mit irgendjemand reden.*

Auf der Abschrift stand verzeichnet, dass der Anrufer, der sich (selbstverständlich) als der Haken ausgegeben hatte, verlangt habe, einen höheren Offizier zu sprechen. Als man ihm erklärte, warum dies zurzeit nicht möglich sei, hatte er aufgelegt.

Erst als Drustan zum ersten der drei Anrufe zurückging, fiel ihm der Zeitstempel auf, der schmucklos auf die rechte obere Ecke des Blattes gedrückt worden war. Er prüfte ihn noch einmal und blätterte durch die anderen Abschriften.

»Banba, wann heute Morgen wurde das Haken-Video hochgeladen? Genau?«

»Genau?« Sie rief das Video ab und sah auf den Zeitstempel. »Zehn Uhr vierzehn und neunzehn Sekunden.« Sie stockte. »Also, das war die Uhrzeit, als es auf der Seite erschien. Je nachdem, wie beschäftigt alles zu der Zeit war, könnte es schon früher hochgeladen worden sein, vier, fünf Sekunden davor? Darüber hinaus fischen wir in den Millisekunden.«

»Und es wurde nur auf eine Seite hochgeladen, richtig?«

Sie nickte. »Mittlerweile ist es natürlich auf Hunderten aufgetaucht. Tausenden vielleicht sogar. Die Teilungsdienste haben seitdem versucht, es runterzunehmen, aber es ist draußen und taucht immer wieder auf.«

»Und das Konto, mit dem es hochgeladen wurde?«

»Wegwerfkonto. Nur für dieses eine Mal angelegt und gleich wieder gelöscht. Keine Möglichkeit, zu verfolgen, wo das Video herkam, fürchte ich.«

»Kann ich es mir noch einmal ansehen?«

»Sicher.« Sie klickte auf eine Schaltfläche. Die Schemen von Kopf und Schultern erschienen.

Aedith trat zu ihnen. »Von dem Wirtsdienst werden Sie nichts erfahren. Wenn es der Panafrikanischen Sicherheitsbehörde mit ihren internationalen Vollmachten und Spezialeinsatzkommandos vor dem Haus des Vorstandsvorsitzenden nicht gelingt, können Sie sich wohl vorstellen, wie wenig Handhabe wir besitzen.«

Drustan ließ das Video eine Weile laufen, hielt es an und hob zwei Abschriften hoch. »Im Augenblick ist das egal, es kommt vielmehr auf den zeitlichen Zusammenhang an. Diese beiden Anrufe – schauen Sie auf die Zeitstempel.«

Aedith runzelte die Stirn. »Zehn Uhr sechzehn ungefähr. Das hat nichts zu bedeuten. Die Irren haben in der Sekunde unsere Nummer gewählt, in der sie auf Abspielen klickten. Diese beiden waren nicht die ersten Anrufer. Einer ist ihnen um zehn Uhr fünfzehn zuvorgekommen. Er hat behauptet, die Dunkelelfen hätten ihm das Video aus dem Kopf genommen, und jetzt wolle er wissen, was der Hochkönig deswegen zu unternehmen gedenke. Der Kerl hat seinen Echtnamen hinterlassen und ist ein alter Stammkunde. Er hat uns schon angerufen, als wir nur Festnetzanschlüsse hatten. Deshalb halten wir es bei ihm mit ›im Zweifel für den Angeklagten‹.«

»Nur dass die Anrufer von zehn Uhr sechzehn beide die Tätowierung des Fischs erwähnen. Sehen Sie, hier.« Er reichte Aedith die Abschriften. »*Die sich mit dem Zeichen des Fisches zeichnen* im ersten Anruf und *alle verräterischen Fische* im zweiten von dem Kerl, der dreimal angerufen hat. Die Tätowierung wird im Video erst nach drei Minuten enthüllt, ich habe es nachgeprüft. Vor allerfrühestens zehn Uhr siebzehn kann niemand etwas über den Fisch gewusst haben, mit Ausnahme …«

Aedith nahm ihm die Papiere ab und prüfte es selbst.

»Mit Ausnahme des Mörders.«

»Genau. Oder jemandem, der schon vorher Kenntnis von dem Video hatte. Banba, wie schwierig wäre es, dieses Video aufzunehmen, die ganze Bearbeitung zu machen und es hochzuladen? Könnte das jemand allein schaffen?«

»Natürlich. Aber …« Banba hielt inne, zögerte. »Das ist jetzt nur meine Meinung, ja?«

Aedith warf Drustan einen Blick zu und sah Banba wieder an. »Heute stellt sich alles in die Schlange, um meine Theorie vom einsamen Wolf so richtig vollzuscheißen, aber nur zu.«

Unter den Filzlocken, Tätowierungen und der Kapuze wirkte Banba aufrichtig verlegen. »Ich habe mir das Video jetzt dreimal angesehen. Es ist primitiv. Es ist … *gránna*.«

»Von geringer Qualität«, dolmetschte Drustan.

»Diese Archivszenerie mit den Wolken, der billige Stimmfilter über dem Kommentar, das ist alles minderwertig gemacht. Aber der Schnitt ist gut. Die Botschaft kommt rüber. Ich habe bei Musikproduktionen schon Ähnliches gesehen. Sie versuchen, irgendein Turbofolc-Kollektiv viral gehen zu lassen, als hätte man sie gerade im Res entdeckt, obwohl da eine Zimmernachbarin der Tochter eines Vorstandsvorsitzenden am Werk ist, die längst einen Plattenvertrag hat. Wir haben hier eine professionelle Verpackung vor uns, die versucht, amateurhaft zu wirken.«

Aedith sah grimmig drein. »Das ist nur eine Annahme. Gibt es eine Möglichkeit, das zu beweisen?«

»Vielleicht. Wenn ich die Originaldatei in die Hände bekäme, die sie gelöscht haben, könnte ich mit ziemlicher Sicherheit beweisen, dass die Aufnahmequalität viel höher ist, als man es mit Zeug schafft, das jeder im Laden zu kaufen kriegt. Ich verfolge es so weit zurück, wie ich kann.«

»Wenn Sie etwas finden, verständigen Sie mich sofort. Bevor Sie damit anfangen – unser Mehrfachanrufer hat seine Nummer nicht unterdrückt. Schauen Sie mal, ob Sie etwas über ihn herausfinden. Es könnte an der Zeit sein, ihm einen Besuch abzustatten.«

Banba setzte sich wieder an ihre Tastatur. Aedith sah Drustan an und machte eine Kopfbewegung in Richtung ihres Büros. Als sie hineingegangen waren, schloss sie fest die Tür und riss einen Polsterumschlag auf, aus dem zwei Mobiltelefone klappernd auf die Schreibtischplatte fielen. »Wegwerftelefone vom Schwarzmarkt. Passen an ein Standard-Ladegerät. Ich habe schon unsere Kontakte übertragen und ein paar unverzichtbare Apps geladen, Karten und so. Mit der Datenbank des Reviers können wir uns damit nicht verbinden, wenigstens nicht über eine Funkanbindung, aber besser als nichts.«

»Sie befürchten, dass Tancred uns noch immer abhört?«

»Er hat keinen Grund, damit aufzuhören. Aber darüber zerbreche ich mir gar nicht den Kopf, sondern über etwas, das mein

Vater gesagt hat. Hinter dem Ganzen stecken Machtgruppen, die mit dem Gipfeltreffen auf eine Weise zusammenhängen, die ich mir noch nicht erklären kann.«

Zum ersten Mal, seit Drustan sie kannte, wirkte Aedith in ihrer Selbstsicherheit erschüttert. Dann lachte sie kurz auf, ohne jede Belustigung. »Ich sollte mein eigenes Video drehen und vor Mikrochips in Metkannen warnen, oder vor Grendels Kindern, die aus den drahtlosen Netzwerken über uns kommen.«

Drustan nahm sich ein Telefon und ließ es in seine Tasche gleiten. Sobald er allein war, konnte er weitere Sicherheitsprogramme laden, Applikationen, von deren schierer Existenz niemand im Osten auch nur etwas ahnte; und falls doch, hätten sie alles getan, um ihre Verwendung mit einem Aufenthalt hinter Gittern zu ahnden, im besten Fall. Diese Apps lieferten der Staatspolizei eventuell noch mehr Seil, um ihn daran aufzuknüpfen, doch dieses Risiko musste er eingehen.

»Da wir von der Staatspolizei sprechen, wo übernachten Sie eigentlich, nachdem man Sie aus der Akademie geworfen hat? Ich könnte Sie in einem sicheren Haus unterbringen, ich habe ein paar, die nicht im System auftauchen.«

»Danke sehr, aber das ist nicht nötig. Meine Situation bietet eine gute Gelegenheit, ein paar alte Kontakte zu reaktivieren. Sobald ich eine Zusage habe, gebe ich Ihnen Bescheid.«

»Ganz wie Sie wollen.« Aedith nahm einen Schluck von dem stundenalten Kaffee und verzog das Gesicht. »Ob unsere piktische Zauberin das Mobifon des Mehrfachanrufers schon geortet hat?«

»Sie sind nicht überzeugt? Dass er es ist, meine ich.«

»Der Haken gibt sich solche Mühe und ruft uns dann von seinem eigenen Mobiltelefon aus an? Selbst wenn ich auf die Götter vertrauen würde – so einfach würden die es uns nicht machen.«

Ein Murmeln vor der Tür. Aedith sah hinaus ins Großraumbüro. »Was bei den Höllen ist da los?«

Agapos hatte die Tür eines soliden grauen Stahlschranks geöffnet und teilte Schusswaffen an jeden Beamten in Reichweite aus. Niemand steckte sie ins Holster. Sie scharten sich um Banbas Monitor, deuteten und stritten.

Aedith trat aus ihrem Büro, die eigene Waffe bereits in der Hand. »Was ist hier los?«

Naeku zog den Schlitten ihrer Pistole zurück und ließ eine Patrone in die Kammer gleiten, während sie mit einer Kopfbewegung nach hinten auf den Monitor wies. Banba machte eine arkane Geste auf einer Tasttafel und warf das Monitorbild auf die Wandbildschirme: den Grundriss eines Gebäudes, angefüllt mit hellblauen Punkten, die sich auf einem großen Platz an der Nordseite zu sammeln schienen; dort öffnete sich das Bauwerk zur Straße. Bei dem Grundriss handelte es sich, wie Drustan nun erkannte, um einen Plan des Polizeireviers Wotanskreuz. Ein grüner Punkt befand sich im Zentrum des Platzes, blinkte langsam, bewegte sich aber nicht, auch nicht, als die blauen Punkte auf ihn zustrebten.

Banba wandte sich Aedith zu. »Ich habe das Telefon geortet, Hauptmann.«

»Und?«

»Er ist im Foyer. Ist gerade hereingekommen.«

VIERUNDDREISSIG

Der Mörder war mit einem gestohlenen Fahrzeug hergekommen, nicht demjenigen, das er für die Arbeit benutzte. In der Stadt war es praktisch unsichtbar, sehr nützlich für seine Zwecke, aber den Leuten, die er treffen sollte, wäre es auf eine Meile Entfernung aufgefallen. Das gestohlene Fahrzeug stand nun in der Gasse hinter dem Gebäude, an dem er warten sollte. Er war früher angekommen, als man ihn angewiesen hatte, und hatte sich die Wartezeit vertrieben, indem er seinen Sax schärfte. Immer wieder fuhr er mit dem Wetzstein an der Schneide entlang. Das leise Kratzen von Mineral auf Stahl war Balsam für seine Seele. Er gehörte nicht zu denen, die ihre Klinge als Teil ihrer Identität betrachteten: Sie war lediglich ein Werkzeug. Ein vorsichtiger Mann achtete aber darauf, dass seine Waffen und sein Verstand gleichermaßen scharf blieben. Und der Mörder war ein vorsichtiger Mann. Deshalb war er zwei Stunden zu früh eingetroffen, eine kluge Entscheidung, denn er hatte viele interessante Dinge beobachtet. Die Beschäftigten in dem kleinen, aber teuer verzierten Gebäude, zu dem man ihn geschickt hatte, waren fortgeschickt worden, und ein Mann in einem Schutzanzug hatte eine dicke Rolle Plastikfolie hineingetragen. Zwei Männer waren die Feuertreppe des Gebäudes gegenüber hochgestiegen, lange Bündel über die Schulter gehängt. Eine Frau in der Signalweste einer Polizeihelferin ging die Straße hinauf und hinunter und gab anscheinend dieselben Informationen über dieselben Fahrzeuge immer wieder in ihren Handrechner ein, ohne sie jemals anzusehen. Ihr Blick verließ nie die Straßenecke, von wo der Mörder kommen müsste, wenn er nicht schon längst eingetroffen wäre.

Keinem von ihnen verübelte der Mörder die Rolle, die sie in dem Verrat an ihm spielten. Er wusste schon seit einiger Zeit, dass sein Weg sich von dem Pfad derer trennen würde, die ihm bis zu diesem Moment solch eine große Hilfe gewesen waren. Von Natur aus war er ein Einzelgänger. Die Fokusgruppen, Markenkonferenzen und jene eine kurze Besprechung mit der Frau, die ihm als erfahrene Modeberaterin vorgestellt worden war, es aber nur zwanzig Minuten in seiner Gegenwart ausgehalten hatte, bevor sie weinend geflohen war, hatten ihn angestrengt. Wenigstens hatten sie alle dasselbe Ziel vor Augen: das Volk vor der Existenz der Fischer zu warnen.

Er habe in den Schatten großartige Arbeit geleistet, hatten sie ihn gelobt; wirklich großartige Arbeit, doch jetzt sei es an der Zeit, die nächste Stufe zu nehmen. Sie hatten ihn über den Einigungsgipfel ins Bild gesetzt, und er konnte zwar nicht sagen, dass er die gesamte Diapräsentation verstanden hatte, doch die Fischer schienen in einem entscheidenden Maß daran beteiligt zu sein, und das genügte ihm. »Ich bin dabei«, hatte er gesagt und großen Jubel und viel Händeklatschen geerntet. Danach hatte er Dokumente unterzeichnen sollen, die rasch wieder zurückgezogen wurden, nachdem er den Stift ergriffen und ihn durch die Hand des Mannes getrieben hatte, der ihm die Dokumente vorlegte. Der Jubel war augenblicklich verstummt, und jemand, von dem der Mörder annahm, dass er nominell das Kommando führte, hatte zum ersten Mal das Wort ergriffen. Nach übertriebenen Entschuldigungen wurde zu Protokoll gegeben (nicht dass es ein Protokoll gegeben hätte), dass selbstverständlich keine Papierspur erforderlich sei. Sie gingen so weit, den Mann, der noch immer versuchte, sich den Stift aus der Hand zu ziehen, für seine Vermessenheit abzukanzeln, während er, eine Spur aus blutigen Papierhandtüchern hinter sich lassend, zur Tür taumelte.

Später wurde der Mörder sehr vorsichtig von einem anderen Mitglied der Gruppe gefragt (den Vertragsmenschen sah er nie wieder), ob er gern an einem Persönlichkeitstest teilnehmen wollte. Er hatte sein Gegenüber nur angestarrt.

»Nichts Kompliziertes«, wurde hastig hinzugefügt, »es ist eigentlich nur ein introspektiver Selbstbeurteilungsfragebogen, der Hinweise auf unterschiedliche psychologische Vorlieben in Bezug auf Weltwahrnehmung und Entscheidungsfindungen liefert.«

Viele Leute, die die Agentur einsetzte, hoben am Ende eines Aussagesatzes die Stimme, als hätten sie gerade eine Frage gestellt. Zum offenkundigen Erstaunen der Anwesenden stimmte er dem Test zu. Immerhin hatte er einmal in Erwägung gezogen, Psychologie zu studieren, um zu sehen, was die Menschen in ihrem Innersten antrieb. Er wusste natürlich, was ihn selbst antrieb, aber die meisten Personen, denen er begegnete, schienen seine Standpunkte nicht zu teilen. Sein Weg durch diese Welt mochte viel ebener verlaufen, wenn er so wenige Warnsignale wie möglich aussandte.

Eine Stunde und fünf Blätter mit Mehrfachauswahlfragen später hatten sie den Vorgang für beendet erklärt, schienen aber nicht bereit, ihm die Ergebnisse mitzuteilen. Er erfuhr nur, dass er ein »Lachs« sei, also dem seltensten Persönlichkeitstypus angehörte, der fähig war, für ausgedehnte Zeiträume unterzutauchen, und nur an die Oberfläche kam, wenn ihn ein tiefes Bedürfnis dazu trieb. Der Mörder fand, dass dies recht passend klang, doch vermutlich war die formelle Bestätigung von etwas, das er bereits wusste, einen ganzen Nachmittag Arbeitsausfall nicht wert: dass er anders als andere Menschen beschaffen war, aber meistens mit ihnen auskam, solange er nur nichts allzu Waghalsiges unternahm.

Nach diesem Test und dem dritten oder vierten Treffen bewegte sich das Gesprächsthema langsam weg von der Gefahr, die die Fischer für die natürliche Ordnung der Dinge darstellten, und den Verbrechen, mit denen sie jahrzehntelang davongekommen waren, zurück zum Gipfeltreffen. Sie glaubten, sie wüssten, mit wem sie es bei ihm zu tun hatten, war dem Mörder klar geworden. Obwohl sie normalerweise nicht mit Personen zusammenarbeiteten, die seine besonderen Fertigkeiten mitbrachten – zumindest nicht direkt –, betrachteten sie ihn doch als Mitglied ihrer Gruppe und gaben sich nun entspannter in seiner Gegenwart. Allerdings erst, nachdem sie sich vergewissert hatten, dass keine spitzen Gegenstände in seiner Reichweite waren.

So etwas hatte der Mörder schon früher erlebt. Zunächst schüchterte er die Leute ein: Er war ein großer Mann, er hielt sich in Form, und er hatte wenig Interesse an gesellschaftlichen Feinheiten, was den meisten Menschen Unbehagen bereitete. Einige wie die Modefrau wussten instinktiv sofort über sein wahres Wesen Bescheid und wurden so sehr aus der Fassung gebracht, dass sie so schnell wie möglich aus seiner Gegenwart fliehen mussten. Der Mörder nahm es nicht persönlich, denn es handelte sich um eine vernünftige Verhaltensweise. Aber die meisten verdrängten sein Wesen in den Hinterkopf, sobald sie sich an seine Hülle gewöhnt hatten – die äußere Person, die still ihre Arbeit tat und keinen Ärger verursachte –, und dadurch konnten auch sie mühelos ihr authentisches Ich enthüllen.

Wäre er ein echter Wahnsinniger gewesen – der Typus Mensch, den die Agentur für ihn vorgesehen hatte, den die

Nachrichtenseiten gern als solchen beschrieben und der in den geselligen Medien überall zu finden war –, hätte er sich in brennender Wut über den Verrat gerächt. Mit dem Sax in der Hand hätte er das Gebäude gestürmt und es wenige Minuten später von der Glorie des Schlachtfelds bedeckt wieder verlassen. Aber er war kein Wahnsinniger; nicht in dem Sinn, in dem man es von ihm erwartete, und die Scharfschützen auf dem Dach hätten ihn in Sekundenschnelle ausgeschaltet. Darum hielt er sich an den Plan, wendete mit dem Wagen und fuhr davon.

Einer der ersten Fischer, die er jemals gefasst hatte, war ein magerer alter stämmischer Bombenbauer gewesen, der die Tätowierung nur angenommen hatte, weil ihn sonst niemand aufnehmen wollte. Der Mann hatte dem Mörder einen Nachmittag lang beigebracht, wie man einfache Sprengladungen baute: wie man einen Zeitzünder an illegal beschafftem Bergbausprengstoff anbrachte, ohne sich selbst dabei in die Luft zu jagen. Der Mörder mochte es nicht, Dinge auf diese Art und Weise zu erledigen, aber er lehnte niemals eine Gelegenheit ab, sich selbst zu verbessern. Er hatte gespürt, dass der ältere Mann wahre Begeisterung für seine Arbeit aufbrachte, obwohl er während ihres Gesprächs an einen Tisch gebunden war und die meisten seiner Finger gebrochen waren. Trotzdem hatte er sich als guter Lehrer erwiesen, und zur Belohnung war ihm die Gnade eines schnellen Endes gewährt worden. Der Indij schien den Moment nicht einmal zu bedauern, als der Tod kam und der Sax ihm die Kehle mit solcher Kraft zerschnitt, dass ihm fast der Kopf abgetrennt wurde. Seitdem hatte der Mörder größere Kunstfertigkeit gewonnen.

Der Killer vermutete, dass der Bombenbauer in diesem Moment gedacht hatte, sein Augenblick im Angesicht der Götter sei schon Jahrzehnte überfällig. Er hatte nicht einmal den Gott der Fischer angerufen, als der Sax ihm näher kam, sondern die alten

Stämmlergottheiten. Der Mörder hatte darum vor einem gewissen Zwiespalt gestanden: War der Bombenbauer überhaupt ein echter Fischer, wenn er nicht wahrhaft glaubte? Aber er hatte das Zeichen genommen, und irgendwo musste man die Grenze ziehen. Töte sie alle und lass ihren Gott die Seinen erkennen.

Der Mörder blickte auf die Uhr und schaute kurz in seinen Rückspiegel. Hinter ihm hob und dehnte sich das Bürohaus, als hätte die Faust eines unsichtbaren Riesen es von unten getroffen. Rote Flammen wurden zu schwarzem Rauch, noch bevor der Knall ihn einholte und an jedem Fahrzeug auf der Straße den Einbruchalarm auslöste.

Der ältere Stämmler hatte also gewusst, wovon er sprach. Der Prozess insgesamt war effizient gewesen, sogar spektakulär, aber er entsprach eigentlich nicht der Art, wie der Mörder die Dinge gern erledigte. Nachdem er dies nun hinter sich gelassen hatte, konnte er zu seinen alten Wegen zurückkehren.

FÜNFUNDDREISSIG

Vier Meilen, wie die Krähe flog, davon entfernt, drängte sich Aedith durch einen dicken Kordon bewaffneter Polizisten, die Hand mit ihrem Dienstausweis hoch erhoben, als ob nicht jeder einzelne Vogt im Foyer einen eigenen besaß. Drustan folgte still in ihrem Kielwasser.

Der Mann im Foyer war über sechs Fuß groß und hatte kurze blonde Haare, an den Seiten geschoren. Im Nacken trug er einen grauen Verband, der aus dem Kragen des für die Jahreszeit zu dicken und zu weiten Mantels ragte. Wie Aedith hielt er ein Totem hoch über den Kopf: ein zerschrammtes Mobiltelefon, dasselbe Gerät (vermutlich), das Banba im Bereitschaftsraum verfolgte. Das Großraumbüro war nun verlassen, alle Beamten waren die drei Stockwerke hinuntergeeilt, nur um von einer unsichtbaren Barriere aufgehalten zu werden. In dreißig Fuß Umkreis um den Mann befand sich niemand.

»Sehen Sie sein Handgelenk?«, fragte Aedith. Drustan nickte. Das Zeichen des Sperlings, aber primitiver als Denbys Arbeit, blickte es außerdem in die falsche Richtung. Drustan schaute sich um, bis er den Wachhabenden entdeckte, ein kahlköpfiger, graubärtiger Sergeant, der starren Blicks noch immer den Hörer eines Festnetztelefons in der Hand hielt, aus dem laut und deutlich ein Wählton drang. Er nahm ihm den Hörer ab und legte ihn leise auf die Gabel.

»Was ist hier los, Sergeant?«

Der Mann blinzelte ihn an, anscheinend unsicher, in was für einer Terrorlage er gelandet war. Seufzend zückte Drustan selbst den Dienstausweis. Der Wachhabende nickte, und unter welchem Zauberbann er auch gestanden hatte, er war gebrochen.

»Der behauptet, der Haken zu sein, Herr Inspektor. Sagt, er will sich stellen. Wir hatten schon drei davon, deshalb sage ich ihm, er soll sich setzen und warten. Da meint er auf einmal, er hätte 'ne Bombe.«

Der Haken, wenn er es denn war, zog mit der einen Hand den Reißverschluss seiner Jacke herunter und starrte mit wildem Blick auf etwas, das weit hinter den Reihen bewaffneter Vögte sein musste, die ihn umgaben. Drustan folgte seinem Blick zu einer Überwachungskamera hoch oben am ersten Treppenabsatz.

Aedith hatte sich an Drustans Seite vorgedrängt.

»Das Bombenkommando steckt im Verkehr fest, aber es ist unterwegs. Die hohen Tiere sind alle bei einer Preisverleihung am anderen Ende der Stadt. Tancred ist im Gebäude, aber niemand weiß, wo, und das bedeutet, dass wir zurzeit die ranghöchsten Offiziere vor Ort sind.«

»Haben wir ein Glück.«

»Nun ist *technisch*«, fuhr sie fort, »ein Kriminalinspektor der Stammespolizei von etwa gleichem Rang wie ein angelsächsischer Hauptmann, also könnten Sie das Kommando übernehmen, wenn Sie wollen. Weil ich hier heimisch bin, habe ich einen moralischen Vorteil, aber ich bin bereit, mich Ihrem Befehl zu unterstellen, sollten Sie das wollen.«

Drustan beobachtete, wie der angebliche Haken die Jacke öffnete. Die Bombenweste sah genau so aus, wie man es erwarten würde: ein lockeres Geflecht aus Riemen und Drähten, an denen ein halbes Dutzend flache graue Blöcke hingen, bei denen es sich um Knetmasse handeln konnte, auch wenn es das fast mit Sicherheit nicht war. Die Vögte ringsum wirkten ein wenig unbehaglich. Der Augenblick, in dem das Problem mit einer entschlossenen Anwendung wohldosierter Gewalt noch hätte beseitigt werden können, war verstrichen, und nun war es an der Zeit, die Situation an übergeordnete Stellen weiterzureichen.

»Ich gebe zu, dass ich für diese Lage unzureichend ausgebildet bin«, sagte Drustan. »Ein Kurs in Geiselverhandlung, der aber eher auf betrunkene Bauern mit Schrotgewehren in abgelegenen Langhäusern ausgerichtet war. Falls das für Sie akzeptabel wäre, würde ich diese Situation darum lieber als Lerngelegenheit nutzen.«

Seufzend schob Aedith ihre Waffe ins Holster. »Gut, aber falls sie uns nicht von den Wänden kratzen müssen, wenn dies alles vorbei ist, schulden Sie mir eine ganze Menge Kuchen. Herrschaften! Stecken wir die Waffen weg und versuchen wir, unseren Besucher nicht zu ängstigen. Er scheint mit den Nerven am Ende zu sein.« Ein kaum merkliches Kopfschütteln zu Agapos, der halb außer Sicht hinter einer Säule stand. *Sie nicht, ein bisschen wollen wir ihn in Schach halten.* Agapos nickte. Der Rest von ihnen tauschte Blicke. Kein angelsächsischer Vogt riss sich darum, der Erste zu sein, der die Waffe wegsteckte, wenn er einem Verrückten gegenüberstand.

»Versuchen wir es noch mal«, sagte Aedith. »Alles schaut auf meine Dienstmarke.«

Sie hielt den Ausweis hoch. Drei Dutzend Augenpaare schwenkten darauf zu.

»Jetzt stecken Sie die Waffen weg, bevor ich sie Ihnen abnehme und in Ihren kollektiven Arsch ramme.«

Überall wisperte Karbonfaser auf Plastik. Die einzige Waffe, die auf den Mann gerichtet blieb, gehörte Agapos, und Drustan war sich recht sicher, dass sie aus diesem Winkel nicht zu sehen war. Nicht dass dem angeblichen Haken etwas anderes wichtig zu sein schien, als im Blickfeld der Kamera zu stehen.

Aedith steckte den Ausweis ein und trat einen Schritt auf den Mann zu, die Hände bittend erhoben.

»Guten Tag, Freund«, sagte sie. »Mein Name ist Hauptmann Aedith Mercia, und ich bin Ihre Verhandlungspartnerin. Darf ich fragen, was Ihnen da am Hals passiert ist?«

Der Mann schien sie zum ersten Mal zu sehen. Sein Mobiltelefon streckte er noch immer hoch in die Luft, ein altmodisches Modell, wie Drustan nun sehen konnte; kein berührungsempfindlicher Bildschirm, sondern ein Feld mit Plastiktasten. Der Daumen des Mannes schwebte über dem zentralen Knopf. Ein zweites Mobifon, oder zumindest einige Teile davon, schauten aus der Mitte seiner Weste. Nicht die effizienteste Anordnung: Das Signal musste vom ersten Mobiltelefon zur lokalen Netzzelle gesendet werden, wurde an einen Satelliten übertragen und gelangte zum zweiten Gerät, um die Explosivstoffe zu zünden, die sie alle töten würden.

»Ich bin der Haken«, sagte der Mann. »Ich habe euch schon angerufen. Dreimal. Ich habe euch gesagt, ich bin der Haken, aber niemand hat mich zurückgerufen.«

Der letzte Satz kam recht lapidar, als ginge es um einen Hundehaufen im Park oder eine defekte Straßenlaterne.

»Ich fürchte, wir haben heute viele Anrufe bekommen«, sagte Aedith in geduldigem, mitfühlendem Ton. »Aber ich bin besorgt, dass Sie verletzt sind. Ihre Wunde dort sieht ziemlich hässlich aus. Vielleicht sollten wir einen Arzt rufen, der sie sich einmal ansieht?«

»Ich bin der Mörder von …« Der Mann schluckte und setzte neu an. »Ich bin der Mörder von Gorsedd Angwin und Eawynn Wettin. Sie waren Fischer.«

»So sieht es aus.« Aedith hatte nicht einmal die Stimme erhoben, ganz als plauderte sie mit einem Freund. »Ich weiß nicht besonders viel über die Fischer, aber ihre Tätowierungen kenne ich. Können Sie mir denn erklären, worum es dabei geht?«

»Sie verstecken ihre Masken«, sagte der Mann. »Nein, sie verstecken ihre *Gesichter.* Hinter Masken. Sagen Sie dem Vogt da, er soll wegbleiben.«

Ein unternehmungslustiger Polizist hatte sich vorgeschoben; seine Hand näherte sich langsam der Dienstwaffe.

»Treten Sie zurück, Wachtmeister«, befahl Aedith. »Sofort. Wenn Sie sich nützlich machen wollen, können Sie mir einen Kaffee holen. Vielleicht auch einen für unseren Gast. Mögen Sie Kaffee? Oder lieber einen Kräutertee?«

Der Mann achtete nicht auf sie. Er leckte sich die trockenen Lippen, murmelte wortlos vor sich hin, ging im Kopf etwas durch.

Er ist instruiert, dachte Drustan; sie haben ihm nicht nur eine Bombenweste gegeben, sondern auch eine Botschaft.

»Ihr Hals«, sprach Aedith ihn wieder an. »Was ist Ihnen zugestoßen?«

Der Blick des Mannes wirkte nicht mehr geistesabwesend. Seine Augen waren vor Panik weit aufgerissen. Mit der freien Hand tastete er nach dem Verband und berührte ihn vorsichtig. »Das weiß ich nicht«, sagte er. »Ich meine, sie haben es mir nicht gesagt.«

Er verzog gequält das Gesicht. Er vermasselte es, und das war ihm bewusst. Unvermittelt fiel ihm wieder ein, was er zu sagen hatte, und er stieß hervor: »Ich bin jener, den sie den Haken nennen. Ich bin das Werkzeug Wotans auf dieser Erde, und er wird mich nach meinem Tod für meine Taten belohnen. Ich habe den Schnauz umgebracht und die Hure auch, und ich werde alle verräterischen Fische ausweiden, die wollen, dass sich die Rassen vermischen und dass der Osten zu einem Land des Nichts wird.«

Er wirkte erbärmlich zufrieden, als er zum Ende kam. Weshalb auch immer er hierher gekommen war, er hatte es vollbracht.

»Ich bin der Haken«, sagte er und drückte die Taste.

SECHSUNDDREISSIG

An diesen Moment würde sich Drustan wegen zweier Dinge bis an sein Ende erinnern: einmal ob der Verwirrung im Gesicht des großen Angelsachsen, weil nichts geschah, zum anderen wegen des absurd sinnlosen Schritts zurück, den jeder Polizist im Gebäude gleichzeitig machte. Selbst Agapos war zusammengezuckt, und Drustan hatte die Verzögerung genutzt, um sich zwischen den Sergeanten und sein Ziel zu werfen. Bis Agapos' Waffe wieder oben war, hatte Drustan das Foyer durchquert und den Haken erreicht.

Dieser hatte ihn nicht bemerkt; er war zu beschäftigt, das Telefon in die Höhe zu strecken, um besseren Empfang zu erhalten. Nach einem Augenblick piepten der Bildschirm und das offen liegende Innenleben des zweiten Telefons zweimal, aber da hatte Drustan es bereits von der Bombenweste abgerissen und auf den Boden geworfen.

Der Mann stöhnte, ein jämmerlicher Laut, der nicht zu jemandem passte, der so viele Polizisten mit in den Tod reißen wollte, wie er konnte, sondern zu jemandem, dem man eine Aufgabe anvertraut hatte, an der er prompt gescheitert war. Er sah zu Drustan hinunter.

»Ausgezeichnete Arbeit, Inspektor Drustan«, sagte Major Tancred irgendwo hinter ihm. Er trat vor, setzte dem Angelsachsen die Mündung seiner Dienstwaffe an die Schläfe und drückte ab.

Hakenmörder wird zu irrem Bomber, von Staatspolizeibeamten ausgeschaltet lautete die Schlagzeile auf der größten Nachrichtenseite. Die anderen gingen mehr oder weniger in die gleiche Richtung. Alle machten sich irgendwo ihren Reim darauf. Einige wurden von einer Explosion an einem der schickeren Plätze der Innenstadt abgelenkt, wo mehrere avantgardistische Medienproduktionsgesellschaften angesiedelt waren. Erste Berichte führten den Vorfall auf eine defekte Gasleitung zurück, und niemand schien zu wissen, wer, wenn überhaupt jemand, dabei umgekommen war.

Zurück zur Hauptmeldung: Der Mörder, der als der Haken bekannt war, wurde als ein gewisser Stithulf Hatt identifiziert. Er war Heeresreservist und hatte als Wachmann gearbeitet. Kürzlich war bei ihm ein Tumor festgestellt worden, der sich um seine Hirnbasis geschlungen hatte, sodass sogar die besten panafrikanischen Chirurgen ihn nicht hätten entfernen können – selbst wenn Stithulf in der Lage gewesen wäre, eine Schwarmfinanzierung für den Eingriff zusammenzubekommen, was aber sowieso unwahrscheinlich war, weil er in den Graswurzelmedien nicht präsenter war als ein Pickel.

Er hinterließ eine geschiedene Frau und eine junge Tochter, die ihn als »fromm« beschrieben, während Nachbarn sein Verhalten in letzter Zeit eher unberechenbar nannten; er habe zwischen Zurückgezogenheit und dem Schwadronieren über Verschwörungslegenden gependelt. Seine Stelle hatte er zwei Tage vor dem Fund von Gorsedd Angwins Leiche gekündigt und war seither nicht mehr gesehen worden. Mobiltelefondaten brachten ihn mit dem Schauplatz beider Verbrechen in Verbindung, und in der winzigen Wohnung, die er sich nach dem Scheitern seiner Ehe gemietet hatte, war eine Nagelpistole gefunden worden, dazu viele verschwörerische Broschüren und sein Sax mit einem Zettel, auf dem stand, er solle an seine Tochter weitergegeben werden, wenn sie alt genug wäre, um ihn zu beanspruchen.

Major Tancred von der Staatspolizei, der heldenhafte Vogt, hatte Hunderten tapferer Männer und Frauen das Leben gerettet, die jeden Tag ihren Eid zum Schutz der Öffentlichkeit erfüllten und deren Arbeit oft verspottet und ignoriert wurde (nicht zuletzt von den vielen Nachrichtenseiten, die den Bericht brachten). Er hatte eine Erklärung verlesen, dass er nicht nach weiteren Verdächtigen für den Mord an Angwin oder Eawynn Wettin suche. Weiterhin erklärte Tancred, dass die Sicherheitskräfte des Gipfeltreffens, das am nächsten Tag offiziell beginnen sollte, der Form halber in höchste Alarmbereitschaft versetzt blieben. Alle Angestellten, die verdächtigt wurden, dem Fischer-Kult anzugehören, würden bis zum Abschluss der laufenden Untersuchungen entfernt. Als ein zahmer Journalist fragte, ob Tancred der Meinung sei, dass der Haken den Behörden in gewisser Weise einen Gefallen getan habe, indem er sie darauf aufmerksam gemacht habe, dass diese zwielichtigen »Fischer« – von denen mindestens einer eine terroristische Vergangenheit hatte und ein großes Depot illegaler Waffen unterhielt, mit denen er wer weiß was für unangelsächsische Ziele verfolgte – auf allen Ebenen des Gipfeltreffens involviert seien, beendete Major Tancred die Pressekonferenz abrupt. Aber er hatte es nicht abgestritten.

»Mit Hatt habe ich noch nicht angefangen«, sagte Orva. Zwei Tote lagen auf Rollbahren im Leichenschauhaus: Eawynn Wettin war vom Hals abwärts mit einem Laken bedeckt, und Stithulf Hatt war nackt. Auf einem Tablett neben ihm funkelten Orvas chirurgische Instrumente und warteten darauf, benutzt zu werden. »Wettins Toxikologie kam gerade herein. Sie war betäubt, genau wie Angwin, aber ihre Verletzungen waren offensichtlich weniger schwer.«

Drustan dachte an Wettins weit aufgerissene Augen im Wald, mit denen sie ihn angestarrt hatte, auch wenn er sicher war, dass sie nur den mörderischen Fischer gesehen hatte. Er hatte sie so hoch angehoben, wie er konnte, bis die Polizei, von Wettins Schreien angelockt, eintraf und sie abnahm. Sie war verstummt und hatte die Augen wieder geschlossen, als sie endlich auf einer Trage in den Krankenwagen geschoben wurde, aber ihr Schrei hallte Drustan noch immer durch den Kopf. Aus Erfahrung wusste er, dass er nicht verstummen würde, bevor der Mörder gefunden war.

»Uns wurde mitgeteilt, dass sie an einem Herzanfall gestorben sei«, sagte Aedith.

»Vermutlich ein Resultat des Traumas. Obwohl es auch ernsthaften Blutverlust gab, der das Herz schädigt und unterm Strich zu einem Infarkt führen kann.«

»Ich bin am Tatort gewesen«, sagte Drustan. »Dort gab es überraschend wenig Blut.«

Orva zuckte mit den Schultern. »Ich kann nicht sagen, wo es hin ist. Sie wird sicherlich einiges durch die Wunden an Hand- und Fußgelenken verloren haben, aber das ist nicht, was einen umbringt. Wenn der Mörder Angwin nicht die Kehle durchgeschnitten hätte, als er angenagelt war, wäre er irgendwann erstickt.«

Aedith runzelte die Stirn. »Das verstehe ich nicht.«

»Wenn die Arme für einen langen Zeitraum so ausgestreckt sind, kann die Brustmuskulatur nicht entspannen, die Lunge nicht richtig kontrahieren, und am Ende geht einem der Sauerstoff aus. Eine schreckliche Art zu sterben. Die Römer waren ganz groß darin.«

»Dann …« Drustan durchdachte, was er gehört hatte. »Dann wird das Durchschneiden der Kehle zu einem Akt der Gnade?«

»Da müssten Sie einen Psychologen fragen. Aber wie ich es sehe – was immer das wert ist –, ging es um Ungeduld. Der Mörder will seine Opfer zwar leiden sehen, ist jedoch nicht bereit, lange bei ihnen auszuharren. Er sucht Rache, doch er denkt auch praktisch. Das ist natürlich nur meine inoffizielle Meinung. Wie dem auch sei, vom Offensichtlichen abgesehen, ist Wettin in gutem gesundheitlichem Zustand. Keine Anzeichen für Alkoholismus, und sie hielt sich in Form.«

Drustan dachte an Angwins Vergangenheit und die geschundenen Leichen der anderen Fischer: Ethel Noakes, Ulf und weitere, von denen sie nie erfahren würden.

»Diese Menschen hatten etwas in ihrem Leben, das sie veranlasst hat, dieses Zeichen zu nehmen und ein Fischer zu werden. Falls es keine körperliche Sucht ist, dann etwas Spirituelles. Die Fischer bieten ihnen etwas, das diese Menschen nirgendwo sonst finden.«

»Bieten nicht *alle* Religionen etwas, das man im wahren Leben nicht bekommen kann?«, fragte Aedith. Drustan kam nicht umhin, die Hel-Tätowierungen zu bemerken, die unter Orvas kurz geschnittenem Haar gerade noch sichtbar waren. Aedith folgte seinem Blick und fügte hinzu: »Nicht böse gemeint, Orva.«

Orva zuckte mit den Schultern. »Hab ich nicht so aufgefasst. Den Göttern ist es gleichgültig, ob man an sie glaubt oder nicht. Sie warten trotzdem auf einen, so oder so.«

Drustan sagte nichts.

»Unser Herr Hatt hingegen«, fuhr Orva fort. »Musste abwarten, bis das Bombenkommando sich um die Weste gekümmert hatte, bevor ich ihn bekam. Ein bisschen davon war echt, nur falls Sie es sich gefragt haben.«

Aedith runzelte die Stirn. »Ein bisschen?«

»Zwei Blöcke von acht. Die anderen waren Attrappen, auch wenn man es ohne eine chemische Untersuchung nicht gemerkt hätte. Genug, um unseren Mann in Fetzen zu reißen, und jeden im Foyer, aber nicht genug, um das Gebäude einstürzen zu lassen. Wirklich sehr rücksichtsvoll.«

Drustan sah auf den Verband am Nacken, der gerade sichtbar war. »Können wir den abnehmen?«

»Sicher. Sie müssen mir helfen, ihn zu drehen, er ist ein großer Junge.«

Gemeinsam rollten Drustan und Aedith den Toten auf die Seite. Orva zog den Verband mit einer Pinzette ab und musterte ihn unschlüssig. »Mit der Bandage löst sich auch viel Haut. Wollen Sie den Verband als Beweis aufheben?«

Aedith nickte. »Ist es möglich, ihn zu trocknen, ohne Fingerabdrücke zu verlieren?«

»Ich tue mein Bestes. Sie müssten ihn auf den Bauch drehen, wenn Sie einen guten Blick auf seine Wunde bekommen wollen. Rollen Sie ihn nachher bitte nur wieder auf den Rücken. Die Träger mögen es nicht, wenn ich sie hereinrufe, damit sie die Toten wenden.«

Allzu schwierig war es nicht, dafür zu sorgen, dass Hatt vom eigenen Gewicht auf die Vorderseite gezogen wurde. Sein Nacken war wund und die Haut stellenweise abgelöst oder fehlte ganz. Wo es noch welche gab, war sie rot und blasig.

»Sieht aus wie eine Verätzung durch Säure«, sagte Orva. »Höchstens zwei Tage alt.« Sie bemerkte den Blick, den Drustan und Aedith tauschten. »Ist das wichtig?«

»Scheiße, ja«, sagte Aedith. »Gleichzeitig könnten die höheren Etagen diesen Befund als ›nicht konstruktiv‹ bezeichnen.«

Wieder tauschten Drustan und sie einen Blick, während Orva ungerührte Professionalität zur Schau stellte, die Drustan noch stärker beeindruckte. Laut verkündete die Gerichtsmedizinerin: »Zeit für meine Pause. Der Automat hier unten ist leider defekt, deshalb muss ich bis zum Empfang gehen. Das kostet mich bestimmt eine Viertelstunde.«

»So«, sagte Aedith, nachdem die Tür sich hinter Orva geschlossen und sie das Stromkabel der einzigen Überwachungskamera im Raum gezogen hatte, »man braucht nicht der scharfsinnigste Ermittler auf der ganzen Welt zu sein, um zu dem Schluss zu gelangen, dass Herr Hatt und der Verdächtige im Drohnenvideo ein und dieselbe Person sind.«

»In der Tat«, sagte Drustan. »Gleiche Körpergröße, gleicher Körperbau, wir haben im Video sein Gesicht nie gut gesehen, und diese Verbrennung passt zu Form und Größe des Zeichens, das der Verdächtige im Nacken trug. Auch findet sich der Sperling am Handgelenk – er sieht nicht ganz so aus wie im Video, aber das könnte man mit Nachtsicht, Kompressionsartefakten und dergleichen wegerklären. Wie dem auch sei, gewiss werden wir feststellen, dass Herr Hatt in seiner Kindheit von einem Kinderheim im Südosten zum anderen weitergereicht wurde.«

Aedith nickte. »Drehen wir ihn wieder um.«

Gemeinsam wuchteten sie Hatt auf den Rücken, sodass seine blicklosen Augen erneut an die Decke starrten.

»So«, sagte Aedith, »nehmen wir an, dass Ihre ermittelnden Beamten einen Blick auf einen Verdächtigen werfen konnten, und Sie ihnen alles geben wollen, was sie brauchen, um den Fall abzuschließen. Warum graben Sie dann keinen über sechs Fuß großen Angelsachsen aus, der einst Pflegekind war – und die entsprechende Tätowierung trägt –, dem Tod geweiht ist und unbedingt für seine Angehörigen sorgen will? Sie gießen ihm Säure auf den Nacken, damit es aussieht, als hätte er versucht, eine Tätowierung zu entfernen, stecken ihn in eine Bombenweste und schicken ihn aufs Revier, wo er unter der Überwachungskamera eine auswendig gelernte Erklärung deklamiert und sich dann in die Luft sprengt? Ich gehe davon aus, dass sein Familienkonto einen beträchtlichen Silbereingang verzeichnen wird, sobald alles vorbei ist.«

»Das hat eine gewisse Logik«, sagte Drustan. »Wenn man die Mittel und den Willen besitzt. Über den Willen verfügt unser Mörder zweifelsohne, aber falls er ein Angelsachse aus der Arbeiterklasse mit nur einem Polizistengehalt ist, fehlen ihm die Möglichkeiten, all das zu arrangieren.«

»Stimme zu«, sagte Aedith mürrisch. »Was in meine Theorie vom einsamen Wolf ein noch größeres Loch reißt als in Hatts Schädel. Also, wer könnte es tun? Wer stand hinter ihm?«

»Gute Frage. Und dann die Anrufe. Gleich drei von Hatt, der seinen Text vorliest und verzweifelt bemüht scheint, die Aufmerksamkeit zu erhalten, die zu erregen ihm offenbar befohlen wurde. Gleichzeitig ist er sich nicht darüber im Klaren, dass er in der üblichen Flut aus Falschbehauptungen untergehen könnte. Aber dann ist da noch der erste Anruf, von einem anderen Teilnehmer, der ein klitzekleines bisschen zu früh um die Fisch-Tätowierung wusste.«

»Der echte Mörder.«

»Ich glaube schon. Aber warum sollte er selbst bei uns anrufen? Warum in einen offenbar gut ausgeklügelten Plan hineinpfuschen?«

Aedith sah ihn an. »Sie glauben, dass der Mörder nicht allzu gut mit anderen zusammenarbeitet?«

»Vielleicht. Aber ob er nun vom Drehbuch abweicht oder nicht, wer stärkt ihm den Rücken?«

»Meinem Vater zufolge ›größere Mächte‹.«

»Ich kann nicht behaupten, dass uns das großartig weiterbringt.«

Drustan sah zu, wie Aedith ein Laken nahm und es über Hatts nackte Leiche breitete. Ihm kam es nicht vor wie eine Geste der Prüderie, mehr ein Ausdruck sanften Mitleids. »Nach Vaters Maßstäben«, sagte sie, »war das *überdeutlich.*«

Als Drustan und Aedith wieder ins Büro kamen, war das Dezernat größtenteils schon im Feierabend. Eine einsame keltische Putzfrau bearbeitete den Bereitschaftsraum, fegte Honigkuchenhüllen in Müllsäcke und sammelte die halb leeren Kaffeebecher ein, während sie sorgsam Papiere und grausige Tatortfotos unberührt ließ. Nur Aedith, Drustan, Agapos und Naeku blieben zurück. Naeku öffnete den Mund, aber Aedith schüttelte den Kopf, bevor sie etwas sagen konnte. Ihr Blick zuckte zu der Überwachungskamera gleich unter der Decke in einer Ecke des Raums. »Gehen wir in die Methalle.«

SIEBENUNDDREISSIG

Polizistenkneipen auf der ganzen Welt ähnelten einander, zumindest galt das für die, in denen Drustan gewesen war. Die gerahmten Fotos längst toter uniformierter Vögte sahen vielleicht unterschiedlich aus, und die Ikonografie des Sports variierte von einem Land zum anderen, aber die Themen waren identisch: eine gewisse Abschottung, ein Beharren auf Sauberkeit und Ordnung, das gegen die abgewetzten Kanten des Mobiliars machtlos war, der Eindruck, dass Geheimnisse weniger bewahrt als vielmehr unter die Bodenbretter gekehrt wurden. Die Hälfte der Gäste waren Afrosachsen, ein Drittel weiblich. Der Alkohol wurde nicht genossen, sondern vermittels eines mechanischen Prozesses in Kehlen geschüttet, der weiterlaufen würde, bis der Besitzer der Kehle die Besinnung verlor oder nach Hause ging.

Hinter dem Schanktisch war eine antike Holzschnitzerei angenagelt: ein Flachrelief Saxnots, des wenig geliebten Sohnes Wotans und Hüter der Ordnung, mitsamt seinem steinernen Schwert. Darunter hatte vor langer Zeit ein betrunkener Vogt den groben Umriss einer Polizeimarke mit der Dienstnummer *001* im Zentrum in die Wand geritzt.

Aedith, die sich der wichtigsten Pflicht angelsächsischer Hauptleute wohl bewusst war, die abgesehen von Großzügigkeit bei der Verteilung von Überstunden darin bestand, den ersten Met zu spendieren, stand schon an der Theke, Schulter an Schulter zwischen dienstfreie Vögte gedrängt.

»Es sei denn, Ihnen wäre ein Mineralwasser lieber?«, fragte sie. Drustan schüttelte den Kopf. Er stach ohnehin hervor wie ein dreibeiniges Kalb, auch wenn ein oder zwei Beamte, die tagsüber im Gebäude gewesen waren, ihn erkannten und ihm kurz zunickten; vor einem Schlag auf den Rücken schreckten sie jedoch zurück. Das Mindeste, was er tun konnte, war, sich an ihre kulturellen Gepflogenheiten zu halten und ein Glas mitzutrinken. Allerdings reichte einem ganz bestimmten afrosächsischen Beamten eine gemeinsame Vorliebe für Honigbier nicht aus, um die Ereignisse des Tages angemessen zu verarbeiten.

»Ich hätte Sie umbringen können«, grollte Agapos, der Drustan mit finsteren Blicken bedacht hatte, seit Hatts Gehirn vom Boden gewischt worden war. Sie hatten einen Ecktisch bekommen, weil die Vögte, die dort gesessen hatten, sich respektvoll erhoben und behauptet hatten, sie wären sowieso gerade im Gehen, kaum dass Aedith hereingekommen war. Eine leise Stimme in Drustans Hinterkopf merkte ohne Vorwurf an, dass Hauptmann Mercia sich zwar in keiner Weise wie eine privilegierte angelsächsische Prinzessin gab, gewöhnlich aber trotzdem bekam, was sie wollte. »Wie hätte die Hauptstadt dann wieder dagestanden, was die Rassenbeziehungen angeht?«

»Ich hatte gehofft, den Verdächtigen am Leben halten zu können«, sagte Drustan. »Gegen jedermanns Instinkt, ihn selbst eingeschlossen.« Er senkte die Stimme, unsicher, wie offen sie reden konnten. »Wo ist Tancred überhaupt hergekommen?«

Aedith grinste ihn an. »Reden Sie so laut, wie Sie wollen. Sergeant …« Sie stieß einen Vogt an, der in der Nähe stand und seinem geröteten Gesicht zufolge bereits beim siebten oder achten Met war. »Was halten Sie von Ihren Vorgesetzten?«

»Alles Arschlöcher, Hauptmann«, murmelte er und rülpste fröhlich. »Anwesende nicht im Geringsten ausgeschlossen.«

»Richten Sie Ihrer Frau meine Grüße aus, Cuthbert«, sagte Aedith. Der Sergeant tippte sich respektvoll an die Stirn und drängte sich zu ermutigendem Jubel durch die Menge.

Aedith wandte sich wieder Drustan zu. »Keine Wanze könnte in der allgemeinen Dampfplauderei und den Latrinenparolen irgendetwas von Belang aufzeichnen. Und ich würde gern sehen, wie jemand von der Staatspolizei versucht, dieses Lokal zu betreten. Man hätte ihm den Schwanz abgeschnitten, bevor er sein erstes Glas bestellt. Daher können Sie diese Schenke als freies Haus in jedem Sinn des Ausdrucks betrachten. Und Tancred war meine Schuld. Er ist einfach an mir vorbeigegangen, unberührt wie Neuschnee. Ich gebe zu, einen Augenblick lang ließ das Erscheinen unseres guten Majors die Bombendrohung plötzlich ein bisschen weniger unangenehm wirken. Ich war hin- und hergerissen, ihn einfach vorbeizulassen oder ihm zu seiner eigenen Sicherheit ins Bein zu schießen. Deshalb lassen Sie mich die Erste sein, Kriminalinspektor Drustan, die Sie im Namen der Zusammenarbeit zwischen den Polizeitruppen herzlich fragt: Bei den gefrorenen Höllen, was haben Sie sich dabei gedacht?«

Drustan holte den Asservatenbeutel mit dem zerlegten Telefon hervor, das er Hatt aus der Sprengweste gezogen hatte, und drehte es hin und her. Er hatte das Gerät für sich behalten, seit Tancred ihren einzigen Zeugen ausgeschaltet hatte, und bisher war es von der Staatspolizei nicht angefordert worden. Am nächsten Tag würde der Fall offiziell für abgeschlossen erklärt, und er müsste es zusammen mit allem anderen Beweismaterial abgeben, damit es archiviert werden konnte.

»Ich habe mich mehr dafür interessiert, was Hatt sich gedacht hat. Eindeutig wollte er sein Mobifon als Zünder für die Bombe verwenden. Der Ausdruck in seinem Gesicht, als sie nicht explodierte, verriet mir aber, dass jemand anderes den Zünder kontrolliert. Über dieses zweite Telefon.«

Aedith runzelte die Stirn. »Aber explodieren sollte die Sprengladung schon?«

»Auf jeden Fall. Geplant war fast mit Sicherheit, ihn auf sein Telefon drücken zu lassen, als sichtbaren Auslöser. Unser jemand hat durch die Überwachungskamera zugesehen.«

Naeku blickte auf. »Jemand im Gebäude?«

»Ich glaube nicht. Die Kamera war angezapft worden. Wenn man überlegt, wie oft Hatt zu dem Ding hochsah, würde ich sagen, dass er Befehl hatte, bei seiner kleinen Ansprache ins Objektiv zu blicken. Damit sollte sichergestellt werden, dass seine Rede für die Nachwelt aufgezeichnet wurde, und wer immer dabei zusah, wusste, wann er die Sprengweste auslösen musste. Sie hätte ein gutes Stück Foyer verwüstet, auch wenn nur zwei Blöcke echt waren. Die Kameraübertragung läuft jedoch über einen Server im Keller und geht dann in die Datenwolke. Das Bild- und Tonmaterial wäre auch noch gesendet worden, wenn das ganze Gebäude in Schutt und Asche zerfallen wäre. Als die Zündung nicht sofort erfolgte, vermutete ich eine Verzögerung, bis wer immer da zuschaute begriff, dass Hatt bereit war, seinen Göttern gegenüberzutreten. Und ich sagte mir, dass es vielleicht lange genug dauert, um ihm das zweite Telefon aus der Weste zu ziehen.«

Aedith sah ihn ungerührt an. »Zum Glück war die Bombenweste nicht so geschaltet, dass sie zündet, wenn jemand an ihr herumfummelt.«

»Ich glaubte, das Risiko sei es wert, als ich es gegen die Alternative abwog. Außerdem habe ich den Verdacht, dass man Hatt für zu unzuverlässig hielt und befürchtete, dass er es sich auf dem Weg aufs Revier noch mal überlegen und den Sprengsatz woanders zur Explosion bringen könnte. Wer immer dahintersteckt wollte die volle Kontrolle.«

Naeku zog ein finsteres Gesicht. »Wenn jemand durch die Überwachungskameras des Reviers mithört, würde er dann nicht alles hören? Ist die gesamte Ermittlung kompromittiert? War sie es, meine ich.«

Aedith zuckte mit den Schultern. »Vielleicht. Banba hat heute den Server untersucht, bevor sie nach Hause ging. Sie sagt, zahlreiche Konten seien noch aktiv, die es gar nicht mehr geben sollte. Möglicherweise wurde eines davon benutzt, um die wesentlichen Dinge zu übertragen, bevor sie in der Datenwolke gespeichert werden konnten. Jeder, der wieder hineinwill, muss sich mit fünf verschiedenen Identitätsnachweisen anmelden und eine Tonne Datenformulare ausfüllen. Wenn sie sich einen korrupten Vogt gekauft oder einfach irgendwie so ein Konto dupliziert haben, werden sie meiner Meinung nach nicht riskieren, dabei mitzumachen. Sie haben ja längst, was sie wollten: Schlagzeilen im ganzen Netz. Jeder hat nun von den Fischern gehört, und die Hälfte der Öffentlichkeit ist überzeugt, dass der Haken ihnen einen Gefallen getan hat.«

Agapos trank sein Glas aus und winkte zur Theke um Nachschub. »Wer sind ›sie‹?«

»Ich will verflucht sein, wenn ich das weiß. Mein Vater hat erst heute versucht, mich zu warnen, aber ich bin mir nicht einmal sicher, ob er etwas Genaues weiß. Wichtige Leute, die nicht wollen, dass das Gipfeltreffen stattfindet. Oder zumindest nicht, dass es Erfolg hat. Wie auch immer, das ist weit über unserer Besoldungsstufe. Wir suchen den Haken. Den echten Haken. Wenn wir ihn fassen, können wir hoffentlich die Befehlskette weiterverfolgen. Selbst wenn uns das nicht gelingt, werden seine Hintermänner eine andere Möglichkeit suchen müssen, um das

Gipfeltreffen zu sabotieren. Ich kann mir nicht vorstellen, dass sie unendlich viele religiöse Fanatiker in der Hinterhand haben, also müssen sie vielleicht auf die gute alte Bestechung zurückgreifen. Immerhin eine stolze angelsächsische Tradition.«

»Also …« Naeku trank noch immer an ihrem ersten Glas Met. »Was tun wir jetzt?«

»Darüber hatte ich einen kleinen Plausch mit meinem gegenwärtigen Vorgesetzten«, sagte Aedith.

»Wie war die Verleihungszeremonie, Herr Oberstleutnant?«, hatte Aedith fröhlich gefragt, nachdem sie zweimal angeklopft und die Bürotür geöffnet hatte; etwas, von dem sie wusste, dass Vorgesetzte es hassten.

Polizeioberstleutnant Adamus Gesicht ließ sich keine Regung anmerken. Er war ein afrosächsischer Vogt der alten Schule: abgebrüht und mager, desinteressiert an Skarifikation oder der Erforschung seiner Herkunft. Vor zwanzig Jahren war er bei der Grenzstreife im Norden gewesen und hatte Protestkundgebungen beendet, von denen er behauptete, hinter ihnen würden sich Metschmuggler und politische Agitatoren verbergen. Vermutlich hatte er recht, aber neben jenen Leuten, die so töricht waren, gegen Vögte die Waffen zu erheben, waren auch viele Anwälte und Jugendliche begraben worden.

Adamu schob ihr über den Tisch einen Bericht zu. »Wie es aussieht, ist Ihr Fall schneller abgeschlossen, als irgendjemand es erwartet hätte.«

»Wirklich, Herr Oberstleutnant?« Aedith nahm den Pappheſter in die Hand und blätterte ihn durch. »Gewöhnlich ist es natürlich der ermittelnde Beamte, der die Berichte schreibt, aber das sieht mir *sehr* gründlich aus.« Ihren Tonfall für Begegnungen dieser Art hatte sie perfektioniert: interessiert, für alle Möglichkeiten offen und kein bisschen subversiv.

Adamu fiel keine Sekunde lang darauf herein. »Unsere wichtigste Aufgabe, Hauptmann Mercia, besteht in der Aufrechterhaltung des Friedens. Gewiss stimmen Sie mir darin zu.«

»Ohne jeden Vorbehalt, Herr Oberstleutnant.«

»Die Öffentlichkeit erwärmt sich ein wenig für die Ideen, die der Mörder verbreitet hat, der sich selbst der Haken nannte. Mit seinem entschlossenen Handeln hat Tancred einen, wie meine Vorgesetzten sich ausdrücken würden, bequemen Schlussstrich unter diese Theorien gezogen. Für alle Beteiligten erscheint es als das Beste, wenn der Haken so schnell wie möglich in Vergessenheit gerät.«

»Ich habe mich gefragt, ob ich Ihnen ein unbequemes, aber hoffentlich plausibles Szenario vorlegen könnte?« Götterverdammt, sie fing schon an, wie Drustan zu reden.

Adamu klopfte eine beträchtliche Weile lang mit dem Stift auf die Schreibtischplatte. »Na schön.«

»Falls – und hierbei handelt es sich natürlich nur um ein hypothetisches Szenario –, also falls der Mann, der erst vor zwei Stunden gedroht hat, dieses Revier in die Luft zu sprengen, nicht wirklich der Haken gewesen ist, sondern jemand, der vorgeschickt wurde, um die Schuld auf sich zu nehmen, dann ist der echte Mörder nach wie vor auf freiem Fuß. Und den möchte ich wirklich sehr gern finden.«

Adamu legte den Stift hin und richtete ihn perfekt nach der in die Tischplatte eingelassenen Belobigungsplakette aus, mit der ihn der vorherige Hochkönig für seine Verdienste ausgezeichnet hatte. »Dann, Hauptmann Mercia, würde ich Ihnen empfehlen, der Stimme Ihres Herzens zu folgen.«

Gegen ihren Willen blinzelte Aedith. »Wirklich?«

»Aber gewiss. Ich habe großes Vertrauen in die Fähigkeit meiner leitenden Offiziere, mehr über das zu wissen, was am Boden vor sich geht, als es mir in der dünnen Luft des Oberkommandos möglich ist.«

»Verstanden, Herr Oberstleutnant.« Aedith verabscheute, wie verunsichert sie klang.

»Allerdings darf ich Sie doch wohl um einen kleinen Gefallen bitten, bevor Sie mit Ihren Ermittlungen fortfahren? Einen Fall, den Sie vielleicht vorher abschließen möchten? Nur für den äußeren Anschein.«

Jetzt kommt es.

»Hauptmann Ceolbert hat eine Anzahl von Morden untersucht, die von der Person begangen wurden, die in der Öffentlichkeit als ›Fengyr‹ bekannt ist. In diesem Land besteht leider eine absurde Vorliebe, Mörder mit derartigen Namen zu glorifizieren. Aber wir müssen mit dem arbeiten, was wir haben. Ceolbert ist nicht mehr bei uns, Fall abgeschlossen und so weiter. Aber es wurde die Besorgnis geäußert, er habe möglicherweise einige lose Fäden herumflattern lassen.«

Aedith runzelte die Stirn. »Sie rollen den Fengyr-Fall wieder auf?«

»Keineswegs. Vielmehr ist es so, dass Ceolbert ihn halb offen hinterlassen hat und wir ihn gern ein bisschen fester schließen würden. Prüfen Sie, dass kein Stein unumgedreht blieb, gehen Sie jedem Hinweis nach, so etwas. Lassen Sie sich Zeit und erstellen Sie mir einen vollständigen Bericht. Sobald Sie ihn mir vorgelegt haben, reden wir.«

Aedith sagte nichts.

Adamu hob den Blick. »Das wäre alles, Hauptmann Mercia.«

»Jawohl, Herr Oberstleutnant.« Aedith hatte die Tür leise hinter sich geschlossen.

»Das verstehe ich nicht.« Naeku sah stirnrunzelnd in ihren Met. »Auf einmal sind die Fengyr-Morde wieder wichtig?«

Drustan dachte an die Fotos im Bereitschaftsraum, die bei seiner Ankunft im Revier Wotanskreuz abgehängt worden waren, Bilder kopfloser Leichen in schicken Anzügen.

»Er versucht, uns zu begraben«, sagte Aedith. »Er könnte am Ende schlecht dastehen, wenn er mir offiziell befehlen würde, die Haken-Ermittlung zu beenden. Also ordnet er an, dass ich mich vorher um die abgeschlagenen Köpfe des Fengyrs kümmern soll, in der Erwartung, dass die Spur des Hakens längst erkaltet sein wird, wenn ich damit fertig bin.«

»Scheiße«, sagte Naeku.

Aedith winkte versöhnlich ab. »Das ist gar nicht so schlecht. Wir sind nicht mehr Tancred unterstellt, und ich darf eine kleine Ermittlungseinheit leiten: Sergeant Agapos, Sie, technische Unterstützung durch Banba, auch wenn wir sie mit den anderen Dezernaten teilen müssen. Technisch ist unsere Zusammenarbeit mit unserem Kollegen von der Stammespolizei zwar zu Ende, aber zum Glück besitzt er Expertenwissen über Ritualmorde und wird uns inoffiziell mit seinen Kenntnissen und Fertigkeiten unterstützen, solange er noch in London ist.«

Drustan runzelte die Stirn. »Ach ja?«

»Ich muss etwas auf das Formular schreiben, um Sie an Bord zu behalten. Irgendwas von Ihrer Chefetage?«

»Die habe ich eigentlich gar nicht.«

Agapos und Naeku sahen ihn ungläubig an.

»Ich kann nicht einmal ehrlich behaupten, einen Vorgesetzten zu haben; nicht bei dieser Ermittlung jedenfalls. Ich arbeite an dem Fall, bis der Mörder gefasst ist oder ich bei dem Versuch, ihn zu fassen, ausgeschaltet werde.«

»Bei den Göttern«, sagte Agapos. Jeder Groll darüber, dass ihm eine Tötung verwehrt worden war, schien vergessen. »So funktioniert das also? Das müssen wir ausprobieren.«

»Ich darf daran erinnern«, warf Aedith ein, »dass Inspektor Drustan ohne Spurensicherung, technische Unterstützung, Rechtsberatung, Verstärkung und eigene Kaffeemaschine arbeiten muss. Halten wir uns mit einer tränenreichen Begeisterung für die Verfahrensweisen auf der anderen Seite der Grenze noch zurück.«

»Vielleicht sollte man auch hinzufügen«, ergänzte Drustan mit vollkommen ungerührtem Gesicht, »dass ich meine Berichte im bardischen Versmaß einzureichen habe.«

Nun war es an Aedith, ihn ungläubig anzustieren. »Sie wollen mich auf den Arm nehmen.«

Drustan schüttelte den Kopf. »Natürlich gebe ich einen Bericht zu den Akten, aber es ist ein Zeichen von Respekt den Ältesten gegenüber, einen zweiten Bericht in Form von ... Nun, wie ich es sagte. Wir sind noch immer keine Schriftkultur, nicht in der Mehrheit, und auf diese Weise kann jeder hören, was sich zugetragen hat.«

Die anderen mussten seine Eröffnung erst verdauen. Einige Zeit verstrich, bis Aedith wieder das Wort ergriff. »Ähm, haben Sie schon eine Bleibe?«

»Ich habe einen Hinweis, dem ich nachgehen werde, sobald wir hier fertig sind«, sagte Drustan. »Über den Freund eines Freundes, so etwas. Ich schicke Ihnen eine Nachricht, wenn es feststeht.«

Er verschwieg, dass der erste Freund sich auf gestohlene Autos spezialisiert hatte und der zweite einer der größten Rauschgifthändler Südlondons war; warum allen Anwesenden den Met vergällen? Außerdem ging er darüber hinweg, dass ein Schlafplatz für ihn nur an zweiter Stelle kam: Er war sich nicht sicher, ob er sich das überhaupt schon eingestehen wollte. Diskret schob er sein Glas zur Seite. Zeit, sich zurückzuziehen. Wenn er angelsächsische Vögte richtig einschätzte, war dies erst der Anfang eines sehr langen Abends.

»Ich verstehe es einfach nicht.« Naeku blinzelte eulenhaft in ihren Met. »Wir dürfen die Suche nach dem Haken – dem *echten* Haken – nicht fortsetzen, bis wir den Fengyr-Fall gelöst haben?«

»Korrekt«, sagte Aedith.

»Aber ... Ceolbert hat monatelang daran gearbeitet und hatte ein komplettes Dezernat dafür zur Verfügung. Trotzdem hat es zu nichts geführt. Niemand konnte auch nur beweisen, dass der Fengyr überhaupt existiert. Was also hat sich geändert?«

»Was sich geändert hat, Wachtmeister Naeku, ist Folgendes.« Aedith trank ihr Glas gerade rechtzeitig aus, als ihr nächster Met an den Tisch gebracht wurde. »Jetzt, da ich einen Augenblick Zeit hatte, die unsichtbaren Runen zu lesen, die mein Vater beiläufig vor mich hingeworfen hat, glaube ich allmählich, dass der Hochkönig auf unserer Seite steht.«

Es folgte einer jener Momente, in denen ein ganzes Gebäude voller Menschen gleichzeitig zu reden aufhört. Ein Zufall natürlich, aber als das Stimmengewirr wieder einsetzte, sah Drustan, wie Agapos ins Hemd griff und kurz seine Münze drückte, während er etwas vor sich hin murmelte. Naeku saß wie erstarrt neben ihm.

»Was«, fuhr Aedith fort, als wäre nichts geschehen, »gewisse Türen öffnet, die ich bislang für verschlossen hielt. Ich eröffne Ihnen den neuen Plan jetzt, bevor ich zu betrunken bin, um mich an ihn zu erinnern. Morgen packen wir alles Beweismaterial für die Staatspolizei ein, ganz nach Vorschrift. Aber wenn wir sie anrufen und es abholen lassen, werden sie sich, falls ich damit nicht ganz falschliege, ein paar Wochen Zeit lassen, was bedeutet, dass es uns weiterhin zur Verfügung steht, sollten wir es brauchen. Wir holen alles Fengyr-Material aus dem Lager und bepflastern damit die Wände, und wenn Adamu oder sonst wer vorbeikommt, sieht es aus, als wäre das der Fall, auf den wir uns konzentrieren. Und sollten wir den Fengyr-Fall innerhalb von zwei Tagen gelöst haben, sagen wir nichts und behalten das Zeug als Tarnung, während wir wieder darangehen, gegen unseren Haken-Freund zu ermitteln. Den echten.«

Agapos und Naeku starrten nun sie an. Vorsichtig öffnete Aedith ein Päckchen Schweinekrüstchen und breitete den Inhalt aus, damit alle sich was nehmen konnten.

»Moment«, sagte Agapos. »Sie wollen den Fengyr-Fall *innerhalb von zwei Tagen* lösen?«

Aedith hielt sich ein durchscheinendes Stück frittierten Schweinefetts vor die Augen und musterte es eingehend.

»Wir dürfen eines nicht vergessen«, sagte sie. »Es gibt viele Götter, aber über allen steht Wyrd, die von den Menschen das Schicksal genannt wird. Und hin und wieder bekommt man die Gelegenheit, das Schicksal zu seiner Nutte zu machen.«

Aedith warf sich die Schweinekruste in den Mund und zermahlte sie zwischen den Zähnen, dass es knirschte.

»Ekelhaft«, murmelte sie fröhlich. »Wir sehen uns morgen, Drustan.«

Drustan nickte und ging zur Seitentür. Die anderen sahen ihm erstaunt hinterher. Sie hatten nicht einmal bemerkt, dass er seine Tasche genommen und sich von der Bank geschoben hatte.

Das gehörte zu seinen Fähigkeiten. Sie schüttelten die Köpfe und wandten sich wieder ihrem Met zu. Es war, als wäre er niemals dort gewesen. Genau, wie er es mochte.

Auf dem Weg hinaus kam er an einem gerahmten Foto vorbei, das stolz an der Wand hing. Es war schwarz-weiß, wenigstens dreißig Jahre alt und zeigte eine Gruppe grinsender angelsächsischer Vögte um die Leiche eines Mannes stehend, der nur eine zerrissene Sporthose und einen Torques trug. Seine nackte Brust zeigte eine gewaltige Anzahl an Stammeszeichen. Einer der Vögte hielt den Kopf des Mannes an dem stachligen Haar hoch, damit der Fotograf eine gute Aufnahme seines Gesichts machen konnte. Die Augen des Kelten waren geschlossen, und ein dunkler Fleck zog sich von seiner Nase zu dem herabhängenden Schnauzbart. Ein ähnlicher dunkler Fleck befand sich über dem Herzen des Mannes. *Kriegstrupp 307 stellt seine 100. Trophäe aus* lautete der Schriftzug unter dem Foto.

Drustan ließ die Tür hinter sich zuschwingen.

ACHTUNDDREISSIG

Aedith buchte für jeden einen Wagen, der sie nach Hause brachte, und belastete mit einiger Genugtuung das Ermittlungskonto, das am nächsten Tag geschlossen würde, mit dem Fahrpreis. Wenn sie den Fall unter dem Vorwand, die Fengyr-Morde zu untersuchen, weiterbearbeitete, standen ihr nur ein begrenztes Reisebudget und keine Überstunden zur Verfügung. Sie hätte zwar weiterhin Zugang zu Banba, müsste sie aber mit jedem auf gleicher Ebene teilen. Während die Lichter der Stadt vorbeiglitten, sah sie aus dem Fenster. Vielleicht hatte sie ihre Fähigkeit, die Frage nach einer Kiste voll fehlender Köpfe abschließend zu beantworten, ein bisschen übertrieben, aber musste ein Anführer so etwas nicht ab und zu tun? Das Unmögliche wenigstens plausibel wirken lassen?

Ungebeten fing ihr Daumen an, durch die Fotos auf ihrem Telefon zu schnippen. Sie war nie besonders sentimental gegenüber Arbeitstreffen gewesen, aber sie zeichnete sie trotzdem gern auf, sofern es möglich war. Ihr war deutlich bewusst, dass die jeweilig zusammenarbeitenden Personen ohne Warnung auseinandergerissen werden konnten, sodass ihre einzigartige Kombination an Fertigkeiten nie wieder in jener perfekten Zusammenstellung vereint würde, in der sie einen Fall effizient knacken konnten. War das unterm Strich alles, worin Führerschaft bestand? Unermüdlich immer wieder Kriegstrupps zusammenzuscharen, sie aufzulösen und zu einem neuen Zweck eine neue Gruppe zusammenzustellen, immer wieder? Das Verdienst einstreichen, wenn es gut lief, die Schande, wenn man scheiterte? Die panafrikanischen Unternehmensberater, die die hohen Tiere ab und zu anheuerten, betonten stets, wie wichtig es sei, Entscheidungen zu treffen, aktiv zu sein statt reaktiv und unbeirrt voranzupreschen. Aedith beschlich der Verdacht, dass Anführer so etwas nur taten, um beschäftigt zu wirken: Der Rest bestand darin, den Trupp tausend kleine Entscheidungen treffen zu lassen, während man selbst als Filter fungierte, der die absurdesten Ideen abfing. Und natürlich bis in die Nacht hinein über Leistungstabellen zu brüten.

Hengist verstand sich gut auf solche Dinge. Er hatte ihr den Mist vom Leib gehalten, damit sie ihre Arbeit tun konnte. Sie wischte durch das vergangene Jahr, und da war er. Ein wenig lächerlich wirkte er schon an dem Tag im Mineralbad, den sie nach einer Reihe außerordentlich sinnfreier Schulungstage auf Befehl der Polizeiführung eingelegt hatten. Während dieser Weiterbildung war es Aedith gerade so eben gelungen, keinen der angeheuerten Effizienzgurus mit seinen eigenen Filzmarkern zu erdolchen.

Sie erinnerte sich, wie mühevoll es gewesen war, Hengist zu bewegen, sein furchtbares Hemd mit afrikanischem Druckmotiv auszuziehen. Hätte er gewusst, dass Aedith ihr Telefon in der Hand verborgen hielt, wäre er damit vermutlich sogar ins Wasser getaucht, ohne es abzustreifen. So aber hatte sie ihn erwischt, eine Sekunde lang, bevor er bis zum Hals in der heißen Wanne versank und seine Leibesfülle genügend Wasser verdrängte, um eine Flutwelle zu schaffen, die drohte, alle anderen zurück ins größere Kaltwasserbecken zu spülen.

Aedith wischte zum nächsten Bild, hielt inne und ging zurück. Mit Daumen und Zeigefinger zog sie das Foto groß:

Hengists Oberkörper erfüllte den Bildschirm. Seine Körperbehaarung war wirklich bemerkenswert, reichte von der kurzen Schwimmhose bis zum Hals und machte die Tätowierungen an seinem Torso beinahe unlesbar. Aber nicht ganz.

Aedith klopfte an die Scheibe zwischen ihr und dem Weg-Freund-Fahrer, einem Kelten mit feinen Gesichtszügen und einem billigen Torques, dessen Vernickelung ihm der Röte unter dem schlecht sitzenden Kragen zufolge Hautprobleme bereitete. Viele neue Einwanderer aus den Stammeslanden landeten im Taxigewerbe; etliche davon ließen sich verleiten, ihre bescheidenen Ersparnisse für eine Anzahlung auf eine große, viertürige Limousine zu investieren. Kurz darauf stiegen ihre Monatsraten schlagartig an, sodass sie niemals in der Lage waren, den Wagen abzubezahlen. Sie musste daran denken, dem armen Hund ein anständiges Trinkgeld in bar zuzustecken.

»Planänderung«, sagte Aedith und nannte dem Fahrer Hengists Adresse. Ohne Einwände setzte er den Blinker, was wohl mehr als Bitte um ein gutes Gelingen gedacht war, als dass es einem konkreten Zweck diente, und bog augenblicklich von der Hauptstraße ab, ohne auf das zornige Hupen hinter sich zu achten. In zwanzig Minuten sollten sie bei Hengist sein.

NEUNUNDDREISSIG

Drustan war noch nie im Westend Londons gewesen. Er hatte nicht einmal gewusst, dass die Untergrundbahn bis hierher fuhr, genoss aber die stille Anonymität, die die ratternden Waggons schufen; eine Annäherung an etwas wie Multikulturalität wie nirgendwo sonst in der Stadt. Angelsachsen auf dem Heimweg nach der Arbeit, Gruppen junger Stammesbrüder, die zu dritt und zu viert zu den abendlichen Vergnügungen fuhren. Gelegentlich ein Panafrikaner, ein Kulturattaché oder junger Diplomat mit genügend Mut, um den Dienstwagen für einen Abend stehen zu lassen und das echte London zu erkunden, was zwar nicht zwangsläufig Sex und Rauschgift bedeuten musste, statistisch jedoch in der Regel darauf hinauslief. Eine bemerkenswert große norsische Transvestitin grinste höhnisch über die Köpfe eines ältlichen angelsächsischen Pärchens hinweg, das über die Schlagzeilen in seinem Revolverblatt murrte. Niemand stellte jemals Blickkontakt zu einem anderen her, und genau so hatte Drustan es am liebsten.

Als die Bahn wieder an die Oberfläche kam, war es dunkel geworden. Drustan zog seine Reisekarte über die Rune von Transport London und stieg unter freiem Himmel aus. Die Adresse, die der Rauschgifthändler von dem Autoausschlachter bekommen hatte, erschien ungereimt: im Herzen eines Wohngebiets für den aufstrebenden Mittelstand, wo Studenten aus wohlhabenden Familien so taten, als teilten sie das einfache Leben älterer Angelsachsen, die den sozioökonomischen Strukturwandel durch den Zuzug zahlungskräftiger Einwohner noch nicht ganz akzeptiert hatten. Aber dort war sie: eine diskrete blaue Tür am oberen Ende einer Treppe zwischen einem Antiquariat und dem Restaurant einer nigerianischen Kette für würzige Rindfleischspeisen.

Drustan klopfte zweimal an. Nach einiger Zeit rasselte eine Kette aus ihrem Gehäuse, die Tür öffnete sich einen Spalt weit, und eine grauäugige Stammesfrau Mitte dreißig blickte heraus. Die Zeichen auf ihrer linken Gesichtshälfte und der Torques um ihren Hals waren traditionell; die maurische Denimhose und das Leibchen mit der stilisierten Darstellung eines frühen äthiopischen Kaisers schon weniger. Ihre dunklen Haare waren geflochten und von dünnem Draht und farbigen Perlen durchsetzt.

Seinem schockierten Blick begegnete sie mit Erheiterung. »Sie haben dir gesagt, wohin du kommen sollst, aber anscheinend nicht, wen du hier treffen würdest, was?« Ihr Keltisch war wie in Drustans Erinnerung: ein Dialekt von nicht ganz so weit im Westen wie sein eigener, dazu das leicht gerollte »r« der Nord-Dumnonier.

An Ende gelang es Drustan, sein Gehirn mit dem Mund zu verbinden. »Ich wollte dich nicht behelligen. Ich finde was anderes.«

»Sei nicht albern«, sagte Conwenna. »Komm herein, mein Gatte.«

VIERZIG

Aedith war zuvor nie weiter als bis zu Hengists Türschwelle vorgedrungen. Nun saß sie in seinem Wohnzimmer, das kleiner war, als sie erwartet hätte. Eindeutig reichte das Gehalt eines Revierkommandanten heutzutage nicht mehr weit.

Hengist trat ein und brachte ein Tablett mit zwei Tassen Kräutertee. Aedith hatte sich gefragt, ob sie das Richtige tat, wenn sie von der Methalle gleich zu ihm nach Hause fuhr, aber der Schock über das, was sie gesehen hatte, hatte ausgereicht, um den letzten Rausch zu vertreiben. Der Alkohol war von ihr gewichen, kaum dass sie aus dem Taxi stieg. Hengist hatte ihr die Tür geöffnet, ohne auch nur zu fragen, weshalb sie ihn aufsuchte. Er hatte sich einfach umgedreht und war hineingegangen, hatte die Tür aber offen gelassen, damit sie ihm folgte.

»Wegen des Badetags kommen Sie, oder?«, fragte er. »So dick mein Pelz auch ist, ich wusste, irgendwann würde jemand das Zeichen sehen. Bin froh, dass Sie es waren.«

Gegen ihren Willen blickte Aedith zur Decke.

Hengist lächelte und schüttelte den Kopf. »Willa hat die Kinder mit zu ihrer Mutter genommen. Wir hatten jüngst so unsere Schwierigkeiten miteinander. Ich denke, wir werden es durchstehen, aber solche Dinge brauchen ihre Zeit.«

Aedith zückte ihr Telefon und zeigte ihm das Foto. »Wie lange waren Sie schon ein Fischer, bevor Sie Denby beauftragten, Sie zu zeichnen?«

»Höchstens ein Jahr«, antwortete Hengist.

Aedith zögerte, bevor sie die Bitte äußerte. Sie war hier auf jeden Fall zudringlich, aber umso mehr, als Hengist bis vor Kurzem ihr kommandierender Offizier gewesen war. Trotzdem sprach Aedith es aus. »Kann ich es sehen?«

Hengist grinste sie ohne jede Heiterkeit an. Er zog sein Leibchen hoch, das Logo und Tourneedaten einer besonders tragischen Folc-Griot-Gruppe schmückten, und zwischen den Tätowierungen, die sportliche Erfolge, das erste Auto, die Beförderung zum Kriminalbeamten und den ersten gelösten Fall symbolisierten, sah sie ihn: den schlichten Umriss eines Fischs.

»Zuerst glaubten wir, die Leute bekämen kalte Füße.« Er ließ das Hemd wieder herunter. »Einige ältere Mitglieder erschienen nicht mehr zu den Treffen, aber sie waren oft die mit den größten Problemen. Als wir hörten, sie hätten sich das Leben genommen oder wären bei Unfällen umgekommen, war es keine große Überraschung. Ich habe die Leute immer wieder beruhigt, wissen Sie. Hab ihnen versichert – was man als Vogt als Erstes tut –, dass in neun von zehn Fällen etwas, das wie ein tragischer Unfall erscheint, wirklich ein tragischer Unfall ist. Angwin habe ich nicht gekannt, daher ist mir nie der Gedanke gekommen, sein Tod könnte in einem Zusammenhang stehen. Die Art und Weise, wie man ihn an den Baum genagelt hatte, war mir als schlechter Scherz erschienen, und alles hatte sich so sehr auf die eintätowierte Hand konzentriert, dass der Fisch im ersten Bericht gar nicht auftauchte. Wettin habe ich allerdings gekannt; nur flüchtig, aber ich kannte sie. Als ich erfuhr, dass sie ebenfalls tot war, auf die gleiche Art und Weise ermordet, nahm ich mir den Bericht der Leichenbeschauerin noch einmal vor. Danach stand fest, dass man es auf uns abgesehen hatte und versuchte, uns zu Sündenböcken für die Sabotage des Gipfeltreffens zu machen. In diesem Moment wusste ich auch, dass ich mich von dem Fall zurückziehen musste. Ihnen den Grund mitzuteilen, ohne dass ich wusste, wer mithört, hätte nur bedeutet, Öl ins Feuer zu gießen. Ihnen Denbys Kontaktinformationen zu geben, war das Beste, was ich tun konnte; ich hoffe, es hat genügt.«

»Er hat uns weitergebracht.« Das instinktive Bedürfnis, ehrlich zu einem Vorgesetzten zu sein, den sie wirklich gernhatte, ließ Aedith hinzufügen: »Sozusagen. Aber ich muss Sie etwas fragen. Na ja, ich muss nicht, aber ich werde. Wie sind Sie bei den Fischern gelandet?«

Hengist seufzte und trank von seinem Tee. In seinen riesigen Pranken wirkte das Tässchen lächerlich klein. »Willa und ich haben schon eine ganze Weile Probleme. Bei mir wurde es abends oft spät, dazu kam der politische Hickhack. Der ganze Druck, verstehen Sie? Ich trank zu viel, konnte nicht schlafen, brauchte jemanden, mit dem ich reden konnte. An einem freien Tag habe ich mich mit einem anderen Revierkommandanten unterhalten. In seinem Dienst hatte er vieles gesehen, doch ihn umgab eine Aura der Ruhe, als hätte er all das hinter sich gelassen. Ich hab zuerst geglaubt, er nimmt Medikamente. Als ich ihn fragte, wie er zurechtkommt, hat er mir angeboten, ihn zu einem Treffen zu begleiten.«

»Dann sind Sie ... einem Kult beigetreten?« Aedith wollte ihre Frage eigentlich nicht rundheraus abfällig klingen lassen: Die meisten Beamten schlossen sich dann und wann einem Kult an. Man trat dem einen bei, damit er einem die Rangleiter hinaufhalf, einem anderen, um an Eintrittskarten zu dem wirklich überlaufenen Sportspiel zu kommen. Manche waren auch nur fadenscheinige Fassaden für Trinkgesellschaften und machten sich kaum die Mühe, einen anderen Anschein zu erwecken.

Hengist stellte die Tasse mit einem schmerzhaften Klirren ab.

»Es ist kein Kult. Nicht genau. Ich bin mir nicht sicher, ob ich weiß, was genau es ist. Wir haben keine Tempel. Wir haben eigentlich auch keinen Anführer. Normalerweise sitzt einfach eine Gruppe auf Plastikstühlen in einen Gemeindesaal, den jemand unter einem falschen Namen gemietet hat, und bespricht Passagen aus dem Buch.«

»Dem roten Buch.«

»Es muss nicht unbedingt rot sein«, sagte Hengist nachsichtig. Er nahm ein Buch vom Tisch und hielt es hoch. Diese Version war großformatiger, Broschur, an den Ecken gestaucht. Es sah mehr nach einem Handbuch aus als nach einem religiösen Text.

»Ich habe eines, danke.« Aedith dachte an die letzte Seite, die sie wahllos aufgeschlagen hatte: etwas über flammende Räder mit Augen, die sich unter einem Thron drehten. »Ich verstehe schon, dass man da einiges zu besprechen hat.«

Ihr gelang es kaum, sich die Enttäuschung nicht an der Stimme anmerken zu lassen. Es war, als müsste man feststellen, dass der eigene Lehrmeister insgeheim von einer dieser afrofuturistischen Netzsendungen besessen war, in denen es nur um Raumschiffe, Energieschirme und animierte Außerirdische ging, die ein Vermögen kosteten und trotzdem aussahen wie schlecht ausgeleuchtete Knetfiguren. Zeigte man nur den leisesten Schimmer höflichen Interesses, wollten sie über nichts anderes mehr reden als irgendeine kurze Szene aus Staffel drei, die in Staffel elf total wichtig wurde und zeigte, dass bestimmte fanatische Anhänger im Netz mit einer besonders obskuren Theorie von vornherein richtig gelegen hatten.

»Beurteilen Sie das Buch nicht nach der ersten Hälfte«, sagte Hengist. »Wir befassen uns normalerweise mit den hinteren Kapiteln, in denen der Sohn Gottes vorkommt. Dabei geht es mehr darum, den Menschen ringsum zu helfen, um Vergebung und solche Dinge.«

»Der Sohn welchen Gottes?«

»Nun, das ist in gewisser Weise schwierig zu erklären.«

Das Zeug mit Flammen und Augen und Thronen war ihr interessanter erschienen, wenn sie ehrlich sein sollte, aber sie versuchte, es sich nicht anmerken zu lassen.

Hengist blätterte durch die dünnen Seiten. »Lassen Sie mich es Ihnen zeigen.« Er hielt einen Holzschnitt hoch, auf dem der Mann von den Plakaten an den Klassenzimmerwänden zu sehen war, gekleidet in einen Lendenschurz, auf dem Kopf eine primitive Krone – waren das Dornen? Das Gesicht des Mannes ließ sich so gerade eben als dunkelhäutig erkennen. Zuerst hielt Aedith ihn für einen Stämmler, bevor ihr der Hintergrund auffiel: eine Wüstenlandschaft, hügelig, von dürren Büschen bewachsen. Fügte man Reihen von Solarkollektoren ein, achtspurige Schnellstraßen und klimatisierte Megasäle, könnte man im Kalifat sein.

»So was also stellen die Fischer mit ihren Feinden an?«, riet Aedith.

Hengist verzog schmerzlich das Gesicht. »Das hier ist *der* Fischer, der erste. In der zweiten Hälfte des Buches geht es um ihn. Wir bemühen uns, seinem Beispiel gleichzukommen.«

»Und er stieg von diesen Balken und hatte neue Kräfte, richtig?«

Für Aedith klang es ganz nach der Verehrung Baldurs. Im Grunde hatte sie sich seit ihrer Schulzeit nicht mehr mit Religion befasst, aber jeder wusste, dass Wotan sich an den Fersen an Yggdrasil aufgehängt – so wie es richtig war – und dadurch Gewalt über die Runen erlangt hatte, die die Welt beherrschten. Sein Wissen hatte er an seinen Sohn weitergegeben. Hier handelte es sich nur um eine Variante der gleichen Geschichte, eine

Neumischung. Aedith dachte an Corams Freund Sandon, der die England-den-Angelsachsen-Propaganda in donnernde Poprhythmen umsetzte.

Hengist rieb sich die Augen. Er versuchte, sich eine gequälte Miene zu verkneifen, was ihm nicht gut gelang. »Darum geht es hier gar nicht. Die Kreuzigung war die Strafe, die er erhielt, weil er es gewagt hatte, den Menschen vorzuschlagen, dass sie sich eine neue Lebensweise suchen sollten. Er forderte, die alten Rituale aufzugeben und nicht mehr zu versuchen, tausend eifersüchtige Götter glücklich zu machen, sich anderen gegenüber aber so zu verhalten, wie man es sich von ihnen wünscht. Ein gutes Leben zu führen und nach dem Tod gerecht belohnt zu werden.«

»Aha«, sagte Aedith.

Hengist seufzte. »Meine Frau hat das gleiche Gesicht gemacht, als ich versuchte, mit ihr darüber zu sprechen.«

»Nehmen Sie es mir nicht übel«, sagte Aedith, »aber ich verstehe nicht, dass irgendein Psycho Menschen annagelt, nur weil sie einem Buch anhängen, in dem im Grunde nichts anderes steht, als dass die Leute ein bisschen netter zueinander sein könnten.«

»Sie wären überrascht«, sagte Hengist. »Hören Sie, es tut mir leid, aber ich kann Ihnen das große Ganze nicht erklären, denn ich verstehe es selbst kaum. Wenn Fischer zusammenkommen, sind sie vor allem damit beschäftigt, herauszufinden, worum um alles auf der Welt es in dem Buch eigentlich geht.«

Woher nimmt jemand für so etwas die nötige Kraft, fragte sie sich. »Na schön. Verraten Sie mir wenigstens, wie Ihre Freunde in das Gipfeltreffen involviert sind. Jemand scheint darüber ziemlich erbost zu sein. Religion und Politik mischen sich nicht gut, das wissen Sie selbst.«

»Unsere Beteiligung sollte nie offenkundig politisch sein. Inoffiziell waren wir nur Vermittler, wir brachten Leute miteinander ins Gespräch.«

»Nur dass einer der prominentesten Stammesdiplomaten ein Fischer war. Wollen Sie mir weismachen, das hätten Sie nicht gewusst? Dass es nur ein Zufall gewesen ist?«

»Sie müssen verstehen, ich bin nur Mitglied einer kleinen Gruppe. Angwin ist ... war gleichen Glaubens, gehörte aber einer anderen Gruppe an, zu der wir kaum Verbindungen unterhalten. Er glaubte an das Gleiche wie wir: Vergebung, Wohltätigkeit, eine bessere Welt nach dieser. Aber er wollte diese Prinzipien weitaus direkter umsetzen. Ich habe ja nur ein wenig am Rand geknabbert. Angwin war jemand, der den Glauben lebte und ihn in die Welt hinaustragen wollte. Fischer arbeiten seit Jahrhunderten im Geheimen, und zwar nicht nur hierzulande, sondern auch in Panafrika. Wir hatten aber niemals echte Macht und haben sie auch nie gewollt. Wir sind nur kleine Gruppen, die den Armen helfen und in Krankenhäusern arbeiten.«

Und in Waisenhäusern die Kinder verprügeln und ihnen noch Schlimmeres antun, dachte Aedith, sagte aber nichts.

»Die Befürchtung war immer«, fuhr Hengist fort, »dass wir, sobald wir zu stark organisiert sind und unsere Zahl zu sehr zugenommen hat, wieder zu Boden geworfen werden. Das ist früher schon geschehen, und es könnte leicht wieder passieren, und diesmal vielleicht endgültig. Seit Langem haben wir nirgendwo den Kopf so weit über die Brustwehr gestreckt wie für dieses Gipfeltreffen, und sehen Sie nur, was geschehen ist. Die meisten von uns sind in Deckung gegangen und warten, dass der Sturm sich verzieht.«

»Das wird nicht funktionieren«, sagte Aedith. »Tancred scheint zu glauben, dass er jetzt, nachdem er einem armen Hund eine Kugel durch den Kopf gejagt hat, freie Hand hat, um Ihren Haufen zu hetzen. Er hält die Fischer für die wirkliche Gefahr.«

Hengist schüttelte das mächtige Haupt und lehnte sich müde in den übergroßen Sessel zurück, der unter seinem Gewicht voll Unbehagen ächzte. »Wir sind daran nicht beteiligt.«

»Sind Sie sicher? Wenn ich in der Fischer-Welt auf irgendetwas Windiges stoße, muss ich der Sache nachgehen, das ist Ihnen klar. Ich erweise keine Gefälligkeiten.«

»Das ist genau der Grund, Hauptmann Mercia, weshalb ich der Ansicht war, dass ich mich von den Ermittlungen entbinden und Ihnen erlauben musste, Ihren eigenen Weg zu finden.«

Aedith ächzte. Der Abend holte sie mittlerweile ein.

»Soll ich Ihnen ein Taxi rufen?«

»Das mache ich schon selbst. Gibt es hier in der Nähe irgendwelche Imbissstuben, die noch geöffnet haben?«

Hengist nickte. »Am Ende der Straße gibt es eine Wildbrettheke.«

»Danke.« Sie wuchtete sich vom Sofa hoch. »Ich hole etwas, um den Met aufzusaugen, und rufe mir einen WegFreund. Ich halte Sie auf dem Laufenden, soweit es mir möglich ist.«

Hengist brachte sie zur Tür. »Was haben Sie als Nächstes vor?« Er verstummte und hob die Hände. »Tut mir leid, ich vergesse, dass ich den Fall überhaupt nicht mehr leite.«

»Schon gut. Mein nächster Schritt steht sowieso nicht direkt mit diesem Fall in Zusammenhang.«

»Nicht?« Hengists Brauen, ein Körpermerkmal, das die Dichter wohl als »gewaltig« bezeichnet hätten, zogen sich zusammen, entweder vor Sorge oder Verwirrung. Aedith war zu müde, um es zu deuten. »Etwas Persönliches?«

»Nicht ganz. Ich werde jemanden wegen eines Fengyrs aufsuchen.«

EINUNDVIERZIG

Conwenna war es gut ergangen, seit Drustan sie zuletzt gesehen hatte; acht, nein, neun Jahre lag das zurück. Ihre Wohnung war nicht riesig, aber gut eingerichtet: maurische Teppiche auf dunklen Holzfußböden, Wandbehänge mit gerahmten Stammesstickereien, hier und dort sogar angelsächsische Holzschnitte. In der Luft hing ein ganz schwacher Geruch nach vanilleartigem Weihrauch: Benzoin?

»Ich bin selbst gerade erst nach Hause gekommen«, sagte Conwenna. »Ein Freund hat eine neue Galerie eröffnet. Er besitzt nun sechs davon, und ich glaube nicht, dass er meine Unterstützung noch benötigt, aber es ist eine gute Möglichkeit, neue Klienten kennenzulernen. Kann ich dir einen Wein anbieten?«

Drustan schüttelte den Kopf. »Nein, danke. Hör zu, tut mir wirklich leid, dich zu behelligen, ich finde etwas anderes.«

Conwenna schnalzte tadelnd mit der Zunge. Er hatte ganz vergessen, dass sie damit sanfte Missbilligung ausdrückte. Sie stand nun dicht genug bei ihm, dass er im Weihrauch ihren Duft wahrnehmen konnte, Jasmin und einen Hauch von Holzrauch. Holzöfen waren immer mehr Bestimmungen unterworfen, die ihre Nutzung erschwerten, aber man konnte genauso gut versuchen, einen Stämmler davon abzuhalten, einen Torques zu tragen oder dazu zu bewegen, einen Groll aufzugeben: Sie liebten es, Dinge zu verbrennen, und damit war die Sache vom Tisch.

»Sei nicht albern.« Sie reichte ihm Glas mit etwas Rotem und leicht Öligem. »Mir hat es immer gefallen, dass wir höflich zueinander sein konnten, wo unsere Ältesten dazu nicht imstande waren. So spät am Abend findest du sowieso keine Unterkunft mehr, und es steht alles in der Stellenbeschreibung. Ich biete meine Hilfe und mein Wissen jedem aus meinem Stamm an, der es braucht, und zwar jederzeit. Das ist der Eid, den ich geleistet habe. Jeder andere muss nett fragen und gut zahlen. Bitte, stell also deine Tasche hin und leg den Mantel ab, du machst mich nervös.«

Drustan stellte fest, dass er gehorchte. Er nahm einen Schluck von dem Wein. Er war leicht gewürzt, aber nicht auf unangenehme Weise. Das Glas war handgefertigt wie alles im Raum. Es bestand aus verdrehten Strängen um einen grünen Kristall, der bis zur halben Höhe des Stiels reichte.

»Du *bemerkst* Dinge«, schalt Conwenna ihn. »Du musst einen Gang runterschalten.« Sie öffnete eine Schublade und nahm ein Kästchen mit winzigen Tropffläschchen heraus, das sie auf den niedrigen Tisch zwischen ihnen stellte. »Zu deinem Glück habe ich den Verdampfer schon angeheizt.«

Drustan schaute zu, wie Conwenna mit geschickten Fingern durch die Fläschchen ging, einige auswählte, andere zur Seite legte und langsam einen Tropfen nach dem anderen in einen kleinen Zylinder füllte. Am Ende verkündete ihr ein innerer Beschluss, dass es fertig sei. Sie ließ den Zylinder mit einem Klicken in den Verdampfer einrasten und schob ihn über den Tisch Drustan zu. Er nahm ihn auf und musterte ihn skeptisch.

»Einfach hinein?«, fragte er. »Ich dachte, es gäbe vorher eine kleine Zeremonie.«

»Ach du je.« In Conwennas Augen stand aufrichtiges Mitgefühl. »Dabei geht es doch nur darum, dieses ganze ›Wie geht es dir, wie geht es mir?‹ zu überspringen. Die Visionsquest machen wir am Morgen.«

»Oh.«

»Würdest du dich setzen? Ich denke die ganze Zeit, dass du mich verhaften willst.«

Technisch hätte Drustan dazu durchaus die Autorität gehabt. Der Inhalt der Tropffläschchen war so gut wie sicher nicht zertifiziert, ungeachtet Conwennas gerahmt an der Wand hängender Zeugnisse. Im angelsächsischen Königreich war Conwennas Beruf von zweifelhafter Legalität, auch wenn die Angelsachsen hinreichend abergläubisch waren, um sich nicht direkt mit einer Gruppe anzulegen, die möglicherweise die Macht besaß, das Schicksal, so wie sie es verstanden, gegen sie zu wenden. Das Endergebnis war ein verschwommener halblegaler Status für Menschen wie Conwenna, die auf den Steuervordrucken als Beruf *Freie Alternativtherapeutin* eintragen mussten. Um dem Weg zu folgen, musste man ihn manchmal verlassen.

Drustan setzte sich in ein Möbel, das nach Mitte des Jahrhunderts und Kalifat aussah, ergriff den Zerstäuber und nahm einen Zug. In der Kehle spürte er einen Augenblick lang ein Kältegefühl, doch schon breitete sich Wärme in ihm aus. Seine Haut prickelte, die Gliedmaßen entspannten sich. Wie hatte er nicht bemerken können, dass seine Schultern *derart* verspannt waren?

Conwenna befüllte einen Zylinder für sich. »Ich habe ein Gästezimmer, das für dich bereitsteht.«

»Ich danke dir.«

Sie war an der Reihe, einen Zug zu nehmen. »Komm übrigens nicht auf irgendwelche Ideen«, sagte sie mit hoher, gepresster Stimme. Sie behielt den Dampf einen Augenblick lang in sich und atmete einen perfekten Ring aus, der mit quälender Langsamkeit durch das Wohnzimmer trieb, bis er mit einer Wand kollidierte und in sich zusammenfiel. »Ich bin in einer bindenden polyamourösen Beziehung mit einem sehr netten norsischen Bankierspaar. Sie haben mich gebeten, bei ihnen einzuziehen. Ich werde vermutlich ablehnen, aber ihr Wunsch ist sehr schmeichelhaft. Allerdings bieten sie mir immer wieder an, mich mit virtuellen Silberbarren zu bezahlen, was eine ganze Reihe interner Alarmglocken schrillen lässt.«

Drustan nahm noch einen Zug und hörte danach nichts mehr.

ZWEIUNDVIERZIG

Auf keinen Fall wollte Aedith mit ihrem schrecklichen Kater am nächsten Morgen zehn Minuten die Straße hinunter auf einen städtischen Sportplatz voller brüllender Eltern und emotional und physisch angespannter Halbwüchsiger gehen. Aber es war Samstag, und Coram hatte behauptet, er wolle eines Tages Profiringer werden. Aedith war es gelungen, nicht zu lachen, und nun war sie offenbar gebunden. Zumindest saß er nicht vor dem Bildschirm und unterlegte Terroristenpropaganda mit Popmusik oder was immer es war, worauf die Jugend heutzutage stand.

Der Platz war so schlammig, dass Aedith nicht einmal sicher war, dass sie den richtigen Jungen anfeuerte. Beharrlich machte sie weiter, bis der letzte Bursche aus dem Schlamm gezerrt wurde, die Arme triumphierend in die Höhe gereckt. Zu ihrer Überraschung erwies der Junge sich, nachdem er sich endlich so viel Sportplatz vom Gesicht gewischt hatte, dass man sehen konnte, in welche Richtung er blickte, als Coram.

»Du musst so stolz auf deinen Jungen sein!«, sagte die Mutter neben ihr, ganz Beinlinge und Vlies und Turnleistungstätowierungen.

»Ich schätze schon.« Aedith war nicht klar, wie verblüfft sie klang, bis die Mutter sie seltsam ansah und wegging, um sich einer Schar Frauen anzuschließen, die, wie Aedith vermutete, ihre kleinen Sportskanonen selbst auf die Welt gebracht hatten.

»Gute Technik«, lobte sie Coram, als er auf dem Weg zur Dusche an ihr vorbeiging. Coram rollte mit den Augen und krümmte die Finger zur Rune für »sardonische Belustigung«, und das war vermutlich das beste Gespräch, das sie jemals geführt hatten.

Während er fort war, ergriff Aedith die Gelegenheit, das Telefon zu zücken und ein Treffen mit jemandem zu verabreden, der vielleicht in der Lage war, wiederum ein Treffen mit einem Mann zu arrangieren, der, falls er überhaupt existierte, eine Maske mit Geweih trug und ein echtes Schwert benutzte, um anderen Leuten den Kopf abzuschlagen. Als sie das Gespräch beendete, löste sich die Mutter, mit der sie kurz gesprochen hatte, von ihrer Gruppe und kehrte zu Aedith zurück.

»Ich wollte fragen, kennen wir uns?«, fragte sie. »Du kommst mir bekannt vor.«

Die anderen Frauen schauten in ihre Richtung, versuchten aber, so zu tun, als täten sie es nicht.

»Ich bin bei der Polizei«, antwortete Aedith. »Ich gebe manchmal Pressekonferenzen.«

Die Frau schüttelte den Kopf so heftig, dass ihr blonder Bubi hin- und herschwang. »Das meine ich nicht. Kommt Corams Vater später noch vorbei?«

»Unwahrscheinlich, weil ich ihn vor sechs Jahren erschossen habe. Es stand in allen Zeitungen. Vermutlich hast du das im Sinn.«

»Ohhhh ...«, machte die Frau ohne einen Anklang von Verlegenheit. »Das war es, jetzt weiß ich es wieder. Na, wir sehen uns.«

Sie kehrte mit ihrer Klatschtrophäe zu ihrer Gruppe zurück; eine blonde Wölfin, die spektakuläre Beute erlegt hatte.

»Verfickt noch mal«, murmelte Aedith leise. Sie hasste Wochenenden.

DREIUNDVIERZIG

Drustan erwachte kurz vor Sonnenaufgang, eine Gewohnheit, die er sich unbeabsichtigt ein Jahrzehnt zuvor zugelegt hatte. Er duschte, fand einen Bademantel an der Tür und zog ihn an, nachdem er sich vergewissert hatte, dass er hier keine Zeremonienrobe mit einem Frotteemantel verwechselte.

»Morgen, Ehemann«, sagte Conwenna in der Küche. Sie drückte den Knopf eines elektrischen Wolfs, der etwas Dunkles ratternd in winzige Fetzen zerlegte. »Frischen Kaffee?«

»Bitte nenn mich nicht mehr so.« Drustan setzte sich an den Tisch, ein wenig empfindlich. Was immer der Dampf am Abend enthalten hatte, es war mild gewesen, aber beharrlich; das chemische Gegenstück zu einem Osteopathen, der einem den Nacken so massiert, dass man sich befreit fühlt, aber zugleich den Eindruck hat, der Kopf könnte jeden Moment von der Wirbelsäule kullern. »Und ja, gern.«

»Es tut mir leid, ich sollte dich nicht necken.«

Drustan wusste genau, dass Conwenna körperlich unfähig war, zerknirscht auszusehen, aber es war nett von ihr, dass sie seinetwegen so tat, als gäbe sie sich damit Mühe. Sie setzte den Kessel auf. »Wir sollten uns vielleicht doch einmal darum kümmern, dass die Sache annulliert wird. Wir könnten es sogar vor einem angelsächsischen Gericht tun.«

Drustan wusste nicht, was er darauf entgegnen sollte, also sagte er nichts.

Conwenna schob ihm den Kaffee auf dem Tisch zu. »Es wäre sowieso ein Abenteuer für einen anderen Tag. Ich habe Zeit geschaffen und nach den Vorräten gesehen. Ich kann dir zu meiner Freude mitteilen, dass ich die Zeremonie ausführen kann, die du erbittest. Du kannst vorher noch vor die Tür gehen und eine Zeitung kaufen. Die ersten zwei Stunden ziehen sich in meinen Augen immer ein wenig hin.«

»Musst du unbedingt so sein?« Drustan nahm einen Schluck Kaffee. »Der ist übrigens ausgezeichnet.«

»Freut mich, zu hören. Ich weiß, wie wichtig eine anständig gemahlene Bohne für Polizisten ist.« Sie hielt inne. »Interessant. Du denkst an jemanden.«

Drustan dachte in der Tat an Aedith und ihre maurische Kaffeemaschine.

Er fragte sich bereits, wie er ihr dieses Wochenende erklären könnte. So minimal wie möglich am besten.

»Ich muss einen Fall lösen«, sagte er, »und ich wüsste deine Hilfe sehr zu schätzen.«

»Hat es mit dem armen Kerl zu tun, der an den Baum genagelt worden ist? Davon hab ich gelesen. Und eine nette Angelsächsin auch. Der Kerl, der sich in die Luft jagen wollte, war wohl eine Ablenkung, oder?«

»Das ist richtig.«

»Dachte ich's mir doch. Trink aus, und wir fangen an.«

»So.« Conwenna legte drei Zerstäuber auf den Tisch, einen gelben, einen grünen, einen blauen. »Womit kann ich dir helfen? Vergiss einen Moment lang, dass wir eine Vorgeschichte haben, und behandle mich, wie du jeden Praktizierenden der medizinischen und spirituellen Künste behandeln würdest. Was in diesem Raum geschieht, ist streng vertraulich, jedes Thema kann angesprochen werden. Dies ist ein sicherer Raum und so weiter.«

»Die Göttin hat mich verlassen.« Drustan seufzte, als sofort deutlich wurde, dass Conwenna kurz vor dem Auflachen stand.

»Es tut mir leid«, brachte sie schließlich hervor. »Es ist dein Gesicht. Ich kann mich nicht erinnern, dass du jemals so ernst ausgesehen hast.«

»Möglicherweise liegt es an den vielen Menschen, die gestorben sind oder noch sterben werden. Ich weiß es nicht, aber ja, es könnte sein.« Er verabscheute, wie gereizt er klang, wenn er mit ihr redete.

Conwenna hatte sich mittlerweile auf sich zentriert. Drustan war ziemlich sicher, dass sie ein angemessenes Zeremoniengewand tragen sollte, aber sie hatte nicht einmal ihre Schlafhose und das übergroße Männerhemd abgestreift. Dinge, die ein Bettgenosse zurückließ; ein irritierender Gedanke, den er nicht völlig zu ignorieren vermochte.

Conwenna tätschelte seinen Arm. »Ich weiß, es ist nicht zum Lachen, und wenn ich dir helfen kann, weitere Tode zu verhüten, werde ich alles tun, was ich kann, das gelobe ich dir. Aber die Göttin würde dich niemals verlassen. Sie ist immer da.«

Drustan schüttelte den Kopf. »Ich habe die Zeremonien durchgeführt, den Weihrauch entzündet. Ich habe sie seit vier Jahren nicht mehr gesehen.«

»Pfft. Weihrauch und Zeremonien. Du weißt, dass die Dinge sich weiterentwickelt haben, oder? In deinem Innersten warst du immer ein Traditionalist. Wir könnten im Wald sein, genau jetzt, bedeckt vom Färberwaid, Krähenfedern in die Haare gebunden, und es würde dir kein bisschen helfen, wenn du *hier* nicht bereit bist.« Sie streckte die Hand vor und berührte ihn leicht über dem Herzen. »Lass mich dir eine Frage stellen: Warum möchtest du überhaupt mit der Göttin sprechen?«

Um mich zu überzeugen, dass sie real ist, dachte Drustan, aber er konnte sich nicht überwinden, es auszusprechen. Stattdessen sagte er: »Weil ich es nicht allein tun kann.«

»Bist du allein? Ich bin mir ziemlich sicher, dass du mittlerweile mit anderen Polizisten gesprochen hast, sonst würden sie dich gar nicht erst hinters Absperrband an die Tatorte gelassen haben.«

»Ich meine ...« Ein Wandbehang hinter Conwenna lenkte ihn ab, eine abstrakte Stickarbeit aus Gesichtern, die sich in Vögel verwandelten, oder Vögeln, die zu Gesichtern wurden. Ein merkwürdiger Stroboskopeffekt an den Rändern erinnerte ihn an das Manifest des Hakens im Netz. »Dir ist klar, dass ich auf die Einzelheiten des Falls nicht eingehen kann. Das wäre ebenso unethisch wie unprofessionell.«

»Aber sicher.«

»Dieser Mörder, der Angwin und der Angelsächsin namens Wettin das Leben genommen hat – und aller Wahrscheinlichkeit nach noch vielen anderen –, er ist sehr gründlich. Er hinterlässt keine Spuren. Nein, das stimmt nicht.« Er musste sich nun anstrengen, um sich zu erinnern. »Spuren gibt es schon, aber ich glaube, es sind Spuren, die wir finden sollen. Ich muss sie irgendwie herausfiltern und einen tieferen Einblick gewinnen.«

Drustan wischte sich die Stirn mit dem Handrücken ab. Ihm war nicht heiß, er fühlte sich kühl, allenfalls klamm, und dabei rann ihm der Schweiß hinunter. »Entschuldige, aber mir fällt es schwer, mich zu konzentrieren. Vielleicht sollten wir es ein anderes Mal versuchen.«

»Ach, Drustan, Liebster.«

Er zuckte zusammen. Conwenna hätte ihn niemals so genannt, nicht einmal aus Spott.

Er blickte zu ihr hoch, aber jetzt sah er dort ein anderes Gesicht, das Gesicht einer Frau, an das er sich kaum erinnerte. Ihre langen dunklen Haare waren aus der Stirn zurückgestrichen, die rechte Hälfte ihres Gesichts war von alten, verblassten Tätowierungen bedeckt. Sie war Lehrerin an seiner ersten Schule gewesen, im Westen, derjenigen, die von Fundamentalisten niedergebrannt worden war. Sie hatte geholfen, die Kinder hinauszuschaffen, wurde jedoch selbst im Gebäude eingeschlossen; sie hatte sich umgedreht, als ihr klar wurde, dass der Dachbalken, der vor die Tür gestürzt war, ihr den einzigen Weg hinaus versperrte. Sie hatte ihnen allen zugelächelt und war dann tiefer ins Gebäude gegangen.

»Armer Drustan«, sagte Guinne. »Wir haben schon vor einer Stunde begonnen, weißt du das nicht mehr?«

VIERUNDVIERZIG

Der Panafrikanische Presseklub befand sich mitten im Herzen der Stadt, einen Steinschleuderwurf von der Volksversammlung entfernt und einen weiteren vom Palast des Hochkönigs. Von dem Treppenabsatz, auf dem sie darauf wartete, dass die Empfangsdame ihren Namen auf der Liste fand, konnte Aedith dessen gebogene Holzdächer gerade erkennen.

»Tut mir leid.« Der Tonfall der jungen Frau klang kein bisschen entschuldigend. »Ich bin mir sicher, wir haben Sie hier irgendwo.«

Aedith hatte Lungenlocher im Auto gelassen, aber ihr Dienstausweis brannte ihr ein Loch in die Manteltasche, flehte sie an, ihn zu zücken und eine Tür – irgendeine Tür – im Namen des Hochkönigs einzutreten. Kommt noch, versicherte sie ihm. Den Geduldigen winken schöne Dinge.

Endlich hob die Rezeptionistin eine makellose blonde Augenbraue, über die Punkte gemalt waren, die an Stammeszeichen der Yoruba erinnerten. Aedith wäre erstaunt gewesen, wenn die junge Frau England schon jemals verlassen hätte.

»Herr Dryer ist gleich dort«, sagte sie. Sie führte Aedith einen dunkel vertäfelten Korridor entlang, in dem sich Masken der Kuba reihten, dazu giftgrüne Farne. Der große Raum, in den sie gelangten, setzte das Thema fort, ergänzte es aber durch weite, schwarz gerahmte Fenster, die umfassende Ausblicke auf Londoner Hausdächer boten. In einem Sammelsurium an Sesseln hatten sich gealterte Panafrikaner aus allen Stämmen niedergelassen. Die meisten waren über der gestrigen Ausgabe der *Lagosischen Tageszeitung* eingenickt. Wer noch wach war, beobachtete Aedith mit stumpfen Augen, als die Empfangsdame vor einer größeren Zeitung stehen blieb, einem maurischen Finanzblatt. Als es langsam gesenkt wurde, offenbarte es gar keinen Panafrikaner, sondern einen Angelsachsen mittleren Alters, der das Haar in einem Stil aus der Stirn gekämmt trug, wie er seit fünfzig Jahren nicht mehr in Mode gewesen war, geschweige denn in dem Jahrzehnt, seit Aedith ihn zuletzt gesehen hatte. Seine mit Zebramustern bedruckten Hemdärmel waren bis an die Ellbogen aufgekrempelt und entblößten Tätowierungen über eine Vergangenheit in den Streitkräften, einen Karrierewechsel in den öffentlichen Dienst und einen Eid unsterblicher Dienstbarkeit gegenüber dem Haus von Mercia.

»Sei gegrüßt, Onkel.« Aedith streifte ihren Mantel ab und legte ihn sich gefaltet über den Arm, bevor sie noch stärker schwitzte als ohnehin schon. Die Panafrikaner in diesem Gebäude schätzten es freilich aus vollkommen verständlichen Gründen, wenn das raue europäische Klima so dicht hinter der Haustür endete, wie es sich machen ließ.

»Ich konnte dich nie dazu bringen, mich nicht so zu nennen«, sagte Dryer, als der Kellner gegangen war und einen frisch gebrühten Kaffee für Aedith und ein hohes, extravagant rosarotes Glas mit etwas für ihn zurückgelassen hatte. »Du weißt, dass ich nicht dein echter Onkel bin.«

»Ich habe es immer als Ehrentitel betrachtet. Drei nicht echte Onkel väterlicherseits, zwei mütterlicherseits plus eine nicht echte Tante.«

Dryer verzog keine Miene, als Sweterun erwähnt wurde, aber fast unmerklich verstärkte er den Griff um sein albernes Glas.

Aedith hatte nie erfahren, was vorgefallen war, und diese Frage stellte eine der wenigen in ihrem Leben dar, bei denen sie entschieden hatte, nicht nachzuhaken.

»Wie auch immer«, fuhr sie fort, »ich habe mich gefragt, ob es dir möglich sein könnte, mir bei einem Fall zu helfen, an dem ich arbeite.«

Dryer machte in gespielter Besorgnis große Augen. »Bist du sicher, dass ich dich nicht aufs Revier begleiten muss? Sollte ich Edgar anrufen?«

Edgar war ein anderer Kein-Onkel, ein Freund ihres Vaters aus alter Zeit, der eine wenig bekannte, aber außerordentlich teure Anwaltskanzlei betrieb, die in der Lage war, Personen mit guten Beziehungen aus jeglichem rechtlichen Ärger zu befreien. Ihr Spektrum reichte von Strafzetteln für zu schnelles Fahren bis hin zu (beispielsweise) der unerwarteten Entdeckung einer toten Sexarbeiterin und einem Haufen Rauschgift in einem Bootshaus in Sussex. Aedith kannte Kein-Onkel Edgar von einer Reihe familiärer Anlässe und hatte ihn als charmant, lustig und begabt mit einer anziehenden subversiven Ader erlebt. Sie hoffte allerdings darauf, eines Tages mitzuerleben, wie er wegen eines einfachen Falls mit Überwachungsvideo und Fingerabdrücken die Schlappe seines Lebens erlitt.

Kein-Onkel Dryer bewegte sich so ziemlich in den gleichen Kreisen, aber er hatte stets etwas grundsätzlich Solideres an sich gehabt: fast, aber nicht ganz langweilig. Er besaß mysteriöse informelle Verbindungen zur Regierung, was oft bedeutete, dass er Leuten leise etwas zuraunte, die es hätten besser wissen sollen. Nach diesem Gespräch erkannten sie dann, dass sie eine Reihe von Irrtümern begangen hatten, oft in Bezug auf ihre Steuerzahlungen oder beim Einleiten chemischer Abfälle in einen Fluss. Im Gegensatz zu Kein-Onkel Edgar lebte Dryer in einer bescheidenen Wohnung, und sein einziges Laster schien neben einer Vorliebe für abscheuliche Hemden darin zu bestehen, dass er so viel Zeit wie möglich in einem Privatklub verbrachte, in dem die Heizung zu hoch aufgedreht war, als dass es einem Angelsachsen angenehm sein konnte.

»Hierbei handelt es sich mehr um eine geliebte Fast-Nichte, die fragt, ob sie jemandem vorgestellt werden könnte, den man technisch wohl als einen Regierungsangestellten bezeichnen könnte.« Aedith hoffte, dass sie sich nicht allzu kolossal zur Idiotin machte. »Man kommt ein bisschen schwer an sie heran, und ich fand, es könnte im Interesse aller Beteiligten sein, wenn die Kontaktaufnahme formloser Natur wäre.«

Dryer beugte sich vor und versuchte dabei, desinteressiert zu wirken. Aedith vermutete, dass sie in ein Gespräch geraten war, wie ihr Vater es ständig führte: einerseits streng innerhalb gewisser Grenzen, andererseits mit Hinweisen auf Rädchen innerhalb von Rädchen. Und wenn sich auch nur eines dieser Rädchen jemals löste, fiel die gesamte Maschinerie aus.

»Fahr fort«, sagte Dryer. »Ich kann nicht garantieren, dass ich ihre Mobilfunknummer habe, aber ich kenne eine Person, die jemanden kennt. Und ich helfe immer gern.«

Er strahlte sie nun an.

»Ich muss den Fengyr sprechen«, sagte Aedith.

Das Lächeln verflog von Dryers Lippen. Er hätte das Glas fallen gelassen, hätte Aedith nicht rasch die Hand vorgestreckt und es ihm abgenommen. Lautlos setzte sie es auf dem Beistelltisch ab. Ihr graute vor dem Gedanken, welches Protokoll in Gang gesetzt worden wäre, hätte er es fallen gelassen oder gar zerbrochen. Vermutlich wäre es erforderlich geworden, das gesamte Gebäude zu evakuieren.

Dryer brauchte einen Augenblick, bis die Farbe langsam in

sein Gesicht zurückkehrte. »Machst du dir eine Vorstellung davon, worum du da bittest?« Er flüsterte nicht, aber er sprach so leise, dass niemand, der mehr als einen Tisch entfernt saß, ihn verstanden hätte.

»Heilige Scheiße«, sagte Aedith. »Es gibt ihn wirklich?«

»Du kommst hier herein und fragst mich das und weißt es nicht einmal?«

»Bis vor dreißig Sekunden nicht«, sagte Aedith. »Ich hab damit gerechnet, dass du mich unter schallendem Gelächter aus dem Raum jagst.«

»Glaub mir, über den lacht nun wirklich niemand.« Er tupfte sich mit der weißesten Stoffserviette, die Aedith je gesehen hatte, die Stirn ab. Binnen einer Minute hatte Aedith zuwege gebracht, was der drückenden Hitze im Panafrikanischen Presseklub noch nie gelungen war: Kein-Onkel Dryer zum Schwitzen zu bringen.

FÜNFUNDVIERZIG

Ich nehme an, ihr tragt hier oben viel Sonnenmilch auf?«, fragte der berühmte Filmschauspieler und zeigte pantomimisch an, dass er sich Lotion in ein Gesicht rieb, das widerstandsfähiger gegen Sonnenschein war.

Zumindest war Drustan gesagt worden, dass der Mann ein berühmter Schauspieler sei; er hatte damals nicht viele mogulische Filme geschaut. In den wenigen, die er gesehen hatte, waren ihm die Tanzeinlagen am liebsten gewesen, auch wenn er das gegenüber Bricius oder Mochan nie zugegeben hätte. Beide hatten eine echte Spezialkräfteausbildung durchlaufen, im Gegensatz zu Drustan, der mager war und kaum je eine Waffe berührt hatte, bevor sie ihm das Gewehr gaben und ihm befahlen, die Hügel im Auge zu behalten.

Die neuere Generation mogulischer Filme war härter, handelte von jungen Männern, die zur Armee gingen oder sich ins organisierte Verbrechen verstrickten. Dabei fanden sie heraus, dass Kameradschaft und Geld zwar attraktiv sein mochten, beide Gruppen am Ende aber unerwiderte Loyalität verlangten und spirituell unbefriedigend waren. Drustan hatte das längst am eigenen Leib erfahren und stellte fest, dass sowohl die Filme als auch sein Leben als untergeordneter, kaum ausgebildeter Mitarbeiter einer privaten Militärfirma extrem langweilig waren, gleichwohl aber durchsetzt mit hochdramatischen Augenblicken. Die Milizen waren hierzulande nicht allzu schlimm, aber man wusste nie, wann sie mit ihren Pritschenwagen und Flaggen anrückten, die Telefone hoch erhoben in der Hoffnung auf anständige dreißig Sekunden Material, mit dem sie ausreichend Geld einnehmen konnten, um sich bessere Pritschenwagen, Telefone und Flaggen zu kaufen.

Drustan runzelte die Stirn. Die Felsen ringsum warfen die Hitze zurück, und der berühmte Filmschauspieler hatte sich nicht einmal Wasser mitgebracht. Dabei stammte der Schauspieler aus dieser Gegend. Der Filmzeitschrift zufolge, die Drustan auf dem Stützpunkt mitgenommen hatte, ohne auf den Spott seiner Kollegen zu achten, war er in einem Dorf rund hundert Meilen entfernt aufgewachsen. Hundert Meilen besaßen hier draußen keine Bedeutung, aber Drustan fügte sich bereits besser in die Landschaft ein als der Schauspieler. Oder vielleicht wollte er sich das nur einreden. Womöglich wollte er einfach irgendwo dazugehören.

»Bei Ihrer Hautfarbe«, erläuterte der Schauspieler in noch immer zu lautem Ton, als rede er zu einem Kind, »bekommen Sie wohl leicht einen Sonnenbrand. Ihre Kollegen wohl nicht so sehr, wegen ihren ...« Mit dem Finger zog einer eine grobe Spirale über sein Gesicht.

Bricius und Mochan zeigten kaum sichtbare Haut in ihrer Originalfarbe. Die Clanzeichen verdeckten sie zum größten Teil, was es umso offensichtlicher machte, dass sie jedes Mal mit den Augen rollten, wenn der Schauspieler etwas sagte. Dabei fand Drustan ihn gar nicht so schlimm.

Die Filmgröße war kaum älter als Drustan, aber beim Händedruck hatte seine Haut sich weich und zart angefühlt. Er trug allerdings einen üppigen Schnauzbart. Drustan überlegte, sich selbst einen Schnauz stehen zu lassen, aber nicht die herunterhängende Variante, wie seine Kollegen sie schätzten, sondern etwas Moderneres, vielleicht sogar einen Vollbart. Hier draußen in den Hügeln fand man die Zeit, um sich über so etwas Gedanken zu machen.

Obwohl offiziell beim mogulischen Staat beschäftigt, erhielten Drustan, Bricius und Mochan manchmal Aufgaben, die den Eindruck erweckten, ein hoher Beamter erweise jemandem in einer großen Firma einen Gefallen. Heute war einer dieser Tage. Der Schauspieler hatte einen Vertrag mit einer Luxusuhrenfirma, und die Werbeagentur, die von dieser Firma beauftragt worden war, wollte ein paar dramatische Aufnahmen von ihm, wie er aus zusammengekniffenen Augen in die Felshügel blickte, die Hand nachdenklich am Kinn, während die Armbanduhr das Licht einfing. Wenigstens waren das die Einstellungen, von denen Drustan vermutete, die Werbeagentur wolle sie: Es waren die einzigen Posen, die berühmte Filmschauspieler mit Luxusuhren jemals einzunehmen schienen. Bis jetzt hatte er angenommen, dass die Hintergründe nachträglich eingefügt wurden, und vielleicht war das üblicherweise auch der Fall. Aber heute hatte die Werbeagentur den Schauspieler, einen Fotografen, einen Maskenbildner und eine Garderobiere in die Hügel fahren wollen. Also hatten sie angefragt, ob der zuständige Gouverneur ihnen einige freischaffende keltische Mitarbeiter ausborgen könne; der Legende nach die wildesten und furchteinflößendsten aller Söldner, damit die Gruppe unbeschadet zurückkehrte.

Der Filmschauspieler betrachtete Drustan mit einer unvertrauten Zuneigung, und das entsprach nicht ganz dessen Erinnerungen.

»Du siehst so jung aus! Ich konnte dich mir nie ohne Bart vorstellen, das hat nie gepasst.« Der Schauspieler war es, der redete, aber mit Conwennas Stimme. Natürlich.

»Warum bin ich hier, Conwenna?«

Zwar war es nicht Conwenna, sondern ein Teil seines eigenen Bewusstseins, das mit ihrer Stimme sprach, aber die Wirkung blieb die gleiche. Der Schauspieler zuckte mit den Schultern, nahm sein majestätisches Starren wieder auf oder blinzelte zumindest majestätisch (die Garderobiere hatte noch nicht die richtige Sonnenbrille für ihn gefunden) ins Vorgebirge.

»Ich weiß es nicht, Drustan. War es ein großer Tag? Wurde auf dich geschossen? Hast du jemanden erschossen? Deine erste Tötung vielleicht?«

Drustan schüttelte den Kopf. Nichts war hier geschehen. Sie hatten den Filmschauspieler höher in die Hügel geführt, er hatte mit der Uhr posiert und verschiedene Sonnenbrillen ausprobiert, und schließlich waren sie mit ihm zurückgekehrt. Ein langer schwarzer Wagen hatte ihn abgeholt, und sie waren zum Flugplatz zurückgefahren. Die Mitarbeiter hatte man in den Laderaum eines kleinen weißen Kastenwagens gestopft.

Einen Monat darauf war Bricius in einem Streit über eine Lieferung Apfelbranntwein von einem zaristischen Söldner erschossen worden. Mochan hatte immer mehr Zeit außerhalb des Stützpunkts verbracht und war am Ende ganz verschwunden. Drustan hatte seinen Vertrag erfüllt, noch ein Jahr in der Provinz ausgehalten und war im Anschluss in den Westen zurückgekehrt.

Er hatte Wellenreiten an der Küste Nord-Dumnonias unterrichtet, während er für seine Prüfungen lernte. Er sah die Strandhütte der Ausbilder vor sich, wo sie heilige Kräuter geräuchert und zugesehen hatten, wie die Sonne unterging, sobald die Kinder der reichen Angelsachsen am Abend in ihre Ferienlager zurückgekehrt waren. Da war es, ganz wie in seiner Erinnerung: neben dem Eingang der Haufen herrenloser Zehensandalen, der Gussbetonfußboden, ewig mit Sand bestreut, sodass es keinen

Sinn hatte, zu fegen, weil er immer wieder hereinwehte, anscheinend aus eigenem Willen.

Drustan blickte auf den Haufen zerlesener Zeitschriften auf einem Tisch aus Treibholz, die Touristen zurückgelassen hatten. Dort, auf der Rückseite des obersten Exemplars, war der Filmschauspieler. Er sah etwas besser aus und ein wenig nachdenklicher, als Drustan sich von jenem Tag an ihn erinnerte. Aber die Landschaft, über die er blickte, war nicht das Vorgebirge, in das sie ihn gefahren hatten. Diese Hügel waren zerklüftet und blasser, und es gab keine Spur von den kleinen Bauernhöfen, die so deutlich zu sehen gewesen war. Die Werbeagentur hatte den Schauspieler den weiten Weg dorthin fahren lassen, für Transport, Garderobe, Maske und Sicherung bezahlt – und ihn dann trotzdem digital vor einen anderen Hintergrund montiert.

Eindeutig war die ganze Sache unwichtig gewesen. Der berühmte Mime hatte in drei Serien immer erfolgreicherer Kassenschlager mitgespielt, bis sein Stern durch einen Steuerskandal ins Sinken geriet. Infolgedessen hatte er eine Zeit in einer Rehaklinik verbracht, aus welcher der Schauspieler zwar abstinent und weiser hervorging, doch für die Filmindustrie arbeiten würde er nie wieder.

Drustan hatte an jenem Tag, als er in der echten Hütte die Zeitschrift betrachtete, an die kolossale Geldverschwendung des Drehtags denken müssen. Dafür musste doch jemand bei der Agentur oder beim Filmstudio gefeuert worden sein? Die Investition hatte keinen Sinn gehabt. Jetzt aber war er älter und weiser und wusste, dass das Geld keineswegs verschwendet gewesen war. Man hatte damit das Ansehen des Schauspielers erhöht. Jeder war bezahlt worden, einschließlich Drustan, und die Erträge der folgenden paar Filme hatten die Kosten ihres Ausflugs in die Hügel bei Weitem überstiegen. Das Filmstudio hatte gewollt, dass sein Schauspieler gut aussah, die Uhrenhersteller hatten gewollt, dass ihr Produkt mit einem aufstrebenden Stern am Filmhimmel in Verbindung gebracht wurde, und die Mittelsmänner hatten einen Haufen von deren Geld ausgegeben, damit jeder zufrieden war.

»Öffentlichkeitsarbeit«, sagte Drustan. »Hintergründe, Fokusgruppen, Schauspieler, alles. Der Haken ist echt, aber alles andere ist fingiert.«

»Aha«, sagte Conwennas Stimme, aber diesmal sprach nicht Conwenna, sondern etwas in ihm, etwas Älteres. »Da haben wir es. Ein Geschenk auf einem Ast.«

Eine junge Frau ging am Fenster vorbei. Sie trug eine Denimjacke in ausgebleichtem Grau und einen langen Rock. Sie war barfuß. Sie warf einen Blick über die Schulter. Verschlungene schwarze Zeichnungen bedeckten ihr halbes Gesicht. Sie lächelte kurz und war verschwunden.

Drustan erwachte.

SECHSUNDVIERZIG

Der Hochkönig hatte schon immer einen persönlichen Scharfrichter«, sagte Dryer. Sie hatten sich in eine entfernte Ecke des Saals zurückgezogen. Kellner waren durch einen Blick herbeigerufen worden und hatten, ohne dass ein Wort ausgesprochen werden musste, Wandschirme um sie herum aufgestellt. Das Holz war dunkel und dicht, reich besetzt mit stilisierten Schnitzereien charismatischer Megafauna. Einen entschlossenen Lauscher hätten sie freilich nicht aufgehalten, aber die Barriere war ohnehin mehr psychologischer als physischer Natur. Zur Kenntnis zu nehmen, dass jenseits der Schirme überhaupt etwas existierte, hätte bereits einen unverzeihlichen Verstoß gegen die Klubregeln bedeutet, der Versuch, irgendwelche Einzelheiten zu erfassen, noch mehr.

Wie Aedith stets gewusst hatte, funktionierte die Welt eben so, aber sie hatte sich immer auf der falschen Seite des Wandschirms gefühlt, selbst als relativ hochrangige Polizeioffizierin. Auf dieser Seite des Schirms zu stehen, war verführerisch, berauschend sogar. Sie musste so bald wie möglich wieder dahinter vorkommen. Aber noch nicht sofort.

»Die Rolle ist meist zeremonieller Natur, sporadisch.« Dryer hatte seine Fassung wiedererlangt und winkte ab, als ein Kellner ihm ein neues rosarotes Getränk bringen wollte. Stattdessen bestellte er eine Kanne Kräutertee, und als der kam, schmeckte Aedith kein einziges Kraut heraus. Der Kellner stellte sogar ein

Milchkännchen hin, was sie zunächst für einen Fehler hielt, nur dass es keiner war. Dieser Klub gehörte in der Tat einem anderen Teil der Welt an, sorgfältig ausgestochen und ins angelsächsische London verpflanzt, damit alles so weitergehen konnte wie gewohnt. »Aber manchmal wird es praktischer angewandt. Eigentlich ist es die dunkle Seite des Gnadensystems. Gegen Ende seiner Herrschaftszeit hat ein Hochkönig das Recht, denen zu vergeben, die bestimmte Verbrechen begangen haben.«

»Das ist mir bekannt.« Wann immer ein Hochkönig sich aufs Sterbebett legte, wappneten sich die Vögte unweigerlich für den plötzlichen, aber unaufhaltsamen Zusammenbruch bestimmter Fälle um hochrangige Beamte, die wussten, wo zu viele Leichen vergraben waren. So schlimm, wie es klang, war es gar nicht: Einige Verbrechen standen über dem Gnadensystem, und jeder Kumpan des Königs, der so tief in der Tinte steckte, dass er einer Begnadigung bedurfte, hatte für gewöhnlich noch mehr Dreck am Stecken, mit dem die Vögte ihn irgendwann doch drankriegten.

»Ganz bestimmt«, sagte Dryer. »Aber du und die Öffentlichkeit, ihr seht nur das Zuckerbrot. Ein Hochkönig braucht auch eine Peitsche. Und einige Dinge sind unverzeihlich.«

»Nur um es klarzustellen, du sagst also, dass all diese Köpfe von jemandem genommen wurden, der im direkten Auftrag des Hochkönigs handelte?«

»Damit sage ich«, entgegnete Dryer, »wenn du jemandes Fall betrachtest, der schlimmste Verbrechen begangen hat, weil er davon ausging, dass sein Status ihn unantastbar macht, er aber später ohne Kopf aufgefunden wird, so kannst du davon ausgehen, dass fast mit Sicherheit der Fengyr die Strafe des Hochkönigs an ihm vollstreckt hat. Und falls dem so war, handelte es sich bei dieser Tötung überhaupt nicht um ein Verbrechen.«

Er goss Milch zu dem Tee und rührte mit einem kleinen Silberlöffel um.

»Verzeih mir«, sagte er. »Ich hatte in letzter Zeit viele Besprechungen mit den Moguln und bin auf den Geschmack gekommen.«

Milch im Tee. Aedith versuchte, nicht angeekelt zu schaudern. Sie konnte sich nicht vorstellen, dass sich so etwas jemals durchsetzen würde. »Acht Personen. Alle tot, weil der Hochkönig die Sonne seiner Herrschaft untergehen sieht und einige Rechnungen begleichen will?«

»Wenn es ihm nur darum ginge, Rechnungen zu begleichen, würden die Toten in die Hunderte gehen«, sagte Dryer. »Du musst bei deinen Ermittlungen doch aufgedeckt haben, was diese Leute sich zuschulden kommen ließen. Ohne sie ist das Königreich besser dran.«

»Sie hätten angeklagt werden müssen«, entgegnete Aedith starrsinnig. »Ich weiß, dass jeder in diesem Raum denkt, unser Land sei am Arsch der Welt und von heulenden, betrunkenen Wilden bevölkert, aber wir haben so etwas wie eine Rechtsordnung.«

»Das stimmt«, sagte Dryer, »und der Fengyr ist genauso sehr Teil dieser Rechtsordnung wie du. Außerdem sind es nach den Informationen, die ich habe, neun Delinquenten gewesen; ihr habt einen übersehen. Über ihn brauchst du aber nichts zu wissen.«

Aedith sagte nichts. Dryer nippte an seinem abstoßenden Getränk, stellte die Tasse wieder auf den Tisch und lehnte sich zurück. »Ich kann mich an Personen im näheren Umkreis des Hochkönigs wenden. Der Fengyr befolgt ein Prozedere. Eventuell gibt es sogar Unterlagen. Ich kann dir etwas beschaffen, das du deinen Vorgesetzten vorlegen kannst. Weiter wird es nicht gehen, sollte aber ausreichen, damit der Fall offiziell abgeschlossen werden kann.«

»Und das alles, weil mein Vater dein Freund ist?«

Er lächelte ohne eine Spur von Heiterkeit. »Das alles, weil du gefragt hast. Nach den Regeln des Spiels ist es ein vollkommen zulässiger Zug. Selbst wenn du ihn machtest, um deine Karriere anzuschieben, wäre ich dennoch gehalten, dir den Gefallen zu erweisen. Zu wissen, dass du mich lediglich ansprichst, um deine Pflichten erfüllen zu können, erleichtert mir das Ganze.«

Er leerte seine Tasse. Eindeutig war das Gespräch vorbei, und soweit es ihn betraf, war die Angelegenheit erledigt.

Aedith schüttelte den Kopf. »Nein, ich will ihn treffen. Den Fengyr. Ich möchte ihm in die Augen sehen.«

Dryer seufzte. »Und was willst du dann tun, ihn verhaften?«

»Hätte ich Gründe dafür?«

»Wenn du es versuchst, würdest du etwas finden, da bin ich mir sicher. Das ist ja das Schöne am Gesetz. Ob du damit durchkommst oder lange genug lebst, um ihm Handschellen anzulegen, wäre eine völlig andere Frage.«

Aedith verschränkte die Arme und lehnte sich zurück. Sie kam nicht weiter.

Dryer lachte, klang aufrichtig amüsiert. »Also gut, ich werde etwas in die Wege leiten. Tu nur bitte nichts, was mich zwingen würde, einen Entschuldigungsbrief an deinen Vater aufzusetzen. Er hat dich sehr gern, und es ist ihm fast mit Sicherheit lieber, wenn du deinen Kopf behieltest.«

Er stand auf und winkte einem Kellner, der am anderen Ende des Raums gewartet hatte. Augenblicklich erschien mehr Personal, klappte die Wandschirme zusammen und entfernte sie, als hätte das Gespräch niemals stattgefunden. Die Empfangsdame tauchte ungebeten mit Aediths Mantel auf.

Aedith ließ sie noch etwas warten. »Onkel? Hast du jemals mit jemanden zusammengearbeitet, der sich als Fischer bezeichnete?«

Er nickte. »Hier und da. Ein paar in Äthiopien, ein, zwei, die heimlich unter den Norsen leben.«

»Was hältst du von ihnen?«

»Sie kommen mir wie anständige Leute vor. Aber ob sie nun anständige Leute waren, weil sie Fischer wurden, oder es sie zu den Fischern zog, weil sie anständige Leute waren, das könnte ich dir nicht sagen. Viel Glück mit deinem Fall, Aedith.«

SIEBENUNDVIERZIG

Nachdem sich Conwenna vergewissert hatte, dass Drustan sicher zurückgekehrt war, hatte sie ihm eine Decke über die Schultern gebreitet, eine Tasse mit Kräutertee in die Hand gedrückt und ihn allein gelassen. Die Schatten wurden länger. Drustan vermutete, dass er beinahe den ganzen Tag lang in dem Traum gewesen war. Technisch dauerte es zwei Stunden, um hineinzugehen, und zwei weitere, um wieder hervorzukommen, aber eine Weile lang fragte man sich immer, ob man ihm jetzt wirklich schon entronnen war.

»Ich bin froh, dass du keiner von denen bist, die völlig die Kontrolle verlieren, während sie drin sind«, rief Conwenna aus der Küche. Deckelklappern und der Geruch eines Schmortopfs drangen ins Wohnzimmer. »Ich habe nicht so viele Handtücher, und es ist immer peinlich, wenn es jemandem passiert, den man kennt.«

Drustan fragte sich, wann Conwenna kochen gelernt hatte. Früher hatte sie von Lieferdiensten gelebt und sich bei Nachbarn Gefallen gegen Geschenke eingehandelt. Conwenna war immer unterwegs und knüpfte Kontakte. Wäre sie eine Norsin, wäre eine erfolgreiche Börsenmaklerin oder vielleicht eine Journalistin aus ihr geworden. Als in London lebende Keltin hatte man weniger Auswahl: Kriminalität, darstellende Kunst (Conwenna besaß eine ausgezeichnete Singstimme, aber ihr Tanz ließ einiges zu wünschen übrig), Einflussnehmerin in den Graswurzelmedien oder Schamanin auf Honorarbasis für die Mittelschicht. Alles in allem hatte sie vermutlich die richtige Entscheidung getroffen.

»Hast du ganz sicher nicht gewusst, dass ich es sein würde?« Conwenna kam mit zwei Schalen voll grauem Schmortopf aus der Küche. Drustan schnüffelte misstrauisch an seiner Portion, als sie ihm den Rücken zuwandte. Die Speise roch nicht furchtbar, aber auch nicht gerade verlockend.

Er schüttelte den Kopf. »Ich habe nach der Adresse einer brauchbaren therapeutischen Schamanin mit einem Gästezimmer gefragt.«

Conwenna zog ein Gesicht. »Nur ›brauchbar‹?«

»Na gut, ich habe mich nach der besten erkundigt.«

»Und wie habe ich mich geschlagen? Bewertungen im Netz sind äußerst wichtig, weißt du. Wenn du mir weniger als drei Sterne gibst, muss ich meine Gebühren senken.«

»Ich werde dich ganz bestimmt sehr hoch bewerten.«

Drustan nahm einen Löffel von seinem Schmortopf. Er war nicht schlecht. Conwenna ließ sich mit untergeschlagenen Beinen ihm gegenüber auf dem Boden nieder.

»Wer war das Mädchen? Du hast von ihr gesprochen, während du drin warst.«

»In der Wirklichkeit? Nur jemand, den ich an einem Fenster vorbeigehen sah, als ich noch ein junger Mann war.«

»Bevor du mich kennengelernt hast?«

»Ungefähr zu dieser Zeit. Aber dann habe ich sie wiedergesehen. Oder ich glaubte es zumindest. Sie hat mich zu einem Verbrechensschauplatz geführt. Zu der zweiten Frau, der Angelsächsin, Eawynn Wettin. Und als ich an den Tatort zurückkehrte, fand ich eine Drohne, die wir bei der Erstürmung verloren hatten. Sie hatte den Mörder gefilmt. Die Aufnahme reichte aus, um ihn zu identifizieren. Und das wiederum war Grund genug, dass seine uns unbekannten Hintermänner einen Lockvogel mit einer Selbstmordweste ins Polizeirevier schickten.«

»Armer Drustan. Du hast gedacht, die Göttin hätte dich verlassen, dabei war sie die ganze Zeit an deiner Seite.«

»Oder die Druckwelle der Explosion hat mich in einen Schock versetzt. Unbewusst habe ich in der Ferne etwas Unpassendes entdeckt, und das führte mich zu Wettin. Als ich später zurückkehrte, in einem Versuch, das, was ich gesehen hatte, miteinander in Einklang zu bringen, wurde mir klar, dass die Druckwelle die Drohne in die gleiche Richtung geworfen haben konnte. Und gefunden hat sie der Wachtmeister, der mich begleitete, nicht ich.«

»Außer dir kenne ich niemanden, der eine Schamanin aufsuchen würde, um in eine sechsstündige Traumsuche versetzt zu werden, damit er einen Vorfall verstehen kann, und dann mit einer vollkommen rationalen Erklärung für das Ganze herauskommt. Das ist einer der Gründe, weshalb ich dich so sehr mag. Ich werde nie erfahren, ob du durch deine Arbeit als Polizist so geworden bist, oder ob du Polizist wurdest, weil du so bist.«

»Ist noch mehr Schmortopf da?«, fragte Drustan. »Ich kann überhaupt nicht sagen, wie beeindruckt ich bin, dass du endlich kochen gelernt hast. Vielleicht erlaubst du mir nächstes Mal, dir den Gefallen zu erweisen.«

»Du kannst eine Woche lang bleiben, Kriminalinspektor Drustan. Danach könnte sich rumsprechen, dass ich die *Gwithyas* bei mir wohnen lasse, und rate mal, was dann mit meinen Bewertungen im Netz passiert.«

ACHTUNDVIERZIG

Vor dem Skeid ging es lebhafter zu. Mehr Übertragungswagen waren eingetroffen, panafrikanische und kalifatische Journalisten umklammerten Mikrofone und wandten sich mit der stirnrunzelnden, aufgesetzten Gravität, die ganz gleich, welche Sprache sie benutzten, allen Exemplaren ihrer Spezies zu eigen war, ihren Kameras zu. Die Schar von Demonstranten war ebenfalls größer geworden, und sie reckten selbst gemalte Schilder zu jedem Thema in die Höhe: von *Der Osten bleibt angelsächsisch!* bis hin zu *MEINE Seele lasse ich mir NICHT drahtlos nehmen!* Eine Frau schwenkte ein Transparent, auf dem stand: *Wecta ist DER EINZIGE WAHRE WEG!*, teilte sich aber bereitwillig einen Thermosbecher Kaffee mit dem barbrüstigen Kelten neben ihr, der entschieden hatte: *BETET NUR KERNUNNUS AN, SONST NIEMAND!*

In einem früheren Zeitalter hätte Aedith dies vielleicht als Zeichen aufgefasst, dass keiner der Demonstranten aufrichtig war, sondern für das Jubeln und Hochhalten der Transparente, die man ihnen in die Hand gedrückt hatte, bezahlt wurde. Jetzt aber sah sie Kelten und Angelsachsen einträchtig nebeneinanderstehen. Ein kleiner Trupp orthodoxer Norsen in schwarzen Gewändern, bestehend aus großen Männern mit langen geflochtenen Bärten und stattlichen Frauen mit über den Rücken geschlungenen Zeremonienäxten, schob sich höflich durch die Menge. Auf den Flugblättern, die sie austeilten, wurde erbeten, dass die Leute lieber Odin anrufen sollten statt Wotan. Angesichts dessen nahm Aedith immer stärker an, dass in Zeiten wie diesen ein gewisses Maß an kognitiver Dissonanz kein Nachteil mehr sein musste; sie konnte sich sogar als evolutionärer Vorteil erweisen.

Auch die Sicherheit war verstärkt worden. Polizei in Helmen und Schutzwesten, gedrungene automatische Waffen vor der Brust, stand teilnahmslos an jedem Eingang. Sie starrte die Menge zwar nicht nieder, aber sie blickte auch nicht weg. Drohnen summten um die Antennen und Satellitenschüsseln des Skeid wie Fliegen.

Von dem Sicherheitstheater abgelenkt, das vor ihr aufgeführt wurde, dauerte es ein wenig, bevor Aediths Tiergeist besorgt mit den Flügeln schlug und sie den Blick senkte, um festzustellen, dass sie diskret in die Zange genommen worden war: Dunkle, auf Hochglanz polierte Schuhpaare waren links und rechts von ihr aufgetaucht. Zwei Sicherheitsbeamte: ein Mann und eine Frau, beide in eleganten Anzügen, die blonden Haare zurückgebunden, sodass die fleischfarbenen Kabel, die aus dem Hemdkragen zum Ohr führten, kaum kaschiert wurden.

»Würden Sie bitte mitkommen, gnädige Frau?«, fragte der Beamte kaum lauter als ein Murmeln.

Aedith seufzte. »Ich bin von der Polizei, ihr Spinner.« Sie griff nach ihrem Dienstausweis, doch die Beamtin bewegte sich schneller und ergriff ihr Handgelenk.

»Wir wissen, wer Sie sind, Kriminalhauptmann Mercia.« Sie war kräftiger, als sie aussah. Aedith empfand kurz Bedauern, dass sie Lungenlocher im Handschuhfach ihres Wagens gelassen hatte. Nicht dass sie ausgerechnet hier mit einer Waffe herumgefuchtelt hätte, aber so hatte sie ein Stück Verhandlungsmasse weniger, und wenn die Staatspolizei einen irgendwohin mitnehmen wollte, brauchte man alle Verhandlungsstärke, die man mobilisieren konnte.

»Sagen Sie Tancred, wenn er mich sprechen will, muss er mir nicht seine Zofen schicken. Er weiß, wo ich arbeite.«

»Hauptmann, wir sind durchaus nicht von der Staatspolizei. Tun Sie dem Hochkönig einen besonderen Gefallen und ziehen Sie in Erwägung, sich nicht wie ein verwöhntes Gör zu benehmen und einfach mitzukommen?«

Die Beamtin lockerte ihren Griff. Aedith zog die Hand zurück und schaute sich um. Nicht ein einziger Umstehender schien bemerkt zu haben, dass etwas vorging; vielleicht waren sie von einer Gruppe Demonstranten abgelenkt, die mit einer riesigen Pappmaché-Puppe des Hakens aufgetaucht waren. Sie war so aufgemacht, dass sie Wotan ähnelte; ein kapuzentragender einäugiger Mörder mit einem Sax in der einen und einem ausgenommenen Fisch in der anderen Hand. Ein Demonstrant beugte sich mit einer großen Kerze vor und setzte ihn zum Jubel der Menge in Brand.

Aedith steckte ihren Ausweis ein. »Wissen Sie, das hätten Sie auch gleich sagen können.«

Sie führten sie auf die Seite des Gebäudes zu einem Wartungszugang. Hätten keine Bewaffneten davorgestanden, wäre die Tür leicht zu übersehen gewesen. Sie traten beiseite, ohne für einen Moment die Augen von den Demonstranten in der Ferne zu nehmen, und Aedith wurde einen langen Korridor entlanggeführt, der vor einem Aufzug endete.

Die Beamtin drückte den Aufwärtsknopf. »Sechste Etage«, sagte sie zu Aedith, und beide zogen sich zurück und ließen sie allein.

Ein unirdisches Rumpeln, und die Türen glitten auseinander. In der Kabine wartete ein alter Mann mit einer Sauerstoffmaske zusammengesunken in einem Rollstuhl, hinter dem ein sehr jung aussehender Krankenpfleger stand. Aedith trat beiseite, damit sie herauskonnten, doch der Pfleger winkte sie herein.

»Wir fahren aufwärts.«

Aedith nickte vorsichtig und trat ein. Hinter ihr schlossen sich die Türen. Ging sie auf eine allgemeine Versammlung? Aus Gewohnheit warf sie dem Krankenpfleger einen Blick zu. Vielleicht hatte sie sein Alter unterschätzt; er hatte eines jener Gesichter, die schwer zu lesen waren. Nicht eine Unze Fett am Körper. Über einer dunkelgrünen OP-Hose trug er einen weißen Kittel mit langen Ärmeln. An seiner rechten Hüfte hing ein Holster mit einer Schusswaffe, die nach einer Halbautomatik norsischen Fabrikats aussah; hohe Treffergenauigkeit, kleines Kaliber. Solch eine Pistole benutzte nur, wer sich sicher war, dass er mit jedem Schuss ins Schwarze traf.

Die Türen öffneten sich.

»Nach Ihnen«, sagte der Pfleger. »Erste Tür links.«

Wo immer im Skeid sie sich hier befanden, von den Gipfelaktivitäten waren sie weit entfernt. Das Hintergrundgemurmel aus Unterhandlung und Tratsch war vollkommen verschwunden. Der Korridor war mit Schrott vollgestellt: Kisten mit herausgerissenen Festnetzkabeln, Faxgeräte, die über zwanzig Jahre alt sein mussten. Selbst wenn man Aedith nicht angewiesen hätte, welche Tür sie nehmen sollte, hätte sie es sich denken können, denn ein Mann im Anzug stand davor. Er murmelte seinem Handgelenk etwas zu und hielt ihr die Tür auf. Die Paranoia ihres Vaters war es, die sie hinter die Tür sehen ließ, als sie hindurchging: Er hatte ihr von Säuberungen durch die Regierung erzählt, die erst vierzig Jahre zurücklagen. Böden, die mit Plastikfolie ausgelegt waren; Männer, die im Dunkeln warteten, um einem eine Kugel in den Hinterkopf zu setzen.

Der Teppich, auf dem sie stand, war beige. Der Raum selbst stellte wenig mehr als eine Erweiterung des Korridors dar: Handwagen voller Kabelrollen, ergonomisch gebogene Schreibtischplatten, aufeinandergestapelt mit Rollen Blasenfolie dazwischen. Die Aussicht aus den Fenstern wirkte beeindruckender: in einer Richtung das Dunkelgrün des königlichen Parks, in der anderen das Steindach der Volksversammlung. Die Themse musste etwas weiter weg sein. Ältere Kelten führten an ihrem Ufer noch immer religiöse Riten aus, obwohl das Flussbett sich langsam mit weggeworfenen Waffen und gestohlenen Autos füllte. Während Aediths erster Probezeit hatte sie von einem uralten Vogt eine Geschichte gehört: Eine Bande hatte auf Bestellung einen Wagen geklaut, dann bemerkt, dass er vom falschen Fabrikat war, und das Auto von einem Kai gerollt, doch die Karre hatte einfach auf der Wasserfläche gestanden. So viele Fahrzeuge waren dort bereits ins Wasser geworfen worden, dass seine Räder kaum nass wurden.

»Sie müssen sich von den Fenstern bitte fernhalten«, sagte der alte Mann im Rollstuhl hinter ihr. Er sprach im gleichen northumbrischen Dialekt wie Hilde. »Mehr um meinetwillen als um Ihretwillen.«

Aedith wandte sich um. Er hatte seine Sauerstoffmaske abgenommen und hielt sie locker in der Hand; er saß nun viel aufrechter in seinem Rollstuhl. Zwar sah er nicht jünger aus, aber rüstiger. Seine Augen funkelten.

»Verzeihen Sie mir das Theater«, sagte der Hochkönig. »Niemand sieht sich irgendeinen alten Knacker genauer an, der in seiner zweiten Kindheit umhergerollt wird. Das ist ungemein nützlich, wenn Sie wirkliche Arbeit erledigen wollen; ich kann es nur empfehlen.«

Aedith bildete einige lautlose Worte und stellte zu ihrem Entsetzen fest, dass sie auf ein Knie sank. Der Hochkönig winkte gereizt ab. »Ach, fangen Sie nicht damit an, dafür haben wir keine Zeit. Sie haben noch dreißig Sekunden, um es aus Ihrem Kreislauf zu bekommen, dann müssen wir uns ernsthaft unterhalten.«

Aedith richtete sich wieder auf und klopfte sich aus einem Grund ab, der ihr zu diesem Zeitpunkt einleuchtete. »Richtig«, sagte sie. »Ja. Tut mir leid.«

»Ist schon gut«, sagte er. »Schlimmer, wenn ich auf dem großen Sessel sitze, in einen stinkenden alten Wolfsfellumhang gehüllt, den Eisenhut auf dem Kopf. Ein paar Mal im Jahr bringen sie mir irgend so einen emporgekommenen Aldermann, der eine Menge Geld für die Wohlfahrt gesammelt und vermutlich zehnmal so viel dabei eingesteckt hat, treiben ihn die Stufen hoch, damit er vor mir niederknien kann, während ich ihn zum Grafen ehrenhalber schlage oder so einen Scheiß. Sie glauben nicht, wie viele von denen so sehr von dem Moment überwältigt werden, dass sie sich direkt vor meinen Augen vollpissen. Das genieße ich allerdings immer sehr, jedes Mal.«

Er keuchte aufgeregt, bis sich sein Keuchen in einen trockenen Husten wandelte. Aedith erwartete, dass der Krankenpfleger hinter ihm sich um ihn kümmerte, ein Spray verabreichte oder so etwas, doch der Mann tat nichts. Er behielt nur Aedith im Blick, oder eher sah er an ihr vorbei beziehungsweise sogar um sie herum. Sie kannte diesen Blick von den Gelegenheiten, bei denen sie mit Spezialeinsatzkommandos zusammengearbeitet hatte: Vögte, die nirgendwohin schauen, aber aus dem Augenwinkel heraus alles Ungewöhnliche entdecken. Sie waren geschult, die Gesamtheit so genau in Augenschein zu nehmen wie menschenmöglich und instinktiv darauf zu reagieren, bevor sie einen bewussten Gedanken gebildet hatten. Aedith hegte wenig Zweifel, dass sie sich nur zu schnell auf den Hochkönig zubewegen oder urplötzlich nach einer Waffe zu greifen brauchte, die sie, dumm wie sie war, an ihrem Körper versteckt hätte, und der Pfleger würde sie zu Boden strecken, bevor sie die Bewegung zu Ende gebracht hätte.

Schließlich legte sich der Hustenanfall. »Der Selbstmordattentäter«, fuhr der Hochkönig fort, als wäre nichts geschehen. »Ich nehme an, er war falsch.«

Aedith schluckte. Sie versuchte, nicht daran zu denken, wie dicht die Hand des Pflegers an seiner Waffe war, aber es gelang ihr zu nicken. »Die Weste war schon echt, größtenteils. Aber ja, jemand hat sich viel Mühe gegeben, einen bereitwilligen Sündenbock zu finden, der als der Haken durchgehen konnte. Gleicher Körperbau, gleiche Vorgeschichte, gleiche Tätowierungen. Ziemlich sicher, dass er sich in die Luft jagen sollte, damit wir nur die Überwachungsvideos auswerten können.«

»Und dann hat Major Tancred ihn erschossen. Hat recht entschlossen verhindert, dass er verhört werden konnte. Absicht? Was glauben Sie?«

»Ich wünschte, das wüsste ich«, antwortete Aedith. »Ich mag die Staatspolizei im Allgemeinen und Major Tancred ganz besonders nicht, aber mir kommt es vor, als ob er eher mit dem Strom schwimmt, als dass er irgendetwas steuert oder Befehle befolgt. Ich glaube, soweit es ihn betrifft, war er einfach zur richtigen Zeit am richtigen Ort.«

»In dieser Beziehung bin ich Ihrer Ansicht, Hauptmann Mercia. Stände mir mehr Zeit zur Verfügung, würde ich überlegen, der Staatspolizei recht nachdrücklich die Flügel zu stutzen. Sie hat ihren Nutzen, aber wie es mit Institutionen nun mal so ist, geht es ihr mittlerweile mehr darum, die eigenen Interessen zu schützen, als den Menschen zu dienen, die zu beschützen sie geschworen hat.«

»Jawohl, Herr.« Irgendeine selbstmörderische Veranlagung ließ Aedith hinzufügen: »Ein bisschen wie bei der Monarchie, Herr.«

Der Hochkönig grinste sie an. »Bei den Göttern, Sie sind wirklich ganz wie Ihr Vater. Nehmen Sie das auf, wie es Ihnen gefällt. Wie dem auch sei, genügend scheinheiliges Geseire von mir; Sie wollten den Fengyr kennenlernen.«

Er schnippte mit den Fingern. Der Krankenpfleger griff in die Tasche, und einen Augenblick lang setzte Aediths Herzschlag aus. Ihr Tiergeist schloss die Augen und ergab sich in das Unvermeidliche, doch der Pfleger zog nur einen Umschlag heraus, auf dem das Siegel des Hochkönigs prangte – der Umriss einer Rose, in schwarzes Wachs gedrückt –, und reichte ihn ihr.

Aedith nahm ihn mit tauben Fingern entgegen. »Es tut mir leid, Herr. Ich verstehe nicht.«

Der Hochkönig wies gereizt mit dem Finger hoch zu dem Krankenpfleger hinter sich. »Kriminalhauptmann Aedith von Mercia, ich darf Ihnen den Fengyr vorstellen. Fengyr, dies ist Kriminalhauptmann Aedith von Mercia.«

Der Krankenpfleger nickte. Aedith war sich dessen bewusst, dass sie ihn mit aufgerissenen Augen anstarrte.

»Sie haben doch nicht erwartet, dass er Tarnhose und Geweih trägt, oder? Natürlich gibt es einen zeremoniellen Aspekt: Wenn Sie den Hochkönig so sehr verärgert haben, dass er mit Ihnen abrechnen will, ehe er von der Bühne tritt, stellt das Kostüm eine Möglichkeit dar, Sie wissen zu lassen, wer Ihr Ende angeordnet hat, bevor Ihr Licht ausgelöscht wird. Für gewöhnlich ist es mir aber lieber, wenn er eher ein bisschen zu diskret vorgeht.«

Der Hochkönig fuhr fort, als hätte er nichts Bemerkenswerteres kommentiert als das Wetter. »Es ist unwahrscheinlich, dass Sie das Kuvert öffnen müssen, aber falls Sie es öffnen, finden Sie darin Schriftstücke des Hohen Tisches, mit denen einige völlig rechtmäßige Hinrichtungen angeordnet werden. Der Fall wird sodann offiziell abgeschlossen, auch wenn das natürlich eine Reihe von Fragen aufwirft, die aber niemand beantworten wird. Ich rate Ihnen, es bei der Existenz des Umschlags zu belassen. Ihnen sei gestattet, die Suche nach dem Haken fortzusetzen, dem echten Haken. Auf diskrete Weise unter dem Deckmantel einer vorgeschobenen Ermittlung. Falls Sie ihn fassen, werden Sie keine Belobigung erhalten, keinen Ruhm bis auf eine beiläufige Erwähnung in einem Bericht. Und dazu natürlich die Dankbarkeit eines Hochkönigs, der vermutlich nicht mehr lange genug leben wird, um Ihnen in irgendeiner Weise nützlich zu sein. Sobald Sie fertig sind, werden alle Morde an gleich wem, gleich wo, der das Zeichen des Fisches trägt, still und leise dem Haken angelastet werden, um die Statistik aufzumöbeln: Das steht meines Erachtens jedenfalls zu erwarten.«

Eine prägnante Handschrift hatte eine Telefonnummer auf die Rückseite des Umschlags geschrieben. Der Hochkönig folgte Aediths Blick. »Für den Fall, dass Sie einmal einen staatlich sanktionierten Mörder benötigen sollten. Zum einmaligen Gebrauch, möchte ich hinzufügen; diese Nummer wird in der Sekunde erlöschen, in der der Anruf beendet ist. Das ist, wie ich fürchte, auch schon alle Hilfe, die ich Ihnen anbieten kann.«

Der Fengyr nahm die Griffe des Rollstuhls, und der Hochkönig griff nach seiner Sauerstoffmaske. Aedith blieb nur ein Augenblick, um zu fragen: »Herr?«

Er winkte dem Fengyr und sah zu ihr hoch.

»Der Einigungsgipfel. Glauben Sie, er könnte diesmal wirklich Erfolg haben?«

»Wird er aus und vorbei sein, wenn mein schwarzes Herz endlich zu schlagen aufhört? Ich bezweifle es. Aber es wäre so ziemlich das einzige Vermächtnis, das ich hinterlasse. Stellen Sie sich nur vor: keine Autobomben am Wall mehr, alle Wachtürme zwischen uns und dem Westen werden abgerissen. Die Wolfköpfe verlangen nicht länger Unsummen Silber, um Keltenfamilien für einen Neuanfang nach Osten zu schleusen, weil man die Grenze einfach überschreiten und leben und arbeiten kann, wo man will. Drei Königreiche vereint. Der Rest der Welt glaubt noch immer, wir wären eine Horde von Wilden, die in Steinhütten wohnen, Speere auf Drohnen werfen und einander wegen nichts und wieder nichts die Köpfe einschlagen. Zeigen wir, dass wir weit mehr sein können.«

»Wie tief ist mein Vater verwickelt?«, fragte Aedith.

Der Hochkönig grinste sie an. Das Lächeln ließ ihn viel jünger erscheinen. »Tief genug, um wesentlich mächtiger zu werden, falls es gut geht, und um seinen Kopf auf einem Pflock wiederzufinden, falls nicht. Er wollte nicht, dass Sie in irgendeiner Weise involviert werden, und das wäre auch nicht geschehen, hätte nicht jemand den Haken ins Spiel gebracht. Doch dieses Spiel ist größer als Ihr Vater und größer als Sie. Ich bitte Sie um nichts weiter, als dass Sie Ihre Arbeit erledigen. Finden Sie den Haken. Einflussreiche Kräfte stehen Ihnen gegenüber, aber hoffentlich konnte dieses Treffen die Seiten ein wenig ins Gleichgewicht bringen.«

Aedith nickte und schob den Umschlag in die Innentasche ihres Mantels. »Also gut«, sagte der Hochkönig. »Warten Sie hier bitte ungefähr zehn Minuten. Danach verlassen Sie das Haus auf dem Weg, auf dem Sie hereingekommen sind.«

NEUNUNDVIERZIG

Drustan klopfte sich Staub vom Ärmel. Er hatte sich im neuen Büro zwischen einen Schreibtisch und einen leeren Aktenschrank quetschen müssen. Dabei war sein Anzug frisch gereinigt gewesen. Eine chemische Reinigung um die Ecke von Conwennas Wohnung hatte eingewilligt, ihn über Nacht zu waschen und zu bügeln. Am Morgen war er an die Haustür geliefert worden, Bezahlung hatte die Lieferantin abgelehnt. Drustan hatte versucht, ihr Geld in die Hand zu drücken, weil ihm der Gedanke missfiel, sie könnte unter Druck gesetzt worden sein, die Arbeit für ihn kostenlos zu machen. Conwenna hatte ihm mit einem mitleidigen Blick befohlen, sein Geld wieder einzustecken, und ein Gespräch mit der Frau begonnen, das noch im Gang war, als er aus der Dusche kam und sich anzog. Er begriff, dass nicht ihm, sondern Conwenna mit der kostenlosen Reinigung irgendein unbekannter Dienst vergolten werden sollte.

Als Drustan an diesem Morgen aufgebrochen war, hatte Conwenna bereits mit zwei anderen Einheimischen und einem Lieferfahrer gesprochen und Informationen ausgetauscht, wobei jede Menge Geschenke und Kaffee eine große Rolle gespielt hatten. Allmählich erinnerte sich Drustan, warum er die kurze Zeit, die er als Streifenpolizist im Westen verbracht hatte, nie genießen konnte. Wie er es sah, war man ständig gezwungen, die Menschen zu belästigen, und man hatte dankbar dreinzusehen, wenn man wiederum von ihnen belästigt wurde.

»Einen schönen Tag auf der Arbeit, Liebster«, sagte Conwenna hinter ihm, als er den Weg zur Untergrundbahn einschlug. »Versuch, niemanden zu unterdrücken.«

❖

Das neue Büro, oder besser gesagt, das sehr alte Büro, das sie geerbt hatten, war geräumig und verfügte über hohe Decken. Für eine Überwachungskamera war es zu alt, wies aber nur die Hälfte an Möbeln auf, die sie brauchten, obwohl sie nur zu viert waren. Zu fünft, falls sie eine Rechtfertigung fanden, Banba dauerhaft einen Schreibtisch zuzuschanzen. Was es an Möbeln gab, war zerkratzt und von jahrzehntealten Kaffeeringen übersät.

Aediths Plan war gut gewesen: einen Tag lang jedes Beweisstück zu fotokopieren, das mit dem Haken in Verbindung stand, jedes Vernehmungsprotokoll, alles einzupacken und ins neue Büro zu schaffen – und natürlich eine ordentliche Papierspur zu hinterlassen. Was immer die Staatspolizei haben wollte, sollte sie bekommen. Nur dass Tancred kein echtes Interesse hatte, die Haken-Morde zu untersuchen, nachdem er das Verdienst kassiert hatte, den Täter zur Strecke gebracht zu haben, und nun in der ganzen Stadt Fischer jagte. Aedith hatte berichtet, dass Hengist die Fischer als bestenfalls locker zusammenhängende Gruppe mit nur dem leisesten Anflug einer Kommandostruktur charakterisiert habe. Aus diesem Grund vermutete Drustan, dass die Fischer nicht allzu viel zu befürchten hatten. Zumindest nicht von der Staatspolizei.

❖

»Wie ist Ihre neue Unterkunft?«, fragte Aedith, die nur leicht zerzaust aussah, obwohl sie fast einen Tag lang Kisten getragen und Möbel verrückt hatten. Drustan versuchte, die dünne Schicht Staub zu ignorieren, die seinen frisch gereinigten Anzug mittlerweile bedeckte. »Die Gegend hat mehr Klasse, ist mir aufgefallen.«

»Wie lange ich dortbleibe, weiß ich nicht«, sagte Drustan. »Bessere Einrichtung als in der Akademie, aber emotional könnte es sich als ein wenig zermürbender erweisen. Die Frau, bei der ich wohne, ist technisch gesehen meine Gattin. Arrangierte Ehe, als wir noch Halbwüchsige waren«, fügte er rasch hinzu. »Zu rein politischen Zwecken.«

Aedith grinste. Banba wirkte leicht verlegen.

Agapos erschien in der Tür und zog einen schweren Holzschreibtisch herein, der vermutlich seit den Zeiten nicht mehr benutzt worden war, als die Beamten noch im Gebäude rauchten und in einer Schublade Revolver zusammen mit einem Klemmbrett aufbewahrten, auf das man nur eintrug, wenn man tatsächlich jemanden erschossen hatte; und selbst in diesem Fall wurde nicht erwartet, dass man über die Patronen Buch führte.

»Beim Wirtschaftsverbrechen gibt es noch mehr zu holen.« Der Sergeant wischte sich die Stirn. »Der Hohe Tisch kürzt ihnen in letzter Zeit andauernd die Mittel; ihr Verlust könnte unser Gewinn sein.«

»Ausgezeichnet geschnorrt«, lobte Aedith. »In Ihrer Leistungsbewertung werde ich es berücksichtigen. Naeku, ist das der letzte?«

»Noch vier, Hauptmann.« Der weibliche Wachtmeister zerrte den jüngsten in einer Abfolge von Pappkartons herein. »Ich fürchte, wir haben bereits den gesamten Fotokopieretat aufgebraucht.«

»Eines wird mir klar am angelsächsischen System der Polizeiarbeit.« Drustan half Aedith, ein Tatortfoto eines Fengyr-Mordes an die Wand zu heften und rotes Garn von dort zu einem anderen zu spannen, das seines Wissens nichts mit ersterem zu tun hatte. »Man kann Bürokratie offensiv nutzen. Dieser Gedanke ist mir vorher nie gekommen.«

»Ich verabscheue es, wenn ich dazu gezwungen bin.« Aedith nahm das Foto eines abgetrennten Kopfs aus einer Kiste, zog ein Gesicht darüber und heftete es an die Tafel. »Aber noch mehr verabscheue ich, dass ich darin richtig gut bin.«

Als sie endlich fertig waren, trat Drustan zurück ins Zentrum des Raums. Das Büro sah mehr als gut genug aus. Wenn der mogulische Filmschauspieler die Hauptrolle in einem Kinoerfolg über einen kleinen Trupp entschlossener Beamter gehabt hätte, die einen wahnsinnigen Serienmörder jagten, wäre der Regisseur des Lobes voll über die szenenbildnerische Arbeit gewesen. Grausige Schwarz-Weiß-Fotos, Zeitungsausschnitte, auf die mit Filzmarker große Fragezeichen gemalt waren, diskret aufgenommene Überwachungsfotos von Verdächtigen. Sie stammten in Wirklichkeit aus abgeschlossenen Fällen, von denen einige schon zehn Jahre alt waren; viele waren mit einem knallroten Marker auf eine Art und Weise durchgekreuzt, die mehr Fragen aufwarf, als sie beantwortete.

Naeku hatte Requisitenpapiere, die sie im Netz gefunden hatte, ausgedruckt; sie gehörten zu einem Brettspiel, bei dem man die Geständnisse eines wahnsinnigen Supergenies von Mörder entschlüsseln musste. In einem Moment künstlerischer Inspiration, wie er bei uniformierten Polizeibeamten nur selten vorkam, war sie sogar so weit gegangen, das Papier in Kräutertee einzuweichen und nach dem Trocknen die Ränder mit einem brennenden Streichholz leicht anzusengen.

Nun sahen sie nach Schriftstücken aus, die aus der Zeit stammten, als die industrielle Revolution endlich an die Küsten des Königreichs gebrandet war, Jahrhunderte, nachdem jeder andere die kalifatischen Webstühle und panafrikanischen Dampfmaschinen durchschaut hatte. Sie machten ganz den Eindruck, als wären sie in den uralten städtischen Archiven ausgegraben worden im verzweifelten Versuch, ein verzwicktes Verbrechen zu lösen.

Verbindung?!, hatte Naeku auf einen Klebezettel geschrieben, der an den unleserlichen Runen und absichtlich unentzifferbaren Krakeln haftete. *Möglicher Nachahmungstäter?!!!*

»Also, Spuren«, sagte Aedith. »Im wirklichen Fall. Orva hat nicht viel Neues für uns. Wenn die Dinge anders lägen, würde ich mir die anderen toten Fischer ansehen und ihre Fälle neu aufrollen. Das hätte die hohen Tiere schon früher nicht begeistert, aber seit Tancred behauptet, er hätte den Haken bei dem Versuch ausgeschaltet, unser Revier zu sprengen, wären sie auf keinen Fall einverstanden. Wir hätten auch gar nicht die nötigen Leute. Die Forensik hat nichts von Bedeutung ergeben. Einige Blutspuren Wettins am zweiten Tatort, aber nichts vom Mörder. Was ist mit Wettins letzten Bewegungen?«

Naeku zog eine Datentafel hervor und wischte durch ihre Notizen. »Sie hat im Skeid gearbeitet, Überstunden gemacht, ist zu ihrem Wagen gegangen, um etwas zu holen, und wurde nicht mehr gesehen. Ihr Telefon hing am Ladekabel auf dem Schreibtisch, also keine Aussicht, ihre Bewegungen auf diese Weise nachzuvollziehen.«

»Überwachungskameras?«

Naeku tippte auf ihre Tafel und drehte sie um. Der Bildschirm zeigte Eawynn Wettin, wie sie den menschenleeren Korridoren des Skeid folgte.

»Sie geht zur hinteren Tiefgarage.«

Eine Sicht aus einer anderen Kamera, dann einer weiteren. Wettin entfernte sich jedes Mal weiter von der Sicherheit. Dann nichts. Verschwunden.

»Die Überwachungskamera der Tiefgarage war ausgefallen. Danach keine Spur mehr von ihr.«

»Die Kamera hat definitiv nicht funktioniert? Es ist nicht nur Videomaterial verloren gegangen? Verzeihen Sie mir, wenn ich dabei ein bisschen zu sehr an Dunkelelfen denke.«

Naeku schüttelte den Kopf. »Sie haben vor einer Woche einen Reparaturantrag eingereicht, der echt zu sein scheint. Die Kamera wurde instand gesetzt und gestern wieder angebracht, was uns nichts nützt. Eine andere Kamera beobachtet die Ausfahrt zur Straße, aber am fraglichen Abend hat kein Fahrzeug die Garage verlassen. Genauer gesagt gehörte das einzige Fahrzeug, das in der Tiefgarage stand, Wettin.«

»Darf ich?« Drustan nahm die Tafel und zog den Finger auf der Zeitleiste vor und zurück. Wettin ging ihrem traurigen Schicksal entgegen, wurde gerettet und erneut in den Tod geschickt, immer und immer wieder. »Was ist mit den Drohnen? Die schweben Tag und Nacht über dem Skeid. Gibt es die Möglichkeit zu erfahren, ob eine von ihnen etwas Nützliches erfasst hat?«

»Nicht ohne die Karten auf den Tisch zu legen«, antwortete Aedith. »Und es wäre selbst unter den besten Umständen kaum wahrscheinlich, dass der Diplomatenschutzdienst sie herausgibt. Sie teilen ihr Spielzeug nicht gern. Was ist mit …«

Aedith wackelte suggestiv mit den Fingern.

Drustan runzelte verwirrt die Stirn. »Wirken Sie einen Zauber?«

»Machen Sie Ihren kleinen Rechnerknackkniff. Banba kann

ich nicht darum bitten, es würde die sofortige Entlassung bedeuten, und zwar für uns beide. Und um mich ganz klar auszudrücken, ich bitte Sie nicht etwa darum, das Netz des DSD zu knacken, sondern ich frage bloß, ob es möglich wäre.«

»Knacken kann ich es nicht, nicht in dem Sinn, in dem Banba den Begriff versteht. Ich kann hier und da eine Kennwortabfrage umgehen. Wie dem auch sei, möglich wäre es, aber damit würden wir ebenfalls die Karten auf den Tisch legen. Außerdem dürfen Sie nicht vergessen, dass ich aus einem verbündeten, aber fremden Land komme, sodass ich einen diplomatischen Zwischenfall verursachen würde.«

»Na«, sagte Aedith, »das wollen wir wirklich nicht.«

Drustan gab Naeku die Tafel zurück. »Angwin wurde am späten Abend aus einer Schenke gerufen, Wettin fast mit Sicherheit zu ähnlicher Stunde aus einem bewachten Gebäude entführt. Falls der Mörder die Opfer nicht kannte, scheint er in der Lage zu sein, sie wegzulocken und mit bemerkenswerter Leichtigkeit woandershin zu schaffen.«

»Was ein Vogt tun könnte«, sagte Aedith. »Man arbeitet zu später Stunde und genießt das Vertrauen der Öffentlichkeit.«

Der angelsächsischen *Öffentlichkeit vielleicht*, dachte Drustan, aber er sagte kein Wort.

Naeku wischte schon auf der Tafel durch eine Datenbank. »Ich könnte eine Liste von Vögten bekommen, die das Gebiet durchquert haben, in dem Wettin verschwunden ist, oder in der Nähe gewesen sind, ohne dass ich allzu viele Alarme auslöse.«

»Aber hätte Angwin einem Polizeibeamten getraut? So sehr, dass er spätabends mit ihm wegfährt, ohne zumindest eine Nachricht zu hinterlassen? Das kann ich mir nicht vorstellen.«

»Könnte es ein Stelldichein gewesen sein?«, fragte Agapos.

Aedith öffnete den Mund und schloss ihn wieder. »Hm.«

»Klingt unseren Quellen nach nicht sehr wahrscheinlich«, sagte Drustan. »Ist aber auch nicht unmöglich. Mit Sicherheit würde es einleuchten, dass ein bereits angetrunkener Kelte mit einer großen blonden Angelsächsin von dannen zieht, ohne allzu viele Fragen zu stellen.«

Aedith stützte sich misstrauisch auf einen Tisch, als erwartete sie, dass er jeden Moment zu einer Wolke aus Sägemehl und Furniersplittern zerbarst. »Wir haben nicht genügend Personal, um von Tür zu Tür zu gehen und Wettins Nachbarn und Freunde zu befragen, ob sie etwas beobachtet haben. Banba stellt uns ihre ganze freie Zeit zur Verfügung, aber neuerdings kommt da nicht viel zusammen. Allerdings gibt es etwas, worüber ich mich gewundert habe: Wie ist es dem Haken überhaupt gelungen, die Fischer zu finden?«

»Wenn er ein Vogt ist«, sagte Agapos, »vielleicht ein Streifenpolizist, dann lernt er im Dienst viele Menschen kennen. Womöglich hat er sich jeden aufgeschrieben, der den Fisch trug, um später auf ihn zurückzukommen.«

Aedith schüttelte den Kopf. »Nur bei den Heimkindern wurden die Zeichen dort angebracht, wo jeder sie sehen kann. Die neueren Fischer sind diskreter.«

»Unterwanderung?«, warf Naeku ein. »Sie suchen aktiv nach neuen Mitgliedern, oder sie haben es zumindest getan. Man zeigt Interesse, schließt sich einer Gruppe an, macht sich Notizen, geht zur nächsten.«

»Das wäre mit Sicherheit jemandem aufgefallen. Ein großer blonder Kerl sitzt auf einmal in den Treffen, und kurz darauf verschwindet ein Fischer nach dem anderen? Eigentlich klingt es danach, als wären sie schon ziemlich paranoid gewesen, bevor alles losging. Ich glaube, mindestens einer von ihnen hätte uns mittlerweile verständigt oder wenigstens Hengist angesprochen.«

»So könnte er angefangen haben. Was, wenn er nun fertig ist?«, fragte Drustan.

Sie wandten sich ihm zu. »Hören Serienmörder denn einfach auf?«, fragte Naeku.

»Gewöhnlich nur, wenn sie getötet oder gefasst werden. Aber die Fischer sind untergetaucht, so gut es eben geht, nachdem sie nun aus den Schatten gezerrt worden sind. Die Staatspolizei betrachtet sie als Bedrohung der inneren Sicherheit, weil sie so viel Aufmerksamkeit auf das Gipfeltreffen gezogen haben. Was hält den Haken davon ab, einfach zu verschwinden? Offiziell ist er im Foyer eines Polizeireviers erschossen worden. Er scheint ein schlauer, geduldiger Kerl zu sein, immerhin sind weder DNS noch Fingerabdrücke von ihm gespeichert. Er könnte sich ein paar Jahre lang bedeckt halten und sein Werk fortsetzen, sobald der Staub sich wieder gelegt hat.«

»Danke für diesen deprimierenden Gedanken«, sagte Aedith.

»... es sei denn, wir locken ihn hervor«, fuhr Drustan fort.

Sie starrten ihn an.

»Was wollen Sie vorschlagen?«, fragte Aedith. »Dass jemand von uns sich ein Fischer-Zeichen stechen lässt und es in den Graswurzelnetzen herumzeigt?«

»Interessante Idee. Aber ich glaube, dass die Staatspolizei jeden, der so etwas versucht, festnehmen würde, bevor der Haken darauf reagieren könnte. Ich habe vielmehr an die Agentur für Öffentlichkeitsarbeit gedacht, mit der er zusammengearbeitet hat. Wenn Banba richtigliegt, könnte ihre Beziehung in letzter Zeit arg gelitten haben. Ich glaube, das könnte für uns ein Zugang zu ihm sein.«

Drustan verstummte. Die anderen sahen ihn mit aufgerissenen Augen an. Aedith löste sich als Erste aus dem Bann. »Moment mal, *womit* hat der Haken zusammengearbeitet?«

FÜNFZIG

Ein Klopfen an der Tür, die sich sofort öffnete, und Banba kam lautlos herein. Sie setzte sich an einen Eckschreibtisch, ihren mit Klebebildchen verkrusteten Klapprechner an die Brust gedrückt, und schaute Drustan an, der ihr zunickte.

Aedith konnte es noch immer nicht fassen. »Eine Agentur für *Öffentlichkeitsarbeit?*«

Naeku und Agapos schwiegen. Sie tauschten einen kurzen Blick, der verriet, dass sie sich einig waren: Diese Angelegenheit lag weit über ihrer Besoldungsklasse.

»Mir leuchtet es ein«, fuhr Drustan fort. »Dem zufolge, was Ihr Vater gesagt hat, gibt es einen lockeren Zusammenschluss einflussreicher Interessengruppen, die nicht wünschen, dass der Einigungsgipfel erfolgreich verläuft. Gruppen, die mehr zu gewinnen haben, wenn die drei Königreiche getrennte Staaten bleiben. Sagen wir, ein lockerer Verbund von Milliardären und multinationalen Konzernen, dazu ein paar Technikgiganten, die gern hätten, dass alles bleibt, wie es ist. Einige panafrikanisch, andere mogulisch, aber Staatsgrenzen haben auf dieser Ebene nur geringe Bedeutung, so ironisch das auch ist.«

»Mehr oder weniger so hat er es angedeutet.«

»Und so operieren diese Machtgruppen auf der irdischen Ebene der Existenz: durch Juristen, Denkfabriken und, falls man die Volksmeinung in die eine oder andere Richtung lenken möchte, eben auch Agenturen für Öffentlichkeitsarbeit.«

Aedith rieb sich müde die Augen. »Na schön, hören Sie. Was mein Vater gesagt hat, stammt aus … sagen wir, aus Quellen, die ich nicht offenlegen kann … Sie haben es bestätigt. Aber was nun? Mit solchen Machtgruppen können wir uns nicht anlegen. Wir bräuchten ein Heer von Anwälten, dazu hundert Vögte bloß für den Papierkram, Finanzprüfer noch und nöcher, und trotzdem kämen wir nicht in deren Nähe. Den Haken zur Strecke zu bringen, ist alles, was wir in den Landen der Sterblichen erreichen könnten.«

»Vielleicht«, sagte Drustan. »Aber was, wenn jemand die Verbindung zwischen jenem höheren Reich und dem Serienmörder bildet, der einen Fischer nach dem anderen tötet? Jemand, mit dem wir im Lauf des Falls schon in Berührung gekommen sind, aber ohne zu ahnen, wen wir da in Händen hatten? Jemand, der in unserer Reichweite sein könnte?«

Aedith schlürfte an ihrer Teetasse und verzog das Gesicht. »Fahren Sie fort.«

»Das Manifest, das der Haken verbreitet hat, war großer Unsinn, nicht wahr? Es deckte zu viele Themen ab und hatte keinen erkennbaren roten Faden, aber es hat doch Aufmerksamkeit erregt, oder? Was hat Banba über das Video gesagt? Es sah billig aus, aber wer immer es geschnitten hatte, verstand sein Handwerk. Nun ist zwar denkbar, dass der Haken nicht nur imstande ist, sein Opfer mit einer Hand hochzuheben und an einen Baum zu nageln, sondern zudem ein begabter Medienexperte. Aber das scheint mir dann doch unwahrscheinlich zu sein. Ich glaube, dieses Zeug wurde von Profis erstellt. Von einer Gruppe von Experten, die man zusammenruft, wenn man ein neues Auto auf den Markt oder einen Spitzensportler in die Zeitung bringen will. Oder verhindern will, dass er in die Zeitung kommt.«

»Der falsche Haken, unser Bombenattentäter also, hat ein

Drehbuch befolgt«, sagte Aedith. »Er hatte Anweisung, in die Kamera zu sehen. Wollen Sie sagen, jemand hat seinen Text an Fokusgruppen optimiert?«

»Das könnte sein. Wie dem auch sei, wir suchen nicht nur den Haken, wir suchen nach den Profis, die hinter ihm stehen. Eine Gruppe, die um Hilfe bei der Störung des Gipfeltreffens gebeten wurde und sich einen begeisterten Mörder gesucht hat, der ihr dabei hilft. Und diese Leute müssen von jemandem angeführt worden sein.«

»Moment«, sagte Naeku. »Meine Cousine hat ungefähr einen Monat lang ein Praktikum in so einer Agentur gemacht. Sie musste dort Pressemitteilungen an verschiedene Journalisten versenden und positive Kommentare hinterlassen, wann immer ein Klient auf den Klatschseiten erwähnt wurde; solche Dinge. Ich glaube nicht, dass sie jemals jemanden getötet hat.«

Sie wird selbstsicherer, dachte Drustan. Sie war bereit, Zweifel an seiner Theorie zu äußern, und er konnte es ihr nicht verübeln – dabei war es ja nicht so, dass er erwähnt hätte, dass er in einer drogengeschwängerten Rückbesinnung nur zwei und zwei zusammengezählt hatte.

Doch Aedith schüttelte den Kopf. »Ich weiß nicht recht. Meine Familie hat in der Vergangenheit mit einigen großen Firmen zusammengearbeitet. Sie mischen in jedem Spiel mit, in dem sie mitmischen wollen, und können dadurch so manche üble Sache bewirken. Sie nutzen die Graswurzelmedien, um ein Wahlergebnis um ein paar Prozentpunkte in die Richtung zu schieben, in die sie wollen. Sie können aus einem Kriegshelden einen winselnden Wicht machen und umgekehrt. Aber mit diesem Zug verlassen sie das Spielbrett.«

»Banba«, sagte Drustan. »Zeigen Sie uns, was Sie gefunden haben.«

Sie öffnete den Rechner und drehte ihn herum, damit alle den Bildschirm sehen konnten. Momentan war ein animiertes Knotenmuster zu sehen, das immer wieder sein Innerstes nach außen kehrte und dabei subtil seine Form änderte, von einem Delfin zu einem Jagdhund und einem Falken und zurück zu einem Delfin. Die Ikonografie war beinahe, aber nicht ganz keltisch. Die kleinen Unterschiede beunruhigten Drustan. Er stellte fest, dass er nach einem Weilchen wegschauen musste.

»Von mir.« Banba drückte rasch die Leertaste, sodass die Animation verschwand und einer Reihe einander überlappender Kalkulationstabellen wich. »Ich soll meine eigene Technik zwar nicht mitbringen, aber ich arbeitete gerade für Eigentumsdelikte, und deren Rechner sind voller Schadprogramme. Jemand in Nowgorod will unbedingt verhindern, dass sie erfahren, wie viel Grundbesitz in London dem Zaristischen Konglomerat schon gehört.«

»Dieses Thema fasse ich nicht mal mit der Kneifzange an«, sagte Aedith.

»Banba ist es gelungen, Stein und Asche zu finden«, sagte Drustan. »Oder genauer gesagt, wem es gehört.«

Aedith zog ein Gesicht. »Die Firma für Feierbedarf? Ich dachte, sie wäre verschwunden?«

Banbas Finger flogen über die Tastatur. Kalkulationstabellen wurden dupliziert und gruppierten sich zu unendlichen Stapeln. Drustan musste wegsehen – der Anblick war noch beunruhigender als die animierten Knoten.

»Wenn sie überhaupt je existiert hat. Die Firma hatte keine echte Adresse, nur eine Stelle, wo man Sendungen abholen oder abliefern konnte. Nicht mal eine Briefkastenfirma, eher eine Wegwerffirma. So etwas wird immer gängiger für Unternehmen, die sehr viele verschiedene Dinge tun und sich nicht festlegen lassen wollen. Man kauft handelsübliche Buchhaltungsprogramme, die sich um Rechnungslegung und Zahlungsverwaltung und so weiter kümmern.«

»Dann haben Sie eine andere Feierbedarfsfirma gefunden«, fragte Aedith, »die von den gleichen Leuten betrieben wird? Ich kaufe ja gern Luftballons und Honigkuchen, wenn das ihr legaler Zweig ist, aber ich bin mir nicht sicher, wie uns das zum Haken führen soll.«

Banba bemühte sich eindeutig, nicht so zu klingen, als wendete sie ihre ganze Geduld auf. »Wonach ich gesucht habe, war eine andere Firma, die die gleichen Programmpakete nutzt, mit der gleichen Seriennummer. Seriennummern sollten nicht weitergegeben werden, aber ich dachte, wenn sie vorher ein bisschen schludrig waren und das falsche Konto benutzten, um das Telefon ans andere Ende der Stadt liefern zu lassen, dann unterläuft ihnen vielleicht noch so ein Fehler. Ich habe eine Vergleichsanalyse auf Grundlage von –«

»Keine Einzelheiten«, unterbrach Aedith sie. »Wir sind nur schlichte Gemüter, unfähig, die höheren Dimensionen zu verstehen, in denen Sie sich tummeln.«

»Ich habe eine größere Firma gefunden«, sagte Banba. »Sie hat eine Lizenz für die Programmpakete, und die Seriennummer passt genau. Na ja, streng gesehen ist sie eine höher, weil sie sie erneuert hatten, nachdem es mit Stein und Asche zu Ende war, aber –«

»Und das kann kein Zufall sein?«, unterbrach Aedith.

»Glaub ich nicht«, sagte Banba. »Sehen Sie sich mal die Adresse an.«

Sie drückte eine Taste. Die Tabellen fielen abwärts und wurden durch eine Straßenansicht ersetzt. Sie zeigte ein kleines Büro in einem normalerweise stillen, wohlhabenden Teil der Stadt, ein Ort von der Sorte, wo jedes Grundstück einen eigenen Wachmann hatte und wo jeder, der die Werbeagenturen nicht von den Kunstgalerien unterscheiden konnte, ganz eindeutig nicht hingehörte.

Aedith runzelte die Stirn. »Das ist doch dort, wo die Gasexplosion war.«

»Knapp bevor Hatt in unser Foyer kam. Was möglicherweise kein Zufall war.« Banba zögerte, deutlich gewahr, dass sie vielleicht übers Ziel hinausgeschossen war.

»Bitte«, sagte Aedith. »Wir haben uns im Wald verirrt, jetzt müssen wir uns durch die Büsche schlagen.«

»Die Agentur heißt ›Vargr‹«, sagte Banba. »Oder so hieß sie wenigstens. Was genau sie macht, ist ein bisschen unklar, aber soweit ich es sagen kann, betreibt sie Markenverwaltung, Krisen-Öffentlichkeitsarbeit und Schleichwerbung. Sie ist auf allen wichtigen Medienseiten präsent. Ihre Bot-Armeen verbreiten Gerüchte, wenn ein Prominenter ruiniert werden soll – oder reingewaschen. Geleitet wird die Agentur von Hildred Emor, der Frau, die sie vor fünfzehn Jahren gegründet hat. Sie stammt aus Mercia, ist geschieden, keine Kinder, viele Auslandsurlaube. Minimaler Fußabdruck in den Graswurzelmedien, umfangreicher Grundbesitz. Sie ist reich, gibt aber nicht damit an, und seit der Explosion vor drei Tagen hat niemand etwas von ihr gehört. Derselbe Tag, an dem der falsche Haken in unser Foyer spazierte.«

Aedith streckte die Hand zum Klapprechner aus, und ihr Finger verharrte über dem Tastfeld. Sie sah Banba an. »Darf ich?«

Banba nickte. Aedith klickte auf einen Knopf. Einer angesehenen Nachrichtenseite zufolge waren bei der Explosion wenigstens fünf Menschen zu Tode gekommen, und man glaubte, dass Emor unter ihnen war. An den Nachbargebäuden waren beträchtliche Schäden angerichtet und zwei weitere Personen auf dem Dach des gegenüberliegenden Hauses getötet worden, die sich, wie es schien, den denkbar ungünstigsten Moment ausgesucht hatten, um zu einer kleinen Raucherpause an die frische Luft zu gehen.

Banba klappte den Rechner zusammen, bevor noch jemand anfangen konnte, darauf herumzuklicken.

»Also gut«, sagte Aedith. »Aber es ist trotzdem noch immer nebensächlich. Wir brauchen eine belastbare Verbindung zwischen dieser Agentur und den Morden.«

»Warum?«, fragte Naeku. Sie wandten sich ihr zu und schauten sie an. »Werden wir diese Sachen jemals vor einen Magistrat bringen können? Landet irgendetwas davon je in einem Bericht?« Sie klang angespannt.

»Wir bewegen uns in einer ziemlichen Dunkelgrauzone«, sagte Aedith. »Aber: Ja, am Ende wird es einen Bericht geben, nur dass ihn vielleicht niemand je lesen wird.«

Naeku wirkte in keiner Weise überzeugt.

Drustan hob eine Hand. »Ich glaube, Banba ist noch nicht fertig.«

Die Piktin öffnete ihren Klapprechner wieder. »Telefonverbindungsnachweise. Anrufe aus dem Büro an ein Mobiltelefon, unmittelbar bevor die Leichen von Gorsedd Angwin und Eawynn Wettin gefunden wurden. Keines der Telefone wurde seitdem benutzt, fast mit Sicherheit also Wegwerfmobifone, die schon nicht mehr existieren. Wenn Vargr nichts mit den Haken-Morden zu tun haben sollte, wäre das eine wirklich unglaubliche Häufung von Zufällen.«

Sie klappte den Rechner zu und klemmte ihn sich unter den Arm. »Ich gehe lieber. Ich hab erzählt, dass ich eine Spätschicht wegen dem Finanzkram übernehmen müsse.«

Leise schloss sich hinter ihr die Tür. Aedith lehnte sich zurück und stieß angestauten Atem aus. »So. Wir haben eine Agentur für Öffentlichkeitsarbeit, die mit dem Mörder unter einer Decke steckt. Sie hat nach dem ersten Mord mit ihm gesprochen und dafür gesorgt, dass Angwins Telefon von einem Kurier namens Fairgus Blaenu durch ganz London transportiert wird, damit wir beschäftigt sind. Sie haben auch nach dem zweiten Mord mit ihm gesprochen, der in unmittelbarer Nachbarschaft zu Deedras geplantem Menschenopfer stattfand, damit die Kesairs mit hineingezogen werden. Ein Video und ein Manifest wurden veröffentlicht, die das Gipfeltreffen untergraben sollten, und dann wurde ein falscher Haken zu uns ins Revier geschickt, der für beide Morde die Schuld auf sich nehmen und sich anschließend in die Luft jagen sollte. Nur dass Inspektor Drustan es verhindert hat. Tancred hat ihn trotzdem erschossen. Allerdings glaube ich, dass er nicht abgedrückt hat, weil er in die Sache verwickelt ist, sondern weil es ihm ähnlichsieht. Aber dann sprengen sie ihr eigenes Büro einschließlich der Frau, die alles geleitet hat? Das kommt mir ein wenig unpassend vor.«

Agapos trommelte mit den Fingern auf die Tischplatte. »Was, wenn sie den Haken loswerden wollten? Sie brauchen ihn nicht mehr. Sie haben die Öffentlichkeit gegen das Gipfeltreffen aufgestachelt – wie es aussieht, war das ihr eigentliches Ziel –, und sie haben uns einen falschen Serienmörder geschickt, um ihre Spuren zu verwischen. Der echte Haken ist ihnen nicht mehr nützlich.«

Aedith verzog das Gesicht. »Sie sprengen ihr eigenes Büro, um einen Zeugen loszuwerden? Damit erregt man sehr viel Aufmerksamkeit, selbst wenn man es als Gasexplosion hinstellt.«

»Wollen Sie meine Theorie hören?«, fragte Drustan. »Sie haben den Haken unter einem Vorwand zu sich gerufen, um ihn zu beseitigen, aber er hat erkannt, was ihm bevorstand, und den Spieß umgedreht.«

Aedith waren ihre Zweifel anzusehen. »Der Haken weiß plötzlich, wie man Bomben baut? Das ist ein völliges anderes Vorgehen.«

»Wenn es sich um Wulfstan handelt, wissen wir nicht, was er zwischen seinem Verschwinden aus Haus Eberesche und heute so getan haben mag. Er hatte zwanzig Jahre Zeit, allerlei nützliche Dinge zu lernen. Ich bin mir sicher, er hätte umherziehen und alle Fischer in die Luft sprengen können, wenn er es gewollt hätte, aber so geht er eben nicht vor. Seine Fischer-Morde waren persönlich, symbolisch; sie besitzen eine Bedeutung für ihn. Wenn er aber den Verdacht hatte, dass die Agentur versucht, ihm den Dolchstoß zu versetzen, könnte ich verstehen, dass er sich nicht die Zeit nimmt, jemanden an die Wand zu nageln. Er würde sie einfach so schnell wie möglich ausschalten. Eine Bombe unter einem Tisch oder in einem Schrank zu verstecken, wäre dazu ideal. Vielleicht war es sogar wirklich eine Gasexplosion, nur eben kein Unfall.«

»In beiden Fällen«, warf Naeku ein, »bleiben uns nicht viele Ermittlungsansätze.«

»Das Gebäude?«, fragte Aedith. »Nein. Aber die Agentur wird im Netz Spuren hinterlassen haben. Naeku, setzen Sie jeden, den Sie finden, auf Vargr an. Wer dort gearbeitet hat, wer ihre Klienten waren. Agapos, sprechen Sie mit den Leuten von der Versicherung und finden Sie heraus, ob es noch immer als Gasexplosion gilt oder ob sie von Vorsatz ausgehen. Aber behutsam. Und ich möchte wissen, ob Emors Leiche gefunden worden ist. Ich vermute, dass sie entweder die Gelegenheit ergriffen hat, die Stadt zu verlassen, oder der Haken nagelt sie gerade an eine Wand.«

»Mir kommt es unwahrscheinlich vor, dass sie eine Fischerin ist«, wandte Drustan ein. »Ich halte den Haken für sehr wählerisch, bei wem er seine Methode anwendet.«

Aedith rollte mit den Augen. »Dann sitzt sie irgendwo gefesselt im Keller. Aber wenn wir sie vor dem Haken erwischten, wäre es wohl für alle Beteiligten das Beste.«

»Ich frage mich eines«, sagte Drustan, als Agapos und Naeku den Raum verließen. »Macht es das nun besser oder schlimmer?«

»Agentur für Öffentlichkeitsarbeit verliert Kontrolle über ihren zahmen Serienmörder?«, fragte Aedith. »Tja. Wenn sie sich gegenseitig ausschalten, könnte es uns das Leben leichter machen, aber es hat schon Kollateralschäden gegeben. Oder sie lecken sich beide die Wunden und tauchen unter. Wie Sie schon sagten, ist der Haken geduldig. Er könnte einfach ein paar Jahre abwarten, bevor er wieder zur Jagd auf die Fischer bläst, sobald sie sich aus der Deckung trauen. Bis dahin sind unsere Ermittlungen längst zum Erliegen gekommen, und wir brauchen nicht zu glauben, dass die hohen Tiere besonders erpicht darauf sind, zuzugeben, beim ersten Mal auf den falschen Mann hereingefallen zu sein.«

Drustan zog schweigend ein Blatt Papier aus dem alten Drucker.

Aedith gähnte. »Ich bin für heute fertig. Soll ich Sie an Ihrer neuen Bleibe absetzen?«

»Sie wollen doch nur die Frau kennenlernen, die technisch meine Gattin ist, oder?«

Sie grinste. »Ihren Netzauftritt habe ich mir schon angesehen. Aber bei den Göttern, ja. Ich will alles über Ihre häuslichen Verhältnisse erfahren, wer kocht, einfach alles.«

»Tut mir leid, Sie zu enttäuschen, aber ich habe hier Emors

Privatadresse. Ich dachte, ich gehe auf dem Nachhauseweg dort vorbei und schaue, ob Licht brennt.« Er sah auf die Adresse, faltete das Blatt zusammen und steckte es sich in die Jackentasche.

»Sie meinen, sie versteckt sich in ihrem eigenen Haus?«

»Sie wird offiziell nicht vermisst, geschweige denn gilt sie als tot. Es kann nicht schaden, dort einen Blick hinzuwerfen. Ich nehme den Bus, es sind nur zwanzig Minuten Richtung Norden.«

Aedith nickte. »Rufen Sie mich an, sollten Sie etwas Interessantes sehen.«

EINUNDFÜNFZIG

Auf dem Weg nach Norden wurden die Häuser zunehmend größer und teurer, und immer mehr Kelten stiegen in den Linienbus; meist Hausangestellte, die Feierabend hatten oder eine neue Schicht antraten. Stämmler standen in dem Ruf, gute Leibwächter und Hauslehrer zu sein, die ihren Schützlingen grimmig treu ergeben und unermüdlich fleißig waren, damit sie ihren Familien im Westen Geld schicken konnten. Viele stürzten sich in diese Rolle und redeten in blumigen Aphorismen, die mehr mit Fernsehklischees als der Wirklichkeit zu tun hatten. Die junge Frau auf dem Sitz Drustan gegenüber wickelte sich bereits aus ihrer trostlosen Dienstbotenkleidung und streifte ein kurzes, glitzerndes Kleid über, wischte ihre Färberwaid-Zeichen ab, die behaupteten, dass sie einem der kriegerischeren Clans angehörte, und öffnete die strengen Zöpfe. Ohne Zweifel zog sie jetzt los in Klubs. Die hochgeborene junge Angelsächsin in Sportkleidung mit ghanaischen Mustern neben ihr musterte Drustan und legte ihre Hand beschützend auf den Oberschenkel ihrer Freundin. Liebe überwindet alle Barrieren, dachte Drustan und neigte höflich den Kopf zur Seite. Gut für sie.

Hildred Emors Haus war groß, drei Stockwerke hoch, und stand frei neben der Einfahrt zu einer eingezäunten Wohnanlage. Drustan beobachtete es aus dem Wartehäuschen an der Bushaltestelle auf der gegenüberliegenden Straßenseite. Er sah geschlossene Fensterläden und ein glänzend schwarzes Auto mit Allradantrieb in der Zufahrt. An der Wohnanlage öffnete sich das mechanische Tor, das den Rest der Straße abriegelte, und ein Kastenwagen des Wachdiensts fuhr langsam auf die öffentliche Straße. Der Fahrer und sein Partner schauten sich misstrauisch um, als erwarteten sie, dass die undankbaren Armen jeden Moment gegen die Absperrungen anstürmten.

Drustan drehte sich um und studierte den elektronischen Fahrplan, der über das Zentralpaneel des Wartehäuschens lief. Die Wahrscheinlichkeit, dass es sich um keltische Wachleute handelte, war ziemlich hoch: Die meisten von ihnen rekrutierten sich unter Stämmlern. Sollte er kontrolliert werden, brauchte er nur kurz das Zeichen an seinem Handgelenk zu zeigen, und aller Wahrscheinlichkeit nach würden sie sich trollen, ohne Fragen zu stellen. Vielleicht aber auch nicht. Jedenfalls kam es nicht dazu. Der Fahrer schaute einmal zu ihm rüber und runzelte die Stirn, aber der Kastenwagen hielt nicht an. Dem Fahrplan zufolge kam der nächste Bus in einer Viertelstunde. Drustan ahnte, dass die Wachleute ein anderes Gebaren an den Tag legen würden, wenn der Kastenwagen nach der Abfahrt des Busses zurückkehrte und er noch immer hier saß.

Der Wagen bog um eine Ecke und verschwand. In einem Raum in einem Obergeschoss ging ein Licht an; ein blasser Schimmer schien durch einen winzigen Spalt zwischen den Läden. Drustan überquerte rasch die Straße und schlüpfte in die enge Lücke zwischen einer hohen Hecke und der höheren Mauer der Wohnanlage. Am anderen Ende des schmalen Betonwegs befand sich eine Seitentür mit einer bewegungsgesteuerten Lampe, die ihn in dem Augenblick anstrahlen würde, in dem er neben der

Hecke hervorkam. Andererseits bestand die Hecke aus hohen, zarten Büschen von der Sorte, die sich allzu leicht auch noch im leisesten Lüftchen wiegten und häufig die Bewegungsmelder in der näheren Umgebung auslösen mussten. Irgendwann wurden die meisten Eigentümer das ständige Zeitlupenstroboskoplicht leid und klemmten sie ab.

Drustan ergriff einen langen Ast und zog ihn langsam vor die Sicherheitsleuchte. Nichts geschah. Rasch überquerte er den Betonweg und drehte den Griff der Tür. Sie öffnete sich lautlos. Durch den Spalt war in der schwachen Beleuchtung von irgendwo über ihm ein dunkler, von Bücherregalen gesäumter Korridor zu erkennen. Vielleicht stammte das Licht aus dem Raum oben.

Ein angelsächsischer Vogt wäre vermutlich nicht weiter vorgedrungen, solange er keinen unterschriebenen Durchsuchungsbeschluss hatte oder allermindestens das zustimmende Nicken eines Vorgesetzten. Das Schöne daran, ein Stammespolizist im falschen Land zu sein, bestand darin, dass er seine Kompetenzen bereits in dem Moment überschritten hatte, als er unaufgefordert ein Privatgrundstück betrat. Was seine Vorgesetzten betraf, so waren die wenigsten von ihnen telefonisch zu erreichen.

Jemand anderes allerdings war es schon. Drustan schickte Aedith eine Textnachricht, dann ging er ins Haus, wobei er die Tür hinter sich weit offen ließ. Es war immer wichtig, dass die Einzelheiten stimmten.

ZWEIUNDFÜNFZIG

Hilde schlief fest, als Aedith in die Wohnung kam. Ihr Kopf lag auf dem Küchentisch, und sie schnarchte wie ein Bär. Dabei war es noch gar nicht so spät. Irgendein Haudrauffilm plärrte aus dem Fernseher im Wohnzimmer. Das Gerät war doppelt so groß, wie sie gewollt hatte, aber Coram hatte sie überzeugt, dass der größere Bildschirm nötig sei, um bei manchen Sportereignissen die Feinheiten zu erkennen.

Aedith legte ihren Mantel über einen Stuhl. Ihr Telefon zirpte: eine Nachricht von Drustan. Sie würde sich drum kümmern – aber erst einen Tee. Sie schob sich um Hilde herum und angelte nach der Teedose. Eines Tages würde Aedith ihr vielleicht von ihrer Begegnung mit dem Hochkönig erzählen. Hilde würde es gefallen. Dass ein Northumbrier in den Palast einzog, kam nur einmal in hundert Jahren vor, und dann bekämpften die anderen einander um den Anspruch auf die engstmögliche Verwandtschaft zum Herrscher. Hildes Familie verkündete nur zu gern, dass sie bloß fünf Stufen vom Thron entfernt standen, wann immer eine königliche Proklamation erfolgte, ob es darin nun um Außenpolitik ging oder um Verkehrshütchen.

»Ist das ein dezenter Hinweis, dass du zu hart arbeitest?«, fragte Aedith.

Hilde schniefte. Ihr eigener Tee stand halb geleert neben ihr.

Aedith rollte mit den Augen. »Innerhalb der nächsten acht Sekunden die Hand heben, wer eine Lohnerhöhung möchte!«

Nichts. Sie klopfte Hilde auf den Rücken. »He!« Noch immer keine Antwort.

Aedith hielt die Hand an Hildes Teebecher. Nicht bloß warm, sondern noch heiß. Hildes Mund stand offen, sie atmete unnatürlich schwer und ein dünner Speichelfaden rann ihr auf den Ärmel.

Bevor sie sich dessen auch nur bewusst wurde, hatte Aediths Hand Lungenlochers Griff gefunden. Mit einer Hand tastete sie nach Hildes Puls, mit der anderen löste sie den Verschlussriemen ihres Holsters.

DREIUNDFÜNFZIG

Das Licht drang oben aus einem Zimmer, dessen Tür weit offen stand. Mit einem Ohr lauschte Drustan darauf, ob jemand die Treppe herunterkam, während er leise in die dunkle Küche vordrang. Die Arbeitsplatten aus Marmor darin waren mehr wert als die meisten keltischen Häuser. Ein gewaltiger maurischer Herd funkelte im reflektierten Licht der Straßenlaterne draußen, und Edelstahlpfannen hingen unbenutzt an der Wand. Aber als er den schmerzhaft-schön gestalteten Abfalleimer aus der zentralen Kochinsel herausschwenken ließ, quoll eine ganze Sammlung von Lieferessen-Behältern hervor. Drustan schnüffelte am obersten: Jollof-Reis. Nicht mehr warm, aber auch noch nicht verdorben. Höchstens einen Tag alt. Der Inhalt des Kühlschranks entsprach genau dem, was man bei der Inhaberin einer diskreterfolgreichen Agentur für Öffentlichkeitsarbeit erwarten würde: Bis auf vier Flaschen Schaumwein aus dem Kalifat war er leer.

Erst als Drustan die Kühlschranktür leise wieder geschlossen hatte, bemerkte er, was mit einem Magneten daran haftete: der kleine Handabdruck eines Kindes in blauer Farbe, wie man ihn in der Grundschule anfertigte. Aber Emor hatte doch keine Kinder, oder? Drustan nahm den Magneten ab und hielt das Blatt Papier hoch, um es sich genauer anzusehen. Es war gelb vom Alter, die Ecken des billigen Reispapiers brüchig. Er hängte es genau so wieder hin, wie er es vorgefunden hatte, und wandte sich der Treppe zu.

VIERUNDFÜNFZIG

Das Plärren des Fernsehers im Wohnzimmer stoppte, nur für einen Augenblick, dann gingen das Brüllen, die Schüsse und die Sirenen wieder los. Eine Schleife, begriff Aedith, aber nicht nur das beunruhigte sie. Irgendetwas an den Stimmen, dem Rhythmus kam ihr vertraut vor.

Die Erleichterung, die sie befiel, als sie ins Wohnzimmer trat und Coram allein auf dem Sofa vorfand, war so gewaltig, dass Aedith sie schmecken konnte – zumindest, bis er klar wurde, dass das Ding auf seinem Schoß eine Pistole war. Hildes Pistole, um genau zu sein. Sie war klein, ein angelsächsisches Fabrikat. Nichts, bei dem ein Sammler glasige Augen bekäme, aber zuverlässig und treffsicher. Aedith hatte sie erst einmal gesehen, an dem Tag, an dem sie Hilde eingestellt hatte. Sie war normalerweise in dem kleinen Waffentresor in der Küche eingeschlossen, dessen Kombination nicht einmal Aedith kannte. Hilde nahm die Pistole gelegentlich heraus, um sie zu reinigen oder damit auf dem Schießstand zu üben, aber nur, wenn weder Aedith noch Coram zu Hause waren. Nötig war es ohnehin kaum; Hilde war absolut in der Lage, jeden Einbrecher oder potenziellen Entführer mit jeglichem Haushaltsgegenstand im Nahkampf auszuschalten, angefangen von einem Kugelschreiber bis hin zu einer zusammengerollten Zeitschrift. Das war einer der Gründe, weshalb Aedith sie eingestellt hatte – als weiteren Bonus hatte Lod daraufhin aufgehört, ihr Netzadressen von Haussicherheitsfirmen zu schicken.

»Coram, du musst die Pistole jetzt auf den Tisch legen«, sagte Aedith ruhig. Man trat niemals sofort auf einen Verdächtigen zu und versuchte, ihm die Waffe zu entwinden: Das konnten sie als Angriff auffassen, in Panik geraten und schießen. Besser war es, ihn dazu zu bewegen, sie wegzulegen, sodass der zweite Beamte, der sich die ganze Zeit leise von der anderen Seite angeschlichen hatte, die Pistole nehmen und die Lage entschärfen konnte.

Hätte es nur einen zweiten Beamten gegeben.

Coram rührte sich ohnehin nicht. »Hast du das gesehen?« Sein Blick haftete am Bildschirm. »Dass du dabei warst, ist klar, aber ich weiß nicht, ob du es dir hinterher noch mal angesehen hast.«

Er hielt die Pistole in der rechten Hand, mit einem lockeren Griff. Gegenwärtig zeigte sie von Aedith weg. Wenn sie die Hand von Lungenlocher nahm und sich schnell genug bewegte, konnte sie ihm die Pistole womöglich entreißen, bevor er abzudrücken vermochte. Vielleicht war sie sogar noch gesichert. Oder auch nicht. Stattdessen sah sie zum Bildschirm und erstarrte. Die Szene war mit einer Körperkamera aufgenommen worden, und ihre Besitzerin durchquerte hinter einem Dutzend Beamter, die alle Schutzwesten trugen und die Waffen gezogen hatten, einen Wohnblock. Die Frau mit der Kamera führte eindeutig den Befehl. Sie bellte Anweisungen, während sich Vögte neben einer Tür hintereinander an die Wand drückten und auf den afrosächsischen Sergeant mit der Einmannramme warteten. Aedith erinnerte sich genau an den Tag. Die Körperkamera hatte sie selbst getragen.

»Ein Speicherstab in der Post.« Coram hätte genauso gut eine banale Begebenheit aus der Schule erzählen können. »Ich habe es mir zuerst auf meinem Klappi angesehen, dann dachte ich, du solltest es auch sehen, wenn du nach Hause kommst.«

»Coram, du musst mir sofort sagen, was mit Hilde passiert ist.«

»Sie kommt wieder in Ordnung.« Sie sah aus dem Augenwinkel, wie er gereizt den Kopf schüttelte. »Ich habe bei einem von der Schule ein paar Tabletten gekauft und nachgeschlagen, wie viel ich brauche, damit sie ein bisschen schläft.«

Aedith hatte die Augen nicht vom Bildschirm genommen. Der Sergeant – Agapos – war jetzt in Position, führte vorsichtig die Ramme bis an das Türblatt und schätzte die Kraft, die er benötigte, um sie einzuschlagen.

»Was ist mit der Tresorkombination? Damit du an die Waffe kamst?«

»Ich hab da was im Netz gesehen. Man nimmt Klebeband, legt es über das Tastenfeld und sieht, welche vier Zahlen am häufigsten benutzt werden. Dann muss man es ausprobieren. Sie war aber schlau. War kein Geburtsdatum oder so was. Hilde hat alles richtig gemacht. Ich will nicht, dass sie Ärger bekommt.«

»Du hast schon länger darüber nachgedacht?«

»Setz dich doch.« Zum ersten Mal hörte Aedith ein Schwanken in Corams Stimme. Das war der Moment, in dem man nichts lieber wollte, als sich auf die Waffe zu stürzen, aber zugleich war es der absolut schlechteste Zeitpunkt dafür.

»Ich bleibe hier, danke.«

Auf dem Bildschirm knallte Agapos die Ramme gegen die Tür, dass sie aus den Angeln flog, und trat zurück. Als Erste ging Aedith hinein. Sie hielt dabei die Schusswaffe vor sich im Anschlag, genau so, wie man es ihr an der Akademie beigebracht hatte: fest, aber nicht starr, das rechte Handgelenk auf die linke Hand gestützt, mit konstantem Druck auf dem Abzug. Die gleiche Waffe trug sie heute an der Hüfte, auch wenn sie damals noch keinen Namen besessen hatte.

»Weißt du, wer dir den Speicherstab geschickt hat?«

Coram hob die Fernbedienung und hielt das Video an. Er starrte zu ihr, eindeutig verdutzt. »Das willst du mich wirklich fragen? Wer es geschickt hat, ist mir nämlich völlig egal. Ich finde aber, ich hätte es mir schon längst ansehen sollen.«

Seine Hand, die Hand, mit der er Hildes Pistole hielt, hatte zu zittern begonnen. Eine schmale Chance bestand, dass er rein körperlich nicht in der Lage war, den Abzug zu betätigen, jedenfalls nicht über die erste Druckschwelle hinaus. Abzudrücken erforderte mehr Kraft, als die Leute glaubten, sonst würden die verdammten Dinger nämlich ständig von allein losgehen.

»Ich lege jetzt meine Waffe weg.« Aedith schob den Halteriemen wieder über Lungenlochers Griff, knöpfte das gesamte Holster ab und legte es auf die Fensterbank, dann wich sie so weit zurück, dass es für beide außer Reichweite war.

Coram wirkte nicht beeindruckt. Ihm war gar nichts anzumerken.

»Jetzt werde ich mich hierher setzen.«

Das Sofa war lang, und Aedith konnte am anderen Ende Platz nehmen und trotzdem über eine Armeslänge von Coram entfernt bleiben. Sie waren jetzt ausreichend nahe, um leise reden zu können, aber weit genug voneinander getrennt, dass er nicht befürchten musste, sie könnte jeden Moment versuchen, nach seiner Waffe zu greifen.

Coram zuckte mit den Schultern und drückte wieder auf die Fernbedienung. Nun waren sie innerhalb der Wohnung. Ein hochgewachsener Angelsachse mit langen dunklen Haaren schrie die Besitzerin der Körperkamera an. Er trug eine gestohlene Schutzweste auf der nackten Brust. Seine sichtbare Haut war mit Gefängnisnamen und Haftdaten übersät, mit Geschichten von Sucht und Rache. Er schwenkte ein Schrotgewehr, das er nicht einmal ganz auf Aedith richten konnte, bevor sie ihm zweimal hintereinander in den Kopf schoss. An der Akademie wurde von Kopfschüssen abgeraten: Das Ziel war zu klein. Grundsätzlich hätte sie auf seine Beine zielen müssen, aber das Schrotgewehr verkomplizierte die Sache. Bei der anschließenden Untersuchung war akzeptiert worden, dass sie unter erschwerten Umständen eine schwierige Entscheidung getroffen hatte.

Coram reagierte nicht, als sein Vater zusammenbrach oder die Kamera herumschwang und eine schreiende Frau ins Bild nahm, die mehr Sippenzeichen trug als ihr Partner. Strähnige Haare umflossen ihr Gesicht, Speichel flog, als sie mit der linken Hand einen ausgiebig ziselierten Sax schwenkte. In der Ecke des Zimmers kauerte ein kleiner Junge in den abgelegten Kleidern eines älteren Kindes, die Arme um die Knie geschlungen; leere Augen starrten ins Nichts. Aedith richtete die Waffe an die Decke und rief den anderen Beamten zu, sich zurückzuhalten. Die Frau wandte sich dem Kind zu und holte mit der Klinge aus. Aedith schoss ihr zweimal in den Rücken.

Das Video hielt an, flackerte und kehrte an den Anfang zurück. Coram schwenkte die Fernbedienung, und das Bild gefror: Aedith, wie sie sich durch bewaffnete Vögte in Schutzwesten in den Raum drängte, in dem sie Corams Eltern wieder und immer wieder töten würde.

»In dem Bericht stand nichts davon, dass du meine Mutter erschossen hast«, sagte Coram. »Ich habe mir schon vor Jahren eine Kopie runtergezogen. Da stand, sie wäre einem unbeabsichtigt ausgelösten Schuss zum Opfer gefallen. Niemandes Verschulden. So stand es im Bericht.«

»Dein Großvater …«

»Er ist nicht mein Großvater.« Corams Hände zitterten nicht mehr. Sein Blick fiel auf Hildes Pistole, als sähe er sie erst jetzt.

Aedith nickte. »Mein Vater ließ den Bericht ändern. Die Behörden wollten dich in ein Heim geben. Ich kannte damals den Zustand des Pflegesystems schon zu gut und habe mich als dein rechtlicher Vormund beworben. Wäre aktenkundig gewesen, dass ich beide Elternteile getötet habe, hätte sich alles erheblich komplizierter gestaltet.«

»Die Behörden!« Coram verzog das Gesicht vor Abscheu. »Die Behörden, das warst doch *du!* Und das war auch gar nicht richtig, stimmt's? Das war eine Blutfehde, und du wolltest nicht, dass ich davon erfahre.«

Das angelsächsische Gesetz blieb vage, was Blutfehden anging. Wenn die Familie einer Person durch eine zweite Partei ausgelöscht wurde, hatte das Opfer das Recht, eine Blutfehde zu erklären und Rache zu üben. Zwar kam es nicht der offenen Ermunterung zum Mord gleich, aber die Gerichte zeigten sich oft nachsichtig.

»Richtig. Dass ich deine Mutter und deinen Vater getötet habe, würde dir gestatten, eine Blutfehde zu erklären. Das sollte zwar nicht geschehen, bevor du sechzehn Jahre alt bist, aber du könntest sie hier und jetzt verkünden, wenn du es willst. Wenn man berücksichtigt, dass ich dir das Wissen vorenthalten habe, hätten wohl viele Leute Verständnis für dich.«

Coram spielte an Hildes Pistole. Er hatte sie entsichert, kein Zweifel möglich. Was zu tun war, wusste er vermutlich aus einem Video, das er irgendwo in den Graswurzelmedien gefunden hatte. »Hättest du es mir je gesagt?«

»Ich habe mir eingeredet, ich würde es dir erzählen, wenn du alt genug bist. Wenn der richtige Moment gekommen wäre. Vielleicht, wenn du sechzehn geworden wärst. Wenn du dann eine Blutfehde hättest erklären wollen, hätten wir damit vor Gericht gehen können. Du hättest natürlich ein Recht auf unabhängige juristische Beratung gehabt. Aber ehrlich? Ich weiß es nicht. Vielleicht hätte es auch gedauert, bis du achtzehn geworden wärst oder einundzwanzig.«

»Du hast ihr in den Rücken geschossen.«

»Ich glaubte, sie würde dich töten.«

»Sie hat nur nach mir gegriffen. Oder auf mich gezeigt. Du weißt überhaupt nicht, was sie tun wollte.«

»Sie hatte aber schon vorher damit gedroht, dich zu töten. Sie sagte, wenn sie dich nicht haben könnte, sollte dich niemand haben. Das war überhaupt der Grund, weshalb wir mit einem Spezialeinsatzkommando angerückt kamen.«

Coram bewegte sich schnell, schneller als sie erwartet hatte. Die Pistole zielte auf ihr Gesicht.

»Ich will meine Mutter und meinen Vater rächen«, flüsterte er. »Ich will die Ehre meiner Sippe wiederherstellen.«

Für ihre Ehre war die Sippe seiner Eltern nicht gerade bekannt. Sie betrieb einen kleinen Prostitutionsring, versuchte sich an Metschmuggel und Schutzgelderpressung und hatte mit dem Argument der rassischen Überlegenheit rivalisierenden Stämmler-Clans jeder Postleitzahl den Krieg erklärt, konzentrierte sich aber hauptsächlich auf diejenigen mit konkurrierenden Geschäftsinteressen. Davon etwas zu erwähnen, brachte sie in ihrer Lage natürlich nicht weiter.

Aedith streckte die Hand vor, legte einen Finger auf den Pistolenlauf und drückte die Waffe sanft tiefer, bis sie genau auf ihr Herz zielte. »Ich verzichte auf mein Recht der Selbstverteidigung und bitte nur um einen schnellen Tod, damit Sweterun und Lod der Kummer erspart bleibt.«

Coram atmete schnell und kurz. Seine Fingerknöchel traten weiß hervor, so fest umspannte er die Pistole, dann riss er sie unvermittelt zurück. Aedith war bereit, nahm ihm die Pistole aus der Hand, warf sie auf den großen weichen Lehnsessel am anderen Ende des Tischs, dessen Kissen sie klaglos verschluckten.

Ein Schluchzen, das nicht von ihr stammte, und sie zog Coram an sich, schlang die Arme um ihn, als er sein Gesicht an ihrer Schulter vergrub.

»Es tut mir leid«, wisperte sie. »Es tut mir so leid.«

Coram heulte auf.

FÜNFUNDFÜNFZIG

Drustan war die halbe Treppe hochgestiegen, als eine Stimme ihn anrief. »Möchten Sie etwas zu trinken, Inspektor Drustan? Ich nehme doch an, ich habe es mit Ihnen zu tun, oder? Ihre Kollegin, Hauptmann Mercia, wäre vermutlich mit mehr Lärm eingedrungen.«

Beeindruckend. Er war sich ziemlich sicher, dass er kein Geräusch verursacht hatte.

Hildred Emor erwartete ihn in einem lang gestreckten Raum, der parallel zu einer hohen Fensterreihe verlief. Dadurch hätte man auf die Straße geblickt, wären nicht sämtliche Holzläden geschlossen gewesen. Emor saß in einem schlanken Sessel in der gegenüberliegenden Ecke unter einer übergroßen Standardlampe, deren Schirm die Silhouetten verschiedener Raubtiere der nördlichen gemäßigten Zonen zeigte: Wölfe, Bären, ein Adler mit ausgebreiteten Schwingen. Sie wirkte ein wenig älter als auf dem einzigen Foto von ihr, das Banba im Netz gefunden hatte und das sie bei einer Preisverleihung zeigte. Sie hatte ein paar Krähenfüße mehr, sah aber nicht weniger elegant aus in ihrem langen grauen Etuikleid und mit den zu zwei Zöpfen zurückgebundenen aschblonden Haaren; der gleichen Frisur, wie Aedith sie trug.

Auf dem Tisch neben ihr standen zwei Gläser und eine Flasche mit einer goldgelben Flüssigkeit. Ein Glas war halb gefüllt. Sie hielt ihm das leere entgegen.

Drustan schüttelte den Kopf.

»Frau Emor, ich habe Grund zu der Annahme, dass Sie sich in ernster Gefahr befinden. Sie müssen mich begleiten. Ich kann ein Polizeifahrzeug hierher beordern, das in wenigen Minuten hier sein wird, und wir bringen Sie aufs Revier.«

»Wo Sie mir alle möglichen interessanten Fragen stellen können, nicht wahr?« Ihre Stimme enthielt noch Spuren des mercischen Dialekts, auch wenn sie, soweit sie wussten, die Provinz vor fünfzehn Jahren verlassen hatte und nie wieder zurückgekehrt war. »Nein danke, Inspektor. Ich verschanze mich lieber hier.«

»Sie verstehen nicht. Mir ist bekannt, dass Sie eine Art Übereinkunft mit dem Mörder hatten, der als der Haken bekannt ist. Diese Übereinkunft haben Sie gebrochen, als Sie versuchten, ihn umbringen zu lassen. Jetzt will er Rache nehmen. Ich kenne sein Werk aus nächster Nähe, Frau Emor. Mir ist klar, es ist höchst wahrscheinlich, dass Sie es ebenfalls gesehen haben, auf dem Bildschirm eines Telefons oder Rechners. Aber lassen Sie mich Ihnen versichern, es ist etwas anderes, wenn es gleich vor Ihren Augen geschieht.«

Emor trank. In der Luft hing ein holziger Duft, rauchig sogar, aber etwas anderes mischte sich hinein. Schärfer, chemischer.

Sie schüttelte den Kopf. »Inspektor Drustan, Sie begehen den vollkommen verständlichen Fehler, anzunehmen, dass ich, weil ich in meinem Beruf weit oben stehe, wenig oder kein Wissen über das habe, was auf den unteren Ebenen vorgeht. Ich darf Ihnen versichern, ich bin mehr als willens und in der Lage, mir die Hände schmutzig zu machen, sollte es nötig werden.«

»Das glaube ich Ihnen.«

»Ich möchte Sie etwas fragen. Sie sind Kelte. Oder nennt man es Stämmler? Heutzutage weiß man einfach nicht mehr, welchen Begriff man verwenden soll, was als kränkend gilt und was nicht.«

»Beides ist in Ordnung.«

»Haben Sie irgendein Interesse am Gipfeltreffen? An dem Konzept der Vereinigung an sich? Ich habe jede Menge Fokusgruppenergebnisse, das können Sie sich denken, aber eine persönliche Einschätzung zu hören, hat auch etwas für sich.«

Sie trank erneut aus ihrem Glas. Wieder dieser Geruch. Versuchte sie, ihn hinzuhalten? Katz und Maus zu spielen, während sie sich vergiftete? Falls dem so war, könnte sie den Rest ihres Getränks hinunterstürzen, bevor er den Raum durchquert hätte, um ihr das Glas aus der Hand zu schlagen.

»Ich vermeide es, über Politik zu diskutieren, solange ich im Dienst bin, fürchte ich.«

Emor nickte ernst und stellte das Glas ab.

Drustan nahm sein Telefon aus der Jackentasche.

Sie beobachtete ihn gespannt. »Wenn es hilft, sollten Sie wissen, dass mir von unserem Freund keine unmittelbare Gefahr droht. Sehen Sie, er kam heute Abend vorbei. Ungefähr eine Stunde, bevor Sie aufgetaucht sind.«

Drustans Daumen erstarrte über dem Telefonbildschirm.

»Ich muss sagen, worauf ich immer stolz gewesen bin, ist meine Fähigkeit, mich mit jemandem mit ganz entgegengesetzten Zielen auszutauschen. Nicht mühelos, keine Frage, schon gar nicht, wenn er eigens in der Absicht kommt, einen auf eine, sagen wir direkte und physische Art und Weise fertigzumachen. Aber es ist erstaunlich, wie schnell man Gemeinsamkeiten mit jemandem entdecken kann. Und wie sich herausstellte, haben wir viel gemeinsam.«

Drustan begriff nun, woher er den Geruch kannte. Nicht den nach Whiskey, sondern den strengeren, schärferen, der gar nicht von Emor ausging, sondern von irgendwo anders im Raum. Es war der Geruch nach Krankenhaus.

»Frau Emor, ich werde jetzt meine Kollegen anrufen.«

Emor nickte. »Tun Sie, was Sie tun müssen.«

Drustan rief den Kontaktbildschirm auf, wischte zu *Kriminalhauptmann Mercia* und hätte es beinahe geschafft, die Nummer zu wählen, bevor der Mörder hinter der Tür hervortrat, hinter der er die ganze Zeit gestanden hatte. Drustan spürte einen Einstich von etwas Dünnem, Spitzem, das ihm in den Hals gestoßen wurde, dann schleuderte man ihn gegen die Holzläden und durchs Fenster.

SECHSUNDFÜNFZIG

Hilde schlug eine Hand vor den Mund, hob den Kopf vom Tisch und befühlte den feuchten Fleck an ihrem Ärmel. Verwirrt sah sie zu Aedith hoch.

»Ich habe Ihnen einen starken Kaffee gemacht«, sagte Aedith. »Trinken Sie den erst mal, bevor Sie anfangen, Fragen zu stellen.«

Sie hatte die Pistole auf den Küchenschrank gelegt, wo sie Honigkuchen vor Coram zu verstecken pflegte, als er noch klein war; das hatte sie begriffen, sowie sie den Arm dorthin reckte. Die Munition war in einer alten Keksdose gelandet, die sie im Wirtschaftsraum hinter dem Heißwasserbereiter deponiert hatte. Sie musste Hilde daran erinnern, die Tresorkombination zu ändern. Vorausgesetzt, Hilde kündigte nicht.

Coram war eingeschlafen, nachdem er auf Aediths hartnäckige Aufforderung hin eine Beruhigungstablette eingenommen hatte, wie er sie Hilde untergeschoben hatte. Er würde die Nacht durchschlafen, und am nächsten Morgen gäbe es ein Nachspiel, aber sie hatte das Gefühl, dass der Sturm, vor dem sie zu fliehen versucht hatte, nun endlich vorübergezogen war. Ob die Nachwehen schlimmer wurden als das Unwetter selbst, konnte nur die Zeit erweisen.

Den Speicherstab und den Polsterumschlag, in dem er angekommen war, hatte sie in Frischhaltefolie eingewickelt, die in einem Haushalt einem Asservatenbeutel noch am nächsten kam.

Im Laufe der Woche würde sie alles heimlich auf Fingerabdrücke prüfen lassen, um zu sehen, ob ihr Verdacht, wer ihn abgeschickt hatte, zutraf. Vielleicht könnte Banba für sie herausfinden, woher sie das Videomaterial gehabt hatten.

Erst da erinnerte sie sich an Drustans ungelesene Nachricht.

Hauptmann Mercia. Kam gerade an der Adresse von Hildred Emor vorbei, als mir auffiel, dass ein Seiteneingang offen stand. Ich befürchte, jemand könnte sich die Abwesenheit der Eigentümerin für einen Einbruch zunutze machen. Ich gehe hinein, um zu schauen, ob ich mehr erfahren kann.

»Die Tür war schon offen« – die klassische Ausrede für jeden Polizeibeamten ohne Durchsuchungsbeschluss oder die Zeit, einen solchen zu beschaffen. Sie rief zurück. Das Telefon klingelte eine Weile, dann meldete sich der Anrufbeantworter.

Jede Faser ihres Leibs schrie Aedith zu, es sein zu lassen – dass in Hildred Emors Haus schon nichts geschehen sei. Aber wenn das der Fall war, hätte Drustan dann nicht entweder den Anruf entgegengenommen oder das Telefon ganz abgestellt?

»Scheiße.« Aedith wischte durch ihre Kontakte zu einer anderen Nummer und wählte sie. »Sergeant, sind Sie eventuell in der Nähe der Adresse, die wir für Hildred Emor haben? Ich würde es selbst tun, aber ich muss mich um eine familiäre Krise kümmern. Ich setze Sie später ins Bild.«

SIEBENUNDFÜNFZIG

Der Stechpalmenstrauch rettete Drustan das Leben, aber sein Mantel würde nie mehr derselbe sein wie vorher. Er war sich dunkel bewusst, dass er in etwas Nachgiebigem landete – das allerdings nicht richtig weich war –, es durchbrach und aufs Pflaster unter einer Straßenlaterne ausgeworfen wurde, wie neugeboren.

Er hörte sein Telefon klingeln, spürte, wie es in seiner Tasche vibrierte, und er versuchte, es zu erreichen. Der Sturz hatte jedoch etwas mit seiner Seite angestellt. Glasscherben schienen aus seiner Kleidung zu ragen und an einigen Stellen auch aus ihm.

»Schon gut«, versicherte ihm eine Angelsächsin mit einem Telefon in der Hand. »Ich habe Hilfe gerufen. Jemand kommt.«

Blinzelnd sah er zu ihr hoch. Im ersten Moment glaubte er, es wäre Aedith, aber sie war jünger und trug ein schickes Kostüm. Die Zeichen an ihren Armen deuteten darauf hin, dass sie für eine größere Telekommunikationsfirma arbeitete. In ihren Haaren war eine rosarote Strähne, was aus welchem Grund auch immer bei den niederen Büroangestellten dieser Tage sehr angesagt zu sein schien. Sie umfasste fest Drustans Hand. Er wünschte, sie würde es lassen: In der Hand steckte ein Glassplitter, aber vielleicht war es auch nur ein Schnitt von der Stechpalme.

»Die Ambulanz ist da. Alles wird gut.«

Drustan konnte das Blaulicht des Krankenwagens schon sehen, der zum Haus zurücksetzte. Er versuchte zu erklären, wieso das ganz und gar nicht gut war, aber das kalte, taube Gefühl von dem, was immer der Mörder ihm in den Hals injiziert hatte, breitete sich über seinen ganzen Körper aus, und die Worte wollten einfach nicht kommen. Es war gar kein schlechtes Gefühl, und es spülte die Schmerzen von den Schnitten an den Glasscherben und seiner unsanften Landung fort.

Drustan wurde einer zweiten Person gewahr, die sich nun über ihn beugte, und er hätte nichts dagegen gehabt, wenn es ein angelsächsischer Vogt übelster Sorte gewesen wäre. Einer von denen, die mit toten Stämmlern posierten, wobei sie ihre Gesichter vor die Kamera schoben; doch dann erkannte er einen Rettungssanitäter. Der große Mann mit kurz geschnittenem blondem Haar war in einen dunklen einteiligen Arbeitsanzug mit dem Zeichen des weißen Apfels auf der Brusttasche gekleidet.

»Sie sind aber schnell hier gewesen!« Die junge Büroangestellte war beeindruckt.

»Zum Glück war ich bereits in der Gegend, gute Frau.« Der Sanitäter klopfte ihr beruhigend auf die Schulter. »Alles ist gut, das haben Sie genau richtig gemacht. Ich lade ihn in den Krankenwagen, und dann sind wir sofort weg.«

Die Frau trat zurück, als der Sanitäter sich bückte und Drustan ohne sichtliche Anstrengung aufhob. »Könnten Sie mir die Tür aufhalten, wären Sie so gut? Wir sollen ja nicht allein fahren, aber mein Partner ist krank.«

Sie öffnete die Hecktür des Krankenwagens.

Der Sanitäter trug Drustan hinein und legte ihn vorsichtig auf die Rolltrage.

»Er kommt doch wieder in Ordnung, oder? Ich weiß nicht, was passiert ist. Ich ging vorbei, und er flog zum Fenster raus.«

»Er kommt wieder ganz in Ordnung.«

Drustan wurde festgeschnallt, oder zumindest nahm er es an, denn er hörte nur ein Schnarren, spürte aber nicht viel.

»Dann wären wir so weit«, sagte der Rettungssanitäter beruhigend. »Sie wollen ja jetzt nicht noch rausfallen, oder?«

Danach hörte Drustan gar nichts mehr.

ACHTUNDFÜNFZIG

Agapos musste schon eine Viertelstunde, bevor Aedith eintraf, an Emors Haus gewesen sein. Hilde war aus ihrer Benommenheit erwacht, hatte die Situation erklärt bekommen und schien sie zu erfassen, ohne sofort von Kündigung zu sprechen. Doch wenn man Hilde kannte, erschien es durchaus möglich, dass es für Coram besser gewesen wäre, sie hätte es getan. Aedith hatte einen Nachbarn gebeten, die beiden im Auge zu behalten. Er war ein Architekt oder ein Grafikgestalter, übte jedenfalls einen Beruf aus, der von ihm verlangte, eine randlose Brille zu tragen und ein Elektrofahrrad zu benutzen. Bisher war Aedith ihm noch nie begegnet, ohne den Wunsch zu verspüren, ihm mit der Faust in sein dämliches Gesicht zu schlagen. Nachdem er aber ihre Bitte erfüllte, auf Hilde und den schlafenden Coram aufzupassen, ohne zu zögern oder auch nur nach weiteren Einzelheiten zu fragen, kam er für sie auf einmal durchaus für einen gemeinsamen Abend infrage.

Als Aedith Hildred Emors Adresse erreichte, stand bereits ein Streifenwagen davor. Das Blaulicht blitzte aufgeregt, während die Vögte an der Motorhaube lehnten und miteinander plauderten. Aus einem Obergeschossfenster auf der anderen Straßenseite funkelte eine ältere Frau mit säuerlicher Miene Aedith wütend an, kritzelte etwas auf einen Notizblock und zog ruckartig ihre Vorhänge zu.

»Die Nachbarn haben gesehen, wie der Inspektor vor ungefähr einer halben Stunde aus dem Fenster im ersten Stock fiel.« Nach den vielen Glasscherben auf dem schmalen Rasenstreifen und den Holzläden zu urteilen, die schief an je einer Angel hingen, untertrieb Agapos ein wenig. »Ein Krankenwagen hat ihn weggefahren. Eine Passantin sagte aus, er sei in einem Dämmerzustand gewesen. Er habe durch den Sturz Blut verloren, sei in dem Strauch gelandet, der ihn übel zerkratzt habe, aber es habe nicht so ausgesehen, als wäre er an der Schwelle des Todes gewesen.«

»Jemand im Haus?«

Agapos schüttelte den Kopf. »Ich habe hineingesehen. Es gibt Anzeichen, dass es in letzter Zeit bewohnt war, aber wer immer hier gewesen ist, muss verschwunden sein, nachdem der Inspektor ... tat, was immer er getan hat. Die Hintertür war nicht abgeschlossen. Am anderen Ende des Gartens gibt es eine niedrige Mauer. In einer halben Minute kann man vom Haus darüber auf den Weg kommen und ist weg.«

»Also gut. Vielleicht kann Inspektor Drustan uns im Krankenhaus mehr sagen. Wohin wurde er gebracht?«

»Das ist das Seltsame, Hauptmann.« Agapos runzelte die Stirn. »Ich habe die umliegenden Krankenhäuser angerufen, aber keins davon hat jemanden aufgenommen, auf den die Beschreibung des Inspektors passt. Niemand von ihnen hat überhaupt eine Aufnahme gemeldet. Es war ein ruhiger Abend.«

»Vielleicht haben sie unterwegs angehalten? Scheiße, wenn er einen Herzstillstand gehabt hätte oder so was, dann wären sie doch stehen geblieben. Geben Sie eine Fahndung raus, ja? Alle Einheiten in der Gegend sollen die Augen nach einem abgestellten Krankenwagen offen halten. Was ist denn jetzt wieder, bei den Höllen?«

Ein Krankenwagen fuhr heran, und ein kurzer, pummeliger

Rettungssanitäter sprang heraus, bevor das Fahrzeug ganz zum Halt gekommen war. »Wir haben eine Meldung, dass jemand aus dem Fenster gefallen ist? Entschuldigen Sie die Verspätung, wir hatten Funkausfall. Jetzt holen wir alles nach.«

Aedith fand es nicht komisch. »Schön, dass Sie schon kommen. Ich glaube allerdings nicht, dass mein Kollege gefallen ist; er wurde vermutlich gestoßen. Aber es ist alles gut, jemand hat ihn schon abgeholt. Vielleicht können Sie uns sagen, wohin man ihn gebracht hat.«

Der Sanitäter runzelte die Stirn und wischte auf seiner Datentafel. »Hätte nicht passieren sollen. Wir sind alle eine halbe Stunde lang im Wartemodus gewesen und haben gewartet, dass das System neu gestartet wird.«

Agapos rollte mit den Augen. »Freut mich, dass wir nicht als Einzige auf die Gnade der Programmgeister angewiesen sind.«

Aedith achtete nicht auf ihn. »Moment«, sagte sie zu dem Sanitäter. »Was soll das heißen, Sie waren alle im Wartemodus?«

»Das passiert hin und wieder.« Mit dem Handballen schlug er gegen die Tafel. »Wir dürfen nirgendwohin fahren, bevor wir eine Anweisung dazu bekommen haben. Und die Anweisungen kommen nur durch, wenn der Server funktioniert. Wenn er ausfällt, bekommen wir nichts, bis jemand von der IT-Abteilung ihn ab- und wieder einschaltet oder welchen Zauber sie da sonst wirken müssen.«

»Scheiße!«, rief Aedith. *»Scheiße!«*

Der Sanitäter erschrak und wich zu seinem Fahrzeug zurück. »Ich ... äh, ich melde es der Leitstelle, mal sehen, was passiert ist.«

»Machen Sie das«, sagte Aedith.

Agapos trat neben Sie. »Alles in Ordnung, Hauptmann?«

»Und wir dachten, er sei ein Vogt.«

»Kriminalinspektor Drustan?«

»Der Mörder! Der Haken! Er schien in der Lage zu sein, überall hinzugehen, ohne aufzufallen, seine Opfer zu transportieren, nahe genug an sie heranzukommen, um sie überraschend zu überwältigen, so als würden sie ihm vertrauen, sobald sie ihn sehen. Deshalb glaubten wir, er sei ein Vogt.«

»Und das nehmen Sie jetzt nicht mehr an?«

Aedith musterte den Sanitäter in seinem dunklen einteiligen Arbeitsanzug, der mit einem nervösen Blick über die Schulter wieder in sein Fahrzeug stieg.

»Er ist ein Rettungssanitäter. Fährt seinen eigenen Krankenwagen. Und er hat Inspektor Drustan entführt.«

NEUNUNDFÜNFZIG

Als Teil seiner Bardenausbildung hatte Drustan eine Reihe von Kursen über Musiktheorie absolviert. Einige Vorlesungen hatten in einer Volkshochschule mit Plastikstühlen, rissigen Wänden und Kaffee aus gemahlenen Bucheckern stattgefunden. Andere in pastoralerer Umgebung, in Zelten, die für längere Zeit auf Clangebiet nahe der Küste tief in West-Dumnonia errichtet worden waren. Die Ausbilder dort kleideten sich in Gewänder, die sie selbst gewoben hatten, und trugen Broschen und Torques, die seit Generationen in ihrer Familie weitergegeben worden waren. Nichts davon hielt sie von den Spielautomaten in der Schenke fern, in der sie meistens den Abend verbrachten. Oder davon, ein Mobiltelefon für Freunde und Familie zu nutzen und ein anderes, um ihre Investitionen im Auge zu behalten. Das Geld, das sie anlegten, stammte aus dem Erlös von Frachtbehältern, die sie mithilfe veränderter Navigationsprogramme oder durch GPS-Manipulation auf die Klippen lockten und rasch weiterverkauften. Großen Respekt vor der Tradition hatten sie durchaus, aber *Wilde* waren sie nicht.

In einer dieser Schenken war es, dass Eseld, eine Musikdozentin-Schrägstrich-Tageshändlerin, Drustan das Konzept eines Myrddin-Tons erläuterte: ein Laut, der aus der Überlagerung von Sinuswellen entstand, die jeweils um eine Oktave auseinanderlagen. Drustan, der wirklich eher rhythmisch orientiert und ohnehin nicht sicher war, ob nun Eseld versuchte, ihn zu verführen, oder er sie, zog über seinem Apfelbranntwein ein verdutztes Gesicht. Eseld wandte sich einem Ecktisch zu, an dem alte Leute saßen, die schon ihren dritten Zider intus hatten, und bat sie, es ihm zu zeigen.

Die Ältesten (sie waren keine echten Ältesten, aber Drustan war klug genug, um jeden Stämmler aus seinem Clan über vierzig so zu behandeln, als wäre er eine Quelle unermesslicher und wohltemperierter Weisheit) hatten Balladen gesungen, seit die Sonne vor einer Stunde untergegangen war, und erfüllten ihr gern den Wunsch. Nun erhoben sie die Stimmen nicht zu tränenreichen Balladen über Stämmler, die im glorreichen Kampf gegen die blonden Fußsoldaten aus dem Osten den Tod gefunden hatten, oder zu kindischen Liedchen über die legendären zügellosen Frauen der Ynysek Syllan, sondern zu etwas gänzlich Abstrakterem. Ein Fremder, der zum ersten Mal in die Schenke kam, hätte es vielleicht als Dröhnen bezeichnet, bevor er – mit etwas Glück – wieder hinausgeworfen worden wäre. Für Drustan war es jedoch gewesen, als hätte sich seinen Ohren eine neue Dimension eröffnet: ein Ton, der ständig anzusteigen schien und trotzdem niemals höher wurde. Halb hatte er damit gerechnet, dass das Schieferdach der Schenke jeden Moment aufbrach und sie alle zu den Sternen aufstiegen, emporgezogen von den Stimmen der Götter.

Schließlich verebbte das Lied, falls es überhaupt ein Lied war, zu einem Flüstern. Schweigen breitete sich wie ein Schleier über die Schenke, der erst gehoben wurde, als einer der alten Knaben rülpste, sich den Mund mit dem Handrücken abwischte und nach mehr Zider rief.

»Gut, was?«, fragte Eseld.

In dieser Nacht hatten sie miteinander geschlafen. Am Morgen war Drustan fortgegangen, denn seine musikalische Ausbildung war abgeschlossen gewesen, und er hatte Eseld nie wiedergesehen.

Jetzt hörte Drustan den Ton erneut, oder zumindest etwas sehr Ähnliches. Viel schwächer und vager, die Stimmen vieler Menschen weiter weg, deren Gesang sich eher zufällig zu einem beinahe harmonischen Ganzen zusammenfügte, als dass sie absichtlich ihren Gesang abstimmten, um letztlich eine akustische Illusion zu erzeugen, die das ständige Bedürfnis des menschlichen Geistes ausnutzte, Muster zu erkennen und vorherzusagen. Aber der Effekt war derselbe: ein Ton, der jeden Moment im Chaos zu eruptieren drohte, ohne es jemals wirklich zu tun.

»Aha«, sagte der Mörder. »Sie sind wach. Ich dachte schon, ich hätte Ihnen zu viel gegeben.«

Drustan verspürte hämmernde Schmerzen im ganzen Leib. Er holte tief Luft und bereute es beinahe sofort, denn seine gesamte linke Körperhälfte protestierte lauthals. Gut möglich, dass er sich zumindest eine Rippe gebrochen hatte, als er durch das Fenster geflogen oder in dem Stechpalmenstrauch gelandet war. Er saß zusammengesunken auf einem billigen Plastikstuhl, wie man ihn in den Volkshochschulen verwendete, an die er sich gerade erinnert hatte. Er wäre schon längst heruntergerutscht, wenn sein linker Arm nicht über seinem Kopf an der Wand befestigt gewesen wäre; wie, das konnte er im Moment nicht ergründen.

Er roch Feuchtigkeit und Schimmel. Der Boden unter seinen Füßen war rau und solide. Gussbeton. Die Fenster waren schmal, breiter als hoch, und sie befanden sich weit oben in der Wand. Sie standen offen, einen Zoll weit vielleicht, aber sie waren zu schmal, um hindurchzukriechen, selbst wenn Drustan irgendwie durch göttliche Einmischung die zwanzig erforderlichen Fu die Wand hochgekommen wäre. Der Krankenwagen parkte an der anderen Mauer, und eine Rampe führte nach oben außer Sicht. Waren sie in einem Kellergeschoss? Ihm kam es eher wie eine Gewerbefläche vor; etwas, das einmal eine Arbeitsstätte gewesen, jetzt aber zu einem Verschlag heruntergestuft worden war.

Der Mörder trug einen dunkelgrünen einteiligen Arbeitsanzug, und der weiße Apfel auf der Brusttasche glänzte im reflektierten Schein der Leuchtstofflampen. Er war ein großer Mann mit kurz geschnittenem blondem Haar. Den dunklen Fleck an seinem Hals konnte man leicht für ein Geburtsmal halten.

»Wulfstan«, brachte Drustan hervor.

»Ach, heute nicht mehr. Das liegt lange zurück. Nach dem Heim schenkten sie mir einen Neuanfang. Das war ja auch das Mindeste. Ich habe seitdem mehrere Namen getragen.« Er trank aus einem Plastikbecher, von dem Dampf aufstieg und der nach Minze und Lakritze roch. Der Sperling an seinem Handgelenk wurde kurz sichtbar.

Drustan nickte und versuchte, die Einzelheiten seiner Umgebung zu erfassen, etwas zu entdecken, was ihm helfen konnte. Der Ton, das ständig heller werdende Gemurmel, war noch immer da.

»Sind wir in der Nähe des Skeid?«

Wulfstan sah ihn beeindruckt an. »Gut geraten! Die Proteste haben ein bisschen zugelegt. Das ist alles Hildred Emors Werk.«

Seine Stimme war leise und klang irgendwie beruhigend; nicht die Stimme vom Video. Emor musste einen professionellen Sprecher engagiert haben. Und ihr war gelungen, es geheim zu halten. Vielleicht hatte sie ihm einen längeren Text gegeben und die entscheidenden Stellen zusammengeschnitten.

»Ich dachte ...« Drustan wurde sich seines Arms bewusst. Er versuchte, ihn zu befreien, doch das führte nur dazu, dass ein heftiger Schmerz aus seinem Handgelenk schoss und sich bis in die Schulter bohrte. War er irgendwie gefesselt?

»Sie dachten, ich wäre hingegangen, um sie zur Rede zu stellen. Mich vielleicht dafür zu rächen, dass Vargr versucht hat, mich loszuwerden, nachdem ich meinen Zweck erfüllt hatte? Ich will ehrlich zu Ihnen sein, das war genau meine Absicht, als ich dort ankam. Aber sie ist eine bemerkenswerte Frau. Sehr beeindruckend! Wir haben uns eine Weile unterhalten und einige Gemeinsamkeiten entdeckt.«

Drustan drehte den Kopf, langsam, um den Schmerz auf einem erträglichen Maß zu halten, während sein Blick am Ärmel seines ruinierten Mantels hochwanderte. Ein stählerner Nagel hatte sein Handgelenk durchbohrt und fixierte es an dem Beton, den eine dünne Schicht aus rissigem Gipsputz nur unzureichend verdeckte. Er sah nicht so viel Blut, wie er erwartet hätte.

Wulfstan gab einen besorgten Laut von sich und wies auf die Nagelpistole, die ein paar Fuß entfernt an der Wand lehnte. »Wir sollten nicht darauf herumreiten. Ich fürchte, es war die einzige Möglichkeit, Sie ruhigzustellen, die mir eingefallen ist. Vom Offensichtlichen mal abgesehen. Eine kleine Respektbekundung gegenüber Emor, bevor wir getrennter Wege gehen. Ich habe noch etwas zu erledigen, und dann muss ich fort.«

»Ihnen ist aber klar«, sagte Drustan, »dass ich kein Fischer bin.«

»Tja.« Wulfstan grinste und hob etwas, das ein wenig nach einer Nagelpistole aussah, aber viel kleiner war, an einem dünnen Kabel an, das durch das offene Fenster im Krankenwagen verschwand. Eine Tätowierpistole. »Bald schon.«

SECHZIG

Normalerweise amüsierte es Aedith, zuzusehen, wie Agapos sich mit den dehnbaren Plastiküberschuhen abmühte, die er über seine großen Stiefel ziehen musste, bevor er einen Tatort betrat. Im Moment machte der Anblick sie nur ungeduldig. Die Spurensicherung veranstaltete ein großes Getue und untersuchte die Trümmer des Fensterrahmens auf Fingerabdrücke, aber das war reine Zeitverschwendung. Falls Emor hier gewesen war, hatte sie nun das Weite gesucht, und über den Haken stand nichts in ihren Akten. Sie jagten Gespenster.

Endlich war der Sergeant fertig. »Verzeihung, Hauptmann.«

»Also, können wir Inspektor Drustans Telefon orten?«

Agapos schüttelte den Kopf und hielt einen durchsichtigen Asservatenbeutel mit Glasscherben, Plastiksplittern und elektronischen Innereien hoch. »Deshalb komme ich zu Ihnen. Ein Vogt hat das gerade hundert Ellen die Straße hinunter gefunden. Wer immer den Inspektor entführt hat, muss es aus dem Fenster geworfen haben, als sie losfuhren.«

Aedith atmete tief durch und musterte die Szenerie unter ihnen. Immer mehr Vögte trafen ein und gesellten sich zu denen, die mit Flatterband die Einfahrt zu Emors Grundstück absperrten oder Nachbarn befragten, ob sie etwas gesehen hätten. Bislang hatte niemand einen Hinweis geben können.

»Na gut, schön. Wir müssen einen anderen Weg finden. Naeku, irgendein Anzeichen für die Ambulanz?«

Naeku schüttelte den Kopf. Sie war unmittelbar aus dem Sportstudio gekommen und trug einen Mantel über Elastan und Sportanzug. Aedith kannte sie höchstens in legerer Bürokleidung. Ärgerlicherweise sah sie ziemlich gut aus.

»Nichts, Hauptmann. Wie es klingt, hat er den Positionssender und die Funkanlage abgeklemmt, also alles, mit dem wir ihn orten könnten. Und falls es ein üblicher Krankenwagen ist, kommt er damit überallhin. Ich habe bei der Wohnanlage am Ende der Straße nachgefragt, aber sie haben keine Überwachungskamera, die in die Richtung sieht, die uns interessiert hätte.«

»Natürlich nicht. Aber irgendjemand ist hier gewesen. Ich sehe keinen Grund, dass es jemand anderes als Emor gewesen sein soll, die sich hier versteckt hat, nachdem der Haken ihre Agentur gesprengt hatte. Nur kann ich nicht glauben, dass sie kräftig genug sein soll, um den Inspektor aus dem Fenster zu werfen.«

Agapos schnaufte. »Ich weiß nicht. Er ist ziemlich schmächtig.«

Aedith schloss die Augen. »Können mal bitte alle den Mund halten?«

Drustan war ins Haus gegangen. Vermutlich hatte er im Erdgeschoss eine unverschlossene Tür gefunden; im Bericht wäre sie jedoch als »offen stehend« bezeichnet worden. Er wäre ins Obergeschoss gegangen, vielleicht durch die Küche. Wenn er den Handabdruck gesehen hatte, der am Kühlschrank hing, hätte er sich vermutlich gefragt, woher er stammte. Nichte oder Neffe womöglich? Doch sonst gab es nirgendwo im Haus ein Familienfoto. Jemand hatte guten Alkohol getrunken und vielleicht Drustan davon angeboten. Er hätte abgelehnt, mit aufreizend übertriebener Höflichkeit vermutlich. Dann wäre es zum Kampf gekommen.

Drustan war eher schmächtig, das war schon richtig, aber er wusste sich zu wehren, das konnte Aedith aus eigener Anschauung sagen. Falls Emor es war, die ihn angegriffen hatte, so stand nicht fest, dass sie ihn unmöglich hätte überwältigen können – so was konnte den Besten passieren. Dass sie ihn aus dem Fenster geworfen haben sollte, erschien aber höchst unglaubwürdig.

Der Haken war hier gewesen; Wulfstan oder wie immer er sich heute nannte. Er hatte seinen Krankenwagen in der Nähe geparkt, war hinaufgegangen, um Emor zur Rede zu stellen, sie womöglich zu töten – und sie hatte ihn auf ihre Seite gezogen. Immerhin war sie Expertin für Öffentlichkeitsarbeit. Wenn der eigene zahme Serienmörder die Treppe heraufkam, um einen selbst auf seine Liste zu setzen, war es für jemanden, der auf dieser Ebene arbeitete, nicht allzu schwer, ihn umzudrehen. Eine Frau wie Emor war es gewohnt, aus jedem Problem eine Gelegenheit zu machen. Vielleicht hatte sie ihm ein letztes strategisches Bündnis vorgeschlagen. Das konnte durchaus kurz vor Drustans Ankunft geschehen sein, was bedeutete, dass er geradewegs in eine Falle gelaufen war.

Aedith konnte sich nicht vorstellen, dass Emors Plan vorgesehen hatte, dass ein Kriminalbeamter aus dem Fenster stürzt, nicht einmal ein Stammespolizist. Viel zu dramatisch, solch ein Schritt. Zu impulsiv. Zu viel Aufsehen. Also war es ungeplant geschehen, und der Haken wäre gebeten worden, den verletzten Drustan vom Schauplatz zu entfernen. Hatte er auch Emor mitgenommen? Nein, die Zeugin hatte ausgesagt, der Sanitäter sei allein gewesen; er habe sich sogar dafür entschuldigt. Sie würde bemerkt haben, wenn jemand anderes im Krankenwagen gesessen hätte. Die Dinge gerieten also außer Kontrolle, aber noch hatte Emor einen Plan.

War sie nach wie vor entschlossen, das Gipfeltreffen zu sabotieren? Aedith kam es wie ein allzu ferner Ehrgeiz vor, zu abstrakt. Emor hatte ursprünglich versucht, den Haken zu beseitigen, doch nun war er in ihr Endspiel hineingezogen worden. Was immer sie in diesem Stadium antrieb, war persönlich. Man nahm nicht solche Mühe auf sich, nur um einen Vertrag zu erfüllen. Worin also bestand ihre Motivation?

Aedith öffnete die Augen. Agapos und Naeku sahen sie besorgt an, doch ihr Blick ging zwischen den beiden hindurch und auf eine Trophäenwand, die dunkler gestrichen war als die anderen. Behängt war sie mit einer Reihe von übergroßen Holzrahmen; Schaukästen eigentlich, die eine sorgfältig ausgewählte Kollektion präsentierten. Im Haus gab es keine Fotos, aber vielleicht konnte etwas anderes die Lücke füllen.

Als Aedith zwischen Agapos und Naeku vortrat, erwiesen sich die Objekte darin als Trophäen in einer Vielzahl von Formen, von Glasmasken bis hin zu übergroßen Münzen, in die Emors Name eingraviert war oder der Vargrs. Hildred Emor hatte offensichtlich eine ganze Anzahl prestigeträchtiger Preise gewonnen. Doch eine Trophäe stach aus allen hervor. Sie war billig gemacht, aus Messing, vielleicht handelte es sich auch um bemalten Kunststoff.

Aedith nahm sie aus ihrem Rahmen und wendete sie in den Händen. *Cenhelm Reed* stand auf der kleinen Plakette. *Für Vortrefflichkeit beim Debattieren.*

Cenhelm Reed. Dieser Name wurde im Haus Mercia niemals ausgesprochen, zumindest nicht in Aediths Anwesenheit. Sie hatte noch zu Hause gewohnt, als Edric zur Universität gegangen war, hatte geplant, in seine Fußstapfen zu treten und auszuziehen, aber in jenem Jahr war alles schiefgegangen. Ihre Mutter war zum ersten Mal gestürzt, im Garten. Der Arzt hatte gesagt, sie habe Glück gehabt, nicht mit dem Kopf auf die gepflasterte

Terrasse aufzuschlagen. Und nach Lods Rückkehr stand ein nervöser junger afrosächsischer Vogt in der Küche, den Helm so fest ergriffen, dass Aedith nur darauf starren konnte, fasziniert von dem Gedanken, er könnte ihn zwischen seinen Händen zerquetschen. Gemeinsam hatten sie von ihm erfahren, dass Edric verhaftet worden war.

»Wachtmeister Naeku«, sagte Aedith. »Sie sagten, Hildred Emor sei geschieden, richtig?«

»Jawohl, Frau Kriminalhauptmann.«

»Sie erinnern sich nicht zufällig an ihren Ehenamen?«

»Hm.« Naeku kniff die Augen zusammen und strich mit der Hand durch die Luft, als suchte sie in einem unsichtbaren Dateispeichersystem. Vielleicht war dem sogar so. Jeder hatte seine eigene Methode.

»Reed, Hauptmann«, meldete sie schließlich. »Hildred Reed.«

Aedith nickte und stellte die Trophäe an ihren Platz zurück. »Sergeant, könnten Sie meinem Vater ausrichten lassen, dass er in Gefahr schwebt?«

Agapos nahm sein Telefon heraus und hielt unschlüssig inne. »Ich bin mir nicht ganz sicher, was ich ihm sagen soll.«

»Sagen Sie ihm, die Mutter des jungen Mannes, den mein Bruder vor fünfzehn Jahren getötet hat, ist seither auf Rache an unserer Familie aus. Sie hat versucht, meinen Adoptivsohn zu manipulieren, damit er mich heute am frühen Abend erschießt. Sie hat vermutlich auch versucht, an Edric heranzukommen, aber vielleicht ist es selbst für sie zu schwierig, ein psychiatrisches Krankenhaus zu infiltrieren. Das eigentliche Ziel ist jedoch Earl Lod, und ich vermute, dass sie bereit ist, das gesamte Skeid niederzubrennen, nur um in seine Nähe zu gelangen.«

Agapos starrte sie an.

»Vergessen Sie es, ich rufe meinen Vater selbst an. Sie warnen Endemersc, dass eine glaubhafte Bedrohung für das Leben meines Bruders besteht. Naeku, Sie versuchen, jemanden im Skeid zu erreichen. Schicken Sie ihnen unser aktuellstes Foto von Hildred.«

Naeku zückte das Telefon und hielt inne. »Frau Hauptmann, was ist mit Inspektor Drustan?«

Das war eine gute Frage. Aedith hatte noch einen Würfel, den sie werfen konnte.

EINUNDSECHZIG

Volle dreißig Sekunden lang hielt Aedith die Türglocke gedrückt, bevor die Frau mit der säuerlichen Miene die Treppe hinuntergestapft kam und die Tür aufriss. Ein Schwall abgestandener Luft drang auf Aedith ein, schwer vom Geruch nach Lavendel und Hammelfleisch, Letzteres höchstwahrscheinlich gekocht, aber hoffentlich nicht zusammen mit Ersterem. Ihr Ausdruck war der pure Groll, auch wenn er rasch in etwas vorsichtig Optimistisches umschlug, als sie den Dienstausweis erblickte, den Aedith ihr vor die Nase hielt.

»Guten Abend, gnädige Frau«, sagte Aedith in ihrem höflichsten Ton, der Irren vorbehalten war, die mit ihren Saxen in der Öffentlichkeit herumfuchtelten, und höheren Offizieren. »Dürfte ich Ihnen wohl ein paar Fragen zu dem Vorfall von vorhin stellen?«

»Ich hab nichts gesehen«, sagte die Frau, die verkündet hatte, ihr Name sei Elfreda. Sie hatte erwartungsvoll verharrt, bis Aedith, die ein Stichwort erkannte, wenn es fiel, ihn sich sorgsam notiert hatte. Danach war das Eis gebrochen, und Elfreda hatte sie ins Wohnzimmer geführt, das mit Trockenblumensträußen behangen war, von denen ein jeder durchaus schon ein Jahrzehnt tot sein mochte. Ein geschnitzter Wotan nahm den Ehrenplatz über dem Kaminsims ein; er war an den Fersen aufgehängt und spähte eindringlich nach Osten. Der Schnitzer hatte ihm große, seelenvolle Augen und schlaffe Stirnfransen verliehen. Aedith vermutete, dass die Wotansplakate in ihrer alten Schulbibliothek bei Elfreda sehr gut angekommen wären.

»Sie haben den Vorfall nicht beobachtet?« Aedith wusste sehr gut, dass Elfreda die Erste gewesen wäre, die auf der Straße gestanden und den Vögten jede Einzelheit berichtet hätte, könnte sie bezeugen, wie Drustan aus dem Fenster im ersten Stock gefallen war. Aber wäre dem so gewesen, es hätte Aedith auch nicht viel geholfen. Sie war auf etwas anderes aus; aber Geduld war, wie Agapos so gern sagte, der halbe Weg zur Zufriedenheit.

Elfreda schüttelte den Kopf. Ihr Bedauern, nicht mit angesehen zu haben, wie Drustan aus dem Fenster geworfen wurde, hing greifbar in der Luft. Sie zeigte auf eine Boulevardzeitung. Die Schlagzeile lautete *Gipfeltreffen stinkt vom Kopf her.* Begleitet wurde sie von der Illustration eines maskierten Terroristen mit einer Fisch-Tätowierung auf der Brust, dann folgte etwas über Migranten, ein Begriff, mit dem Menschen gemeint waren, die von einem Teil Londons in einen anderen zogen.

»Ich war auf der Rätselseite, als es mit dem Blaulicht und dem Lärm losging und die vielen Polizisten hin und her liefen. Wenn ich euch anrufe, passiert nie etwas, aber sobald mal einer von euch in Schwierigkeiten gerät …« Elfreda verstummte. Sie hatte den Faden verloren. Aedith hatte ihr erklärt, dass es sich bei dem Mann, der aus dem Fenster gestürzt war, um einen Stammespolizisten handelte, und Elfreda fiel es eindeutig schwer, beide Konzepte – Stämmler und Polizist – miteinander zu vereinen.

»Das stimmt schon«, sagte Aedith. »Ich habe mich nur gefragt, ob Ihnen vielleicht vorher irgendwelche merkwürdigen Fahrzeuge auf der Straße aufgefallen sind?«

»Mir fallen hier ständig merkwürdige Fahrzeuge auf.« Ein triumphierender Unterton lag in Elfredas Stimme. »Da müssen Sie schon genauer werden.«

»Ich meine einen Krankenwagen. Kein Blaulicht. Er wäre vielleicht vor zwei, drei Stunden aufgetaucht.«

»Oh.« Elfreda wirkte ein bisschen enttäuscht; sie hatte eindeutig gehofft, etwas Schwierigeres gefragt zu werden. »Der. Ja, natürlich habe ich den Krankenwagen gesehen. Ich habe mir die Nummer notiert. Soll ich Ihnen meine Notizbücher holen?«

»Dafür wäre ich Ihnen sehr verbunden«, antwortete Aedith.

ZWEIUNDSECHZIG

»Sie müssen verstehen«, sagte Wulfstan über die Schulter hinweg, »dass ich unsere Gesetzeshüter zutiefst bewundere. Egal, aus welchem Königreich sie stammen mögen.«

Er suchte in dem Krankenwagen nach etwas. Drustan versuchte, sich nicht allzu viele Gedanken darüber zu machen, was es sein konnte, solange es Wulfstan nur noch ein wenig ablenkte. Alles auch nur ansatzweise Nützliche, das er mit der freien Hand hätte ergreifen können, befand sich gute sechs Fuß von Drustan entfernt. Höchstwahrscheinlich handelte es sich dabei um keinen Zufall. Wulfstan wusste, was er tat. Der Stuhl selbst wog kaum etwas. Selbst wenn Drustan genug Kraft aufbrachte, ihn aufzunehmen und zu werfen, bräuchte der Mörder sich vermutlich nicht einmal zu ducken. Genauso gut könnte er mit einem Holzlöffel nach einem Panzer werfen. Wenn er sein Handgelenk von dem Nagel befreien konnte, kam er frei, aber dabei hätte er sich noch mehr verletzt, und fast mit Sicherheit würde er innerhalb der folgenden halben Minute infolge von Blutverlust bewusstlos zusammenbrechen.

»Ich bin Kriminalinspektor Drustan von der Stammespolizei Dumnonia, derzeit abgestellt zum Polizeirevier Wotanskreuz.«

So sollte man mit Geiselnehmern sprechen: sie dazu bringen, dass sie einen als menschliches Wesen betrachteten, als Individuum, vielleicht sogar als jemandem, für den sie etwas empfanden und von dem sie anzunehmen begannen, dass er ihnen helfen könnte. Drustan glaubte nicht, dass es in diesem Fall funktionieren würde. Er wollte Wulfstan nur ablenken, damit er weiterhin nicht bemerkte, dass der Putz an der Wand, an die er Drustans Handgelenk genagelt hatte, rissig war und an einigen Stellen in kleinen Stücken abblätterte, in größeren an anderen. Die Kraft, mit der der Nagel hineingetrieben worden war, hatte einen waagerechten Riss verursacht, der sich sechs Zoll weit zog, bis er auf einen weiteren, senkrecht nach unten verlaufenden Spalt traf. Das Stück Putz, das jeden Moment von der Wand zu fallen drohte, wäre klein genug, dass Drustan es in seiner freien Hand verbergen konnte, aber schwer genug, um sich möglicherweise als Waffe zu eignen. Im Augenblick jedoch saß es noch fest.

Drustan griff mit der freien Hand nach oben an den lockeren Putz, bohrte die Nägel in den Riss und hoffte, im schlechten Licht würde Wulfstan das verschmierte Blut an der Wand übersehen. Der Putz löste sich allmählich – und der Mörder drehte sich um. Drustan zog die Hand zurück.

Wulfstan hob eine Rolle Klebeband. »Da hab ich es. Fassen Sie es nicht verkehrt auf, aber Sie sehen aus, als würden Sie vielleicht zubeißen.«

»Moment«, warf Drustan rasch ein. »Ich möchte Sie etwas über Vater Oswin fragen.«

Wulfstan erstarrte. »Aha, Sie waren im Heim. Ich bin selbst dort gewesen, vor zwei Wochen.«

»Sie haben nach den Akten gesucht.«

Wulfstan nickte. »Ich konnte sie nicht finden. Der Verwalter hat sie vermutlich in Sicherheit gebracht. Ich wär ja dortgeblieben und hätte mich drum gekümmert, aber ich hatte einen vollen Terminkalender.«

Er kauerte vor Drustan nieder, den Kopf zur Seite geneigt. »Versuchen Sie etwa, mich zu vernehmen?«

»Ich versuche, Sie zu begreifen.«

»Ach so. Na, das wird wohl daran liegen, dass Sie ein Stämmler sind. Ich glaube nicht, dass jemand schon einmal versucht hat, mich zu begreifen. Emor wusste, *was* ich tue und sogar wie, aber ich bezweifle, dass das Warum sie jemals interessiert hat.«

Seine Stimme war noch immer leise. Ihm war keine Anspannung anzumerken. Drustan sah nun genau, wie Wulfstan seinen Opfern so nahe kommen konnte. Seine Uniform beruhigte sie mit Sicherheit, aber darüber hinaus hatte er eine Sanftheit an sich, die seine Körpergröße Lügen strafte. Hätte er Drustan nicht mit dem Handgelenk an die Wand genagelt, würde er dann sogar überlegen, ob Wulfstan wohl wirklich der Mörder war? Vielleicht, vielleicht nicht. Drustan war bereits anderen Mördern begegnet, sogar schon, bevor er zur Polizei ging. Sie waren nichts Besonderes, oft nur Menschen, die zur falschen Zeit am falschen Ort gewesen waren und eine schlechte Entscheidung getroffen hatten. Nur wenige fanden Geschmack am Töten.

»Vater Oswin war Ihr Erster, nicht wahr? Er wurde krank, und Sie erhielten die Gelegenheit, zu Ende zu bringen, was Sie begonnen hatten.«

Wulfstan nickte. »So sehr ich auch den Glauben an einen göttlichen Plan verloren hatte, darüber habe ich mich gewundert. Ich hätte ihn beim ersten Mal töten können, im Klassenzimmer, aber mir fehlte der Wille dazu. Als die Vögte kamen, bereitete ich mich auf meine unausweichliche Strafe vor, aber dann fand ich mich nur in einem anderen Gebäude wieder. Das gleiche Essen, die gleichen grauen Wände, das gleiche billige Bettzeug. Wenn das eine Strafe sein sollte, so war es nicht schlimmer als vor meiner Begegnung mit Vater Oswin. Ich zügelte mich und versuchte, Reue zu empfinden. Als ich auf freien Fuß kam, half man mir sogar, meinen Namen zu ändern, und verschaffte mir einen Platz in einem Kurs, der mich zum Rettungssanitäter ausbildete. Und ich wollte den Menschen helfen, das wollte ich wirklich.«

Drustan sagte kein Wort.

»Wenn es eine Art Waage gibt – und das halte ich immer noch für möglich –, habe ich vermutlich genauso viele Leben gerettet wie genommen. Aber ich greife mir selbst vor. Ich hatte ein Jahr gearbeitet, als ich zu einer offenen Vollzugsanstalt gerufen wurde. Ich sollte einen Mann namens Oswin abholen, der Symptome für eine Herzkrankheit zeigte. Ich begriff es als Zeichen, als Gelegenheit, zu beenden, was ich begonnen hatte. Nicht die Götter oder so ein einziger Gott schenkten sie mir, sondern die Schicksale persönlich. Ich versorgte ihn im Heck des Krankenwagens, während mein Partner fuhr. Als wir am Krankenhaus ankamen, hatte der arme Vater Oswin den Kampf gegen den Tod leider verloren.«

»Und Eawynn Wettin«, fragte Drustan langsam, »starb ebenfalls im Heck Ihres Krankenwagens, richtig?«

»Der Wagen bietet mir eine zweite Gelegenheit, alle Fischer zu erledigen«, sagte Wulfstan. »Falls ich am Tatort gestört werde, komme ich später in offizieller Funktion zurück und führe es zu Ende. Eine Liste könnte ich Ihnen nicht geben, Inspektor, selbst wenn ich es wollte. Ich habe so viele getötet, dass ich bezweifle, ob ich mich an jeden Einzelnen erinnern könnte.«

»Aber wieso?« Drustan hielt die freie Hand nun hinter dem Rücken, hinter dem Stuhl, und befühlte mit den Nägeln die Wand nach einem weiteren Riss im Gipsputz. »Wieso die Fischer? Sie müssen doch wissen, dass alles, was in dem Manifest steht, falsch ist. Die Fischer sind keine Geheimgesellschaft, die versucht, alles zu untergraben. Sie sind in keiner Hinsicht wie Oswin; jedenfalls nicht die, mit denen ich zu tun hatte.«

Wulfstan riss ein Stück Klebeband ab und hielt inne. »Ich nehme an, es liegt an der Heuchelei. Sie sprechen von Liebe und Vergebung, als hätte ihr Gott sie auf einen Sockel gehoben. Wissen Sie, im Heck des Krankenwagens versuchte Oswin, *mir* zu vergeben, weil ich ihn vor all den Jahren auf Abwege geführt hätte. Ich soll durch meine schiere Existenz die Reinheit seiner Seele verdorben haben? Nachdem ich mit ihm fertig war, versuchte ich, einfach weiterzuleben und etwas zu finden, was diese Leere in mir wieder füllte. Um das menschliche Bedürfnis, an etwas glauben zu können, zu befriedigen. Ich hatte natürlich die Qual der Wahl. Wotanismus, Animismus, Ahnenverehrung, so viele Götter und Geister, dass ich schließlich begriff, dass ich an nichts davon glaubte. Ich stand mit nichts da. Wissen Sie, wie sich das anfühlt, Inspektor? An nichts zu glauben? Wenn einem alles, woran man sich geklammert hat, genommen wird?«

»Vielleicht.« Drustans Finger waren nun glitschig vor Blut, und noch immer löste sich kein Putz. »Aber ich kenne eine Frau, die, soweit ich es sehen kann, an nichts von all dem glaubt. Und sie ist möglicherweise der zufriedenste Mensch, dem ich je begegnet bin.«

»Das klingt wundervoll.« In Wulfstans Stimme war eine Spur von Bedauern. »Ich hoffe, ich lerne sie eines Tages kennen. Aber mir wurde nach Oswin klar, dass etwas in mir übrig war, und ganz gleich, wie beglückend es sein mochte, einem Menschen das Leben zu retten: Eines zu nehmen ist viel befriedigender. Nicht nur die Tat an sich, so bereichernd sie sein mag, tröstend sogar, sondern der Prozess. Die Jagd, das Aufspüren meiner Beute. Und weil sie sich so gut verstecken, gibt es keinen zufriedenstellenderen Fang als einen Fischer.«

Er beugte sich vor und drückte das Klebeband auf Drustans Mund. Instinktiv versuchte Drustan, es sich wieder abzureißen.

Wulfstan schlang seine große Hand um Drustans kleinere freie Faust und zog sie weg.

»Ich will das nicht benutzen.« Vielsagend nickte er zu der Nagelpistole, die nicht weit von ihnen auf einer Werkbank lag. »Das macht später alles nur komplizierter.«

Drustan starrte Wulfstan in die Augen, die nur ein paar Zoll entfernt waren. Der Mörder hatte recht: Ohne das Klebeband hätte er in diesem Moment seine Zähne eingesetzt.

Wulfstan öffnete Drustans Mantel, knöpfte ihm das Hemd auf und hob die Tätowierpistole mit der anderen Hand. »Wenn es ein Trost ist, ich habe noch nie jemandem das Leben genommen, der nicht zu ihnen gehört hat. Ich verspreche Ihnen auch, dass ich es nie wieder tun werde. Ich werde es Ihren Kollegen einfach machen – Sie als Fischer zu identifizieren, meine ich. Fügt alles zusammen mit einer kleinen Schleife dran, nicht wahr? Selbst wenn das Zeichen noch ganz frisch ist. Ich kann mir aber nicht vorstellen, dass die Vögte allzu viele Fragen stellen werden.«

Drustan musste an Tancred denken, wie er Hatt die Waffe an die Schläfe gedrückt hatte, und konnte dem nicht widersprechen.

»Es ist nichts Persönliches«, fuhr Wulfstan fort. »Sie sind nur ein Mittel, um meine Abmachung mit Emor unter Dach und Fach zu bringen. Die Entdeckung, dass der Stammespolizist ein Mitglied genau des Untergrundkults ist, vor dem der Haken alle warnen wollte, wird ihrer Meinung nach der Funke sein, der alles in Brand setzt. Sollten danach noch irgendwelche Fischer übrig sein, so kann ich sie jagen, wie es mir beliebt. Und wenn sie alle tot sind und es für mich keine Arbeit mehr gibt, kann ich selbst auch still abtreten. Dann werde ich herausfinden, wie groß Oswins Lügen wirklich waren.«

Mit erhobener Braue blickte er auf Drustans Brust. »Nicht viel Platz bei den ganzen anderen Tätos, die Sie so tragen. Vielleicht dort, auf der Seite.«

Er drückte einen Knopf an der Pistole, die ein leises Summen von sich gab, und berührte die Stelle an Drustans Haut. Drustan zuckte zurück, versuchte zu schreien, aber das Klebeband hielt den Laut in seiner Kehle gefangen. Wulfstans Griff fixierte seine andere Hand. Drustan konnte nur noch den Kopf bewegen. Er knallte ihn nach hinten gegen die Wand.

»Allzu lange dauert es nicht«, sagte Wulfstan in beruhigendem Ton. »Ich bin darin geübt. So schön wie Ihre anderen Tätowierungen wird es nicht werden, aber ich glaube, das wird Ihnen egal sein. Doch wenn es Ihnen hilft, nur zu.«

Drustan schwang den Kopf wieder nach hinten. Etwas lockerte sich, wo er auftraf.

»Ich fange mit dem Schwanz an«, fuhr Wulfstan fort. »Die gerade Linie ist das Schwierigste. Danach kommen bloß noch Bögen.«

Drustan atmete tief ein und schlug seinen Hinterkopf ein letztes Mal gegen die Wand. Ihm wurde schwarz vor Augen, dann blitzten Lichter hinter seinen Lidern auf. Erneut brüllte er, so gut es ging, und da löste sich das flache Stück Putz hinter ihm endlich. Er entzog seine vom Blut glitschige Hand Wulfstans Griff und fing die Scherbe auf, bevor sie zu Boden fiel.

»Sie können doch nicht –«, begann Wulfstan, und Drustan trieb sie ihm in die Kehle.

Wulfstan hustete einmal, stolperte zurück und setzte sich schwer auf den Boden. Er hatte beide Hände am Hals, und hellrote Bäche schossen ihm zwischen den Fingern hindurch. Hätte Drustan sich befreien können, wäre es ihm vielleicht möglich gewesen, Wulfstan das Leben zu retten. Ein ordentlich zusammengefaltetes Handtuch lag wenige Fuß entfernt auf einem kleinen Tisch. Drustan hätte es Wulfstan an den Hals drücken können, um die Blutung zu stillen, und mit dem Mobifon auf demselben Tisch hätte er Hilfe angefordert. Er war dazu angehalten, niemandem beim Sterben zuzusehen, wenn er es irgendwie verhindern konnte: Ganz abgesehen von dem gesellschaftlichen Bonus, ihn vor Gericht stellen zu können, war es gut möglich, dass der Betreffende wichtige Informationen besaß.

Gorsedd Angwin hätte es auch gewollt. Drustan hatte das Buch der Fischer gelesen – die zweite Hälfte unterschied sich dermaßen von der ersten, dass es eher zwei Bücher in einem Band waren, die nicht richtig zusammenpassten. Während sich das erste Buch mit Naturkatastrophen, Feuersäulen, Rache und Kinderzeugen befasste, standen im Mittelpunkt des zweiten Bandes Vergebung, Erlösung und das Versprechen ewigen Lebens bei einem freundlichen, wohlwollenden Vater, den zu vertreten Oswin behauptet hatte.

Angwin hatte gelebt und war gestorben, wie es im zweiten Buch stand ... Drustan hätte nichts lieber getan, als sein Andenken zu bewahren. Doch Wulfstan hatte Drustans Hand an die Wand genagelt, und daher hätte sich der Tisch genauso gut am anderen Ende des Landes befinden können. Nach einer Weile wurde der Strom von Blut aus Wulfstans Kehle zu einem Rinnsal. Die Hände fielen schlaff zur Seite. Seine Augen starrten Drustan an, bis das Licht in ihnen endlich erlosch und sein Kopf nach vorn sackte.

DREIUNDSECHZIG

Banba zufolge hatte der Krankenwagen auf gerader Linie zwischen Emors Haus und dem Skeid drei Verkehrskameras nacheinander ausgelöst, bevor er auf ein Gewerbegrundstück abgebogen war.

»Das kenne ich«, hatte Banba am Telefon zu Aedith gesagt. »Da sind lauter Tiefgaragen und Lagereinrichtungen. Ein echter Irrgarten.«

Aedith befand sich nun dort, Naeku an ihrer Seite. Agapos war bereits im Skeid, in Luftlinie nur ein paar Hundert Ellen entfernt, aber auf der anderen Seite einer hohen Betonmauer. Die Gesänge der Protestierenden schwollen an und ab und umflossen sie, als der Wagen weiter auf das Gewerbegrundstück vordrang.

Naeku hielt Aedith das Handy vor.

»Sergeant, wie ist die Lage am Skeid?«

»Hier sind viele Leute, Hauptmann, und es werden ständig mehr.« Der blecherne Widerhall der Demonstranten unterlegte Agapos' Stimme. »Im Moment wimmeln sie nur umher. Wie es scheint, warten sie auf etwas.«

»Also gut, finden Sie heraus, wer dort den Wachdienst leitet. Ich muss meinen Vater benachrichtigen. Emor wird etwas versuchen, und zwar eher früher als später.«

»Jawohl, Hauptmann.«

»Irrgarten« war untertrieben. Auf dem Gelände mussten Dutzende getrennte Lagereinrichtungen stehen, zu organischen Pulks von vier oder fünf gruppiert. Die einen waren übereinandergestellt und nur über wacklige Stahltreppen zu erreichen; andere in dunkle Gassen geschoben, durch Stahlrollladen oder Flügeltüren verschlossen.

Naeku hatte ihr eigenes Telefon hervorgeholt. »Nur ein Weg führt auf das Gelände und hinunter, jedenfalls über die Straße. Soll ich Verstärkung rufen, Hauptmann?«

»Tun Sie es, aber sagen Sie ihnen, sie sollen die Sirenen auslassen und am Eingang warten, bis ich rufe. Irgendeine Spur von dem Krankenwagen?«

»Bisher nicht. Aber zwischen hier und der nächsten Verkehrskamera gibt es keine weitere Abzweigung. Er muss irgendwo hier stehen.«

In diesem Fall sollte es nicht allzu schwierig sein, ihn zu entdecken, niemand suchte seine Lagereinrichtungen mitten in der Nacht auf. Die wenigen Fahrzeuge, die verstreut auf dem Gelände standen, waren verrostet und verkehrsuntüchtig; entweder hatte ihr Eigentümer sie aufgegeben, oder sie warteten darauf, ausgeschlachtet zu werden.

»Banba, sind Sie mit dem Eigentümer des Krankenwagens schon weitergekommen? Wenn es sich um Wulfstan handelt, können wir einen Vergleich mit den Vermietungslisten anstellen.«

»Bisher nichts, Hauptmann. Der Krankenwagen wurde auf einer Auktion ersteigert und bar bezahlt. Der eingetragene Käufer taucht nirgendwo noch einmal auf, also war es fast mit Sicherheit ein falscher Name.«

»Bleiben Sie dran.«

Aedith parkte den Wagen hinter einem Gebilde, das einmal

entweder zu einer landwirtschaftlichen Maschine oder auch einem Schützenpanzer gehört haben mochte. Die Räder waren verschwunden, die halbe Karosserie war abmontiert worden. »Wir gehen zu Fuß weiter. Niemand soll merken, dass wir hier sind.«

Sie öffnete schon den Kofferraum, bevor Naeku die Beifahrertür geschlossen hatte, und holte Sturmwesten und ein Schrotgewehr heraus. »Haben Sie so was schon mal benutzt, Wachtmeister?«

Naeku nickte, zog sich das Polizeiarmband über den Jackenärmel und ergriff die Flinte. Aedith zog Lungenlocher aus seinem Holster und hielt ihn mit der Mündung nach unten an ihrer Seite. Sie wollte lieber kein Loch in einen armen Hund stanzen, der noch spät arbeitete und nur eine Pinkelpause eingelegt hatte.

»Gut. Suchen wir unseren Kriminalinspektor.«

Drustan hörte durch das offene Fenster, wie der Wagen anhielt. Vorsichtige Schritte, ein Kofferraum, der geöffnet und wieder geschlossen wurde. Jemand murmelte etwas. Er benötigte fast seine ganze verbleibende Kraft, um sich das Klebeband vom Mund zu reißen.

»Hier!«, wollte er brüllen, doch es kam nur ein raues Flüstern heraus. Er versuchte, den Nagel aus der Wand zu ziehen, aber er musste wenigstens ein, zwei Zoll tief in den Beton eingedrungen sein. Er versuchte sogar, sein Handgelenk vom Nagel herunterzuziehen, aber unerträgliche Schmerzen schossen ihm den Arm hinunter, verbanden sich mit dem dumpfen Pochen seiner angebrochenen Rippe, und frisches Blut strömte aus der Wunde. Selbst wenn er die Kraft aufgebracht hätte, seinen Arm zu befreien, wäre er gestorben, bevor jemand ihm helfen konnte.

In Reichweite war nichts, was er gegen die Fensterscheibe hätte werfen können. Die Schritte entfernten sich bereits. Er würde hier sterben. Irgendwann würden sie ihn finden, doch es wäre zu spät. Er hatte Angwins Mörder gefunden und das *Geas* erfüllt, aber er würde den Abschlussbericht an die Ältesten nicht mehr komponieren. Niemals würde er die Reise, die er gemacht hatte, zu einem Rezital gestalten, nie von Aedith und Agapos berichten, von Haus Eberesche und dem unterbrochenen Menschenopfer bei Lamb und Söhne. Er dachte an Conwenna, und einen Moment lang glaubte er, sie hören zu können, wie sie ihm von weit weg etwas zurief, doch dann war er ganz allein. Es gelang ihm noch, seinen Frieden damit zu schließen, kurz bevor sich um ihn herum die Schwärze erhob.

Nur durch Zufall blickte Aedith in diesem Moment hinter sich. Eine schlanke Gestalt, weiblich, überquerte hinter Straßenficker den Asphalt. Aedith tippte Naeku auf die Schulter und deutete in die Richtung, aber die Frau war schon verschwunden. Scheiße, dachte sie.

Mit Gebärden befahl sie eine Zangenbewegung. Naeku nickte, nahm den langen Bogen und hielt sich in den Schatten. Aedith duckte sich, huschte zur Motorhaube des Wagens und wartete, bis Naeku ihre Position erreicht hatte. Mit einer Hand zog sie den Dienstausweis, mit der anderen entsicherte sie Lungenlocher. Sie suchte Blickkontakt zu Naeku, hielt drei Finger hoch und zählte herunter: zwo, eins, null.

»Hauptmann Aedith Mercia! Polizei London!«

Aedith hatte Lungenlocher in die leere Nachtluft gerichtet. »Götterverdammt!«

Naeku wich an die Wand der Lagereinheit zurück und musterte die Umgebung. »Wohin ist er verschwunden, Hauptmann?«

»Sie. Ich habe nicht geringste Ahnung. Sie haben sie nicht gesehen?«

»Ich habe gar nichts gesehen. Verzeihen Sie, Frau Hauptmann.«

Kein Geräusch. Hatte sie überhaupt etwas gesehen? Sie waren alle müde und angespannt. Jetzt stürzte sich Aedith schon auf Schatten. Sie seufzte, sicherte Lungenlocher wieder und schob ihn ins Holster zurück. Zum ersten Mal sah sie Naeku richtig an. »Wachtmeister, bewegen Sie sich sehr langsam nach rechts.«

Naeku nickte und trat zur Seite, sodass der Lichtschimmer hinter ihren Sportschuhen deutlich sichtbar wurde. Aedith hatte ihn zuerst für den Schein einer Straßenlaterne gehalten, von Straßenfickers Flanke reflektiert. Aber es handelte sich um ein niedriges, schmales Fenster, das einen Spalt offen stand und gleich über dem Boden in die Wand eingelassen war. Ein Lagerraum im Keller, in dem Licht brannte. Jemand machte Überstunden, aber Aedith konnte nichts hören. Sie kniete neben dem Fenster nieder und spähte hinein. Ein Krankenwagen stand am unteren Ende einer Rampe, die offenbar zur anderen Seite der Einheit hochführte, neben der Aedith geparkt hatte. Ein Mann, groß, in einem dunklen Arbeitsanzug, lag auf dem Boden, um sich eine schwarz aussehende Lache. Eine zweite, schlankere Gestalt in einer ebenfalls dunklen Jacke saß zusammengesunken auf einem Stuhl, das Hemd bis zur Brust geöffnet, sodass der stahlgraue Torques im Neonlicht glänzte. Ein Arm war erhoben, und etwas, das metallisch glitzerte, hielt die Hand an der Wand fixiert.

Drustan hatte die Augen geschlossen.

VIERUNDSECHZIG

Aedith versetzte der Tätowierpistole einen Tritt, dass sie aus Wulfstans Reichweite flog, und fühlte nach seinem Puls. Nichts.

»Der Inspektor lebt noch, Hauptmann.« Naeku hatte sich die Flinte über die Schulter gehängt und hielt Drustans Handgelenk. »Wir müssten ihn abnehmen, aber dann blutet er noch mehr.«

Sirenen waren zu hören, und nun fiel Blaulicht durch das hohe Fenster.

»Gehen Sie und zeigen Sie ihnen den Weg herein. Sonst suchen sie da oben, bis es hell wird. Hatten Sie schon Glück mit der Ambulanz?«

Naeku schüttelte den Kopf. Sie war schon halb die Rampe hinaufgeeilt. »Verkehrsstaus überall um das Skeid, Hauptmann.«

Zum Glück hatten sie gleich hier einen Krankenwagen. Für die Beweiskette wäre es nicht gerade prächtig, ihn zu benutzen, aber es war unumgänglich.

»Inspektor Drustan? Hören Sie mich?«

Kein Laut. Sein Atem ging schwach. Sie musste ihn von der verdammten Wand lösen. Jahrelang hatte sie ein Multifunktionswerkzeug im Auto mit sich herumgefahren, aber vor zwei Wochen hatte Coram es sich ausgeliehen und trotz Nörgelns noch nicht wieder zurückgegeben. Sie konnte jetzt nicht an ihn denken.

Der Krankenwagen war gut ausgestattet. Wulfstan musste jahrelang Material gehortet haben. Aedith stopfte sich eine Flasche mit Wunddesinfektionslösung und eine Handvoll Verbände in die Taschen. Nützlich, aber sie ließ einen Schritt aus.

»Naeku, hat hier jemand eine Zange?«

»Ich habe schon gefragt. Tut mir leid, Hauptmann.«

Aedith fluchte und suchte weiter im Heck des Wagens. Eine Sauerstoffflasche, eine Notentbindungsgarnitur, ein Defibrillator ... Moment. Sie wühlte in der Garnitur und warf Latexhandschuhe und Schläuche beiseite, bis sie die Geburtszange fand. Schwer und aus Edelstahl. Das mochte gehen.

Die Uniformierten waren eingetroffen, als sie wieder bei Drustan war. Offenen Mundes starrten sie den Sitzenden an, aber wenigstens achteten sie darauf, nichts anzufassen.

»Bei Tiws Eiern, aus dem Weg!«

Die Geburtszange drückte Drustan gegen das Handgelenk, aber zumindest ließ sich der Nagelkopf damit sauber fassen. Drustan rührte sich ein wenig, als Aedith zu ziehen begann. Sie umfasste die Backen der Zange mit der anderen Hand, presste sie so fest zusammen, wie sie konnte, und zog. Ganz langsam löste sich der Nagel aus der Wand.

»Wachtmeister, nehmen Sie die Flasche und die Verbände aus meinen Taschen. Sobald ich den Nagel draußen habe, gießen Sie das Zeug auf die Wunde und wickeln sie so schnell ein, wie Sie können.«

Naeku nickte. Ein letzter Ruck, und der Nagel löste sich ganz aus der Wand. Aedith ließ die Geburtszange fallen und ergriff Drustan beim Handgelenk, als der Arm herunterfiel. Drustan öffnete flatternd die Lider und blickte Aedith verständnislos an. Zwischen ihren Fingern quoll bereits das Blut hervor. Wie durch ein Wunder hatte der Nagel die Arterien verfehlt, aber nach den Schnitten in seinem Gesicht und am Körper zu urteilen, hatte Drustan auch nicht mehr viel Blut zu verlieren.

»Inspektor? Das wird jetzt wahrscheinlich wehtun.«

Sie hielt Naeku das Handgelenk hin, die eine lila Flüssigkeit darauf verspritzte. Drustan schrie auf und versuchte, den Arm zurückzuziehen, doch Aedith hielt ihn fest. Naeku wickelte eine lange Rolle Verbandsstoff um sein Handgelenk. Die ersten Lagen tränkten sich rasch mit seinem Blut, doch dann wurden die roten Flecken kleiner und heller. Die letzte Windung des Verbands blieb makellos weiß; das Einzige an Drustan, was sauber aussah.

»Machen Sie es fest.«

Drustan erschauderte, als Naeku einen Streifen medizinisches Klebeband abriss und ihn einmal um den Verband schlang.

Aedith klopfte ihm auf die Schulter. »Sind Sie wieder bei uns?«

Er nickte und versuchte kraftlos, sich das Hemd zuzuknöpfen.

»Warten Sie, ich mach das für Sie.«

Auf halbem Wege hielt Aedith inne. Drustans Gesicht und Hände waren von Kratzern übersät, die zum großen Teil bereits verkrusteten, aber eine Wunde an seiner Seite umgaben frische rote Perlen. Eine schwarze Linie, nur ungefähr einen Zoll lang. Aedith drückte eine sterile Binde darauf, und Drustan zuckte zusammen. Sie sah zu der Leiche hinüber.

»Hat er das getan?«

Drustan nickte und versuchte zu sprechen, aber es wurde zu einem Hustenanfall. Naeku hielt ihm eine Wasserflasche an die Lippen, und er trank durstig. Als er schließlich fertig war, hob er die unverletzte Hand und versuchte erneut, sein Hemd zuzuknöpfen. Aedith schlug sie nicht unfreundlich weg.

»Hat er versucht, Sie zu bekehren?«

»Er wollte Emors Plan vollenden. Wollte das Gipfeltreffen zum Scheitern bringen. Sie setzt sich wirklich für ihre Klienten ein, das muss man ihr lassen.«

»Sie gibt einen Scheiß auf ihre Klienten. Das Gipfeltreffen ist für sie nur ein Mittel, um an meinen Vater heranzukommen. Sie könnte schon auf dem Weg zu ihm sein.«

Drustan starrte sie an. Aedith knöpfte sein Hemd ganz zu und reichte ihm die übrigen Binden. »Hier. Seien Sie vorsichtig mit Ihrem Gesicht, da stecken noch Glassplitter. Ich muss nachsehen, was im Skeid vorgeht.«

FÜNFUNDSECHZIG

Die Neuigkeiten waren nicht gut. Agapos zufolge trafen immer mehr Protestler ein. Ihre Zahl ging mittlerweile in die Tausende. Die Straßen waren blockiert, alle Türen versperrt, Delegierte wurden von ihren Leibwächtern in die inneren Räume gebracht. Doch niemand konnte Lod finden.

»Aber sie sind in Sicherheit, oder?« Naeku versuchte, jemanden im Innern zu erreichen, und hing seit zwanzig Minuten in der Warteschleife. »Das Skeid ist uneinnehmbar. Überall gibt es bewaffnete Wächter.«

Aedith wischte durch die neuesten Fotos, die Agapos ihr geschickt hatte. »Ich weiß nicht, da sind ziemlich viele Verfechter des offenen Tragens von Waffen dabei.«

Wenigstens ein Drittel der Protestler hatte Saxe, in einer Scheide entweder an den Gürtel oder über den Rücken gehängt. Billiger Schrott zum größten Teil, Massenware, so dicht mit Gravuren von Schutzrunen und Foren-Unterthemen-Treuezeichen gespickt, dass sie wahrscheinlich beim ersten Hieb zerknitterten wie Alufolie. Aber auch die reichten aus, um eine blutige Wunde zu schlagen. Oder die Leibwächter dazu zu bringen, das Feuer zu eröffnen. Ein Massaker wäre die Folge.

Damit aber war es noch nicht genug. Zwischen den Protestlern fanden sich auch andere Leute. Jetzt, da Agapos wusste, wonach er Ausschau halten musste, machte er von ihnen so viele Bilder, wie er konnte: Miliztypen, Söldner; groß, breitschultrig und in Militärkleidung, mit Armeestiefeln und Sturmwesten ausgestattet, an denen Kabelbinder und Verbandpäckchen baumelten. Ihre Saxe hatten sie in Schnellzugscheiden. Masken, unter Helmen getragen, zeigten verzerrte Gesichter, Totenschädel, Rabenschnäbel.

»Northumbrische Milizen.« Drustans Stimme schwankte. Sein linker Arm war in der Schlinge, aber er konnte ohne Hilfe stehen. Nachdem feststand, dass er alle höflichen Anweisungen seitens Aediths, sich sofort ins nächste Krankenhaus zu begeben, ebenso höflich wie standhaft zurückweisen würde, hatte sie Naeku befohlen, sich um ihn zu kümmern, solange sie ihre Erkenntnisse auswertete. Der weibliche Wachtmeister hatte Drustans Wunden mit geübten Bewegungen gereinigt und verbunden, dabei aber recht deutlich gemacht, dass sie nicht traurig wäre, wenn er das Bewusstsein verlöre, sodass sie sich nicht weiter um ihn kümmern müssten.

Aedith nickte. Ihr bereitete größere Sorge, dass die Milizionäre sich nicht zusammenrotteten, sondern sich gleichmäßig über die Menge verteilt hatten. »Die warten auf etwas.«

»Das sehe ich auch so«, sagte Drustan. »Wir müssen ins Skeid rein, irgendwie durch diese Menschenmengen kommen.«

Der Lärm wurde lauter, blieb aber noch ungerichtet, ein Meer aus verschiedenen – und manchmal *unvereinbaren* – Kriegsgesängen, aber sie überlagerten sich.

»Wellenformen«, sagte Drustan. Aedith und Naeku sahen ihn an. »Für einander überlagernde Wellenformen gibt es zwei mögliche Entwicklungen: Entweder fangen sie an, sich gegenseitig auszulöschen, und erzeugen nur Verwirrung, oder sie verstärken einander und schaukeln sich exponentiell hoch. Glas zerbirst, Wände zerbröckeln. Und das ist es, was hier passiert. Sozusagen. Wir müssen dorthin und es beenden.«

»Ich weiß nicht, ob es Ihnen aufgefallen ist«, erwiderte Aedith, »aber in Ihrem Zustand gehen Sie nirgendwohin. Und es sieht auch nicht danach aus, als wäre die Menge geneigt, uns mal eben durchzulassen.«

»Vielleicht doch.« Drustan zeigte auf den Krankenwagen.

SECHSUNDSECHZIG

»Sie haben gar nicht erzählt, wie Sie mich gefunden haben.«

Drustan zog im Heck des Krankenwagens eine Schublade nach der anderen heraus und warf den Inhalt beiseite, während Naeku das Fahrzeug an den Rand der Menge lenkte. Aedith hatte den Polizisten an der Absperrung ihren Dienstausweis gezeigt. Die Beamten waren nicht gerade begeistert gewesen, aber sie hatten sie durchgewinkt.

»Ich glaubte, eine Frau zu sehen. Möglicherweise eine Keltin. Sie benahm sich jedenfalls seltsam, und als Naeku und ich die Lagereinheit erreichten, war sie verschwunden. Im nächsten Moment haben wir das Fenster entdeckt und konnten sehen, was vom Haken übrig war.«

Drustan sah sie seltsam an. »Eine Keltin?«

Aedith zuckte mit den Schultern. »Ich habe sie nicht noch einmal gesehen. Ich habe die Uniformierten nach ihr gefragt, als sie eintrafen. Niemand hatte was beobachtet. Als hätte sie sich in Luft aufgelöst. Vielleicht ist sie auch einfach an der Seite weggeschlüpft. Sie war ein mageres kleines Ding, aber hübsch. Lange Haare, kurze Jacke und langer Rock. Kennen Sie so jemanden?«

Drustan erstarrte. Er hielt ungelenk eine kleine Ampulle mit etwas Gelblichem in der verletzten Hand, eine Spritze in der anderen. Einen Augenblick lang glaubte Aedith, er würde laut loslachen. Oder bewusstlos werden. Doch er schüttelte den Kopf, schob sich den Jackenärmel hoch und öffnete die Hemdmanschette. Er zog etwas von der Flüssigkeit auf und hielt inne, als der Krankenwagen einen Satz machte.

»Söldner benutzen dieses Zeug«, beantwortete er eine Frage, die Aedith nicht gestellt hatte. »Bringt einen über die Schockbarriere und hält einen in Bewegung.« Er klopfte sich auf den Unterarm, um eine Vene zu finden. »Ich mache es mir nicht zur Gewohnheit. Mit jeder Anwendung steigt die Gefahr für einen Herzstillstand.«

»Ich hatte nicht vor, Sie zu verurteilen«, sagte Aedith.

Drustan setzte die Kanüle an und versenkte sie in seinem Arm. Er keuchte und verdrehte die Augen, als er den Kolben niederdrückte.

Aedith ging hinter den Fahrersitz und sah Naeku über die Schulter. Das Skeid befand sich direkt vor ihnen, aber durch die Massen an Protestlern, die Transparente und Pappschilder schwenkten, war das Gebäude kaum zu erkennen. Der Lärm draußen hatte ohrenbetäubende Lautstärke angenommen.

Naekus Hand schwebte über einem Schalter. »Soll ich die Sirene einschalten, Hauptmann?«

»Ich weiß nicht, ob das helfen würde. Fahren Sie einfach im gleichen Tempo weiter.« Aedith hatte das unangenehme Gefühl, dass sie so gerade unter dem Radar dieser Menschenmenge blieben. Der Haken hatte sein Fluchtfahrzeug gut ausgesucht: Der Anblick des weißen Apfels löste bei den Protestlern eine Art atavistischen Drang aus, ihm Platz zu machen. Aber das würde nicht ewig reichen. Sie konnte schon Milizionäre sehen, die sich durch die Menge zu ihnen vorarbeiteten und stirnrunzelnd auf ihre Mobifone blickten.

Aedith vergewisserte sich, dass Lungenlocher gesichert war, und betastete ihre Manteltasche. Zwei Ersatzmagazine; nicht dass das bei so vielen Unbeteiligten eine Rolle spielte. Falls die

Lage so schlimm wurde, dass sie schießen musste, hatten sie versagt.

Hinter Aedith klirrte es. Drustan hatte die Ampulle fallen gelassen und verzog das Gesicht, als das, was er injiziert hatte, sich in seinem Kreislauf ausbreitete. Er keuchte, legte die Spritze hastig in eine Pappschale und zog mit zitternder Hand den Ärmel hinunter.

»Wie geht es Ihnen, Inspektor Drustan? Wenn ich ehrlich sein soll: Ich könnte sehr gut ohne Zwischenfälle im und außerhalb dieses Krankenwagens auskommen.«

Drustan nickte angespannt. »Mit mir ist alles in Ordnung.«

»Gut. Wachtmeister, nur nicht langsamer werden, wir müssen nur durch die Menge. Jemand erwartet uns neben dem Skeid und wird uns hineinschleusen.« Zumindest hoffte sie das.

Naeku nickte. Der Bann wich allmählich von der Menge. Hände schlugen gegen den Krankenwagen, Schilder knallten auf die Windschutzscheibe, und das Fahrzeug rollte immer langsamer. Viele Protestler wären nicht nötig, um es zum Stillstand zu bringen, und nur ein paar weitere, um es umzuwerfen. »Viel weiter komme ich nicht mehr, Hauptmann.«

Aedith zog Lungenlocher aus dem Holster und nahm die Waffe beim Lauf. »Wenn wir aussteigen müssen, prügeln Sie sich den Weg frei, wenn es nicht anders geht. Niemand schießt, bevor auf uns geschossen wird.« Sie warf Drustan ein überzähliges *Polizei*-Armband zu. »Purer Zufall, ob das Ding einem in dieser Situation hilft oder Sie zum Ziel macht. Aber wenigstens können die Scharfschützen auf dem Dach erkennen, wer was ist.«

Mit den Zähnen zog Drustan sich das Band über den benutzbaren Arm. Naeku trug ihr Armband schon. »Hauptmann, da passiert etwas.«

Die Gesänge hatten aufgehört, genau wie die Schläge gegen

die Fahrzeugflanken. Stille. Die Protestler, die Aedith durch die Windschutzscheibe erkennen konnte, sahen auf ihre Telefone; die Transparente hingen herunter, tausend Gesichter wurden im Lichtschein der Bildschirme gebadet.

»Nicht anhalten. Jede Elle, die Sie uns weiterbringen, ist ein ganzer Sack voll Schädel, die wir später nicht spalten müssen.«

Protestler traten geistesabwesend aus dem Weg, sahen kaum noch auf. Nur noch ein Steinwurf trennte den Krankenwagen vom Skeid, und er konnte ohnehin nicht viel weiter fahren, auch ohne die schweigsame Menge vor ihnen. Niedrige Betonbarrieren blockierten jede Zufahrt auf dieser Seite, dahinter standen Vögte in Ganzkörperschutz, die mit der einen Hand schwere Schilde hielten und lange Schlagstöcke in der anderen.

Naeku hielt den Krankenwagen an und zog die Handbremse. »Näher kommen wir nicht, Hauptmann.«

»Sobald wir draußen sind, halten wir uns links«, sagte Aedith. »An der Seite gibt es einen weiteren Eingang.« Sie schrieb noch eine Textnachricht auf ihrem Telefon. War die erste überhaupt durchgekommen? Dieser Haufen sah ganz danach aus, als wollte er jeden Mobilfunkmast in der Umgebung niederreißen – und es natürlich aufzeichnen, um die Aufnahme ins Netz zu stellen. »Weiß jemand, was die alle sich da ansehen?«

Drustan hielt sein Telefon in der Hand und arbeitete sich durch offene Reiter. Einer schob sich heller als die anderen leuchtend zur Seite. Er wischte zurück. Keine Bilder, nur eine grelle Schriftrolle, die so amateurhaft wie möglich aussehen sollte.

»Das ist das Manifest des Hakens. Das neueste; die geben ein frisches raus, sobald das vorherige gelöscht wurde.«

Durch die Menge lief ein Murmeln und wurde zu einem Brüllen. Transparente fielen auf den Boden, und in einigen Fällen wurden Pappschilder von ihrer Halterung gerissen und offenbarten Bewehrungsstangen aus Stahl und Holzstäbe so dick wie ein angelsächsisches Handgelenk.

»Da steht: Die Fischer haben das Skeid in ihre Gewalt gebracht.« Drustan übertönte den wachsenden Lärm der Menge. »Der Hochkönig ist ermordet worden, das angelsächsische England wird zwischen Stämmlern und Norsen aufgeteilt.«

Naeku wandte schockiert den Kopf. »Ist das wahr?«

»Natürlich ist es nicht wahr, verdammt«, rief Aedith. »Aber diese Idioten werden es für wahr halten. Wir müssen dort rein, und zwar sofort!«

Sie trat die Hecktüren auf. Protestler umflossen sie wie eine Elementargewalt; eine Flut, die unerbittlich vor einem Damm anstieg, den sie jede Sekunde brechen konnte. Am Kordon schlugen Vögte auf Schädel ein; Knüppel streckten alle nieder, die in Reichweite kamen. Aber für jeden Protestler, den sie zu Boden brachten, traten zwei neue vor.

»Da!« Aedith zeigte auf den Seiteneingang, den sie schon einmal genommen hatte. Diesmal standen dort keine bewaffneten Posten. Sie konnte nur hoffen, dass die Nachricht durchgekommen war.

Sie schlossen sich der Woge an, drängten nach links, wann immer sie konnten, und ließen sich von der Menge nach vorn tragen, wenn es nicht anders ging. Aedith hatte die Milizionäre aus den Augen verloren, ebenso ihre Kollegen. Doch als die Menge vor einer Betonbarriere stockte, entdeckte sie Naeku, die sich zu ihr hindurchdrängte und Drustan an seinem guten Arm hinter sich herzog. Die Augen des Kelten waren hell. Was immer er sich gespritzt hatte, es rüttelte ihn auf, damit er diese Sache durchstand. Hoffentlich hielt sein Herz der Belastung stand.

Aedith zeigte auf die Seitentür, anonym, grau, von der Menge übersehen, die sich in einer Weise auf die Vögte stürzte, die man nur als Frontalangriff bezeichnen konnte.

Naeku und Drustan holten zu ihr auf und duckten sich, um sich durch die Menge zu schieben. Aber die Milizionäre, ungleiche Männer und Frauen in uneinheitlichen Uniformen und Einheitsabzeichen, scharten sich jetzt zusammen. Zuerst zu zweit und zu dritt, dann zu sechst oder siebt; Trupps, die sich schnell bewegten, einander auf die Polizisten hinwiesen und sich im Gebrüll der Menge Wörter wie »Verräter« zuhauchten. Einige von ihnen hielten etwas in der Hand, das Aedith wie eine überdimensionale Pistole vorkam. Im ersten Moment hielt sie sie für eine dieser Parodien von Handfeuerwaffen, die mit Luftdruck weiche Kügelchen verschossen, dann erkannte sie schaudernd, dass es sich um Nagelpistolen handelte. Der Haken hatte sie in mehr als einer Hinsicht inspiriert.

Aedith erreichte die Tür als Erste und zog Naeku und Drustan zu sich. Mit der Faust hämmerte sie gegen die Tür. »Ich bin's! Machen Sie auf!«

Keine Reaktion. Naeku hielt das Schrotgewehr tief, die Mündung auf den Boden gerichtet. Die Protestler fächerten aus, ließen sich Zeit. Aedith entsicherte Lungenlocher.

»Hiermit autorisiere ich tödliche Gewalt«, sagte sie. »Falls Sie von der Schusswaffe Gebrauch machen müssen, zielen Sie auf das Körperzentrum, es sei denn, der Gegner trägt Schutzweste; dann schießen Sie auf die Beine.«

Erst als sie Lungenlocher in beide Hände nahm, spürte sie, wie die Tür hinter ihr sich öffnete, sah dann aber, dass Naeku den Kopf herumriss und ihre Augen sich alarmiert weiteten.

Die Gestalt an der Tür trug die gleiche Militärkleidung wie die Milizionäre, die bereits in atavistischer Furcht erstarrten: schwarze Kampfhose, Schutzweste, schwarze fingerfreie Handschuhe. Im Gegensatz zu ihnen trug die Gestalt jedoch keine Rangabzeichen, nicht mal erfundene, und keine Embleme, auf denen etwas wie *Der Osten wird sich erheben* oder *Wotans Söhne* stand. Seine Stahlmaske verdeckte das Gesicht komplett. Die ziselierten angeschrägten Augenlöcher bildeten die einzige Öffnung. Der Sax in seiner linken Hand zeigte keine Gravuren, keine Herstellerzeichen oder Drohungen oder Schwüre, irgendeinen der alten Götter zu ehren. Das Langmesser war ein bloßes Werkzeug, das einem einzigen Zweck diente: dem Töten.

»Also haben Sie meine Nachricht bekommen«, sagte Aedith zum Fengyr.

SIEBENUNDSECHZIG

Der Fengyr knallte die Tür hinter ihnen zu und legte einen schweren Riegel vor. Die Milizionäre warfen sich bereits von außen dagegen und traten mit ihren Kampfstiefeln darauf ein. Ewig halten würde die nicht. Aedith und Drustan gingen mit dem Fengyr zum Aufzug, Naeku folgte nach kurzem Zögern und einem ratlosen Blick. Für so etwas gab es keine Dienstvorschrift.

»Wir haben den Hochkönig vor einer halben Stunde in Sicherheit gebracht.« Der Fengyr drückte einen Knopf, und die Lichter auf der Anzeige bewegten sich mit aufreizender Langsamkeit, während die Kabine zu ihnen hinunterfuhr. »Er hat mir die Erlaubnis erteilt, zu bleiben. Ich stehe zu Ihrer Verfügung.«

»Ausgezeichnet«, sagte Aedith. »Sollten Sie irgendwelche von diesen Arschlöchern mit ihren Kabelbindern und Nagelpistolen im Gebäude entdecken, haben Sie freie Hand, sie auszuschalten. Vielleicht hacken Sie aber keine Köpfe ab, wenn es nicht unbedingt erforderlich ist, ja?«

Der Fengyr schob den Sax in die Scheide zurück und ließ eine gedrungene Sturmpistole nach vorn schwingen, die er über den Rücken gehängt getragen hatte. Sie bestand vor allem aus schwarzer Karbonfaser, die den Großteil des Laufes umfasste; nur ein Zoll geschwärzten Metalls sah heraus. Aedith konnte nicht einmal erkennen, wo das Magazin eingeführt wurde. Die Waffe hatte etwas Selbstgebautes an sich, und zu jedem anderen

Zeitpunkt hätte Aedith mit Freuden ihren Besitzer festgenommen, die Hersteller und überhaupt jeden, der auch nur oberflächlich in den Entwurfsprozess verwickelt gewesen war, weil er einfach zu viel von solchen Dingen verstand.

»Wissen Sie, wo mein Vater ist?«

»Earl Lod wurde ins Allerheiligste auf der vierten Etage verlegt. Ich bringe Sie dorthin.«

Eine Glocke ertönte, als der Aufzug ankam, gefolgt von einem Knirschen, als etwas Schweres die andere Seite der Tür traf, durch die sie eingetreten waren. Aedith trat in die Kabine und zog Naeku mit sich. Drustan folgte und blickte interessiert in den Korridor.

»Die Miliz hat jetzt Einmannrammen?«

»So schwer sind die nicht zu beschaffen, wenn man die richtigen Lieferanten kennt.« Der Fengyr drückte den Knopf für die vierte Etage und hielt seine Waffe auf die Tür gerichtet, deren Riegel unter den Hieben nachgab. Die Tür fiel nach innen, Milizionäre trieben sich gegenseitig mit gezogenen Saxen hinein, die Gesichter verzerrt vor Wut und, das konnte Aedith nun genau erkennen, freudiger Erregung.

Diese Leute waren jahrelang auf diesen Moment vorbereitet worden und hatten sich mit Verschwörungslegenden aus dem Netz aufgeputscht. Gleichzeitig hatten die Graswurzelmedien jeden düsteren Gedanken bestätigt, der ihnen je gekommen war, hatten ihnen eingeredet, sie seien die Opfer – was auch zutraf, allerdings nicht in dem Sinne, wie sie es glaubten. Emor hatte nicht die ganze Wucht einer Werbekampagne benötigt, um diese Leute zur Gewalt zu bewegen: Sie waren schon vor Jahren in den Wahnsinn getrieben worden. Jetzt brauchte sie nichts weiter zu tun, als ein brennendes Streichholz auf die ölgetränkten Lappen zu werfen.

Der Fengyr hielt die Waffe so lange auf die vorderste Gestalt gerichtet, bis die Aufzugtüren nur noch einen Spalt breit geöffnet waren. Er ließ die Waffe an seiner Seite herunterhängen und klopfte sich gegen die Maske.

»Bestätigter Einbruch im Südostquadranten«, meldete er, und Aedith wurde klar, dass in die Maske ein Funkgerät eingebaut sein musste. Was noch? Nachtsicht, eine Atemmaske? »Mehrere bewaffnete Gefährder. Empfehle Festsetzung, wenn möglich, andernfalls Elimination. Ich begleite Gäste auf Stockwerk vier.«

Naeku, die rechts neben dem Fengyr an die Kabinenwand gedrückt wurde, versuchte, ihn nicht direkt anzusehen. Ihre Körpersprache verriet Anspannung, ihr Schrotgewehr hielt sie verkrampft in beiden Händen. Aedith dachte an die Kisten, die sie alle im Bereitschaftsraum gesehen hatten, die Fotos der enthaupteten Leichen, streckte die Hand aus und drückte den Lauf vorsichtig hinunter.

»Entspannen Sie sich«, sagte sie zu Naeku. »Er steht auf unserer Seite.«

Naeku nickte ruckartig. Einen langen Moment waren nur die blecherne Pfeifenmusik aus den Aufzuglautsprechern und ihr keuchender Atem zu hören; der des Fengyrs wurde von der Maske zu einem hallenden Röcheln verstärkt. Dann kam der Aufzug hart zum Stehen. Aedith sah auf den Bildschirm. Die Lichter gingen alle auf einmal aus. Sie hatten nur den dritten Stock erreicht.

»Die Kommandostelle hat die Aufzüge abgestellt«, sagte der Fengyr. »Vermutlich gibt es mehrere Einbrüche. Sie versuchen, sie auf den unteren Etagen festzusetzen. Wir müssen zu Fuß nach oben gelangen.«

Drustan drückte den Knopf, der die Türen öffnete, aber ohne

Ergebnis. Der Fengyr schob ihn höflich zur Seite, trieb den Sax in die Lücke zwischen den Türhälften und verdrehte ihn, sodass sich ein kleiner Spalt öffnete.

»Könnte mir jemand helfen?«

Naeku legte sich die Flinte über die Schulter und zog eine Hälfte zurück, während der Fengyr die andere übernahm. Die Aufzugkabine war, wie jetzt klar wurde, zwischen den Stockwerken stecken geblieben. Der Boden befand sich gerade unterhalb ihrer Augenhöhe. Der Korridor vor ihnen war leer und still.

»Ich gehe zuerst.« Aedith steckte Lungenlocher ins Holster. Der Fengyr nickte und trat zurück. Sie zog sich hoch und kletterte aus der Kabine auf den Korridorboden. Von vielleicht zwei Etagen unterhalb hörte Aedith Gesang. Viel Zeit blieb ihnen nicht. Sie griff nach unten und zog Naeku zu sich herauf.

Drustan blickte auf seinen verbundenen Arm. »Eventuell funktioniert es nicht.« Sein Ton war mild, fast beiläufig. Wortlos kauerte der Fengyr sich vor ihn hin. Drustan stieg auf seinen Rücken und reichte Aedith die gesunde Hand, die ihn hochzog. Der Fengyr folgte ihm hinaus und hatte kaum beide Füße auf dem Boden, als eine erste Protestierende, eine Frau mittleren Alters in einem schicken Mantel, die sich das Gesicht als Totenschädel bemalt hatte, mit einem Feuerlöscher in der Hand um die Ecke bog.

Der Fengyr griff nach seinem Sax.

»Sie sind unbewaffnet«, fuhr Aedith ihn an. »Ich sage nicht, dass sie ungefährlich wären, aber ich sage: minimale Gewalt.«

Er nickte, aber zu Aediths Entsetzen hob er die Sturmpistole. Bevor sie ihn aufhalten konnte, feuerte er einen einzelnen Schuss ab. Der Feuerlöscher zerbarst in einer weißen Wolke, die Schädelfrau brach zusammen, die Protestler hinter ihr taumelten benommen durcheinander.

»Noch ein Stockwerk.« Der Fengyr deutete auf eine Treppe in der Nähe. »Ich halte sie auf, solange ich kann.«

Die Protestler erholten sich, auch die Schädelfrau rappelte sich wieder auf. Der Fengyr streckte den Arm zur Seite aus und zerschlug wie unbeteiligt die Scheibe vor einer Brandaxt. Er nahm die Waffe von der Wand, schwang sie einmal, um Gewicht und Balance zu ergründen, dann griff er an, das stumpfe Ende nach vorn gerichtet.

Naeku war bereits auf der Treppe, dicht gefolgt von Drustan. Aedith sah einmal zurück, nur um zu sehen, wie der Fengyr fast augenblicklich von den Protestlern überrannt wurde.

»Scheiß drauf«, sagte sie und folgte ihren Kollegen.

ACHTUNDSECHZIG

Tancreds Männer erwarteten sie am oberen Ende der Treppe, und die Mündungen eines halben Dutzends Schnellfeuerwaffen zeigten auf sie. Der Anblick Drustans in zerfetzter Kleidung, hinkend und praktisch von dem Zeug glühend, das er sich gespritzt hatte, hätte vielleicht schon ausgereicht, um sie feuern zu lassen. Aedith gelang es jedoch, auf den letzten Stufen an ihm und Naeku vorbeizuhasten und dann ihren Dienstausweis in die Höhe zu recken wie einen Schild.

»Kriminalhauptmann Mercia«, fuhr sie die Männer an.

Tancred nickte seinen Leuten zu. »Lassen Sie sie durch. Folgt Ihnen jemand?«

»Noch einer von uns und bisher etwa ein Dutzend Protestler«, antwortete sie. »Nur improvisierte Waffen. Aber wir haben Kerle mit Nagelpistolen und Kabelbindern gesehen. Ich glaube jedoch, die sind auf der anderen Seite.«

»Auch improvisierte Waffen sind Waffen.« Tancred war grau im Gesicht und schwitzte; er war überfordert. »Ich habe Befehl, die Linie zu halten.«

»Sie würden Unbeteiligte töten«, sagte Naeku. »Wütende Unbeteiligte, die vermutlich uns töten wollen; trotzdem.«

»Ich habe Befehle«, wiederholte Tancred. Seine Männer wurden nervös und tauschten Seitenblicke, während aus den knisternden Funkgeräten Berichte von Einbrüchen im ganzen Skeid drangen. Das Kräfteverhältnis verschob sich. Die Staatspolizei war es gewohnt, straffrei Linien zu übertreten, nicht, sie zu halten. Stets griff sie schnell zu tödlicher Gewalt, und deshalb waren ihre Beamten hier die falschen Leute am falschen Ort. »Wir müssen die Lage wieder in die Hand bekommen. Wenn dazu ein paar ins Wotans Halle geschickt werden, bevor ihre Zeit gekommen ist, dann sei es so.«

Außerhalb ihrer Sicht wurde es am unteren Ende der Treppe unruhig. Glas klirrte, begleitet von Schmerzensschreien. Tancreds Männer hielten die Waffen fester; weiter hinten Stehende lockerten die Saxe in den Scheiden.

Tancred schob sich zwischen Aedith und Naeku. »Ich habe für so etwas keine Zeit.« In diesem Moment stolperte Drustan und stürzte gegen Tancred. Der Major hätte ihn vielleicht niedergeschossen, wäre der Kelte keine derart erbärmliche Erscheinung gewesen, die nach vorn zusammenklappte und sich an Tancreds Bein festzuhalten versuchte. Nur Aedith sah die Spritze in seiner Hand aufblitzen, als der geschwinde Pfeil ihrer Kanüle sich zwischen den Panzerplatten hindurch in Tancreds Oberschenkel bohrte und sein Daumen den Kolben niederdrückte.

Tancred keuchte und stolperte zurück, bildete mit dem Mund Wörter, die nicht laut wurden, und krallte nach der Wand, um sich festzuhalten.

Aedith eilte zu ihm und fing Tancred auf, als er langsam an der Wand zu Boden glitt. »Polizist verletzt!«

Tancreds Männer wandten sich verwirrt um. Nur die vorderste Reihe sah den Fengyr, der um die Ecke kam, die Treppe zu ihnen hinauf hinkte, Schnittwunden an den Armen. Ein Horn seiner Maske ragte in einem merkwürdigen Winkel hervor. Hätte er Waffen getragen, wäre er in Lebensgefahr geraten, aber die Brandaxt hatte er verloren, die Schnellfeuerpistole stak auf seinem Rücken, der Sax in der Scheide. Er hielt eine Art von

Dienstausweis vor sich. Aedith hatte Gerüchte gehört, er trage ein altes Sigill, das fest in jedem Betriebsprogramm aller Sicherheitskameras codiert war und dessen Anblick jegliche Spuren seiner Anwesenheit löschte. Zu ihrer Enttäuschung sah es jedoch aus wie jedes andere staatliche Siegel auch.

»Ich bin die Hand des Hochkönigs.« Der Fengyr sprach die Worte leichthin, wie Aedith sich vielleicht bei einer abteilungsübergreifenden Konferenz vorgestellt hätte. »Ich bin das Werkzeug seines Willens und dem Hohen Tisch keine Rechenschaft schuldig. Sterbe ich, folgt mir ein anderer. Stirbt der Hochkönig, wird eine andere Hand erwählt. Was ist mit ihm geschehen?« Er nickte zu Tancred, der zusammengesunken und schwer atmend in einer Ecke saß, die Augen geschlossen.

»Major Tancred scheint von den Ereignissen überwältigt worden zu sein«, antwortete Aedith schneidig. Voller Bedacht sah sie nicht zu Drustan, der sich schon wieder erhoben hatte. Von der Spritze war nichts zu sehen, aber Aedith nahm sich vor, irgendwann, falls sie lebend davonkamen, hinter der großen Topfpflanze nachzusehen, neben der Tancred nun schnarchte. Das Ding herumliegen zu lassen, wäre alles andere als klug.

Der Fengyr gab Tancreds ehrfürchtigen Männern ein Zeichen, mit dem er sie aufteilte. »Zwei Gruppen. Sie halten die Treppe und schießen nicht, solange Sie keine nicht improvisierten Waffen sehen. Der Rest von Ihnen folgt mir zur norsischen Delegation. Die hat sich in der oberen Cafeteria verschanzt; die Leute werden sich freuen, uns zu sehen.«

Einen Moment lang wurde gezögert, bis Aedith mit Lungenlocher einen Schuss in die Decke feuerte. Damit verstieß sie gegen das Protokoll, und vermutlich müsste sie im Anschluss etliche Berichte schreiben, aber sie gewann damit die Aufmerksamkeit aller Anwesenden. »Das war kein Vorschlag. Tun Sie, was er sagt, und vielleicht lasse ich Sie dann nicht alle aufknüpfen, weil Sie aktiv geplant haben, unbewaffnete Protestler zu ermorden. Na los, Bewegung!«

Das gab den Ausschlag. Sie wirkten vor allem froh, dass jemand zu wissen zu schien, was zu tun war. Der Fengyr blieb vor Aedith stehen, berührte mit dem Finger den Wulst seiner Maske über den Augen – eine Ehrenbezeigung, nahm sie an –, dann riss er eine Karte mit Notausgängen von der Wand und reichte sie ihr. Er zeigte auf einen achteckigen Raum an dem Korridor, der von dem Treppenhaus ausging, das sie zurzeit absperrten.

»Die Leibwache Ihres Vaters sollte an diesem Korridor sein, im Konferenzzimmer.«

Aedith sah ihn geradeheraus an. *Wie viele Feinde des Hochkönigs hat der Fengyr getötet?*, fragte sie sich. Nicht nur die, deren Fotos in einer Schachtel im Büro lagen. Es musste noch andere gegeben haben. Mehr als der Haken? Hatte er Vergnügen an seiner Arbeit? Sie konnte sich nicht vorstellen, wie er abends zu einer Fengyr-Frau und kleinen Fengyr-Kindern nach Hause ging.

Der Fengyr nickte ihr zu, wandte sich um und schritt davon. Ein halbes Dutzend von Tancreds Männern folgten ihm. Aedith sah ihnen nicht hinterher. Sie war sich nicht sicher, ob es ihr etwas bedeutete, was aus irgendeinem von ihnen wurde. Sie wandte sich Naeku zu.

»Wachtmeister, ich muss Sie bitten, hierzubleiben. Behalten Sie den Rest dieses Haufens im Auge und sorgen Sie dafür, dass sie keine Scheiße bauen, sobald sie glauben, dass niemand hinsieht. Außerdem«, fügte sie ein wenig widerstrebend hinzu, »falls die Dinge uns aus der Hand gleiten, sollte irgendjemand dafür sorgen, dass Major Tancred in Sicherheit gebracht wird.«

NEUNUNDSECHZIG

»Aus reinem Interesse«, fragte Aedith, als sie neben Drustan dem Korridor folgte, »was haben Sie Tancred da injiziert?«

»Etwas, das aus dem Krankenwagen stammt. Sollte ihn für etwa zwei Stündchen ausschalten, ohne dass allzu viele Nebenwirkungen auftreten.«

»Haben Sie davon noch mehr?«

Drustan schüttelte den Kopf. »Nichts weiter in der Hinterhand.«

Aedith schnaubte. »Das bezweifle ich.« Sie legte den Finger an die Lippen. Eine Tür auf dem Korridor stand ein Stück weit offen, innen flackerte Licht. Aedith gab Drustan ein Zeichen, der sie mit der gesunden Hand ganz aufdrückte, während Aedith, Lungenlocher in der Hand, vortrat und etwas kontrollierte, was sich als leerer Lagerraum entpuppte. Sie schaltete das Licht aus und schloss die Tür. Gemeinsam gingen sie weiter zum Konferenzzimmer.

»Wissen Sie«, fuhr sie leise fort, »ich habe mich gefragt, ob Tancred vielleicht gekauft ist. Von Vargr. Oder von Emor in einer ihrer vielen Gestalten. Bereit und willens, die Protestler hereinzulassen. Andererseits könnte ihr ein Massaker genauso gelegen kommen.«

»Ich habe den Verdacht, dass Major Tancred in der Tat gekauft ist«, sagte Drustan, »aber nicht von Emor. Viele Ihrer höheren Offiziere haben Beraterverträge mit großen Medienseiten und geben ihnen einmal im Monat oder so gutes Material und schauen weg, wenn ihre ehrgeizigeren Recherchen schieflaufen.«

Aedith starrte ihn an. »Das konnten Sie mir nicht schon früher sagen?«

»Bitte um Verzeihung, ich nahm an, Sie wüssten das.«

»Ganz eindeutig werde ich nie zu den richtigen Kulttreffen eingeladen.« Das wurden weibliche Polizeibeamte nie, nicht zu jenen jedenfalls, bei denen sie einem die Fingerrunen für *Lass diesen Kerl gehen, er ist ein zahlendes Mitglied meines Langhauses* beibrachten.

Aedith zeigte auf eine Flügeltür am Ende des Korridors mit Innenfenstern, an denen die Jalousien heruntergelassen waren, und senkte die Stimme: »Das ist das Sitzungszimmer. Falls mein Vater dort drin ist, schließen wir uns der Wachmannschaft an und bringen ihn zur Ostseite des Gebäudes. Dort geht ein Tunnel zur Tiefgarage auf der anderen Seite der Protestler. Da können wir uns abholen lassen.«

Drustan kniete sich neben die Tür und legte das Ohr an die Täfelung.

»Irgendwas?«

Er schüttelte den Kopf.

»Na schön«, sagte Aedith. »Gleiche Übung wie vorhin: Sie geben der Tür einen Stoß, ich Ihnen Deckung.«

Drustan holte tief Luft und stieß zu.

❖

Ein riesiger Raum mit einer Tür am anderen Ende enthielt einen langen Tisch voller Papiere und herrenloser Klapprechner. Stühle standen unordentlich herum. Ein Mann und eine Frau lehnten an der Wand; Agenten in Sturmwesten über dunklen

Anzügen. Drustan beugte sich über die Reglosen und untersuchte sie.

»Beide in den Kopf geschossen. Hatten nicht mal Zeit, ihre Waffen zu ziehen.« Er richtete sich auf. »Wenn Emor hier war, hat sie Ihren Vater nicht auf dem Weg hinausgeschafft, den wir gekommen sind. Sie muss die andere Tür genommen haben.« Er drehte am Knauf und schob sie vorsichtig auf. Dahinter führte ein kurzer Korridor zu einem anderen Treppenhaus. »In welche Richtung sind sie gegangen?«

Aedith trat an das Fenster, nahm die Karte aus ihrer Tasche und entfaltete sie. »Nach oben.«

SIEBZIG

Drustan keuchte, als die kühle Abendluft ihm ins Gesicht schlug. Sie waren hier hoch über den Protestierenden, und der Gesang derjenigen, die noch draußen waren, wurde von Schmerzensschreien oder schrillen Drohungen unterbrochen. Hunderte weitere Vögte waren aus Mannschaftstransportern gesprungen und marschierten standhaft im Rhythmus der Schläge ihrer Knüppel gegen ihre Schilde und brachen die Masse der Aufrührer jetzt vermutlich in kleinere, leichter zu verprügelnde Gruppen auf oder kesselten sie auf engstem Raum ein, damit sie nach Belieben erfasst werden konnten. Drustan hatte unter den Protestlern nicht viele Kelten gesehen, was Letzteres wahrscheinlicher machte. Zumindest hörte er keinerlei Schüsse, ein gutes Zeichen.

Die Wirkung der Injektion, die er sich gegeben hatte, ließ bereits nach. Die Schmerzen in den Rippen pochten mit jeder Sekunde weniger gedämpft und rangen um Aufmerksamkeit mit dem Feuer, das in seinem verbundenen Arm ausgebrochen war und vom Handgelenk bis in die Schulter strahlte.

Der Teil des Dachs, auf dem sie standen, war etwas tiefer gelegen als andere Sektionen und wurde von Lüftungsrohren und Solarpaneelen begrenzt. Drustan hatte, als er zuletzt nachsah, wenigstens vier Scharfschützen auf dem Dach des Skeid entdeckt, aber ihr Augenmerk war nun auf das gerichtet, was unten vor sich ging. Selbst wenn ihnen klar war, was vor ihrer

Nase geschah – und das konnte nicht mehr lange dauern, bei den Drohnen und Polizeihubschraubern, die über ihnen kreisten wie hungrige Krähen über einem Schlachtfeld –, die Winkel waren ungünstig. Die Architekten des Skeid hatten mit einem Angriff von unten gerechnet, nicht von hier oben.

Lod stolperte hinter einer Lüfterverkleidung hervor. Der Earl wirkte benommen. Zumindest nahm Drustan an, dass der große bärtige Mann in dem dunklen Anzug, dessen Hände von Ringen und Tätowierungen geschmückt wurden, Aediths Vater sein musste. Ein blutiges Rinnsal trocknete auf seiner Wange; eine Wunde, die Emor vermutlich mit dem Kolben ihrer Waffe verursacht hatte, als sie ihn in Bewegung setzte. Wie eine Geliebte schmiegte sie sich an seinen Rücken, hielt Lod ihren Sax an die Kehle.

Emor trug den einteiligen Hosenanzug und die Hartplastikplatten eines Straßenvogts in vollem Körperschutz, wie beim Einsatz gegen Demonstranten: nicht den Möchtegern-Militärkram, den Milizionäre im Netz bestellten, sondern das Wahre und Echte. Ihre Pistole steckte im Holster. Sie wurde nicht mehr gebraucht. Ihre Haare hatten sich aus den Zöpfen gelöst und umschwebten sie wie geisterhaft in den Luftwirbeln, die die kreisenden Hubschrauber verursachten.

»Hildred Emor.« Aedith hob die Stimme, damit sie gehört wurde. »Ich verhafte Sie wegen der Verschwörung mit ausländischen Mächten zum Umsturz des Rechtsstaats, wegen Beihilfe und Begünstigung des Mörders Wulfstan, auch bekannt als der Haken, und der gewaltsamen Entführung eines freien Bürgers des Landes. Lassen Sie Ihre Waffe fallen, und ich garantiere Ihnen, dass Sie unverletzt bleiben.«

Einer der Hubschrauber kam näher. Ein Vogt darin hielt ein langläufiges Gewehr. Aedith winkte wütend mit einer Hand ab.

Lungenlocher in der anderen zeigte unerschütterlich auf Emor. Keine Chance auf einen Schuss, mit dem sie nicht auch Lod tötete.

»Ich habe geplant, Ihren Bruder beim Prozess zu töten, Hauptmann Mercia«, rief Emor. »Das war mein ursprünglicher Plan. Ich hatte sogar eine Möglichkeit gefunden, Cenhelms Sax an den Metalldetektoren vorbeizuschmuggeln – Sie werden mir nachsehen, wenn ich die Einzelheiten nicht verrate –, aber als ich sah, wie Ihre Familie sich um Ihren lieben Bruder scharte, wurde mir klar, dass sein Tod nicht ausreicht. Ich wollte Ihre gesamte Blutlinie aus der Existenz getilgt sehen.«

»Lassen Sie die Waffe fallen. Ich sage es nicht noch einmal.« Aedith schob sich vor, während Emor rückwärts zurückwich, immer näher an die Dachkante.

Der Hubschrauber entfernte sich wieder. Emor brauchte kaum noch die Stimme zu erheben. »Und dann musste mein lieber schwacher Gatte sterben, und ich musste mich entscheiden, entweder das Geschäft zu übernehmen oder in Schulden zu ertrinken. Zum Glück erwies ich mich als ziemlich gut im Lügenschmieden, und nach ein paar Jahren nahm ich ein paar neue Klienten an, die interessante Ideen zur Zukunft aller Königreiche auf dieser Insel haben. Zu meiner Überraschung war Ihr Vater auf komplizierte Weise mit ihnen verflochten.«

Lod schüttelte den Kopf und versuchte, etwas zu sagen, aber ihm kam kein Wort über die Lippen. Auch wenn er die Nachwirkungen der Schläge mit dem Pistolengriff allmählich abschüttelte, hatte Emor sie beide mittlerweile viel zu dicht an die Dachkante gebracht.

»Leise, mein Lieber«, sagte sie. »Wie ich sehe, ist unser Kriminalinspektor auch mit von der Partie. Der arme Wulfstan hat wohl mehr abgebissen, als er kauen konnte?«

Drustan gab keine Antwort.

»Mit drei Königreichen, die zu einem verbunden sind, hätte das edle Haus Ihres Vaters expandieren und zu einem wichtigen Akteur werden können. Aber er wusste, dass er eine Figur auf dem Brett haben musste. Ihr Bruder würde sich dazu niemals eignen, aber was, wenn es noch jemanden gab? Eine Person mit reiner Weste, jemand, der nie mit Politik zu tun hatte, ein neues Gesicht in der Arena.«

Aedith war getroffen. Ihre Waffe blieb unbeirrt auf Emor gerichtet, aber innerlich zitterte sie, das sah Drustan ihr an. Ihr Blick zuckte zu Lod, dessen Gesicht blass geworden war. Er sah müde aus. Geschlagen.

»Finger weg von meinem Sohn«, sagte Aedith. Drustan begriff erst nach einem Moment, dass sie nicht mit Emor sprach, sondern mit Lod. »Er hat genug durchgemacht. Er verdient ein eigenes Leben.«

Emor lächelte und drückte ihre Wange gegen die Lods. Zu dicht für einen Kopfschuss.

»Armer Lod«, sagte sie. »Der ewige Brautführer der Macht, und dann schrumpften seine Möglichkeiten zusammen, als das Alter seinen Zoll forderte. Aber ich rede nicht von dem Jungen, den Sie gestohlen haben, nachdem Sie seinen Vater ermordeten. Ohne Zweifel wird er zu noch so einem mercischen Monster heranwachsen, auch wenn das Videomaterial, das ich ihm geschickt habe, ihm vielleicht die Chance eröffnet, sich von euch zu befreien.«

Emor war direkt an der Dachkante stehen geblieben. Sie brauchte sich nur nach hinten fallen zu lassen und konnte Lod mit in den Tod reißen. Aedith hatte sich nicht mehr gerührt.

»Nein, Sie dämliche Idiotin«, fuhr Emor müde dort. »Ich rede von Ihnen, Hauptmann Mercia. Jahre im Dienst an der Öffentlichkeit, während Ihr Vater hinter den Kulissen die Fäden zieht. Was sollte Sie daran hindern, ganz nach oben aufzusteigen?«

»Vater«, sagte Aedith, »sag mir, dass sie sich irrt.«

Lod hob seinen mächtigen Schädel und begegnete ihrem Blick. Er sagte nichts. Emor nahm ihren Sax von seiner Kehle, nur den Bruchteil eines Zolls.

»Ach, Scheiß darauf«, sagte Aedith und drückte ab.

EINUNDSIEBZIG

»Diese verdammte, dämliche Insel.«

Emor lag am Rand des Daches auf dem Rücken und starrte in den Nachthimmel. Ihr linker Arm war zerschmettert und nutzlos. Aediths Kugel hatte Lods Flanke gestreift, Emors Oberarmknochen zerstört und sie zur Seite geworfen, während Lod es gerade noch geschafft hatte, auf die Knie zu sinken, statt vom Gebäude zu rollen.

Drustan hatte den Sax aufgenommen, der den Inschriften nach Emors Sohn Cenhelm gehört hatte, und hinter sich geworfen. Die Wirkung seiner Spritze ließ immer mehr nach. Am Rand seines Sehfelds zuckten Blitze. Er fragte sich allmählich, ob er nicht doch besser im Krankenwagen geblieben wäre.

Lod, der mittlerweile an eine niedrige Mauer gelehnt dasaß, atmete ruhiger. Aedith half ihm, einen zusammengerollten abgerissenen Jackenärmel auf die Wunde in seiner Seite zu drücken, und hielt Emor mit der Pistole in Schach. Tatsächlich hatte sie nie die Fassung verloren. Der Hubschrauber war abgeflogen, nachdem festgestanden hatte, dass die unmittelbare Krise ausgestanden war. Man schien nun mehr daran interessiert, den Abschluss am Boden zu überwachen, wo Dutzende missmutiger Protestler in Reihen aufgestellt und in wartende Gefangenentransporter gestoßen wurden.

»Falls Sie etwas zu sagen haben, sparen Sie es sich für Ihren Anwalt«, sagte Aedith.

Emor achtete nicht auf sie. »Mein Vater war ein Norse; hatten Sie das in Ihren Akten? Mutter war Mercierin, Vater ein Anwalt aus Edinburgh. Sohn eines niederen Jarls, und mehr gibt es über ihn nicht zu sagen. Sie hat ihn verlassen, als ich sechs war. Die Frauen meiner Familie fühlen sich zu schwachen Männern hingezogen, aber am Ende befreien wir uns von ihnen.«

Mit ihrem guten Arm richtete sie sich in eine sitzende Haltung auf und verzog vor Schmerz das Gesicht. Die Dachkante war hinter ihr, ein ungebremster Fall sieben Stockwerke tief.

Aedith sah sie lange an. »Worauf wollen Sie hinaus?«

»Das Gipfeltreffen wird scheitern«, sagte Emor. »Wir hassen einander viel zu sehr. Unsere beschissene kleine Insel ist nie das eine oder das andere, aber immer ein Spielzeug für größere Mächte. Ich hätte mit Cenhelm ins Ausland gehen sollen. Eine der großen maurischen Universitäten wäre ihm gut bekommen.«

»Vielleicht. Ich habe ihn nie kennengelernt. Aber ich glaube an den Rechtsstaat. Kommen Sie in Frieden mit uns und bringen Sie Ihr Anliegen bei Gericht vor. Ich bestätige Ihre Aussage.«

Sie steckte Lungenlocher ins Holster und erhob sich. Zum ersten Mal, seit Drustan sie kennengelernt hatte, wirkte sie erschöpft. Sie überquerte das Dach, ging vor Emor in die Hocke und reichte ihr die Hand.

Emor sah zu ihr hoch und grinste. »Ich wünschte, dein Stück Scheiße von einem falschen Sohn hätte dich abgeknallt«, sagte sie und warf sich über die Kante. Drustan sah nicht, was danach geschah, denn die Schwärze erhob sich und ergriff Besitz von ihm.

ZWEIUNDSIEBZIG

Ich hatte einen Apfel für Sie dabei«, sagte Aedith. »Aber dann hab ich ihn selbst gegessen. Es ist so langweilig, darauf zu warten, dass jemand aufwacht.«

Drustan lag einen Moment lang reglos da und blinzelte in die Lampen über seinem Kopf, bis ihn von überallher die Schmerzen durchfluteten. Allerdings gedämpft, erträglich, solange er nur nicht zu tief einatmete. Er hatte ein gutes Krankenhauszimmer erhalten: geräumig und ohne den Gestank nach versengtem Fleisch, nur Reinigungsmittel und der stechende, moschusartige Geruch eines Straußes weißer Blumen auf dem Nachttisch. Wald-Windröschen. Conwennas Lieblingsblumen.

»Richtig, Ihre Frau hat vorbeigeschaut«, sagte Aedith. »Sie kam mir nett vor. Ein gut gekleidetes norsisches Paar hat sie begleitet. Bin mir nicht sicher, was zwischen ihnen lief.«

Drustan ignorierte sie. Sein Blick folgte dem Schlauch des Tropfs, der unter den frischen Verbänden an seiner linken Hand verschwand. Jemand hatte ihm ein Krankenhaushemd angezogen, dessen kurze Ärmel zahlreiche Schnitte und Kratzer am anderen Arm erkennen ließen, die mit gelber Salbe beschmiert waren.

»Wie geht es dem Earl?«

Aedith rollte mit den Augen. »Zickt in seinem Privathospital rum wie ein altes Weib. Die Kugel ist in die Nähe der Leber gekommen, hat sie aber verfehlt. Ich habe ihn gefragt, ob ich mich lieber für einen Kopfschuss hätte entscheiden sollen, da wurde er still.«

»Und Emor?«

»Tot. Fall abgeschlossen, obwohl der Fall natürlich sowieso als abgeschlossen betrachtet wurde. Aber ich habe noch eine hübsche kleine Schleife drumgebunden und einen kompletten Bericht über unseren Freund Wulfstan und Ihren Beitrag zu seinem Dahinscheiden geschrieben. Habe sogar einen Querverweis auf unseren Freund mit der Maske eingefügt, gehe aber davon aus, dass er gestrichen wird, bevor sie den Rest des Berichts irgendwo vergraben. Offiziell war der Fall natürlich weiterhin in dem Moment beendet, als Tancred den Kerl im Foyer erschossen hat.«

»Und inoffiziell?«

»Wer den Bericht lesen muss, kann es immer noch. Die hohen Tiere wissen, dass Wulfstan der Haken gewesen ist und mit Emors Agentur zusammengearbeitet hat, um den Einigungsgipfel zu sabotieren. Wachtmeister Naeku wird Sie später besuchen, um Ihre Aussage aufzunehmen und in die Akte einzufügen, auch wenn ich bezweifle, dass sie jemals jemand lesen wird. Ich glaube, Sie fragt sich, ob Sie hierbleiben werden.«

Drustan schüttelte den Kopf. »Sobald ich genesen bin, verschwinde ich wieder.«

Aedith nickte und biss herzhaft in den Apfel. »Das habe ich ihr auch gesagt. Ich kann mir vorstellen, dass die Verbrechensrate im Westen während Ihrer Abwesenheit in den Himmel geschossen ist. Massenhaft Ochsendiebstähle, eine Welle unlizenzierter Poesie, Kajalmangel, all so was.«

Drustan lachte gegen seinen Willen. »Hauptmann Mercia, Sie sind so ein Arsch.«

Aedith grinste. »Schuldig im Sinne der Anklage. Wie auch

immer, ich nehme mir Urlaub. Ich muss ein paar Familienangelegenheiten aufarbeiten, vielleicht ein bisschen Ball mit meinem Sohn im Garten spielen, bis er glaubt, dass er mir wieder trauen kann.« Sie verzog keine Miene, aber einen Augenblick lang schwieg sie. »Womöglich sogar ein bisschen Geisterberatung buchen, wer weiß?«

Sie saß still da und sagte schließlich: »Übrigens hat es nicht funktioniert.«

Drustan fühlte sich benommen. Er fand es schwer, ihr zu folgen. »Was hat nicht funktioniert?«

Aedith hob eine Zeitung, eine von den schweren im größeren Format, und warf sie ihm auf die Brust.

Drustan verzog das Gesicht, nahm sie aber trotzdem auf. Die Schlagzeile lautete: *Gipfeltreffen gelingen zögernde erste Schritte zur Vereinigung.*

»Unerwartet.«

Aedith zuckte mit den Schultern. »Ich würde sagen, die Proteste haben ihnen Feuer unter dem Hintern gemacht. Während die obersten Delegierten alle im Panikraum im dritten Untergeschoss zusammengepfercht waren, begannen sie zu erkennen, dass sie mehr eint als trennt. So sagt es jedenfalls Agapos; er war im Wachkommando. Also, wer weiß? Wenn Sie wieder nach Westen kommen, in zwanzig oder dreißig Jahren, brauchen Sie vielleicht nicht einmal Papiere.«

Vor der offenen Tür gab es eine plötzliche Bewegung. Gestalten in grünen Krankenhauskitteln eilten vorbei, gefolgt von zwei Vögten.

Aediths Telefon meldete mit einem Ping eine neue Nachricht, und von überall draußen kamen Echos. Auch Drustans Gerät zirpte, aber es lag am anderen Ende des Zimmers neben den Blumen, unerreichbar. Ohne auf die schrillen Beschwerden seines Körpers zu achten, richtete sich Drustan auf einen Ellbogen auf und reckte den Kopf, um durch die Tür auf den Korridor zu schauen. Eine Schar medizinischen Personals drängte sich in einer Ecke der Station und starrte auf etwas, das gerade außer Sicht war. Ein Fernseher? Patriotische Musik untermalte die leise, ernste Stimme der Nachrichtensprecher. Etwas war geschehen.

Aedith hatte noch nicht von ihrem Telefon aufgesehen.

»Was ist los?«

»Eine Bombe. Eine große. Im Londoner Stadtzentrum. Noch niemand hat sich zu dem Anschlag bekannt.«

»Viele Tote?«

Aedith steckte das Telefon wieder in die Tasche. Ihr Gesicht war grau. »Dutzende bisher. Nur ein Name ist bekannt.«

Drustan spürte, wie er auf das Bett zurücksank. Er hörte Flüstern in seinem Geist, und nicht nur von der Göttin. Sie war wirklich zu ihm zurückgekehrt, aber sie hatte andere mitgebracht, und jeder davon hatte etwas zu sagen. »Wer?«, fragte er. Die Stimmen verrieten es ihm bereits, aber er konnte es sich auch bestätigen lassen.

»Der König«, sagte Aedith. »Der Hochkönig ist tot.«

VERZEICHNIS DER HAUPTPERSONEN

ANGELSACHSEN

AEDITH MERCIA: Kriminalhauptmann der Londoner Polizeitruppe, Morddezernat, Revier Wotanskreuz, Tochter von Lod Mercia.

KUR-EARL LOD MERCIA: Politiker und Sippenoberhaupt aus der Region Mercia, Vater von Aedith und Edric, Ehemann von Sweterun.

CORAM MERCIA: Adoptivsohn von Aedith Mercia, Schüler.

EDRIC MERCIA: Bruder Aediths, Sohn von Lod und Sweterun.

CHEOL AGAPOS: Kriminalsergeant der Londoner Polizeitruppe, Revier Wotanskreuz, Aedith Mercia unterstellt.

AVA NAEKU: Wachtmeister der Londoner Polizeitruppe, Revier Wotanskreuz.

BEOCCA TANCRED: Major der Londoner Polizeitruppe, Staatspolizei.

ODDA HENGIST: Revierkommandant der Londoner Polizeitruppe, Revier Wotanskreuz.

DÆGLAF ADAMU: Oberstleutnant der Londoner Polizeitruppe, Revier Wotanskreuz.

HILDE: Aedith Mercias Kinderfrau, Haushälterin, Leibwächterin und Buchhalterin.

»VATER« OSWIN: Lehrer am Haus Eberesche.

WIGMUND: Verwalter am Haus Eberesche.

HILDRED EMOR: Geschäftsfrau.

STITHULF HATT: Wachmann.

EAWYNN WETTIN: Verwaltungsassistentin beim Einigungsgipfel.

GIF DENBY: Tätowierungskünstler.

KEIN-ONKEL DRYER: freischaffender Berater und Problemlöser.

KELTEN

DRUSTAN VON DUMNONIA: Kriminalinspektor der Stammespolizei Dumnonia.

DEEDRA KESAIR: Clanfürstin und Medien-Einflussnehmerin.

GORSEDD ANGWIN: Stammesdiplomat, ehemaliges Mitglied einer verbotenen Terrororganisation.

ANDRASTE MAOL NUADAT: unabhängige Firmeninhaberin.

FAIRGUS BLAENU: Kleinkrimineller.

CONWENNA PENNPRAS: freie Alternativtherapeutin, unabhängige Beraterin.

PIKTEN

BANBA GODWIN: freischaffende IT-Beraterin, Polizeirevier Wotanskreuz.

GLOSSAR

Au: Londoner Luxushotel, vor einem Jahrzehnt kurzzeitig in Verruf geraten, als im Au Privatangelegenheiten prominenter Gäste an die Klatschpresse durchgestochen wurden. Nun unter neuer Leitung.

Dumnonia: Stammesgebiete, die einen großen Teil Südwest-Britanniens umfassen.

Fomóir: verbotene paramilitärische Stammesorganisation, zuletzt mehr als ein Jahrzehnt vor den Ereignissen dieses Romans aktiv.

Franken (Angelsachsen): leicht abfälliger Begriff für die französische Region des Islamischen Kalifats, deren Einwohner (von ostbritischen Angelsachsen) oft für nur dem Namen nach islamisch gehalten werden, insbesondere wegen ihrer entspannten Haltung zum Alkohol. Ihnen wird unterstellt, dass sie sich insgeheim nach einer Rückkehr (oder einem Zurückgebrachtwerden) zur sächsischen Lebensart sehnen sollen.

Gwithyas (Stammesjargon): Polizei.

Hnefltafl: Brettspiel, das norsischer Herkunft sein soll und in ganz Britannien beliebt ist. Das Spiel ist asymmetrisch: Ein Spieler versucht, mit seinen zwölf Soldatenfiguren eine Königsfigur in Sicherheit zu bringen (an eine der vier Ecken des Spielbretts), während das Ziel des anderen Spielers darin besteht, sie mit seinen vierundzwanzig Soldaten einzuholen. Das Spiel endet, wenn der König entkommt oder gefangen genommen wird.

Hochkönig: Oberhaupt des angelsächsischen Staates Ost-Britannien. Der Hochkönig wird alle sieben Jahre durch einen Rat der Kur-Earls aus den wichtigsten angelsächsischen Provinzen (Mercia, Northumbria, East Anglia, Essex, Kent, Sussex und Wessex) gewählt (oder wiedergewählt).

Hoher Tisch: Rat hochrangiger angelsächsischer Staatsbeamter, vom Hochkönig ernannt und ihm unterstellt.

Indij (angelsächsischer Jargon): abfällige Bezeichnung für indigene Kelten, die mittlerweile großteils nach Westen in die Stammeslande verdrängt worden sind.

Kalifat: kurz für Islamisches Kalifat Südeuropa, das Frankreich, Spanien, Deutschland und Italien umfasst und politisch mit den islamischen Kalifaten Nordafrikas und des Nahen Ostens verbunden ist, allgemein aber als gesellschaftlich liberaler gilt.

Kesair: bekanntermaßen gewalttätiger, lästiger keltischer Clan, der ungewöhnlicherweise innerhalb der angelsächsischen Grenzen zu Hause ist.

Langschiff (angelsächsischer Polizeijargon): Polizeikastenwagen, gewöhnlich mit einem Metallgitter vor der Windschutzscheibe und Seitenschürzen aus Plastik gepanzert, um Benzinbomben etc. abzuwehren.

Lungenlocher: Hauptmann Aedith Mercias persönliche Dienstwaffe, eine Byrhthnot P224 9 Millimeter, halb automatische, verkleinerte Variante der P228 des Militärs – der Standarddienstwaffe der angelsächsischen Polizei.

Massai: panafrikanisches Volk aus den Regionen Kenia und Tansania, berühmt für seine halsstarrige Unabhängigkeit vom panafrikanischen Staat und seinen großen Reichtum durch weitläufige Weidegründe, Rohstoffvorkommen und fortschrittliche Solarenergieindustrie.

Morrigun: Stammesgöttin, die mit Krieg und Schicksal in Verbindung steht. Sie soll in Gestalt einer Krähe auftreten, aber auch das Aussehen bestimmter Frauen annehmen können, die dem Anbeter bekannt sind. Zwar existieren andere weibliche Stammesgottheiten, aber nur Morrigun besteht auf dem Titel »Göttin«.

Panafrika: Föderation unabhängiger afrikanischer Staaten, die vom Rest der Welt wegen ihrer Konzentration an natürlichem und intellektuellem Reichtum oft mit neidischen Blicken bedacht wird. Ursprung der industriellen Revolution im vergangenen Jahrhundert, durch die sich die Föderation einen Vorsprung in Bezug auf Wirtschaftswachstum verschafft hat, mit dem es nur die islamischen Kalifate und das Mogulreich von Indien aufnehmen können.

Pikten: das letzte verbliebene Stammesvolk der allgemein norsischen Demokratischen Republik Schottland.

Sax: traditionelle angelsächsische Waffe, ein langes Messer oder kurzes Schwert mit einschneidiger Klinge. Traditionell von großer kultureller Bedeutung für Angelsachsen, erhalten es Kinder an bedeutenden Geburtstagen usw. Saxe sind in moderner Zeit weniger beliebt, nachdem der Staat den Lehrfilm »Edmaer Stummelhand« veröffentlicht hat, der sich mit den Gefahren beschäftigt, die Schwerter in den Händen unbeaufsichtigter Kinder anrichten können.

Schnauz (angelsächsischer Jargon): abfälliger Begriff für einen indigenen Kelten; offenere Beleidigung als Indij, der auf die herabhängenden Schnurrbärte der Stammesältesten anspielt.

Skeid: das größte Konferenzzentrum im Londoner Zentrum, in dem regelmäßig die Gipfeltreffen zur Vereinigung stattfinden. Dass es von seinem panafrikanischen Architekten nach dem traditionellen norsischen Langschiff benannt wurde, hat zu Vorwürfen kultureller Aneignung geführt.

Stämme: Sammelbegriff für die verschiedenen Keltenvölker Britanniens, die nunmehr weitgehend in die westlichen Stammeslande vertrieben sind.

Straßenficker: das Privatfahrzeug Kriminalhauptmann Aedith Mercias. In Norse hergestellter Hrafn, ein zweitüriger Hochleistungssportwagen mit Heckmotor.

Tante Trina (panafrikanisch, Umgangssprache): Begriff für einen Schwindler oder Unruhestifter. Gewöhnlich ist damit ein Kolumnist der Klatschpresse oder ein Radiomoderator gemeint, in jüngerer Zeit taucht der Name häufiger in den Graswurzelmedien oder Nachrichtenseiten auf.

Torques: metallener Wendelring aus verdrilltem Draht, den viele keltische Stammesmitglieder aller Geschlechter um den Hals tragen.

Vogt (angelsächsische Umgangssprache): Polizist, gewöhnlich, aber nicht exklusiv, der uniformierte Streifenbeamte.

Wall: stark befestigte Grenze zwischen dem angelsächsischen England und der Demokratischen Republik Schottland.

Wieland der Schmied: heldenhafter Schmied der angelsächsischen Sagen, oft von Angehörigen der Elektronikindustrie als Ahnengeist verehrt.

Wolfsköpfe: Menschenschmuggler aus den Stämmen, die darauf spezialisiert sind, Personen über den Ärmelkanal ins wohlhabendere Kalifat zu schmuggeln, obwohl einige vornehmlich piktische Gruppen auch am noch gefährlicheren Wall zwischen dem angelsächsischen England und der stark gesicherten Demokratischen Republik Schottland operieren.

Wotan: oberster Gott der angelsächsischen Götterwelt. Um Weisheit zu erlangen, hängte er sich selbst der Sage nach drei Tage und drei Nächte lag mit den Fersen an die Weltesche Yggdrasil.

DANKSAGUNGEN

Vielen Dank an Fiona, die ihr Entsetzen über die ganze »Es ist Geschichte, aber ich erfinde sie auch«-Sache überwunden hat und mir allgemeine Informationen über Kelten und Pikten zukommen ließ (das ist der Vorteil, wenn die Ehefrau zugleich Mittelalterhistorikerin ist). Dank an meinen Agenten James Spackman, der PAGANS nicht fallen ließ, als der Roman den Fantasy-Verlagen zu kriminell und den Krimi-Verlagen zu fantasievoll erschien. Dank an meine brillante Lektorin Emma Waring dafür, dass sie das Buch mit unbändigem Enthusiasmus aufgenommen hat, an Jack Jewers und Christi Daugherty von Moonflower für ihre Unterstützung und ihre großartige Arbeit und an Dr. Kate Wiles dafür, dass sie (unter anderem) das altenglische Wort für »Radio« herausgefunden hat und für lästige Fragen zur Verfügung stand.

Dank auch an Jasmine Aurora für die Innengestaltung und die Karten, Jack Smyth für die Umschlaggestaltung, Tory Lyne-Pirkis und Liv Houghton für die PR, Louise Voss für das Korrekturlesen, Katherine Rhodes und Martin Palmer für den Vertrieb und Nessa Urquhart und Bea Carvalho für jede Menge Begeisterung und Unterstützung.

Schließlich möchte ich mich bei meinen Kindern Eliza und William bedanken, die sich während des Lockdowns meistens wunderbar benommen, mir aber auch das kostbare Geschenk der Stille gemacht haben, vormittags zumindest, und sich später gern mit Eiscreme bestechen ließen.

BIBLIOGRAFIE

John Fletcher: *The Western Kingdom: The Birth of Cornwall* (The History Press 2022).

Adrian Maldonado: *Crucible of Nations: Scotland from Viking Age to Medieval Kingdom* (National Museums Scotland 2021).

Marc Morris: *The Anglo-Saxons: A History of the Beginnings of England* (Penguin 2021).

Cat Jarman: *River Kings: The Vikings from Scandinavia to the Silk Roads* (William Collins 2021).

Thomas Williams: *Lost Realms: Histories of Britain from the Romans to the Vikings* (William Collins 2022).

Michael Wood: *In Search of the Dark Ages: A History of the Origins of Britain*, erweiterte und aktualisierte Ausgabe zum 40. Jubiläum (Penguin 2023).

Kari Maund: *The Welsh Kings: Warriors, Warlords and Princes* (The History Press 2006).

Nicholas Evans und Gordon Noble: *Picts: Scourge of Rome, Rulers of the North* (Birlinn 2022).

ZUR WEITEREN LEKTÜRE EMPFOHLEN

Die Literatur zu alternativen Historien hat ihre eigene angemessen lange und komplizierte Geschichte mit vielen herausragenden Texten, aber hier sind einige der Romane (und eine Serie von Graphic Novels), ohne die ich »Pagans« nicht hätte schreiben können.

Kim Newman: *Anno Dracula* (1992); deutsche Ausgabe 1994 als *Anno Dracula.*
Kim Newman und Eugene Byrne: *Back In the USSA* (1997).
Matt Ruff: *The Mirage* (2012); deutsche Ausgabe 2014 als *Mirage.*
Alan Moore and Kevin O'Neill: *The League of Extraordinary Gentleman* (1999–2019); deutsche Ausgaben 2003–2015 unter dem Originaltitel (Tilsner) und *Die Liga der außergewöhnlichen Gentlemen* (Panini).
Keith Roberts: *Pavane* (1968); deutsche Ausgabe 1977 als *Die folgenschwere Ermordung Ihrer Majestät Königin Elisabeth I.*, spätere Ausgaben als *Pavane.*
Michael Moorcock: *Gloriana* (1978); deutsche Ausgabe 1981 als *Gloriana oder die unerfüllte Königin.*
Naomi Novik: *Temeraire*-Serie (2006–2016); deutsche Ausgaben 2007–2017 als *Die Feuerreiter Seiner Majestät.*
William Gibson und Bruce Sterling: *The Difference Engine* (1990); deutsche Ausgabe 1992 als *Die Differenzmaschine.*
Kim Stanley Robinson: *The Years of Rice and Salt* (2002).
Michael Chabon: *The Yiddish Policeman's Union* (2007); deutsche Ausgabe 2008 als *Die Vereinigung jiddischer Polizisten.*
Jo Walton: *My Real Children* (2014).